KB066653

심훈 문학 연구 총서 1

심훈 문학 세계

아시아

총서를 펴내며

작가 심훈(沈熏, 본명 大燮, 1901~1936)은 국민시의 하나가 된 「그날이 오면」(1930)의 시인이며, 『상록수(常綠樹)』의 작가다. 문학을 통해 민족의 계몽과 조국 독립의 의지를 꽃피웠으며 실천적 지식인으로서 널리 본받을 만한 삶을 살았다. 그는 1932년 서울 생활을 청산하고 아버지가 살고 있던 당진으로 내려와 직접 집을 짓고 필경사라 이름 붙였다. 그의 대표작 『상록수』, 『영원의 미소』, 『직녀성』 등이 이곳에서 탄생했으니, 이러한 필연으로 당진은 심훈의 고장이 되었다.

심훈 문학의 산실인 당진시는 그의 상록수 정신을 이어받고자 1977년부터 현재까지 〈심훈상록문화제〉를 개최하고 있으며 2014년 9월, 많은 사람들의 열망에 힘입어 '심훈기념관'을 개관하였다. 그리고 심훈의 정신을 기리고 더 나아가 그의 정신을 후대에 계승하려는 노력의 일환으로 2015년 9월, '심훈문학연구소'가 문을 열게 되었다.

심훈문학연구소는 심훈의 정신과 문학의 맥을 잇고, 한국문학과 문화 전반에 기여할 수 있는 바를 찾아 이를 진척시켜야 한다는 사명감을 가지고 있다. 문학예술의 창조적 활용에 힘을 기울이고자 2015년 〈심훈의 역사적 의의와 문학사적 위상〉이라는 주제로 창립기념 심포지엄을 개최하였고 올해 심훈을 주제로 한 연구 성과를 체계화해 『심훈 문학 연구 총서』 제1권을 발간하게 되었다.

『심훈 문학 연구 총서』 제1권의 논문들은 1960년대부터 1990년대까지 연구 결과물이다. 학술진흥재단 등재지와 등재후보지 이외 일반학술지의 논문을 포함해, 심훈 문학 연구의 현재적 지형을 살피고자 하였다. 새로운 연구물이 발견되면 보강해 나갈 예정이며, 심훈 연구가 보다 본격화된 2000년대 이후 연구 결과물과 앞으로 전개될 심훈 연구의 결과물도 계속해 총서로 발간할 계획이다. 지면을 빌려 논문을 제공해 준 연구자들께 다시 한 번 감사의 말씀을 올린다.

심훈은 소설가, 시인, 영화인, 언론인, 독립운동가로서 활동하며 폭넓은 업적을 남긴 바 있지만 오늘날 심훈 연구는 몇몇의 작품에 국한되어 있는 실정이다. 그의 생애 전반에 걸친 문학 예술적 족적과 학술적 위상에 걸맞은 심층적 연구가 절실하다. 따라서 『심훈 문학 연구 총서』가 향후 활발히 전개될 심훈 연구의 튼튼한 기반이 되고, 심훈 문학을 기억하고 정신을 널리 알리는 사회적 자산으로 활용될 수 있기를 기대한다.

심훈문학연구소

일러두기

1. 이 연구 총서의 논문들은 1960년대부터 1990년대까지 연구 결과물이다.
2. 논문들을 작가론과 작품론으로 분류한 뒤 연도별로 정리하였다.
3. 한자로 쓰인 논문은 한글로 변환하고 한자를 병기하였다.
4. 각주와 참고문헌은 각 논문의 표기 방식에 따랐고, 논문의 출처는 별도로 정리하여 수록하였다.

목 차

작가세계

작품세계 - 소설

작품세계 - 시

작가세계

심훈의 생애 연구
류병석

식민지 시대의 작가적 대응 : 심훈의 작가의식을 중심으로
한은경

심훈론 : 작가의식의 성장 과정을 중심으로
유양선

심훈의 시와 소설을 통해 본 작가의식의 변모과정
한점돌

심훈의 생애 연구

류병석

서序

1. 『상록수常綠樹』라면 하나의 문학작품文學作品이라기보다는 오히려 문학운동서文學運動書 내지乃至 농촌계발農村啓發에의 헌신서獻身書로 더 잘 통용通用되고 있다.

현대現代 한국문학사韓國文學史 반세기半世紀에 걸쳐서 통시적通時的으로 보아 이만큼 다수多數의 독자讀者를 가진 소설小說이 몇 개나 될까 싶은 『상록수常綠樹』이지만 명성名聲과는 아무런 상관相關없이 초래招來되는 와전訛傳과 오해誤解는 어떤 작업作業의 필요必要를 절실切實히 느끼게 한다.

사망死亡 연대年代는 고사하고 작가명作家名, "흑黑"을 "증蒸"으로 잘못 쓰는 오류誤謬는 시정是正되어야 하고, 그것도 자료資料가 소멸消滅되기 전前에 하루 바삐 되어야 한다.

생전生前에 교우交遊하던 우인友人도 친척親戚도 대부분大部分 작고作故하였으며 문헌文獻이 남아 있지 않음도 커다란 애로隘路인데[1] 여사如斯 조건條件은 앞으로 더욱더 불리不利해지리라.

2. 예술작품藝術作品, 특特히 문학文學의 연구研究에 있어서 작가作家의 생애生涯를 유일唯一의 근거根據로 하는 이른바 전기적傳記的 연구방법研究方法이 전부全部라고 할 수 없다는 르네 웰렉의 이론理論에 동조同調하지만[2] 이는 어디까지나 작품作品은 작가作家의 생애生涯 못지않게, 그의 꿈의 중요重要한 결과結果라는 점點을 강조强調함에 불과不過하다고 본다.

어느 작가作家의 생애生涯가 전연全然 정리整理되어 있지 않다면, 그의 작품作品의 본격적本格的인 연구研究는 출발점出發點을 찾지 못할 것이며 한 발짝도 앞으로 나가지 못한다. 그리하여, 아직도 작가作家의 개성個性과 생활生活, 곧 생애生涯에 대對한 고구考究가 문학연구文學研究의 최고最古 최량最良의

---

1) 심훈沈熏이 창작활동創作活動을 가장 많이 하던 1928년年~1933년간年間에 기자記者로 재직在職하여 많은 작품作品을 발표發表했으리라고 추단推斷되는 조선일보朝鮮日報와 조선중앙일보朝鮮中央日報의 해기간분該期間分을 볼 수 없었다.

2) Rent Welleck은 Austin Warren과의 공저, 『The Theory of Literature』, 1942, Harcourt, Brace Ⅶ. Literature and Biography에서 애일변도적生涯一邊倒的 연구방법研究方法을 경고하고 있다.

방법方法으로 채택採擇되며 또한 존재이유存在理由를 갖는다.

본本 논문論文에서는, 심훈沈熏의 생애生涯를 한 눈으로 볼 수 있게 약전略傳을 정리整理하고, 그가 문학文學의 길에 입지立志하게 된 동기動機와 원인遠因의 천착작업穿鑿作業으로서 가문家門과 그가 처處했던 시대적時代的 환경環境을 살피고 이상以上에서 결과結果한 위인爲人을 부각浮刻해 보기로 한다.

3. 본本 연구研究는 현대문학現代文學의 일편一片의 자료작성資料作成이라는 점點을 염두念頭에 두고 진행進行한다. 다시 말하면, 문학文學의 가치판단價値判斷을 위주爲主로 하는 작가론作家論 작품론作品論 등等을 비평批評이라는 개념槪念 하에 포함包含시키는 그러한 의미意味의 비평자료批評資料로서만 본本 연구研究는 존재의미存在意義를 인정認定 받을 것이다.

4. 고구방법考究方法으로써, 기존既存 출판사出版物 등等에는 가급적可及的 의존依存치 않고 친지親知 관련자關聯者 등等 살아 있는 인적 자료人的資料를 먼저 취取하고 문헌文獻은 다만 그들의 증언證言의 보거譜據로서만 사용使用하기에 힘썼다.

5. 인용하는 글은 문의文意를 상傷하지 않는 한限에서 현행現行 철자법綴字法으로 고쳤다.

약전略傳

36년年이란 짧은 일생一生이지만 편의상便宜上, 출생出生부터 중국中國에서 귀국歸國한 1923년年(23세)까지의 수학기修學期와, 생활生活이나 문학文學에 정착定着하지 못하고 서울에서 허둥댔던 방황기彷徨期, 그리고 재출발再出發을 다짐하고 농촌農村으로 숨어 본격적本格的으로 작품作品을 써낸 1932년年부터 사망死亡한 1936년年까지의 정착기定着期로 구분區分하였다.

1. 수학기修學期

1901년年 9월月 12일日 경기도京識道 시흥군始興郡 신북면新北面 흑석리黑石里 6~10[3](지금의 중앙대학교) 부근; 검은돌에서 청송靑松 심씨沈氏 상정相珽과 해평海平 윤씨尹氏 사이에서 삼남일녀三男一女 중中 맨 끝으로 태어났다. 본명本名은 대섭大燮이고 훈熏은 1925년年 동아일보東亞日報에 『탈춤』을 연재連載하면서부터 쓰기 시작하였다. 따라서 그 전前에 발표發表된

3) 현 호적은 종로구 가회동에 있다. 조부 이래 흑석동에 살고 있음이 확실하나 언제 거기에 정착했는지 알 수 없다. 광무연간光武年間에 기록記錄된 미문의숙 제1회 졸업생卒業生인 장형長兄 심우섭沈友燮의 학적부學籍簿에는 경기도 과천군 노량진 흑석리 5~7로 되어 있는데 이는 같은 곳에 행정行政 구역변경區域變更으로 이렇게 된 것이다.

글에는 심대섭沈大燮으로 나와 있다. 이밖에 아호雅號로 "백랑白浪"을 썼으며 소년시절少年時節에는 "금강생"으로 필명을 삼기도 했다.[4] 신구문화사新丘文化社 발행發行 한국인명대사전韓國人名大事典에 아호雅號가 "해풍海風"으로 소개紹介된 것은 잘못이다. "해풍海風"은 친지 간親知間에 놀림으로 불리던 일종一種의 별명別名에 불과不過하고 작품발표作品發表에 쓰인 적은 한 번도 없다. 아호兒名은 삼준이 또는 삼보라 하였다.

1905년年 을사보호조약乙巳保護條約이 체결締結되다.

1906년年 장형長兄 심우섭沈友燮이 18세歲로 미문의숙微文義熟 제1기생第一期生으로 입학入學하였다. 우섭友燮이 문학청년文學靑年으로 후後에 언론기관言論機關에 종사從事하였는 바, 특特히 최남선崔南善이 발행發行한 "소년少年", "아이들 보이", "청춘靑春" 등等 잡지雜誌의 애독자愛讀者로서 "청춘靑春"의 중요重要한 기고가寄稿家였던 만큼[5]가 심훈沈熏이 어려서부터 문학文學에 눈을 뜨게 된 것은 장형長兄의 영향影響이 지대至大한 것이다.

1915년年 교동보통학교校洞普通學校를 졸업卒業하고 경성제일고등보통학교京城第一高等普通學校에 입학入學하였다. 보통학교普通學校 재학在學 때는 소격동昭格洞 고모댁에서 기숙하였고, 일주일에 한 번 정도 집에 갔었다 한다. 후에 동요童謠 작곡가作曲家가 된 윤극영尹克榮이 고종姑從이어서 동숙同宿하면서 고보高普까지 같이 다녔다. 고보高普에 입학入學하면서부터는 노량진역鷺梁津驛에서 기차汽車 통학通學을 하다가 1917년年 한강漢江 인도교人道橋 완공完工과 더불어 자동차自動車 통학通學을 했다.

고보시절高普時節의 급우級友로는 상기上記 윤극영尹克榮 외外에 교육가敎育家 조재호曺在浩, 혁명가革命家 박열朴烈 등이 있다. 학교學校 성적成績은 역사歷史, 지리地理, 어학語學 등에 능能하고 수학數學을 못했다.[6] 1917년年 3월月 상기교上記校 삼학년三學年 재학在學 시時 왕족王族 이해승李海昇 후작侯爵의 매妹인 전주全州 이씨李氏와 결혼結婚하였다.[7] 한국 최초의 근대적近代的 의미意味의 소설小說인

---

4) 「나의 아호雅號 나의 이명異名」이라는 글에서 밝히고 있다. "백랑白浪"은 항주抗州 유학遊學 시時 노老 한문교수漢文敎授가 지어주었다고 다른 글에서 밝히고 있다.

5) 조용만趙容萬 저著, 『육당六堂 최남선崔南善』, 삼중당간三中堂刊, 121~122쪽.

6) 동교同校 삼학년 때 일인日人 수학교사數學敎師 다케다竹田와 맞지 않아 다투고, 수학數學 과락科落으로 삼학년을 재수再修함. 1919년도 제일고등보통학교第一高等普通學校 퇴학자退學者 학적부學籍簿에 의依함.

7) 1920년 일기日記에는 결혼結婚 4주년四週年 기념일紀念日이라 적었으나 이는 착오錯誤다. 현재現在 돈암동에 생존生存해 있는 전前부인 이씨李氏에 의依하면 1917년年이 확실確實하다. 고래古來의 습속習俗대로 여자女子에게 이름이 없었던 것을 1921년年 이씨李氏를 진명학교進明學校에 입학入學시키면서 중국中國에 있던 남편男便 심훈沈熏이 항렬자行列字에 "해海"에 "영暎"을 붙여 이해영李海暎이라 작명作名하였다.

춘원春園의 『무정無情』이 매일신보每日新報에 연재連載되어 젊은 층의 환호를 받았다.

1919년年 상기교上記校 사학년 때 을미독립만세사건己未獨立萬歲事件에 가담加擔하여 동월同月 오일五日 헌병대憲兵隊에 잡혀 투옥投獄되었다. 심훈沈熏의 일기日記[8] 1920년年 3월三月 5일五日에 보면 남대문南大門 역전譯前에서 만세운동萬歲運動에 가담加擔하였다가 같은 날 저녁 해명여관海明旅館에서 피포被捕되었다고 회고回顧한다. 7월七月에 집행유예執行猶豫로 석방되었다. 「어머님께 올린 글월」의 일부一部를 이때 옥중獄中에서 몰래 써 내보냈다. 「어머님께 올린 글월」은 전부全部 옥에서 쓴 것으로 알려져 있으나 기실其實은 일부분一部分만 작은 쪽지에 써 내보냈고, 현재現在 전傳하는 전문全文은 석방된 후에 썼다. 동문同文 말미末尾의 일자日字가 8월八月 29일二九日로 되어 있음은 이런 까닭이다. 어쨌든 심훈沈熏의 작품作品 중中 발표發表된 것으로는 이것이 최초最初가 된다.

1920년年 동아일보東亞日報와 조선일보朝鮮日報가 양지兩紙 창간創刊되고 '극예술협회劇藝術協會'가 발족發足했다.

전년前年에 학교學校로부터 퇴학退學당한 후後 흑석동黑石洞 집과 가회동嘉會洞 장형댁長兄宅에 머무르면서 문학文學 수업에 전념, 친구親友 이조승李照昇에게서 한글 맞춤법을 배웠다. 동년同年 1월 1일부터 4월四月까지의 일기日記가 현존現存하는 바 이것이 평생平生에 그가 쓴 유일唯一의 일기日記일 것이라고 한다. 동同 일기日記에 보면 문학文學을 지망志望하여 수업修業을 하고 습작을 많이 하고 있으나, 그밖에도 김영환金榮換에게 바이올린을 사사私事하는 등 음악音樂도 해보려 했다. 신파극新派劇을 보고 그에 대對한 준절峻切한 비평批評을 하며 장차 훌륭한 연극演劇을 수립樹立하겠다는 결의決意가 보인다. 또한 조혼早婚했다가 청상靑孀이 된 누님을 동정同淸하여 이 조혼早婚의 악습惡習을 문학文學을 통하여 깨뜨리겠다는 문학적文學的 사회의식社會意識이 싹틈을 볼 수 있다. 후에 쓴 『직녀성織女星』은 이의 결실임을 알 수 있다.

동년同年 겨울 변명變名, 가장假裝하고 중국으로 망명亡命, 유학遊學의 길을 떠났다. 전前 부인夫人 이해영李海暎의 수기手記[9]에 의依하면, 변장變裝의 목적目的으로 이때부터 안경眼鏡을 썼다 한다. 굵은 테의, 소위 로이드 안경眼鏡을 이후以後 썼는데 모양도 비슷하고 영화배우映畵排優로도 활약活躍하였으므로 '로이드'라는 별명別名으로 청년시절靑年時節에 통通했다 한다.

중국中國으로 간 목적目的은 기회를 노려 미국이나 프랑스로 연극을 공부하러 가려는

---

8) 《사상계》思想界 1963년年 문예특별증간호文藝特別增刊號에 수록收錄되어 있다.

9) 『가정생활家庭生活』, 1964년 2월.

것이었다. 북경에서 우당于堂 단재丹齋 등을 만나 수개월數個月 체류滯留하였다. 우당선생于堂先生이 외교가外交家가 되라고 권고勸告하여 연극공부演劇工夫를 단념했다지만[10] 중국 유학 시에 구입購入해 가지고 온 프랑스 연극전집演劇全集을 가장 애장愛藏했었다고 후에 결혼結婚한 부인夫人 안정옥安貞玉이 회고回顧한다.

재在북경北京 시時에 시詩「고루의 삼경鼓樓의 삼편三更」, 「북경의 걸인乞人」을 지어 후에 발표發表했다.

1921년年 상해, 남경을 거쳐, 항주 지강대학之江大學(Christian College)에 입학入學하여 수학修學하였으나 별스런 학구적學究的 결실結實은 없다. 당시當時 부인夫人이었던 이해영에게 보낸 편지便紙 네 통 중四通中에나[11] 귀국歸國 후後 중국시절中國時節 회고기回顧記 등에도 학과나 대학에 대한 내용이 하나도 없는 것으로 보아 짐작할 수 있다.

수만 리數萬里 타지他國 외로운 객창客窓에서, 한창 로맨틱한 연령年齡에 고독孤獨에 싸여 문학습작文學習作에 매진하였다. 이때 쓴 것으로 다음과 같은 것들이 있다. 「겨울밤에 내리는 비」, 「기적汽笛」, 「전당강상에서」, 「심야과황하深夜過黃河」, 「뻐꾹새가 운다」 등은 부인夫人 이씨李氏에게 보낸 편지便紙에 동봉同封했다가 뒷날 시집詩集『그날이 오면』에 수록收錄하였다.[12] 「평호추월平湖秋月」, 「채연곡採連曲」, 「소제춘효蘇提春曉」, 「남병만종南屛晚鐘」, 「누외루樓外樓」, 「악왕분岳王墳」, 「항성杭城의 밤」 등은 「항주유기杭州遊記」라 제題한 일련一連의 시조로서 후에 《삼천리三千里》에[13] 발표發表되고 『그날이 오면』에 수록收錄되어 있다. 그밖에 《삼천리三千里》에는 같이 발표發表했으나 『그날이 오면』에 누락漏落된 「칠현금七絃琴」, 「전당錢塘의 황씨黃昏」, 「목동牧童」 등과, 『그날이 오면』에 있는 것으로 발표지發表紙 지誌를 헤아릴 길 없는 「삼택인월三澤印月」, 「방학정放鶴停」, 「고려사高麗寺」 등이 이 중국中國 유랑시流浪時에 엮어진 것들이다.

이때의 시작詩作이야말로 사회의식社會意識이니 민족의식民族意識이니 하는 때가 묻지 않은 순수純粹한 낭만적浪漫的 서정시抒情詩로써, 그의 삼대주류三大主流 사상思想 중 하나인 낭만주의적浪漫主義的 풍모風貌를 엿볼 수 있게 한다.

---

10) 본인이 쓴 수필 『필경사잡기筆耕舍雜記』. 1936년年 3월 13일 동아일보東亞日報에 발표發表되었다.

11) 발표처發表處 미상未詳. 스크랩집集에 보인다.

12) 그 중其中 한 통一通은 《가정생활家庭生活》 1964년年 3월호에 공개公開, 여타餘他는 다른 유고遺稿와 함께 유자遺子 재호在昊가 보관하고 있다.

13) 《삼천리三千里》 주재자 김동환金東煥과 연락한 서신書信이라든가 스크랩의 체제體制로 보아 발표처發表處가 《삼천리三千里》임은 확실確實하나 연대는 미상未詳이다. 시골에 있을 때이니 1932년年 이후임은 확실하다.

「항주유기抗州遊記」 서문序文에 보면 당시 석오石吾 이동녕李東寧, 성재省齋 이시영李始榮을 위시爲始하여 여운형呂運亨, 엄일파嚴一波, 염온동廉溫東, 류우상劉禹相, 정진국鄭鎭國 등 여러 지사志士와 교류交遊하였음을 알 수 있다.

2. 방황기彷徨期

1923년年 중국中國으로부터 귀국歸國하였다. 귀국년대歸國年代를 1923년年으로 잡는 근거根據는 다음과 같다.

① 본인本人의 글 「항주유기抗州遊記」 전출前出에 "이개성상二個星霜을 지낸 제이第二의 고향故鄕이며" 운운云云이 보인다.

② 윤극영尹克榮, 윤석중尹石重, 류광렬柳光烈 등 친지親知의 회고回顧에 23년年이 틀림없다.

③ 안종화安鍾和 저 『한국영화측면비사韓國映書側面秘史』[14]에 '토월회土月會' 제2회第二回 공연公演(1923년年 9월月) 직전直前이라고 기술記述되어 있다.

④ 심재영 등 가족家族의 기분記憤에 1923년年으로 단정斷定되는 점點 등이다.

따라서 조광연趙演鼓의 『현대한국문학사現代韓國文學史』(인간사, 1961)나 김광식金光植의 『한국문예비평사연구韓國文藝批評史硏究』(인천교육대학 논문집)에 1922년年 '염군사焰群社' 조직에 심대섭이 참가하였다 함은 잘못이다. '염군사焰群社' 조직組織이 1922년年이 아니던가, 심훈沈熏이 가입加入하지 않았던가, 조직組織한 뒤에 가입加入한 것이어야 한다.

토월회土月會 제2회第二回 공연公演에 네프류도프로 분扮한 초면初面의 안영주安領柱에게 화환花環을 안겨준 인연因緣으로 그들은 평생平生에 가장 친절親切한 동지同志로 지냈다. 이후 안安과는 문예, 연극, 영화. 기자생활 등을 같이 했다.

시詩 「광란狂瀾의 꿈」을 썼다. 이것은 미발표未發表로 남아 있다가 1949년年 4월月 25일日 동아일보東亞日報에 유고遺稿로 발표發表되었고 『그날이 오면』에도 수록收錄했다.

낭만적浪漫的 습작기習作期를 지나, 그의 시詩 세계世界의 주조主調를 이루고 있는 야수적野獸的, 포효咆哮가 이것으로부터 비롯된다. "분粉 바른 계집의 얼굴을 끄스르고 '당신을 사랑합니다' 하는 조동아리를 지져 놓아라……오오 오늘까지의 우주宇宙는 개벽開闢하고 말았다!" 이런

---

14) 안종화 저, 『한국영화측면비사韓國映畫側面秘史』, 춘추각春秋閣, 1962년年 12월月 .

내용內容이다.

최승일崔承一 등等과 신극연구단체新劇研究團體 '극문회劇文會'를 조직組織하였으나 별 활동活動은 없었다. 심훈沈熏이 남긴 초안 서류書類 중中에 '극문회'에 대對한 규약規約 조직組織 공연계획公演計劃等 자세한 기록이 있다. 구성원構成員을 보면, 연출 담당에 심대섭沈大燮(심훈沈熏), 최선익崔善益, 고한승高漢承, 경비經費 담당擔當에 김영비金泳備 최승일崔承一, 무대舞臺 담당擔當에는 안석주安碩柱, 이승만李承萬 등이고 그밖에 임남산林南山, 김영팔金永八, 이경손李慶孫 등이 끼어 있다. 이상以上 10명名 중中 간사 두 명은 심대섭과 김영보로 되어 있다.

따라서 1922년年에 최승일崔承一을 중심으로 '극문회劇文會'가 조직組織되었다고 한 종래從來의 설說은 1923년年 심훈沈熏의 주동主動으로 고쳐져야 한다.

1924년年 동아일보東亞日報 기자記者로 입사하였다.

부인夫人 이해영李海暎과 별거別居하게 되었다. 자유주의 기수로서 새로운 사조의 첨단尖端을 걷던 심훈沈熏이, 조혼早婚한 이해영李海暎에게, 비록 뒤늦게 현대식現代式 교육教育을 받았지만 만족할 수 없었다. 소생所生이 없다는 것이 표면상의 이유였지만 그것은 핑계에 지나지 않았고, 당시 풍조風潮에 휘말린 것이라고 볼 수 있다. 법적法的인 이혼離婚은 재혼再婚한 뒤 생남生男하였을 때다."[15]

동아일보東亞日報에 연재連載되던 번안소설飜案小說 『미인의美人 한恨』의 후반부後半部, 번안飜案을 담당擔當하여 장편長篇에 처음 손을 댔다.

"(전략)처음으로 장편소설長篇小說에 붓을 대어 다른 분이 번역飜譯하다 버리고 간 『미인의美人의 한恨』과 조선朝鮮서 처음으로 『탈춤』이란 영화소설映畵小說을 실리기도 적시赤是 동아일보東亞日報였읍니다."[16]

『미인美人의 한恨』은 1924년年 8월月 28일日부터 동년同年 11월月 8일日까지 73회回 연재連載되었는데 무대舞臺는 런던이고 인명人名은 한국韓國사람인 서투른 번안소설飜案小說이다. 어디서부터 심훈沈熏이 번안했는지 알 수 없게 시종始終 유운인柳雲人 역譯으로 되어 있다.

윤극영尹克榮이 조직組織한 소녀합창단少女合唱團 '따리아회'에 출입出入하면서 동회同會

15) 전부인前夫人 이해영李海暎, 장질長姪 심재영沈載英(원래는 재영在英이었던 것을 후에 개명), 윤극영尹克榮 등의 말. 이해영李海暎은 이혼 후에도 개가하지 않고 평생 심훈沈熏을 정신적인 남편男便으로 섬기며, 현재 돈암동에 생존生存해 있다.

16) 『상록수』 연재 예고豫告 중中 작가作家의 말. 《동아일보東亞日報》, 1935년年 8월月 27일日.

후원회後援會 회원會員으로서 저널리즘 선전하는 일을 맡아 하였다. 후에 결혼結婚하게 된 부인夫人 안정옥安貞玉이 '따리아회' 멤버였다. 한국韓國 소년소녀少年少女의 머리를 침범侵犯하는 일본동요日本童謠의 퇴치수단退治手段으로 '반달' 등의 윤극영尹克榮의 노래를 적극적積極的으로 선전宣傳해야 한다고 기염氣焰을 토吐했다고 윤극영尹克榮이 증언證言한다.

이때 안정옥安貞玉은 어린 마음에도 심훈沈熏이 유독唯獨 자기自己만을 귀여워해 주는 것을 알았었다고 한다.

1925년年 "조선프로레타리아예술동맹"이 발족發足함에 이에 가담加擔하였다. 한국韓國 최초最初의 영화소설映畵小說 『탈춤』을 11월月 9일日부터 12월月 13일日까지 33회回 연재하였다. 동同 머리말에 "돈의 탈을 쓴 놈, 권세의 탈을 쓴 놈, 명예, 지위의 탈을 쓴 놈……" 운운云云하여 뒷날 반금反金, 반권反權의 절규絕叫의 맹아萌芽를 여기서부터 볼 수 있다. 『탈춤』은 1927년年 윤석중尹石重이 원작자原作者의 지도 하指導下에 각색脚色하여(이 원고가 남아 있다) 영화화映畵化를 기도企圖하였으나 실현實現을 보지 못했다. 심훈沈熏이 뒤에 영화인映畵人으로 활동活動하는 계기契機가 되었다. 『탈춤』의 또 하나의 특징特徵은 당시의 명배우名排優 나운규羅雲奎, 김정숙金靜淑, 남궁운南宮雲 등의 연기演技를 직접直接 사진寫眞으로 찍어 삽화揷畵에 대신代身했다는 점點이다. 심훈沈熏이란 필명을 여기서 처음으로 쓰기 시작했다 함은 전기前記한 바와 같다.

일본日本 작가作家 오자키 고요尾崎紅葉의 『금색야우金色夜叉』를 번안飜案한 당대當代의 유행소설流行小說 『장한몽長恨夢』을 영화화映畵化할 때 남주인공 이수일 역의 후반부後半部를 대역代役하였다. 감독 이경손이 이수일 역으로 당시의 미남 배우 주삼손을 등용登用했었는데 주朱가 촬영撮影 중도中途에 행방불명行方不明이 되어 할 수 없이 미남 기자였던 심훈沈熏을 대역代役으로 썼는 바, 주朱와 심沈의 출연出演 장면場面 수數는 거의 비슷하다.[17] 배우가 되겠다는 고보시절高普時節부터의 숙원宿願이 이루어진 것이다.

시詩 「패성浿城의 가인佳人」을 썼다. 심훈沈熏의 작품作品에는 대개大槪 탈고일脫稿日이 밝혀져 있어 좋은 참고參考가 된다. 이 시詩도 작품作品 말미末尾에 적힌 1925년年 2월月 14일日은 탈고일脫稿日이고, 발표發表하기는 1934년年 1월호月號 잡지 《중앙中央》이었다. 고故로 심훈沈熏 작품作品 말미末尾의 일자日字는 모두 탈고일脫稿日로 보면 틀림없다.

17) 윤석중尹石重의 말. 또한 전출前出한 『한국영화측면비사韓國映畵側面秘史』와 김을한金乙漢著 『그리운 사람들』 (1962. 3)에도 언간焉間의 사정事情이 언급言及되어 있다.

1926년年 육십만세사건이 일어난 해다. '철필구락부鐵筆具樂部'라는 좌경左傾 기자記者 클럽에 가담加擔하여 신문사新聞社 간부진幹部陣과 상금인상賞金引上을 내걸고 투쟁鬪爭한 소위所謂 '철필구락부사건鐵筆具樂部事件'으로 유완희柳完照 등과 함께 동아일보사東亞日報社에서 추방追放되었다. 동사同社 간부 중에서도 꼼꼼하고 지사형志士型이요 노력형勞力型인 상사上司 편집국장編輯局長 설의식薛義植과 가장 맞지 않았었다 한다.

근육염筋肉炎 종기腫氣로 8개월간 대학병원에서 병상생활을 하였다. 이 때 「병상잡조病床雜俎」라는 잡문雜文을 써서 발표發表했다.[18]

「나의 강산 江山이여」, 「짝 잃은 기러기」, 「통곡 속에서」[19] 등 수 편의 시작詩作을 발표發表하였다.

1927년年 '신간회新幹會'가 조직組織되고 이해부터 각各 신문사新聞社가 주동主動이 되어 브나로드의 기치 아래 농촌계몽 운동農村啓蒙運動과 문맹퇴치 운동文盲退治運動등이 거족적擧族的으로 일어나게 되었다.

이 해 봄에, 후에 영화배우映畵排優로 활약活躍한 강홍식姜弘植과 더불어 영화공부映畵工夫하기 위하여 도일渡日하여 육개월여六個月餘 머물렀다.[20] 교토京都 '닛카쓰촬영소日活撮影所'에서 무라타 미노루村田實 감독監督의 지도指導를 받았다.

'닛카쓰촬영소日活撮影所'에 있을 때, 동소同所 작품作品 〈춘희椿姬〉에 잠깐 출연했는 바 이것이 한국인韓國人으로서 일본영화日本映畵에 출연出演한 최초最初가 된다.

귀국하여 영화 〈먼동이 틀 때〉를 원작原作 감독監督하여 단성사團成社에서 개봉開封하였다. 일본日本에서 익힌 새로운 연출演出 수법手法을 구사驅使하여 〈아리랑〉 다음 가는 명편名篇으로 흥행興行되었다. 이것은 탈옥수脫獄囚의 기구한 운명運命을 그린 작품作品으로 『장발장』의 스토리와 비슷한 내용인 바, 원래는 〈어둠에서 어둠으로〉라는 제목이었는데 총독부總督府 검열檢閱에서 말썽이 되자 심사心事가 틀려 정반대正反對로 〈먼동이 틀 때〉라고 고쳤다.[21]

---

18) 발표처, 연대 미상. 스크랩집集에 보인다.

"늦은 봄부터 입추立秋 가까운 오늘까지 이 몽유병자夢遊病者는 생명生命을 유지維持하여 온 것이다. (중략) 그렇지만 우리 큰형 말마따나 사나이 자식이 댕구알에 O알이 터져서 죽을지언정 안방 아랫목에서 골골콜록콜록하다가 턱을 까불고 싶지 않다."

19) 1926년年 4월月 29일작日作으로 되어 있다. 초고草稿에 보이는 원제原題는 「돈화문敦化門 앞에서」이니 동同 4월月 26일日 순종純宗 작고作故와 관련關聯이 있음을 알겠다.

20) 본인本人의 글 『민중民衆이 어떠한 영화映畵 요구要求하는가?-를 논하여 만년설군萬年雪君에게』 《중외일보中外日報》, 1928년年 7월月 11일日부터 7월月27일日까지 연재.

21) 주註 17과 동同.

다수의 시작詩作을 발표發表하였다. 「잘 있거라 나의 서울이여!」, 「현해탄玄海灘」, 「무장야武藏野에서」 등은 일본 유학 도상途上의 것이고, 그 밖에 「만가晩歌」, 「박군朴君의 얼굴」, 「너에게 무엇을 주랴」 등이 있다.

1928년年 조선일보朝鮮日報에 기자記者로 입사入社하였다. 친우親友의 매妹이자 당시 일류一流 무희舞姬였던 최승희崔承喜와의 염문艶聞이 이때를 전후前後해서다. 심훈沈熏이 경제적經濟的 안정安定을 얻지 못하여 결국結局 파경破鏡에 이르지만, 최崔는 그의 가슴에 가장 강렬한 자취를 남겨 이후의 작품作品에서 그 흔적을 많이 찾아 볼 수 있다.

시詩 「태양太陽의 임종臨終」을 발표發表했다.

중외일보中外日報 지상紙上을 통하여 영화예술映畫藝術을 놓고 프로 쪽의 논객論客들과 논쟁論爭을 벌여 순수純粹 영화예술映畫藝術을 옹호擁護하고 프로작가作家들과 몌별袂別하게 되었다.

1929년年 '광주학생사건光州學生事件'이 발발했다.

가장 왕성旺盛한 시작詩作을 보여준다. 「밤피리」, 「봄비」, 「거리의 봄」, 「영춘삼수咏春三首」, 「어린이 날에」, 「조선朝鮮은 술을 먹인다」, 「독백獨白」, 「고독孤獨」, 「가배절嘉排節」, 「동우冬雨」, 「눈밤」[22] 등等이다. 그밖에 미발표未發表 초고草稿로 남아 있는 것[23] 중에서 동년同年 작품으로 「눈오는 밤」, 「야구野球」, 「원단잡시元旦雜時」, 「가을 노래」 등이 있다.

1930년年 소설小說 『동방의 애인東邦의 愛人』을 조선일보朝鮮日報에 연재連載하다가 부덕不德하다 하여 일경日警에 의依하여 정지停止되었다. 이어 동지同紙에 제목題目을 바꾸어 비슷한 이야기를 『불사조不死鳥』라 하여 연재連載하였으나 이것 역시 같은 이유로 정지되었다. 1949년年에 단행본單行本으로 간행刊行되었는데 현재 전하는 『불사조不死鳥』는 8.15 후 그의 중씨仲氏인 목사牧師 명섭明燮에 의依하여 완결完結되었다.

12월月 24일日 '따리아회' 멤버였을 때부터 알았던 안정옥安貞玉과 재혼再婚했다. 소망所望하던 자유연애自由戀愛로 신식新式 결혼식結婚式을 올렸는데 들러리는 김팔봉金八峰이 섰고, 안씨安氏는 심훈沈熏의 사후死後 재가再嫁하여 현재 서울에 살고 있다.

시詩 「필경筆耕」, 「그날이 오면」, 「한강의 달밤」, 「풀밭에 누워서」, 「소야악」, 「첫눈」, 「선생님 생각」, 「마음의 각인刻印」 등을 썼다.

---

22) 『그날이 오면』에는 「눈밤」의 1연만이 수록收錄되어 있는데 이는 편자編者의 잘못이다.

23) 여타의 작품作品들과 함께 유자遺子 재호在昊가 수장收藏하고 있다.

1931년年 조선일보朝鮮日報를 그만 두었는데 그 경위經緯는 알 수 없다. 경성방송국京城放送局 문예담당文藝擔當으로 취직就職하였으나 사상관계思想關係로 삼개월만에 추방되었다.[24]

3. 정착기定着期

1932년年 직장職場, 문학文學, 영화映畵 등 모든 면에서 안정을 얻지 못하고 방황하다가 새로운 출발을 결심하고, 전년前年에 낙향落鄕한 양친兩親과 장질長姪 재영載英이 사는 충남 당진군 송악 부곡리로 내려갔다. 낙향落鄕이래도 난생 처음 가보는 타향他鄕이다. 심재영沈載英은 경성농업京城農業을 졸업卒業하고 농촌운동農村運動에 투신投身코자 내려갔다. 그가 곧 『상록수常綠樹』의 주인공主人公 박동혁朴東赫의 모델로 『상록수常綠樹』는 그의 행상기行狀記라고 할 수 있을 정도程度다.

시詩 「송도원松濤園」, 「명사십리明沙十里」, 「해당화海棠花」, 「생명生命의 한 토막」, 「어린 것에게」, 「고향故鄕은 그리워도」, 「추야장秋夜長」, 「토막 생각」, 「R씨의 초상」, 「곡서해哭曙海」, 「웅雄의 무덤에서」 등을 썼다.

「고향故鄕은 그리워도」는 흔적도 없이 변모變貌해 버린 흑석리 고향집을 그리는 애틋한 신파조新派調의 것으로 신불출申不出의 취입吹入으로 레코드화化한 일도 있다.

이제까지 써 온 발표發表 미발표未發表의 시詩를 모아 시집詩集 『그날이 오면』을 출판出版하려 했는데 검열檢閱에 걸려 허사虛事로 돌아갔다. 현재 전하는 『그날이 오면』은 당시에 정리해 놓았던 것을 1949년年에 간행刊行한 것이다. 1932년年에 쓴 서문序文이 실린 소이연所以然이다.

1933년年 조카 심재영沈載英의 부곡리富谷里집 사랑채에서 소설小說 집필執筆에 전념專念하여 『영원永遠의 미소微笑』를 5월月에 탈고하였다. 9월月부터 조선중앙일보朝鮮中央日報[25]에 연재連載하여 다음 해 완결完結되었다. 『영원永遠의 미소微笑』는 도시都市의 허황된 생활生活을 청산淸算하고 낙지의

24) 방송국 시절은 심훈沈熏과 함께 시험試驗을 치러 입국入局한 박충근朴忠根(현現 신흥산업이사新興産業理事)가 잘 알고 있다. 1931년年 제2회第二回 조선어朝鮮語 아나운서 모집시험이 있을 때 전문대학專門大學 졸업卒業 이상以上의 자격資格으로 응시應試한 사람이 36명名, 그 중中 일차시험一次試驗에 6명을 선발했던 바, 심훈沈熏이 1위로 합격. 이차二次 음성시험音聲試驗에서 박충근朴忠根만 합격合格하였다. 그가 입국入局한 지 2·3개월 후 심훈沈熏은 성적成績이 우수優秀하다 하여 특채特採되어 문예담당文藝擔當 프로듀서로 입국, 문예물 낭독을 맡아 했다. 심훈沈熏은 그의 지기知己이자 일기一期 먼저 아나운서로 와 있던 김영팔金永八과 함께, "황태자전하皇太子殿下"와 같은 말을 발음發音할 때 아니꼽고 역겨워 우물쭈물 넘기곤 하여. 사상부덕思想不德으로 추방追放되었다 한다.

25) 「조선신문발행사朝鮮新聞發達史」(신동아, 1934)에 의依하면 중앙일보中央日報가, 1933년年 2월月 대전에서 출옥한 여운형을 사장으로 추대하고 동년同年 3월月에 '조선중앙일보朝鮮中央日報'라 제호題號를 바꾸었다. 여운형呂運亨은 상해上海에 있을 때부터 심훈沈熏을 대단大端히 아끼던 처지處地로써 심훈沈熏이 『영원永遠의 미소微笑』와 『직녀성織女星』을 동지同紙에 연재連載하여 생활生活의 곤경困境을 조금이라도 면할 수 있었던 것은 순전純全히 그의 호의好意였다.

흡반吸盤처럼 대지大地에 뿌리를 박고 새로운 생활生活을 열고자 낙향落鄕한다는 이야기로 작자作者 자신自身의 체험기體驗記인 동시同時에 뒤에 나오는 대작大作 『상록수常綠樹』의 전신이기 도 하다.

단편短篇 「황공黃公의 최후最後」를 탈고脫稿하였으나 발표發表되기는 1938년年 일월호 《신동아新東亞》 지상紙上이다.[26]

동년同年 8월月에 조선중앙일보朝鮮中央日報에 학예부장學藝部長으로 취직就職되어 상경上京하였다가 3~4개월 후 다시 부곡리로 되돌아갔다. 학예부장學藝部長 재직在職 시時에 동사同社에서 발행發行한 월간月刊 잡지雜誌 《중앙中央》 창간호創刊號 편전編轉에 참여參與하였다.

1934년年 전실前室 이해영李海暎에 대對한 회고回顧와 청상靑孀된 누님에의 설원雪怨의 뜻으로 『직녀성織女星』을 집필執筆하여 조선중앙일보朝鮮中央日報에 연재連載하였다. 『직녀성織女星』의 고과稿科로 부곡리에 손수 설계한 집을 짓고 '필경사筆耕舍'라 이름 붙였다. 『상록수常綠樹』의 농우회農友會 모델이 되는 '공동경작회共同耕作會'[27] 회원會員들과 친밀親密히 지냈다.

1935년年 동아일보사東亞日報社 창간創刊 15주년週年 기함紀含 장편소설長篇小說 현상모집懸賞募集에 『상록수常綠樹』를 써내어 당선當選되었다. 동同 상금賞金 오백원五百圓 중中 백원百圓을 내어 심재영沈載英이 운영運營하는 '상록학원常綠學院' 설립設立에 협조하였다. 심재영沈載英은 이 때까지 『상록수常綠樹』에 나오는 것과 같이 움막 야학夜學을 하고 있다가 이 상금賞金으로 현존現存하는 건물建物을 지었다. 이 학원學院은 현現 상록국민학교常綠國民學校로 발전發展하였으며, 학원學院의 계통系統을 이은 것으로 5.16 후에는 일종一種의 농민학교農民學校인 '상록학원常綠學院'으로 재발족再發足하였다.

9월月 10일日부터 익년翌年 2월月 15일日까지 동아일보東亞日報에 『상록수常綠樹』를 연재連載하였다.

『필경사잡기筆耕舍雜記』라 제題한 일련一連의 신변잡기身邊雜記를 동아일보東亞日報에 써서 낙향 동기, 서울 생활의 혐악혹嫌惡惑등을 피력披經하였다. 『필경사잡기筆耕舍雜記』는 「당재丹齋와 간당干堂」(3월月 13일日 발표發表), 「봄은 어느 곳에」(3월月 14일日), 「2월月 초初하룻날」(3월月 15일日), 「적권세심기赤券洗心記」(3월月 17일日) 등으로 되어 있는데, 그의 수필隨筆 중中 정상頂上을 차지하는 것들이다.

26) 1933년年 발표發表라 오전誤傳되는데, 그것은 탈고일脫稿日이고 발표시發表時가 아니다. 원제原題는 「사지의 일생一生」이라는 수필隨筆로 썼던 것이라고 작자作者 자신自身이 밝히고 있다.

27) 당시 회구會具 12명 중 1명 작고作故, 1명 행방불명, 1명은 서우에 거주하며 기외其外 9명은 부곡리에 육십六十 촌노村老로 생존生存해 있다.

『영원永遠의 미소微笑』를 한성도서주식회사漢城圖書株式會社에서 단행본單行本으로 발행發行하였다.

1936년年 『상록수常綠樹』 영화화映畵化를 계획計劃하여 이익李翼과 공동共同 각색脚色하고 심훈沈熏이 감독監督할 작정이었다. 주연은 강홍식姜弘植과 전옥全玉, 제작制作에 고려영화사高麗映畵社 이창용李創用, 특별출연特別出演에 부인夫人 안정옥安貞玉 등 스탭과 캐스트까지 다 정해 놓았었음을 동아일보東亞日報 문화면文化面 기사記事로 알 수 있다. 이것은 심훈沈熏의 작고作故로 허사虛事가 되고 말았다.

손기정孫基禎의 백림伯林 마라톤 우승優勝의 제보提報를 듣고 《신문호新聞號》 뒷등에 즉흥시卽興詩 「절필絕筆」[28]을 써서 발표發表하였다.

『상록수常綠樹』 출판出版 관계로 상경하였다가 장티푸스에 걸려 9월月 16일日, 36년年 4일日을 누리고 대학병원에서 영면永眠하였다.[29]

한성도서주식회사漢城圖書株式會社에서 벽초碧初의 서문序文을 실은 『상록수常綠樹』가 단행본單行本으로 출판出版되었다.

생장환경生長環境

인격형성人格形成의 요소要素로써 선천적先天的 소질素質과 후천적後天的 환경環境의 상호작용相互作用을 간과看過할 수 없다는 정리定理에 따라 한 작가作家의 인간 형성과정形成過程도 이 양면兩面에서 천착穿鑿되지 않을 수 없다. 더구나 심훈沈熏 같이 생애生涯와 그의 작품세계作品世界가 합일合一되는 작가作家에 있어서는, 그의 생장사生長史 및 생활사生活史가 곧 작품作品의 형성形成과 발전發展에 동궤同軌하니 만치, 그의 작품作品의 논의論議 내지乃至 연구硏究를 위爲하여 가문家門과 성격을 들추지 않을 수 없다.

전항前項의 약전略傳에서 서론詳論되지 않은 부분部分을 골라 선천적先天的 소질素質의 면인 가문과 후천적後天的 영향影響의 주요主要 원천源泉이 되는 시대적時代的 환경環境을 고찰考察해 볼까 한다.

1. 가문家門

경성제일고등보통학교京城第一高等普通學校 1919년도年度 퇴학자退學者 학적부學籍簿의 신분란身分欄에

28) 심훈沈熏의 최후最後의 작품作品이다. "금세계金世界의 인류人類를 향向해서 외치고 싶다! 인제도 인제도 너희들은 우리를 약한 족속이라고 부를 터이냐!"로 종연終聯이 되는 이 시詩를 그의 영결식永訣式에서 여운형呂運亨이 울면서 낭독朗讀했다 한다.

29) 당시 한성도서주식회사漢城圖書株式會社 사원으로서 언간焉間의 사정事情을 잘 아는 최영수崔永秀가 쓴 회고기回顧記 『심훈沈熏과 상록수常綠樹』(서울신문, 1949년年 10월月 3일日)가 있다.

보면, 심훈沈熏의 보호자保護者 신분身分은 '우반兩班'이라 되어 있다. 부친 상정相珽은 면장이요, 호주인 조부는 당지當地의 명망가名望家라 적혀 있다.

청송靑松 심씨沈氏 세보世譜에 의依하면, 심훈沈熏의 19대조代祖 심온沈溫을 심훈沈熏의 중여지조中興之祖로 받들고 있음을 알 수 있다. 심온沈溫은 이씨李氏 조선朝鮮 초기初期에 영의정領議政을 지냈고, 세종대왕世宗大王의 국구國舅로서, 문종文宗과 세조世祖를 낳은 소헌왕후昭憲王后의 부친父親이다.

18대조代祖 심회沈會, 15대代 심연원沈連源 등 대광보국숭록대부大匡輔國崇祿大夫 영의정領議政을 많이 냈으며 명종明宗의 국구國舅로서 인순왕후仁順王后의 부친인 심강沈鋼은 14대조代祖이다.

내려와서 심훈沈熏의 고조高祖 심능유沈能愈가 증이조참판贈吏曹參判이요, 증조曾祖가 동령부사敦寧府府事였다. 이와 같이 양반兩班의 혈통血統을 이은 가문家門이라 조부祖父 정택鼎澤이나 부친父親 상정相珽은 조상숭배祖上崇拜 사상思想이 철저徹底하여, 근대사상近代思想의 침윤浸潤과 더불어 몰락해 가는 양반 특유의 반항으로 자손들에게 양반의식兩班意識 계발啓發에 힘썼음을 추단推斷키 어렵지 않다.

혼인婚姻에 있어서도 반상班常과 사색四色을 가리었기 때문에, 심훈沈熏 외가나 고모의 시가媤家가 모두 해평海平 윤씨尹氏였고, 그가 열일곱에 결혼結婚할 때도, 왕족으로서 후작侯爵을 받은 이해승李海昇의 매妹를 취함도 서상敍上의 설명說明이 된다.

『직녀성織女星』에서 몰락沒落한 양반兩班 이한임李翰林을 따뜻한 동정同情으로 감싸고, 『불사조不死鳥』의 부정적否定的 인물人物로 설정設定한 김장관金長官(경술년 전해에 아전으로 있을 때 삼백 석지기로 산 벼슬[30])을 하고, 동同 작품作品의 긍정적肯定的 인물인 정희가 지체 높은 양반의 후예後裔라는 점點 등에서, 그의 진보적進步的 자유사상自由思想에 어울리지 않게 보이는 양반숭배사상兩班崇拜思想의 발로發露는, 서상한敍上한 가문家門에서 태어났고 그러한 훈도薰陶밑에서 형성形成된 것으로 설명說明되어야 한다.

호주戶主인 조부祖父 심정택沈鼎澤은 동안백발童顔白髮의 훌륭한 풍채風彩이었는데, 평화平和의 사도使徒라 불러도 좋을 만치 살생 같은 것을 차마 보지 못하는 온화한 성품의 군자君子이었다. 권위權威로써가 아니라 인품人品과 심덕心德으로 제가齊家하여 대가족大家族을 거느리면서도 집안에서 큰 소리 한 번 나는 일이 없었다 한다.

---

30) 『불사조不死鳥』, 1952년판年版, 11쪽.

부친父親 심상정沈相挺 역시亦是 조부祖父와 같이 전형적典型的인 양반兩班으로서, 정도正道만 알고 지조志操가 굳고 학자적學者的 고고孤高를 견지堅持하는 반면反面에 이재理財에 어둡고 격동激動하는 현실現實에 적응適應할 의사意思도 능력能力도 없었다.

모친母親 해평海平 윤씨尹氏의 부친父親, 즉卽 심훈沈熏의 외조부인 윤현구尹顯求는 이조李朝 말末 삼대三大 문장가文章家로 떨친 윤희구尹喜求의 당내堂內로서 서書, 문文, 화書에 능能한 재주꾼이었다. 모친母親도 이러한 외조부外祖父를 닮아 남성보다도 오히려 도량度量이 넓고 서글서글한 재기형才氣型이었다. 수많은 자부子婦, 손부孫婦들을 인격적人格的으로 위압危壓하여 가내家內 주서株序와 화평和平을 유지維持하였다.

외향적外向的이요 행동형行動型인 훈熏과 그의 장형長兄 우섭友燮은 성격면性格面에서 모계母系, 외양에서는 부계父系를 닮은 반면에 내성적이요 사상형인 중형仲兄 명섭明燮은 이와 반대反對로 외양外樣은 모계母系를, 성격면에서는 부계父系를 닮았다고 한다. 행동반경行動半經이나 생활이력生活履歷에 있어서 훈熏과 우섭友燮이 같았는데, 중형仲兄 명섭明燮은 후에 기독교 목사가 되었다가 6.25 시時 압북拉北되었다.

심훈沈熏의 선천적先天的인 문학적文學的 재질 내지乃至 예술적藝術的 재질才質과 직선적直線的 행동양식行動樣式은 주主로 외조부外祖父 현구顯求와 모친母親인 윤씨尹氏의 끼친 바요, 반면反面에 가끔 번뜩이는 그의 학자적學者的 명철성明哲性과 분석력分析力은 부친父親의 끼친 바에 틀림없다.[31]

2. 시대적時代的 환경環境

서구西歐의 근대사조近代思潮, 좁혀 말해서 일본日本의 근대적近代的 자본주의資本主義와 기계문명機械文明이 물결쳐 올 때, 봉건주의封建主義의 성내城內에 깊이 잠들었던 종래從來의 안일安逸한 토착土着 양반계급兩班階級의 붕괴崩壞가 뒤따랐다. 당시의 고관高官 귀족貴族 중中에는 일본日本이 내리는 작위나 하사금으로 졸부가 되는 이도 있었지만, 망국亡國의 설움을 안고 탄세강개歎世慷慨하는 대부분의 지사급志士級 양반兩班은 문을 쳐닫고 개명開明하는 사회와의 사절社絕 감행敢行하였다.

심훈沈熏의 가문家門이 후자後者의 경우境遇로서, 워낙 이재理財에 눈이 어두운 조부祖父나 부친父親은 학자금 등 많은 지출支出로 기울어져 가는 가세家勢를 어찌할 줄 몰랐다. 그러면서

31) 설언說言해준 사람들 : 심재영沈載英(장질長姪), 윤극영尹克榮(고종姑從), 이해영李海映(전부인前夫人), 안정옥安貞玉(재취부인再娶夫人), 이석중李石重(문학청년文學青年 시時 심훈沈熏과 동숙同宿), 유광렬柳光烈(동료기자同僚記者).

이런 현상이 모두 일본日本 제국주의帝國主義의 영향影響이라 생각하여 가내家內에는, 반근대화反近代化, 좁혀 말해서 반일사상反日思想으로 팽배澎湃해 있었다.

심훈沈熏이 반일민족주의자反日民族主義者로 생애를 일관一貫하게 된 가정적家庭的 요인要因으로 서상敍上의 사실事實을 들지 않을 수 없는 것이다.

미문의숙微文義塾 제1회第一回로 1910년年 망국亡國의 해에 졸업卒業한 장형長兄 우섭友燮은 문학文學에 뜻이 있어, 1908년年 한국韓國 최초最初로 발행發行된 잡지雜誌 《소년少年》으로부터 《아이들 보이》 등을 읽어 문학수련文學修練을 하였고 후에 매일신보每日申報 기자記者, 《계명啓明》지의 편집編輯을 맡은 사람이다. 심훈沈熏이 문학文學에 입지立志하게 된 데에는, 12년年의 연차年差가 있는 이러한 형의 영향이 컸으리라 생각 되는 것이다.

그가 문학文學에 눈을 돌리게 된 시대적時代的 요소要素로써 다음 사상事象을 또한 들지 않을 수 없다.

1920년대年代 이 땅의 젊은 지식인知識人들에게는 할 만한 일이 별로 없었다. 학자금學資金 염출정도捻出程度는 되는 부유富裕한 명문名門 집안이었기 때문에 남보다 일찍 고등교육高等教育을 받을 수는 있었다. 그러나 학업을 마치고 고국에 돌아와 보면 사방四方은 암흑暗黑이었다. 최고最高의 지성知性을 지닌 그들이 동족同族의 지탄指彈을 받으면서까지 일제 하日帝下에서 관리官吏나 무엇으로 처신處身할 수는 없었다. 더구나 심훈沈熏같이 기미운동己未運動에 가담加擔하였다가 퇴학退學, 복역服役, 망명亡命의 전력이 있는 자에게는 더구나 어떻게 할 도리道理가 없었다.

이렇던 당시의 지성인知性人으로서 기자記者로 싸웠고, 일제의 압력 때문에 신통神通히 성공成功할 길도 보이지 않는 문화사업文化事業에나 뜻을 두게 되었고, 문필文筆로나마 투쟁鬪爭하겠다고 결의決意하게 된 동기動機를 쉽사리 짐작할 수 있는 것이다.

위인爲人

성격상性格上으로 보아 여러 기지의 인간형人間型으로 나누는 방법方法이 심리학心理學에서 유의論議되겠지만, 제상면諸狀面이 공존하는 성격의 혼합체混合體인 인격人格을 정확하게 구정究定하기란 대단大端히 어려운 일이다. 더구나 생전生前의 면모面貌를 대對한 적도 없이 다만 몇 조각 얻어 들은 일화逸話로 어떤 인간의 위인을 말한다는 것은 지난至難한 일이라고 알고 있다. 그러면서도 이런 작업作業을 감敢히 시도試圖하지 않을 수 없음은, 그의 위인이 곧 그의 작품作品의 원형原形인 까닭이다.

심훈沈熏은 흔히 말하는 돈키호테형型이다. 경성제일고등보통학교京城第一高等普通學校 학적부學籍簿 성격란性格欄에는 "재주 있으나 노력勞力하지 않고 다변多辯이라"고 적혀 있다. 남 앞에 나서서 우쭐대기를 무척 좋아했다. 공부시간에도 묘妙한 질문質問으로 아이들 웃기는 데만 정신精神을 써서 선생에게 야단맞고 대들기 일쑤였다고 동기동창同期同窓 윤극영尹克榮이 말한다. 점심시간이나 쉬는시간에는 으레 교탁敎卓에 나가 앉아 점심을 먹고, 미워하는 선생 등 뒤에다 주먹질하다가 야단맞는 일도 있었다. 이 주먹질의 대상對象이 일인日人 수학선생數學先生이었는데, 수학數學이 과락科落이어서, 선생先生이 다음부터 까불지 않고 얌전히 공부工夫 잘하면 진급進及시키겠다고 해도, 서약誓約하기를 거절拒絶하고 삼학년을 재수再修했다는 것이다.

서푼 아는 것을 열닷 냥 아는 듯 풍을 잘 떨고[32] 어떤 화제話題에나 리드하려 들었다.

기미년己未年 3월月 5일日 밤, 별궁別宮 앞 해명여관海明旅館에서 체포逮捕되어 경성 헌병분대憲兵分隊로 끌려가 심문審問을 받을 때 부인否認하면 그만인 것을 만세萬歲 불렀노라고 떳떳이 자백自白했던 일[33], 동同 사건事件으로 재판裁判받을 때에 "나중에 나가서 또 이런 짓을 하겠느냐?"는 재판장裁判長의 물음에, 오른손 무명지를 쭉 펴 자기自己 목을 도려 땅에 굴리는 과장된 제스처를 하면서 "죽어도"라고 대답對答했던 일도 있다[34].

윤극영尹克榮이 소녀합창단少女合唱團 '따리아회'를 조직組織하여 지금까지 애창愛唱되는 '반달', '설날' 등 동제童謠의 명편名篇을 발표發表하여, 한창 기세氣勢 올리는 일본日本 노래에 도전挑戰할 때, 동회同會 후원회後援會 회원會員으로서 저널리즘을 통한 선전宣傳에 전념專念하던 때의 일이다. '반달' 등을 들어 이만하면 일본日本 노래를 퇴치退治하기에 충분充分하다고 격찬激讚하며 기염氣焰을 토吐하다가도, 동요童謠 작사作詞를 의뢰依賴하면, "내가 그 따위 어린애들 노랫감을 써? 적어도 민족의 가슴에 불을 지르는 힘 있는 시詩를 쓴다"고 자부심自負心이 대단大端했었다는 것 이다.

원래原來 미염米鹽의 대代를 얻기 위하여 문필文筆을 잡은 것이 아니라 예술藝術을 통한 어떤 자적自的 달성達成 때문이요, 문학文學보다도 영화映畵에 더 정력精力을 쏟아 필생畢生의 사업事業으로

---

32) 윤석중尹石重, 「고향故鄕에서의 객사客死, 심훈沈熏」, 《문예특별증간호》, 사상계, 1963.

"(심훈沈熏의) 본명本名은 대섭大燮인 바, 맏형인 반섭友燮은 아호雅號가 천풍天風이었는데 둘째 형인 명섭明燮은 고지식하기로 유명有名하여 지풍地風이라 별명別名지었고 그러고 보니 풍을 떨기 잘하는 대섭大燮은 해풍海風 이라 부를 수밖에 없어 이들 삼풍三風은 서울 장안의 명물名物 삼형제三兄弟였다."

33) 전출前出, 심훈沈熏 일기日記, 1920년年 3일月 오일조五日條.

34) 당시 매일신보每日申報 기자記者로서 취재하러 갔던 유광렬柳光烈 목격담目擊談. 김병주金炳周의 심훈추박문沈熏追博文에는 출옥出獄 시時의 에피소드라는데 유광렬抑光烈이 이를 부인否認한다.

삼으려 했다는 바, 영화映畵하는 동기動機를 반분半分의 예술욕藝術慾 때문이라고 표명表明하는 데[35]이는 곧 그가 문학文學에 입지立志하게 된 동기動機가 영웅주의英雄主義임을 설명說明하는 것이라 보아도 무방無妨하다.

명문名門의 막내동이답게 장난 잘 치고 안하무인격眼下無人格으로 호탕豪宕한 위인爲人이었다는 점點에서 그를 말하는 사람들의 의견意見이 일치一致한다. 17세歲에 장가갔을 때, 상床을 받고 국수 더 가져 오래서 두 사발을 먹는 파격破格이라든가, 나오는 길에 처妻 조카를 덥석 안아 올려 중인환시리衆人環視裏에 입을 맞추고 재롱부려주고 했던 일, 일본日本에서 발행發行하는 신문 《보지報知를》 노상 우리말 발음發音으로 크게 소리쳐 여기자女記者의 얼굴을 붉혀주기 예사였던 일.[36] 그의 작품作品에 보이는 유머러스한 표현表現이나 삽화揷花는 이러한 명랑한 성격의 소산所産이다.

또 한 가지, 그는 노력형勞力型이 아닌 재주형이었다는 점點을 밝힐 필요必要가 있다. 치밀緻密한 계획計劃이나 꾸준한 노력勞力없이 무엇이든 즉흥적卽興的으로 처리處理하고 행동行動해 가는 위인爲人이었다. 기미己未 이후 중국中國을 유랑流浪하며 허다許多한 우국지사憂國志士들과 동고동락同苦同樂하였을 뿐 아니라 작품作品에서는 언제나 불같은 반일反日 애국사상愛國思想을 울부짖지만, 그는 결코 탄세강개歎世慷慨하는 지사志士는 아니었다.[37] 그의 우국상정憂國裳情의 발로發露인 시詩도 닫다가 감정이 격激하면 거의 즉흥적卽興的으로 휘갈겨 쓴 것이다. 장長·단短을 막론莫論하고 그의 초고草稿에는 추고推敲한 흔적痕跡이 별別로 없는 것도 이러한 일면一面의 설명說明이 된다. 다만 닫다가 번뜩이는 섬광閃光이 그의 문학文學의 전 재산이었다.

이혼하고 나서 재혼하기까지 5~7년간年間 장안長安의 인기인人氣人으로 활개치고 다니며 무희舞姬 최승희崔承喜를 위시爲始한 허다許多한 모던(모단毛斷)걸들과의 염문艶聞이 꼬리를 물었으면서도 다 실패失敗로 돌아간 주요 원인은, 여자를 다룸에 완곡婉曲하고 우회적迂廻的이지를 못하고 툭하면 뺨을 갈긴다든가 하는 즉정적卽情的 직선적直線的 성격性格 때문이었다고 윤극영尹克榮은 회고懷古한다.

심훈沈熏은 천생天生의 로맨티시스트였다. 장형長兄의 풍류적風流的 생활방식生活方式을 목도目睹(목도)하며 자란 어릴 적부터 그런 면面에서 형을 욕하고 자신自身은 결코 이혼離婚하지

35) 심훈, 「다시금 본질을 구명하고 영화映畵의 상도常道에로」(1935년年 7월月 14일日).

36) 영화인으로서 당시 가까이 교유交遊했던 안종화安鍾和와 조선일보朝鮮日報 기자記者 시절에 사회부장社會部長으로 있었던 유광열柳光烈의 말.

37) 유광열柳光烈의 말.

않겠다고 결심決心하고,[38] 어른들을 졸라 늦게나마 부인夫人을 신식학교新式學校에 입학入學시키는 데 성공成功했으면서도, 결국結局은 낭만적浪漫的 자유사상自由思想 때문에 이혼離婚하고야 말았다.

드디어 30세歲에, 미모美貌요 예술적藝術的 천품天品이 있어 무용舞踊을 하던 안정옥安貞玉과 결혼結婚, 심훈沈熏 자신自身이 택한 결혼일結婚日은 눈이 내리는 크리스마스 이브였다.

만약萬若에, 목을 놓아 울 수밖에 없는, 일제日帝가 먹칠을 휘두른 시대時代에 그가 문학文學을 하지만 않았더라면, 그는 로맨티스즘으로 일로一路 매진邁進하였으리라는 점點을, 중국시절中國時節에 쓴 몇 개의 시편詩篇과 그의 위인爲人에서 추단推斷할 수 있다. 이상以上에서 열거列擧한 그의 사람됨을 뒷받침해 주는 글을 인용引用해 본다.

> 첫째. 몸은 크면서도 지극至極히 섬세纖細한 사람.
>
> 둘째. 항상恒常 명랑明朗하고 원만圓滿하되 남의 일에라도 경우에 벗어난 일이면 한 몫 들어서 시비是非를 가리려 하는 사람.
>
> 셋째. 호주애음好酒愛飮이라 석양夕陽머리면 으레 수삼우數三友와 뒷골목 순례巡禮하기를 좋아하는 사람.
>
> 넷째. 목소리는 상당히 큰 편이나 의사표시意思表示는 늘 여자女子와 같이 애교愛嬌가 섞여 있어서 상대방에게 호감을 주는 사람.
>
> – 최영수崔永秀가 쓴 「심훈沈熏과 상록수常綠樹」(서울신문, 1949년年 7월月 3일日) –

또 하나 심훈沈熏 자신自身이 자기성격自己性格을 그리고 있는 글.

> "심沈은 본시本是 '잠길 침'이니 침착沈着을 의미意味하고 '훈熏'은 정열情熱과 혁명革命을 상징象徵하는 듯도 하여 두 글자를 합合하면 번뜻 보기에 '심중沈重'과도 방불하여 안존하고 치밀緻密치 못한 나의 성격性格의 단처短處를 자잠自箴하는 의미意味가 내포內包되었다고도 볼 수 있다."
>
> –「나의 아호雅號 나의 이명異名」(출처미상出處未詳, 스크랩집集에 있음) –

38) 전출前出 일기日記와 가깝게 교유交遊하던 이희승李熙昇의 회고回顧.

이상以上에서 상술詳述한 심훈沈熏의 위인爲人을 요약要約해 보면 다음과 같이 될 것이다.

첫째: 호탕하고 쾌활快活한 안하무인격眼下無人格의 영웅주의자英雄主義者요 낙관주의자樂觀主義者였다.

둘째 : 감성적感性的이고 즉흥적卽興的 직선적直線的인 재주꾼이었다.

셋째 : 로맨티시스트로 묶을 수 있는 자유주의자自由主義者요 이상주의자理想主義者였다.

이상以上 세 가지가 그의 작품作品에 나타난 사상思想을 천착穿鑿함에 유용有用하다는 점點을 밝혀 둔다.

식민지植民地 시대時代의 작가적作家的 대응
– 심훈沈熏의 작가의식作家意識을 중심으로

한은경

1.

일반적으로 한 작가의 작품에 나타나는 세계관은 문학적 전통·관습 및 개인적 체험을 바탕으로 재창조되는 것이다. 이러한 의미에서 한 작가를 연구한다는 것은 단지 한 인간으로서의 전기적 사실에 관련된 자료 정의의 차원을 극복해야 하는 과제를 남기게 된다. 곧, 한 작가에 대한 외부적 진술(출판년대, 그 작가의 문학관, 일상습관 등)에 시종함을 경계하고, 그 작가의 작품에 반영된 세계관이 그 작가의 어떠한 상상적 삶과 관련된 것인가 하는 점에 작가연구의 초점이 맞춰져야 할 것이다.

이러한 작가의 상상적 삶을 구명해 냄에 있어서는 일차적으로 한 작가의 꿈과 선입관념 등으로부터의 심층 심리적 요인을 파악해 내야 할 것이다.[1] 그러나 이러한 연구방법은 한 작가의 작품에 내재된 세계관을 규명함에 있어 개인적 진실과의 관련성은 파악할 수 있을 것이나, 한 작가가 당대의 역사적 상황과 관련된 진실을 어떻게 내면화시키고 작품세계를 통해 재창조하고 있는가 하는 점을 밝히기 위해서는 그 작가의 역사적 상상력을 구명해야 하는 새로운 작가론의 장章을 필요로 하게 된다.

---

1) 김윤식, 「작가론의 방법」, 『한국현대작가론 고』, 일지사, 1978, 435~441쪽 참조.
김윤식은 작가의 '상상적 삶'을 구명하는 한 방법으로 심층심리학, 즉, 정신분석학적 연구방법을 제시하고 있다.

2.

식민지 시대의 심훈은 주로 『상록수』의 농촌문학 작가[2], 『그날이 오면』의 민족저항작가로서의 면모로 널리 알려져 있다. 지금까지 작가 심훈에 대한 연구는 대개의 경우 농촌계몽 운동가로서의 작가의식을 규명[3]하는 데 바쳐져 왔으며 일면으로는 작가로서의 개인적 주변의 연구나, 개별적 작품 연구에 치중되어 왔다.[4] 이러한 기왕의 연구성과에 비추어 심훈이라는 작가의 작품에 나타나는 현실 인식이 당대의 식민지 상황이라는 민족적 현실과 관련하여 어떠한 역사적 상상력으로부터의 세계관을 보여주는가 하는 점과 민족적 수난기에 있어 한 작가의 의식이 어떻게 현실적 대응을 해 나가고 있는가 하는 점을 밝혀봄으로써 그것이 가지는 의미와 한계를 평가해 보고자 한다.

2-1.

심훈의 작가적 면모를 알아보기 위해서는 먼저 다양한 서구 문예사조가 들어와 난립하던 1920년대, 1930년대의 문단적 상황에서 그가 어떤 계열의 문학적 경향을 띄고 있었는가 하는 문제를 알아보아야 할 것이다. 심훈의 작품에 나타나는 문학적 경향은 크게 세 가지로 나누어 파악할 수 있다. 먼저 그 하나는 낭만적 격정이다. 이는 잘 알려진 바와 같이 그가 소설가로서의 면모와 함께 시인으로서의 면모도 함께 지니고 있었다는 점에서 알 수 있으며 대부분 그의 시 세계가 『그날이 오면』 류의 민족저항의 측면과 함께 개인적 정서에 천착하는 낭만적 격정의 면모를 보여주고 있다는 점에서 구체적으로 알 수 있는 것이다.[5] 또 하나의 측면은 그가 중국에서 돌아온 직후인 1925년 '조선 프로레타리아 예술동맹'에 가담했다는 점에서 알 수 있는 사실이다. 또한 1926년 '철필구락부'라는 좌경 기자클럽에

---

2) 이재선, 『한국현대소설사』, 홍성사, 1980, 346~347쪽 참조.
1930년대 농민소설·농촌소설의 국면을 분류함에 있어 당시 민족운동의 일환인 '실력양성 운동'으로써, 동아일보가 제창한(1931년) 브나로드 운동의 유형에 이광수의 『흙』과 심훈의 『상록수』를 넣고 있다.

3) 김윤식, 「1930년대 농촌계몽의 문학적 양상」, 『한국문학의 논리』, 일지사, 1980, 224~231쪽 참조.

4) 현대문학 초창기의 여타 작가들에 비해 심훈에 관한 연구는 극히 적은 분량에 그치고 있다. 그나마도 송백헌, 전광용, 김윤식 등의 연구업적은 대체로 개별 작품에 대한 해설적 연구에 그치고 있으며, 근자에 이르러 유병석의 연구가 심훈의 전체적 작품세계와 전기적 자료 종합에까지 이르고 있다. 그러나 이 역시 작가 개인의 세계관과 주변의 연구에 그치고 있다.

5) 송백헌, 「심훈의 『상록수』 – 희생양犧牲羊의 이미지」, 『한국현대소설 작품론』, 문장, 1981, 205~206쪽 참조.
심훈의 이러한 측면을 『상록수』에 나타나는 시적·정서적 사랑의 묘사나 주인공 채영신의 애정관에 근거하여 작가의 의도가 사실주의적인 방법의 현실 인식보다는 낭만적 격정으로 둔화되고 있다고 지적하고 있다.

가담하여 노동쟁의적 성격의 파업을 일으키기도 한다.[6] 이러한 점들로 미루어 그가 궁극적으로는 '카프'의 문학적 경향과 어느 정도의 거리를 갖게 되지만, 그들의 문학론에 어느 정도의 영향 수수관계를 갖고 있다고 보인다. 세 번째로 그가 가지는 작가적 면모는 1931년 '실력양성 운동'의 민족적 저항의 한 방법이었던 농촌계몽 운동에 동조하는 면모이다. 실제로 그는 브나로드 운동[7]에 많은 영향을 입은 것으로 파악되며 사실 그의 소설가로서의 작품활동이 이 시기에 주로 집중되었다는 점과 연관시켜 보아도 브나로드 운동은 그의 작품의 농촌계몽적 성격에 많은 영향을 준 것으로 파악된다. 이러한 그의 면모는 그의 작품 변천과도 유의적인 관련성을 가지고 있는 것으로 보여지는데 그의 초기 작품이 상당히 경향적인 면모를 띠다가(그의 『동방의 애인』에서는 직접 국제공산주의 운동의 실천을 이야기하고, 『불사조』에서는 국내 무산계급의 투쟁을 이야기한다.[8]) 후기에 농촌계몽적 성격이 강한 『상록수』를 쓰게되는 변천 과정을 보여준다.

이러한 점들을 종합해 볼 때 심훈의 작가의식은 '카프' 계열과 농촌계몽 운동의 중간적 위치에 있음을 알 수 있다. 실제로 그의 작품에 나타나는 작가적 세계관의 변모는 이러한 점을 반증하는 것이다. 이러한 내용적 측면에 반해 그의 시 세계에서 보여지는 낭만적 성향들은 그가 상황이나 장면을 묘사하거나 소설 구성을 이끌어 나가는 데 있어 대중적으로 접하기 쉬운 문체, 즉, 읽고 감동하기 쉬운 문체[9]를 형성하는 데 많은 영향을 미친 것으로 보여진다.

---

6) 홍효민, 김팔봉 등은 이와는 다소 엇갈린 진술을 하고 있으나, 심훈에 관해서는 유병석의 「심훈론」에 정리된 자료와 《문학사상》의 자료 정리가 현재로서는 가장 객관적인 성과로 보인다는 점에서, 본고에서는 그 전기적 자료를 이 두 가지에 근거하기로 한다.(이후 인용 생략).

7) 브나로드(V. NAROD) 1871~1875년 소련, 지식인, 학생운동은 《동아일보》가 1929년 '아는 것이 힘, 배워야 산다'는 구호 아래 한글보급 운동을 전개한 것에 대응하여 《동아일보》가 1931년 여름방학부터 전개한 계몽운동인데, 이 경우 브나로드 운동이란 '민중 속으로'라는 러시아 말로써, 이는 19세기 말 제정 러시아 지식인들의 일부(나로드스키)가 전개한 운동에서 그 연유를 찾은 것이다.

8) 홍이섭, 「30년대 초의 농촌과 심훈 문학」, 『농민문학론』, 온누리, 1983, 187~191쪽.

9) 유병석, 「심훈의 작품세계」, 『한국현대소설사연구』, 민음사, 1984, 297~298쪽 참조.
심훈의 독자층을 폭넓게 수렴할 수 있었던 유려한 문장의 평가에 있어, 불과 2년여의 농촌생활이었음에도 불구하고 토착어 방언을 자유롭게 구사하고 있는 점이나 농촌풍속·농촌심리 묘사의 탁월한 점에서 찾고 있다. 실제로 심훈의 작품에서는 개인적 체험에 비추어 놀랄 만큼 풍부한 언어 활용을 하고 있는데, 이는 이희승 씨에게 맞춤법과 우리말을 배웠다는 전기적 사실과도 무관하지 않아 보인다.

3.

그렇다면 이러한 심훈의 작가의식이 당대의 '예술대중화론'이나 '농민문학론' 등의 이론적 경향들과 어떠한 관련을 지니고 있는가 하는 점은 그들 논의가 대부분 식민지 상황에서의 작가적 대응의 방법과 창작방법론에 중점을 두고 있다는 면에서 새로운 관심거리로 등장할 수 있는 것이다.[10)]

먼저 '예술대중화론'과의 관련성을 살펴보기로 하자. '예술대중화론'은 박영희의 "장차 어떠한 목적을 의식적으로 체계를 세우기 위해서만 필요한 그 과정에 있어서의 한 필요한 현상적 문학"이라는 계급혁명 도구로서의 문학론에 반대하여 김기진이 정치운동과 예술운동은 상호 자율적인 관계에서 이루어져야 한다고 하면서 예술에 특수성을 부여해야 한다는 점을 강조하여 표현기교 문제를 중심으로 하는 창작방법론을 주장하면서 이루어진 논의다.[11)] 즉, 문학이 인간의 보편적인 진실을 이야기하기 위해서는 실제 독자들과의 통로가 확보된 가운데서 예술성이 논의되어야 한다는 식의 논리인데 이러한 점에서 대중소설·통속소설에 대한 어느 정도의 긍정성을 상정하고 있다.

이러한 '예술대중화론'에 대해 심훈은 과연 영향을 받았는지의 여부는 확실한 근거는 없지만 그의 『상록수』가 발표 당시인 30년대에나 그 이후에도 독자들에게 대중적인 인기를 얻어왔다는 점[12)]과 그의 이런 대중적 인기가 민족운동의 한 방법으로써 농촌계몽 운동을 확산시키고자 했었다는 작가의 의도와 어느 정도 부합된다는 점에서 일차적인 의미가 부여될 수 있고 또, 당대의 문학이론이 실제 작품과 긴밀한 관계에 있었다는 점에도 의미를 부여할 수 있을 것이다. 즉, '카프' 계열에서는 그러한 '예술대중화론'이 나왔음에도 불구하고 실제로 그러한 작품은 드물었던 데에 반해 그 계열에서는 직접적인 활동을 보이지 않았던 심훈에 의해 그에 부합되는 작품이 쓰여졌다는 것은 정치적 도구로서의 문학론을 비판할 수

10) 이러한 관점에서는 지금까지 논의된 바가 거의 없다. 유병석, 전광용의 연구성과가 이에 접근은 하고 있으나 작품자체가 지니는 작가의식의 차원에서의 논의에 그치고 있다.

11) 김윤식, 『한국근대문학사상사』, 한길사, 1984, 141~179쪽 참조.
이 부분에서 김윤식은 카프 계열의 이론적 비평가들의 논쟁을 비교적 상세하게 다루고 있는데 '예술대중화론'은 최근까지 세계문학의 한 논쟁점을 형성하고 있는 내용·형식 논쟁, 리얼리즘논쟁(창작방법론) 과의 관련하여 파악하고 있다.

12) 이러한 점에서는 심훈의 『상록수』를 풍속소설이라는 점에서 비판하는 관점도 있지만, 민족의식을 담은 순문학 작품들이 많은 독자를 확보하지 못하고 있었던 당대의 문학적 현실에 비추어 송백헌, 전광용, 유병석 등은 대체로 긍정적인 논의를 보여주고 있으며, 그 근거로 그의 천부적으로 유려한 문장의 기능을 들고 있다.

있는 중요한 단서로서의 의의도 갖는다고 볼 수 있다. 그 실례로 심훈의 『상록수』가 초기의 작품에 비해 항일 강도가 많이 저하되어 있다는 점은 당시 일경의 검열제도를 통과할 수 있는 작품 발표의 한계 상황에 있어 최대공약수를 지향했던 것이 아니었던가 하는 점이 거의 확실시 되고 있어, 그런 점에서도 예술대중화론의 맥락과 상통한다고 보아진다.

3-1.

이러한 '예술대중화론'의 실제적인 방법론으로 대두하는 30년대 문단의 한 경향이 바로 '농민문학론'이다. 1925년 「신년문단을 향하여, 농민문학을 일으켜라」(조선문단, 1925. 1)로 이성환에 의해 본격화되는 농민문학론은 "조선사람 전체의 9할을 가진 1천 4백만" 농민대중과 절연된 채 좁은 울타리에 갇혀 있는 문단을 비판하면서 우리 문학이 "오늘날 조선사람의 반영"이 되기 위해서는 농민문학을 건설해야 함을 주장한 데 이어 1930년대 초 백철, 안함광의 '농민문학론' 논쟁으로까지 이어지게 되는데 이는 일종의 '예술대중화론'의 일환으로 이루어지게 되는 것이다.[13] 이러한 '농민문학론'은 새로운 민족운동의 일환으로 전개되는 1930년대의 농촌계몽운동과 상호보완적인 맥락에서 이루어지는 것이다. 이는 곧 1930년대 이후 프로문학의 농민소설, 계몽적 농민소설, 순수농민소설의[14] 구체적인 작품 활동을 중심으로 농민·농촌소설이 일어나게 된다. 그 중에서도 심훈의 『영원의 미소』에서 비롯하여 직접 농촌계몽의 작품세계에 뛰어들게 되는 『상록수』는 민족운동의 일환으로써 계몽적 농촌소설류의 농민소설에 포함되는 것인데, 여기에서 이광수의 『흙』이 표면적이고 관념적인 계몽의 성격을 띠고 있는 데 반해 심훈의 작품은 한 단계 나아가 실제로 농촌에서 농민과 동등한 생활을 하면서 보다 구체적인 농촌혁신운동을 하고자 하는 작가의식을 반영하고 있다는 점에서 30년대 농촌계몽문학의 대표작으로서의 위치를 확보하고 있다고 평가된다.

3-2.

그렇다면 이러한 심훈의 민족운동을 위한 작가의식이 실제로 그의 작품에 어떻게

13) 최원식, 「농민문학론을 위하여」, 『80년대 대표평론선 2』, 지양사, 1985, 151~164쪽 참조.
14) 백철, 『농민소설과 계몽주의』, 세대, 1964, 78~88쪽 참조.

나타나고 있는지 살펴보기로 하자.[15] 먼저 당대의 역사적 상황에 비추어 우리 민족이 극복하여야 할 과제는 두 가지 문제로 집약될 수 있는데 그 하나는 봉건주의적이고 전근대적인 사회체제 및 전통, 관습을 근대화시키는 데 있고 또 하나의 과제는 식민치하라는 민족적 비극의 현실을 극복하자는 데 있는 것이라 할 수 있다. 이러한 우리 민족이 극복하여야 할 과제는 심훈의 소설 『불사조』, 『영원의 미소』, 『직녀성』, 『상록수』에 전반적으로 잘 나타나고 있는데, 전자의 경우 주로 전통적인 조혼제도와 재래의 가족제도의 질곡에서 신음하고 있는 여성해방의 추구로 나타나는 데 반해, 후자의 문제는 일제의 식민통치와 봉건적 자산계급의 질곡에서 허덕이는 농민 및 피압박계층의 해방을 추구하는 전민족해방의 추구로 나타나고 있는 것으로 보여진다. 실제로 그의 작품 속에서 이러한 민족운동의 구체적인 방법론으로 인권 유린과 억압 속의 피압박계층은 그들 자신의 격렬한 투쟁으로써만 해방을 쟁취할 수 있다는 데까지 진전을 보여주게 되는데, 이는 '카프' 계열의 '예술대중화론'과 '농민문학론'에 연관되는 반증인 동시에 그가 작품을 통해 추구하고자 했던 민족운동의 방법론에 대한 실질적 대안이라고 할 수 있는 것이다.

이러한 그의 민족 현실에 대한 인식은 작중인물의 유형[16]으로도 파악해 볼 수 있는데 『영원의 미소』를 예로 살펴보면 주로 세 유형의 계층적 인물이 갈등 구조를 형성한다. ①김수영, 최계숙으로 대변되는 반지식인적이며 무산계급의 성향을 지니는 계층, ②서병식으로 대변되는 민족주의적 성향의 부르주아 계층, ③조경호, 조승지 등으로 대변되는 반민족적인 대지주·친일권력층이 등장한다. 이러한 유형적 인물들은 식민지 상황에서의 작가의 현실 인식을 그대로 반영하고 있는 것으로 보여진다. 즉, 민족의 독립을 위해서는 수적으로 사회 대중을 형성하고 있는 무산자 계층의 실천적인 민족운동이 요청되고 있는데, 그에 대해 부르주아 계층은 민족적 계열과 반민족적 계열이 있어서 진정한 민족의 독립을 위해서는 그러한 반민족적 부르주아 계층을 타파하여야 한다는 것이다.

15) 여기에서는 발표 여건상 작품의 인용에 의한 분석이나 구체적 내용의 예증 등은 생략하였으며, 단지 작품 분석이 텍스트(원본原本)으로써는 『한국문학전집』 17 심훈편, 민중서관, 1964를 근거로 하였음을 밝혀둔다.

16) 유병석, 「심훈의 작품세계」, 『한국현대소설사 연구』, 민음사, 1984, 286~298쪽 참조.
심훈의 작품세계는 『불사조』, 『직녀성』이 개작 관계, 『영원의 미소』, 『상록수』가 속편 관계에 있다는 점에 착안하여 등장인물의 유형을 일괄성 있게 연관시키고 있는데, 그의 작품주제가 이상주의적 휴머니즘을 지니고 있다고 보고 있으나 그러한 주제가 근본적으로 작가가 의도하는 농촌 혁신 및 민족운동과 어떻게 연결되는지의 여부에 대해서는 논리적으로 거리가 있어 보인다.

이러한 유형적 인물들 간의 갈등구조는 일면 타당한 현실 인식으로 파악되나 다른 한편으로는 실제로 당시대의 현실에 있어 작품 속에서의 무산계급과 같이 반지식인적인 계층이 현실 인식 주체로 가능한가 하는 점이 지적될 수 있다. 이 문제는 또한 그의 작품세계가 실질적인 농민·농촌 현실에 있어서 근본적인 문제의 밑바닥까지 투시하여 작품을 형성화시키는데 실패했다는 면에서 심훈의 현실 인식에 대한 비판도 가능하게 된다.

4.

지금까지 살펴본 바에 의하면 심훈은 그의 작가의식에 내재된 민족운동을 보다 현실성있는 작품으로 형상화시키고자 했다는 점을 알 수 있다. 이러한 그의 작가의식은 당시의 문단적 상황에 있어 '카프'와 브나로드 운동이 직·간접적으로 영향을 주었다고 보아질 수 있으며 실제 그의 작품 창작에 있어서도 '예술대중화론', 또 이와 관련된 '농민문학론' 등과도 밀접한 연관성을 발견할 수 있었다. 또한 그가 묘사한 작중인물의 성격에도 그의 민족운동을 추구하는 작가정신이 융해되어 있음을 알 수 있다.

그러나 그의 작품세계를 현재의 시각에서 파악해볼 때 당대의 시대적 상황에 비추어 얼마나 타당한 현실 인식을 가지고 있었는가 하는 점에서 비판이 제기될 수 있는 것이다. 이는 곧 심훈의 작가의식이 가지고 있었던 역사적 상상력과 전망에 대한 한계로 지적될 수 있는 것이다. 즉 그의 농촌문학이 가지고 있던 민족운동의 방법론이 실질적인 농민들의 삶을 밑바닥까지 관철하지 못하고 있다는 것이며, 이에 대한 필요성[17]은 그도 인식하고 있었으나 이를 작품 전체의 구조 속에 형상화 시키는 데는 작가의 현실 인식에 있어 한계가 있다고 보아지는 것이다. 곧, 심훈의 작품세계에 나타나는 역사적 상상력의 한계는 당시 민족독립 운동을 표방했던 지식인 운동의 전반적인 한계로 지적될 수 있으며, 실제로 '카프'나, 브나로드 운동 등이 민족적 범주에서의 현실 인식을 경시하고 계급의식적 방법론에 경도되었다는 점이 그 한계의 원인으로 지적될 수 있을 것이다. 이는 곧 전통적인

17) 실제로 그의 상록수에는 동혁을 통하여 정신면에 치중된 계몽적인 문화운동이 경제적인 기본문제, 즉 실질적인 농민들의 삶의 기반에 대한 관점에서 한계를 지니고 있다고 고백하고 당시의 상황에 있어 경제운동의 중요성을 역설하게 된다.

사회적·문화적 여건이 상이한 우리나라에서 러시아 혁명의 방법[18]들이, 더구나 우리를 억압하고 있었던 일본을 통해 들어온 이론들이 무비판적으로 수용되고 있었다는 당대의 문학적 상황에 문제점이 있을 것이다.

심훈의 『상록수』가 이러한 원론적인 한계를 지니고 있었음에도 불구하고 현재까지도 가장 널리 읽히는 현대소설 중의 하나로 이어져 오고 있다는 것은 이론적인 문학적 작업들이 실제 독자와 작자의 읽고 씀의 유기적인 관련성 속에서 이루어져야 한다는 연구 과제를 남기고 있는 동시에, 당대의 현실적이거나 문학적인 상황의 열악한 조건 속에서 그러한 수준의 작품을 형상화시켜 대중화시킬 수 있었던 심훈의 작가의식은 다시 한 번 높이 평가되어야 할 것이다.

---

18) '카프'를 중심으로 한 민족운동의 방법은 대개 '마르크스·레닌주의'에 경도되어 계급의식에 의한 사회적 실천을 주장하는 등의 경향을 보이고 있으며 '브나로드' 운동 역시 1994년 이후부터 러시아에 유행되었던 영웅주의적인 나로드스키(인민주의파)의 운동 방법을 비판 없이 수용했다는 점에서 그 한계점들이 엿보인다.

심훈론沈熏論
– 작가의식作家意識의 성장 과정成長過程을 중심中心으로

유양선

서론序論

학문學文 연구研究의 일환으로써 작가론作家論이 필요한 이유는 작가가 곧 작품作品 창조創造의 주체라는 점에 있다. 그렇기 때문에 작가론의 목적은 작가와 작품의 상관관계相關關係 및 작품作品 속에 투영投影된 작가의식作家意識을 구명究明하는 데에 그 주안점이 있다고 하겠다.

이렇게 볼 때 작가론은 작가에서 출발하는 방법에 의한 것과 작품에서 출발하는 방법에 의한 것으로 대별大別된다고 할 수 있다. 전자前者의 경우는 전기적傳奇的 방법方法에 의존하는 비중比重이 크고, 후자後者의 경우는 주로 분석적分析的 방법方法을 취하게 된다.

그런데 위의 두 가지 방법 중 어느 하나만을 택한다면, 작가론作家論이 의도하는 목적을 달성하는 데 난점이 없지 않게 된다. 왜냐하면, 전기적 방법을 취할 경우의 작가론은 작가의 연대기年代記 내지는 작가를 주인공으로 하는 또 다른 창작품創作品이 되기 쉽고, 분석적 방법을 취할 경우의 작가론은 하나의 변형된 작품론에 그쳐 버릴 우려가 있기 때문이다. 그러므로 작가론은 위의 두 가지 방법을 포괄하는 관점에서 시도되어야 한다고 본다.

본고本稿에서 식민지 시대의 저항 시인이며 농촌 소설가였던 심훈의 작가적 면모를 고찰하고자 하는 이유도 바로 여기에 있다.[1)]

---

1) 심훈론沈熏論의 경우, 지금까지의 연구 업적 중 가장 중요한 것으로는 유병석, 심훈의 생애연구生涯研究(《국어교육》 14호, 1968.12)와 김붕구, 『작가作家와 사회社會』 (일조각, 1973) 중 심훈 편을 들 수 있다. 전자前者는 전기적 방법에 의한 것으로 세밀한 자료 조사를 통하여 심훈의 생애生涯를 정리한 것이며, 후자後者는 분석적 방법에 의한 것으로 날카로운 작품 분석을 통해 작품에 나타난 작가의 인간관, 사회관 등을 검토한 것이다. 따라서 양자兩者는 나름대로의 중요성을 가지고 있는 심훈론沈熏論이라고 할 수 있다. 그러나 양자兩者는 서상敍上한 바의 편향성을 지니게 된다.

즉, 그의 생애와 작품—시[2], 소설[3], 수필[4]—을 함께 살피는 포괄적 방법을 취함으로써, 그에 대한 본격적인 의미의 작가론을 시도하려는 것이다.

그러나 생애와 작품을 함께 검토한다고 해서, 그 둘을 서로 대등한 자료로 삼으려는 것은 아니다. 문학 연구의 기본 자료는 어디까지나 작품이라는 점을 고려할 때, 작가론의 경우 역시 작품의 분석을 보다 중요시하는 방법을 취함이 타당할 것이다. 이는 곧 작품을 주자료[5]로, 작가의 생애를 보조자료補助資料로 다룬다는 의미를 포함하게 된다.

본고本稿에서는 이러한 방법론적 전제 아래, 심훈의 작가의식作家意識의 성장 과정成長過程을 살펴봄으로써 그의 작가적 면모를 밝혀 보고자 한다. 왜냐하면 심훈의 작품과 생애는 어느 작가의 경우보다도, 그가 자기自己 내부內部의 철저한 고뇌와 갈등을 거쳐 점차 통찰력 있는 작가로 성장해 갔음을 시사해 주기 때문이다.

작품분석作品分析

1. 시詩

심훈의 시인의식詩人意識의 변화 양상을 고찰하기 위해서는, 그의 시를 몇 시기로 나누어 살펴 볼 필요가 있다. 왜냐하면 그의 시는 그의 생애와 관련하여 변화하는 점이 적지 않기 때문이다. 본고에서는 심훈의 시를 세 시기—제1기(1919~1923), 제2기(1923~1932), 제3기(1932~1936)—로 구분하여[6] 검토함으로써, 그의 시에서 추출되는 시인의식이 각

---

2) 지금까지의 심훈론沈熏論에서는 시인으로서의 심훈을 철저히 다루지 않은 듯하다. 심훈의 시가 그 형상화形象化라는 면에서 높은 수준에 이르지 못한 것은 사실이나, 그의 시에는 작자作者의 개인적 기질을 잘 드러내고 있는 것들이 많이 있다. 따라서 그에 대한 작가론을 쓸 경우, 소설에 관한 연구에 못지않게 시에 대한 논의도 필요하리라고 생각된다.

3) 또한 소설의 연구에 있어서도, 지금까지는 『상록수』에 대한 논의가 집중적으로 이루어진 것 같다. 물론 『상록수』가 심훈의 대표작이기는 하나, 그의 작가로서의 성장 과정을 밝혀 작가적 면모를 총체적으로 이해하기 위해서는 다른 작품들에 대해서도 관심을 기울여 각 작품들 간의 관련성을 살펴볼 필요가 있을 것이다.

4) 심훈의 수필 역시 그의 작가의식의 성장 과정을 살피는 데 좋은 단서가 된다. 그러나 본고本稿에서는 수필에 관한 항목을 따로 설정하지 않고, 경우에 따라 인용하여 본고本稿의 논지論旨를 보충하는 방식을 취했다.

5) 여기서 작품을 주자료主資料로 삼는다는 것은, 문학연구文學研究가 작품을 읽고 분석하는 데서 시작된다는 의미일 뿐, 형식주의적形式主義的(형태形態·구조론적構造論的) 방법에 의한 작품분석이 선행先行되어야 한다는 의미는 아니다. 작품을 분석하는 데에는 형식주의적形式主義的 방법이 타당할 수도 있지만, 역사주의적歷史主義的 방법이나 문학사회학적文學社會學的 방법, 혹은 심리학적心理學的 방법 등이 타당할 수도 있다. 그러한 여러 가지 방법들 중의 몇 가지를 포괄하는 방법이 더욱 타당할 것이다.

6) 이 구분은 유병석, 전게前揭 논문을 참고한 것이다. 그는 심훈의 생애를 "출생(1901)부터 중국에서 귀국한 1923년까지의 수학기修學期와, 생활生活이나 문학文學에 정착하지 못하고 서울에서 허둥대던 방황기彷徨期, 그리고 재출발再出發을 다짐하고 농촌農村으로 숨어 본격적本格的으로 작품作品을 써낸 1932년부터 사망死亡한 1936년까지의 정착기定着期로"(11쪽) 구분하였다.

시기를 거치면서 어떻게 변화하고 발전해 나갔는가를 밝혀 보기로 한다.

1) 제1기

시집詩集 『그날이 오면』에[7] 수록된 시들 중 이 시기의 작품에 해당되는 것으로는 『항주유기杭州遊記』에 실린 시 전부와 『거국편去國篇』에 실린 시 일부가 있다. 이 시들은 심훈 20세 전후하여 쓴 것들로, 중국 항주에서 수학하던 시기의 작품들이 중심이 되어 있다.

그런데 심훈이 항주에 머물러 있던 시기는 자신이 회고하듯[8] "가장 로맨틱하던 시기時期"였으며 "달콤한 애상哀傷"이 깃든 때였다. 그런 시기의 작품들이니만큼, 제1기의 시에는 그의 낭만적 기질과 감성적 성격이[9] 잘 나타나 있다.

> 불 같은 키쓰를 주던
> 나의 입술은
> 하욤 없는 한숨에 마르고
> 보드러운 품에 안기던 가슴 속엔
> 서리가 내렸다.[10]

> 항주杭州의 밤저녁은 개가 짖어 깊어 가네
> 비단緋緞 짜는 오희吳姬는 어이 날밤 새우는고
> 뉘라서 나그네 근심을 올올이 엮어 주리[11]

7) 시집 『그날이 오면』은 해방 후인 1949년에야 간행되었다. 심훈의 중형仲兄에 의하면 원래 이 시집은 1933년에 발간하려고 하였으나, 일제의 검열에 막혀 "반半 이상以上이나 삭제削蹄, 적인赤印이 찍혀 퇴출退出되어"(『심훈전집』 7, 한성도서주식회사, 1951 — 이하以下 '『전집』, 한성도서'라고만 한다—1쪽) 다시 숨겨 두었던 것이라 한다. 이 시집은 「봄의 서곡序曲」, 「그날이 오면」, 「짝 잃은 기러기」, 「태양太陽의 임종臨終」, 「거국편」, 「항주유기」 등의 큰 제목 아래 여섯 부분으로 나누어져 있고, 시집 끝에 몇 편의 수필이 실려 있다. 이 시집에 수록된 작품들에는 대개 시작일자試作日字가 적혀 있어서 심훈의 시인의식詩人意識의 변화 과정을 살피는 데 도움을 준다.

8) 상게서上揭書, 153쪽.

9) 유병석, 전게前揭 논문에서는 심훈의 위인爲人을 다음과 같이 요약하고 있다.

"첫째 : 호탕豪宕하고 쾌활快活 안하무인眼下無人의 영웅주의자英雄主義者요 낙관주의자樂觀主義者였다. 둘째 : 감성적感性的이고 즉흥적·직선적인 재주꾼이었다. 셋째 : 로맨티시스트로 묶을 수 있는 자유주의자요 이상주의자였다."(25쪽).

10) 「전당강상錢塘江上에서」, 『전집』 7, 한성도서, 167쪽.

11) 「항성의 밤」, 상게서上揭書, 165쪽.

이 작품들은 비록 정제된 표현을 얻지는 못했지만, 그런대로 작자의 낭만과 정열, 그리고 망향과 고독을 잘 드러내 준다. 앞의 시에서는 청춘으로서 겪게 되는 사랑의 고뇌를 표현하고 있으며, 뒤의 시조에서는 타국의 풍물에 접하여 일어나는 작자의 쓸쓸한 감회를 읊고 있다. 이 작품들은 한 유학생의 심정을 숨김없이 말해 주는 순수한 서정시의 모습을 보여 주는 것이다.

그러니까 제1기의 시는 작자의 감성적인 기질과 타국 생활에서 느껴지는 고독감이 결부되어 쓰였다고 할 수 있다. 그리하여 일제日帝에 대한 저항의식이나 사회社會에 대한 비판의식과는 무관한 감상적이고 애수 어린 작품들이 주류를 이루게 되는 것이다.

그러나 이 시기의 시들 중에서도 작자의 민족의식을 엿볼 수 있게 하는 작품이 전혀 없는 것은 아니다. 가령 『거국편去國篇』에 실린 다음과 같은 작품들은 단순한 유학생이 아닌 망명객으로서의 심훈의 면모를 보여준다.

> 어제도 오늘도 찬란燦爛한 혁명革命의 꿈자리!
> 용솟음치는 붉은 피 뿌릴 곳을 찾는
> 「까오리」 망명객亡命客의 심사를 뉘라서 알고
> 영희원影戲院의 산데리아만 눈물에 젖네[12]

이 시에 나타나는 '혁명革命', '붉은 피' 등의 어휘는 작자의 정열적인 민족의식 내지는 일제에 대한 저항의식을 보여주기에 충분하다. 그러나 그런 어휘들은 또한 작자의 저항의식이 민족의 현실에 대한 구체적인 체험을 통해 얻어진 것이 아님을 드러내고 있다. 즉, 이 시는 당시 심훈의 저항의식이 청년青年 초기初期의 열정에서 연유된 것임을 암시해 준다.

그런데 이 시기에 있어서의 심훈의 항일의식은 그가 태어난 가문의 영향으로도 설명될 수 있다. 그가 자라난 가정에서의 양반 옹호의 가풍家風은 다분히 일제에 대한 저항의식을 수반하고 있었던 것이다.[13] 이것은 구한말 의병전쟁 등을 통한 양반兩班, 유생儒生들의 항일투쟁에 비추어 볼 때 필연적인 귀결이라고 할 수 있다. 정학正學(유학儒學)의 배척에서

12) 「상해의 밤」, 상게서上揭書, 148쪽.

13) 이에 대해서는 유병석, 전게논문前揭論文, 20~22쪽 참조.

비롯된 위정척사사상衛正斥邪思想은, 개항 이래 일제의 식민지화 정책이 고조됨에 따라 항일정신抗日精神으로 이어져 내려왔던 것이다.

이렇게 볼 때, 제1기의 시에서 추출되는 심훈의 시인의식詩人意識은 낭만적이고 감성적인 그의 기질에서 연유하는 순수한 서정성抒情性에 있다고 할 수 있다. 그러한 개인적 기질이 타국생활에서 얻어진 특수한 경험과 결부되어 감상적인 작품들은 남기게 되었던 것이다. 다만 이 시기의 시들 중에도 민족의식을 포함하고 있는 작품이 더러 발견되기는 하나, 그것은 현실 파악에 바탕을 두고 쓰인 것은 아니라고 하겠다.

2) 제2기

심훈은 1923년 중국으로부터 귀국하여 언론인과 영화인으로서 활동하게 된다. 1924년 동아일보 기자로 입사했고, 1925년 영화소설 『탈춤』을 발표했으며, 직접 영화에 출연하기도 했다. 반면에 그는 부인夫人 이해영李海英과 별거하는 등 생활에 안정을 찾지 못하고 방황하고 있었던 것처럼 보인다. 이러한 점은 무엇보다도 이 시기에 쓰인 그의 시에서 찾아볼 수 있다.

이 시기의 시들 중에서도 제1기의 작품들처럼 감상적인 서정시가 없는 것은 아니다. 가령 「피리」, 「짝 잃은 기러기」 등의 작품에서 그러한 감상적인 면을 엿볼 수 있다. 그러나 제2기의 시들은 그 대부분이 작자의 격한 감정을 그대로 분출시키고 있다.

> 불길이 훨훨 날으며
> 온 지구地球를 둘러쌌다
> 새빨간 혀끝이 하늘을 핥는다
> 모든 것은 죽어 버렸다
> 영원永遠히 영원永遠히 죽어 버렸다
> 명예名譽도 욕망慾望도 권력權力도 야만野蠻도 문명文明도……[14]

이 시에서 느낄 수 있는 것은 격정적인 외침과 거기서 파생되는 허무감이다. 이것은

14) 「광란의 꿈」, 『전집』 7, 한성도서, 111쪽.

도시생활 속에서 방황하는 작자의 모습을 드러낸 것으로 볼 수 있다. 당시의 식민지 상황에서 무엇인가 삶의 의미를 찾으려는 노력이 자꾸만 좌절될 때, 결국에는 삶 전체가 허무로 귀착될 수밖에 없었을 것이다.[15]

그렇다면 이러한 방황과 절망이 혼효 상태 속에서는 소극적이나마 일제에 대한 저항의식이 담겨 있다고 할 수 있다. 실제로 그러한 항일 의식은 다음과 같은 적극적인 저항시를 낳는 데까지 발전한다.

> 우리의 붓끝은 날마다 흰 종이 우를 갈耕며 나간다
> 한 자루의 붓 그것은 우리의 쟁기요, 유일唯一한 연장이다.[16]

> 그날이 오면 그날이 오면은
> 삼각산三角山이 일어나 더덩실 춤이라도 추고
> 한강漢江물이 뒤집혀 용솟음칠 그날이
> 이 목숨이 끊지기 전에 와주기만 하량이면
> 나는 밤하늘에 나는 까마귀와 같이
> 종각鐘閣의 인경人磬을 머리로 드리받아 울리오리다
> 두개골頭蓋骨은 깨어져 산산散散조각이 나도
> 기뻐서 죽사오매 오히려 무슨 한恨이 남으오리까[17]

이 시들에서는, 앞서 언급된 작품에 나타나는 격정적인 외침이 완화되었으며, 거기서 빚어지는 허무감 또한 사라져 있음을 알 수 있다. 그리하여 종이 위의 '붓'을 밭 가는 '쟁기'에 비유하여 저항의 무기로 삼고 있는가 하면[18], 해방의 날이 오기만 하면 작자 자신은

---

15) 이러한 시인의식詩人意識은 제2기의 시에서 거의 공통적으로 나타나는 것인 바, 여기 인용된 작품 외에, 특히 「나의 서울이여」, 「조선은 술을 먹인다」, 「태양의 임종」, 「만가輓歌」 등의 작품에서 두드러지게 나타난다.

16) 「필경筆耕」, 상게서上揭書, 41쪽.

17) 「그날이 오면」, 상게서上揭書, 49쪽.

18) 심훈이 후에 낙향하여 창작에 전념할 대에, 그가 거처하던 집을 '필경사筆耕舍'라고 명명했던 사실도 이런 점에서 이해될 수 있을 것이다.

'두개골이 깨어져' 죽어도 한이 없다는 식의 자아 극복의 의지를 보여 주는 것이다.

이와 같이, 방황과 절망의 혼효 상태를 거쳐 강한 저항의 의지를 갖게 되었다는 것은, 심훈이 언론인과 영화인으로 활약하는 동안 민족이 처해 있는 현실을 통감하고, 그 현실을 극복하기 위해 얼마나 큰 고뇌와 갈등을 겪었는가를 말해준다고 하겠다. 아직 저항의 방향이라든가 그 구체적인 방법에 대한 성찰이 미흡하긴 하지만, 제2기의 시는 제1기의 시에서 볼 수 있는 감상적인 치기稚氣에서 일단 벗어나, 비교적 성숙한 단계의 저항의식을 담고 있는 것이다.

3) 제3기

심훈은 이 시기에 충남忠南 당진군唐津郡 송악면松嶽面 부곡리富谷里로 낙향하여 정착하게 된다.[19] 여기서 그는 주로 소설 창작에 전념하였기 때문에, 이 시기의 시詩 작품作品은 몇 편에 지나지 않으며, 그나마도 그가 낙향하던 해인 1932년에 쓰인 작품이 대부분이다. 그러니까 이 시기의 작품들은 정착한 이후의 작품들이라기보다는 정착하기 시작할 때의 작품들이라고 해야 할 것이다. 따라서 이 시기의 작품들은 새로운 생활의 방향이 잡혀 나갈 즈음의 작자의 심정을 표현하고 있다. 그리하여 제1기의 감상이나 제2기의 격정에서 탈피하여, 사회의 구체적인 현실에 대해 비판적인 시선을 돌리게 되는 것이다.

개나리 울타리에 꽃피던 뒷동산은
허리가 잘려 문화주택文化住宅이 서고
사당祠堂 헐린 자리엔 신사神社가 들어 앉았다니[20]

이와 같은 사회 현실에 대한 비판의식은 심훈으로 하여금 그의 생활의 방향과 더불어 문학의 방향을 설정할 수 있게 한다. 그는 이때부터 농촌에 뛰어들어 농민들과 함께 생활하기 시작했고, 그들의 생활을 소설로 씀으로써 식민지 시대의 대표적인 저항 문학을

19) 심훈이 이렇게 낙향하게 된 것은 다음과 같은 이유 때문이었으리라고 생각된다. 첫째, 사회적 요인으로써 1931년 만주사변 이래 위축된 KAPF의 활동 대신 각 신문사를 중심으로 하여 '브나로드'운동이 크게 일어났다는 점이고, 둘째, 개인적 이유로써 도시생활에 혐오감을 느끼고 있던 심훈이 1930년 안정옥과 재혼하여 가정의 안정을 찾은 후 새로운 출발을 결심하게 되었다는 점이다.

20) 「고향은 그리워도」, 상게서上揭書, 84쪽.

산출해 냈다.

한편, 이 시기의 작품들에 나타나는 두드러진 특징으로써 매우 차분해진 어조를 들 수 있다. 이러한 어조상의 특징은 시의 화자話者가 누군가와 대화하듯 말하는 데서 얻어진다. 상대방을 가정하고 말한다는 것은 어떤 사물에 대해 일정한 거리감을 유지하고 있음을 뜻하며, 또한 그만큼 객관적인 시선으로 주어진 현실을 바라보고 있음을 의미한다.

가령, 작자가 "조선 사람의 피를 백대百代나 천대千代 이어줄 너이길래/ 팔다리를 자근자근 깨물고 싶도록 네가 귀엽다"[21]라고 "낳은 지 넉 달 열흘"[22]밖에 안 되는 아들에게 말할 경우, 그 대화하는 듯한 차분한 어조로 인해 작자의 감정이 통어되어 있음을 볼 수 있다. 그러면서도 오히려 그러한 어조 때문에, 해방의 소원이 후대後代에서라도 이루어지길 바라는 작자의 심정이 더욱 효과적으로 표현되는 것이다. 이처럼 절실한 심정은 곧 해방에의 강한 신념으로 바뀌어 간다. 이를테면 다음과 같은 시에서, 현실이 제 아무리 암담하더라도 언젠가는 반드시 해방의 날이 오고야 말 것이라는 작자의 신념을 읽을 수 있다.

> 몇 백년百年이나 묵어 구멍 뚫린 고목古木에도
> 가지마다 파릇파릇 새엄이 돋네
> 뿌리마저 썩지 않은 줄이야 파보지 않은들 모르리[23]

이 시에는 '생활시生活詩'라는 부제가 붙어 있다. 실제로 이 시는 1연에서 "날마다 불러가는 아내의 배"를[24] 이야기함으로써 생활에 밀착된 내용을 보여주고, 3연에서 "물려 줄 것이라곤 '선인鮮人'밖에 없구나"라고[25] 새로 태어날 아기에게 말하는 등 민족의 현실과 결부시키는 과정을 거쳐, 여기 인용된 11연까지 이르게 된다. 그렇다면 이 시에 나타나는 작자의 신념은 구체적인 생활 체험에서 생겨난 것이라고 볼 수 있다.

이상以上의 논의로 미루어 제3기의 시는 누군가를 향해 말하는 듯한 차분한 어조를

21) 「어린 것에게」, 상게서上揭書, 120쪽.

22) 상게서上揭書, 121쪽.

23) 「토막생각」, 상게서上揭書, 118쪽.

24) 상게서上揭書, 115쪽.

25) 상게서上揭書, 116쪽.

특징으로 하고 있으며, 그럼으로써 식민지 사회의 구체적인 현실에 대한 비판과 아울러 생활 체험에서 우러난 해방에의 신념을 효과적으로 담고 있다고 하겠다. 이러한 시인의식詩人意識이 곧 이 시기에 결실된 심훈의 저항문학의 출발점이 되었음은 물론이다.

2. 소설小說

심훈의 시가 그의 개인적인 기질을 드러내고 있는 측면이 많다면, 그의 소설은 상대적으로 사회의 현실에 대한 비판의식을 강하게 보여준다. 따라서 그의 소설에 나타난 작가의식作家意識의 변화 과정을 검토하기 위해서는 그 사회 비판의식社會批判意識의 변모 양상을 추적할 필요가 있다. 이에 본고本稿에서는 그의 소설에서 추출되는 사회 비판의식이 작품에 따라 어떻게 변화하였으며, 그에 비추어 작가의식이 어떤 과정을 통해 성장·발전해 나갔는지를 살펴보고자 하는 것이다.

그런데 이 작업을 위해서는 『탈춤』(1925), 『영원의 미소』(1933), 『상록수』(1935)의 세 편을 중심으로[26] 논의하는 것이 좋을 듯하다. 여타餘他의 소설들에 비해 이 세 작품이 작가의 사회 비판의식을 잘 드러내고 있기 때문이기도 하지만, 이 세 작품은 각기 독립되어 있는 것이 아니라 서로 긴밀하게 연관되어 있기 때문이다. 논의가 진행됨에 따라 차차 분명히 밝혀지겠지만, 『탈춤』은 『영원의 미소』의 전신前身이며, 『영원의 미소』는 『상록수』의 전신前身이 된다. 즉 심훈의 대표작代表作인 『상록수』는 『탈춤』에서 시작하여 『영원의 미소』를 거쳐 도달된 것이다. 그러므로 이 세 작품은 작가의식의 성장 과정을 고찰하는 데에 가장 좋은 자료가 되는 것이다.

1) 탈춤

『탈춤』은 1925년 11월부터 동아일보에 연재된 작품이다. 이 작품은 '영화소설映畫小說'이라는 관제冠題를 달고 있는 바, 영화화를 의식하고 쓴 듯한 장면들이 계속 이어지면서 줄거리를 이끌어 나가는 특이한 구성 방식을 취하고 있다. 이 작품은 다음과 같은 '머리말'로 시작되는데, 여기서 이미 작가의 사회 비판의식을 보여준다.

---

26) 이 세 작품 외의 다른 소설들, 가령 『불사조』(1930), 『직녀성』(1934) 등에 대해서는 필요한 경우 때때로 언급하기로 한다.

사람을 태고로부터 탈을 쓰고 춤추는 법을 배워 왔다. 그리하여 제각기 가지각색의 탈바가지를 뒤집어쓰고 날뛰고 있으니 아랫도리 없는 목도깨비가 되어 백주에 큰 길을 걸어다니기도 하고 때로는 제웅 같은 허수아비가 물구나무를 서서 괴상스런 요술을 부려 같은 인간의 눈을 현혹케 한다. '돈'의 탈을 쓴 놈, '권세'의 탈을 쓴 놈, '명예', '지위'의 탈을 쓴 놈……[27)]

여기서 작자는 돈, 권세, 명예, 지위에 대한 혐오감을 드러내고 있다. 그런 것들은 모두 인간이 뒤집어쓰고 있는 '탈'인데, 그것은 '같은 인간의 눈을 현혹케 한다.' 이 '탈'(가면假面)을 벗겨 보자는 것이 곧 작자의 의도이다. 그리고 이 작품에서 특히 힘주어 비판하고 있는 것은 '돈'의 탈이다.

이 소설의 발단은 가난한 청년 일영과 마름의 달 혜경과의 사랑으로부터 시작된다. 여기에 "혜경의 가족의 생명을 좌우할 수 있는 지주"인[28)] 준상이 나타나 혜경을 노리며 일영과의 사랑을 방해한다. 그런데 일영의 친구인 홍열은 혜경을 짝사랑하면서도 일영을 위해 뛰어다니며 혜경의 신변을 보호해 준다.

그리하여 작자는 지주이며 회사 중역인 준상의 가면을 벗기려는 것이다. '돈'과 '지위'의 탈을 쓴 준상은 실제로 기생들의 꽁무니나 쫓아다니는 '날도깨비'에 불과하다.

장난꾼 신문기자는 원고지에다 별별 우스운 별명을 적어서 나가는 사람들의 생김생김을 보아 꽁무니에다가 하나씩 붙여 준다……준상의 꽁무니에는 '날도깨비'라는 별명을 붙였다. 네시가 되어서 준상은 자동차로 돌아갔다. 자동차가 닿은 곳은 처음부터 준상의 곁을 떠날 줄도 모르고 갖은 아양을 다 떨던 난심의 집이었다.[29)]

이 부분은 당시 언론인으로 활동했던 작가의 관찰력을 잘 말해 주는 대목이다. 심훈은 이

27) 「탈춤」, 『한국문학전집』 17, 민중서관, 1975(이하, '전집, 민중서관'이라고만 한다) 469쪽.
28) 상게서上揭書, 483쪽.
29) 상게서上揭書, 486쪽.

시기에 신문기자 생활을 통해 부패한 도시사회都市社會에 대한 비판적 안목을 지니게 되었던 것이다.

그런데 이러한 사회 비판의식에는 프로문학적 색채가 가미되어 있음에 주의할 필요가 있다. 이러한 경향은, '지주와 작인'이라는[30] 소제목에서부터, 마름의 달인 혜경을 둘러싼 가난한 청년 일영과 지주인 준상과의 대결이라는 인물설정人物設定 방식方式, 그리고 "맹꽁이 같이 배때기만 생긴 친구가 기생을 무릎에 올려 앉히고……"[31] 라는 묘사와 "영양부족으로 얼굴빛은 누르고, 눈은 움푹 들어가……"[32] 라는 묘사와의 대비에 이러기까지 분명히 드러난다. 또한, 1925년 KAPF가 결성되었고, 심훈도 이에 가담하였다는 사실로도 그에 대한 간접적인 설명이 가능하다.

그러나 이 시기에 심훈이 프로문학의 영향에 전적으로 동조하였다고는 보기 어렵다. 『탈춤』 전체의 흐름이 그러한 계급적 대립보다는 타락한 사회상에 대한 비판이 중심으로 되어 있을 뿐만 아니라, 다음과 같은 대목에서 주인공인 일영의 사상적 고민이 나타나 있기 때문이다.

> 그가 개성에 눈뜨기를 비롯하고 자기 일신의 장래를 생각하기 시작할 대부터 움돋아 나온 고민의 씨는 해를 거듭하여……장차 어떤 길을 걸어나가야겠다는 신념과 사상의 줄기를 바로잡기 어려웠을 분만 아니라 따라서 회의기懷疑期에 있는 그의 인생 문제에 부딪쳐서 하염없는 사색으로 무한히 방황치 않을 수 없었다.[33]

이와 같은 작중인물作中人物의 고민은 곧 작자 자신의 고민으로 이해될 수 있다. 이 시기가 심훈에게 있어서 방황기彷徨期였다 함은 이미 그의 시를 논의하는 데서 언급한 바 있거니와, 그의 소설에서도 마찬가지로 방황하는 모습이 나타난다는 것은 결코 우연한 일이 아니다.

이러한 방황과 고민은 이 작품에서 끝내 해결되지 못하고, 도리어 더욱 깊은 갈등만을 거듭하게 된다. 즉 인생 문제 자체에 대한 회의감이 작품의 곳곳에 드러나 있는 것이다.

---

30) 상게서上揭書, 493쪽.
31) 상게서上揭書, 484쪽.
32) 상게서上揭書, 486쪽.
33) 상게서上揭書, 476쪽.

죽음만이 눈앞에 기다리고 있는 터에 행복이란 것도 결국 미신일 다름이다. 아아 잠시 이 세상에서 목숨을 붙이기가 왜 이다지도 괴로우냐?[34)]

정조란 배는 부르고 할 일 없는 계집들이 남자에게 보이기 위하여 차고 다니는 노리개의 별명이요, 연애란 앓는 소리 없는 염병에 지나지 못한다. 그 밖에 모든 것은 허무虛無다! 오직 허무라는 유일한 진리가 있을 뿐이다……[35)]

애닯어라!
나그네 마음은 쓸쓸한 폐허를 더듬으며
죽음의 속삭임과 같이도
무덤의 적막을 노래부르네[36)]

이와 같은 삶에 대한 회의가 거기서 빚어지는 허무감은 이 작품을 저류하고 있는 주된 흐름이다. 이러한 허무감은 이 작품의 결말 부분에서 결국 혜경이 죽어 공동묘지에 묻히고 일영마저도 서울을 떠나 버리는 것으로 그 절정에 이르게 된다.

이렇게 볼 때 『탈춤』은 프로문학의 색채를 얼마간 지니고 있지만, 그보다는 모순에 찬 도시사회에 대한 혐오감과, 그러한 사회에 부딪혀 일어나는 삶에 대한 회의와 허무감을 담고 있다고 생각된다. 다시 말해서 이 작품은 어떤 뚜렷한 사상적 경향보다는 작자의 사회 비판의식을 드러낸 작품이며, 또한 그보다는 방황기에 있던 작자의 번민과 갈등을 깊이 있게 수용한 작품인 것이다. 그리하여 이 소설은 도시에서 떠도는 생활의 덧없음을 보여줌으로써 다음에 검토될 『영원의 미소』와 『상록수』의 출현을 예고하고 있다고 하겠다.

2) 영원의 미소

『영원의 미소』는 심훈이 낙향한 다음 해인 1933년 9월부터 조선중앙일보에 연재된

34) 상게서上揭書, 496쪽.
35) 상게서上揭書, 506쪽.
36) 상게서上揭書, 519쪽.

작품이다. 그리하여 이 작품은 그가 낙향하게 된 동기와 정착기定着期에 접어든 시기의 그의 생각을 간접적으로 설명해 준다.

이 작품은 앞서 검토한 『탈춤』의 후신後身으로 볼 수 있다. 왜냐하면 인물설정 방식이나 사건구성 방식에서 두 소설은 유사한 점을 많이 보여주고 있기 때문이다.

우선 인물설정에 있어서 『탈춤』의 일영은 『영원의 미소』에서 수영으로 이름만 바뀌었을 뿐, 두 소설의 주인공은 거의 비슷한 성격을 보여준다. 이러한 현상은 다른 작중인물들의 경우에도 마찬가지라고 할 수 있다. 『탈춤』의 혜경은 『영원의 미소』에서 계숙으로, 홍열은 병식으로, 준상은 경호로 각각 이름만 달라졌을 따름이다.

또한 사건구성에 있어서도, 『영원의 미소』는 『탈춤』의 구성 방식을 거의 그대로 취하고 있다. 즉, 『영원의 미소』 역시 마름의 아들인 수영과 가난한 여학생인 계숙과의 사랑으로부터 사건의 발단이 이루어진다. 여기에 수영의 지주인 경호가 끼어들어 계숙을 노리며 두 사람의 사랑을 방해한다. 그리고 수영의 친구인 병식은 계숙에 대해 애정을 품었으면서도 수영과 계숙의 사랑을 도와주게 되는 것이다.

이런 사실로 미루어 『영원의 미소』는 『탈춤』과 마찬가지로 프로문학적 경향을 띠고 있는 작품임을 알 수 있다. 그러나 작가는 그 이론 자체보다는 '참 정말 조선 농민의 생활'에 더욱 큰 관심이 있었던 듯하다.

> "이게 다 무슨 어림없는 공상이냐 저희는 하얀 이밥을 먹고 자빠져서 심심풀이로 이 따위 소리를 늘어놓는 게지. 참 정말 조선 농민의 생활을 저희가 알 까닭이 있나?"
>
> 하고 혼자 분개를 하기도 여러 번이었다.……
>
> "이론이란 결국 공상일세. 우리는 인제부터 붓끝으로나 입부리로 떠들기만 허는 것을 부끄러워 헐 줄 알어야 하네"
>
> 하고 저 역시 이론을 캐느라고 긴 시간을 허비한 것을 후회하고 입을 딱 다물어 버렸다.[37]

37) 『영원의 미소』, 상게서上揭書, 298쪽.

이와 같은 이론理論에 대한 부정은 결국 실천이 없는 이론가理論家에 대한 비판이며, 이것은 『탈춤』에서부터 볼 수 있는 도시都市 부유층蜉蝣層에[38] 대한 혐오감의 연장으로 이해될 수 있다. 기실 도시都市 부유층蜉蝣層에 대한 작자에 태도는 그들을 비판한다는 정도를 넘어 멸시하고 조소하는 지경에까지 이른다. 이러한 멸시와 조소는 비단 『영원의 미소』뿐만이 아니라, 심훈의 거의 모든 소설에서 다음과 같은 해학으로 나타난다.

> 그 뒤로 경호는 저의 아버지가 XX전문학교에 돈을 낸 이사인 관계로 그 학교의 교수가 되었던 것이다. 신문이나 잡지에 이따금 발표되는 덜 익은 열무 깍두기를 씹는 듯한 경호의 논문도 보았다.[39]

> 어떤 젊은 사람은 손가락으로 손은 고이고 있다. 이따금 머리를 숙이면서 아랫배가 아픈 듯한 심각한 표정으로 귀를 기울이다.……그 중에도 입을 헤에 벌리고 앉은 마나님들의 귀에는 그 미묘한 멜로디가 모기 소리나 풍뎅이가 날르는 소리와 달음없이 귀바퀴를 싸고 돌 따름인 것이다.[40]

> 종로 큰 거리에 있는 '싸롱·파리'에는 저녁때부터 손들이 모여든다.……세월만나 '레코오드'회사의 이른 바 전속 예술가들이며 간판쟁이도 못되는 화가와 신문기자가 구름과 같이 모여들어 십전짜리 사교판이 버러진다.[41]

도시都市 부유층蜉蝣層에 대한 혐오감이 여기서 보는 것처럼 할 일 없는 유한계층에게로 향해지는 것은 물론이지만, 심훈에게 있어서는 그 자신을 포함한 작가作家, 지사志士, 혁명가革命家들 역시, "생산적生産的 노동勞動을 생업生業으로 삼음으로써 사회社會 실생활實生活에

38) '하루살이蜉蝣層'라는 말은 심훈 자신의 냉소적인 표현인 바, 그는 시종일관 '도시 부유층 인텔리'를 혐오하고 그들을 멸시하는 태도를 견지하고 있다. 이에 대해서는 김붕구, 상게서上揭書, 383~387 참조.

39) 『영원의 미소』, 전집, 민중서관, 269쪽.

40) 『불사조』, 전집, 한성도서 6, 5쪽.

41) 『직녀성』 하, 전집, 한성도서 5, 1쪽.

조대組帶로 얽힌 작업인간作業人間이 아니라는 점에서"[42] 본질적으로 같은 비판의 대상이 된다. 이러한 점은 『영원의 미소』에서의 사건事件 전개全開과정을 살펴볼 때 더욱 확실히 밝혀진다.

이 작품에서 이론가理論家이며 혁명가革命家인 병식은 현실적인 장애에 부딪혀 그 뜻을 펴지 못하고 걷잡을 수 없는 절망 속으로 빠져 든다. 더욱이 그는 계숙에 대한 애정을 억눌러 둘 수밖에 없는 사정 때문에, 마치 『탈춤』에서 볼 수 있는 바와 같은 인생 자체에 대한 회의를 떨쳐 버릴 수 없게 된다. 그리하여 그는 극단적인 허무감 속에서, "모든 희망을 잃고 아주 파락호가 되어"[43]버리는 것이다. 그는 마침내, "나는 그네를 뛰련다/ 구부러진 솔가지에/ 이몸을 매달고/ 훨훨 그네를 뛰면서/ 모든 시름을 잊으련다"[44]라는 시를 남기고 목을 매어 자살하고 만다. 이러한 사건 전개는, 당시의 지식인들이 직접적인 생산활동에 참여하지 못할 경우 식민지 현실에 부대껴 파멸하고 말 것이라는 작자의 생각을 드러낸 것이며, 그럼으로써 병식과 같은 지식인을 간접적으로 비판한 것이라고 볼 수 있다.

반면에 주인공인 수영은 농촌 운동에 뛰어든다는 생활의 방향을 설정함으로써 그러한 절망으로부터 벗어난다. 수영 역시 회의감과 허무감 속에서, "이 세상에 믿을 것이라곤 하나도 없다"고[45] 외치기는 하나, 계숙과 함께 자신의 고향인 농촌으로 향하면서 새로운 삶의 의미를 발견하는 것이다. 여기서 이 작품이 당시 유행했던 '브나로드' 운동의 영향으로 쓰인 것임을 알 수 있거니와, 결국 수영과 계숙은 농촌에서 함께 땀 흘려 일하는 노동인간勞動人間으로 탄생하게 된다. 이 작품은 다음과 같은 대목으로 그 막을 내리는 것이다.

> "자 이 한줄기 밖에 아니 남은 게 우리의 생명선生命線이요, 이 생명선을 붙잡읍시다. 놓치지 맙시다!" 하고 수영은 계숙을 돌려다 보며 격려激勵한다.
>
> 매어 나가도 매어 나가도 보리밭 사래는 길었다. 끝날 줄 몰랐다.[46]

이처럼 보리밭 사래를 '우리의 생명선生命線'이라고 표현하는 것은, 직접 호미를 들고 밭을

---

42) 김붕구, 전게서前揭書, 384쪽.
43) 『영원의 미소』, 전집, 민중서관, 312쪽.
44) 상게서上揭書, 416쪽.
45) 상게서上揭書, 236쪽.
46) 상게서上揭書, 466쪽.

매는 노동에 참여하는 것만이 가장 바람직한 생활 방향이라는 작자의 의도를 강하게 시사해 준다고 볼 수 있다. 그러나 이 인용에 나타나는 감격스런 장면은, 그 흥분된 어조만큼이나 막연한 방향감각을 드러내고 있다. 즉 이 작품은 아직 구체적인 농촌 실태에 대한 정확한 인식을 보여주지 못하고, 단순히 농촌에 가서 땅을 일구며 살아야 한다는 당위성을 앞세운 작가의식의 편린을 보여 줄 따름인 것이다.

이렇게 볼 때, 『영원의 미소』는 『탈춤』의 후신後身으로 쓰인 작품이지만, 작가의식 변화에 따라 그것을 변형시켜 완성한 소설임을 알 수 있다. 이 작품에 이르러 도시 부유층에 대한 비판이 더욱 신랄해지고, 그것이 실천이 없는 이론가에게까지 확대되었으며, 그리하여 농촌에 가서 노동하는 인간이 되는 것이 도시 생활에서의 허무감을 극복할 수 있는 가장 의미 있는 삶의 방향임이 역설되어 있는 것이다. 그러나 그러한 삶의 방향은 구체적인 현실을 직시한 데서 우러나온 것이 아니며, 따라서 아직 관념적이고 추상적인 상태에 머물러 있다고 하겠다.

3) 상록수

『상록수』는 1935년 동아일보 창간 15주년 기념 장편소설 현상모집에 당선되어, 그 해 9월부터 동지同紙에 연재된 심훈의 대표작이다. 이 작품은 작가 자신도 말하고 있듯이[47], 앞서 검토한 바 있는 『영원의 미소』의 후편後篇으로 쓰인 것이다. 다시 말해서, 『영원의 미소』가 남녀男女 주인공主人公인 수영과 계숙이 농촌에 뛰어들기까지의 과정을 그린 것이라고 한다면, 『상록수』는 남녀 주인공인 동혁과 영신이 농촌에서 살면서 활동하는 모습을 그려낸 것이라고 할 수 있다는 것이다. 그렇다면 『상록수』 역시 '브나로드' 운동의 영향으로 쓰인 작품임을 알 수 있다. 이 작품이 신문 현상 모집에 당선된 이유 중에 하나도 '브나로드' 운동에 합치되었기 때문이었을 것이다.

『상록수』는 그 전신前身들인 『탈춤』이나 『영원의 미소』에서 추출되는 작가의식에서 훨씬 나아가, 식민지 농촌 소설가로서의 뛰어난 통찰력을 보여준다. 이 작품에 이르러서 작자는 『탈춤』에 나타나는 삶에 대한 회의와 허무감을 극복하고, 『영원의 미소』에서 볼 수 있는 농촌

47) 《동아일보》, 1935.8.27.

운동에 대한 추상적 인식에서 벗어나, 식민지 농촌의 구체적 현실을 향해 더욱 비판적인 시선을 보내게 되는 것이다. 우선 이 작품은 다음과 같은 동혁의 웅변으로부터 시작된다.

> 무엇보다도 먼저 모든 것을 지배하고 온갖 행동의 원동력에 되는 정신精神, 요샛말로 이데올로기를 통일하기 위해서 전력을 기울여야 하겠습니다.[48]

> 나는 어떠한 수단과 방법을 서서라도 우리 민중에게 우선 희망의 정신과 용기를 길러 주기 위해서 노력하는 것이 우리 계몽운동 대원의 가장 큰 사명으로 믿습니다.[49]

이들 인용에서처럼 이 작품은 처음부터 희망과 결의에 차 있는 주인공의 모습을 보여준다. 동혁의 목표는 민중을 정신적으로 일깨워 그들에게 희망과 용기를 불어 넣는 데 있었다. 그리고 그러한 목표를 달성하기 위해서는 "민중을 관찰하거나 연구의 대상對象으로 삼으려 하는 태도를 단연히 버리고"[50] "농민들과 똑같은 생활을 해 가면서 감각까지 그네들과 같아져야"[51] 하는 것이다.

이러한 태도는 농촌운동을 하기 위한 전제 조건으로써 매우 올바른 자세라고 할 수 있다. 그러나 이와 같은 정신적은 측면에만 기반을 둔 문화적 계몽운동에 머무는 한, 그것은 아직도 농촌운동에 대한 관념적 인식에서 완전히 벗어나지 못한 상태라고밖에 볼 수 없다. 실제로 한곡리漢谷里에서의 동혁의 의욕적인 활동은 농촌 현실의 벽—농민들의 경제적 실태, 즉 고리대금업과 소작제도에 얽매여 헤어나지 못하는 경제적 악순환의 상태—에 부딪혀 근본적인 방향 전환을 하지 않을 수 없게 된다. 그리하여, "문화文化 내지乃至 정신적精神的인 계몽啓蒙과 경제적經濟的인 부흥復興, 이 두 가지가 시간時間의 경과經過에 따라 그 비중比重의 중점重點이 점차漸次 변동變動되어 가는"[52] 사실을 발견할 수 있다.

---

48) 『상록수』, 전집, 민중서관, 9쪽.

49) 상게서上揭書, 10쪽.

50) 상게서上揭書, 9쪽.

51) 상게서上揭書, 22쪽.

52) 전광용, 「'상록수常綠樹' 고考」, 《동아문화》 제5집, 1966, 71쪽.

입때가지 우리가 한 일은, 강습소를 짓고 글을 가르친다든지, 무슨 회를 조직해서 단체의 훈련을 시킨다든지 하는, 일테면 문화적인 사업에만 열중했지만, 앞으로는 실제 생활 방면에 치중해서 생산을 하기 위한 일을 해 볼 작정이에요.[53]

"지금 우리의 형편으로는, 계몽적인 문화운동도 해야 하지만, 무슨 일에든지 토대가 되는 경제운동이 더욱 시급하다"는 것을 역설하고, 저의 경험을 이야기하였다.[54]

이렇게 해서 동혁은 한곡리에서 그가 조직한 '농우회'가 뜻대로 단결되지 않는 가장 큰 이유가 회원들이 지주인 기천에세 빚을 지고 있기 때문이라는 것을 깨닫고, 그동안 회원들의 힘으로 저축해 둔 돈을 가지고 빚을 모두 갚는 것이다. 또한 이와 같이 실질적인 농촌운동을 시작하게 되면서, 동혁은 농민들이 가난한 생활을 영위할 수밖에 없는 근본적이 원인에 대해 깊이 성찰하게 된다. 그리하여 작자는 동혁의 입을 통해 다음과 같이 농촌 궁핍화의 원인을 폭로하는 것이다.

"손톱 발톱을 달려가며 죽도록 일을 해도, 우리의 살림살이가 왜 이다지 구차한가? 여러분은 그 까닭이 어디 있는 줄 아십니까?"

하고 대답을 기다리는 듯이 장내를 둘러보더니

"그 까닭은 여러 가지가 있습니다. 그러나 가장 큰 까닭은, 이 자리에서 말씀하기가 거북한 사정이 있어서…"

하고 잠시 말을 멈추었다가

"첫째는 고리대금업자입니다!"

하고 언성을 높인다.[55]

53) 『상록수』, 전집, 민중서관, 145~6쪽.

54) 상게서上揭書, 208쪽.

55) 상게서上揭書, 174~5쪽.

동혁은 이어서 농촌 궁핍화의 원인으로 소작제도의 모순, 관혼상제의 비용 등을 들고 있다.[56] 이처럼 궁핍화의 근본 원인에 눈을 돌리게 되었다는 것은 곧 이 작품이 당시 식민지 농촌 실태에 대한 깊은 이해를 바탕으로 쓰인 것임을 말해 준다고 하겠다. 여기에 이르러 작자는 『영원의 미소』에서의 농촌운동에 대한 추상적 인식에서 벗어나, 농촌 문제에 대한 훨씬 구체적이고 본질적인 접근을 보여주는 것이다. 또한 이렇게 심화된 현실 파악은 이 작품의 곳곳에서 볼 수 있는 농민들의 생활 상태에 대한 묘사가 사실성을 획득하게끔 하는 중요한 원인이 되어 있다.

그런데 이 작품에서 또 한 가지 간과할 수 없는 작가의식으로 일제에 대한 저항의식을 들지 않을 수 없다. 위에 인용된 대목에서, '그러나 가장 큰 까닭은, 이 자리에서 말씀하기가 거북한 사정이 있어서……'라고 했을 때, "작자作者는 이미 '지방유지地方有志 · 지주地主'=(대소행정기관大小行政機關을 매개媒介로 하는) '일제의 마름'이라는 식민지植民地 착취의 메커니즘"을[57] 암시해 주고 있는 것이다. 이러한 항일의식은 이따금 발견되는 작자의 암시하는 듯한 서술과[58] 동혁이 경찰서에 잡혀가 고생하게 된다는 사건의 진행과정에서도 나타나지만, '동우회'의 회원들이 아침마다 조기회를 할 때 부르는 '애향가愛鄉歌'의 가사에 상징적으로 담겨 있다.

一.

XX만灣과 XX산山이
마르고 닳도록
정들고 아름다운
우리 한곡漢谷 만세!

三.

한줌 흙도 움켜쥐고
놓치지 말아라

---

56) 상게서上揭書, 176쪽.

57) 김붕구, 전게서前揭書, 382쪽.

58) 영신의 임종 장면 때의 묘사, 건배의 이사를 둘러싼 상황에 대한 서술 등이 그렇다.

이 목숨이 끊지도록
붙들으며 나가자![59]

'애향가愛鄕歌'라는 명칭에서도 그렇거니와, 이 노래의 일절 가사는 곧 '애국가愛國歌'를 연상시키기에 족한 것이다. 또한 삼절의 경우에도 '흙'을 붙들고 놓치지 않겠다는 것은 결국 국토國土에 대한 애착심을 빗대어 표현한 것이라고 할 수 있다.

이렇게 볼 때, 『상록수』는 그 전신前身들인 『탈춤』, 『영원의 미소』를 넘어서는 더욱 심화된 작가의식으로, 식민지 시대의 농촌 현실을 직시하고 농촌운동의 문제점을 깊이 있게 추구한 작품이라고 하겠다. 그리하여 농촌 궁핍화의 근본 원인을 성찰하는 비판적 안목과 작품의 저변에 깔려 있는 항일의식이 결부되어, 식민지 농촌사회의 실상을 광범위하고도 정확하게 파악하는 커다란 성과를 거두게 된 것이다.

작가의식作家意識의 성장 과정成長過程

지금까지 심훈의 시詩와 소설小說에 나타나는 작가의식作家意識의 변화 양상을, 그의 생애生涯를 염두에 두면서 살펴보았다. 그 결과가 대체로 다음과 같은 논의가 이루어졌다.

심훈의 시詩는 그 형상화形象化 내지 표현 기교라는 면에서 높은 수준에 이르지 못한 것이 사실이지만, 그 시인의식詩人意識이 변화해 나간 모습을 검토하는 데에는 좋은 자료가 될 수 있었다. 즉, 직설적이고 정열적인 그의 작품들은 각 시기마다 그가 생각하고 있던 문제들을 숨김없이 보여주고 있는 것이다.

제1기의 시는 주로 그가 중국에 유학하고 있던 시기에 쓰인 것들인데, 감성적이고 직선적인 그의 개인적 기질과 타국 생활에서 느껴지는 고독감이 결부되어 나타난 낭만적이고 감상적인 작품들이 대부분이다. 이 시기의 작품들에서 볼 수 있는 시인의식은 곧 그와 같은 서정성에 있다고 할 수 있다. 물론 이 시기에도 민족의식을 포함하고 있는 작품들이 더러 발견되기는 하나, 그것은 그의 가문家門의 영향과 청년靑年 초기初期의 열정에서 비롯된 것일 뿐, 식민지 현실에 대한 구체적인 체험에 바탕을 두고 쓰인 것은 아니라고

59) 『상록수』, 전집, 민중서관, 39쪽.

생각된다.

제2기의 시는 그 대부분이 격정적인 감정의 분출과 거기서 파생되는 허무감을 드러내고 있다. 이러한 현상은 그가 서울에서 언론인과 영화인으로 활동하는 동안 식민지 현실에 부딪혀 절망하고 방황했던 흔적을 보여주는 것이라고 할 수 있다. 따라서 이 시기의 작품들은 소극적이나마 일제에 대한 저항의식을 담고 있다고 하겠거니와, 그는 곧 그러한 혼란 상태를 극복하고 적극적인 저항시들을 씀으로써 비교적 성숙한 시인의식을 보여주게 된다.

제3기의 시는 그가 낙향하던 해인 1932년에 쓰인 것들이 대부분인 바, 제1기의 감상이나 제2기의 격정에서 벗어나 당시의 사회 현실에 대한 비판과 구체적인 생활 체험에서 우러난 해방에의 신념을 토로하고 있다. 이 시기의 작품들은 특히, 누군가와 대화하는 듯한 차분한 어조로 감정을 통어함으로써, 그와 같은 비판과 신념을 더욱 효과적으로 드러낸다. 그리하여 이러한 시인의식은 이 시기에 결실된 그의 저항문학의 출발점을 이루게 된다.

심훈의 소설은 그의 시에 비해 사회의 현실에 대한 비판의식을 강하게 보여준다. 따라서 소설에 나타난 작가의식의 변화과정은 그러한 사회비판의식의 변모 양상을 추적함으로써 밝혀질 수 있다. 특히 『탈춤』(1925), 『영원의 미소』(1933), 『상록수』(1935)의 세 작품은 그 순서대로 발전해 나간 소설들이어서 작가의식의 성장 과정을 살피는 데 좋은 자료가 되었다.

『탈춤』은 그 인물설정 방식 등에서 프로문학의 색채를 보여주긴 하지만, 실제로는 작가의 사상적 고민을 간접적으로 드러낸 작품이라고 할 수 있다. 즉, 이 작품은 당시 방황기彷徨期에 있던 작가의 번민과 갈등을 깊이 있게 수용하고 있는데, 이러한 점은 돈, 권세, 지위 등에 대한 극심한 혐오감에서도 찾아볼 수 있다. 결국 이 작품은 부패한 도시사회都市社會에 대한 작가의 비판의식을 나타내 주고 있다고 하겠으나, 작품 전체를 관류하고 있는 삶에 대한 회의와 허무감으로 인해, 큰 성과를 거두었다고 보기는 어렵다.

『영원의 미소』는 『탈춤』의 후신後身으로 쓰인 작품으로서, 도시都市 부유층蜉蝣層에 대한 비판이 더욱 날카로워진 동시에, 『탈춤』에서 볼 수 있는 허무감을 극복하고 있다. 이 작품 역시 인물설정人物設定 방식方式이나 사건구성事件構成에서 프로문학의 경향이 엿보이지만, 그 이론 자체보다는 당시 농촌의 현실문제에 더욱 큰 관심을 보여준다. 그리하여 결국 농촌운동이라는 생활의 방향을 설정하고, 실제로 남녀男女 주인공主人公들이 농촌에 뛰어들어 일하는 노동인간勞動人間으로 새롭게 탄생하는 모습을 그려낸다. 그러나 그러한 삶의 방향은 아직 관념적이고 추상적인 상태에 머물러 있을 뿐, 구체적인 농촌 실태에 대한 정확한 인식에서 비롯된 것은 아니라고 여겨진다.

『상록수』는 『탈춤』에 나타나는 삶에 대한 회의를 극복하고, 『영원의 미소』에서 볼 수 있는 농촌운동에 대한 추상적 인식에서 벗어나, 가장 성숙한 작가의식을 나타내 주고 있는 심훈의 대표작代表作이다. 이 작품에서 작가는 비로소 농촌 궁핍화 현상의 근본적인 원인에 대해 성찰하고 있으며, 따라서 농촌문제에 대한 훨씬 구체적이고 본질적인 접근을 보여주게 된다. 그리하여 농촌운동의 방향 역시 정신적이고 문화적인 측면보다는 경제적이고 실질적인 측면으로 기울게 된다. 뿐만 아니라, 이 작품은 그러한 작가의식과 작품의 곳곳에서 간접적으로 드러나는 항일의식이 결부되어 식민지 농촌사회의 현실을 더욱 포괄적인 맥락에서 파악하는 커다란 성과를 거두고 있는 것이다.

이상以上에서 검토한 바에 따르면 심훈은 그 자신을 부단히 넘어서면서 변화·발전해 나간 보기 드문 작가라고 할 수 있다. 그렇다면 작가의식의 끊임없는 변화를 가능하게 한 작가作家 내부內部의 근본적인 요인은 무엇일까? 이제 그 내면적인 갈등의 양상을 고찰함으로써 작가의식이 성장한 과정을 살펴보기로 한다.

> "하나님, 일과 사랑의 두 가지 중에, 한 가지를 택해 주시옵소서. 저의 족속의 불행을 건지기 우해서, 이 한 몸 바치겠다고 당신게 맹세한 저로서는, 지금 두 가지 길을 함게 밟을 수가 없는 처지에 부닥쳤습니다. 오오, 그러나 하나님, 저는 그 두 가지 중에, 어느 한 가지를 버릴 수도 없습니다"
>
> 영신은 모래 위에 푹 엎으러졌다. 방울방울 떨어지는 뜨거운 눈물에 번지는 모래를, 으스러지라고 한 웅큼 움켜쥐고서……[60)]

이 간절한 기도에서 볼 수 있는 영신의 고민은 작가 자신의 고뇌를 이해할 수 있는 단서가 된다. 자신의 고독을 이겨내고 행복을 추구하기 위한 '사랑'과 자신이 소속되어 있는 사회의 구성원 전체의 불행을 건지기 위한 '일'과의 대립·갈등은, 비단 이 대목뿐만

60) 상게서上揭書, 61쪽.

아니라 심훈의 작품들 거의 전부를 지배하고 있어서 그의 문학의 커다란 특징을 이룬다. 이와 같은 '자아自我의 행복 추구'와 '사회참여社會參與' 간의 대립·갈등은 바꾸어 말하면 소아小我와 대아大我의 대립·갈등이라고 할 수 있는데, 이것은 곧 심훈의 문학에 있어서 작가의식을 성장을 가능하게 한 최대의 요인이 되어 있다. 즉 심훈에게 있어서 작가의식의 성장 과정이란, 제1기 시詩로부터 대표작代表作 『상록수』에 이르기까지, 소아小我에서 출발했던 그의 문학文學 소아小我와 대아大我의 대립·갈등을 거쳐 소아小我에 대한 대아大我의 승리로 결말짓기까지의 오랜 과정이었던 것이다.

그런데 소아小我에 대한 대아大我의 승리라고 하는 것은 대아大我가 소아小我를 완전히 물리침으로서 소아小我가 섰던 가리에 대아大我가 대신 들어앉게 된 것을 의미하지는 않는다. 왜냐하면 소아小我와 대아大我의 대립·갈등 과정은 소아小我가 대아大我에 부정적으로 수용되어 가는 과정이지 소아小我가 완전히 사라져 없어지는 과정이 아니기 때문이다. 심훈에게 있어서 소아小我에 대한 대아大我의 승리란 사회 구성원 전체의 불행 속에서는 개인의 행복을 추구할 수 없다는 작가로서의 양심적인 깨달음에서 비롯되는 것이다.

> 표면表面에 나서서 행동行動하지 못하고 배후背後에서 동정자同情者나 후수자後授者 노릇을 할 수밖에 없는 처지處地에 놓여 있기 때문에 곁의 사람이 엿보지 못할 고민苦悶이 있다. 그네들의 속으로 벗고 뛰어들어서 동고동락同苦同樂을 하지 못하는 곳에 시대時代의 기형아畸形兒인 창백蒼白한 '인테리'로서의 탄식嘆息이 있다.
>
> 나는 농촌農村을 제재題材로 한 작품作品을 두어 편篇이나 썼다. 그러나 나 자신은 농민農民도 아니요 농촌운동자農村運動者도 아니다.……물 위에 기름처럼 떠돌아다니는 예술가藝術家의 무리는 실사회에 있어서 한군데도 쓸모가 없는 부유층蜉蝣層에 속한다. 너무나 고답적高踏的이요 비생산적非生産的이어서 몹시 거치장스러운 존재存在다.[61]

이 글은 심훈이 작가로서의 '일'에 충실하면서도 그 일이 '비생산적非生産的'이라는 이유

---

61) 「조선의 영웅」, 전집, 한성도서 7, 176~177쪽.

때문에 고민하는 모습을 보여 준다. 제 아무리 좋은 작품을 쓰는 작가라 할지라도 실제로 육체노동에 종사하는 노동인간이 아니므로 '물 위에 기름처럼 떠돌아다니는' 부유층蜉蝣層에 불과하다. 이 '부유층蜉蝣層'이라는 자조적인 표현은 심훈이 당시 농촌사회 속에서의 자신의 위치에 대해 얼마나 깊이 성찰하여 자기부정自己否定의 정신을 지니게 되었는가를 단적으로 말해 주는 것이다.

또한, 이러한 자책감自責感은 그의 작품 속에서 수치감羞恥感 또는 죄책감罪責感으로 확대되어 나타난다.

> 영신은, 그제야 그전에 백시의 집에서 들은 동혁의 말을 되풀이하듯 하였다. 그러나 오늘 이 경우에 있어서는 저 역시 피를 흘려 가며 일을 하는 사람들을 편히 앉아 바라다보는 처지에 있는 것을 생각하고 불안한 것뿐 아니라, 일종의 수치(羞恥)를 느끼며, 일어섰다 앉았다 한다.[62]

> 그네들의 전체 문제를 생각할 때, 가장 비참한 현실과 비교해 볼 때, 사랑이니 결혼이니 하는 것은 극히 개인적인 조그만 일일뿐 아니라, 남몰래 돌아앉아서 나쁜 짓이나 하는 것 같은 생각이 들었다.[63]

이와 같이 지식을 가진 자들이 노동에 종사하는 자들에 대해서도 조금이나마 경제적 기반을 가진 자들이 가난하고 헐벗은 자들에 대해서 느끼는 수치감과 죄책감은 심훈의 소설에 매우 빈번히 나타나고 있다. 이러한 수치감과 죄책감은, 그의 문학에서 '자아自我의 행복추구'가 '사회참여社會參與'의 방향으로 나아가게 되는 그의 문학은, 민중들을 지도·교화시킨다는 계몽적인 성격이 아니라, 철저한 자기희생을 전제로 하는 일종의 속죄의 성격까지 띠게 된다.

> 드는 칼로 이 몸의 가죽이라도 벗겨서

62) 『상록수』, 전집, 민중서관, 44쪽.
63) 『영원의 미소』, 전집, 민중서관 378쪽.

커다란 북鼓을 만들어 둘쳐메고는[64)]

마지막으로 붉은 정성精誠을 다하여
산 제물祭物로 우리의 몸을 너에게 바칠 뿐이다.[65)]

이처럼 철저한 자기부정自己否定은, 그러나 역설적으로 더욱 철저한 자기 확인이라고 할 수 있다. 왜냐하면, 이미 이기적인 생활로는 아무런 행복도 구할 수 없는 작가의 양심 속에서는 오히려 이렇게 속죄의 길을 걷는 것이 내면적인 평온함을 얻을 수 있도록 해 주기 때문이다. 가령, 『상록수』에서 여주인공인 영신이 철저한 자기희생의 정신으로 무리한 육체노동을 거듭한 끝에 병을 얻어 마침내 숨을 거두게 된다는 사실 도한 마찬가지 이유로 설명될 수 있다. 앞에서 언급한 바, 소아小我가 대아大我에 부정적으로 수용되어 가는 과정도 바로 이러한 맥락에서 이해되어야 할 것이다.

이와 같이 철저한 자기부정을 초래한 작가로서의 고뇌의 흔적은 그의 수필에서도 확인할 수 있다. "더 크신 어머님(조국祖國; 인용자 註)을 위하여 한몸을 바치려는 영광스러운 이 땅의 사나이"라고[66)] 외칠 수 있었던 영웅심은, "청빈清貧한 문사文士로서의 자존심自尊心을 가지려는 염치廉恥가 개를 보기도 부끄러운 때가 있다"[67)]라고 말할 수밖에 없는 자괴심으로 바뀌게 되는 것이다. 이처럼 강한 자기긍정에서 극단적인 자기부정으로 이행하게 된 것은 끊임없이 자신에 대한 성찰을 거듭하는 작가로서의 성실성에서 연유한 것임에 틀림없을 것이다.

그런데 여기서 주목될 수 있는 것은, 소아小我에서 대아大我로, 즉 '자아의 행복추구'에서 '사회참여'로 작가의식이 변화·성장함에 따라, 심훈의 문학은 점차 시 중심에서 소설 중심으로 장르의 전이 현상을 보여주게 된다는 점이다. 이러한 현상은 시와 소설의 장르적 특성에 의해 설명될 수 있다. 즉, 감성적이고 낭만적인 그의 기질이 감정의 움직임을 표현하는 데 알맞은 서정抒情장르인 시를 택하게 하였으나, 점차 사회참여라는 방향으로 기울게 된 작가의식이 사회 전체의 현실을 수용하는 데 적합한 서사敍事장르인 소설을

64) 『그날이 오면』, 전집, 한성도서, 50쪽.
65) 「너에게 무엇을 주랴」, 상게서上揭書, 59쪽.
66) 「어머님께 올린 글월」, 상게서上揭書, 12쪽.
67) 「2월 초하룻날」, 상게서上揭書, 183쪽.

택하도록 했기 때문일 것이다.

그리하여 심훈에게 있어서, 서상敍上한 바 작가의식의 성장을 가능하게 만든 기본 동기인 육체노동자에 대한 수치감과 죄책감은 그의 소설에서의 인물 설정에 영향을 미치게 된다. 즉, 농민과 더불어 육체노동에 종ㅇ사하는 지식인을 긍정적 인물로, 그렇지 않은 부유층蜉蝣層 지식인을 부정적 인물로 설정하게 하는 것이다.

> 기골이 장대한 고농 학생이 뭇 사람이 쏘는 시선을 한 몸에 받으며 두벅두벅 걸어나오자…·빗지도 아니한 듯한 올빽으로 넘긴 머리며……[68]

> 첫째 응달에서만 지내서 하얀 살결과………더구나 옥색 명주 저고리를 입은 것과 회색 부사견 바지를,………쳐뜨려 입은 것이 바로 보기 싫을 만큼이나 눈꼴이 틀렸다.[69]

이처럼 긍정적 인물은 건강하고 소박한 모습으로, 부정적 인물은 섬약하며 몸치장한 모습으로 묘사된다. 햇볕에 그을린 구릿빛 피부와 응달에서만 지내서 하얀 피부로 표상될 수 있는 극단적인 인물 묘사의 대비는 심훈 소설 곳곳에 나타나 일일이 열거列擧할 수 없을 정도이다. 이러한 인물 묘사는 심훈 자신의 인간관人間觀이 드러난 것으로써, 그의 작가의식이 사회참여라는 방향으로 변화해 가는 추이를 잘 시사해 주는 것이라고 하겠다.

한편, 앞에서 되풀이 논의된 바, 소아小我(자아自我의 행복 추구)와 대아大我(사회참여)와의 대립·갈등 속에서 소아小我가 대아大我에 부정적으로 수용되면서 양자兩者의 조화점을 발견해 나간다고 하는 작가의식의 성장 과정은, 심훈의 소설에서 남녀간의 '사랑'과 사회적社會的인 '일'과의 관계가 어떻게 변화해 갔는가를 검토함으로써 더욱 분명히 밝혀질 수 있다. 왜냐하면, 처음에 언급된 바와 같이, 심훈의 소설에서 '사랑'은 소아小我. 즉, '자아自我의 행복 추구'를, '일'은 대아大我. 즉, '사회참여社會參與'를 각각 표상하는 것이므로, 양자의 관계의 변화 양상을 살피는 것이 소아와 대아의 대립·갈등의 추이를 고찰하는 데 도움을 주기 때문이다.

---

68) 『상록수』, 전집, 민중서관, 7쪽.

69) 상게서上揭書, 52쪽.

우선 『탈춤』의 경우, 남녀 주인공인 일영과 혜경과의 사랑은 청춘남녀青春男女의 순연한 감정에서 시작된 것일 뿐, 두 사람이 공동으로 추구하는 사회적인 목적을 포함하고 있지 않다. 즉 『탈춤』에서의 '사랑'은 '일'이 개입되지 않은 사랑이다. 두 사람은 각각 느끼고 있던 고독감으로 인해 서로를 그리워하고 사랑하게 되는 것이지, 어떤 이념이나 사상이 같아서 그러는 것이 아니다. 물론 두 사람은 그들이 몸담고 있는 사회의 부패상을 혐오하고 그것에 저항하지만, 그러한 행위는 그들 자신의 행복을 위한 것이지 사회 구성원 전체의 행복을 목표로 하는 것이 아니다.

다음 『영원의 미소』의 경우, 남녀 주인공인 수영과 계숙 역시 각자의 고독감을 이겨내기 위해 서로 사랑하고 그들 자신의 행복을 추구하기 위한 노력을 기울이지만, 두 사람은 어렴풋하게나마 그들이 공동으로 지향하는 사회적인 목표를 가지고 있다. 즉 그들의 '사랑'에는 '일'이 개입되는 것이다. 두 사람은 어떤 사건에 연루되어 같이 검거되어 감옥에 갇히게 된다.

> 잡혀 오던 날 병식이가 뒤를 다라오며 수영이도 검거되었다는 말을 전했기 때문에, 계숙이 역시 '김수영이도 한집에 들어와 있거니' 하면 마음 한 모퉁이가 든든해서 정신적으로 적지 않게 위안을 받는 것 같았다.[70]

여기서 보는 바와 같이, 수영과 계숙과의 '사랑'은 두 사람이 같은 이념을 가지고 같은 '일'을 하고 있다는 사실로 인하여 더욱 적극적인 의미를 띠게 된다. 다시 말하면, 두 사람의 사랑에는 청춘남녀의 순연한 감정에 동지로서의 유대감이 결합되어 있다. 이 소설의 결말 부분에 이르면, 계숙이 수영을 따라 농촌에 뛰어들어 같은 '일'을 하게 되는 것이다.

끝으로, 『상록수』의 경우, 남녀 주인공인 동혁과 영신과의 사랑은 처음부터 동지애同志愛를 바탕으로 하여 시작된다. 물론 여기에도 청춘남녀의 순연한 감정이 없는 것은 아니지만, 그보다는 그들의 사상이 서로 일치한다는 사실이 그들이 서로를 사랑하게끔 하는 더욱 중요한 원인이 되어 있다.

---

70) 『영원의 미소』, 상게서上揭書, 225쪽.

"오냐 나는 비로소 한 사람의 동지同志를 얻었다! 내 사상思想의 친구를 찾았다!"
하고 부르짖으며 저 혼자 감격하는 것이었다.[71)]

"고맙습니다! 당신 같으신 동지를 얻게 해 주신 하나님께 감사합니다."
영신은 더 길게 말하지 않았다.[72)]

이와 같이 『상록수』의 남녀 주인공은 상대방을 서로 동지同志라고 생각한다. 이렇게 시작된 그들의 '사랑'은 시종일관 그들이 소속된 사회의 구성원 전체의 행복을 위한 '일' 속에서 더욱 강하게 굳어진다. 마침내 영신은 원래의 약혼자였던 정근의 "이기주의利己主義가 싫어서"[73)] 그와 파혼하고, "튼튼하고 건실한 동지"[74)]인 동혁과 약혼하게 된다. 비록 영신의 죽음으로 인해 그들의 사랑은 결실되지 못했지만, 동혁은 실망하지 않고 "당신이 못 다한 일과 두 몫을 하겠다"[75)]고 결심하는 것이다. 동혁에게 이러한 결심이 가능했던 것은, 그의 영신에 대한 '사랑'이 같은 '일'을 한다는 유대감에 의해 유지되어 왔기 때문이라고 하겠다.

이렇게 볼 때, 심훈의 소설에서 남녀간의 '사랑'과 '일'과의 관계는 소아小我(자아自我의 행복추구)를 표상하는 '사랑'이 대아大我(사회참여社會參與)를 표상하는 '일' 속에 부정적으로 수용되어 가는 양상을 보여준다고 할 수 있다. 다시 말해서, 처음에 '사랑'을 중요시하던 작가의식이 점차 '일'을 강조하는 편으로 기울어지면서도, '일'은 '사랑'을 완전히 거부하지 않고 그 속에 자연스럽게 포함되게끔 한다는 것이다. 이와 같은 '일'과 '사랑'과의 관계의 변화 양상은, 소아小我가 대아大我에 부정적으로 수용되어 가는 과정을 통해 양자兩者의 조화점을 찾게 된다는 작가의식의 성장 과정을 상징적 시사해 주고 있다고 하겠다.

결론

본고本稿에서는 지금까지 심훈의 작가의식의 성장 과정을 살펴보고, 그러한 성장을

71) 『상록수』, 상게서上揭書, 16쪽.

72) 상게서上揭書, 26쪽.

73) 상게서上揭書, 122쪽.

74) 상게서上揭書, 123쪽.

75) 상게서上揭書, 208쪽.

가능하게 한 작가 내부의 근본적 요인을 밝혀 보았다. 다시 말해서, 개인의 감성感性으로부터 출발한 그의 문학이 식민지 사회의 구체적 현실을 수용하는 데 이르기까지의 과정을 검토하고, 그 변화의 기본 동기가 되는 작가의 내면적 갈등 양상에 대하여 고찰한 것이다.

심훈의 문학은 원래 감성적이고 낭만적인 성격을 띤 서정성抒情性에 그 바탕을 두고 있었다. 그러다가 식민지 사회의 절망적인 현실로 말미암아 삶 자체에 대한 회의와 허무감까지 드러내는 극심한 혼란 상태에 이르게 되었다. 그러나 그의 문학은 점차 그러한 혼란 상태를 극복하고, 당시의 식민지 현실과 대결하는 저항문학으로 성장하였다.

이러한 성장은, 소아小我(자아自我의 행복추구)와 대아大我(사회참여社會參與)의 철저한 대립·갈등 속에서, 소아小我가 대아大我에 부정적으로 수용되어 가는 과정을 통해 성취된 결과였다. 환언하면, 심훈 자신의 성실한 자아성찰自我省察에 의해 얻어진 자기부정自己否定의 정신이, 그로 하여금 식민지 농촌사회의 실상을 포괄적이면서도 정확하게 파악하게끔 하는 작가적作家的 통찰력을 지니도록 했던 것이다.

심훈의 작품들이 예술적 형상화라는 측면에서 큰 성과를 거두지 못했다는 사실을 부인할 수는 없다. 그렇다고 해서 그의 문학이 체계화된 세계관이나 역사의식을 포함하고 있는 것도 아니다. 그러나 문학에 있어서 그러한 것들에 못지않게 중요한 것은 작품 속에 투영投影된 고뇌의 깊이이며, 그 깊이에 이르게 한 작가 자신의 성실성이라고 하겠다.

본고本稿에서 심훈의 작가적 면모를 작가의식의 성장 과정에 비추어 구명究明해 본 이유가 바로 여기에 있다. 후대後代의 작가들이 심훈의 문학을 극복하고 더욱 성과 있는 작품을 쓰게 된다면, 그것은 다름 아닌 심훈에게서 볼 수 있는 성실성에 의해서만 가능한 것이기 때문이다.

심훈의 시와 소설을 통해 본 작가의식의 변모 과정

한점돌

서언序言

근대 한국의 내재적 발전과정을 왜곡시켜 놓았던 일제 식민지체제 하에서 한국민의 정신사적精神史的 과제는 식민체제의 청산이었다고 할 수 있다. 이 과제를 수행하는 방법론에서 개화파에 닿아 있는 실력양성주의와 위정절사파衛正折邪派에 닿아 있는 직접 투쟁론이 등장하는 바,[1] 문예활동이 전자와 관련된다는 사실은 부정될 수 없다. 그런데 문학을 한다는 것이 '현실의 고통에서 도망하여', '피난 생애로 일생을 마치려는'[2] 도피행위라는 비난을 면하기 위해서는 식민지 현실의 모순참상을 노출시키고 지향점을 제시하는 작가의식作家意識이 한 층 더 요청되었다. 기법技法과 관계되는 장인의식匠人意識의 대타개념對他概念인 작가의식은, 일상적 인간을 새로운 세계에 눈뜨게 하여 인간적 전체성에 대한 감각을 지닌 인간으로 변모시킴으로써[3] 비로소 식민지시대 정신사적 과제의 일익을 담당할 수 있었기 때문이다.

이러한 관점에서 우리는 심훈을 문제삼을 수 있다. 심훈沈熏의 전全 작품은 식민지 현실의 모순을 발견하고 그것을 극복하기 위한 모색의 과정을 보여 준다. 그의 전 작품을 통하여 흐르고 있는 정신은 카알 만하임(Karl Mannheim)적 의미의 유토피아(Utopie)이다. 바로 이 점에서 우리는 심훈沈熏을 식민지 시대 정신사적 과제를 수행한 대표적 작가의 하나로

1) 전자前者의 대표로 조산島山, 춘원春園을 들 수 있고, 후자後者의 대표로는 단재丹齋를 들 수 있다. 이에 대한 다음의 평가는 주목을 요한다. "개화파開化派의 정신精神이 자기부정自己否定이란 자학적自虐的 행위行爲로써 강력한 제국주의帝國主義 침략의 단계를 극복할 수 있을 것이냐는 것은 한 마디로 말하기 어려운 것이다. 그러나 분명한 것은 자기에 대한 개별적 반문反問만으로는 가능성이 희박하였고, 일제日帝의 식민지정책植民地政策에의 대결이 문제시 되는 것이었다."(홍이섭洪以燮, 「한국현대정신사韓國現代精神史의 과제課題–1920~30년대年代 민족의식民族意識의 사회적社會的 추구追求」, 『문학과지성』 2號, 278쪽).

2) 신채호申采浩, 「낭객浪客의 신년만필新年漫筆」, 안병직安秉直 편編, 『신채호申采浩』, 한길사, 1979, 180쪽.

3) Béla Király falvi, 『The Aesthetics of Gyərgy Lukács』, Princeton, 1975, 118쪽.

꼽을 수 있다. 그러나 이 유토피아는 선험적으로 얻어진 것도 아니고, 계속 상황에 관계없이 응고된 고정적인 것도 아니었다. 그의 작품들을 통하여 이 유토피아의 발견과정을 살펴보고 이것이 어떻게 변모되며 그 요인은 무엇인가 하는 점을 구명하기 위해 이 글을 쓴다.

개인의 행위가 '천부적 능력과 상황의 산물'[4]이라면, 결과물로 남은 심훈沈熏의 작품들은 시대의 모순을 꿰뚫어 본 그의 재능과 그것의 표현表現을 제약한 시대상황과의 관련 양상을 드러내고 있을 것이다. 작품을 간단히 개인의 산물로 간주하여 작가의식에 투철했다든가 작가의식의 성장을 보여주었다고 고평高評하는 것은 많은 경우 추상에 머무를 염려가 있다. 반대로 작품에서 사회·역사의 발전의 반영을 보는 것도 일제시대처럼 표현의 자유가 없던 시대에서는 적용되기 힘든 관점이다.[5] 따라서 본고는 심훈의 작품(시·소설)을 통하여 작가의식이 어떻게 변모되어 가며, 그 원인이 어디에 있고 그것이 의미하는 바가 무엇인가 하는 점을 작가 개인사個人史보다 사회사社會史에 비추어 살펴보고자 한다. 이것은 작품의 궁극적 주체가 작가 개인이냐, 그 작가가 속한 사회냐 하는 해묵은 논쟁을 유발하기 위한 것이 아니고, 결국 작품도 당대의 한 사회 현상으로서 넓게 사회사의 범주에서 거시적으로 바라 볼 때 그것의 발생적 측면과 아울러 당대 사회적 의미망이 드러날 수 있으리라는 관점에서이다.

심훈沈熏 시詩의 변모과정變貌過程과 그 의미意味

심훈沈熏의 시詩는 시집 『그날이 오면』에 수록된 66수 외에 미발표 초고 등을 합하면 70여 수 이상이 된다.[6] 이제까지 심훈沈熏의 시에 대해 관심을 기울인 연구가 전무全無한 형편인데,[7] 아마도 정제되지 못한 시어詩語와 미숙한 기교 등이 관심을 배제한 듯하다. 그러면 이러한 심훈 시에 접근하는 데 있어서 기본적인 시각을 어떻게 잡을 것인가? 심훈 자신의 다음 말은 이에 하나의 시사를 던져 줄 것이다.

> 나는 쓰기를 위해서 시詩를 써 본 적이 없읍니다. 더구나 시인詩人이 되려는

4) Arnold Hauser, 『The Philosophy Of Art History』, Alfred A. Knopf, 1959, Pre- face.

5) Balzac 에서 '리얼리즘의 승리(der Sieg des Realismus)'를 보는 것은 순조로운 발전 과정을 거친 프랑스에서의 일이다.

6) 심훈의 시에는 제작 연월일이 부기되어 있어 그의 의식의 변모 과정을 살피는 것이 용이하다.

7) 유양선柳揚善, 「심훈론沈熏論」,『관악어문연구冠嶽語文研究』 5집, 서울대 국어국문학과, 1980, 46쪽에도 이 점이 지적되어 있다.

> 생각도 해 보지 아니하였읍니다. 다만 닫다가 미칠듯이 파도波濤치는 정열淸熱에 마음이 부다끼면 죄수罪囚가 손톱 끝으로 감방監房의 벽壁을 긁어 낙서落書하듯 한 것이 그럭저럭 근백수近百首가 되기에 한곳에 묶어보다가 이 보잘 것 없는 시가집詩歌集이 이루어진 것입니다.[8)]

위의 인용을 통해서 볼 때, 심훈沈熏 시詩에 있어서는 마음에 부대낀 정열情熱의 열도熱度가 문제이지 시적 기교는 관심 밖의 문제임을 알 수 있다. 여기에서 정열은 불합리한 식민지 현실에 대한 울분이었음을 우리는 곧 확인하게 된다. 이를 두고 시 이전의 졸작이라 평하고 눈을 돌려 버릴 수도 있다. 우리는 심훈 시가 위대하거나 훌륭하다고 주장하려는 것이 아니다. 다만 그의 시를 통해 표상된 식민지 현실과 이에 대한 식민지 지식인으로서의 응전의 방식을 확인하고자 할 따름이다. 기교가 미숙한 시라도 훼손된 시대에서의 정직한 몸부림이었다면 그 나름의 가치가 인정될 수 있으리라 생각된다. 따라서 우리는 심훈 시를 식민지 현실에의 응전 방식이라는 측면에서 삼분三分하여 고찰하기로 한다.

제1기의 시는 심훈沈熏이 시를 쓰기 시작한 1919년年부터 중국 각지를 표랑한 1922년年까지의 기간에 씌어진 것들이다. 이 시기에 심훈은 3·1운동에 참가한 죄목으로 투옥되어 일제를 체험하고, 일본 유학의 희망이 좌절되어 중국으로 망명, 유랑하다 지강대학之江大學에 적을 두게 된다.[9)] 이러한 상황에서 씌어진 제1기의 시에는 식민지 현실에서 유래하는 비애를 담은 「북경의 걸인北京의 乞人」, 「상해의 밤上海의 밤」, 「누외루樓外樓」, 「항성의 밤抗城의 밤」과, 중국에서의 객수客愁를 담은 「고루의 삼경鼓樓의 三更」, 「심야과황하深夜過黃河」, 「평호추월平湖秋月」, 「뻐꾹새가 운다」, 순수서정시 「삼담인월三潭印月」, 「채연곡採運曲」, 「소제춘효蘇提春曉」, 「남병만종南屏免鐘」, 「방학정妨鶴亭」, 「악왕분岳王墳」, 「고려사高麗寺」, 그리고 자신의 외롭고 괴로운 현실에서 도피하고자 하는 「전당강상錢糖江上에서」, 「겨울밤에 내리는 비」, 「기적汽笛」, 「돌아가지이다」가 있다.

이상의 시들은 망명지 중국이라는 현실이 압도적 비중을 드러내고 있어 타국에서의 외로움과 그에 비례하여 강렬해지는 조국현실에 대한 비애, 이러한 현실에서 도피하여

---

8) 심훈沈熏, 『그날이 오면』, 한성도서주식회사漢城圖書株式會社, 1951, 5쪽.

9) 유병석抑病奭, 「심훈의 생애 연구沈熏의 生産 硏究」, 『국어 교육』 14집, 1968, l2~14쪽 이하 심훈沈熏의 전기적 사실은 이 논문에 힘입고 있다.

과거의 행복했던 시절의 추억으로 몰입하는 심리상태를 보이고 있다. 이 시기 시를 대표할 만한 「돌아가지이다」를 통해 심훈의 초월지향성超越志向性을 예시例示해 본다.

> 돌아가지이다, 돌아가지이다.
> 동요童謠의 나라 童話동화의 世界세계로
> 다시 한번 이 몸이 돌아가지이다.
> 세상 티끌에 파묻히고
> 살길에 시달린 몸은
> 선잠 깨어 고사리 같은 손으로
> 어루만지던 엄마의 젖가슴에 안키고 싶습니다, 품기고 싶습니다.
> 그 보드랍고 따뜻하던 옛날의 보금자리 속으로
> 엉금엉금 기어들고 싶습니다(1, 2연)

심리학에서 말하는 소위 심리퇴행(regression) 현상이 드러나 있다. 이것은 '긴장해소와 장애극복을 위한 도피 행동'[10]이라 규정되고 있듯이 현실의 문제를 극복하려는 적극성이 결여되어 있는 수동적 반응에 불과하다. 이러한 수동성이 제1기 시의 주조음인 것이다. 따라서 심훈의 제1기 시는 자신의 고난을 통하여 식민지 현실을 발견하기에 이르지만, 현실에 자아가 압도되어 초월성을 지향함으로써 결과적으로는 현실을 변혁하고 파괴하려는 유토피아 의식[11]을 결여하여, 식민지시대 정신사적 과제에서 일탈된 이데올로기적 성격을 띠는 것이다.

제2기의 시는 '길로 쌓인 인류人類의 역사歷史를/ 첫 페지부터 살라 버리고/ 천만권千萬卷 가짓말의 기록記錄을듸/ 모조리 깡그리 태워 버려라'하고 절규하는 「광란狂瀾의 꿈」(1923)으로부터 시작된다. 여기에서 우리는 금방 제1기 시詩와는 다른 강한 반항성을 읽을 수 있다. 이처럼 1923년부터

10) 김명훈金明勳 · 정영윤鄭永潤, 『심리학心理學』, 박영사博英社, 1972, 204쪽.

11) 카알 만하임에 의하면, 현실을 초월한 관념의 두 방향 설정 중에서 그것이 실현되면 현존 질서의 부분적 혹은 전체적 파괴를 가져올 만한 것을 유토피아라 하고, 그 관념들이 그 시대의 세계상 속에 유기적으로(즉 변혁작용을 하지 않은 채) 조직되어 있을 때 이데올로기라고 한다. 현존질서(토피아)가 유토피아에 의해 새로워지는 과정이 역사과정이다.(Karl Mannheim, 『Ideologie und Utopie』, 황성모역, 삼성출판사, 422~3쪽).

1931년까지에 걸쳐 있는 제2기의 시는 현실의 파멸을 열망하고 강렬한 유토피아 의식에 의해 점철되어 있다. 이 시기는 심훈의 전기에 의하면 '생활이나 문학에 정작하지 못하고 서울에서 허둥댔던 방황기'[12]로 요약된다. 이 사실은 심훈 개인의 불행을 의미할지도 모르지만 그의 문학에 어떤 역할을 한 것으로 볼 수 있다. 왜냐하면 '인간은 자기가 그 속에 살고 있는 현실의 상황을 자기가 그것에 잘 적응하고 있는 동안에는 이론적으로 파악하지 않는다. 그러한 존재 조건의 터전에서는 인간은 자기의 환경을 아무런 문제도 제기하지 않는 자명한 세계 질서의 일부로 볼 따름이다'[13]라고 말해지기 때문이다. 그러므로 심훈이 이 기간 중에 정착되지 못하고 적응되지 못한 삶을 살았다는 것은 이 기간을 이론적으로 파악할 소지를 부여받았다는 것을 의미하며. 이 파악의 표출이 제2기 시인 것이다.

이 시기 시詩를 몇 개의 유형으로 분류하여 보면, 먼저 식민지 현실을 형상화한 「현해탄玄海灘」, 「만가輓歌」, 「봄비」, 「밤」, 「조선은 술을 먹인다」, 「풀밭에 누워서」가 있다. 여기에는 '밤'으로 표상되는 식민지 현실에서 속출되는 비극과 술로써 이성을 마비시키는 현상 등이 폭로되어 있다.

이러한 암흑의 세계, 비정상적인 세계에서 광명의 세계, 신성의 세계는 허위에 불과하므로 타기되어야 하며 이 어둠의 세계 자체도 사라져야 한다. 「광란狂瀾의 꿈」, 「나의 강산江山이여」, 「통곡痛哭 속에서」, 「잘 있거라 나의 서울이여」, 「동우冬雨」, 「태양의 임종」에 나타나는 파멸에의 기구는 이러한 의식선상意識線上에서 파악 될 수 있다. 그러나 이러한 파멸에의 열망은 조직적 논리적인 응전방식이 갖추어지기 이전의 심정적心情的 반응에 불과하므로 비이성적인 식민지 현실을 극복하기 위한 구체적 대응책이 요구된다.

피의 항쟁을 각오하는 「너에게 무엇을 주랴」와 동태복수법(talion)을 역설하는 「박군朴君의 얼굴」, 「필경筆耕」, 「봄의 서곡序曲」이 식민지 현실을 타개하는 길로써 제시된다. 이 투쟁에 있어 이정표는 「거리의 봄」, 「피리」, 「어린이 날」, 「가배절」, 「그날이 오면」, 「추야장秋夜長」 속에 봄으로 표상되어 나타나는 유토피아 의식이다. 한편, 이 선열한 유토피아 의식의 현실과의 괴리감은 「독백獨白」, 「선생님 생각」, 「마음의 낙인烙印」에 자학성自虐性으로 나타난다. 이 외에 순수서정시라 할 만한 것이 몇 편 있지만 이 시기의 주류로서 파악되지 않는다.

12) 유병석柳炳奭, op. cit. 11쪽.

13) Karl Mannheim, 『Ideology & Utopia』, Routledge & Kegan Paul Ltd, 1972, 206쪽.

이상의 양상을 띠고 있는 제2기 시는 요컨대 식민지 현실 인식. 그 현실의 파멸 희원, 직접투쟁론, 유토피아, 자학성 등이 그 내용항목으로 되어 있으며, 이것은 제1기 시와 비교하여 보면, 제1기 시의 수동적受動的 현실구속성現實拘束性이 지양되고, 모순된 현실을 변혁하고 파괴하려는 강한 유토피아 의식이 고양되어 있음을 알 수 있다. 이 시기의 대표적 시 「그날이 오면」[14)]을 통하여 이 점을 쉽게 입증할 수 있다.

그날이 오면 그날이 오면은
삼각산三角山이 일어나 더덩실 춤이라도 추고
한강漢江물이 뒤집혀 용솟음 칠 그날이,
이 목숨이 끊기기 전에 와 주기만 하량이면,
나는 밤하늘에 날으는 까마귀와 같이
종로鐘路의 人聲인경을 머리로 드리받아 울리오리다.
頭蓋骨두개골이 깨어져 산산散散조각이 나도
기뻐서 죽사오매 오히려 무슨 한恨이 남으오리까(1연)

제3기의 시는 1932년부터 1936년까지의 기간에 해당된다. 이 시기는 도시에서 끝내 정착하지 못하고 당진으로 낙향하여 재출발을 다짐하고 생활하다가 타계하기까지의 기간이다. 이 기간은 시보다 소설에 주력하여 시의 분량은 많지 못한데, 제2기 시의 선열한 유토피아나 저항정신이 사라지고 자연에의 몰입(「명사십리明沙十里」, 「해당화海棠花」, 「송도원松濤園」, 「총석정叢石亭」), 현실에의 비탄(「생명生命의 한토막」, 「곡서해哭曙海」, 「고향故鄕은 그리워도」)이 나타나고 있어 제1기 시와 유사하다. 그러나 제3기 시에는 후세後世와의 연대감 획득(「토막생각」, 「어린것에게」, 「오오, 조선朝鮮의 남아男兒여!」)이라는 점이 특수하게 나타나며 이 점은 중요성을 갖는다.

14) C.M. Bowra 는 그의 저서 『시와 정치』에서 심훈의 「그날이 오면」을 통해 잔인하고 무자비하게 수행되었던 일제의 한국지배에도 불구하고 한국시는 성시盛時에 비견할 만하게 부활했다는 점과 한국의 지성인과 작가들이 얼마나 자주독립을 열망했는가를 설명하고 있다(cf. 『Poetry & Politics 1900~1960』, Cambridge University Press, 196, 93쪽).

뱃속에 꼬물거리는 조그만 생명生命
"네 代에나 기를 펴고 잘 살아라!"
한 마디 축복祝福 밖에 선사할 게 없구나.
(중략)
몇 백년百年이나 묵어 구멍 뚫린 고목古木에도
가지마다 파릇파릇 새엄이 돋네
뿌리마져 썩지 않은 줄이야 파보지 않은들 모르리.

-「토막생각」-

내가 이루지 못한 소원을 이루고야 말 우리 집의 업둥이길래
남달리 네가 귀엽다 꼴딱 삼키고 싶도록 네가 귀여운 것이다.
(중략)
그러나 너와 같은 앞날의 일군들이 무럭무럭 자라는 생각을 하니
마음이 든든하구나 우리의 뿌리가 열길 스무길이나 박혀 있구나

-「어린 것에게」-

위의 인용 시에서 잘 드러나듯이 제3기 시의 이 새로운 경향, 즉 후세에의 기대, 후세와의 연대감 획득은 제1기, 제2기의 변모 과정을 거쳐 온 심훈 시의 종착점인 것이다. 심훈의 이러한 경향이 하나의 견강부회가 아니라는 사실은 다음의 수필에서도 드러난다.

이 외로운 섬 속, 쓰러져 가는 오막살이 속에서도 우리의 조그만 생명生命이 자라나고 있지 않은가. 그 어린 생명生命이 교목喬木과 같이 상록수常綠樹와 같이 장성長成하는 것을 생각할 때 한限없이 쓸쓸한 우리의 등 뒤가 든든해지는 것이 느껴지지 않는가![15]

15) 심훈沈熏, 『그날이 오면』, 한성도서주식회사漢城圖書株式會社, 1951, 195쪽.

그러면 종착점인 이 3기 시에 나타나는 이러한 후손, 어린 생명에 대한 연대감 획득이 심훈 정신사精神史에서 가지는 의미는 무엇인가? 제1기 시가 현실에 의해서 철저히 압도된 수동성, 초월성을 보인 반면, 제2기 시는 현실을 부정하고 방향성만을 강조하던, 유토피아를 기저로 하는 저항성을 보여주었다. 2기의 방향성이 정당했다는 것은 두말할 필요도 없다. 그러나 강포한 식민지 현실이 쉽사리 격파되지 않을 때 비애의 패배감에 떨어질 수도 있다. 이의 버팀목으로 작용한 것이 뒤를 받치고 있는 후손과의 연대감 획득이다. 여기로부터 유토피아 실현의 조급성은 사라지고 점진적인 실현이라는 과정(Prozeβ)이 강조되기에 이르는 것이다. 이 과정을 중시한 결과가 파편적 체험을 속성으로 하는 시 장르로부터 운동하는 대상의 전체성을 속성으로 하는 소설 장르 속에서의 모색이라는 양상으로 나타났다. 이 점은 소설의 언급에서 후술될 것이다. 이 3기 시는 심훈이 시를 버리고 소설(농촌소설)에로 전념하는 계기를 보여 준다는 점에 의의가 있다.

따라서 제1기의 현실에 구속된 수동적 반응에서 벗어나 제2기에 선열한 유토피아 의식을 기저로 하여 분출되던 저항정신이 제3기에 와서는 현실과 방향성(유토피아)을 종합 지양하려는 과정을 보이고 있으며, 이것이 심훈 시의 변모 과정이 보여주는 의미인 것이다. 이에 대한 발생적(사회사적) 측면과 정신사적 의미는 결론에서 다루기로 한다.

심훈沈熏 소설小說과 과정적過程的 Utopie

심훈沈黑의 소설은 장편의 영화소설 『탈춤』(1925), 『동방東方의 애인愛人』(1930), 『불사조不死鳥』(1930), 『영원永遠의 미소微笑』(1933), 『직녀성織女星』(1934), 『상록수常綠樹』(1935)가 있고, 단편에 『황공黃公의 최후最後』, 『여우 목도리』가 있다. 여기에서는 장편을 중심으로 동일한 작가의식을 기반으로 하고 있는 작품들을 유형화類型化하여 각 유형 간의 이행관계와 그 의미를 살펴보기로 한다.

심훈沈薰의 소설은 시詩와 마찬가지로 작가의식의 세 단계의 변모 과정에 대응하여 세 유형 으로 나누어진다. 제1유형은 현실의 모순은 발견하되 그 모순의 극복 가능성이 추구되지 않는 비관적 작가의식의 소산으로서 『탈춤』이 여기에 속한다. 제2유형은 모순된 식민지 현실에 계급운동이라는 강력한 이데올로기로써 응전하는 양상을 묘사함으로써 현실을 변혁하려는 유토피아 의식을 보여주고 있으며 『동방東方의 애인의愛人』, 『불사조不死鳥』가 여기에 속한다. 제3유형은 강력한 일제의 금압 속에서 현실변혁의 유토피아가 가능성의 영역을 탐색하는 과정으로써 농촌의 문제를 다룬 『영원永遠의 미소微笑』, 『상록수常綠樹』와 계급갈등에서 계급융화로의 모색을 시도한 『직녀성』이 여기에 속한다. 이 세 유형이 계기적 이행관계를 가지며 유토피아의 발견과정과 현실에 그것이 작용하는 실현과정을 보여준다는 점에서 본고는 심훈 소설의 변모 과정을 '과정적 유토피아'라고 명명했다. 이것은 변모하는 식민지 상황에 대응하면서 계속 유토피아의 가능성을 추구하는 심훈의 작가의식을 역동적으로 파악하기 위함이다. 그러면 각 유형에 속하는 작품들을 통하여 그 구체적 양상을 살펴보기로 한다.

제1유형의 작품 『탈춤』을 산출한 작가의식은 이 소설의 머리말에 있는 다음의 말을 통하여 추출해 낼 수 있다.

> 사람은 태고로부터 탈을 쓰고 춤추는 법을 배워 왔다…… 「돈」의 탈을 쓴 놈, 「권세」의 탈을 쓴 놈, 「명예」, 「지위」의 탈을 쓴 놈……
>
> 옛날에 짐새가 한 번 날아간 그늘에는 온갖 생물이 말라 죽는다 하였거니와 사람의 해골을 뒤집어 쓴 도깨비들이 함부로 장난을 하는 이면에는 순결한 처녀와 죄 없는 젊은 사람들의 몸과 영혼이 아울러 폭양에 시드는 잎과 같이 말라버리고 만다.
>
> 그러나 그 탈을 한 껍데기라도 더 두껍게 쓰는 자는 배가 더 불러오고 그 가면을 벗으려고 애를 쓰는 자는 점점 등이 시려올 뿐이다.[16)]

위 의 인용문은 그대로 소설 『탈춤』을 관류貫流하는 기본 도식이다. 이 소설은 마름의 딸 이혜경을 사이에 두고 고학생 오일영과 지주의 아들 임준상이 대립한다. 혜경은 일영을 사랑하지만 결국 준상과의 결혼식장에 서지 않을 수 없게 되고 일영은 걸인으로 몰락한다. 그 결혼식장에 일영의 친구 강흥열이 나타나 진상을 밝히고 혜경을 탈취해 오나 극도로 쇠약해졌던 혜경은 숨을 거둔다. 그 시체를 묻으러 가는 길에 가해자인 준상과 마주치게 되는데, 그는 차창으로 내다 보고 그냥 어느 무도회로 재촉해 간다.

16) 『심훈 문학전집沈熏文學全集 1』, 탐구당探求堂, 1966, 385쪽.

이 작품은 '탈을 한 껍데기라도 더 두껍게' 쓰고 '배가 더 불러오'는 인물로 임준상을, '그 가면을 벗'고 진실하게 살려 하나 '점점 등이 시려 올 뿐'인 인물로 이혜경·오일영을 설정하고 있다. 이 대립에서 패배한 오일영은 "이놈의 세상에는 처음부터 사랑보다도 미움보다도 다만 한 술의 밥이 귀중할 따름이다! 그밖에 모든 것은 돈 있는 사람의 손장난이요, 색색이 빛깔의 분가루를 만들어 단작스럽게 차닥차닥 바르고 나서 얼굴을 가리고 아옹하기가 아닌가!……그 밖에 모든 것은 허무다! 오직 허무라는 유일한 진리가 있을 뿐이다"[17]라고 외친다. 현실에서 패배한 자의 허무주의, 비관주의 색채가 드러나 있다.

따라서 이 작품은 이 세상을 '더럽고 괴롭고 백주에 이매망량이 날뛰'[18]는 암흑으로 파악하고 그 속에서 사악한 인간만이 지속적인 삶을 영위할 뿐, 순결한 인간들은 패배한다는 인식을 기저로 하고 있다. 여기에서 패배한 자는 현실에 철저히 대결하다가 패배하는 것이 아니고 수동적으로 패배해 간다. 그러므로 이 작품의 당대적 의미는 현실을 부정적인 것으로 인식하고 있으므로 당대 식민지 현실의 부정적 측면을 드러내고 있다고 볼 수 있으나, 그 현실을 극복하여 보고자 하는 대결의식이 없이 현상의 인식에 그쳤다는 점에서, 그리고 선량한 인물이 패배하는 파멸구조[19]를 가짐으로 비관주의를 벗어나지 못했다는 점에서 식민지 시대 정신사에 있어 매우 제한적인 역할만을 수행하고 있다.

제2유형의 소설 『동방東方의 애인의愛人』과 『불사조不死鳥』는 제1유형의 비관주의를 청산하고 현실을 변혁하려는 유토피아 의식을 기저로 하고 있으며, 따라서 일제 식민체제와의 어떤 긴장력을 동반하고 있으므로 조선일보 연재 도중 중단되었다. 즉 이 소설들은 식민지 체제를 파괴하려는 운동과정을 보여 주려 하고 있다. 『동방東方의 애인의愛人』 서두에 있는 '작자의 말'에서는 다음과 같이 이 점을 말하고 하다.

> 남녀간에 맺어지는 연애의 결과는 조그만 보금자리를 얽어 놓는 데 지나지 못하고 어버이와 자녀 간의 사랑은 핏줄을 이어 나아가는 한낱 정실情實관계에 그치고 마는 것입니다.

---

17) 상게서上揭書, p.426.

18) 상게서上揭書, p.443.

19) 졸고, 「羅稻香小說構造(나도향소설구조)와 그 背景(배경) 研究(연구)」, 서울대 석사학위논문, 1981, 15쪽.

> 우리는 보다 더 크고 깊고 변함이 없는 사랑 가운데 살아야 하겠읍니다. 그러려면 우리 민족民族과 같은 계급에 처한 남녀노소가 사랑에 겨워 껴안고 몸부림칠 만한 새로운 공통된 애인을 발견치 않고는 견디지 못할 것입니다.
>
> 나는 그것을 찾아내고야 말았읍니다.……오랫동안 초조하게도 기다려지던 그는 우리와 지극히 가까운 거리에서 아주 평범한 사람들 속에 나타나고 있었던 것입니다. 그와 동시에 여러분에게 그의 정체를 보여드려야만 하는 의무義務와 감격感激을 아울러 느낀 것입니다.[20)]

이 새로운 공통된 애인이란 식민지 체제에 대한 두 대결 방식인 민족주의 운동과 계급운동 중 후자를 가리킨다. 작품 『동방東方의 애인의愛人』은 상해를 중심으로 하여 X라는 지도자 밑에서 식민체제를 해체하기 위하여 계급운동에 참여하여 활동하는 박진과 김동렬이라는 인물의 투쟁준비 과정까지만 그리다가 금압되었다. 이 연장선상에 놓일 수 있는 『불사조不死鳥』도 계급운동의 과정을 서술하고자 하나, 이 작품에는 계급 이론가보다 실천가에 긍정적 평가를 보이며 국외투쟁이 아닌 국내투쟁을 다루고자 한다. '철두철미 조선의 현실을 모르고 사회의 동태를 거들떠보지도 않으려는 「부르조아」의 자식子息'인 계훈이 부정적 인물로 그려지고, '안고수비眼高手卑한 「쁘띠·쁘로」의 지식분자知識分子'로서 '일종一種의 부유층蜉蝣層'인 정혁이 비판되며, '새로운 시대時代를 창조하려는 가장 투쟁적이요, 불요불굴의 성격을 가진 남녀'[21)]인 흥룡과 덕순이 이 소설의 주인공으로써 긍정적으로 그려지나 그 활동상을 서술하지 못하고 금지되었다.

비록 제2유형의 소설들은 중간에 금지되어 미완未完으로 그치고 말았지만, 이 소설들이 가지는 의미는 제1유형의 비판적 작가의식이 현실을 극복 변혁하려는 유토피아 의식으로 전환되었음을 보여주고 있다는 것이다. 그러나 전술한 바와 같이 이 의식의 급진성이 일제에 의해 차단당하자 이 유토피아는 소멸된 것이 아니라 다른 가능성의 영역을 탐색하면서 계속 현실 변혁의 작용을 추구하는데 그것이 다음의 제3유형의 소설을 이룬다.

이 제3유형의 소설에는 현실 변혁의 추구를 농촌문제 해결에서 수행하고자 하는

---

20) 『심훈 문학전집沈熏文學全集 2』, 탐구당探求堂, 1966, 537쪽.
21) 『심훈 문학전집沈熏文學全集 3』, 탐구당探求堂, 1966, 487쪽.

『영원永遠의 미소의微笑』, 『상록수常綠樹』와 계급운동의 연장선상에서 계급을 초월한 이상적인 공동체를 이루려는 『직녀성織女星』이 있다. 먼저 농촌문제로 이행한 작품부터 고찰해 보자. 우리는 제2유형에 나타나는 유토피아가 일제와의 마찰로 다른 가능성의 영역을 모색하지 않을 수 없었다고 앞에서 지적했다. 이 이행과정을 보이는 작품이 바로 『영원永遠의 미소微笑』이다. 계급사상에 젖어 있던 수영과 병식이라는 인텔리가 '혁명가革命家가 발붙일 곳 없는 상황'[22]에서 병식은 자살로 끝맺고 수영이' 이론이란 결국 공상일세, 우리는 인제부터 붓끝으로나 입부리로 떠들기만 하는 것을 부끄러워 할 줄 알어야 하네'[23]라고 말하면서 농촌 속에서 좀 더 차분한 실천을 모색하는 것이다.[24] 그러므로『영원永遠의 미소微笑』는 '도시부유층都市蜉蝣層 인텔리가 노동인간勞動人間으로 전신轉身하는 회심回心'[25]의 계기를 보여줄 뿐이지, 정작 농촌에 쌓여있는 구체적 문제를 해결하기 위해 투쟁하는 과정은 보여 주지 못하고 있다. 자신의 애인을 되찾은 대가로 지주의 아들 경호에게 땅을 되돌려 주는 것이 고작이다. 이 문제 해결의 구체적 과정을 그린 것이 『상록수常綠樹』이다.

박동혁과 채영신이라는 두 남녀가 각각 한곡리와 청석골에서 벌이는 농촌계몽운동의 과정이 『상록수』의 줄거리이다. 영신은 학원을 짓기 위해, 동혁은 마을의 궁경을 해결하기 위해 장애물과 투쟁하는 과정을 이 작품은 그리고 있다. 그러나 과로에 시달린 영신이 죽게 되고, 동혁의 노력에도 불구하고 생활은 더 나아지지 않는다. 결국 동혁은 농촌사회의 구조적 모순, 즉 고리대금업. 장릿벼보다 근본적인 소작 관계의 모순이 농촌피폐의 근원임을 알게 되고 이것의 해결이 없는 한 농촌 진흥은 불가함을 인식하게 된다. 그리하여 새로운 결성을 가지고 재출발을 다짐하는 것이다.

이상의 두 작품과는 달리 『직녀성織女星』은 계급운동의 문제를 다루고 있다. 이 작품은 이인숙이라는 몰락 양반의 딸이 왕실 귀족의 며느리로 들어가 남편 윤봉환의 타락에 희생이 되어 불행에 빠지지만 계급사상을 가진 프로 출신 박복순과 시누이 윤봉희의 남편이며 역시 프로 출신인 박세철의 도움으로 갱생하여 새삶을 개척해 나가는 이야기다. 이 소설의 결말 부분에 나오는 다음의 구절은 작가의식과 관련하여 주목을 요한다..

---

22) 김붕구金鵬九, 『작가作家와 사회社會』, 일조각一潮閣, 1981, 273쪽.

23) 『심훈문학전집沈熏文學全集』 3, 탐구당探求堂, 1966, 109쪽.

24) 홍이섭洪以燮, 「30년대年代初의 농촌農村과 심훈 문학沈熏文學」, 『그날이 오면』, 정음문고正音文庫 33, 217쪽).

25) 김봉구金鵬九, op. cit. 387쪽.

사실로 이 집의 같은 지붕 아래서 한 솥의 밥을 먹게 된 식구들은 각인각색이언만 한 마음과 같은 주의로 뭉쳐진 것이 여러 사람에게 새삼스러이 인식되었다. 상전도 없고 종도 없고 부자도 없고 가난한 사람도 없다. 오직 옛날의 도덕과 전통과 또한 그러한 관념까지도 깨끗이 벗어버린 오직 발가벗은 사람과 사람들끼리 남녀의 구별조차 없이 똑같은 목적을 가지고 한 몸뚱이로 뭉쳤을 뿐이다.[26]

이로 볼 때 계급간의 투쟁에서 각 계급을 초월한 화합을 통해 이상적인 공동체를 지향함을 알 수 있다. 이것은 '요행수를 바라거나 관을 의뢰하거나 공평하고 행복한 사회가 별안간 닥쳐오기를 바라'지 않고 유토피아의 실현을 위해 계속 현실과의 교호작용을 수행해 나간 제3유형 소설의 작가정신의 소산인 것이다.

이상에서 우리는 심훈의 소설들을 그것이 기반으로 하고 있는 작가의식이라는 측면에서 삼분三分하여 살펴보았다. 비관주의를 기반으로 하고 있는 제1유형, 현실변혁 의지를 기반으로 하고 있는 제2유형, 현실적 제약으로 인해 가능성의 영역을 탐구하던 제3유형이 바로 그것이다. 이들은 현실의 모순을 발견하고 그것의 극복을 급진적으로 시도하다 좌절되어 점진적인 현실의 개선을 추구하던 심훈 정신사의 변모 과정을 계기적으로 보여 주고 있는 것이다. 그러면 이러한 변모 과정은 앞장에서 논의된 시의 변모와 어떤 관계에 있으며, 이러한 양상을 규정(bestimmen)한 사회존재는 무엇이며 이 변모가 지니는 식민지 시대에 있어서의 정신사적 의미는 무엇인가 하는 점을 결론으로 다루기로 한다.

결언結語 – 작가의식변모作家意識變貌의 사회사적社會史的 의미意味

앞에서 우리는 심훈沈熏의 시詩와 소설小說의 변모 과정을 식민지 현실에의 응전의 양상이라는 측면에서 살펴보았다. 그 결과 심훈의 시는 식민지 현실에 수동적으로 구속된 제1기 시(1919~1922)와 식민지 현실을 부정하고 그것의 변혁을 희구한 제2기 시(1923~1931), 일제에 의한 상황의 경직화에서 현실 변혁의 조급성을 버리고 후세와의

26) 『심훈문학전집沈熏文學全集』2, 531쪽.

연대감 획득에 의한 점진적 변혁의 필연성을 믿은 제3기(1932~1936) 시로 구분될 수 있었다. 한편 소설은 제1유형에 속하는 『탈춤』(1925)이 부정적 현실의 인식에 그치고 그것의 극복 가능성이 추구되지 않은 점에서 비관주의를 드러내어 일제에의 응전력이 미약했던 반면, 제2유형의 『동방東方의 애인愛人』(1930), 『불사조不死鳥』(1930)는 일제 식민지 체제를 청산하기 위한 강한 이데올로기적 응전을 보여주고 있음을 알았다. 그러나 연재 금지라는 일제의 반격 앞에서 좌절된 현실 변혁의 의지는 다른 가능성의 영역을 탐구한 결과 제3유형의 소설 『영원永遠의 미소微笑』(1933), 『직녀성織女星』(1934), 『상록수常綠樹』(1935)가 나타났던 것이다. 이 현실변혁 의지의 상황에 따른 부단한 전개 과정을 우리는 과정적 유토피아로 규정하여 그 역동성을 부각시켰다.

그러면 이 시의 변모와 소설의 변모 사이의 상관관계는 어떠한가를 먼저 알아보기로 한다. 우리는 제1기 시, 제2기 시, 제3기 시와 제1유형, 제2유형, 제3유형의 소설이 각각 서로 식민지 현실에의 응전방식에서 대응되고 있음을 알 수 있다. 다만 제1유형의 소설 『탈춤』(1925)이 시기적으로 보아 제2기 시에 속하나 경향상으로 제1기 시와 동일하다는 불일치가 발견된다. 그러나 순간적 파편적 체험을 속성으로 하는 시와 사회에 대한 전망을 필요로 하여 대상적 전체성을 속성으로 하는 소설의 장르상의 차이를 인정한다면, 이 시차時差는 크게 문제되지 않는다. 이것은 제3기 시에서 선취先取된, 제2기 시의 유토피아의 굴절이 몇 년 후에야 제3유형 소설로써 나타나는 사실로도 입증된다. 따라서 심훈 시詩는 심훈 소설小說을 선취先取하고 있다고 볼 수 있으며, 이는 즉발적卽發的인 시詩와 시숙時熟하는 소설小說의 양식상의 차이에서 유래되는 것이다. 따라서 우리는 동일한 변모 과정을 보이고 있는 심훈의 시와 소설은 식민지 현실의 모순을 발견한 이래 상황의 '도전에 대한 응전'[27]의 양상을 띠고 있음을 알 수 있다.

그런데 심훈의 이러한 작가의식의 변모는 일제의 식민정책에 대응하면서 민족운동을 전개해 나간 당시의 사회사社會史와 구조적으로 동일하다. 일제는 합방 이후 견지해 오던 무단통치방식을 3·1운동을 계기로 소위 문화정치文化政治로 전환시킨다. 그리하여 약간의 표현의 자유가 확보되는데, 이것은 1931년 만주사변을 기점으로 1937년 중일전쟁 등

27) Robert A. Nisbet, 『The Sociological Tradition』, London & Edinburgh, 1967, 9쪽.

일제의 침략 정책이 시작되면서 한국의 병참기지화를 위한 탄압이 다시 자행될 때까지 지속되었다. 이러한 일제의 식민정책에 응전하면서 민족 해방을 목표로 수행된 민족운동의 양상은 다음과 같았다. 일제에 의한 강점 이후 축적되어 온 민족역량이 3·1운동으로 결집되어 나타났으나 실패로 돌아가자 잠시의 정신적 공백기가 있은 후 다시 계급운동과 민족주의 운동이라는 양대 응전력이 형성되어 문화정치라는 약간의 완화된 상황 하에서 활발한 활동을 전개해 나간다. 그러나 병참기지화를 이룩하기 위한 탄압이 다시 시작되자 이 양대 운동은 지하화地下化하거나 농촌운동이라는 유일한 출구로 나아가게 되었던 것이다. 위에서 이야기 된 바와 같이 제1기 시와 제1유형의 소설에 나타나는 수동적 현실 구속성과 비관주의는 3·1운동 실패 후의 정신적 공백기의 문학적文學的 표현이고, 제2기 시와 제2유형 소설의 강렬한 현실변혁 의지는 그 후 확립된 응전력을 형상화하고 있으며, 제3기 시와 제3유형 소설의 방향전환 즉 후손과의 연대감 획득에 의한 점진적 현실변혁의 필연성에 대한 기대 및 농촌운동은 30년대 중반 이후의 민족운동의 양상을 나타내고 있다.

이렇게 볼 때 3기로 구분되어 변모해 온 심훈의 변모 과정은 바로 근대민족 운동의 변모 과정을 문학적文學的으로 치환해 놓은 것임을 알 수 있으며, 이것은 식민지 현실을 변혁하고자 하는 그의 작가의식의 소산이었던 것이다. 그러면 이러한 변모 과정이 내포하고 있는 정신사적 의미와 그 한계는 무엇인가 하는 점이 끝으로 검토되어야 될 차례이다.

제1기 시는 자아自我가 현실現實에 구속되어 초월성超越性을 지향志向하고 있으며, 제1유형 소설 『탈춤』은 현실現實의 부정적 측면은 인식되나 그것의 극복 가능성이 추구되지 않고 자아自我가 패배하여 가는 비관주의를 드러내고 있음을 이미 보았다. 따라서 이 시기는 식민지 현실에의 응전력이 약화되어 어느 정도 이데올로기적 측면이 있는 것이다.

제2기 시와 제2유형 소설이 보여 주는 강렬한 현실 변혁의지(유토피아)는 일제 식민체제에 대한 강한 응전력을 보여 준다. 그러나 그 급진성은 곧 일제의 반격에 직면하게 되고 공적公的 행위로써의 문학행위가 규제 받게 된다.

여기에서 제3기 시와 3유형 소설의 방향 전환이 나타나는 바, 이것이 심훈 변모의 종착점이자 그의 문학文學의 결산이므로 이 시기가 많은 문제성을 띤다고 할 수 있다. 긍정적인 측면에서 보자면 가능한 영역에서 민족운동을 전개한 것이 되는 이 시기의 농촌운동은 엄밀히 말해 물심物心양면에서 한국민을 황국신민화 하려는 속셈에서 시도된[28) 일제의 농촌진흥운동과의 연계성을 부인할 수 없다. 귀농운동의 성격을 띠고 있는 이 작품들은 관官 주도의 진흥운동이 호응을 받지 못할 것을 우려한 일제가 자발적인 지도자의 출현을 갈망하고 있던 당시에 일제정책에 호응하는 결과가 될 수도 있었던 것이다. 일제가 이 운동을 묵인한 진정한 이유인 것이다. 『상록수』의 주인공 동혁이 진흥운동과의 차이를 주장하지만 결국 진흥회에 흡수되는 과정이나 갱생 노력이 좌절되는 과정은 농촌운동의 허구성을 증명한다. 결국 동혁의 인식과 같이 소작제도 등 근본적인 정책 전환이 없는 한 농촌진흥 운동은 한낱 구호에 그칠 승산이 많았다. 그러나 이런 문제는 일제의 기반자체와 관련되므로 건드리지 않고 피상적인 근검절약이 외쳐질 때 일제의 그 저의가 드러나는 것이다. 그러나 이나마 결국에는 금지당하고 마는 역사적 현상을 보게 될 때 일제의 치하에서 전개되는 문화운동의 한계는 명백히 드러나는 것이다. 즉 일제가 허용하는 범위 내에서의 문자 행위란 이미 한계를 전제로 하고 있는 것이며, 다만 문제성의 소재를 파악한 것만으로 어떤 기능을 했다고 보아야 할 것이다. 이러한 한계는 실력양성을 주창하는 문화운동자들 모두에게 해당되며 결국 직접 투쟁이 문제시 되었다는 홍이섭 박사의 평가를 다시금 음미하게 하는 것이다.

요컨대 심훈의 작품에 나타나는 작가의식의 변모 과정은 근대 민족운동의 변모 과정과 구조적으로 일치하고 있어, 비록 그것이 한계를 내포하고 있었다 할지라도, 문학이 사회·역사적 현실성과 관련되어 있으며. 그것을 지시(verweisen)하는 형식임[29)]을 보여주고 있다.

---

28) 미야다 세쓰코宮田節子, 「일제하日帝下 한국에서의 농촌진흥운동農村振興運動」, 『한국근대민족운동사韓國近代民族運動史』, 돌베개 인문사회과학新書 7, 1980, 196쪽.

29) Peter Hahn, 「Kunst als Ideologic und Utopie, 社ber die theoretischen Mogli chkeiten eines gesellschaftsbezogenen Kunstbegriffs」, H. A. Glaser et al, 『Lite- raturwissenschaft und Sozialwissenschaften 1』, Stuttgart, 1971, 215쪽.

참고문헌

1. 『심훈 문학전집沈黑文學全集』 1·2·3, 탐구당探究堂, 1966.

2. 심훈沈熏, 『그날이 오면』, 한성도서주식회사漢城圖書株式會社, 1951.

3. 김붕구金鵬九, 『작가와 사회作家와 社會』, 일조각一潮閣, 1981.

4. 『국어 교육』 14집.

5. 『관악어문연구冠嶽語文研究』 5집, 서울대 국어국문학과, 1980.

6. 『그날이 오면』, 정음문고正音文庫 33.

7. 김명훈金明勳·정영윤鄭永潤, 『심리학心理學』, 박영사博英社, 1972.

8.『한국근대민족운동사韓國近代民族運動史』, 돌베개 인문사회과학新書 7, 1980.

9. 안병직安秉直 편編, 『신채호申采浩』, 한길사, 1979.

10. 『문학과 지성』 2호.

11. Arnold Hauser, 『The Philosophy of Art History』, Alfred A. Knopf, 1959.

12. Béla Királyfalvi, 『The Aesthetics of György Lukacs』, princeton, 1975.

13. C. M. Bowra, 『Poetry & Politics 1900~ 1960』, Cambridge University Press, 1966.

14. Karl Mannheim, 『Ideology & Utopia』, Routledge & Kegan Paul Ltd, 1972.

15. Robert A. Nisbet, 『The Sociological Tradition』, London & Edinburgh, 1967.

16. H. A. Glaser et. al, 『Literaturwissenschaft und Sozialwissenschaften 1』, Stut-tgart, 1971.

작품세계 - 소설

심훈 장편소설 연구
김영선

한국 항일문학 연구 : 심훈 소설을 중심으로
곽근

심훈의 기독교소설 연구
신춘자

심훈의 『상록수』를 중심으로 한 계몽주의문학 연구
이두성

심훈의 『상록수』 : 희생양의 이미지
송백헌

심훈의 『상록수』 고
구수경

상록수의 '통속성'과 영화적 구성원리
김종욱

상록수 연구
조남현

심훈의 『직녀성』에서의 인물의 전형성과 역사적 전망의 문제
최희연

특집: 1930년대 문학연구 ; 심훈의 리얼리즘 문학 연구 - 『직녀성』과 『상록수』를 중심으로
오현주

현대문학 : 심훈의 『직녀성』 고 - 그 드라마적 특성을 중심으로
송지현

심훈 장편소설 연구

김영선

서언

문학은 시대의 산물이며, 사회의 반영이다. 한 작가나 그의 작품이 문학사에서 정당하게 평가받기는 쉬운 일이 아니다. 관점의 다양성과 작품이 산출된 시대의 특수성 등 주변적 요소가 작품평가에 작용하기 때문이다. 특히, 식민치하에서 산출된 문학은 식민지라는 특수한 시대상황으로 이론의 혼란까지 겹쳐 당대의 충실한 문학적 작업이 소외되거나 왜곡되는 경우를 흔히 볼 수 있다. 심훈도 이같은 경우에 해당하는 작가라 할 수 있다.

그는 짧은 시대에 비하여 다양한 분야에서 활동한 문인으로 특히 소설 분야에서의 업적은 두드러진다. 그의 소설 중에서도 2편(황공의 최후, 여우 목도리)을 제외한 나머지는 모두 장편소설인데, 장편소설이 총체성을 지향하는 양식이라고 볼 때 심훈은 식민치하라는 특수한 제약적 상황에서도 당대 현실을 총체적으로 형성화하려는 노력을 보여주었다. 하지만 심훈에 대한 연구는 『상록수』가 농촌계몽소설의 표본이라는 정도의 접근만 이루어졌을 뿐 그의 문학적 업적에 대한 구체적이고 전반적인 고찰은 이루어져 있지 않다.

한국 근대사에 있어 가장 암울했던 일제 식민치하에서 심훈의 작품은 식민지 현실의 모순을 발견하고 그것을 극복하기 위한 모색의 과정을 보여준다. 바로 이러한 점에서 식민지 현실의 모순 극복을 위한 모색의 과정을 살피고 그의 소설을 관류하는 삶의 논리를 밝히는 것은 가치가 있다고 본다.

심훈 문학에 대한 기존 연구를 보면 크게 생애연구, 농민소설로서의 연구, 작가의식의 연구로 나눌 수 있다.[1)]

---

1) 유병석(1982), 266쪽.

먼저 생애연구로는 유병석, 백승구, 신경림의 연구가 있는데, 유병석의 연구는 작품의 본격적인 연구를 위한 기반을 닦는다는 의미에서 심훈의 일생을 수확기와 방황기, 정착기로 나눈 뒤 가문과 시대적 환경, 위인에 대해서 살폈다. 백승구와 신경림의 연구는 유병석의 연구의 미비점을 보완하고 자료를 들어 잘못된 점을 수정하면서 작품 분석까지 곁들여 종합적으로 정리를 하였다. 다음으로 농민소설로서의 연구에는 주로 『상록수』에 제한된 연구가 대부분이다. 여기에는 농민소설을 학술적인 각도에서 다룬 논문만도 정한숙, 송백헌, 오양호 등의 연구가 있다. 『상록수』가 농민소설 가운데 어떤 위치를 차지하고 있는가, 성격상 어떤 범주에 속하는가 등을 살피는가 하면 주인공의 핵심적 활동 부분을 간단하게 언급하고 있다. 마지막으로 작가의식의 연구는 전관용, 김봉구, 유양선의 연구가 대표적이다. 전광용은 작가의식을 중심으로 『상록수』를 분석했고, 김봉구는 심훈 소설 전반에 나타난 인간관, 사회관, 대인관, 대사회관 등을 검토하였고, 유양선은 작가의식의 성장 과정을 중심으로, 그의 생애와 작품을 함께 고찰하고 있다.

이상에서 심훈 문학에 대한 기존연구를 살펴보았다. 이러한 연구에도 불구하고 심훈의 작품은 여느 다른 작가에 비해 철저한 검토가 되어 있지 않음을 인식할 때 심훈 문학에 대한 연구는 좀 더 다각적으로 이루어져야 할 것이다.

본고에는 심훈의 장편소설에 대한 구체적이고 전반적인 연구의 일환으로 지금까지 연구에서 소외되었거나 편협하게 다루어진 그의 장편소설을 대상으로 하여 작품 전개 양상을 중점적으로 고찰해 보고자 한다.

구체적인 작품 분석에 앞서 심훈 소설을 이해하기 위한 주요 관건이 되는 요소의 하나로써 먼저 심훈의 창작 활동이 왕성했던 1920년대와 1930년대 초의 시대적 배경과 그의 생애를 밝혀 볼 것이다. 다음 작업으로 작품을 통한 분석에서는 주로 그의 작품 전반에 내재된 식민지적 상황을 타개하기 위한 작가의식의 구현 양상을 도출할 것이다. 이러한 분석을 통하여 얻어진 결과는 1930년대의 식민치하라는 특수한 시대적 상황에서 산출된 그의 장편소설의 의의를 재조명 해볼 수 있을 것이다.

고찰 대상 작품은 『동방의 애인』, 『불사조』, 『직녀성』, 『영원의 미소』, 『상록수』 등 5편의 장편소설이다. 『탈춤』은 제외되었다. 『탈춤』을 제외한 이유는 『탈춤』이 영화소설이라는 이름으로 발표된 활극적 성격이 짙은 시나리오적인 작품이기 때문이다.

시대적 상황과 작가의 생애 검토

1. 시대 상황 검토

작품 분석 이전에 심훈 소설을 이해하기 위한 관건의 하나로 1920년대와 1930년대 초의 시대적 특성을 알아보기로 한다.

1920년대의 일본은 대륙침략을 위한 군비 확장과 독점적 금융자본의 증식에 몰두하는 동시에 국제적으로 식민지 한국에 대한 지배정책을 심화하고, 나아가서 대륙 만주 침략의 적극 정책을 추구하기 시작했다. 특히 3·1운동에 위협을 느낀 일본은 종래의 무단정치로부터 허위적인 문화정치를 표방하고 내부적으로는 오히려 회유와 착취를 보다 강화시켜 간 것이다.[2]

비록 3·1운동은 실패하였다 하더라도 우리민족은 상해에 임시정부를 세우고 국내에서 광주학생 사건을 일으키는 등 항쟁을 계속하였다.[3] 1931년 만주사변이 일어남으로써 시국은 점차 불안해졌다. 이 해에 카프의 제1차 검거사건, 신간회 해체와 더불어 일제의 사회주의자와 민족주의자에 대한 탄압과 감시는 일층 노골화되었다.

1920년대에 와서 일제의 식민지 산업정책은 산미증식계획을 수행하는 데 중점을 두고 자본주의 기반구축에 박차를 가하기 시작했다. 이러한 정책은 영세한 민족자본의 가내수공업 공장들을 붕괴시켰으며 농촌의 이농현상과 실업자의 증가를 부채질 하는 등 한국민의 궁핍화 현상을 가속화 시켰다.[4]

1930년대에 와서 정치적으로는 내선일체의 민족말살정책을 더욱 심화시켰으며, 민족적 항거 운동을 철저히 탄압하는 동시에 식민지적 예속화를 일층 촉진하고 한국 민족의 강제 동원과 군수자원의 개별에 광분하였다.[5] 경제적으로는 농민의 생활이 극단적으로 궁핍하여 이농민은 도시로 떠돌거나 산간지대로 밀려가 화전민이 되었고 만주, 일제는 이러한 농촌의 황폐화를 막아보자는 뜻에서 농촌진흥운동을 벌이게 되는데 그것 역시 농민을 한층 착취하려는 의도 이외에는 아무 것도 없었다. 일제의 조선 산업정책은 한마디로 일본

---

2) 추헌수(1982), 93쪽.

3) 조윤제(1974), 562~563쪽 참조.

4) 김운태(1982), 117쪽.

5) 홍일식(1982), 328쪽.

제국주의 식민지 정책 결과 절대 농사가 빈곤과 기아에서 허덕이게 되었다.[6)]

한편, 이러한 시대적 상황속에서 우리 문단의 상황은 어떠했는지를 살펴보도록 한다.

지식층의 근대적 의식과 민중의 저항 정신과 새로운 국제 정치적 요인으로서의 반식민주의자가 일단 한데 모이는 데 성공했던 3·1운동 이후, 일제는 무단정치에서 문화정치라는 문화적 식민주의를 전개하였다. 사이또 총독부의 문화정치는 한국 지식인의 활동과 그 한부분으로서의 문학운동에 커다란 전기를 마련하게 되었다. 1923년에 기아와 빈곤에 허덕이는 무산계급자들의 생활난을 극명히 조명한 자연 발생적인 문학[7)]인 신경향파 문학이 발생하였다. 이것은 1922년에 조직된 '염군사'[8)]와 1923년에 조직된 '파스큘라'[9)]가 결합하여 조직된 '조선 프롤레타리아 예술동맹' 약칭 'K.A.P.F'를 낳게 하여 사회주의 문학운동의 모체가 되었다. '카프'는 1차와 2차의 방향전환을 강행하면서, 문단에 거센 풍파를 일으키다가 1935년에 박영희와 백철 등의 전향 선언과 더불어 해산되었다.

한편, 프롤레타리아 문학운동이 대중의 조직운동을 전개하는 것과 병행하여 농촌으로 학생 계몽대를 방학마다 파견하여 농민을 계몽하는 소위 '브나로드 운동'이 1930년대에 와서 《동아일보》를 중심으로 전개되었다. 여기에 문단이 참여함으로써 농민문학을 확립하기도 했다. 여기서 중요한 것은 일제의 가혹한 식민지 정책 속에서 허덕이는 제 상황들을 문단에서 외면하지 않고 적극적인 자세로 대처했다는 것이다. 특히 심훈은 거의 전 작품에 걸쳐 저항 의식을 구현하고 있다.

2. 작가의 생애 검토

심훈은 1901년 9월에 경기도 시흥군 신북면에서 3남 1녀 중 막내로 태어났다. 1951년 교동보통학교를 졸업하고 이어 경성제일고보에 입학하였다. 2년후인 1917년 3월 3학년 재학 때, 전주 이씨와 결혼하였다.[10)] 1919년 4학년때 기미독립만세 사건에 가담하여 투옥되어

---

6) 홍이섭(1972), 589~590쪽.

7) 김윤식(1974), 182쪽.

8) 1922년 9월에 조직된 프로문학단체로서, 강령은 '해방 문화의 연구 및 운동을 목적으로 함'이다.

9) 1923년 박영희, 안석영, 김형원, 이익상, 김기진, 김복진, 연학년의 두문자를 따서 'PASKYULA'라 명명한 것으로 중견 문인단체라 할 수 있다.

10) 옛 풍습대로, 여자에게 이름이 없던 것을 심훈이 결혼 후 이씨를 진명여학교에 입학시키면서 중국에 있으면서 항렬자 '해[海]'에 '영[暎]'을 붙여 작명함.

6개월의 옥고를 치르고 같은 해 8월에 집행유예로 석방되었다. '어머님께 올린 글월'의 일부를 이때 옥 중에서 몰래 써 보냈다.

감옥에서 나온 후 심훈은 문예에 뜻을 갖고, 이희승을 틈틈이 찾아가 한글 맞춤법을 공부했으며 아내의 도움으로 1920년 12월에 중국으로 갔다. 처음에는 유랑민의 신세를 면치 못하여, 중국에서 북경·상해·남경 등지를 두루 거친 다음 항주에 머물렀다. 그리하여 그곳에 있는 지강대학교 국문과에 입학하여 수학하였다. 이때 문학습작에 매진하여 「겨울밤에 내리는 비」, 「채련곡」 등의 시들을 엮었다.

1923년 중국으로부터 귀국하였고 1924년 동아일보 기자로 입사하고, 부인 이씨와 별거하였다. 동아일보로 입사한 지 8개월째 되던 1925년 5월 22일 몇몇 기자들과 동맹하여, 경영진에 임금인상을 내걸고 투쟁했던 일이 화근이 되어 파면당했다. 이 사건을 가리켜 이른바 '철필구락부 사건'이라 한다. 1925년에 사회주의 문학단체인 '카프'가 결성되었다. 그런데 심훈의 '카프'에 대한 참가 여부가 문제시되고 있다. 심훈도 '카프' 발기 때는 참가했다가, 그 후 이탈한 것이 아닌가 짐작된다.

1925년에는 번안소설 『장한몽』을 조일제가 영화를 만드는데, 심훈이 그 후반부에서 이수일 역을 맡아 열연을 하여 영화인으로서의 면모를 과시했다. 1926년에는 동아일보에서 영화소설 『탈춤』을 연재했으며, 1927년 일본으로 유학을 가서 영화에 관한 공부를 6개월간 하고 돌아왔다. 그리고 귀국 후에는 영화, 〈먼동이 틀 때〉를 원작 감독하여 단성사에서 개봉하였다.

1930년 『동방의 애인』이란 소설을 연재하였으나 일제의 검열로 중단되었고 비슷한 주제로 『불사조』 연재를 재시도하였으나 이것 역시 일제의 검열에 중단되었다. 동년 12월, 안정옥과 재혼하였다. 1931년에는 조선일보를 그만두었는데 그 경위는 알 수 없다. 이후, 경성방송국 문예 담당으로 취직하였으나, 사상관계로 3개월만에 추방당했다.[11]

1932년 모든 면에서 안정을 얻지 못하고 방황하다가 새로운 출발을 결심하고 낙향했다. 재혼하여 안정은 되었으나 직장을 잃게되자, 경제적으로 타격을 받아 비장한 각오로 가족과 함께 내려간 것이다. 그곳에 기거하면서, 1933년 소설 『영원의 미소』를 5월에 탈고하고 곧

---

11) 심훈은 그의 지기이자, 일기먼저 아나운서로 와 있던 김영팔과 함께 "황태자 전하" 같은 말을 발음할 때, 아니꼽고 역겨워, 우물우물 넘기곤 하여 사상불온으로 추방되었다고 함.

이어 단편소설인 「황공의 최후」를 탈고하였다. 1934년 『직녀성』을 집필하여 조선중앙일보에 연재하였다. 직녀성의 고료로 부곡리에 손수 설계한 집을 지어 살게 되었는데 그 집의 이름은 '필경사'로 지었다. 1935년 동아일보사 창간 15주년 기념 장편소설 현상모집에 『상록수』가 당선되었다. 1936년 『상록수』 영화화를 계획하여 이익과 공동 간색하고 심훈이 감독할 작정이었으나 심훈의 갑작스런 작고로 허사로 돌아가고 말았다. 심훈은 『상록수』 출판 관계로 상경, 장티푸스에 걸려, 1936년 9월 36세로 일생을 마쳤다.

이상에서 살펴본 바와 같이 심훈은 짧은 생애에 비해 다방면에서 활약하였고 우리 민족의 가장 수난기에 대사회적인 모든 활동의 근거를 민족해방을 위한 투쟁에 목표를 둔 작가였다.

작품의 전개 양상 검토

1. 하층민의 저항의식 표출

심훈의 작품에서는 조선의 대부분의 사람에게 놓여있는 압제의 상황이 여실히 나타나 있으며, 그에 대한 저항이 여러 양상으로 드러나고 있다. 먼저, 일본의 손길이 당시의 지식인의 활동을 묶어버리려 하고 그에 저항하는 지식인의 의식과 행위가 나타나고 있다. 그리고, 일제에 야합한 조선 지주들의 횡포, 소작인들의 생활고와 함께, 그들의 저항의식이 도처에 산재되어 있다.

1930년 조선일보에 연재하다가 일제의 검열에 의해 중단된 『동방의 애인』과 『불사조』의 공통적인 주제는 피지배계층, 하층민의 저항의식이다.

『동방의 애인』에서의 주인공인 박진, 김동렬, 이세정은 3·1운동에 가담하여 옥고를 치르고 나와서 계속적인 항일운동을 벌이는 인물들이다. 항일운동의 제약성으로 상해로 활동의 장소를 이동하여 여러 어려운 상황을 극복하고 투쟁활동을 계속한다. "우리는 이제부터 생사를 같이 할 동기가 된 것이요. 동시에 비밀을 엄수할 것은 물론, 각자의 새로운 행동은 금할 것이요. 당의 명령에 절대로 복종할 것을 맹세하시오."[12]라는 단호한 행동강령 아래에서 이루어지는 주인공의 투쟁행위는, 어떻게 해서든지 그들이 당면한 과제를 해결하고자 다짐하는 저항의식의 결과로 보여진다. 새로운 길을 모색하기 위해

12) 심훈(1966), 550쪽.

입당한 ㅇㅇ당에서의 주인공의 행위는 민중의 굶주림과 헐벗음부터 해결해야 함을 역설하고 있다. 민중의 궁핍은 곧, 민족 전체의 궁핍을 뜻하는 것이므로 궁핍의 해결 모색은 일제 저항의식의 발로라고 할 수 있다.

『동방의 애인』의 연계성을 가진, 그 후편이라 할 수 있는 『불사조』에서도 저항의식이 드러나고 있다. 홍룡은 김계훈이 음악회에서 바이올린을 켜다 말고 자신을 비웃는 청중을 무시하는 행위에 견격하여 "여러분! 저따위 부르조아의 자식을 ……"[13]라 외치다가 일경에 끌려 감옥생활을 하게 된다. 이는 평소에 홍룡이 일제에 타협한 도시 부유층에 대한 불만과 함께, 일제정책의 모순에 대한 비판의식의 결과이다. 일경에게 취조 당할 때에 홍룡의 도시 부유층에 대한 저항의식과 계층 해방 의식이 두드러지게 드라난다.

『불사조』의 중단 이후 또하나의 개작인 『직녀성』에서, 세철의 의식은 일제에 타협한 도시 부유층에 대한 반동의식으로부터 출발하며, 사랑이 싹트기 시작한 왕가의 외동딸인 봉희를 향한 독소에서, 그의 저항의식이 뚜렷이 나타난다.

> "봉희씨 혼재 개념으로 귀족이 아니라면 되나요. 석 달씩 식비를 못내서 하숙을 쫓겨나두, 한 달에 몇 원 안 되는 월사금이 밀려서 정학을 당하구 와서 꾸드러진 호떡 조각을 물어 뜯고 앉은 고학생이 지금 바루 봉희씨의 눈앞에 있지 않어요? 그런데 말씀이죠. 그와 정반대로, 학비 걱정은 커녕, 입만 벌리면, 외씨같은 이법에 고기 반찬이 저절로 굴러 들어가구 겹겹이 털옷으로 몸을 감은 장래의 귀부인이 지금 바루 내 눈앞에 앉어 있지 않아요? 그래두 봉희씨가 부르조아가 아니라구, 부인을 할 수가 있을까요?"[14]

'가진 자'와 '가지지 못한 자'의 대립을 통하여 비양거리는 듯한 세철의 언변에는 '가지지 못한 자'의 울분과 통한이 있으며 '가진 자'에 대항하는 비판 의식이 있다.

이러한 지식인의 저항의식과 더불어 지주들과 그들이 반발하는 소작인들의 생활고의 대립양상이 드러나 그들의 저항의식을 보여준다. 『영원의 미소』에서는 도시의 부재지주의

13) 심훈(1966), 370쪽.

14) 심훈(1966), 209쪽.

횡포에 의해 굴복당하는 마름의 소극적인 저항행위와는 다른 적극적인 저항의식을 가진 소작인의 출현을 보여준다. 주인공 수영과 계숙의 저항의식이 그것으로, 경호와 수영의 관계는, 오륙십년 전에서부터 맺어진 지주와 마름의 관계로, '수영의 집에서는 대대로 충실히 마름 노릇'[15]을 하여 왔다. 경호는, 수영이가 사랑을 느끼는 수영의 이성적 동지인 계숙이를 여러 수단으로 유혹하고, 어느날 사랑을 고백하는데, 계속은 그 자리에서 사랑하는 사람이 따로 있다고 대꾸한다. 그러자 경호는 발끈하며 "김수영인가 수경인가 하는 어러배기 말이지? 그건 내집 마름의 자식……"[16] 이라 흥분한다. 이는 지주로서의 행세를 나타내는 것이며, 이에 분계한 계숙은 "뭐 어째요? 당신네 마름의 자식이니, 어떻단 말씀야요? 부잣집 마름의 자식하구, 함경도 물장수의 딸하구 연애를 한다는 데 당신과 무슨 상관이 있단 말이야요?"[17] 하며 달겨들 듯한다. 여기에서 정신적, 육체적 착취까지 강행하려는 지주의 횡포와, 그에 적극적으로 맞부딪히는 소작인의 항변을 볼 수 있다.

한편 도시의 생활에 회의를 느끼고 고향으로 돌아와서 농촌운동에 여념이 없는 수영은, 계숙의 탈출로 인하여 잔뜩 화가 난 경호의 협박편지를 받게된다. 권력을 행사함으로써, 수영에게서 계숙을 빼앗으려는 지주의 비인간성을 노출시킨다. 이에 수영은 이제까지 봐오던 경호의 마름과 토지와 집까지 내어 놓기로 결심하고 상전과 노예의 관계를 청산하겠다는 답장을 보냄으로써, 지주의 횡포를 고발하고 그에 적극적인 저항의식으로 계층 해방을 시도하는 마름의 긍정적인 모습을 보여준다.

이상에서와 같이 심훈 소설에서는 당시의 일본의 구속에 강렬히 저항하는 지식인의 모습과 지주의 횡포와 착취에 반발하며 항거하는 소작인의 모습들을 보여줌으로써 하층민의 저항의식을 나타내고 있다.

2. 인습의 비판과 인간성의 회복

작가는 일제 정책의 부당성과 불합리에 대한 비판의식으로 작품 『불사조』와 『직녀성』에서 지배계층의 허상과 파멸 과정을 나타냄과 더불어 불합리하고 모순적인 인습을 비판하고

15) 심훈(1983), 365쪽.

16) 위의 책, 443쪽.

17) 심훈(1983), 443쪽.

있다.

『불사조』에서의 김계훈은 독일 유학을 다녀온 당시 일제정책에 의해 성장한 급조된 양반의 아들이다. 당시 경제적 궁핍 속에 허덕이던 도시인과 농촌인들의 생활상과 비교해볼 때 계훈의 향락과 오락 생활은 아연질색할 정도이다. 그는 결혼한 아내가 있는데도 불구하고 쥬리아라는 양녀를 데려와 연애 행각을 벌인다. 아들 영호의 출현으로 쥬리아와의 연애행각은 파경에 이르고 타락의 길을 걷게 되는데 그 타락의 원인은 조혼제도와 그의 성격적 결함에 기인한 것임이 드러난다. 쥬리아에게 자신의 행위를 변명하는 구절을 보면 다음과 같다.

> "열여섯살에 무엇을 알았겠오? 제 지각이 나지 못한 미성년자에게 무슨 책임이 있단 말이요. 그때는 우리 아버지, 어머니가 며느리를 얻은 것이지, 내가 장가를 든 것은 아니었소. 우리 부모는 자기네의 잔신부름을 해 주는 만만한 계집종이요, 치장거리로 혼인이란 이름 아래에 그 여자를 데려온 것이지, 결혼하는 당자의 필요로 결혼시켜 준 것은 아니요."[18]

위에서처럼 김계훈은 자신을 변명하면서도 한편으로는 조혼제도의 불합리성을 비판하고 있다.

『직녀성』의 윤봉환도 조혼제도에 의해 희생되고 타락하는 인물이다. 봉환은 한말 귀족부호의 셋째 아들이며, 막내로서 의지가 박약한 인물이다. 6살 때 두 살 위의 양반출신인 이인숙과 약혼하고 10살 지나서 결혼하였으나 어른들의 만류로 합례를 하지 못한다. 이것이 원인이 되어 아내 이외의 여성들과 행락하는 난봉꾼이 되고, 막연한 동경으로 일본유학을 고집하여, 거기서 사요꼬라는 모델에게서 못된 병까지 옮아서 귀국한다. 결국 사요꼬와의 관계도 아내 있음이 발각되어 파경에 이르는 봉환은 술과 노름으로 나날을 보내는 쓰레기 같은 생활을 맞는다. 모든 것이 부정적으로밖에 보이지 않게 된 봉환은 아내에게까지 지독한 병을 옮기는 비인간적인 행위까지 자행하고, 시부모의

18) 심훈(1966), 375쪽.

오해로 아내가 집에서 축출 당하고 난 뒤 학교에 취직하여 강보배라는 음악 교사와의 사랑에 또 빠진다. 봉환의 이러한 행위 모두는 그 원인이 조혼제도의 폐습과 그의 인간성에 기인한 것으로써 시대적 모순이 가져온 결과이다.

『불사조』와 『직녀성』에서는 전근대적인 제도인 조혼제도에 의하여 타락하는 인간상과 더불어, 남편의 타락과 가정의 파탄속에서, 굴복되지 않고 근대적 인물로 이행하는 여인들의 모습을 나타내고 있다. 즉 인습의 불합리성을 인식하고 여성해방론을 주장하는 긍정적 인물로 전정희와 이인숙 그리고 도시 부유층이며, 지배층에 속하는 자신의 계층으로 부터의 해방을 시도하는 윤봉희가 그러한 인물들이다.

『불사조』의 정희는 김계훈의 아내로 어린 나이에 시집을 와서 남편과의 애틋한 정도 나눠보지도 못한 채, 남편의 변심과 학대로 인하여 몰락한 친정집으로 축출당한다. 그럼에도 반응은커녕, 죽으라면 죽는 시늉까지는 해야 한다는 것이 현부의 자랑스러운 도덕인 양 생각하는 전근대적인 여인의 모습을 보여준다. 이러한 전근대적인 의식은 『직녀성』에서의 인숙도 마찬가지이다. 사요꼬에게 못된 병까지 옮겨와서 아내를 거들떠 보지도 않는 남편에게 인숙은 원망은커녕, 병이 빨리 낫기만을 기원하며 탄약을 달여서 먹인다.

당시의 시대적 상황에 적극적인 투쟁행위를 벌이는 덕순과 복순에 의해 두 여인은 전근대적 상황에서 인간성 회복과 전근대적인 인간으로서의 이행을 하게 된다. 덕순은 정희에게, 남편의 애정이 없는 가정은 여자를 붙들어 매는 구속일 뿐 '하루 바삐 자기 혼자 살아갈 도리를 차려야' 함을 주장한다. 정희는 봉건적 사고방식에 경이감으로 혼란을 겪에 되며 시부모의 학대도 날로 심해지자, 잃어버렸던 자신의 인간성을 회복하고자 시집에서의 탈출을 생각하게 된다. 『직녀성』의 인숙의 경우에도 저항의식이 투철한 혁명자인 복순의 영향을 받아 전근대적인 인간에서 탈피하게 된다. 복순은 합례전 봉환의 타락은 조혼제도의 폐습에 그 이유가 있다고 지적하고 여인들은 퇴폐적인 인습에서 해방되어야 한다고 주장한다. 인숙은 그후 신문명에 대한 호기심을 가지고 자신도 하나의 객체로서의 완성된 삶을 살기 위해서 사립 XX여학교에 입학한다. 거기서 배우는 지식은 인숙에게 용기를 주고 이것은 시누이인 봉희의 강제 결혼설이 나돌 때 그의 변모된 결혼제도에 관한 의견으로 나타난다. "우리들은 어른들의 병환 때문에 희생이 되는 셈"이라 하며 "나한테 털끝만한 자유가 있오? 그나마 남편의 사랑이 있오, 참 정말 복순이 말마따나, 이 집의 문서 없는 종이지 뭐요?"라고 항변한다. 이것은 전근대적인 사고에 억눌려 지내온 자신의 인생에 대한 회환과 더불어 인습에 대한 비판의식에서 우러나온 것이다. 인숙은 남편과 이혼하고 유치원 보모의 길을 걸으며 자신의 삶을 개체로서의 의미로 꾸며 나간다. 완전히, 불합리한 인습에서 탈피하여 인간성을 회복한 것이다.

『직녀성』의 윤봉희는 자신의 계층으로부터 해방을 선언하고, 조혼제도에 반기를 든 근대적 여인상을 나타내고 있다. 봉희는 윤자작의 외동딸로서 당시 상층에 속하는 인물이다. 그러나 하층민인 세철과의 만남으로 인하여 계층 간의 대립 양상에 눈을 뜨게 되고 상층민의 횡포와 하층민의 억울함과 분노를 배우게 된다. 그녀는 세철과의 애정으로 인하여 강제 결혼을 시키려는 집안에 반기를 들고 불합리한 인습을 비판하고, 자신이 속한 상층에서의 탈피를 선언한다. 봉희의 자아 각성은 당시 부유층으로서 시대적 상황을 외면한 채, 개인의 향락만을 추구하는 상층민에 대한 비판의식으로 발전하여, 자신의 계층으로부터의 탈출을 강행한다.

이상의 검토에서 나타난, 조혼제도의 악습에서 벗어나 여성해방과 남녀동등권을 주장하는 여인들의 인식과 썩어 문드러진 자신의 계층으로부터의 해방을 시도하는 봉희의 의식은 시대적 상황의 극복이라는 큰 의미를 갖는다.

3. 귀향 의지와 농촌계몽의 실현

심훈은 그당시 심각한 농촌의 궁핍을 구제할 수 있는 것은 일제 정책에 저항할 수 있는 인물인 당시의 지식인이라는 자각을 하고서 『영원의 미소』와 『상록수』에서 귀향하는 지식인들의 모습을 나타내었다.

『영원의 미소』의 수영은 마름의 아들로 서울에서 혁명운동에 가담했다가 감옥살이까지 겪고 낙향하여 변심한 듯한 애인의 소식을 기다리다가, 차마 눈뜨고 경시할 수 없는 가난의 현장들을 목격한다. 진종일 주린 배로 날품팔이를 하고도 저녁때 '보리쌀 한 됫박도 팔아 가지고 들어가지 못하는' 농부들을 보고 그 소작인 사회의 부조리 앞에 '몹시 미안한' 죄책감을 넘어 '저 사람들을 저대로 내버려 둘 것이냐? 그렇다 나부터라도 그들의 속으로 뛰어 들어가야겠다.'[19]는 자각으로 계숙에게 절연장을 보낸다. 사랑이니, 결혼이니 하는 생각 자체가 농촌의 현실을 보고는 죄스러운 것으로 '더 크고 가슴 벅찬 고민에 고개를 들 수' 없게 된다. 과거의 모든 공상을 깨뜨리고 이 궁벽한 농촌 구석에서 흙의 사도가 되려면 결심을 하게 된다.

『상록수』의 경우, 동혁과 영신은 하계방학 중 봉사활동의 경험을 계기로 해서 농촌운동의 필요성을 느끼고, 귀향한다. 동혁이 학생계몽 운동 참가 학생의 보고 연설에서 당시의 지식인이 나아가야 할 방향을 제시한다. 여기에서 동혁은 지식인의 농촌운동의 참여를 주장하고 농민 속에 파고드는 지식인이 되어야 함을 피력하고 있다. 영신이도 동혁의 의견에 공감을 표하며, 민중 속으로 뛰어들어서, 우리의 농촌, 어촌, 산촌을 붙들지 않으면, 우리 민족은 영원히 거듭나지 못함을 주장한다. 『상록수』에서 강조되고 있는 것은 지식인이 농민과 거리가 먼 생활을 한 것이 아니라, 농민 속에 들어가서 농민의 생활 문제를 해결해 줘야 한다는 점이다.

농촌운동의 구체적인 양상은 『상록수』의 동혁과 영신의 활동에서 나타난다. 동혁은 하계 봉사활동의 귀환 보고석상에서 자신의 농촌운동의 성격을 밝히는데, 이것은 지식인의 농민계몽운동이 문자보급을 넘어서서 사상보급으로 나아가야 한다는 주장이다. 영신도 동혁의 의견에 동감하며 정신면에 치중된 농촌활동을 강조한다. 이는 청석학원에 붙여있는 '갱생의 광명은 농촌으로부터', '아는 것이 힘, 배워야 산다', '우리의 가장 큰 적은 무지다'라는 표어에서도 나타난다.

그러나 한국 농촌에 깊숙이 파고든 가난은 '문맹퇴치 운동'이나 문학적인 제사업으로는 타개될 수 없음이, 동혁의 동지인 건배가 농우회장직을 고리대금업자에게 건네주는 사건으로 확연히 드러난다. 동혁은 이 일을 계기로 하여, 그 이전부터 '외면치레가 아니고, 내부적인 문제를 생각하고 실행해야 될 줄로 생각'해 오던 것을 가지고 농촌운동의 방향을 전환한다. "영신에게 선언한 것처럼 제일보부터 다시 내딛지 않으면 안된다. 표면적인 문화운동에서, 실질적인 경제운동으로"[20]라는 결심을 하고 경제운동의 구체적인 방안을 정한다. 이로 인하여 동혁의 현식인식의 심도가 더 깊어지고 농촌의 지배구조에 대한 저항

19) 심훈(1983), , 425쪽.
20) 심훈(1980), 12쪽.

의식도 강화되고 그에 따라서 그의 활동은 명백히 '농촌계몽 운동을 넘어서서 농민운동의 성격을 띄게'[21]되었다.

당시의 시대적 상황을 보면, 농촌의 궁핍이 극도로 심해지자, 농민들의 반항운동이 전개되었다. 그러한 현상은 『상록수』에도 나타나고 있으니. 한곡리에도 '농촌진흥회'라는 간판을 내걸고서 그 회장으로 지주이자 고리대금업자인 강기천이가 부정투표로 선출된다. 동혁은 이를 역이용하여 강기천과 같은 고리대금업자를 근절시키고 고이율을 저이율로 저하시키는 등 진정한 의미의 자력갱생을 부르짖는다.

『상록수』의 동혁의 눈을 통하여 당시 지식인들의 농촌운동의 허상을 비판하고 있다. '높직이 앉아서 민중을 관찰하거나 연구의 대상으로 삼으려는 태도'와 '남의 등 뒤에 숨여서 명령하는 상관'이 되지 말고 '앞장을 서서 제가 내린 명령에 누구보다도 먼저 복종을 하는 병정이 되어야만 우리의 운동이 성공한다'는 비판이 날카롭게 지적되고 있다. 특히, 세계 각국을 주유하고 돌아와서 강연만으로 농촌 사업의 큰 몫을 하려는 형식적인 농촌지도자인 백현경에 날카로운 시선으로 비판하며 말과 생활의 조화를 주장한다.

『상록수』에 나오는 인물들의 농촌운동은 상당히 어려움을 겪고 있음을 나타내고 있다. 그 원인으로 제시하고 있는 것으로써 첫째, 무지한 농민들의 비협조, 둘째, 일제의 간섭, 셋째, 지주들의 비협조와 훼방책들이다. 청석골에서 농촌운동을 전개하고 있는 영신이 한낭청이란 지주의 환갑잔치날에 기부금을 걷으러 갔다가 "그날 저녁부터 일주일 동안, 영신은 경찰서 유치장 마루방에서 새우잠을 잤다. 분서까지 끌려가서 구류를 당하던 경과며 그 까닭은 오직, 독자의 상상에 맡길 뿐이다."[22]로 보아 당시의 어려움을 알 수 있다. 동혁과 영신은 이러한 어려움 속에서도 끈질긴 생명력을 가진 농촌운동을 통하여, 가난에 허덕이는 농민을 해방시켰을 뿐만 아니라, 그들에게 식민지 삶을 극복해 나갈 용기와 의지를 심어주고 우리 민족이 나아가야 할 이상적인 목표를 제시해 줌에 그 의의가 있다고 하겠다.

결언

본고에서는 심훈의 장편소설 5편을 대상으로 하여 작품의 전개 양상을 중점적으로 고찰해

---

21) 이주형(1982), 97쪽.

22) 심훈(1980), 92쪽.

보았다. 그리고 이에 앞서 그의 작품을 이해하는 데 중요한 관건의 요소로써 그 작품이 산추된 시대적 상황과 작가의 생애를 살펴보았다.

작품의 전개 양상에 대해서는 크게 세 가지 관점으로 고찰해 보았는데 요약하면 다음과 같다.

첫째, 하층민의 저항의식 표출 양상이다. 『동방의 애인』, 『불사조』, 『직녀성』은 일제 검열에 의해 완성을 하지 못한 동일한 주제를 가진 연작으로, 작가 심훈의 집념의 표시이기도 하다. 이들 작품에서는 정치적 측면에서, 당시의 지배계층에 대한 지식인의 투쟁행위와 그 저항의식의 양상을 나타내었다. 또한 『영원의 미소』에서는 경제적 측면에서 농촌의 계층 간의 대립을 통하여 지주의 행패를 고발하고 소작인의 저항의식을 표현하였다.

둘째, 인습의 비판과 인간성의 회복 양상이다. 『불사조』와 『직녀성』은 사회적 측면에서, 다시 사회에 성행하던 조혼제도의 폐습을 비판하고, 이에 희생되는 여인들과 청년 지식인의 자각을 촉구하고 있으며, 또한 당시의 전근대적인 사고에서 벗어나 시대적 상황을 인식하는 근대적인 인간성의 회복을 강조하였다.

셋째, 귀향 의지와 농촌계몽 실현의 전개 양상이다. 심훈의 작품에서 나타나는 농민의 생활은 피폐할 대로 피폐해진 상황이었다. 작가는 농촌의 궁핍을 구제할수 있는 것은 당시의 지식인이라는 자각을 하고서 『영원의 미소』와 『상록수』에서 귀향하는 지식인들의 의식 변모 과정을 나타내고 있다. 특히 농촌계몽의 구체적인 실현 양상은 『상록수』의 주인공 동혁과 영신의 활동에서 잘 나타난다. 특히 계몽적인 문화운동뿐만 아니라 실질적인 경제운동을 통하여 식민지 현실하에서 빈곤으로부터의 해방과 함께 우리 민족이 추구하여야 할 삶의 방향을 제시하였다.

이제까지 본고에서는 작가 심훈의 대표작으로 인식되고 있는 『상록수』 중심의 연구나 어떤한 작품에 대한 분석, 고찰이 아닌 심훈의 장편소설 전체를 통해 그 전체에 나타난 작품 전개 양상을 살펴보고 더불어 거기서 작가의식의 지향점을 살펴 보았다. 하지만 본 연구는 작품 개개에 대한 세밀하고도 전체적인 분석이 제대로 이루어지지 못 했고, 특히 작품 전개 양상을 나누는 관점에 있어서도 보다 구체적이고 다양하지 못 한 미진함이 있다.

심훈 소설의 문학사적 의의나 성격을 밝히기 위해서는 좀 더 다각적인 방법으로의 연구가 필요하며, 이제까지 국문학사적으로 심훈 작품이 정당한 평가를 받지 못한 데 대한 새로운 성찰이 이루어져야 할 것이다.

참고문헌

1. 김운태, 「일제 식민지 통치사」, 『한국현대문학사 대계』 6집, 고려대학교 민족문화연구소 편, 1982.
2. 김윤식, 『한국문학의 이론』, 일지사, 1974.
3. 심재홍, 「심훈 소설 연구」, 연세대 교육대, 1979.
4. 심훈, 『심훈 문학 전집Ⅰ,Ⅱ,Ⅲ』, 탐구당, 1966.
5. 오양호, 「한국 농민 소설 연구」, 영남대 국문학과, 1982.
6. 이정미, 「심훈 연구」, 충남대 교육대학원, 1982.
7. 이주형, 「1930년대 한국 장편 소설 연구」, 서울대 박사 논문, 1982.
8. 임무출, 「심훈 소설 연구」, 영남대 국문학과, 1983.
9. 정경훈, 「심훈의 장편 소설 연구」, 충남대 교육대학, 1985.
10. 조윤제, 『한국 문학사』, 탐구당, 1974.
11. 한양숙, 「심훈 연구」, 계명대 대학원, 1986.
12. 홍이섭, 「30년대초의 농촌과 심훈 문학」, 『창작과 비평』 25호, 창작과 비평사, 1972.
13. 홍일식, 「한국 문학 예술 운동사」, 『한국현대문화사 대계』 5집, 고려대학교 민족문화연구소 편, 1982.

한국韓國 항일문학抗日文學 연구硏究
– 심훈沈熏 소설小說을 중심中心으로

곽 근

서론

식민지 시대 문학에 대한 연구가 폭넓게 진행되는 과정에서 도출된 주목할 만한 사항 중의 하나가 친일문학의 검증일 것이다. 아직도 당시의 장본인들이 생존해 있는 등 제약이 따를 수밖에 없음에도 불구하고, 실증적 자료를 바탕으로 친일 작가들의 역사적 과오를 적나라하게 폭로하고, 이로 말미암아 후대의 작가들에게 교훈을 주고 경종을 울려주는 계기가 되었음을 부인할 수 없기 때문이다. 이러한 긍정적 측면을 인정하면서도 친일문학 연구에 대한 지나친 경도傾倒는 상대적으로 당대 항일문학의 부재不在 혹은 위축萎縮을 강조한 듯한 감이 없지 않다. 이럴 경우 식민지 시대 문학 연구는 객관성과 엄정성을 상실한 채 우리 민족의 저열성低劣性과 비겁성卑怯性만을 부각시키는 결과가 될 뿐이다. 친일문학에 대한 경도 만큼 혹은 그 이상 항일문학에 대한 검증이 이루어져야 할 당위성이 여기에 존재한다. 이것은 친일문학에 대한 연구를 소홀히 하고 항일문학에 대한 연구를 강화하자는 주장이 아니다. 우리 문학의 실체를 정확히 규명해 보자는 것이다.

30년대의 작가 심훈은 저항시인이며 농촌 소설가로서 기존 평가들이 대체로 일치된 견해를 보이고 있다. 심훈이 시에서는 일제에 대한 저항의지를 표출시키고, 소설에서는 농촌 계몽을 염두에 두었다는 판단이다. 그러나 그에게 저항작가 혹은 항일작가라는 호칭을 부여하는 데는 대단히 인색하다는 느낌을 준다. 가령 '심훈의 전 작품은 식민지 현실의 모순을 발견하고 그것을 극복하기 위한 모색의 과정을 보여'주었다고[1] 주장한 논지마저도

1) 한점돌, 「심훈沈熏의 시詩와 소설小說을 통해 본 작가의식作家意識의 변모과정變貌過程」, 《국어교육》 41호, 1982, 74쪽.

각각의 작품에 대해서는 다음과 같이 평가하고 있다.

> 『탈춤』 : 현실의 모순은 발견하되 그 모순의 극복 가능성이 추구되지 않는 비관적 작가 의식의 소산인 작품.
>
> 『동방의 애인』, 『불사조』 : 모순된 식민지 현실에 계급운동이라는 강력한 이데올로기로써 응전하는 양상을 묘사함으로써 현실을 변혁하려는 유토피아의식을 보여준 작품.
>
> 『영원의 미소』, 『상록수』 : 강력한 일제의 금압 속에서 현실 변혁의 유토피아가 가능성의 영역을 탐색하는 과정으로서 농촌의 문제를 다룬 작품.
>
> 『직녀성』 : 계급 갈등에서 계급 융화로의 모색을 시도한 작품.[2]

이러한 평가가 어느 정도 핵심을 찔렀다고 하더라도 '식민지 현실의 모순'이란 무엇이며 '그것을 극복하기 위한 모색'이란 무엇인가. 그것은 다름 아닌 일제의 억압에 대한 진정한 깨달음이며 그에 대한 저항이 아니겠는가. 더구나 유토피아의식 운운은 당시 현실과는 너무 동떨어진 판단인 듯 여겨진다. 일제의 질곡 속에서 무슨 유토피아를 꿈꾸겠는가. 우선해야 할 것은 조국의 독립이 아니겠는가. 다소 논리의 모순을 포함함은 차치하더라도 심훈을 애써 항일작가에서 제외시키려는 의도마저 엿보인다. 영화 제작에서나 문학 활동에서 심훈이 일관하게 지녔던 정신은 민족에의 상념想念이었다고 주장하는[3] 홍이섭洪以燮도 그에게 항일작가라고 호칭하는 데는 주저하는 모양이다. 그렇다면 심훈은 과연 항일작가의 범주에 들 수 없는 것일까.

한 작가가 시와 소설 두 가지 장르를 통해 활동하면서 각 장르마다 그 주제의식을 달리하는 경우가 없지는 않겠지만, 심훈처럼 짧은 기간에 많지 않은 작품을 남긴 경우 두 장르의 주제의식을 확연히 구분짓는 것은 어딘지 자연스럽지 못한 듯하다. 시에서는 저항의지를, 소설에서는 농촌계몽 의지를 부르짖는 작가가, 시에서도 농촌계몽 의지를, 소설에서도 저항의지를 부르짖을 수는 없을까. 필자는 이러한 가설에서 이 논고를

---

2) 상게서上揭書, 80쪽.

3) 홍이섭洪以燮, 「30年代 초의 농촌農村과 심훈沈熏 문학文學」, 『창작과 비평』 25호, 1972, 가을호.

출발시킨다. 다만 시에 대한 논의는 이미 많이 이루어진 상태이므로, 본고에서는 소설만을 텍스트로 정하기로 하되 필요에 따라 수필이나 발언도 참고로 한다. 여기서 전제 조건은 저항에 대한 기준이다. 어디까지를 저항으로 볼 것인가가 문제가 된다. 어느 사학자史學者는 한일합방과 함께 일제의 부당함에 항거하여 자결한 사람을 소극적 저항자, 의병에 가담하여 일제에 대항하여 전투에 가담한 사람을 적극적 저항자로 구분하였다.[4]

이러한 기준이 문학 작품에 그대로 적용될 수도 없거니와 적용되어서도 안 될 것임은 물론이다. 논자에 따라서는 당시 현실 상황을 반영한 자체만을 가지고도 항일문학의 범주에 넣으려는 경향이 있다. 이럴 때 당시의 작품은 모두 항일문학 작품이 되는 결과가 초래될 수 있다. 당시의 상황을 어떠한 양상으로든지 반영하지 않은 작품은 거의 없다고 생각되기 때문이다. 반대로 당시의 겸열제도를 도외시한 채 일제에 적극적인 항쟁의 의미를 담고 있는 작품만을 기준으로 할 때, 항일문학 작품은 한 편도 없다는 결론에 이를 수도 있다. 그러한 작품은 발표될 수가 없었기 때문이다. 필자는 당시의 민족적 현실에 대한 인식과 그 인식을 토대로 일제에 대한 적개심을 고취시킨 작품이라면 항일문학의 범주에 넣어도 무방하리라 생각한다. 일제에 대한 투쟁의식을 고취시킨 작품이라면 더욱 훌륭한 항일문학이 됨은 말할 것도 없겠다. 본고는 심훈의 소설을 통하여 그의 항일적 양상을 검토하고 그가 과연 항일작가가 될 수 있는지 점검해 보는 데 중점을 두고자 한다.

심훈의 항일적 기질

작가와 작품은 별개라는 형식주의자들의 주장을 인정하면서도 한편으로는 이들이 전혀 무관할 수 없다는 논리가 여전히 설득력을 얻고 있음은 주지의 사실이다. 이것은 형식주의자들의 심한 거부 반응에도 불구하고 작품에는 직간접으로 작가의 모습이 투영된다는 것을 의미한다. 따라서 심훈의 소설에서 항일적 요소를 찾는 작업에 앞서 그가 과연 일제에 대한 저항적 태도를 취했었는지를 검토해 볼 필요가 있다. 어느 작가가 저항적 삶을 영위하지 않았는데도 그의 작품에는 저항적 면모가 투철히 보인다든지, 반대로 개인적 삶이 저항적이었음에도 작품에는 그것이 전혀 투영되지 않았다고 보기는 어렵다. 먼저 그의

4) 이기백李基白, 『민족民族과 역사歷史』, 일조각一潮閣, 1972, 226쪽.

연보를 비롯하여 가장 확실한 자료라 할 수 있는 일기, 서간, 수필 등을 살펴보도록 하자. 이것들은 심훈의 개인적 면모를 정확히 알려주는 객관적 자료가 되기 때문이다.

'1월의 감상'이라는 1920년 1월의 일기에 보면(3권, 591쪽)[5] 문학의 길을 닦을 곳이 동양에는 일본밖에 없다고 판단하여, 비록 원수의 나라라고는 하지만 가서 배워야겠다고 다짐하는 대목이 나온다. 당시 조선에 교육기관이 흡족하지 못해 많은 조선 학생들이 일본으로 유학을 간 것은 사실이다. 그렇다고 그들이 모두 일본의 체재나 이념을 추종했다고 보기는 어렵다. 적국에서 배우고 있을망정 오히려 독립의지를 굳건히 하였으며, 이들이 주동이 되어 2·8독립선언서가 낭독된 것이 이를 잘 말해준다. 이점을 유념하더라도 심훈의 경우 일본 유학행 결심은 일제에 대한 저항의지와는 거리가 있다고 하겠다. 배우러 가는 나라에 대해 존경심을 품을지언정 적대감을 품기는 쉽지 않았을 것이기 때문이다. 심훈의 저항의지를 의심케하는 내용은 3·1운동 1주년이 되는 일기에서도 발견된다.

> 오늘이 우리 민족民族에 전천년前千年 후만대後萬代에 기념할 3월三月 1일一日! 우리 민족民族이 자주민自主民임과 우리 나라가 독립국獨立國임을 세계만방世界萬邦에 선언하여 무궁화 삼천리三千里가 자유를 갈구하는 만세萬歲의 부르짖음으로 이천만二千萬의 동포同胞가 일시一時에 분기憤起 열광熱狂하여 뒤끓던 날! 오- 3월三月 1일一日이여! 사천이백오십이년四千二百五十二年의 3월三月 1일一日이여! 이 어수선한 틈을 뚫고 세월은 잊지도 않고 거룩한 - 3월三月 1일一日은 이 횡성橫城을 찾아오도다. 신성한 -三月 一日은 찾아오도다. 오! 우리의 조령祖靈이시여, 원수의 칼에 피를 흘린 수만數萬의 동포여. 옥중에 신음하는 형제兄弟여, 천팔백칠십육년千八百七十六年 7월七月 4일四日 필라텔피아 독립각獨立閣에서 울려나오던 종소리가 우리 백두산白頭山 위에는 없으리이까? 아! 붓을 들매 손이 떨리고 눈물이 앞을 가리는도다.(3권, 600쪽)

심훈은 3·1운동을 우리 민족이 영원히 기념할 만한 날로 단정하고 그 운동의 의의와 신성함과 위대함을 회고하며 감상에 젖는다. 그러나 단지 감격과 감상에 젖어 있을 뿐

---

5) 이하 권수와 쪽수는 『심훈문학전집沈熏文學全集』(탐구당探求堂, 1966)의 그것을 가리킴.

일제의 탄압에 대한 어떠한 비난과 비판도 하지 않는다. 일제에 대한 저주나 증오는 물론, 장차 그가 나라의 독립을 위해 취할 태도나 방향 등 각오도 보이지 않는다. 미래 조선 독립을 예견하고는 있지만 고작 '원수의 칼에 피를 흘린 수만의 동포여, 옥중에 신음하는 형제여'에서 볼 수 있듯, 일제에 의해 우리의 많은 동포가 희생을 당했으며 현재도 고통을 당하고 있음을 전해줄 뿐이다. 자신만이 읽고 간직할 일기에서 일제에 대한 강력한 저항적 면모를 보여주지 못하는 것은 납득하기 어렵다. '왜놈'이라는 노골적인 표현을 쓰고 있는 1920년 3월 27일 일기에서조차도 슬프고 답답한 심정에 기껏해야 애국가를 부르는 것이 고작이다. 이처럼 일제에의 비저항적인 면모를 보이는 것이 사실이나 전기傳記를 살펴보면 그가 일찍부터 남달리 일제에 항거했음을 알 수 있다. 17세(1917년)에 일인日人 수학선생數學先生과의 알력으로 시험試驗때 백지白紙를 내어 과목낙제科目落第로 유급留級을 하고, 19세 때는 3·1운동에에 가담하여 3월 5일 투옥投獄, 7월 집행유예執行猶豫로 풀려나며, 이 사건事件으로 학교學校에서 퇴학退學당한다. 20세 때 겨울에는 변명變名, 가장假裝을 하고 중국中國으로 망명亡命, 유학留學을 떠나며, 21세 때는 북경北京에서 상해上海, 남경南京을 거쳐 항주杭州 지강대학之江大學에 입학入學하여, 당시 석오石吾 이동녕李東寧, 성제省齊 이시영李始榮, 엄일파嚴一波, 염온동廉溫東, 류우상劉禹相, 정진국鄭鎭國 등과 교류交流한다. 30세 때는 소설小說 『동방의 애인』을 조선일보에 연재했으나 일경日警의 검열檢閱에 걸려 중단中斷되고, 이어 동지同紙에 『불사조不死鳥』를 연재連載했으나 역시 게재정지揭載停止 처분處分을 받는다. 32세 때는 시집詩集 『그날이 오면』을 출간出刊하려다 검열檢閱에 걸려 좌절되고, 36세 때 『상록수』 영화화映畵化를 계획計劃하였으나 일제日帝의 방해로 실현實現되지 못하였다. 지금까지의 전기傳記를 통하여 판단컨대 20세 이전의 항일은 심훈의 확고한 의식에 바탕했다기 보다는, 막연히 옳다고 생각하는 것에 대한 충동적 이끌림 정도였다고 할 수 있다. 서대문 형무소에서 비밀리에 어머니께 보낸 편지의 일절에는 "고랑을 차고 용수를 썼을망정 난생 처음으로 자동차에다가 보호 순사를 앉히고 거들먹거리며 남산 밑에서 무학재까지 내려 긁는 맛이란 바로, 개선문으로나 들어가는 듯하였읍니다."(1권, 19쪽)라는 구절이 보인다. 이 글에서 우리가 읽을 수 있는 것은 심훈의 투철한 민족의식보다는 치기 어린 모습뿐이다.

그후 중국 유학시절부터 이동녕李東寧, 이시영李始榮 등 독립운동가들과 교류하면서 진정한 민족의식이 싹트고 이와 함께 본격적인 항일 대열에 합류하지 않았나 생각된다. 이러한 사정을 신경림申庚林은 다음과 같이 전해준다.

그가 중국 방랑시절, 항주의 지강대학之江大學 시절에 사귄 친구들도 그에게 크게 영향을 미친 사람들이다. 이들은 대개가 독립운동가, 혁명가들로서 『그날이 오면』의 발간사에서 그의 중형 심명섭은, "훈이 출옥후 변명變名하고 중화 천지를 순유巡遊할 때 동고同苦하던 지우志友들은 임정臨政 요인으로 귀국하였고"라고 가리키고 있다.[6]

유병석柳炳奭은 심훈의 일생을 수학기(1901~1923), 방황기(1923~1932), 정착기(1932~1936)로 나눈 적이 있다.[7] 이를 기준하면 심훈은 방황기부터 무산계급투쟁이 곧 민족해방투쟁이라는 신념으로 일제에 저항하기 시작했고, 이러한 신념은 특히 문학과 영화를 통하여 표출되었던 것 같다. 이것은 그가 서울을 떠나 당진에 거주하게 된 까닭을 토로한 수필 「필경사잡기」에서도 검증될 수 있다.

> 내 무슨 지사志士이니 국사國事를 위하여 발분發憤하겠는가. 시불이합時不利合하여 유사지적幽師志的 강개慷慨의 피눈물 뿌리면 일신一身의 절조節操나마 지키고자 백골白骨이 평안히 묻힐 곳을 찾아 이곳에 와 누운 것이며 그야말로 한운야학閑雲野鶴으로 벗을 삼을 마음의 여유나 있을 것이 아닌가.(3권, 504쪽)

편안히 묻힐 곳을 찾고 마음의 여유를 얻고자 낙향했을 뿐이지 어떤 지사적 의도가 포함되어 있지 않다고 은근히 자신의 낙향을 현실도피처럼 고백하면서도 시불이합時不利合에 절조節操만이라도 지키려는 결연한 의지가 은폐되어 있다. 식민지 지배에의 도전을 작품으로 시도해보다가 일경의 금압으로 중단되자 심훈은 다시 농촌에서 좀더 차분한 실천을 모색해보려 했던 것이다.[8] 더구나 수필은 일기와 달리 발표를 전제로 씌어지기 때문에 더 이상의 직접적인 표현은 검열에 걸릴지도 모른다. 당시에 이러한 의지를 품는 자체가 강력한 저항의지라 할 수 있다. 수필 「2월 초 하룻날」과 「여름의 추억」 등에서 조선 사람의 본색을

---

6) 신경림 편, 『그날이 오면, 그날이 오며는』, 지문사知文社, 1982. 64쪽.

7) 유병석柳炳奭, 「심훈론沈熏論」 / 서정주 외 편, 『현대작가론現代作家論』, 형설출판사, 1982, 266쪽.

8) 홍이섭洪以燮, op. cit., 595쪽.

파벌과 비협조, 불화와 다툼을 일삼는 하등 국민으로 폄하시키는 발언이 있으나 이것 역시 발표를 염두에 두었던 만큼 검열을 통과하기 위한 방편이었던 것 같다. 다음 수필에서 보여주는 선동적인 저항적 태도도 주목할 만하다.

> ① 오오 형해形骸만 남은 백만百萬 천만千萬의 숙명론자宿命論者여! 그대들은 언제까지나 그 숙명을 짊어지고 살려는가? 중추신경中樞神經이 물러앉은 채로 그 누구를 위하여 대대손손代代孫孫이 이 땅의 두더지 노릇을 하려는가? (「2월 초하룻날」 3권, 497쪽)
>
> ② 아무리 생각해 보아도 이대로 내버려두고 방관만 할 수 없는 이놈의 환경에 처해서 현실의 고통을 뼈끝마다 절절히 느끼다가 어느 행동의 힘만 붙잡을 것 같으면 아스팔트 바닥에다가 울분에 뛰는 심장을 터뜨려버릴 따름이다.(「몽유병자夢遊病者의 일기日記」 3권, 514쪽)

①에서 심훈이 현실에 수긍하고 묵묵히 살아가는 대중을 형해形骸만 남은 숙명론자 혹은 두더지로 간주하며 지금의 상황을 숙명으로 받아들이지 말고 타파해야 된다고 절규한 태도는 그대로 일제에의 강렬한 저항을 촉구한 것이라 할 수 있다. ②에서는 기회가 되면 죽음을 맞더라도 이 환경을 파괴해야겠다는 자신의 저항의지를 다지고 있다. 그의 저항의지는 자연스럽게 항일문학 창작을 권장하게 된다.

> 무저항주의無抵抗主義의 오인誤認은 우리로 하여금 더욱 나약하고 무력하게 할 기우가 없지 않습니다. 은둔적 비투쟁적非鬪爭的인 민족주의문학民族主義文學이란 우리 젊은 사람들에게는 독감毒感에 사물탕四物湯만한 효능效能없지 못할 것이외다. 그러므로 앞으로 이른바 민족주의문학民族主義文學은 그 주의主義를 고수固守하는 작가들 자체가 좀더 엄숙한 리얼리즘에 입각立脚하여 방향方向을 전환하기에 혼신渾身의 노력을 하지 않으면 안 되리라고 생각합니다.(3권, 566쪽)

이제부터 심훈의 저항 기질이 소설에는 어떻게 투영되었는지 살펴보자.

현실 상황의 폭로 및 고발

심훈은 당시 현실이 캄캄하고 숨막히는 질곡의 상태며 따라서 그 속에서의 삶은 괴롭고 고통스럽다고 전해준다. 이것은 일제로 인해 야기된 현상으로 현실을 직시한 결과며, 이를 고발하여 일제에 대한 적개심을 고취시키고 있다. 『영원의 미소』(1933)에는 현실 고발의 대목이 여러 곳에서 발견되는데, 삽입된 세편의 시詩에서도 이것은 예외가 아니다.

① 아아, 기나긴 겨울밤에
가늘게 떨며 흐느끼는
고달픈 영혼의 울음소리
별 없는 하늘 밑에 들어 줄 사람 없구나! (서시序詩, 마지막 연)

② 조선은 술을 먹인다.
젊은 사람의 입을 어기고 독한 술을 들어붓는다.
그네들의 마음은 화장터의 새벽처럼 쓸쓸하고
그네들의 생활은 해수욕장의 가을과 같이 공허하고
그 마음 그 생활에서 다만 한 순간이라도 떠나보고자 술을 마신다.
아편 대신으로 죽음 대신으로 알콜을 삼킨다. (6의 5, 1, 2연)

③ 나는 그네를 뛰련다.
구부러진 솔가지에 이몸을 매달고
훨훨 그네를 뛰면서
모든 시름을 잊으련다! (14의 8, 1연)

①은 심훈이 1929년 겨울에 창작한 「밤」이란 시詩지만 이 소설의 전반 적인 흐름이 당시의 암울한 상황을 폭로함에 있었던 만큼 이를 위해 서시序詩로 삽입시킨 듯하다. '기나긴 겨울밤' '흐느낌', '고달픈 영혼'이 암시하듯 어둠과 울음, 괴로움이 충만한 당대 상황을 전해 주기에 충분하다. ②는 1929년 12월 10일 창작한 「조선은 술을 먹인다」라는 시인데 이 소설에서는 동명同名의 제목으로 작중인물 서병식이 잡지에 발표한 것으로 되어 있다. 당시 현실을 새벽의

화장터, 가을의 해수욕장으로 비유함으로써 황량하고 쓸쓸한 이 현실에서는 술을 먹을 수밖에 없음을 전해준다. ③은 서병식이 최계숙에게 보낸 시로 되어 있는데 ①, ②의 시와 자연스럽게 연결되어, 암담한 상황의 탈출 혹은 초월의 의지를 보여 준다. 원래는 서병식의 자살을 암시해 주는 시로써 삽입되었지만 질곡의 상황을 폭로, 고발해 주는 데 일조했다고 할 수 있다. 그런 상황이었던 만큼 주인공 김수영이 당시의 조선을 감옥으로 간주하는 것도 당연하다. 먼저 출감한 최계숙이 나중 출감한 김수영에게 소감을 묻자 '그저 좁은 데 있다가 좀 넓은 데로 나왔을 뿐'이라고 대답하는 것은 의미심장하다.(1의 8) 실제에 비해 다소 장소만 넓을 뿐인 감옥이 이 나라라는 것이다. 이들 외에 김수영의 아버지도 잎담배 몇 줄을 사다 먹다가 전매국 관리에게 들켜서 담배를 판 사람을 대라고 몹시 얻어 맞고 주재소까지 끌려갔다가 나와서 인사불성으로 몸져 눕기도 하였다.(8의 6) 심훈은 그의 소설 곳곳에서 작중인물들을 감옥이나 주재소에 자주 끌려들어가게 하고, 거기서 고문을 당하도록 설정하는데 감옥같은 이 현실에 대한 은유적 표현일 것이다. 『동방의 애인』(1930)의 김동렬과 박진, 강세정과 배영숙, 이경재도 감옥을 다녀온 적이 있고, 『불사조』(1930)의 강홍룡도 감옥에 들어가 여러 차례 혹독한 고문을 당한다.(3권, 377쪽, 381쪽, 405쪽) 영화소설 『탈춤』(1925)의 강흥열은 감옥에 끌려가 고문당한 후 반벙어리에 정신이상자가 된다. 『상록수』(1935)의 채영신도 경찰서 유치장 마루바닥에서 일주일간 새우잠을 자고 본서에서 구류를 산적이 있으며, 김건배도 ㅇㅇ사건과 연관되어 2년간 감옥생활을 하였다. 『직녀성』(1934)의 진보주의자들인 박복순과 박세철도 여러 번 감옥에 갇힌 적이 있다. 『불사조』의 김계훈은 '가난하고 더럽고 미개한 백성이 구데기 끓듯하는'(3권, 325쪽)곳, 정혁은 '지옥'으로(3권, 341쪽) 표현하여 이 나라는 감옥과 다름없이 판단한다. 인물들을 통한 이러한 조선의 부정적 묘사는 당시 사회가 얼마나 피폐하고 황폐화되어 있는지를 폭로, 고발함으로써 일제통치에 대한 극렬한 비난과 저주를 내포하고 있다고 하겠다. 수필 「봄은 어느 곳에」에서는 항상 겨울인 곳, 봄이 없는 동토凍土가 조선이라고 주장하고 있다.

> 삼천리 어느 구석에 봄이 왔는지 모른다. 사시장철 심동深冬과 같이 춥고 침울 한 구석에서 헐벗은 몸이 짓눌려만 지내는 우리 족속은 봄을 잃은 지가 이미 오래다. 아무리 따스한 햇발이 이 땅 위에 내려쪼이고, 풀솜같은 바람이 산천 초목을 어루만져도 우리는 마음의 봄과 등지고 사는 것이 엄연한 사실이다.(3권, 499쪽)

한편 '남의 땅덩이를 막 삼켜두 곱게만 새기는데 이까짓 밥 몇 공기쯤이야……' (『영원의 미소』, 7의 7) 하는 식으로 침략자 일제를 풍자 수법으로 힐난하고, 그들의 언론 탄압은 신문의 무기한 정간당함을 통해서(10의 1) 고발하고, 관청의 구체적 횡포는 '역질이나 양마마 같은 전염병 때문에 수십 명의 어린애가 죽어 가지만 관청에서는 조사 한 번 안하고 세금 독촉이나 담배나 밀주를 뒤지기 위해서만 뻔질나게 돌아 다닌다'.(17 의 3)에서 폭로한다. 『상록수』의 박동혁이 보고한 농촌보고서에서는 관변의 간섭이 하도 까다로워 농촌계몽이 어려웠다(1권, 142쪽)는 구절이 보인다. 일제의 간섭이 산간 벽지까지 이르고 있음의 증언이다. 그러므로 박동혁의 농촌 운동에 대한 신념은 관권 배제에 대한 자주성에 있다[9]고 볼 수 있다. 조선과 만주의 일경日警들은 국경을 넘나드는 조선 사람 들을 심문, 수색, 협박, 감시 혹은 체포하였는데[10] 『동방의 애인』은 이러한 일본 경찰의 극심한 사찰査察상을 보여주어 그들의 간사함과 교활함을 고발한다. 이러한 폭로와 고발이 좀더 직접적인 것이었다면 우회적인 방법은 다음과 같은 작가의 개입을 통한 방법을 들 수 있다.

> ① ......세 동지가 쥐도 새도 듣지 못하리 만큼 나직이 주고 받는 이야기의 내용은 이 소설을 쓰는 사람도 들어 옮기지 못할 것이며 더구나 독자가 궁금할 것은 알고도 어찌할 도리가 없는 노릇이다.
> ② 그 「새로운 길」이란 여기서 작자가 그 역로를 길게 설명을 하지 못한다.
> (이상, 『동방의 애인』)

『상록수』에서도 채영신이 주재소 주임과 나눈 대화의 내용과 그녀의 경찰서에서의 행각을 생략할 수밖에 없다거나, 독자의 상상에 맡긴다는 식으로 작가가 작품에 개입하고 있는데, 이것은 당시 언론, 출판에 대한 일제의 검열이 얼마나 혹독했는가를 전해주면서 일제에 대한 적개심을 북돋우기 위한 수법으로 사용된 것이다. 이와 함께 한윤식(『동방의 애인』), 임준상(『탈춤』), 조경호(『영원의 미소』), 김계훈(『불사조』), 윤자작과 윤봉환(『직녀성』), 강기천과 한낭청(『상록수』) 등 일제의 비호를 받는 인물을 철저히 부정적으로

---

9) 전광용, 「'상록수常綠樹' 고考」 / 신경림 편, 전게서前揭書, 114쪽.
10) 홍이섭洪以燮, op. cit. 584쪽.

그림으로써 일제에 대한 분노와 저주, 증오심을 불러일으키려 했다고 할 수 있다. 이들은 소위 양반귀족들인데 이들 역시 일제 침략과 더불어 전에 비해 세력이 크게 약화되었음은 사실이나, 일제는 이들을 될수록 회유하고 포섭하여 이용하려 하였으므로 이들은 새로운 지주 계급으로 등장하였고 일제日帝의 비호를 받았다. 특히 사요꼬에 대한 비판은 『직녀성』이 일제에 대한 저항에서 가장 비껴 있는 작품이란 점을 무색케 한다. 사요꼬는 윤봉환과 사통하고, 조선에 나와서도 윤봉환의 친구와 간통을 하는가 하면 화류병(임질)을 앓고 있으며, 성적으로 문란하여 '헐렛개 같은 년', '매음녀', '매춘부' 등의 이름을 듣고 있다. 일녀日女를 지독히 폄하시켜 형상화하면서 심훈은 은연중 일제에 대한 대리 보복을 의도했는지 모른다.

이처럼 일제의 횡포와 탄압을 고발하면서 울분과 적개심을 야기시키는 것이 심훈 장편소설의 특질이라면, 단편소설 「오월五月 비상飛霜」은 이에서 한걸음 더 나아가 일제의 교활함을 응징하려는 태도마저 보여주어 관심을 끈다. 주인공 태식은 누군지 알 수 없는 한 여인으로부터 급하게 갈겨쓴 글씨에 서양말의 서툰 직역투인 짧은 편지를 받는다. 편지의 끝에는 R자가 혈서로 서명되어 있다. 편지의 내용이 절실하고 절박하며 중요함을 암시한다. 태식은 여인을 만나기로 하여 답장을 보내고 약속 장소로 나간다. 한 시간 이상을 기다려도 여인이 나타나지 않아 장난 편지로 결론을 내린다. 그후 5년이 지난 뒤 태식이는 상해에서 귀국할 때부터 자신을 줄기차게 감시했었던 전직 형사를 만나 그 편지 건에 대해 자세히 듣게 된다. 그에 의하면 유다가 해삼위로부터 태식에게 편지를 보내고 찾아오나 그에게 체포되어 취조당한 뒤 추방되었다가 죽게 되었다는 것이다. 이런 사실을 알게 된 태식은 몹시 분해서 밤을 꼬박 새우고 유다가 피로 쓴 R자 위에 굵다랗게 '이 계집애를 어느 놈이 죽였느냐?'고 눌러 쓴다. 유다는 상해에서 태식과 조선말과 아라사 말을 서로 가르쳐주고 배운 적이 있다. 이들이 함께 배운 말이 한 두가지가 아니었을텐데 그 중에서 하필 고양이를 강조한 이유는 무엇일까. 일반적으로 고양이는 악물惡物과 영물靈物, 충忠 혹은 의義와 악연惡緣, 신성神性과 죄罪 등 이중적 의미를 표상한다. 그런가하면 복수의 화신이요, '사악邪惡을 잡아먹는 사냥꾼'을 상징하기도 한다.[11] 이 점에 착안하여 심훈은 사악邪惡한

11) 『한국문화상징사전韓國文化象徵事典』, 동아출판사, 1992, 57~62쪽 참조.

일제에 보복을 했으면, 원수를 갚았으면 하는 원망願望과 의지意志를 반영시킨다. 그러나 이를 노골적으로 표출시켜서는 활자화되기 힘들었을 것이다. 고양이를 통하여 우회적으로 표현할 경우 고양이의 양면적 속성을 들어 일제 검열시 변명의 기회를 마련할 수 있었을 것이다. 이 작품은 태식이가 사랑하는 유다를 만나지 못하여 원통해하는 것으로 되어 있지만 실상은 일제의 악랄함을 심도 있게 폭로하고 있으며, 그로 인하여 얼마나 한민족이 한이 맺혀 있고, 일제를 저주하고 있는지 절실히 보여주었다고 하겠다. 아울러 그들에게 보복의 의지마저 포함하고 있음을 작품 제목에서부터 깊이 암시 하고 있다.

항일의식의 고취

심훈이 소설을 통해 일제의 횡포와 탄압으로 야기된 암울한 현실 상황을 폭로, 고발하여 일제에 대한 적개심을 불러일으켰다면, 일제에 직접 맞서 투쟁하는 작중인물들을 통해서는 한층 역동적인 저항의식을 고취시켰다고 할 수 있다. 심훈 소설의 주동인물들이 대체로 투쟁적 모습인 것도 그의 강력한 저항의지를 반영한 때문인 듯하다.

『동방의 애인』은 일제의 검열에 저촉되어 중단된다. 그러므로 작품의 전체적인 내용이나 작가의 의도를 정확히 알 수 없지만 발표된 부분만을 통해서 볼 때, 적극적인 항일투쟁의 고취에 역점을 둔 듯하다. 김동렬과 강세정, 박진과 배영숙 두 쌍의 사랑문제를 근간으로 작품이 구성된 것처럼 보이지만, 실상은 일제에 대한 독립투쟁을 열렬히 전개하는 모습을 생생히 보여주어, 독립운동의 방법론을 제시해 준다. 박진이 기차에서 형사에게 발견된 후 감쪽같이 도피하는 수법도 그 중의 하나일 것이다. 그는 '조선 천지가 뒤끓던 기미년 봄에는 어울리지도 않는 청복을 입고 인력거를 몰던' 사람이었다. 3·1운동 당시 변복을 하고 인력거꾼으로 위장하여 시위운동에 적극 가담한 독립투사임을 말해준다. 상해가 무대인 이 작품에서 전개되는 독립운동은 ×씨(모씨)를 정점으로 그의 좌우에 열렬한 투사 김동렬과 박진이 각각 위치한다. 김동렬은 모스크바에서 열리는 '국제당 청년대회'에 조선 대표로 참석하게 되고, 박진은 ○○군관학교에 입학하여 기병대 반장이 되는데, 이들은 작가의식이 집약된 인물로 보인다. 다시 말해 심훈은 김동렬로 상징되는 계급투쟁운동, 박진으로 상징되는 항일민족운동의 합일이 민족해방투쟁의 진정한 모습이라고 판단했던 것 같다. 심훈은 민족주의와 계급주의가 표면적으로는 분리되어 있지만 항일적 자세에는 같을 수밖에 없음을 주장한다. 적극적인 계급투쟁운동이 곧 조국해방운동이요, 조국해방운동이 곧 계급투쟁운동이라는 믿음을 갖고 있었다. 때문에 심훈을 계급주의적 작가라고 주장하는 것은 옳지 않다. 그가 KAPF 발족과 함께 이에 가담하였으나, 1928년 중외일보中外日報 《지상》을 통해 영화예술을 놓고 프로논객들과 논쟁을 벌인 후, 프로작가들과 결별을 선언한 것을 감안하면 이를 알 수 있다. 그가 계급투쟁 운동과 병행하여 독립운동에도 집념하였음은 다음의 구절이 잘 암시해 준다.

> 끝으로는 '동해물과 백두산'의 합창이 어울려서 나왔다. 청년들은 일어서서 선배들을 에워싸고 팔을 내저었으며 발을 구르며 목청이 찢어지도록 그 노래를 불렀다. 후렴을 부를 때에는 누구의 눈에나 눈물이 괴었다.

심훈이 계급투쟁 일변도의 인물을 설정했다면 굳이 이런 구절이 필요 없었을 것이다. 『오월의 비상』에도 독립운동의 한 방법이 암시되어 있다. 상해에 살다가 비밀한 길을 떠나 해삼위海蔘威에서 조선의 태식을 만나러 왔다가, 일본 형사에게 압송되어 추방당한 유다는 모종의 첩보활동을 했다고 보여진다. 해삼위海蔘威는 1910년 전후부터 1919년 3·1운동 때까지 한민족의 국외 독립운동의 총본산지로, 국내에서 의병항전을 전개하던 의병장 출신과 구국계몽운동을 전개하던 민족운동자들의 집결지였다. 이곳에서 민족운동자들은 한인학교를 세워 민족주의 교육을 실시하고, 해조신문과 그를 이은 대동공보를 간행하여 항일 언론을 펴는가 하면, 한일합병에 임하는 성명회, 국민회를 결성하여 민족의 광복의지를 밝히고 일제와의 항일혈전을 선언하였던 곳이기도 하다.[12] 따라서 해삼위海蔘威는 한국 독립운동의 거점으로 한 때는 이곳에서 독립운동의 지침과 방법이 전달되고 방향이 제시되기도 하였다. 유다가 간교한 일본 형사에게 체포되어 목적을 달성할 수는 없었지만, 이 작품은 국내외를 넘나드는 첩보요원을 통한 독립운동의 한 양상을 보여주려 하였다고 하겠다. 『영원의 미소』의 김수영과 최계숙도 투쟁적 인물에 속한다고 할 수 있다. 이들은 ××사건에서의 주동적인 인물이다. 이 사건은 광주학생운동으로, 당시 이에 참여했고 후에 《개벽》지 기자로 활약했던 송계월이 최계숙의 모델임은 이미 밝혀지기도 했다.[13] 1929년에 일어난

12) 윤병석尹炳奭 외外 5명, 『러시아 지역地域의 한인사회韓人社會와 민족운동사民族運動史』, 교문사敎文社, 1994. 140~143쪽 참조.

13) 유병석柳炳奭, 「심훈沈熏의 작품세계作品世界」 / 전광용 외, 『한국현대소설사연구韓國現代小說史研究』, 민음사民音社, 1984, 293쪽.

광주학생운동은 3·1운동 이후 최대의 전국적인 민족운동이었고, 이의 발단은 광주에서의 한·일 간의 충돌이었음은 주지의 사실이다. 김수영은 '조선의 청년으로 연애하는 것 이외에 급히 할 일이 하나나 둘도 아니라는 생각'에 가슴에 불을 지르는 본능까지도 억제해왔다. '급히 할 일'이란 무엇인가. 이에 대한 김수영의 해답은 여러 가지가 되겠는데 그의 행각으로 보아 독립운동과 사회주의 운동이 반드시 포함됨을 유추할 수 있다. 그런 까닭으로 이를 구체적으로 밝히지 못했을 것이다.(2의 1) 김수영은 또 최계숙과 대화 도중 자신의 현재생활은 임시방편이고 진정한 목적. 즉, 그 가 나아갈 길이란 따로 있다고 말한 적이 있다.(7의 9) 그 나아갈 길이 무엇인지 김수영은 끝내 밝히지 못하고 대신 다음처럼 작가가 이에 대 한 대답을 직접 한다.

> (저자로부터_ 수영이가 시골로 내려가 어떠한 계획으로 어떻게 활동한 것을 계숙에게 힘들여 말한 가장 중요한 내용을 부득이한 사정으로 쓰지 못한 것을 크게 유감으로 생각합니다.)(15의 3)

심훈 역시 그 내용을 독자에게 들려주지 못한다. 주인공과 저자가 말 할 수 없는 내용이란 무엇일까. 이것을 김수영은 '야학을 설시하고 상투를 깎고 무슨 조합을 만드는 것이 농촌운동의 전부로 알고 다만 막연하게 동네 일을 한다는 것은 크게 생각해 볼 점이었다.'(9의 8)고 암시적으로 나타낸 적이 있다. 야학과 조합 결성 외에 밝힐 수 없는 '나아갈 길'이 일제에 대한 저항운동 외에 또 무엇이 있겠는가. 김수영과 최계숙은 또 현실에서의 투쟁을 배고픔. 즉, 민생고를 해결하기 위한 자본주의와의 투쟁이어야 한다고 본다.(3의 9) 이러한 투쟁이야말로 애국운동, 일제에 대한 저항운동과 동궤라고 그들은 판단했던 것 같다.

『불사조』는 연재 중 한 곳이 중략中略되고 세 곳에서 총 33행의 삭제 끝에 마침내 중단된다. 일제는 무엇을 문제 삼아 연재를 중단시켰을까. 극히 암시적으로 처리되긴 했지만, 강홍룡의 사건과 관련된 것처럼 보인다. 강홍룡은 김계훈에게서 500원을 강탈한다. 돈을 요구하면서 그는 '물론 사사로 쓰려는 돈이 아니라고' 하여 독립운동 자금으로 쓰일 것을 암시한다. 따라서 이 사건은 작중에서 철저히 비밀로 취급된다.(3권, 425쪽) 강홍룡의 독립운동 양상은 꿈으로 처리되고 있는데, 이것 역시 일제의 검열을 피해보려는 심훈의 전략이었던 듯싶다. 꿈의 활용은 『상록수』에서 박동혁이 무참히, 말로는 형용할 수 없는 모양으로 말을

탄 사람들에게 질질 끌려가는 곳에서도 보인다.(1권, 347쪽) 다음과 같은 구절을 꿈으로 처리하지 않고는, 비록 당시 검열의 원칙이 철저히 일관성을 갖추고 있지 않았다고는 하지만 활자화되지는 못하였을 것이다.

> 장내의 여러 사람은 식장이 떠나가도록 그에 화해서 만세를 부르며 마루청이 빠지도록 발을 굴른다. 그러자 어찌어찌하여 홍룡의 뒤를 따라다니던 형사의 눈초리가 번뜩하더니 그 청년에게로 달려들어 팔을 비틀어 가지고 여러 사람이 질질 끌고 나간다. 바깥에는 기마순사가 이리저리 달려 말굽소리가 요란하고 사람이 물결치듯 한다. 그것을 본 홍룡은 사모관대를 벗어던지고 신부의 팔을 뿌리치고 동저고리 바람으로 뛰어 나갔다. 덕순이도 달음질을 해서 그 뒤를 쫓았다.(3권, 477쪽)

여기서 작가는 일제의 횡포에 대한 폭로, 고발도 물론이지만 일제에 굽히지 않는 투사들의 독립운동에 더욱 비중을 두고 있다. 갖은 고문에도 굴하지 않고 용감히 맞서 투쟁하는 인물들과 집단적인 항쟁을 통해, 심훈은 자신의 염원을 표출시키고자 한 듯하다. 『상록수』의 박동혁은 면장, 면협의원, 주재소의 부장 등 일제 당국과 관련을 가지고 있는 자들에게 대항하여 농민들의 저항의식을 고취시키고 있다. 이것은 심훈의 반관反官 투쟁을 선언하는 것이며 이러한 반관反官의식은 이 작품 곳곳에 표출되어 있다.[14]

독립 투사의 형상화로 적극적인 항일의지를 고취시킨 외에, 비인도적인 일본의 식민지 통치가 결코 오래 지속되지는 못할 것이라는, 희망에의 예측이 또한 심훈 문학의 특색이라 할 수 있다. 심훈은 현재를 부정하고 있기는 하지만 적극적인 투쟁을 통해 밝은 미래를 맞을 수 있다는 신념을 가지고 있었다.[15] 이에 대한 구체적인 방법론이 제시되지 않아 막연하고 추상적인 감이 없지는 않지만, 희망의 예견 자체만으로도 가혹한 탄압에 대한 저항심을 야기시킨다고 볼 수 있다. 미래와 전망이 차단되었다고 생각할 때, 저항심이 야기되기는커녕 무력감만 팽배해질 터이다. 『영원의 미소』에서 이른 봄 어린 풀잎이 돋아남을 놓고, 주고

14) 이주형李注衡, 「1930년대 한국장편소설연구韓國長篇小說研究」, 서울대 대학원大學院 현대문학연구회現代文學研究會, 1983, 98쪽.

15) 상게서上揭書, 58쪽.

받는 김수영과 최계숙의 대화도 상징적 의미로 이를 잘 보여준 예라 하겠다. '요 연한 싹이 땅바닥을 꿰뚫을 힘이 어디서 났을까요?', '죽지만 않으면 살어날 때가 있나 봐요.'(7의 6) 등은 일제의 가혹한 탄압에 끝까지 저항하는 한, 언젠가는 광명을 맞으리라는 희망의 표현이다.(7의 6) 『상록수』의 박동혁이 '나는 어떠한 수단과 방법을 써서라도 우리 민중에게 우선 희망의 정신과 용기를 길러주기 위해서 노력하는 것이 우리 계몽운동 대원의 가장 큰 사명으로 믿습니다'(1권, 145쪽) 하고 학생계몽보고회에서 피력한 소신도 미래의 희망을 위한 현재의 노력을 강조한 것이고, 미래에 도래할 희망을 믿는 태도다. 『직녀성』의 인물 이인숙이 유치원 보모를 지원한 뒤, 허의사와 나눈 대화에서도 이를 발견할 수 있다. 수필 「칠월의 바다에서」에서 보여준 어린 아이에 대한 관심도 예외는 아니다. 일년 만에 들른 섬에서 다시 만난 아이를 보고 심훈은 다음처럼 중얼거린다.

> 이 외로운 섬 속, 쓰러져 가는 오막살이 속에서도 우리의 조그만 생명이 자라나고 있지 않은가. 그 어린 생명生命이 교목喬木과 같이, 상록수常綠樹와 같이, 장성長成하는 것을 생각할 때 한없이 쓸쓸한 우리의 등뒤가 든든해지는 것이 느껴지지 않는가! (3권, 503쪽)

자라나는 세대에 기대를 걸고 있는 모습이다. 심훈은 조선 민족의 해방과 독립은 오로지 이들 자라나는 세대에 달려 있다고 생각한 것이다.[16] 현실 상황이 암담하다 할지라도 언젠가는 희망이 찾아올 것이므로 좌절하거나 실망하지 말자는 용기의 북돋움이다. 이것은 심훈의 낙관주의에서 비롯된 것인데, 그의 낙관주의는 환희와 황홀의 순간을 힘으로 쟁취해야 한다는 미래의 필연적 승리를 예상한 것이다.[17] 민현기閔玹基가 심훈이 희망적인 미래를 예시하여 우리 민족에게 희망을 주었다고 다음처럼 주장하는 것도 그래서 설득력을 얻고 있다.

그가 창조한 주인공들의 사상과 행동이 호전적이며, 목표를 실현하고야 말겠다는

16) 신경림申庚林, op. cit. 55쪽.

17) 전영태田英泰, 「진보주의적進步主義的 정열情熱과 계몽주의적啓蒙主義的 이성異性」, 김용성 외 편, 『한국근대작가연구韓國近代作家硏究』, 삼지원三知院, 1989, 333쪽.

미래지향적 투지로 가열된 상태 속에 있는 것은 당연하다. 여기서 호전적이란 말은 궁극적으로 민족해방투쟁과 동일하고, 미래지향적이란 말은 조국의 광복을 확신하고 매진하는 자에게 보이는 무한한 빛의 통로를 의미하는 것이다.[18)]

결론

심훈의 소설은 남녀의 사랑이야기가 공식처럼 그 기저를 이룬다. 때문에 주의 깊게 읽지 않으면 신파조의 연애소설 혹은 값싼 낭만주의 소설처럼 보일지도 모른다. 그것도 인물들이 자주 삼각관계를 이루어 흔해 빠진 당시의 통속소설을 그대로 답습한 것처럼 보인다. 다시 말해 심훈은 소설 전체의 흐름을 남녀간의 사랑을 문제삼아 청춘물 혹은 멜로드라마처럼 구성하였다. 그러나 그것은 일제의 검열망을 벗어나기 위한 위장에 지나지 않는다. 작품을 면밀히 읽다보면 상징과 암시, 풍자와 생략, 작가의 개입, 꿈의 도입 등을 동원하여 식민지 시대의 모순올 폭로, 고발하거나 독립투사의 투쟁 모습을 형상화하여 일제에 대해 적개심을 불러일으키며 저항의식을 고취시키고 있음을 알 수 있다. 이주형李注衡이 '심훈은 적극적인 저항의식의 표출뿐만 아니라 소설의 통속적인 흥미유발에도 관심을 가지고 있었다'고[19)] 한 주장도 이를 뜻한다. 이 위장 수법은 심훈의 철저한 계산에서 나온 것 같은데, 다음과 같은 그의 주장이 이를 뒷받침 해준다. 이것은 곧 일제의 검열을 피하는 수단도 되었다.

> ......내 생각 같아서는 모든 문제 가운데서 우리에게 절핍切遇한 실감寶惑을 주고 흥미를 끌며 검열관계檢閱關係로도 비교적 자유롭게 취급할 수 있는 것은 성애문제性愛問題일까 한다. 즉 연애문제戀愛問題 _ 결혼이혼문제結婚離婚問題 _ 양성도덕兩性道德과 남녀男女 해방문제解放問題......(3권, 541쪽)

위장 수법 외에도 심훈은 다양한 기법으로 그의 항일 의지를 표출시키고 있다. 일제시대의 가혹한 언론 검열에 효과적으로 대응하기 위하여 작가들이 사용한 방법을 민현기閔玹基는

18) 민현기閔玹基, 「일제日帝 강점기强占期 한국소설韓國小說에 나타난 독립운동가상獨立運動家像 연구硏究」, 서울대 박사학위논문 1987, 138~139쪽 참조.

19) 이주형李注衡, op. cit, 57쪽.

다음과 같이 다섯 가지로 요약한 바 있는데, 심훈도 이들을 모두 활용했다고 할 수 있다.

① X X X, ○○○, (　　　), …… 등 의 복자伏字 사용.

② 작가의 개입(편집자적 논평)을 통한 상황 설명.

③ 아이러니나 알레고리 등 문학적 장치를 이용, 비판적이나 저항적 주제를 온전하게 알리는 것.

④ 의도적인 꿈 장면의 설정(엄연한 역사적 현실을 편의상 비현실적 세계처럼 위장하여 나타냄으로써 그 객관적 모습을 간접적으로 드러내는데 목적 있음).

⑤ 은어, 비속어, 상징어 기타 속담이나 격언 등을 적절히 구사.[20]

특히 심훈은 ②를 두드러지게 사용했는가 하면 ④의 꿈은 역사적인 현실보다도 당대 현실을 꿈으로 처리하여 좀더 대범한 성격임을 보여주었다. 이러한 다양한 방법을 심훈은 작품 전면에서가 아니라 부분 부분에서 사용하여 숲은 중시하지만 나무는 경시하고, 줄기에는 신경을 쓰지만 가지에는 소홀했던 일제의 검열 태도를 십분 이용했던 것 같다. 그러므로 심훈을 한국 현대문학사상 일제에 저항한 훌륭한 작가로 보아도 아무런 무리가 없겠다는 것이 필자의 판단이다. 임헌영이 『영원의 미소』를 논하면서 다음과 같이 평가한 것은 심훈의 다른 작품 평가에도 참고가 된다는 데 더 의의가 있다고 생각된다.

『영원의 미소』는 일종의 항일 독립운동 및 사상운동 소설의 영역에 속하는 것으로 재평가 되어야 할 작품이다. 주인공 '김수영'과 '최계숙'의 활동은 작품엔 직접 언급되거나 묘사되어 있지는 않으나 무척 암시적인 것으로 보아 민족해방 운동 내지 사상운동의 영역에 속하는 것으로 봐야 할 것이다. 다만 이것이 마지막 부분에 가서 너무 극적으로 끝나 버리는 것이 독자들에게 약간 당황감을 주지만 당시의 소설에서는 드물게 보는 항일의식이 담긴 작품이다[21]

20) 상게서上揭書. 169~170쪽.

21) 임헌영任軒永, 「심훈의 인간과 문학」, 『한국문학전집』 12권 , 삼성당三省堂, 1988. 585쪽.

심훈의 기독교소설 연구

A Study on the Chirstian novel of Sim hoon

신춘자

서론

소설은 작가가 몸담고 있는 사회의 모습을 그의 상상의 세계에서 하나의 완성된 사건을 통하여 주체적으로 표출시키는 문학 양식이다. 그러나 같은 시대와 사회를 사는 작가의 경우에도 현실적인 그리고 허구적인 세계에 대한 작가의 인식은 그의 체험에 의하여 원근법을 크게 달리 하는가 하면, 이 원근법을 결정하는 데 중요한 것은 불가피하게 한정될 수밖에 없는 그의 시점일 수 있다는 것이다.[1] 따라서 이 시점은 개인적인 역사에 바탕을 둔 작가의 현실 인식으로써 작가의 사회적 위치나 삶의 공간 등에 의해 좌우된다.

한국의 근대사를 돌이켜 볼 때 초창기 암울했던 시대에 사회적 변화를 초래한 큰 사건을 두 가지만 든다면, 하나는 한국을 식민지로 탄압했던 일제의 만행이요, 다른 하나는 한국에 근대화 사상을 불어 넣어준 기독교의 사랑이다. 여기에 당대 문인들은 나름대로의 시대인식으로써 작품 속에 여러 가지 형태의 삶을 형상화하여 현실에 저항하거나 또는 국민계몽에 앞장서서 애국하는 인물 유형들을 제시하였다.

심훈의 공식적인 문학활동은 영화소설 『탈춤』을 동아일보에 발표하던 1926년부터 『상록수』가 농촌계몽 활동인 브나로드 운동의 일환으로 벌인 동아일보 현상 모집에서 1등으로 당선되어 실리던 1935년까지 10년간이다. 이 길지 않은 기간에 그의 문학활동은 다양했다. 심훈문학전집沈熏文學全集[2]에 의하면 시 99편, 수필 20편, 시나리오 3편, 평론 17편, 일기 105일간, 서간문 5편, 장편소설 5편, 단편소설 3편 등이다. 그 가운데 본고에서는

---

1) 김우창, 『예술과 사회』, 한국사회과학연구소편, 민음사 1979, 228~9쪽.

2) 심 훈, 『심훈문학전집』, 탐구당, 1966.

장편소설을 대상으로 살펴보고자 한다.

지금까지 심훈 소설에 대한 연구는 일제 식민지 시대 임화의 통속소설 논의[3]에서부터 시작하여 1960~70년대를 거쳐 최근에까지 이르고 있다. 그간의 심훈 소설에 관한 연구를 분류해 보면 첫째, 농민문학, 또는 참여문학으로 보는 견해[4]와 둘째, 민족의식의 관점에서 보는 견해[5], 셋째, 이상주의적 색체를 띤 휴머니즘으로 보는 견해[6] 그리고 심훈 문학의 한계 곧 작가의식의 빈곤과 역사의식의 한계를 비판하는 견해[7] 등이다. 이러한 논의들은 거의 『상록수常綠樹』를 비롯한 국한된 작품 분석에만 의존한 결과들일 수 있다.

또한 박사학위 논문으로는 최희연의 「심훈소설연구」[8]가 있다. 최희연은 사회역사주의 비평방법을 채택하면서도 작품의 미학적 특성을 소홀히 하지 않기 위해 형식이나 구조적 분석에도 관심을 기울이겠다는 소신을 밝혔다. 그러나 작품에 대한 시각은 시종 사회 문화적 접근 방식에서 벗어나지 못하고 있기 때문에 형식이나 구조적 분석 면에서는 아무래도 선명한 결론을 도출하지는 못했다는 언급을 조심스럽게 하지 않을 수 없다.

조남현의 「상록수연구」[9]에서도 역시 작가가 처해 있던 사회현실 수용의 시각에서 접근하면서 주인공 박동혁과 채영신을 비교 논술하였다. 박동혁은 계급투쟁 운동을 핵으로 한 사회주의 농촌운동 방법에 어느 정도 동조한 것으로 보았으며, 채영신은 기독교 계통의 농촌진흥 사업책에 그 정신의 바탕을 두었다는 것이다. 여기서 짚고 넘어가야 할 것은 기독교를 간략하게나마 언급했다는 데서 다른 연구들과의 차이점을 발견할 수 있다. 그러나 이 논문은 연구의 초점을 기독교 소설에다 둔 것이 아니라 농촌계몽 운동 곧 브나로드 운동이 당대의 사회적 추세라는 데에 역점을 두고 있다.

---

3) 임 화, 『문학의 논리』, 학예사, 1940, 238쪽.
4) 김우동, 『작가론』, 동아문화사, 1973, 46~52쪽.
이두성, 「심훈의 상록수를중심으로한 계몽주의 문학연구」, 『명지어문학』 9, 1977. 129~157쪽.
홍요민, 「상록수와 심훈」, 『현대문학』 1, 현대문학사, 1963, 268~272쪽.
홍이섭, 「30년대초의 농촌과 심훈 문학」, 『창작과비평』, 1972 가을호, 581~535쪽.
5) 백 철, 『한국신문학발달사』, 박영사, 1980), 190~191쪽.
유병석, 「심훈론」, 『현대작가론』, 형설출판사, 1981, 265~280쪽.
원형갑 외, 『신한국문학전집』 50, 어문각, 1980, 339~357쪽.
6) 송백헌, 「심훈의 상록수」, 『한국현대소설 작품론』, 문장사, 1981, 199~209쪽.
7) 정한숙, 「농민소설의 변용과정」, 『현대한국소설론』, 고대출판부, 1981, 60~71쪽.
8) 최희연, 「심훈소설연구」, 연세대박사학위논문, 1990.
9) 조남현, 「상록수연구」, 『인문논총』 35, 서울대학교 1996, 21~35쪽.

필자는 본고에서 선학들의 연구성과에 힘입으면서 기독교소설에 초점을 맞추어 심훈의 소설을 살펴보고자 한다. 연구 방법은 당대 사회와의 관련하에서 작품에 수용된 작가의식을 검토하게 될 것이다. 이것은 당대 역사적 사회적 현실을 생동감 있게 보여주는 발생구조로서의 미학이 될 것이다. 인간과 분리된 사회적 현상들이란 없는 것이고, 사회적 현상이 아닌 역사적 현상들도 없는 것이기 때문이다.

시대배경

심훈은 일제가 군국주의를 강화·확대하면서 식민지인 한국에서의 탄압과 사회 모든 부분에서의 착취를 강화해 가던 어두운 시기에 소설을 쓰다 젊은 나이에 죽은 작가로 기억된다. 따라서 그의 창작활동 시기였던 1920년대와 1930년대 초반의 시대적 상황을 살펴 그의 문학을 이해하는 데 도움이 되고자 한다.

1919년에 일어난 3·1만세 운동은 우리의 민족적인 독립운동으로서 비록 실패로 끝나기는 하였지만 대한민국의 자주독립을 세계만방에 표방해 알리는 민족투쟁 의식의 발로였다는 점에서는 성공이었다. 3·1운동에 위협을 느낀 일제는 형식적으로나마 그들의 정책을 무단정치로부터 문화정책으로 옮기고 내부적으로는 오히려 회유와 착취를 보다 강화시켜 나갔다. 그리고 대륙 침략을 위한 군비 확장과 독점적 금융자본의 증식에 몰두하는 동시에 국제적으로는 식민지 한국에 대한 지배정책을 심화하고 나아가서 만주 침략의 야심적인 정책을 추구하기 시작하였다.[10] 한편 우리민족의 독립운동은 3·1운동의 실패에도 굴하지 않고 상해에 임시정부를 수립하는가 하면 국내와의 긴밀한 연락 속에서 독립운동을 펴 나갔으니, 1932년 윤봉길의 의거, 1929년 광주학생 사건 등이 그 결과로 나타난 항일 투쟁이었다.

일제는 1920년부터 자신들의 공업화에 따른 식량문제 해결 방안으로 소위 산미증식계획産米增殖計劃을 실시하기 시작하였다. 이에 한국 농민의 생활은 일제가 농토를 빼앗는가 하면 쌀을 수탈해 가기 때문에 생활고에 시달리게 되고, 농촌은 나날이 황폐해져

10) 추헌수, 「한국독립운동사」, 『한국문화사대계』 6, 고대민족문화연구소, 1982, 93쪽.

갔다.[11)]

1930년대로 접어들면서 일제는 약탈을 위한 재생산의 기반을 유지하기 위하여 한국농촌에 대한 피상적인 은폐정책을 강구하여 소위 농촌진흥운동을 벌이게 된다. 이러한 정책은 한국농민을 한층 가혹하게 부리겠다는 우회적인 정책 이외에 아무것도 아니었다. 그들은 정치적으로 내선일체內鮮一體의 민족말살정책을 더욱 강화하였으며, 우리의 민족적 저항운동을 철저하게 탄압하는 동시에 대륙병참기지大陸兵站基地, 일日, 선鮮, 만滿 블록경제정책 등을 표방하면서 식민지적 예속화를 일층 촉진하고, 한국 민족의 강제 동원과 군수자원의 개발 및 약탈에 광분하였다.[12)]

이와 같은 식민지 체제 강화에 따른 일제의 농업정책은 영세한 수공업자들까지 붕괴시켰으며, 농촌의 이농현상과 더불어 실업자의 증가를 부채질하는 등 한국인의 궁핍화 현상을 가속화해 갔다. 곧 일제의 식민지 정책 결과 절대다수의 한국의 농가들이 빈곤과 기아에서 허덕이게 되었다.[13)] 그리하여 1920년대 이후 농민의 궁핍화로 인한 사회적 문제가 무수히 발생하게 되었으며, 더불어 농민문제는 민족현실에 있어 가장 큰 해결과제로 부각된 것이다.[14)] 3·1운동을 계기로 일제의 무단정치가 문화정책으로 바뀌면서 1920년대 한국 문단은 활기를 찾는 듯 《창조》, 《백조》, 《폐허》 등 문예지들이 창간되는가 하면 많은 문예작품들이 쏟아져 나왔다. 뿐만 아니라 1923년에는 기아와 빈곤에 허덕이는 '무산계급자'들의 생활난을 극명히 조명한 자연 발생적인 문학으로서[15)] 신경향파 문학이 발생하였다. 이것이 피지배 계급의 국제성 증대와 비평가의 이데올로기 문제화로 발전되어 1922년에 조직된 '염군사焰群社[16)]'와 1923년에 조직된 '파스큘라'[17)]가 결합하여 조직된 '조선 프롤레타리아 예술가 동맹'을 낳게 하여 사회주의 문화운동의 모체가 되었다. 그 후 카프는 1차와 2차의 방향전환을 감행하면서 문단의 거센 풍파를 일으키다가 1935년 5월 21일

---

11) 신용하, 「3·1운동 전후의 사회와 경제」, 『한국사』, 탐구당, 1981, 307쪽. "1914년부터 1944년까지의 추이를 보면 자작농의 비율은 22%에서 13.9%로 감소됐는가 하면 소작농은 41%에서 49.2%로 증가하고 있는 바 소작제도와 관련되어 살아가는 농민이 83.9%에 달했다고 한다."

12) 홍일식, 「한국문화예술운동사」, 『한국현대문화사대계』 5집, 고대민족문화연구소, 1982, 328쪽.

13) 홍이섭, 「30년대 초의 농촌과 심훈 문학」, 『창작과비평』, 1972 가을호, 581~535쪽.

14) 이주형, 「1930년대 한국 장편소설 연구」, 서울대박사학위논문, 13쪽.

15) 김윤식, 『한국문학의 이론』, 일지사, 1974, 182쪽.

16) 1922년 2월에 조직된 프로문학 단체로서 "해방문화의 연구 및 운동"을 목적으로 발족되지만 사실상 유명무실한 단체이다.

17) 1923년 박영희, 안석영, 김형원, 이익상, 김기진, 김복진, 연학년 등의 머리글자를 따서 'paskyula'라고 명명하였다고 한다.

박영희와 백철 등의 전향선언과 더불어 해산되었다.

한편 프롤레타리아 문학운동이 대중의 조직운동을 전개하는 것과 병행하여 방학 때마다 학생 계몽대를 농촌으로 파견하여 무지몽매한 농민을 계몽하는 소위 '브나로드' 운동이 일어났다. 1930년대에는 동아일보를 중심으로 전개되었는데 여기에 문단이 참여함으로써 소위 농촌문학을 확립하기도 했다. 1935년에는 동아일보에서 '브나로드' 운동의 일환으로 춘원이 주축이 되어 농민계몽소설 현상모집을 실시하였는데 여기에 앞에서도 잠깐 언급한 바와 같이 심훈의『상록수』가 1등으로 당선되었다. 심훈의 소설이 절정에 이른 것이다. 절정 뒤에는 대단의 막을 내리는 법, 작가 심훈이 과로로 전염병에 걸려 영영 일어나지 못하고, 인생의 막을 내리게 된 것이다.

심훈의 문학관

> 물위에 기름처럼 떠돌아다니는 예술가의 무리는 실사회에 있어서 한군데도 쓸모가 없는 부유층에 속한다. 너무나 고답적이요 비생산적이어서 몹시 거추장스러운 존재다. 시각의 어느 한 모퉁이에서 호의로 바라본다면 세속의 룰을 떨어버리고 오색구름을 타고서 고왕독맥孤往獨驀하려는 기개가 부러울 것도 같으나 그 실은 단 하루도 입에 거미줄을 치고는 살지 못하는 한 인간이다. "귀족들이 좀 더 젠체하고 뽐내지 못하는 것은 저이들 도측간에 오르기 때문이다."라고 뾰족한 소리를 한 개천용지개의 말이 생각나거니와 예술가라고 결코 특수부락의 백성도 아니요, 태평성대의 일민도 아닌 것이다.[18)]

이 글은 심훈의「조선의 영웅」에서 발췌한 것이다. 여기서 확인할 수 있는 것은 예술가도 사회적인 존재이어서 사회적 현실에 대응하는 작업 또는 활동을 해야 한다는 것이다. 곧 예술이라 하더라도 실사회에서 필요로 하는 실용적인 가치가 있어야 함을 피력한 것일 수 있다. 여기서 실사회란 일제의 식민지 현실이고 그 현실을 극복하기 위해서는 예술도 그 나름의 대응 작업이나 활동을 해야 한다. 따라서 심훈에게 의미 있는 예술은 민족주의로

18) 심 훈,『심훈문학전집』3권, 탐구당, 1966, 495쪽.

무장된 식민지 현실을 극복하는 에너지가 될 수 있는 그러한 예술이어야 한다. 실천적이고 선도적인 예술이어야 하고 그러한 예술관을 지닌 예술인이요, 지식인이어야 한다는 것이다.[19] 실천적이며 선도적인 예술의 문학관과 리얼리즘의 작가적 정신, 그리고 식민지 현실의 극복이라는 명제는 그의 문학적 이상을 농민문학으로 귀결시켰다고 여겨진다. 사회적 경제적 제관계에 있어 진정한 프로문학은 농민문학을 거치지 않을 수 없으며, 농민문학은 빈농계급에 대한 프롤레타리아 이데올로기의 적극적 주입이다.[20] 이에 대해 김윤식은 "한국소설은 단 한 편의 농민소설도 갖지 못했다"[21]고 하였다. 왜냐하면 소재를 농촌에서 택하였다고 해서 농민의식의 소설이 될 수 있는 것은 아니기 때문이다.

> 나는 농촌을 제재로 한 소설을 두어 편 썼다. 그러나 나 자신은 농민이 아니오. 농촌 운동가도 아니다. 이른바 작가는 자연과 인물을 보고 느낀 대로 스케치판에 옮기는 화가와 같이 아무것에도 구애되지 않는 자유로운 처지에 몸을 두어 오직 관조의 세계에만 살아야 하는 종류의 인간인지도 모른다. 또는 눈에 보이는 그대로의 현실세계에 입각해서 전적 존재의 의의를 방불케 하는 재주가 예술일는지도 모른다.[22]

심훈 자신도 농민문학가는 아니지만 농촌을 제재로 한 소설을 썼다는 것이다. 그러나 주권이 상실된 정치 부재의 식민 치하에서 지식인들이 사회에 참여하고 영향력을 행사할 수 있는 효과적이며, 중요한 방편의 하나가 문필활동이었다는 것이 사실이고, 민족의 절대 다수인 농민이 일제 식민지 정책에 의해 가혹하게 착취당하므로써 농촌이 극도로 피폐되었으며, 이로 인해 농촌 문제가 가장 절박한 사회문제의 하나로 대두되었다[23]고 했을 때 심훈이 비록 농민문학가는 아니라 할지라도 그의 민족주의적 투쟁의식을 감안할 때 농민에 대한 관심이 높았음은 두 말할 필요도 없다. 또한 심훈은

---

19) 박종휘, 「심흔소설연구」, 서울대 석사학위논문, 26쪽.

20) 안함광, 「농민문학문제에 대한 일 고찰」, 《조선일보》, 1931년 8월 12일.

21) 김윤식, 「1930년대의 농촌계몽의 문학적 양상」, 『농민문화』, 1972.

22) 심 훈, 「조선의 영웅」, 『심훈문학전집』, 탐구당, 1966, 405쪽.

23) 임영환, 「일제시대 한국농민소설 연구」, 서울대학교 대학원 석사학위논문, 1981.

> 백 가지 천 가지 골이 아픈 이론보다도 한 가지나마 실행하는 사람을 숭앙하고 싶다. 살살 입살 발림만하고 턱밑의 먼지만 툭툭 털고 앉은 백 명의 이론가, 천 명의 예술가보다도 우리에게는 단 한 사람의 농촌 청년이 소중하다. 시래기 죽을 먹고 겨우내 가갸 거겨를 가르치는 것을 천직이나 의무로 여기는 순진한 계몽운동가는 조선의 영웅이다.…… 이 농촌의 소영웅들 앞에서는 머리를 들지 못한다. 그네들을 쳐다볼 면목이 없기 때문이다.[24)]

라고 하여 이론가나 예술가보다 농촌에 직접 들어가 농민을 일깨워 글을 가르치고, 그들과 함께 생활하며, 농촌계몽 운동을 하는 청년이 소중하며, 그들이 영웅이요, 그들 앞에서는 심훈 자신도 부끄러워 머리를 들지 못한다고 외치고 있다. 시래기죽을 먹고 겨우내 "가갸거겨"를 가르치는 것을 천직이나 의무로 여기며, 농민을 사랑하는 순진하고 겸손한 농촌 청년이 절실하여 소망하는 심훈의 애국적인 절규다.

여기서 심훈은 빈농을 상대로 농민문학을 외치는 카프의 프로문학보다 절실한 것이 기독교의 낮은 데로 임하는 겸손과 사랑의 실천이다. 농민을 사랑하는 겸손한 마음이 없이는 농촌 계몽이란 있을 수 없음을 절감한 것일 수 있다. 여기에 심훈의 초기 작품이 KAPF의 프로문학적인 노민문학이었다면 또 다른 하나의 심훈의 창작은 겸손한 기독교의 사랑을 실천하는 농민계몽 문학이요, 씨앗 한 알이 땅에 떨어져 그대로 있으면 한 알의 밀알이요, 그것이 썩어지면 10배 아니 100배나 될 수 있는 희생적인 밀알 정신으로 이루어 낸 문학일 수 있다는 것이다.

작품분석

심훈은 3남1녀 중 막내로 태어났다. 둘째 형이 기독교의 목사로 봉직하였으며, 그가 중국에 건너가 항주에 있는 지강대학에 유학하였는데, 그 지강대학이 미션계 학교였다. 따라서 심훈은 직접 신자는 아니라 하더라도 기독교 가정에서 자라나서 기독교 대학에 수학한 당대 지성인이요, 기독교를 잘 알고 있는 한국의 지성인이다. 뿐만 아니라 심훈이

---

24) 심 훈, 상게서上揭書, 406쪽.

경성제일보통학교 4학년 때 기미독립만세 사건에 가담하여 옥고를 치르고 집행유예로 풀려나 중국으로 망명한 애국자였다. 귀국 후 1925년에는 KAPF 결성에 당시 문인이면 누구나 다 가담했던 문단 상황으로 보아 심훈도 예외가 아니었을 것은 쉽게 짐작이 가는 바다.

농촌계몽이 절실했던 당대의 지성으로서 가난한 농민을 대상으로 하는 KAPF 문학활동에 관심을 갖는다는 것은 지극히 당연하다. 심훈이 순수하게 농민문학을 창조해 낸다 하더라도 그가 일찍이 KAPF에 참여했던 체험이 자신도 모르게 그 문학에 영향을 미칠 수도 있다는 것은 무리 없이 수긍이 가는 바다.

심훈이 성장 과정에서 기독교를 접할 수 있었던 것이나 KAPF에 참여했던 의식의 경험이 그의 작가생활에 있어서 중요한 체험이 아닐 수 없는 것이다. 앞에서도 잠간 언급하였거니와 체험만으로 구성된 문학이 있을 수 없고, 상상만으로 창조된 소설이 있을 수 없기 때문이다. 작가의 현실체험과 상상은 소설이라는 구조 속에서 상호 긴밀하게 연결되면서 하나의 탄탄한 이야기를 창조해 낸다. 다만 어느 한 쪽에 그 비중이 더 실릴 수는 있다.

심훈의 문학활동 기간 중 전반을 1920년대로 보고, 그 후반에 속하는 1930년부터 그가 이승을 타개하는 1936년까지 『동방의 애인』(1930), 『불사조』(1931), 『영원의 미소』(1933), 『직녀성』(1934), 『상록수』(1935) 등 5편이 발표되었다.

이들 심훈 소설의 주요 등장인물을 보면 『동방의 애인』에서 김동렬, 박진 세정 등은 지식인 출신의 사상 운동가였으며, 『불사조』의 개성적 인물인 정혁 역시 지성인 출신의 사상운동가였다. 『영원의 미소』의 김수영, 서병식, 최계숙 등도 지식인 독립운동가들이었고, 『직녀성』의 주인공 이인숙 그리고 박세철, 윤봉희, 박복순 등도 모두 지식인 계층이다. 『상록수』의 주인공 박동혁이나 채영신도 지식인 애국자들이다.

이와 같이 주인공들을 지식인층으로 설정한 심훈 소설에서 우리는 식민지시대 지식인들의 사회적 심리적 갈등과 윤리적 문제를 주요 관심 사항으로 다루려 했던 작가의 의도를 읽을 수 있다. 다시 말하면 심훈의 소설은 전 작품에 KAPF 문학의 성향이 짙게 깔려 있음을 부인할 수 없다. 그러나 내용을 검토해 보면 분명한 것은 또 다른 어떤 성향에 호흡이 끌려가는 것을 느낄 수 있다. 따라서 심훈의 작품들은 크게 두 갈래로 가닥을 잡을 수 있다. 하나는 계급투쟁의식에서 비롯된 KAPF 문학의 경향이고, 다른 하나는 농촌계몽 운동을 실천할 수 있는 희생정신을, 기독교의 사랑과 밀알 정신에서 수용한 것일 수 있다. 비록 기독교의 희생정신을 수용한 작품이 아니라 하더라도 목사나, 장로, 전도사, 권사, 집사 등 제직, 또는 일반 성도들을 등장시키거나 교회, 찬송가, 성경, 기도 등 기독교적인 용어를 사용하여 작품을 구축한 것이 있는가 하면 본격적으로 기독교의 희생정신을 수용하여 효과를 거둔 작품이 있다.

심훈의 소설 전 작품에 나타나는 푸로타고니스트들은 거의 일제의 무단정치 하에서 착취당하는 무지하고 가난한 농민을 구하고자 하여 역경을 무릅쓰고 투쟁하는 선한 주인공들이다. 그렇지 않으면 체면불고하고 일제에 동조하는 부르조아 계층의 악덕에 의하여 희생되는 하류 계층의 선민들이 눈물로 역경을 헤쳐 나가는 모습을 그리고 있다.

기독교의 성향이 가장 먼저 나타나는 심훈의 작품은 비록 장편소설은 아니라 하더라도 예배당에서 목사의 주례로서 결혼식을 올리는 내용의 영화소설 『탈춤』[25]이 있다. 이 작품에서도 본처와의 사이에 자식까지 있는 유부남인 안타고니스트가 다른 여성과 결혼식을 거행하는 장면을 연출한 것이다. 『탈춤』에서 발전한 소프트웨어의 기독교적인 작품으로는 『동방의 애인』을 들 수 있다. 그러나 이 작품은 기독교적인 작품이라 하기에는 부족한 점이 많은 작품이다. 다음은 『불사조』를 들 수 있는데 이 작품 역시 성공적인 기독교 소설이 아니다. 그러나 기독교적인 색채가 없는 것은 아니며, 두 작품 모두 일제의 검열에 의해 중단된 작품들이다. 그리고 『동방의 애인』이나 『불사조』는 본격적인 기독교의 희생정신과 밀알사상을 구축해 놓은 『상록수』로의 발전 과정에서 나름대로 기독교 정신을 수용한 소설이라 할 수 있다. 다시 말하면 농민계몽 소설로 성공을 거둔 『상록수』로의 전초적인 과정에서 있을 수 있는 작품일 수 있다는 면에서는 애착이 가는 작품이라 할 수 있다. 그 밖의 『영원의 미소』와 『직녀성』이 있다. 『영원의 미소』는 농촌계몽을 주제로 한 면에서는 『상록수』의 전초적인 습작이라 할 수도 있을 만큼 흡사하다. 그러나 주인공들의 희생정신이 나타나지 않는 것은 아니나, 기독교적인 면이 희박하다는 관점에서 『직녀성』과 더불어 본고에서는 논외로 한다.

25) 심 훈, 『심훈문학전집』 3, 탐구당, 1966, 634쪽. "우리나라 최초의 영화 소설인 『탈춤』을 동아일보에 발표, 연재하다(1926년 12월 9일부터 12월 16일까지). 삽화는 당시 배우 나운규, 김정숙, 주삼손 등이 매 장면을 실연實演한 사진을 넣었다. 심훈은 『탈춤』을 내면서부터 영화인으로도 데뷔하다.

1. 『동방의 애인』

1930년 10월 29일부터 12월 10일까지 조선일보에 연재되다가 39회로 중단된 작품 『동방의 애인』은 심훈이 겪은 생활체험과 관련이 있다. 심훈이 중국으로 탈출하기 직전 기미독립 만세 운동에 참가한 관계로 투옥되었던 체험과 망명 겸 중국에 유학하여 북경, 상해, 남경, 항주 등에서의 생활이 집약적으로 나타난다. 이 작품의 주인공 박진, 김동렬, 이세정, 등은 기미독립만세에 참가하다가 체포되어 1년간이나 옥고를 치르고 나와서도 지속적으로 항일운동을 벌이는 인물들이다. 이들은 일제의 탄압으로 말미암아 국내에서는 더 배겨나기가 어려워서 당시 임시정부가 설립되어 있던 중국 상해로 활동 무대를 이동한다. 마치 심훈이 3·1운동에 참가하고, 일제에 체포되어 옥고를 치르고 나서 구국의 일념으로 중국으로 망명을 갔던 것과 같다고나 할까 "넓은 무대로 나가자! 우리가 마음껏 소리 지르고 힘껏 뛰어 볼 곳으로 나가자!"[26]라고 외치며 주인공들은 상해로 향한다.

그러나 말로만 듣던 상해 독립운동의 실정은 달랐다. 뒤늦게 박진과 동렬을 따라 상해에 도착한 세정은 듣던 바와 다른 상해의 독립운동을 걱정하며 동렬에게 다음과 같이 질문하고 있다.

> 여기 형편이 그렇도록 한심한 줄은 몰랐어요. 무슨 파 무슨 파를 갈라가지고 싸움질을 하는 심사도 알 수 없지만 북도 사람이고 남도 사람이고 간에 우리의 목표는 꼭 한 가지가 아니야요? 왜들 그럴까요?[27]

동렬은 그 이유를 독립운동을 한다는 사람들이 자기우선 주의의 자존심과 단체운동에 대한 훈련 부족이라고 답한다. 이것은 그 당시 해외 독립운동이 여러 사람들에 의하여 개별적으로 진행되고 있었으며[28] 독립운동을 총지휘할 수 있는 통합된 임시정부가 내부의 갈등에다 재정의 궁핍이 겹쳐서 명색만을 유지하고 있었다[29]는 상해 임시정부의 어수선한 분위기를 작가가 망명했을 때 경험했던 것을 토대로 한 비판적 안목에서 동렬의 입을 통해

---

26) 심 훈, 상게서上揭書, 550쪽.

27) 심 훈, 상게서上揭書, 568쪽.

28) 이기백, 『한국사신론』, 일조각, 1977, 405쪽.

29) 이기백, 상게서上揭書, 429쪽.

피력한 것일 수 있다.

박진등 세 사람은 상해에서 또 한 사람의 주인공이요, 기독교 신자인 배영숙을 만나게 된다. 그녀는 기독교 장로의 무남독녀로 아버지를 따라 상해까지 왔는데, 아버지는 한 달 전에 ××정부의 어떠한 사명을 띠고 하와이를 거쳐 미주로 건너간 뒤에 홀로 떨어져서 오는 봄 학기에는 음악학교에 입학을 하려고 그 준비를 하는 중이었다.[30)]

모두가 외롭던 차에 서로들 반가웠다. 그 며칠 후부터 세정은 영숙의 집으로 옮겨와서 함께 지내게 되고, 동렬과 박진이 같은 방에서 지내게 된다. 세정이가 울적해 하는 날이면 영숙이는 맨돌린을 뜯으며 찬송가를 불러서 위로하였다. 동렬은 세정과 연애 중이고, 박진은 세정을 보는 순간부터 좋아하게 된다. 그러나 서울서 영숙이와 같은 예배당에서 찬양대에 끼어서 테너로 노래를 불러 한 몫을 하는가 하면 영숙이가 독창을 할 때면 반듯이 풍금반주를 하던 조상호[31)]가 따라와 있었다.

이 작품에서 조상호는 비록 안타고니스트로 등장하지만 박진과 영숙과의 사이에서 3각 관계를 형성해 주는 인물이다. 조상호는 박진과의 사이에서 치열한 갈등관계를 벌이지만 영숙의 마음은 박진에게로 돌아간다. 기독교의 독실한 신자인 영숙이가 같은 교회에서 따라온 조상호를 택하지 않고 박진을 결혼상대자로 택한다는 것은 다소 무리수가 따르기는 하지만 작가의 구성계획에 있어서는 작가가 특별히 관심을 기울인 소이가 엿보인다고 하겠다. 만일 이 작품이 일제의 탄압으로 출판물 간행금지령에 걸려 중단되지 않았다면 후반부의 구성은 기독교의 사랑을 실천에 옮겨서 크게 효과를 거두게 되었을는지도 모른다.

또한 기독교와는 전혀 무관한 동렬이와 세정이가 예배당에서 만인의 축복을 받으며 결혼식을 올렸는가 하면 피로연에서 땐스파티까지 여는 보기 드문 호화로운 결혼식이었다. 같은 날 저녁 영숙이는 박진이 찾아와서 뜻하지 않게 동침을 하게 되어 또 한 쌍의 신혼부부가 탄생한 셈이다. 장로의 무남독녀인 영숙이가 결혼식도 하지 않은 채 동거를 하여 임신을 하게 되고, 서울 고향집으로 돌아왔을 때 친정어머니가 "조년이 우리 교인의 집안을 망쳐 놓았다.[32)]고 하며 펄펄 뛰었지만 산달이 차오니까 한풀이 꺾여서 "순산이나 했으면,

30) 심 훈, 상게서上揭書, 569쪽.

31) 심 훈, 상게서上揭書, 573쪽.

32) 심 훈, 상게서上揭書, 602쪽.

아들이나 낳았으면" 하고 하루바삐 외손자의 얼굴이 보고 싶어 하였다.

또한 이 소설이 중단되지 않았다면 호화판으로 결혼식을 올린 세정이보다 비록 결혼식도 없이 살아갈망정 예수를 믿으며 더 행복하게 살면서 부러울 것이 없는 영숙이네를 창조해 놓기 위한 소설구성의 한 장치였는지도 모른다. 아무튼 이 소설이 중단되지 않고 진행되었더라면 기독교의 사랑을 실천하는 크리스천의 희생정신으로 말미암아 돋보이는 기독교적인 절정을 구성하여 독자의 심금을 울리는가 하면 기독교적인 대단원의 막을 내렸을 것이라고 사료되어 유추해 본다.

2. 『불사조』

심훈은 조선일보에 『동방의 애인』을 연재하다가 일제의 게재정지 처분을 받고 중단된 후속으로서 『불사조』를 창조, 같은 신문에 연재하였다. 일제 탄압에 대항하는 피지배계층의 투쟁행위를 『동방의 애인』에서는 구체적으로 제시할 수 없었던 미진함을 느끼고 그와 유사한 인물의 설정을 『불사조』에서 시도한 것일 수 있다. 그러나 『불사조』도 연재 도중 일제의 검열에 걸려 중단된 작품임을 감안할 때 안타깝기 그지없다.

등장인물을 보면, 『불사조』후반부에 나오는 흥룡과 덕순이가 이 작품의 주인공으로서 무산계급에 속하는 전위로서의 한 쌍이고, 전반부의 주리아라는 양녀와 김계훈의 연애행위는 양념에 지나지 않는다[33]는 것이다. 여기서 전자는 '운동의 총체성'을, 후자는 '대상의 총체성'을 보여준 것[34]이라고 할 수 있다. 여기서 대상의 총체성을 보다 악덕이게 하는 또 하나의 인물은 김계훈의 본처인 정희가 있다. 그 밖의 등장인물로는 주리아를 사랑하는 스토핀, 경희의 유모, 정희의 오빠인 정혁, 정희의 아들 영호와 김계훈의 아버지 김장관 등이 있다.

이 작품에서 사건의 시작은 흥룡과 정혁이 국제적으로 어떠한 날을 앞에 두고 세상을 떠들어 놓을 만한 음모를 해가지고 일을 시작하려는 데 필요한 자금을 변통하려고 하지만 도리가 없어서 김계훈에게 돈 500량을 보내라고 하는 협박장을 쓰는 모의에서 비롯된다. 그러나 직접적인 사건은 김계훈이 음악회에서 바이올린을 켜다 말고, 자신을 비웃는 청중을

33) 심 훈, 상게서上揭書, 487쪽.

34) 이주형, 「1930년대 한국장편소설 연구」, 서울대 박사학위논문 19, 13쪽.

무시하는 계훈의 행위에 분격한 홍룡은 "여러분 저따위 부르조아의 자식을……"[35]하고 외치다가 일경에 끌려가서 감옥생활을 하게 된다. 일경에게 취조 당할 때에 홍룡의 도시 부유층에 대한 저항 의식과 계층 해방 의식이 다음과 같이 드러난다.

> 우리 아버지는 돌아가실 때까지 그 집에 비부노릇을 했지요 남에게는 김장관댁 종놈이라는 소리를 들으면서 한 평생 그 집의 구듭을 치구 간신히 얻어먹었을 뿐인데 무슨 신세요? 값싸게 부려 먹었으니까 그 집에서 우리 부모의 신세를 진 셈이지요.……계훈이나 나나 아버지의 몇 그람의 정충 작용으로 생겨나기는 마찬가지니까요 내게는 상전도 아래 사람도 있을 까닭이 없쇄다. 내 몸뚱이를 움직여서 밥을 얻어먹는 노동자일 뿐이지요.[36]

여기서 홍룡은 무산계급 출신으로서 일제와 타협하여 획득한 '부'와 권력으로써 굶주리고 힘없는 자신들을 착취하는 도시 부유층과 노동단체 그리고 일제 정책의 부당성에 대해 격렬히 투쟁하는 전위대의 모습을 나타내고 있다.

『불사조』에서 기독교적인 성향을 찾아보기란 그리 쉬운 일은 아니다. 그러나 악덕을 타성처럼 실천하는 안타고니스트들의 피해자로서 억울한 인생을 눈물로 살아가는 약자로 창조되어 다소곳이 시부모를 섬기며 방탕한 남편이 새사람으로서 거듭나서 돌아오기만을 기다리는 전통적인 며느리요 구시대의 전형적인 현모양처는 김계훈의 본처인 정희다.

> 정희는 졸지에 지옥의 밑바닥으로나 떨어진 것 같았다. 환한 전깃불 밑으로 캄캄한 고적의 밤이 정희의 가슴속으로 옥죄어 들었다.……정희는 일어나 덧문을 첩첩이 닫고 불까지 꺼버렸다. 산 송장은 다시 관속으로 찾아 들어가려는 것이다.……사랑은 인생의 영혼을 지배한다. 뜨겁고 깨끗하고 변함이 없는 사랑은 우리에게 둘도 없는 가장 거룩한 행복이다. 그 행복을 빼앗는 놈이 누구냐? 거룩한 에덴의 동산을 진흙발로 짓밟는 것이 어떤 놈이냐? 저 한 개인의 정욕을

35) 심 훈, 상게서上揭書, 370쪽.
36) 심 훈, 상게서上揭書, 380쪽.

> 채우기 위하여 또 체면을 채우기 위하여 직접 혹은 간접으로 죄 없는 사 랑의 영혼을 들볶고 본능을 짓눌러서 피가 식지 않은 사람을 산송장으로 만드는 그 상대자도 함께 우리의 적이 되지 않을 수 없는 것이다.……먹기만 하면 사람은 살 수 있다. 그러나 사랑을 모르고 사는 인생은 돼지의 사촌이다. 이것은 움직이지 못하는 자연의 법칙이요 또한 진리다.[37)]

이 글은 작가가 지문에서 정희의 억울하고 딱한 사정에 동적적인 심정을 토로하고 있는 장면이다. 정희는 아들 영호가 유모를 졸라 친정에서 쉬고 있는 엄마를 찾아왔다가 돌아가기 싫어서 울며 발버둥 치는 아들을 억지로 돌려 보내고 나서 그녀의 심정이 "졸지에 지옥의 밑바닥으로 떨어진 것 같았다"는 것이다. 어두운 밤 덧문까지 첩첩이 닫고 불까지 꺼 버리고 누으니 그녀는 마치 무덤 속에 들어 있는 죽은 송장과 같았다는 것이다. 여기까지에서 정희의 심정을 설명한 작가는 "사랑은 인생의 영혼을 지배한다"는 신념에서 "뜨겁고 깨끗하고 변함없는 사랑은 우리에게 둘도 없는 가장 거룩한 행복이다." 라고 절규하는가 하면 그 거룩한 행복을 빼앗는 놈이 누구냐? 거룩한 에덴의 동산을 진흙발로 짓밟는 것이 누구냐고 꾸짖듯 외친다. 그리고나서 "사람은 먹기만 하면 살 수 있지만 사랑을 모르고 사는 인생은 돼지의 사촌이다"라고 결론을 내린다.

여기서 우리는 작가의 기독교적인 신념에서 우러나오는 사고의 표출과 기독교적인 용어사용을 엿볼 수 있다. 우선 "사랑"에 대한 작가의 소신이다. 물론 그것이 남녀 간의 사랑일 수도 있고, 기독교의 아가페 사랑일 수도 있다. 그런데 그것이 "인간의 영혼을 지배한다"고 하는 작가의 신념은 기독교에서 가장 소중히 여기는 "사랑"의 정신에서 영향을 받았을 것이라는 생각이다. 바울도 "사랑"을 기독교의 3대 속성 중의 하나라고 지적, 그 3대 속성을 믿음, 희망(소망), 사랑이라 하고 이것들이 기독교의 근간이 된다는 것이다.[38)] 또한 에덴의 동산을 진흙발로 짓밟는 것이 어떤 놈이냐는 것이다. 하나님께서 창조해 놓으신 평화롭고 살기 좋은 에덴동산에서 인간의 조상인 아담과 하와에게 선악과를 따먹게 하여 창조주이신 하나님의 말씀을 어긴 죄를 짓게 한 뱀처럼 정희네 가정을 진흙발로 짓밟는 자가 누구냐는 것이다. 이와 같이 한 가정을 에덴동산으로 볼 수 있는 작가의 시각이라면

---

37) 심 훈, 상게서上揭書, 358~9쪽.

38) 김희보, 「기독교문학은 무엇인가」, 김주연편, 『현대문학과 기독교』, 문학과 지성사, 1984, 137쪽.

사랑에 대한 시각도 기독교의 사랑에 뿌리를 두고 하나님이 보시기에 아름다운 사랑을 하는 남녀가 모델이 돼야 하며 정희 부부의 사랑은 남편 김계훈의 일방적인 탈선 때문에 엉망이 된 것이다. 뿐만 아니라 "사랑을 모르고 사는 사람은 돼지의 사촌"이라고 하며, 이것은 자연의 법칙인 동시에 진리라는 것이다. 김계훈의 일방적인 탈선 그것은 정욕 때문에, 독일 유학에서 사귄 체면 때문에, 에덴동산과도 같은 정희와의 보금자리를 무시하고 인간으로서는 있을 수 없는 금수와 같은 행위요, 하나님 보시기에 아름다운 진실한 사랑만이 자연의 법칙이요, 진리라는 것이다. 마태복음 7장 6절을 보면,

> 거룩한 것을 개에게 주지 말며, 너희의 진주를 돼지 앞에 던지지 말라. 저희가 그것을 발로 밟고, 돌이켜 너희를 찢어 상할까 염려하라.[39)]

라고 하였다. 여기서 개와 돼지는 금수 같은 인간을 비유한 말이다. 금수와 같은 인간은 거룩한 것을 주어도 거룩한 줄을 모르고 귀중한 것을 주어도 귀중한 것을 모르기 때문에 아끼고 사랑하며 감사할 줄을 모르고 오히려 그것을 발로 밟고 반대로 돌아서서 너희를 찢어 상할까 염려하라는 것이다.

『불사조』에서는 김계훈이 금수 같은 존재다. 정희가 비록 그 시대의 신여성은 아니라 하더라도 시부모에게 효도하고, 형제간에 우애하며, 남편에게 순종하는 전통적인 현모양처요, 정실로 맞아 드린 부인이다. 그럼에도 김계훈이 유부남으로서 독일 유학시절에 사귀어 따라온 주리아와 동거를 하며 정희를 이혼하려는 것이다. 이와 같이 김계훈이 정희의 인격을 짓밟을 뿐만 아니라 정희와의 이혼은 아들 영호에게도 모자지간에 생이별을 강요하게 되는 것이 당시의 사회상이다. 그러므로 김계훈은 개나 돼지와도 같은 악덕 남편이요, 악덕 아버지인 것이다.

『불사조』에서 기독교적인 성향을 찾는다는 것이 어렵다는 것은 앞에서도 잠깐 언급한 바 있다. 그러나 위에서 살펴본 것처럼 기독교적인 성향을 전혀 무시하고 다른 면만을 살펴 언급할 수 있는 작품도 또한 아니다. 그것은 작가의 내면에서 인지하고 있는 기독교적인

---

39) 신약성경, 마태복음 7장 6절.

하드웨어나 소프트웨어가 작가 자신도 모르는 사이에 작품에 수용시키게 되는 것일 수도 있다. 『불사조』에서 미흡하게 나타난 기독교적인 작가의 심중이 뒷날 『상록수』에 가서 꽃을 피울 수 있는 준비요, 예비과정에서의 작품 내용이라 할 수 있다고 본다.

3. 『상록수』

『상록수』는 1935년 동아일보가 창간 15주년 기념사업으로 마련한 장편소설 현상모집에 당선된 상금 500원의 문학 작품이다. 이 소설은 원고지 1500매 분량이나 되는 장편이지만 작가가 1935년 5월 5일부터 6월 30일까지 불과 55일 만에 집필해 낸 작품이라고 한다. 당시 동아일보의 편집국장이던 이광수는 자신의 소설 『흙』과 같은 농촌계몽 소설을 가지고 브나로드(vnarod)운동을 소개하였는데, 그 운동과 한 가지로 브나로드 운동을 주제로 한 장편소설 현상모집을 하였다. 그 때 당선된 소설이 바로 여기서 언급하려고 하는 『상록수』다.[40]

『상록수』는 1930년대 한국 농촌 계몽소설의 대표작으로 첫손가락에 꼽히는 작품이다. 이 작품은 문단에서도 인정을 받은 작품일 뿐만 아니라 대중적으로 인기도 있어서 1935년 9월 10일부터 1936년 2월까지 연재된 뒤에 끝나자마자 한성도서 출판사에서 단행본으로 출판하였다. 그 후 단행본으로 출간된 횟수가 무려 20회나 된다고 한다.[41]

이 작품이 흥미를 끄는 이유는 실제 인물을 모델로 하였기 때문이다. 소설은 작가가 자신의 체험에다가 자신의 상상력을 섞어 만드는 문학이다. 그렇기 때문에 체험만으로 구성된 소설이 있을 수 없고 상상만으로 창작된 소설도 있을 수 없다. 현실 체험과 상상의 세계는 소설이라는 구조 속에서 긴밀하게 연결되면서 하나의 탄탄한 이야기를 만들어 낸다. 다만 어느 한 쪽에 그 비중이 실릴 수는 있다.

그런 면에서 본다면 『상록수』는 현실 체험 쪽에 더 비중이 실린 작품이다. 고향 충남 당진에 낙향하여 소설을 쓰던 심훈은 당시 신문에서 신학교를 졸업하고 경기도 수원군 반월면 천곡리에서 농촌 운동을 하다 과로로 숨진 최용신이라는 여자에 대한 기사를 읽게

40) 하원영, 『한국신문연재소설연구』, 이회문화사, 1996, 487~8쪽.

41) 하원영, 상게서上揭書, 491쪽.

되었다. 이 신문기사를 보고 착상을 하게 된 심훈은 그때 경성농업학교를 졸업하자마자 고향에 돌아와 농촌계몽 운동을 벌이던 장조카 심재영의 이미지에 상상력을 더해 한 편의 작품을 완성시켰는데 그 작품이 바로 『상록수』다. 최용신은 채영신으로, 심재영은 박동혁으로 바꾸어 소설에 등장시켰으며, 그 밖의 소설의 공간적 배경이나 사건들도 실제 상황에 바탕을 둔 것이었다. 따라서 『상록수』는 1930년대 농촌 현실에 깊이 뿌리박은 소설로 생생한 현실감을 보여주고 있으며 총 14장으로 구성되어 있다.

여름방학 계몽활동을 끝내고 갖게 된 농촌 계몽대의 귀환보고 대회에서 박동혁은 발언자로 지목되어 보고를 하게 되었다. 뒤이어 여자들의 토론이 이어졌는데 채영신이 발표를 하였다. 이것을 계기로 동혁은 한 학기밖에 남지 않은 학업을 중단하고 낙향하여 농촌에 봉사할 것을 이야기하며 영신과 손을 잡게 된다.

두 사람은 서로 의기투합하여 박동혁은 한곡리로, 채영신은 기독교 연합회의 특파원 자격으로 청석골로 내려갔다. 이들은 각자 마을에서 계몽활동에 전염하고 사업이야기를 보고하는 정도의 서신을 이따금 교환할 뿐이었다. 그러던 어느 날 채영신이 박동혁을 찾아오게 되었다. 박동혁은 그때 조기체조 그리고 한곡리 부인근로회를 결성하는 등 활발한 활동을 벌이고 있었는데 이곳 방문에서 채영신은 많은 자극을 받게 된다.

채영신은 돌아와서 육영사업에 전념하게 되었으며, 결국 학원을 세울 계획을 세워 백방으로 노력한 결과 그 낙성식을 보게 된다. 낙성식에 초청을 받은 박동혁은 채영신이 급성 맹장염으로 졸도하여 입원하게 되자 그녀를 간호하게 된다. 그러는 사이 한곡리에서 강기천이 한곡회 등을 맡아 먹게 되고, 형편이 어려워져서 동혁은 회원들의 빚까지 갚아 주면서 문제해결에 힘쓰게 된다. 설상가상으로 불같은 성격을 지닌 동생 동화가 회관에 불을 지르고 어디론가 잠적해 버려서 급기야 동혁은 감옥에까지 가게 된다. 한편 퇴원한 영신은 몇 번이고 동혁에게 편지도 하고 전보도 쳤으나 회답이 없었다. 영신이 일본 유학길에 오르게 되어 한곡리에 동혁을 찾아갔다가 뜻밖에도 동혁이 방화사건으로 구속되어 있음을 알게 된다. 경찰서로 찾아간 영신은 동혁에게 "우리 일터에서 만나지요, 한곡리하고 청석골하고 합병을 해 놓고서 실컷 만납시다."라는 말을 나누고 동혁과 헤어진다.

일본으로 간 영신은 전염병에 걸려 귀국하게 되고, 결국에는 쓰러져서 각기병 환자가 되고 만다. 청석골로 돌아온 그녀는 불구자가 되어 병석에 누운 지 얼마 안 돼서 죽고 만다. 한 편 그때 형무소에서 갓 풀려나온 동혁은 이 비보를 받아 들고 급히 청석골로 달려갔는데 영신의 영결식이 진행되고 있었다. 그는 여러 사람들을 향해 울부짖으며 영신이 연약한 여자의 몸으로 농촌 개발과 무산아동의 교육을 위해서 과도하게 일하다가 둘도 없는 몸을 바쳤다는 것을 말하고 자신이 사랑하던 이의 과업을 계속해 나갈 것을 굳게 다짐하게 된다.

1) 『상록수』의 기독교적 의미

『상록수』에서 기독교적 의미를 찾아내는 데에 단서가 되는 것은 주인공 채영신이 기독교인이라는 사실이다. 이 소설을 보면 채영신는 청석골로 내려가 교회를 중심으로 농촌 계몽 운동사업을 펼치게 된다. 채영신은 철저한 기독교인으로 늘 하나님의 뜻이 무엇인가를 물으며 살게 된다. 채영신의 철저한 신앙은 기독교 신앙의 바탕 위에 서 있는 것이다. 이 사실은 비록 『상록수』의 시작이 브나로드 운동에 의해 영향 받은 것이기는 하지만 그 근원은 기독교 희생정신에 있는 것이라고 볼 수 있기 때문이다. 작가 심훈은 기독교에 대하여 문외한이 아니었을 것이라고 추측된다. 심훈의 둘째 형 명섭이 기독교의 목사였으며, 그가 중국 망명 중에 유학한 중국의 지강대학이 기독교계 학교였다는 사실은 심훈이 기독교 사상과 그 분위기를 알고 있었을 것이라고 추측하는 데 단서가 되기도 한다. 소설에서 기독교인인 영신도 독신주의자를 자처했으며, 농촌계몽 운동에 헌신하다 끝내는 노처녀로 숨지게 된다. 심훈은 신앙인 채영신을 통해 무엇인가를 나타내려고 했다는 것이 기독교적 의미를 나타내려고 했다는 것이 되고 이 작품에서 기독교적 의미를 탐구한다는 것은 중요하다고 본다. 그러면 작가는 채영신을 통해 무엇을 나타내려고 하였는가?

채영신은 소설에서 이웃사랑과 봉사와 사랑의 의미를 구현한 인물로 묘사된다. 채영신은 자신의 모든 것을 바쳐 농촌계몽 운동에 헌신한다. 심지어는 그 때문에 죽게 된다. 그녀는 기독교인이 마땅히 보여야 할 청교도적인 신앙인을 구현하고 있다. 여기서 독자의 마음에 선명하게 다가오는 이미지는 희생양과 한 알의 밀알 이미지가 영신에 의해 구현된다.

성경에서 희생양의 이미지가 처음으로 가장 극명하게 나오는 사건은 이스라엘의 출애굽 사건이다. 애굽에서 430년간 종노릇한 이스라엘 백성은 모세의 영도 아래 폭군 바로의 압제로부터 해방되어 나오게 된다. 그 과정에서 모세와 바로는 갈등을 보이는데 그 가운데 애굽에는 아홉 가지 재앙이 잇따랐다. 그래도 바로는 이스라엘 백성을 놓아주지 않는다. 그때 마지막으로 내려진 열 번째 재앙이 애굽의 모든 장자를 죽이는 징벌이었다. 이때 이스라엘 백성들은 일 년이 된 숫양을 잡아 그 피를 무설주와 인방에 바름으로써 그 재앙을

피하게 되었고 이스라엘 민족은 애굽으로부터 해방될 수 있었다. 이 날이 바로 이스라엘의 3대 절기 중에 하나인 유월절이다.

그 뒤로 구약시대의 속죄 방법은 죄지은 사람 대신 소나 양이 희생 제물이 되어 죽임을 당하는 대속의 방법이었다. 레위기에 자세하게 언급되고 있는 이 제사법[42]은 희생양의 이미지를 보여 준다. 죄를 지은 사람은 속죄의 제물로 어린 양을 끌어온 후 제사장 앞에서 어린 양의 머리에 안수한다. 이때 그의 죄는 어린 양에게 전가되고 제물을 가져온 사람은 자기의 죄를 대신 짊어진 어린 양을 죽인다. 그러면 제사장은 그 피를 가지고 하나님 앞에서 속죄의 제사를 드림으로 죄인의 죄를 사하셨던 것이다. 구약의 이 제사법은 죄의 값은 죽음인데, 죄인인 인간이 그 죄를 사함 받으려면 피흘림밖에는 없다는 것을 보여주는 상징적인 의식이었다. 이와 같은 희생양의 이미지를 완벽하게 구현하신 분은 예수그리스도다. 예수그리스도는 모든 인류의 죄를 용서하시고 그들을 죄와 사망의 속박으로부터 구하기 위해 하나님께서 친히 준비하신 어린 양이었다. 이 어린 양은 이사야서 53장에 예언되어 있다. 세례요한은 요단강가에서 예수님을 만나고는 “보라 세상 죄를 지고 가는 어린 양이로다.”[43]라고 외쳤다. 예수그리스도는 인간의 죄를 대신 지시고 희생양이 되셨으며, 그를 통해 인간을 구원하신 것이다. 기독교에서 희생양의 이미지는 예수그리스도의 이미지다. 성경에서 이 희생양의 이미지를 완벽하게 구현하는 인물은 예수그리스도밖에는 없다.

이 희생양의 이미지에서 한 가지 주의 깊게 보아야 할 것은 이 희생이 하나님의 뜻에 대한 자발적인 순종에 있었다는 것이다. 일방적으로 누구의 희생양이 되었다는 표현은 어떤 사람이 어쩔 수 없는 상황에서 억울하게 피해를 당하거나, 심할 경우 죽었을 때 쓰는 표현이다. 그러나 예수그리스도의 희생은 그런 희생이 아니었다. 예수그리스도의 희생은 인간을 사랑하기 때문에 일어난 자발적인 순종이었다. 그 자발적인 순종이 십자가의 고난도 감수하게 하였고, 그 십자가에서 대속의 사건이 일어났기에 인간은 구원을 받게 된 것이다.

두 번째는 한 알의 밀알 이미지다. 예수그리스도는 십자가의 죽음을 앞두고 요한복음 12장 24절에서 다음과 같이 말하고 있다. “내가 진실로 진실로 너희에게 이르노니 한 알의

---

42) 성경 레위기 4장 32절~35절.

43) 성경 요한복음, 12장 9절.

밀이 땅에 떨어져 죽지 아니하면 한 알 그대로 있고, 죽으면 많은 열매를 맺느니라." 여기서 한 알의 밀알은 자신을 가리키신 것이다. 이 말 그대로 예수그리스도가 한 알의 밀알이 되어 죽음으로써 인류는 구원을 얻게 되었다고 성경은 말하고 있다.

희생양과 한 알의 밀알 이미지는 기독교 신앙에 있어서 중요한 의미를 갖는다. 심훈은 『상록수』에서 채영신을 통해 이 희생양과 한 알의 밀알 이미지를 구현한다. 심훈은 이 작품에서 기독교의 중요한 자리를 차지하는 희생정신의 개념을 다룬 셈이다. 채영신은 민족의 아픔 특히 농촌으로 대표되는 민족의 아픔과 고난을 기꺼이 지고자 한 사람이다. 누가 시켜서 한 것이 아니라 스스로 민족의 희생양이 되고자 했다. 민족의 고난을 짊어지고 한 알의 밀알이 되어 죽고자 했다. 마침내 그녀는 죽음으로써 완벽한 희생을 보여 주었던 것이다.

『상록수』를 통해서 우리는 참된 기독교인이 살아야 하는 삶의 한 모범을 부여받는다. 철저히 낮아진 모습으로 민족과 사회의 희생양이 되고 한 알의 썩은 밀알이 되어 살고자 했던 채영신의 모습에서 우리는 참된 신앙이란 이웃과 사회 더 나아가서는 인류를 향해 봉사와 사랑, 희생의 삶을 실현하는 것이라는 도전을 받게 된다. 나의 행복과 현실의 만족만을 추구하는 기본적이고 현세 지향적이며 개인주의적인 희생이 아닌 참된 신앙이란 이웃의 아픔까지 껴안는 것이라는 것이 이 소설이 우리에게 주는 도전이요 각성이다. 『상록수』는 농촌계몽이라는 목적에만 쏠려 있어서 다소 서운한 감이 없지 않다. 하지만 이 의미만을 확대할 경우 이런 불만은 얼마든지 해소할 수 있다. 그리고 참된 신앙의 모습이란 어떤 것이어야 하는지를 도전받게 된다. 이 소설이 지금을 살아가는 우리에게 주는 의미는 영신을 통해 구현된 희생양이요, 한 알의 밀알 이미지다. 각자가 처해 있는 자리에서 기꺼이 희생양이 되고 썩는 한 알의 밀알이 되어 사는 것이다. 『상록수』는 지금도 여전히 늘 푸른 모습으로 기독교의 사랑과 희생정신을 우리에게 대변하고 있는 소설이요, 예술이다.

결론

체험만으로 구성된 문학이 있을 수 없고, 상상만으로 창조된 소설이 있을 수 없듯이 심훈이 성장 과정에서 기독교를 접할 수 있었던 것이나 기미독립 만세운동에 참여하고, 그의 문학수업 초창기에 KAPF에 관심을 가졌던 체험은 그의 창작생활에 있어서 작품 창작의 모티브로서 크게 작용하였음을 볼 수 있다.

심훈의 장편소설은 그의 문학활동 기간 중 전반을 1920년대로 보고, 그 후반에 속하는 1930년부터 그가 이승을 타개하는 1936년까지 『동방의 애인』, 『불사조』, 『영원의 미소』, 『직녀성』, 『상록수』 등 5편이 발표되었다. 그 가운데 『동방의 애인』, 『불사조』, 『상록수』 등 기독교 소설이라 할 수 있어서 살펴보기로 하지만, 『영원의 미소』와 『직녀성』 주인공들의 희생정신이 없는 것은 아니지만 기독교와는 소원한 느낌이 들어서 본고에서는 논외로 했다.

기독교 요인이 수용된 심훈의 첫 작품은 본고에서 대상으로 하는 3작품 이전에 처녀작으로 발표한 영화소설 『탈춤』이 있다. 『탈춤』의 주인공들은 교회에서 목사의 주례로서 결혼식을 거행하였다. 『동방의 애인』에서도 교회에서 결혼식을 거행하는가 하면, 주인공 배인숙이 장로의 딸로서 독실한 신자다. 『불사조』에서는 기독교적인 용어가 다소 쓰이고 그 길지 않은 문장에서 기독교의 '사랑'에 대한 진리를 심오하게 피력하였다. 이 두 작품이 만일 일제의 탄압으로 중단되지 않았더라면 기독교적인 의식이 보다 확실하게 들어나서 효과를 거둘 수 있었을 것이라는 아쉬움이 남는다. 아무튼 이 두 작품은 확실한 기독교 소설일 수 있는 『상록수』를 탄생시키는 데 있어서 전초 역할을 톡톡히 해낸 작품들일 수 있다.

1935년에는 동아일보가 창간 15주년을 맞이하여 브나로드 운동의 일환으로 춘원이 주축이 되어 상금 500원의 거금을 걸어 농민계몽소설 현상 모집을 실시하였는데 여기서 심훈의 『상록수』가 당선되었다. 이 작품은 1500매나 되는 장편이지만 작가가 불과 55일 만에 집필해낸 걸작이다. 이 소설이 농민 계몽소설 현상 모집에서 최우수작으로 당선될 수 있었던 것은 그 무엇보다도 실제 인물을 모델로 하여 리얼리티(reality)를 획득하였기 때문이다.

『상록수』를 구상하기 위하여 고심 중에 있던 심훈이 신문에서 신학교를 졸업하고 농촌계몽 운동을 하다 과로로 숨진 최용신이라는 여자에 대한 기사를 읽게 되었다. 이 신문 기사를 보고 착상을 하게 된 심훈은 그 최용신을 채영신으로 이름을 바꾸어 여주인공으로 하고 최용신의 독실한 신앙심이 그대로 여주인공 채영신으로 하여금 기독교의 희생정신과 한 알의 밀알 정신으로 농촌계몽운동을 전개케 하여 끝내는 채영신이 예수님처럼 죽음으로써 독자의 심금을 울렸던 것이다. 그로 인하여 심훈의 『상록수』가 기독교 소설로서 브나로드 운동에 개가를 올린 1930년대 한국 문학사의 한 페이지를 장식할 수 있는 가치를 인정받기에 충분하다 할 것 이다.

참고문헌

1. 심훈,『문학전집』, 탐구당, 1966.

2. 암화,『문학의 논리』, 학예사, 1940.

3. 이재선.『한국 현대소설사』, 홍성사, 1984.

4. 윤식.『한국 문학의 이론』, 일지사, 1974.

5. 윤병노.『한국 현대소설의 탐구』, 범우사, 1985.

6. 하원영.『한국신문 연재소설 연구』, 이회문화사, 1996.

7. 신용하.『한국사』, 탐구당, 1981.

심훈의 『상록수』를 중심으로 한 계몽주의문학 연구

이두성

서론序論

계몽주의啓蒙主義 문학文學은 3·1운동의 민족적 봉기蜂起와 좌절挫折에 뒤이어, 초기初期의 서구 모방적인 계몽사상啓蒙思想에서 부터 시작하여 3·1운동 이후以後의 절망과 방종과 자포자기의 세태世態를 바탕으로 당시 민족民族의 8할 이상의 농민農民들이 이민족異民族의 침략侵略과 착취 속에 짓눌린 농촌農村의 참상을 소극적消極的이나마 실력배양實力培養을 위한 교육敎育 내지 수양을 목적目的으로 우리 민족의 가장 위급하고 중환부였던 것을 도저히 외면할 수 없는 작가作家들이 민족주의적民族主義的 입장立場에서 작품으로 부각시킨 것이 계몽주의啓蒙主義 문학文學인 것이다.

여기 우리는 일제시대의 문학이 걸어온 고달픈 발자취를 목격했다. 그 문학이 가장 깊은 관심을 기울인 것은 무엇보다도 농촌문제問題였다. 그리고 그 농촌문제農村問題가 최초最初로 문학文學에 나타난 모습은 계몽문학啓蒙文學이었다. 그러한 일제日帝 암흑기暗黑期에 있어서의 민족주의적民族主義的 사회운동社會運動은 무엇보다도 계몽啓蒙 시 선행先行되어야 했고, 따라서 그 계몽啓蒙의 상대는 우선 가장 낙후된 지역인 농촌農村과 그 농민農民일 수밖에 없었다. 그래서 계몽문학啓蒙文學의 형태形態로 전개될 수밖에 없었던 것이다. 또한 그만큼 한국적韓國的 참여문학으로써의 농민문학農民文學의 중요성重要性과 존재存在 이유理由는 크고 심각하며 새삼 우리의 성찰 재인식·재평가가 요구되는 이유이기도 하다.

그러면 여기서 먼저 서술해 두어야 할 것은 그 최초最初의 작품과 연대年代의 기준은 1930년대年代의 춘원春園의 『흙』과 심훈의 『상록수』를 들 수 있으나 다만 여기서는 심훈의 『상록수』를 그 대상으로 잡아 보고자 한다.

물론 춘원春園의 『흙』보다 초기初期의 대표작품代表인 『무정』에서도 이미 계몽주의적啓蒙主義的인 요소要素가 나타나고 있으나 그래도 계몽주의적民族主義的인 입장에서 계몽적啓蒙的인 수단으로 작품을 다루었던, 즉, 본격적本格的으로 농촌農村에 관심關心을 집중集中시켜 작품을 쓴 것은 1930년대年代의 『흙』과 『상록수』기 때문이다.

> 한줌의 흙도 움켜쥐고 놓치지 말아라. 이 목숨이 끊어지도록 북돋우며 나가세[1]
>
> 아무나 오게, 아무나 오게 '가' 자에 'ㄱ' 하면 '각' 하고, '나' 자에 'ㄴ' 하면 '난' 하고……[2]

이상에서 보는 바와 같이 농촌에 묻혀 흙을 사랑하고, 우매한 겨레를 일깨워 참다운 지혜의 길로 인도하는 것이 얼마나 기쁘고 보람된 것인가를 보여 준다. 포악한 일제日帝의 지배支配 밑에서 우리 민족民族이 수난受難을 받아야 했던 시기, 그리고 아직 아무런 근대문화近代文化의 혜택을 입지 못하고 몽매 속에 생활生活해 왔는가를 여실히 보여주고 있다. 또한 애향심, 애국심을 일깨워 주며 아울러 조국祖國의 중흥中興을 위해 보다 큰 결실이라 생각한다. 춘원春園의 『흙』과 비교比較해 볼 때 춘원春園은 농민農民을 돕겠다고 하는 의지만 보였고, 농민農民을 진정眞正으로 이해理解하려는 태도態度는 없었다. 농민農民들이 무지몽매하기 때문에 야학夜學을 하고 편지도 써 주고, 대서소 노릇도 하여주는 것은 좋지만, 그토록 안이한 방법으로 과연 농민農民을 이해理解하는 문학文學이 나왔다고 볼 수 있을 것인가 하고 다시 한 번 평가가 더해지는 바이다. 그리고 농민農民들이 무지하고 가난하다고 그들에게 배움을 주고 돈을 보태어 주는 것이 그들을 돕는 방법方法은 아닌 것이다. 문제問題는 그들이 왜 그토록 무지하게 되었으며, 왜 그토록 가난하며, 왜 그토록 숙명적宿命的인 체념의식에 빠져 있는가, 이것을 밝히는 데서부터 농민農民에 관한 빠른 이해理解가 성립成立되고 해결解決의 방법方法도 설 수 있을 것이다.

이러한 점點으로 미루어 보아 춘원春園은 농민農民 속에 밀착하기 전에 다만 관망과 동정同情하는 낭만적인 문학文學으로 끝난 것이라면 심훈의 『상록수』는 그와는 정반대正反對의 현상現狀이 드러난다. 우선 작품에서 젊은 동혁과 영신으로 하여금 농민農民속에 밀착시켜 흙에서 나고, 흙에서 살다가 흙으로 돌아가는 인간人間의 평범平凡한 진리眞理 속에 직접直接

---

1) 심훈, 『상록수常綠樹』, 삼중당, 1975, 69쪽.

2) 심훈, 『상록수常綠樹』, 삼중당, 1975, 137–138쪽.

행동行動으로 보여준 것이 아닌가.

당시 이와 같은 문학文學의 태도形態는 동아일보東亞日報를 중심中心으로 브나로드 운동이 크게 일어났는데 그때의 동아일보東亞日報나 조선일보朝鮮日報의 신춘문예新春文藝의 투고投稿작품은 그 태반이 농촌취재農村取材의 작품이었으며, 그 중에서도 심훈의 『상록수』가 그 작품의 성격상性格上으로 春園의 『흙』과 더불어 뛰어난 것이라 해도 좋을 것이다.

그러나 춘원春園이나 심훈沈熏에게서 한결같이 하나의 결론을 얻는다면 이들은 농민상農民像을 제대로 나타내지 못하였다. 그 이유理由는 문학 자체의 독자적獨自的인 예술성藝術性보다도 농촌문제農村問題를 해결하는 방법方法으로써 문학文學을 필요必要로 했기 때문이다. 그리고 농민農民을 바르게 파악하기 전에 먼저 판단부터 앞섰던 것이다. 때문에 계몽문학啓蒙文學이나 프로문학文學이나 우선 농민農民을 올바르게 판단하기 이전以前에 계몽啓蒙을 한다. 혁명革命을 한다 하는 방도方途만 앞서 있었기 때문에 참된 농민農民을 그려내지 못하였다.

필자筆者는 여기에서 역사적 사회적 환경 속에서 농민農民 상태狀態의 본질적本質的인 변모 과정을 파악해 내고, 또한 현실적現實的 농민생활農民生活을 철저히 묘사했다는 점을 높이 평가하고 싶으며 또 그가 농민문학農民文學으로 가장 깊이 접근接近한 작가作家라는 점點과 농민문학農民文學으로써의 계몽주의啓蒙主義를 작품 『상록수』에서 여실히 보인 것이라 믿어지기에 또한 상기上記의 『상록수』는 계몽주의적啓蒙主義的 농촌소설農村小說이 형성形成되어 나온 그 작품들이 지닐 수 있는 모든 특수적 상황의 집결이라고 판단한 이유에서 연구의 대상으로 삼았다.

그리고 그 당시의 계몽주의啓蒙主義란 그 사회社會의 정신적精神的인 내면세계內面世界를 꽉 휘어잡고 있으며 계몽주의 운동啓蒙主義運動이란 역시 농촌계몽 운동農村啓蒙運動에 그 진정한 의의意義를 갖는다는 사실이다. 그러나 농촌계몽農村啓蒙이라는 것이 민족운동民族運動의 일환一環이 되어 한국민족韓國民族의 역사적歷史的 추진력推進力의 한 역할役割로 존재存在했다는 사실事實과 농촌계몽農村啓蒙이라는 문제問題가 퍽 막연한 상태로 혹은 무의식無意識의 저변에 깔려 있다는 점이다. 이러한 두 가지의 원인은 무엇이며, 어떻게 이 문제를 극복하느냐 하는 것이 문제의 제기이나 여기서는 다만 문학적 가치에서만 살펴 두고 싶을 따름이다.

또한 여기 1930년대年代에 있어서 계몽주의啓蒙主義의 양상樣相은 그 시대적時代的 배경背景과 역사적歷史的 배경背景 속에서 어떠한 상태狀態로, 어떠한 결과로 나타났는가 하는 것을 살펴보려고 시도하였으며 그 속에서 우리 민족문학民族文學의 생생한 맥과 올바른 작가관,

작품관을 찾아보고 번영의 70년대年代의 벅찬 농촌근대화 운동農村近代化運動에 더욱 굳은 정신적精神的인 박차를 가하려는 것이다.

본론本論

1. 한국적韓國的 계몽주의啓蒙主義의 양상樣相

20세기二十世紀 초반에 근대의식近代意識의 발동의 하나로 간주될 수 있던 계몽啓蒙은 근대화近代化를 위한 몸부림, 즉 봉건주의로부터의 탈출脫出, 신분身分이나 지위地位에 비합리적非合理的인 권위를 배제排除하고, 전통에서 벗어나려는 것 등에서부터 싹텄다고 볼 수 있다. 이것은 민중의식民衆意識의 자각과 결부지어질 수 있다. 그러나 1920~1930년대年代의 계몽주의 운동啓蒙主義運動은 한걸음 더 나아가 무지無知로부터의 해방解放을 전제前提하고 실현實現된 것이다. 따라서 조선일보朝鮮日報와 동아일보東亞日報를 중심中心으로 일어났던 이 운동運動을 한글보급 운동을 비롯한 문맹퇴치文盲退治가 주主였다. 이때의 계몽주의啓蒙主義는 과거過去를 행정하고 새로운 전통傳統을 모색했던 서구西歐와는 차이를 이룬다.

그러면 우리나라에서 계몽주의啓蒙主義가 그 나름대로 존립存立할 수 있었던 사회적社會的인 배경背景은 어떠했는가 특特히 춘원春園의 『무정無情』, 심훈의 『상록수』가 쓰일 무렵을 대강 살펴보자. 이 이유理由는 문학文學의 사회적社會的인 여건을 전혀 도외시하여서는 쓰일 수가 없기 때문이다. 특特히 문학文學은 사회社會의 모든 제도制度 중中 하나로 볼 수 있으며, 문학文學이 표현表現의 수단으로 삼고 있는 것도 사회社會가 만들어 놓은 언어를 사용使用하고 있다. 더구나 문학文學이 가지고 있는 상징을 사회社會를 떠나서는 결코 있을 수 없는 것이다.

뿐만 아니라 작가作家는 한 시민이고 사회적社會的으로 어디에 귀속되어 있더라도 그로 인한 작가作家의 사회社會의 충성심, 태도, 이데올로기는 그의 작품 속에 대량大量으로 의식意識, 무의식적無意識的으로 출현露出된다. 이러한 문학文學과 사회社會와의 관계에서 대부분大部分 문학文學작품을 사회적社會的 문헌으로 사회社會의 모습을 반영反映하는 것으로 연구研究하는 것이다. 어떤 종류의 사회社會의 모습이 문학文學에 유출될 수 있다고 하는 것은 의심할 수 없다. 이것은 어떻게 보면 문학연구文學研究가 체계적으로 연구研究될 수 있는 것 중의 하나라고 볼 수 있다. 이광수李光洙의 『무정無情』과 심훈의 『상록수』가 쓰였던 배경은 대략 1915~1940년年까지로 볼 수 있다. 물론 이런 시기時期의 실정이 많은 부당성不當性을 안고 있지만 작품의 이해理解를 위해 한 세대世代를 살피기로 한다.

제1차대전第一次大戰 후後 미국美國의 윌슨 대통령大統領의 민족자결주의民族自決主義 제창提唱으로 활기活氣를 얻어 3·1운동이란 민족적民族的 대봉기大烽起가 단행斷行되었다. 이 운동運動은 십여 년간의 일제日帝 탄압의 항거가 폭발한 것으로 그해에 4월月 17일日 상해上海에 대한민국임시정부大韓民國臨時政府가 수립樹立되어 본격적本格的인 주권主權 회복운동回復運動에 나섰다. 이에 당황한 일제日帝는 유화정책을 써서 무마하려 했다.

> 첫째: 총독의 임용 자격(칙령 제386호)을 변경하여 무단적인 무관 뿐 아니라 문관중에서도 임용할 수 있다.
>
> 둘째: 헌병 경찰 제도를 폐지(387호)하고 보통경찰제도를 시행, 경찰을 총독부와 도(道) 기구 내에 흡수한다.
>
> 셋째: 일반관리 및 교원 등의 복제를 개정하고, 착검을 폐지한다.
>
> 넷째: 한국인의 관리 임용 등을 완화한다.
>
> – 1919. 9. 3. 제3대 총독 사이또오[3] –

그 밖에도 언론·출판·집회 등의 제한을 완화하여 조선일보, 동아일보, 시사신문 등의 창간을 허가하고 사법제도의 개정으로 한국인에 대한 태형을 폐지하였다.

그러나 이러한 회유정책은 극소수의 한국인韓國人에게 혜택을 줌으로써 우리 민족民族의 분열分裂을 조장助長시켰을 뿐이었다. 1930년年 통계統計에 의하면 총독부가 소유所有한 전답과 임야는 888만 정보町步나 되었다. 그리고 총독부가 소유所有한 토지土地의 일부一部는 동양척식회사東洋拓植會社나 후지흥업不二興業등 일본인日本人이 경영經營하는 토지회사土地會社나 이민移民들에게 헐값으로 불하되었다. 1916년年 통계에 의하면 전 농가 호수 약 264만 중에서 지주地主가 2.0%, 자작농自作農 20%, 자작 겸自作兼 소작농小作農 4.6%, 순소작농純小作農 36.8%의 비율을 나타내고 있다. 토지土地뿐 아니라 자원資源도 독점獨占하였다. 한편 우리나라 사람들 중에는 일본日本 자본資本에 억압 위축된 민족民族 자본資本에 착안着眼, 이를 육성育成하기 위한 민족적民族的 운동運動을 하기에 이르렀는데 국산장려國産奬勵를 위시하여, 소비절약消費節約, 금주禁酒

3) 이선근, 『대한민사 제10권大韓國史 第10卷』 신대양사, 1973, 56쪽.

등을 주장主張한 물산장려회物産奬勵會의 활동活動같은 것이 그것이었다.

이 운동運動은 당시當時 국민國民의 지지支持를 받았으며, 민족民族 자본가資本家들 중에서도 경성방직회사를 운영하던 김성수金性洙는, 중앙중학교中央中學校와 보성전문학교普成專門學校를 설립設立하고, 동아일보東亞日報를 창간創刊, 운영運營함으로써 민족民族계몽사업啓蒙事業에 착수着手하였다. 그 밖에도 많은 유지有志들이 이렇듯 사재私財를 털어 민족民族계몽啓蒙에 이바지하는 사람들이 나타났다. 또한 일제日帝의 토지사업土地事業과 미곡증산계획米穀增産計劃은 농가인구農家人口의 변화를 가져와 영세 농민農民을 증가시키는 반면, 임금노동자賃金勞動者는 1912년年에 약 1만 명 내외, 만주사변이 일어났던 1931年에는 14만 명을 돌파하였으며, 중일전쟁中日戰爭이 일어났던 1937년年에는 27만萬 명이나 되었다. 이러한 상황에서 작품의 형성形成은 서구西歐의 사조思潮가 물밀듯이 들어와 걷잡을 수 없는 혼류混流 속에 휩쓸리게 되었다. 이때 이광수李光洙는 작품활동을 통해서 유교적儒敎的 가치관과 윤리倫理와 인습의 질곡을 쳐부수고, 자아自我를 얽어매고 있던 올가미를 끊어버림으로써 자아自我를 해방시키며 자유自由와 자율自律을 부르짖는 것은 극히 당연하였다. 더욱이 외부外部의 자극으로 인해 갑자기 몇 백 년이나 묵은 낙후된 후진성後進性을 깨닫고 거기서 탈피脫皮하려고 몸부림치는 급격急激한 전환기轉換期에서만 볼 수 있는 충격파라고도 할만하다.

이와 같이 낡은 가치관價値觀과 권위, 인습因習의 붕괴와 함께 등장登場한 새로운 것이 바로 계몽사상啓蒙思想인 것이다. 결국 한국적韓國的 계몽주의啓蒙主義의 양상樣相의 출발出發은 외세外勢로부터의 해방解放과 자체自體의 개혁改革이라는 이중적二重的 과제 하에, 결국結局 개화開化를 전제前提한 계몽운동啓蒙運動은 처음부터 민족주의民族主義 구국운동救國運動과 같이 일어나게 된 것이다.

2. 계몽주의 운동啓蒙主義運動의 의의意義와 전개展開

우리나라의 지식인知識人과 또 그 어느 세대世代를 막론莫論하고 계몽주의啓蒙主義란 그 사회社會의 정신적精神的인 내면세계內面世界를 꽉 휘어잡고 있으며 충분充分한 이해理解를 앞지르고 있는 사업事業임에 틀림없다. 그러나 여기서 그 어의語義를 살펴보면 계몽주의啓蒙主義 운동運動이란 역시 농촌계몽農村啓蒙에 그 진정眞正한 의의意義를 갖는다는 사실을 모두 용인容認하는 것이다.

그 이유理由의 첫째는 농촌계몽農村啓蒙이라는 것이 민족운동民族運動의 일환一環이 되어 한국민족韓國民族의 역사적歷史的 추진력推進力의 한 역할役割로 관념상觀念上 존재存在했다는 점點이

될 것이다. 둘째는 그럼에도 불구不拘하고 이 농촌계몽農村啓蒙이라는 문제問題가 퍽 막연한 상태로 혹은 어설픈 향수 비슷한 회고조로 무의식無意識의 저변에 깔려 있다는 점點이다. 이러한 두 가지 사태의 요인이 만약 가능한 추단이라 한다면 그것은 매우 중대重大한 민족적民族的 깊은 곳에 잠긴 질병의 일종이라 해도 될 것이다. 따라서 그 원인은 무엇이며 어떻게 이 문제를 극복하느냐 하는 문제가 철저히 따져져야 할 것으로 생각한다. 이러한 문제問題의 제기提起는 여러 가지 측면側面으로 고찰考察될 수 있을 것이지만 여기서는 다만 문학적文學的 측면側面에서만 살펴 두고 싶을 따름이다. 그 이유理由로는 오랫동안 문학文學의 영역 속에서 또한 정서적 관념성觀念性에 오래도록 작용作用해 왔다고 판단하기 때문이다. 이러한 계몽주의啓蒙主義운동運動의 의의意義 속에서 그 운동運動의 전개展開를 살펴보면 일제日帝 36년年간間의 식민지植民地 경제정책經濟政策이 어떠했는가의 문제를 떠나서는 당시의 농촌 사정을 따로 인식認識하기도 어렵다. 그 실례實例로는 동양척식회사東洋拓植會社의 철저한 농촌수탈은 실상實上 이중적二重的인 의미를 띠고 있었다. 그 하나는 자본資本의 수탈이며 다른 하나는 일본인日本人들이 직접直接 이주移住해서 농사農事를 차지한 점點이다. 이러한 실례實例로 영국英國의 인도지배印度支配나 기지其他, 식민지植民地, 지배형支配型과는 다른 일본식日本式 방법方法인 듯하다. 당시 수없이 등장하는 소작인小作人 소송문제라든가 그리고 1920년대年代 이후 현저하게 줄기 시작하는 한국인 자작농의 모습, 그리고 유랑민의 만주 혹은 북간도北間島 이주현상移住現象은 바로 민족적民族的 문제와 직결直結된 것으로 보아야 할 것이다. 실상實上 1930년대年代 한국인구韓國人口의 분포구조도 압도적으로 농촌農村 인구人口 중심中心이었다. 다음의 한 통계에서 이 점點을 보일 수 있다.

1930년대年度 총인구 2천 2백만 중
도시 인구 5.6% / 농촌 인구 94.4%

1935년도年度 총인구 2천 3백만 중
도시 인구 7.1% / 농촌인구 92.9%[4]

4) 조용만, 『일제하日帝下의 문화운동사文化運動史』, 민중서관, 1970, 517쪽.

이상과 같이 이러한 時代에 직면直面했을 때, 1930年 무렵 한국민족韓國民族의 지도자指導者들이 이를 극복克服하기 위해 전개展開한 운동運動이 있었으니 그 하나는 문맹퇴치 운동文盲退治運動이고 다른 하나는 브나로드(V. NAROD) 운동이다.

1927년年 조선일보사에서 '아는 것이 힘, 배워야 산다'라는 표어를 내세워 여름방학을 이용하여 학생들을 동원하여 한글 보급에 나선 것을 들 수 있다. 또한 조선일보는 교재를 1928년年 4월月 동아일보 창간 8주년 기념행사의 하나로 '문맹퇴치 운동'을 예고하고 이를 대대적으로 개전하려 했으나 총독부 경무국의 금지조치로 중지한 일이 있었다. 그러나 인쇄보급, 성적평가 등에 주력하여 이 운동에 적극 참여하여 계속 전개한 것이다. 아울러 후자는 동아일보가 이에 대응하여 1931년年 하기방학부터 브나로드 운동에 많은 학생들이 참여하게 되었다. 이 경우 브나로드 운동이란 '민중 속으로'라는 러시아 말인데, 이는 제정 러시아 지식인들의 일부가 전개한 운동에서 그 연유를 찾은 것이다. 이 두 가지 운동은 그 근본에 있어 동질적인 것으로 파악된다. 그 이유도 이러하다.

당시當時 농촌문제農村問題는 무지無知에서 빚어진 비극적 측면이 압도적으로 많았다는 사실에 관계된다. 경제적經濟的 능력能力이 없기 때문에 신학문新學問을 못 배웠다는 것을 별도로 하고라도 당장 눈을 뜨고 최소한最小限의 착취를 막아내기 위해서는 배워야 한다는 것, 그 글을 통해 무엇인가 경제적經世的 지식知識이 확보確保되어야 한다는 것으로 이해된다. 둘째는 이 운동에 학생學生이라는 미완성未完成 지식층知識層들이 동원動員되었다는 점點이다. 순전히 글자만 가르치는 강습소의 일이라면 이러한 학생층의 동원이 어느 정도 성과를 거둘 수는 있었을 것이다.

그러나 농촌계몽農村啓蒙이라는 것이 다음 세대世代를 위한 것이라든가 또는 후차원적後次元的인 것이 아니라 어디까지나 엄연한 현실적現實的 생활生活계층이며 또 이 운동運動은 배움의 기회機會를 잃은 소년층 내지 청년층에 겨우 형성形成하는 것 이상의 성과成果를 기대할 수는 없었을 것이며 바로 이 점點이 그 운동의 한계로 파악된다. 따라서 이 단계는 지식층知識層의 의무감義務感에 관련된 위에서 부터의 운동이라는 점點에서 역사적歷史的 한계限界가 주어졌고 따라서 이 단계를 극복克服하기 위해서는 다른 방도方途가 강구되지 않으면 안 되었을 것이다. 그 다른 방도方途가 두 가지 상태를 주목注目한 바탕을 지녀야 했을 것이다. 그 하나는 강습소講習所와 기타 한글운동運動을 철저히 탄압하는 일제日帝와의 대결을 어떻게 피하느냐에 관계되며 다른 하나는 농민계층의 생활生活 속에 어떻게 밀착密着함으로써 계몽자啓蒙者 측側이 어떻게 해서라도 깊은 인상印象과 인내로써 파고들어가야 할 것이다.

이상의 두 가지 측면側面이 접합接合하는 곳에 이광수李光洙의 『흙』과 심훈의 『상록수』가 대두된다. 그 이유理由는 실상實上 『흙』과 『상록수』는 브나로드 운동의 시범작으로 쓴 것이다. 먼저 작품에 나타나는 현상보다 브나로드 운동의 실제적인 활동상황活動狀況을 살펴보고자 한다.

심훈의 상록수常綠樹와 계몽주의啓蒙主義

1. 심훈沈薰의 생애生涯

심훈이 태어나기는 1901년年 9월月 12일日, 지금의 서울 영등포구 노량진 수도국 자리이다. 그의 부친父親은 청송 심씨 상정으로 충남 당진에서 농사를 지었다. 심훈은 그의 막내이며 본명은 대섭大燮이었다.

그는 14세에 교동보통학교校洞普通學校를 졸업하고 경성제일고보(현 경기중고교)에 입학하였으나 1919년年 3·1운동 시 만세를 부르다가 3월月 5일日 일본日本 헌병憲兵에게 잡혀 6개월간個月間 옥고獄苦를 치르고 학업學業도 4학년學年으로 중단中斷되었다. 그 후 망명亡命의 길에 올라 중국中國으로 간 그는 북경北京, 상해上海, 남경南京 등지를 전전하다가 항주杭州로 가서 지강대학之江大學에 적籍을 두고 극劇문학文學을 전공專攻했다고 한다. 석오石吾 이동녕, 성재省齋 이시영, 정진국과 알게 된 것도 그때였으며, 1923년年에 귀국하여 석영夕影 안석주安碩柱과 사귀게 되고 '극문회'에 관계했다. 1924년年에 동아일보東亞日報 기자記者로 활약하였으며 또 16세 때 결혼했던 처와는 소생이 없는 채로 이혼하였다.

그는 이때 동아일보東亞日報에 연재되던 번안소설에 손을 대면서부터 지면紙面에 그의 이름이 오르기 시작始作했다고 볼 수 있으며, 한편 영화에도 두각을 나타내어 〈장한몽長恨夢〉의 이수일李守一의 대역代役을 맡기도 했다. 또 최초最初의 영화소설 『탈춤』을 써서 동아일보東亞日報에 발표發表하기도 하고, 1927년年에는 〈먼동이 틀 때〉를 원작原作·각색脚色·감독監督까지 하여 단성사에서 개봉했다. 이렇듯 심훈은 소설가小說家이자 저항 시인抵抗詩人이었으며 영화인이기도 했다.

그리고 심훈은 동아일보東亞日報를 그만두고 조선일보朝鮮日報에 입사入社하였다가 또다시 기자생활記者生活을 그만둔 것이 1931년年, 그리고 방송국에서 문예를 담당하기도 했으나 1932년年에 양친이 있는 부곡리富谷里로 내려갔다. 그곳에서 『영원의 미소』가 쓰였고(1933)

『직녀성』(1934)이 나왔던 것이다. 이어서 이곳에서 『상록수』가 쓰였다.

이 작품의 주인공主人公 박동혁은 그의 장조카 심재영이 모델이다. 그는 1930년年 19세에 경성농학교京城農業學校를 졸업하자 상급학교上級學校 진학進學을 물리치고 조상祖上으로부터 전래傳來해오던 부곡리富谷里의 농토農土를 근거로 홀로 낙향落鄕하였다. 더욱 당시에 브나로드라는 운동이 세계적世界的으로 유행流行하던 시대時代이기도 했으나 춘원春園의 작품으로 인해 감동感動된 바도 크다. 그리고 그가 만든 공동경작회共同耕作會는 그곳 농촌운동農村運動의 모체母體였으며 『상록수』에서는 '농우회'로 나타나고 있다. 그리고 작품의 한곡리란 마을도, 여주인공女主人公 채영신이 발동선을 타고 도착한 나루터 한진과 부곡리에서 한 자씩을 따 붙인 이름이다. 또한 채영신이란 인물人物은 당시 지상紙上에 보도됐던 최용신崔容信으로, 그가 활동活動하다가 죽은 수원군水原郡 반월면半月面 천곡리泉谷里 속칭 샘골이란 곳이 작품에서 청석골로 나타나고 있으나 그 로맨스는 허구였고, 작품도 보도가 있은 뒤에 쓰인 것이기 때문이다.

그리고 그의 사업장이던 상록학원常綠學院은 이제는 빈터뿐이고 현재 상록국민학교常綠國民學校가 되었다. 심훈은 땅을 파지는 않았으나 농민農民들과 어울려 그들의 생활生活에 젖어 누구든지 친할 수 있었다. 사실상事實上 그의 브나로드 운동運動은 작품 『상록수』를 남기기는 했지만 개인적個人的으로는 실패失敗였다고 볼 수 있다. 몸은 농촌農村에 있었으나 생활은 도시都市에 있었다. 그가 1936년年에 서울로 갔던 것이 이를 대변해 준다. 그의 농촌農村에서의 생활生活은 4년四年에 불과했다.

1936년年 그는 『상록수』의 영화화를 계획하고 각색脚色하여 강홍직·심영·윤봉춘 등 출연진까지 짜였지만 일제日帝의 방해放害로 실현實現되지 못하였다. 이해 여름에 발명(장티푸스)하여 9월月 16일日에 대학병원大學病院에서 아침 8시八時에 눈을 감았다. 그의 나이 35세 상록수常綠樹 그것으로 세상世上을 떠나고 말았다. 경기도京畿道 용인군龍仁郡 목지면木枝面 신풍리新鳳里 선영에 묻혔다.

2. 『상록수』의 문학사적文學史的 위치位置

우리나라 역사歷史의 흐름 속에서 사실事實은 오늘이야말로 정말 농촌農村에 대對하여 그 어느 때보다도 관심關心을 기울여야 될 시기時期인 것이다. 왜냐하면 번영의 70년대는 농촌근대화農村近代化, 새마을운동이라는 정책적政策的인 구호에만 끌려서가 아니라 진정 이

나라 농촌農村은 과거過去 농촌계몽기農村啓蒙期, 그 다음 농촌봉사기農村奉仕期를 거쳐서 이제야말로 농촌운동기農村運動期에 접어들었기 때문이다. 본인이 『상록수』라는 작품으로 계몽성啓蒙性을 찾아보려고 의도한 그 첫째 이유理由는 우선于先 일제日帝에 있어서의 민주주의적民主主義的 사회운동社會運動은 무엇보다도 계몽啓蒙이 선행先行되어야 했으며, 따라서 그 계몽啓蒙의 상대는 농촌農村과 농민農民일 수밖에 없었다. 왜냐하면 농민農民은 애매하고 우둔하지만 민족운동民族運動의 가장 큰 역량力量을 가질 수 있는 다수집단多數集團이기 때문이다. 그래서 계몽문학啓蒙文學은 곧 농민문학農民文學이요, 농민문학農民文學은 계몽문학啓蒙文學의 형태形態로 전개展開될 수밖에 없었던 것이다.

그리하여 여기에 『상록수』의 문학사적文學史的인 위치位置를 살펴보고자 하는 것은 춘원春園의 『흙』과 비교比較하여 작품의 연대年代와 성격性格과 그리고 그 시기時期에 있어서의 어떠한 상태에서 작품이 쓰였으며 또한 어떠한 내용內容인지, 즉, 작품의 차이다.

먼저 이광수李光洙의 『흙』에서 주인공主人公 허숭은 고등문관시험高等文官試驗까지 합격合格한 조선인朝鮮人으로 최고最高의 인텔리다. 그는 얼마든지 출세出世할 수도 있으며 호화로운 생활生活도 영위할 수 있는 사람이다. 그런데 작가作家는 굳이 주인공主人公을 농촌農村으로 돌려보내고 있다. 그리고 아내와 별거別居를 하면서까지 농촌農村에 돌아가 계몽운동啓蒙運動에 앞장서게 만들고 있다.

> 농민 속으로 돌아가자. 돈이 없으면 없는 대로 몸만 가지고 가자. 가서 가장 가난한 농민이 먹는 것을 먹고, 그리고 가장 가난한 농민이 입는 것을 입고, 그리고 가장 가난한 농민이 사는 집에서 살면서 가장 가난한 농민의 심부름을 하여 주자. 편지도 대신 써 주고, 주재소 면소에도 대신 댕겨 주고 뒷간 부염소제도 하여주고, 이렇게 내 청춘을 바치자[5].

결국 가정을 박차고서라도 지식인知識人은 농촌農村으로 돌아가 그들을 위하여 순교적 정신으로 헌신해야 된다는 것이 작자作者의 주제主題다. 그러나 이것이 농촌을 사랑하고 농민을

5) 이광수, 『흙』, 삼중당, 1974, 43쪽.

도우려는 작자作者의 의도意圖이기는 하나 농민문학農民文學으로서는 제자리를 찾지 못하고 있는 것이 사실이다. 첫째, 농민의 모습을 옳게 판단하지 못하고 있다. 막연하게 이 나라의 대다수를 차지하고 있는 농민農民, 그리고 가장 고통스럽게 신음하고 있는 농민農民들을 돕겠다는 의지意志만 있는 것이지 농민農民을 진정眞正으로 이해理解하려는 작자作者의 의도態度는 나타나지 않고 있다. 농민農民들이 무지몽매하기 때문에 야학夜學을 하는 편지를 써 주고 대서代書도 해 주는 것은 좋지만 그토록 안이安易한 방법方法으로 과연 농민農民을 이해理解하는 문학文學이 나왔다고 볼 수 있을 것인가? 또 농민農民이 가난하고 무지하다고 배움을 주고 돈을 준다고 그들을 돕는 방법方法은 아닐 것이다. 문제는 그들이 꽤 그토록 무지하게 되었으며, 왜 그토록 가난하였으며, 왜 그토록 숙명적宿命的인 체념의식에 빠져 있는가? 이것을 밝히는데서 부터 농민農民에 관關한 바른 이해理解가 성립成立되고 해결解決의 방법方法을 세울 수 있을 것이다.

이상과 같은 점으로 미루어 보아 이 작품은 농민農民을 제대로 그려내지 못한 안이安易한 문학文學, 농민農民 속에 뛰어들기 전에 농민農民보다 윗자리에서 그들을 내려다보고 동정하는 낭만적인 문학文學으로 끝난 것이라 보겠다.

이와 같은 문학文學의 형태形態는 심훈의 『상록수』에서도 찾아볼 수 있다. 또한 『상록수』도 『흙』과 더불어 동등同等한 것이라 해도 좋을 것이다. 왜냐하면 30년대年代를 전후前後해서 춘원春園이 동아일보東亞日報 편집장編輯長으로 있을 당시當時 브나로드 운동이 크게 일어났었는데 당시 동아일보東亞日報나 조선일보朝鮮日報의 신춘문예新春文藝의 투고投稿작품은 그 태반이 농촌취재農村取材의 작품이었고 그 중에서도 『상록수』가 그 작품의 성격상性格上으로 『흙』과 비슷하고 우수했기 때문이다.

『상록수』의 주인공主人公 박동혁과 채영신도 모두 다 근대교육近代教育을 받은 인텔리이다. 그들은 모두 학교學校를 졸업卒業하고 자기自己의 고향故鄕으로 내려가 농촌계몽農村啓蒙에 헌신하였다. 그러나 채영신은 사랑하는 박동혁과 행복幸福을 누려 보지 못하고 과로로 인해 끝내 회생回生하지 못하고 세상世上을 등지고 만다. 박동혁이 채영신의 관棺을 끌어안고 각오와 다짐을 하는 애처로운 모습은 미래未來를 향한 더욱 강력强力한 정신의 각오를 엿볼 수 있다.

『흙』과 『상록수』의 주인공主人公 모두는 인텔리라는 공통점共通點을 지닌다. 그리고 그들 모두 농촌農村에 들어가 농민農民들을 위해 헌신하는 것도 공통점共通點이라 할만하다.

그러나 『상록수』 역시 농민문학農民文學의, 아니 계몽문학啓蒙文學으로서도 참된 조건條件을 갖추지는 못했다. 이광수李光洙의 『흙』보다는 농민農民들의 상황이 구체적이고 실질적으로 표현表現된 것만은 사실이다. 그 이유理由로는 가난에 시달리는 농민農民들이 고리대금업자 때문에 더욱 빠져나올 수 없는 숙명宿命을 안고 있다든가 하는 점點에서 그들의 내면內面을 어느 정도는 파헤쳤기 때문이다. 그러나 그 같은 농촌실태農村實態는 농촌문제農村問題의 어느 근본적根本的인 원인原因까지는 파헤친 것은 아니다. 역시 여기에는 이광수李光洙의 경우와 마찬가지로 지식인知識人들로 하여금 농민農民으로 돌아가서 그들을 깨우쳐야겠다는 계몽적啓蒙的인 의식意識이 강조强調되고 농민農民들이 온갖 근본적根本的인 문제問題를 파헤치는 데는 부족했던 것이 사실事實이다.

여기 또 한 가지 반론反論을 펴 본다면 『흙』과 마찬가지로 주인공主人公들은 도시문명都市文明을 배척하면서도 그들의 의욕과 의지意志는 농민農民들에게 문명文明의 혜택을 입히고자 하는 데서 오는 모순을 보이는 점點이라 하겠다.

다만 이 작품 속에서는 농민계몽農民啓蒙과 부흥復興의 크나큰 젊음의 의의意思가 설계設計되어 있다.

그러면 프롤레타리아 작가作家들은 무산계급無産階級을 옹호한다는 입장立場에서 일제시대日帝時代의 어떤 문학文學보다도 농민農民 편에 가까이 서려 한 것은 사실事實이지만 그들이 올바른 농민상農民像을 찾지 못한 까닭은 바로 유물사관唯物史觀과 사회주의적社會主義的 계급투쟁의식階級鬪爭意識에 있었다. 프롤레타리아 계급투쟁階級鬪爭을 성취成就시키기 위해서는 유산계급有産階級에 대한 분노를 일으켜야 되고, 무산계급無産階級이 얼마만큼 억울하게 살아왔는가를 인식認識시켜야 하고, 그들로 하여금 투쟁할 의사意思와 용기勇氣를 갖게 해야만 했다. 그리하여 문학文學은 계급투쟁을 위한 수단일 뿐이지 농민을 바르게 파악한다는 것은 다음 문제였다. 이것이 곧 프로문학文學이 가장 농민農民 편에 가까이 섰던 문학文學이면서 농민農民을 바르게 이해理解하는 입장立場에서는 언제나 그릇된 독단만을 끌어내는 결과가 되고 말았던 것이다.

이상에서 열거한 바와 같이 이광수李光洙 시대時代를 지나서 프로문학 시대時代를 맞이하고 다시 그 뒤에 나타난 심훈의 계몽문학啓蒙文學에 이르기까지 농민상農民像을 제대로 나타낸 문학文學은 거의 없는 처지이다.

3. 『상록수常綠樹』에 대對한 작품분석作品分析

(1) 작품에 나타난 심훈의 인생관人生觀

심훈의 주요主要 작품들은 거의 모두가 농촌農村을 배경背景으로 하고, 그의 문학文學의 근본根本으로 되어 있어서 본격적本格的인 농민문학農民文學을 확립確立했다. 따라서 우리는 그를 한국적韓國的 참여문학參與文學의 대표자代表者로 보아도 좋을 것이다. 그리고 한 마디로 말해서 춘원春園에게서 찾아볼 수 있는 덕德과 인품人品 대신代身에 비관적悲觀的이고 감상적感傷的인 인간성人間性의 소유자所有者라고 하겠다.

> 영신은 무엇 하러 나왔다 죽었고, 나는 왜 무엇 하러 이 무덤 앞에…… 쳇바퀴를 돌리는 다람쥐 모양으로 까닭도 모르고 또한 아무 필요도 없이 제자리에서 맴을 돌며 허위적거리는 것이 인생人生일까? 오직 먹기를 위해서, 씨를 퍼뜨리기 위해서, 땀을 흘리고, 피를 흘리고, 서로 쥐어뜯고 싸우고 하다가 끝판에 가서는 한 삼태기의 흙을 뒤집어쓰는 것이 인생人生의 본연의 자태일까.[6)]

이상以上에서 보는 바와 같이 모든 인생人生의 삶을 허무감으로 바라보았으며 또한 인생人生의 부조리에 의依하여 깊은 회의감을 자아내고 있는 것이다. 또한 이 작품의 제題를 『상록수』라 한 것도 우연한 것은 아닌 상싶다.

> "허어 이 날, 사람 잡으려고 이렇게 가무는 거여."
> 바싹 마른 흙이 먼지처럼 피어올라……[7)]

자연自然의 변화에서 오는 하나의 모습을 삽화처럼 그려본 것이다. 다만 메마른 서정성도 찾아볼 수 없는 상태다.

> "참 큰 일 났구료, 참죽에 순이나는 걸 보니깐, 못자리할 때두 지났는데 비 한

---

6) 심훈, 『상록수常綠樹』, 삼중당, 1974, 205쪽.
7) 심훈, 『상록수常綠樹』, 삼중당, 1974, 27쪽.

방울이나 구경해야 하지 않소."[8]

"저 해 좀 보슈, 가뭄이 들지 않겠나."

한쪽을 찌긋한 마누라의 눈에는 흉년이 들 조짐이 보이는 듯하다.[9]

깡마르고 나아갈 길 없는 허무한 세상世上이다. 오직 인간의 원시적原始的인 상태狀態 그것만을 나타낼 뿐이다.

"오오 비 소리!"

동혁은 덧문을 밀쳤다. 습기를 축축히 머금은 밤바람이 방안으로 휘몰아들자, 자던 얼굴에 물방울 부딪치는 찬 빗방울의 감촉!

이 목말라 하던 대지 위에 뚝뚝 떨어지는 빗방울 소리와 그 비를 휘몰고 돌아오는 선들바람의 교향악! 그것은 오직 하늘의 처분만 바라고 사는 농민의 귀에라야 각별히 반갑게 들리는 소리다[10].

확실히 여기는 자연自然의 순조로운 모습을 보여주고 있다. 한 때의 순환에서 탈피되는 해방감을 맛보여 준다. 다만 하늘의 처분만을 바라고 사는 농민들에게 순수한 생의 환희를 안겨준다.

우리들은 가난하고
힘은 아직 약하나
송백처럼 청청하고
바위처럼 버티네!
한줌 흙도 움켜쥐고
놓치지 말아라.

8) 심훈, 『상록수常綠樹』, 삼중당, 1974, 27쪽.
9) 심훈, 『상록수常綠樹』, 삼중당, 1974, 28쪽.
10) 심훈, 『상록수常綠樹』, 삼중당, 1974, 32~33쪽.

이 목숨이 끊지도록

붙들으며 나가자![11]

이 얼마나 벅찬 의욕의 발로인가. 넘나보지 않고 순순히 순종順從하는 농민農民의 애통하는 자세를 차분히 열거한 셈이다. 이 같은 가난의 묘사는 이광수李光洙에게서는 인간人間이, 민족民族이나 인품人品으로 관념화觀念化되듯이 가난 역시 상투적인 강조에 머물고 말았다. 그러나 심훈은 농민農民 속으로 훨씬 깊이 파고들어가 스스로 그 속에서 먹고 자고 마시고 하는 경험이 배어 있고, 그리고 구체적이고 또 절박한 현실감現實感을 갖추고 있음을 알 수 있다.

또한 '『흙』에서 나서 흙으로 돌아간다'는 이념理念 속에서 인간人間의 기본조건基本條件을 노동勞動에 둔다면 역시 농촌사업農村事業을 더없는 낙樂으로 삼는 농민農民을 부각시켜 그들을 이 국토國土 속에 집중集中시켜 일하게 하였으며 거기 한 인간의 참된 실현實現으로, 즉 영신과 동혁으로 하여금 헌신케 하였다는 것은 지극히 그의 인간人間다운 참다운 모습을 살필 수 있을 것이다. 작품에서의 영신은 "일하러 가세, 일하러 가!"라는 후렴을 듣고서야 숨을 거둔다. 이 여성女性의 최후를 이렇게 묘사한 작자作者의 의도意圖는 너무나도 분명分明한 것이 아닌가.

(2) 작품에서의 애정문제愛情問題에 대對하여

또 한편 남녀男女 간間의 애정문제愛情問題도 역시 이광수李光洙의 애정관愛情觀에 비此해, 심훈의 경우는 훨씬 심화深化된 인간관계人間關係에 육박하여 차원次元높은 애정문제愛情問題라든지 또는 동지애同志愛로서의 깊은 의미意味를 내포內包하고 있다.

"박 동혁씨의 의견과 전적 동감입니다."

하던 한 마디를 입 속으로 외우고 또 외우고 하다가는

"오냐 나는 비로소 한 사람의 동지를 얻었다! 내 사랑의 친구를 찾았다!" 하고 부르짖으며 저 혼자 감격하는 것이었다.[12]

11) 심훈, 『상록수常綠樹』, 삼중당, 1974, 39쪽.

12) 심훈, 『상록수常綠樹』, 삼중당, 1974, 27쪽.

위에서와 같이 한 젊은 남녀男女로서의 능히 가질 수 있는 사실이라 보겠으나 동지애同志愛로써의 애정愛情을 처음 느껴 보는 서장序章이기도 하며 순수한 애정愛情의 발로發露도 시초始初가 되는 것이다. 그러나 이러한 마음의 발로發露의 밑바탕은 어디까지나 세속적世俗的이고 통속적通俗的인 것이 아니라 농촌계몽 운동農村啓蒙運動의 한 반려자로서의 굳은 의욕意慾의 표현表現이라 보겠다.

"그렇다, 그와 평생平生의 고락苦樂을 같이 할 약속을 하였다. 나는 그이를 이 세상의 누구보다도 사랑한다. 그러나 결혼을 한다고……두 사람이 육체적으로 결합이 된대도, 내가 할 일이 따로 있다. 이 현실에 처한 조선의 인텔리 여성으로서, 따로이 해야만 할 사업이 있다. 결혼이 그 사업을 방해한다면 차라리 연애도 결혼도 하지 말아야 한다"[13]

위에서는 인텔리 여성女性으로서의 자기희생적인 정신적인 모습을 살필 수 있다. 여기서는 어디까지나 민족적民族的 사명使命에 얽매인 모습이라 볼 때 여기에서 진정眞正한 한국적韓國的 참여문학으로써 농민문학農民文學을 소생蘇生시킨 귀중貴重한 정신精神으로 삼을 만하다.

그리고 심훈은 종종 작품에 '죄책감罪責感'에서 우러나는 언어言語들을 살필 수 있다. "나쁜 짓이나 하는 것 같은" 따위의, 이것은 작자作者의 하나의 한 특질特質로 파악된다.

전술前述한 바와 같이 자기희생적인 정신, 그리고 봉사정신奉仕精神을 대두시킨 점을 발견할 수 있는데 이는 영신으로 하여금 철저한 자기희생의 봉사奉仕에서 끝내 중태重患에 빠진 상태에서, 동지同志이며 애인愛人인 동혁의 모든 실망을 실감케 하는 '죄책감罪責感' 같은 것을 나타내는 심리묘사는 역시 자기희생적인 애정愛情에서 우러나는 번뇌라 하겠다. 또한 민족적民族的 사명감使命感에 사로잡힌 자기희생정신의 압도적으로 뒷받침할 만한 모습을 엿보았으며 또한 이는 어디까지나 춘원春園의 『흙』이나 『사랑』에서 찾아볼 수 없는 훌륭한 정신의 맥박이 생동生動하고 있는 것을 찾아볼 수 있다. 여기서도 한국적韓國的 참여문학參與文學으로써 농민문학農民文學이 소생蘇生시킨 귀중貴重한 정신精神을 맛볼 수 있다.

---

13) 심훈, 『상록수常綠樹』, 삼중당, 1974, 122쪽.

동혁은 두 팔로 영신의 어깨와 허리를 번쩍 끌어안으며,

"해당화는 지금 이 가슴 속에 새빨갛게 피지 않았어요?"

하더니, 불시의 포옹에 벅차서 말도 못하고 숨만 가쁘게 쉬느라고 들먹들먹하는 영신의 젖가슴에, 한 아름이나 되는 얼굴을 푹 파묻었다······영신은 생후 처음으로 경험하는 남자의 뜨거운 입술과 소름이 오싹오싹 끼치도록 육체의 감촉에 아찔하게 도취되는 순간 잠시 제정신을 잃었다.[14)]

인간人間 본연本然의 본성本性에서 애정愛情을 져버릴 수는 없으나 사명감使命感에 못이겨 억누르는 인내심忍耐心이 이 얼마나 애절하고도 가상한 일이냐!

또 심훈은 작품에서 동혁, 영신 두 사람의 호칭에 있어서도 점차 깊어지는 점층적인 수법을 써서 퍽 두드러진 모습을 보이기도 했다. 즉 "경애하는 동혁씨"에서 "나의 가장 경애하는 동혁씨"로 또한 "나에게 다만 한 분이신 동혁씨!" 또는 "당신께도 하나뿐인 채 영신"라든지 하는 것에서 역력히 볼 수 있다.

그러나 심훈은 누구 못지않게 않게 감상주의자感傷主義者라 할 만하다. 체념의식에 빠져 인생人生의 변천을 무상감無常感에서, 또한 허무감은 다시 인생人生의 부조리不條理에 의하여 깊은 회의에 깊이 빠지고 만다.

동혁과 영신의 애정도 끝내 죽음으로 이끌어 가고 말았다. 이는 전술前述한 바와 같이 비극적悲劇的이고 감상적感傷的인 인간성人間性의 발로發露임에 틀림없는 것이다. 이러한 것은 다음의 예例에서 증언될 수 있다.

"내 몸이 이 지경이 된 것을 알면, 얼마나 고심落心할까 그이는 오직 나 하나를 기다리고 청춘青春의 정열을 억지로 눌러 오지 않았는가. 나이 삼십에 가까운 그다지 건강한 청년으로 보통 남자로는 참을 수 없는 것을 점잖이 참아 오지 않았는가. 다른 남자는 술을 마시고 청루青樓에까지 발을 들여놓는데"[15)]

---

14) 심훈, 『상록수常綠樹』, 삼중당, 1974, 122–123쪽.

15) 심훈, 『상록수常綠樹』, 삼중당, 1974, 186~7쪽.

여기서 우리는 인간人間과 인간人間과의 관계에서 항시 인간人間은 타아중심적인 대타관을 발견할 수 있다. 아울러 개인 속에 잠재하는 개인보다 큰 인간人間의 올바른 진실의 구현의 모습으로 나타난 인간관人間觀에 대한 증언證言이라 보여진다.

(3) 사회社會의 부조리不條理에 대對해서

약육강식의 세태世態 속에 부조리不條理는 존재存在하는 것이다. 침략정책侵略政策에 있어서 가장 필요必要로 하는 것은 역시 그 앞잡이일 것이다. 일제日帝 침략자侵略者에게서 이를 외면外面할 수 없을 것이다. 어떠한 명목상名目上의 구실을 만들어 거기에 우매한 몇 명을 얽어매어 그들로 하여금 표면상表面上의 우대에서, 이면으로는 착취성을 일삼는 것, 즉, 지주地主와 소작인小作人 사회社會에 빚어지는 사례事例가 바로 이것이다.

> 기천이는 면협의원面協議員이요 금융조합金融組合 감사監事요, 또 얼마 전에는 학교비學校費 평의원評議員이 된 관계로 면장面長이 나와서 한곡리도 진흥회라는 것을 만들어서, 그 회장會長이 되도록 운동을 하였다. 기천이는 명예스러운 직함 하나를 더 얻게 된 것은 기쁘나, 군청이나 면소面所에서 시키는 대로 무슨 일이든지 하는 체해야……. [16)]

이렇듯 어떠한 직함이나 명예를 얻은 자들은 곧 지주地主인 것이고 그들은 그들 나름대로 행정권 발동으로 인하여 착취당하고 굴복되는 것이 또한 소작인小作人인 것이다.

> 기천이가 대代를 물러가면서 고리대금高利貸金과 장리 벼로 동리 백성의 고혈을 빨아서 치부하였고(주독酒毒으로 간肝이 부어서 누운 강姜도사는 지금도 제버릇을 놓지 못한다. 방물장수나 여러 장수에게 몇 원씩 내주고 5분分 변으로 갉아 모아서는 거적자리 밑에 깔고 눕는 것이 마지막 남은 취미다)[17)]

16) 심훈, 『상록수常綠樹』, 삼중당, 1974, 102쪽.
17) 심훈, 『상록수常綠樹』, 삼중당, 1974, 326쪽.

"우리 같은 새빨간 무산자無産者가 꿈에 광맥이나 발견하기 전엔 돈을 모아가지고 사업을 한다는 전 참 정말공상이지요. 사실 남의 고혈을 착취하지 않고서 돈을 몬다는 건 얄미운 자기변호에 지나지 못하는 줄 알아요"[18)]

"그런데 우리 회원들이 강姜도사 짐에 농책農債나 상채로, 또는 혼채로 진 빚을 쳐보니까, 본전만 거의 4백 원이나 되네 그려. 그러니 또박또박 5분分 변을 물어 가면서 기한에 못 갖다 바치면, 그 변리까지 추켜 매서 그 원리금元利金에 대한 5분分 변리를 또 물고 있지 않은가? 하고 보니 자네들의 빚이, 벌써 얻어 쓴 돈의 3배도 더 늘었네 그려. 주먹구구로 따져봐도 1400원 턱이나 되니"

"어이구, 1400원! "

갑산이가 새삼스러이 놀라며 혀를 빼문다.

"그게 또 자꾸만 새끼를 칠데니 어떻게 되겠나?······[19)]

이상에서 보는 바와 같이 그들의 치부방법致富方法은 한결같이 고리대금高利貸金과 장리長利로 인因하여 가난한 농민農民의 고혈을 빨아먹는 수전노守錢奴의 착취법이 아니고 무엇이냐. 이렇듯 작자作者는 작품에서 착취자에 대한 혐오와 멸시를 엿보게 하였으며 치부致富는 곧 착취를, 이것이 당시의 사회의 철칙으로 말하고 있다.

또 농촌農村이 가난에서 헤어나지 못하는 가장 큰 이유理由도 있겠지만 그 중中에서 직접적인 이유理由는 바로 착취는 고리대금高利貸金이라는 것을 작품에서 지적하고 있다. 그리고 이미 지주地主(지방유지地方有志)는 곧 일제日帝의 앞잡이라는 식민지植民地 착취의 메커니즘을 구체적인 사실로 암시暗示함으로써, 당시의 조선朝鮮사회 자체自體가 침략자侵略者(일제日帝, 대지주大地主) 밑에 짓밟히고 있는, 즉 식민지植民地(소작인小作人 사회社會)라는 것을 충분充分히 나타내 주고 있다. 즉 이러한 보이지 않은 정치적인 상황 속에 소작제小作制라는 일차적一次的인 농업제도農業制度를 실시實施하여 착취의 고도적高度的인 방법方法을 내포內包하고 있었다. 그러나 당시는 이러한 치사에 대해 누구 한사람의 입을 통해 나타낼 수 없는 사실이었다. 『상록수』의 의도意圖

18) 심훈, 『상록수常綠樹』, 삼중당, 1974, 102쪽.

19) 심훈, 『상록수常綠樹』, 삼중당, 1974, 154-5쪽.

자체自體가, 그리고 동혁을 통한 농민운동農民運動의 목표目標가 곧 그들의 횡포에서 벗어나려는 몸부림이 아니었나? 때문에 작품의 주인공主人公들은 '농촌계몽農村啓蒙의 봉사奉仕'(이광수李光洙의 『흙』과 같이)에 머무를 수 없어 직접적直接的인 농민운동農民運動으로 나타난 것이라 믿어진다.

무엇보다도 이광수李光洙보다는 훨씬 관념적인 비장성悲壯性과 상징성常套性이 갖춰진 대신에, 훨씬 더 구체적인 명백明白히 침략자侵略者·일제하日帝下의 식민지植民地·소작인小作人사회社會의 상황을 제시하고, 그 불평등과 착취를 깊이 파헤쳐 제시例示하였으며, 이에 대한 의분과 반항의식을 뚜렷이 표시하였으며 고취시키고 있다.

(4) 작품에 나타난 농민운동農民運動에 대하여

농민農民이 절대 다수일 뿐만 아니라 민족民族의 근간根幹이기에 우선 그 뿌리를 살려야 민족民族도 소생蘇生할 수 있다는 결론은 당시의 사회社會의 지식층知識層이 누구나 거의 상통된 이념理念이었다. 심훈의 주위에서도 혁명사상가革命思想家로 자처하던 작가作家나 지식인知識人들의 모두가 그러하였다. 그러기에 심훈 심신自身부터가 도시都市의 보잘것없는 하나의 하루살이에 지나지 않는다고 규정하고 그 하루살이와 같은 무리에서 벗어나려고 몸부림친 것은 그 나름대로의 하나의 성실성誠實性을 보여 준 것이고, 또한 소작인小作人사회社會에 태어난 지식인知識人이 찾는 제3의 길의 모색摸索과 실천의 첫 걸음이 바로 이 농민운동農民運動의 길이라고 믿어진다.

> "우리 계몽대啓蒙隊의 운동이 글자를 가르치는 데만 그치지 말고 한걸음 더 나아가서 우리 민족의 거의 전부라고 할 만한, 절대 다수인 농민農民들의 갈 길을 열어 주기 위하여" 20)

> "여러분은 學校를 졸업하면 양복을 갈아 붙이고 의자를 타고 앉아서, 월급이나 타 먹으려는 공상空想부터 깨뜨려야 합니다. 우리 남녀男女가 총동원해서 민중으로 뛰어들어서, 우리 농촌, 어촌, 산촌을 붙들지 않으면 우리 민족은 영원히 거듭나지

20) 심훈, 『상록수常綠樹』, 삼중당, 1974, 12쪽.

못합니다!"[21]

"이번 기회에 공부고 뭐고 다 집어치우고서, 우리의 고향을 지키러 갑시다! 한 가정을 붙드느니보다도 다 쓰러져 가는 우리의 고향을 붙들기 위한 운동을 일으키기 위해서, 자 용기를 냅시다!" [22]

이렇듯 한 젊은 남녀로 하여금 헌신적이고 희생적으로 농촌農村에 귀화시켜 농민운동農民運動의 선도적先導的 역할役割을 담당하게 한 작가作家의 의도意圖는 그의 문학론文學論에서 더욱 뚜렷해지는 것이다.

아울러 농민운동農民運動이란 우선 직접적直接的이어야 하듯 모든 것이 실천적이고 필연적必然的인 사실事實을 부여하여 농민農民 속으로 뛰어들어서 그들과 함께 생사고락生死苦樂을 같이 했다는 것은 그렇게 하지 않으면 쓰러져 가는 민족民族의 운명運命은 없을 것이며 소생시킬 수 없을 것이라는 의식意識 속에서, 여기 그 선도先導와 실천력을 과감히 나타내 보인 것이다.

또 한 가지 느낄 것은 같은 배경이면서도 이광수李光洙의 농촌계몽 운동農村啓蒙運動과는 체질적인 차이를 엿볼 수 있으며, 아울러 사회적社會的 배경背景과 생활양식生活樣式도 엄청난 거리감을 맛볼 수 있다.

(5) 작품에 나타난 농촌환경農村環境

전장前章에서 논論하였듯 과연 동혁과 영신으로 하여금 농촌農村속에 파고 들어가서 생사고락生死苦樂을 같이 할 만하였던 그 환경은 어떠하였나를 살펴보면 작자는 그들로 하여금 농촌사업農村事業을 더 없는 낙樂으로 삼고 농촌農村에 희생적으로 헌신하게 하였다는 것은 결코 작자作者 심훈의 감상적感傷的, 자연적自然的, 민족적民族的인 인간성人間性에 기인基因하였으리라.

특特히 소작인小作人 사회社會의 식물적植物的인 인간상人間像과 또 가혹하리만큼 처참한 농촌農村의 환경環境에 있어서 농민農民들은 자연自然과 그 변화가 곧삶으로 직결直結되어 있다고 보았으며, 바로 그러한 농촌農村사회社會는 가난하고 헐벗고 굶주림에 찌든 비정非情의 자연自然이었으며

21) 심훈, 『상록수常綠樹』, 삼중당, 1974, 12쪽.
22) 심훈, 『상록수常綠樹』, 삼중당, 1974, 26쪽.

또한 일제日帝에 짓밟힌 자유自由를 잃은 깡마른 산하山河라고 보았다.

> "석양판에 선들바람이 베옷 속으로 스며들 적에, 버드나무의 매미 쓰르라미 소리가, 피아노나 유성기 소리보다 더 정답고 깨끗한 풍악소리로 들려야 하겠는데⋯⋯."[23]

위의 열거한 자연自然의 모습은 순수한 자연自然의 아름다움을 간직한 채 작은 미생물이나마 염두에 두고 있는 하나의 소극적인 모습이기도 하며, 이는 동혁으로 하여금 농촌農村에 귀착되기 이전의 말이고, 또 "들려야 하겠는데⋯⋯"로 나타낸 것은 현실과의 거리를 암시暗示하고 있다. 그러나 실지로 뛰어든 '소작인小作人 사회社會'는 그러한 풍류風流를 느끼기에는 너무나 가혹하였으며 전원田園에 대한 낭만적인 향수鄕愁도 전혀 없었다.

> "허어이 날, 사람을 잡으려고 이렇게 가문계여"
> 바싹 마른 흙이 먼저처럼 피어올라, 풀싹풀싹 나는 보리밭에⋯⋯
> "참 정말 큰일났구려, 참죽 에 순이 나는 걸 보니깐 못자리 헐 때두 지났는데, 비 한 방울이나 구경을 해야 하지"[24]

오직 하늘에 의존하고 사는 농민農民들에게 이처럼 가혹한 천벌天罰이 어디 있을까? 완전히 그들의 삶을 지배하고 있다. 여기에 풍류風流고 사색思索이고 뭣이 깃들일 수 있겠는가?

> "저 해를 좀 보슈. 가물지 않겠나."[25]
> "달무리를 하니 인제 비가 좀 오려나?"[26]

우매한 농민農民들은 그저 흙에서 나서 흙으로 돌아가는 철칙에서 단 한 가지 바랄 것이

---

23) 심훈, 『상록수常綠樹』, 삼중당, 1974, 22쪽.
24) 심훈, 『상록수常綠樹』, 삼중당, 1974, 27쪽.
25) 심훈, 『상록수常綠樹』, 삼중당, 1974, 28쪽.
26) 심훈, 『상록수常綠樹』, 삼중당, 1974, 31쪽.

있다면 좋은 씨 뿌리기와 좋은 수확을 애원하는 것이 아닌가. 이처럼 농민農民들은 우선 일차적一次的인 생존生存의 위협 속에서 삶을 억지로 영위하나 그 위에 다시 사회社會의 현실은 온갖 착취를 감행하고 있는 것이고 보니 거기에 이차적二次的인 생존生存의 위협을 맛보며 죽기 일보 전까지 그래도 그 자연환경自然環境 속에서 '내 것을 내 것으로'라는 보이지 않는 투쟁을 일삼고 있는 것이 바로 농촌農村의 자연환경自然環境인 것이다.

(6) 작품에서의 기독교 정신

『상록수』는 당시 현실화된 피식민지인들의 고민과 회의를 발표함에 있어서 그 내면에는 문자보급이나 브나로드 운동과 함께 조선일보와 동아일보의 조선어학회 십년의 성과를 실천하려는 의욕과 1920년대의 기독교의 거센 힘을 이끌어 들인 것이라 하겠다. 작품에서 심훈의 기독교적인 분위기를 살펴보면 이미 그 이전에 그의 일기日記에 의하면 첫째 그가 작품제작 때까지 당시 사회의 계몽운동과 관계가 깊었다. 둘째 1920년 3월 2일(화) 일기에 "서울에서 일군경이 시위 경계, 평양에서 3월 1일을 대처하는 행동이 있었으나 신문에 보도를 막았고, 서울서는 배재·배화(여)에서 "독립만세"를 불렀다는 소문", 3월 6일(土) "서울로 들어왔고, 날씨가 따뜻하다고 했으며, 종교 예배당禮拜堂에서 연설演說을 듣는다", 3월 7일(日) "연설演說을 들었다".(일기日記에는 설교說教를 연설演說이라 했다)

즉, 『상록수』의 집필에 있어 기독교 측의 자료를 기록記錄으로보다 신문이나 전문에서 얻으려 하였으며 또 그 의식의 방향을 시골 교회에서 찾아본 것 같다. 그리하여 영신은 끝내 세상을 떠났지만, 이러한 이야기에서 기독교인으로 현실적인 적극성과 영원성의 포착은 어떠한 모습으로든지 실망 없는 희망을 불어넣기 위한 것인 것 같다. 일제가 금지한 제219장(합동 459장) 찬송가나 영신의 인종에서 부른 찬송가는 기독교를 통한 정신을 찾으려 한 것 같다. 그러나 끝내는 "상록수 그늘을 향하여 뚜벅뚜벅 걸었다"는 결구結句는 『상록수』가 오히려 찬송가 219장의 정신을 푸른 농촌에서도 사계四季를 통해 불변하는 희망의 빛으로 잡은 것이 아니었을까.

"이번에는 금년에 처음으로 참가한 여자 대원 중에서 제일 좋은 성적을 나타낸

××여자 신학교에 재학 중인 채영신 양의 감상담이 있겠습니다."[27]

위에서 같이 작자作者는 작품의 발단에서 부터 영신으로 하여금 기독교 신자로 분장시킨 것은 또한 계몽운동啓蒙運動이라는 명목名目이 섰다손 치더라도 이는 어디까지나 철저한 종교관宗教觀에서 나온 것이라 믿어진다. 또 작품에서 동혁과 영신이 첫 번째 밤거리를 헤매다가 '백현경'이라는 사람에게로 결부시켜 온다. 바로 이 '백현경'은 '여자 기독교 연합회 총무'라는, 수준 높은 기독교 신자와의 결부도 우연한 구성은 아니다. 그리고 영신으로 하여금 교실로 사용하면서 아이들에게 우리 한글을 가르치던 곳도 바로 교회인 것이다.

"삼천리 반도 금수강산
하나님이 주신 내동산"
하고 제 이백 십 구장 찬송가를 부른다.
"일하러 가세 일하러 가"
하고 후렴을 부를 때, 아이들은 신이 나서 팔을 내저으며 발을 구르며 목청껏 소리를 지른다. 어느 틈에 원재를 위시하여, 청년들과 친목계의 회원들까지 따라 불러서 예배당 마당이 떠나갈 듯하다. 이 노래는 한곡리서 애향가를 부르듯이 무슨 때에는 교가처럼 부르는 것이다. 찬송가가 끝나자……[28]

영신의 눈부신 활동상이 역력하나 여기에 기독교의 전도사업도 대단한 효과를 거둔 것이라 생각된다.

"일하러 가세, 일하러 가!" 하고 소리를 지를 때는(그런 찬송가는 꽤 좋군) 하고 동혁이도 따라 부르고 싶은 충동을 느꼈다.[29]

---

27) 심훈, 『상록수常綠樹』, 삼중당, 1974, 15쪽.
28) 심훈, 『상록수常綠樹』, 삼중당, 1974, 199쪽.
29) 심훈, 『상록수常綠樹』, 삼중당, 1974, 232쪽.

영신이 학원에는 "일하기 싫은 사람은 먹지 말라"라는 표어가 붙어 있고, 교가처럼 부르는 찬송가 '삼천리三千里 강산江山 내 강산江山'의 후렴은 '일하러 가세, 일하러 가!'로 되어 있다. 기독교를 믿지 않고 인간의 노력만을 믿는 동혁까지도 이에 동화同化하고마는 그 실례實例가 아닌가.

> "그럼 무슨 곡조를 할까요?"하고 귀를 기울이니까, 영신은 "사사 삼천리…··"하고 자유를 잃은 입을 마지막으로 힘껏 움직인다. 손풍금 소리와 함께 청년들은 입술로 눈으로 눈물을 빨다가 일제히 목소리를 내었다.……목청을 높여 후렴을 부를 때 영신은 열병환자처럼 몸을 벌떡 일으켰다.[30]

영신이가 마지막 숨을 거두기 전에, 한 제자가 천당을 노래하는 찬송가를 부르자 머리를 흔든다. 그리고 영신은 이 마지막 후렴을 듣고서야 숨을 거둔다.

인간人間의 내면세계內面世界를 지배支配하는 것은 사상思想일 것이다. 그러나 선천적先天的인 사상思想인 양 그에게는 기독교라는 한 종교宗敎가 꽉 차 있었다. 결국 하나님에게로 가고 마는 종말終末이었지만 그의 헌신적인 농촌운동農村運動만은 후천적後天的인 사회적社會的 환경에서 입은 종교적宗敎的인 사명감使命感도 아울러 생각할 수 있다. 또한 춘원春園에 비比해 한층 더 심화深化된 종교적宗敎的인 인간상人間像을 맛보게 하였으며 종교적宗敎的 계몽의식啓蒙意識도 작품에 반영한 것이다.

결론結論

이 논문論文은 일제日帝의 식민지植民地 시대時代였던 1930년대年代의 농촌農村계몽소설啓蒙小說인 심훈의 『상록수』를 중심中心으로, 서구西歐에 있어서의 계몽주의啓蒙主義의 실상實相과 또 한국적韓國的 계몽주의啓蒙主義의 양상樣相을 연구硏究하였으며 아울러 우리나라 계몽주의 운동啓蒙主義運動의 전개展開를 역사적歷史的 배경 하背景下에서 통시적通時的으로 고찰考察한 것이다.

먼저 서구西歐의 계몽주의啓蒙主義는 대부분大部分의 계몽사조文藝思潮가 그렇듯이 18세기에 이르러 프랑스에서 비롯되었으니, 18세기를 계몽시대啓蒙時代라고 불렀다. 그 내용內容은

30) 심훈, 『상록수常綠樹』, 삼중당, 1974, 292쪽.

'낡은 것에서 새 것으로'라는 것이었고, 급기야는 계몽주의啓蒙主義 사상思想에 의依해 1789년年 자유自由·평등平等·박애博愛 등等을 주장主張하는 프랑스대혁명까지 초래招來했던 것이다.

그리고 서구西歐의 계몽주의啓蒙主義가 한국韓國에 이입移入되어온 과정을 보면 우리나라에 있어서의 개화파들이 먼저 서구문명을 받아들인 일본을 모방한 데서 출발했던 것이다.

20세기 초에 근대의식近代意識의 발동發動의 하나로 간주될 수 있는 계몽주의啓蒙主義는 근대화近代化를 위한 몸부림, 즉 봉건주의封建主義로부터 탈피脫皮하고, 신분身分이나 지위地位에 있어서 비합리적非合理的인 권위를 배제排除하고 모든 인간人間의 자유自由와 평등平等을 실현實現하며 인습적 전통傳統에서 벗어나려는 것 등에서 싹텄다. 그러나 1920~1930년대年代의 계몽주의啓蒙主義는 한걸음 더 나아가 무지無知로부터의 해방解放을 전제前提하고 실현實現된 것이다. 곧 조선일보, 동아일보를 통通한 한글 계몽운동啓蒙運動이나 브나로드 운동이 일어난 그 시기時期와 실태實態를 언급言及하였다.

그러나 낡은 가치관價値觀과 권위權威·인습因襲의 붕괴崩壞와 함께 등장登場된 새로운 계몽사상啓蒙思想은 그때까지 우리나라의 정신적精神的인 기조基調로 되어 있던 유교사상儒敎思想의 반발反撥을 무릅쓰고 민족주의民族主義 구국운동救國運動과 같이 일어났다. 그리고 사상思想이나 문화활동文化活動을 비롯한 지적활동知的活動으로 번져 갔으나 식민치하植民治下의 우리의 입장立場은 거의 절망적絶望的인 상태狀態였다. 따라서 민족民族의 주체성主體性은 물론이고 지성인知性人의 사상思想과 지적知的 활동活動까지도 억압된 상태에서 나온 것이라 보겠다.

이러한 계몽주의啓蒙主義는 당시當時 사회적社會的 격동기激動期인 1930년대年代의 문학사적文學史的인 배경背景에서 심훈을 주主로 하여 춘원春園과는 대조적인 관계를 이루면서 그들의 자세와 사명使命을 모색하였으며, 그리하여 작품을 분석分析 평가評價함으로써 계몽적啓蒙的 특성特性을 찾아 한국韓國 계몽주의 문학啓蒙主義文學의 실태實態를 구명究明하여 보았다.

또한 농민문학農民文學的인 입장立場에서 살펴보면 근대화의 거센 물결 속에서 싹터 일제하의 불모지적 환경에서도 그 양적量的 면面으로 보아서는 풍성했지만, 농민문학農民文學 자체自體로 보면 허다한 맹점盲點을 지닌 문학文學으로 나타났다. 이 같은 한국적韓國的인 특수特殊한 농민문학農民文學의 양상樣相을 띠게 된 원인原因은 우리나라 신문학新文學의 역사歷史가 불행不幸히도 그 출발出發이 늦은데다가 급변기急變期에 성장成長하였기 때문에 농민農民문학文學의 문제성問題性을 파악把握할만한 역사의식歷史意識이 미처 배양培養되지 못했고, 일제하日帝下라는 식민지적植民地的 특수特殊 환경이 다시 작가作家들의 자유自由로운 창작 활동活動에 많은 제한을 준 점點이다.

그리고 이 나라 농민農民들은 전인구全人口의 80%를 차지하는 다수의 집단이었지만, 그러나 그들은 사회적社會的 운동運動의 파워로 형성될 수 없는 무기력한 상태였기 때문이다. 따라서 이 같은 상황狀況 속에서는 농촌農村 출신出身의 작가作家가 나타날 수 없었다는 이유理由도 있겠다. 그러나 무엇보다도 당시의 작가作家들은 이 같은 사회社會속에 파고들어 현실파악現實把握·고발告發·증언證言·위안慰安 사회적社會的 개선改善 등等 많은 지능을 발휘發揮해야 했겠지만 우선于先 그 같은 집단에 대해 핵심파악과 작가作家의 철학哲學이 미숙했기 때문에 다만 그들을 동정적인 눈으로 바라보고 그런 점이 자랑할 만한 농민문학農民文學을 형성形成하지 못한 원인原因이라고 본다.

심훈沈熏의 「상록수常綠樹」
— 희생양犧牲羊의 이미지 —

송백헌

1

한 작가의 작품에 있어 그 당대 혹은 후대까지의 문단 외적인 인기와는 달리 문학사적으로는 크게 각광을 받지 못하는 경우를 우리는 종종 볼 수 있다. 이 나라의 많은 독자들의 가슴마다에 항상 푸른 이상의 꿈나무들 심어 준 심훈沈熏의 『상록수常綠樹』의 경우가 바로 그러한 예의 하나인데 지금까지 『상록수』에 대한 독자들의 대중적인 인기와는 달리 평판이나 학계의 논의는 사회적 인식의 관점에서 고찰한 김붕구의 「심훈 연구」(『작가와 사회』, 일조각)가 있을 뿐. 그 밖의 연보적年譜的 해설 한두 편이 고작이다. 그와 같은 이유는 무엇일까? 이러한 물음에 대한 해답은 우선 그 작품의 정확한 진단을 통해서만이 얻어질 수밖에 없는 것이다.

알다시피 이 『상록수』는 경성농업학교를 졸업하고 진학을 하라는 부모의 권유를 뿌리치고 충남忠南 당진군唐津郡 송악면松嶽面 부곡리富谷里에서 농촌 운동을 일으킨 그의 큰 조카 심재영沈載英을 모델로 한 작품이다. 게다가 수월군水原郡 반월면半月面 한곡리泉谷里에서 역시 봉사활동을 하다가 죽은 최용신崔容信과의 허구적인 로맨스를 만들어 쓰인 것이다.

이와 같은 작품의 모티브로 말미암아, 그리고 이 작품의 배경이 농촌이라는 사실과 그 주인공들이 농촌계몽에 헌신했다는 사실 등으로 말미암아 『상록수』는 춘원의 『흙』과 더불어 이 나라 농민문학의 대표적인 작품이라는 세평을 얻고 있다.

이 작품 속에는 낙후된 농촌을 하루 속히 부흥시키려는 작가의 강력한 의지로 충만되어 있다. 그리하여 그 속에는 가난하고 무지한 농민을 계몽하고, 가진 자의 횡포를 고발하고, 없는 자의 처참한 생활상을 동정하는 휴머니티가 있다.

이와 같은 몇 가지의 사례를 통하여 지금까지의 유추된 결론으로 『상록수』가 한국문학사상에 있어서 농민문학의 선구적 작품으로 치부되어 온 것이다.

그렇다면 이 『상록수』가 과연 농민문학으로서 성공을 거둔 작품으로 볼 수 있을 것인가? 그리고 많은 독자들이 이 작품에 매료되었던 이유가 바로 농민문학이라는 사실에 있었던가? 아니면 그 어떤 다른 이유로 말미암은 것인가?

이같은 사실을 밝히고 그 작품의 바른 이해와 평가를 위해서는 보다 엄밀한 작품의 분석이 선행되어야 할 것이다.

2

『상록수』는 한곡리에서 농촌 봉사에 앞장섰던 박동혁과 청석골에서 헌신적인 봉사활동에 몸을 바친 채영신과의 사이에 얽힌 사랑의 애화를 줄거리로 한 장편 농촌 서사이다. 이 작품 속에는 계몽주의적 사상과 카프의 대립적 이데올로기, 채영신의 애정관 등을 주된 내용으로 하여 당시의 비참한 농촌사회의 실상이 잘 묘사되어 있다.

주인공 박동혁과 채영신은 다 같이 가난한 농촌 출신으로서 도시에서 고등교육까지 받은 인텔리들이다. 이 같은 도시의 인텔리가 농민소설의 주인공이 됨으로써 그 소설의 주제는 이광수의 『흙』과 같이 계몽주의적 성격을 강하게 나타내고 있다. 따라서 이 소설의 서술 형식은 다분히 교설적인 내용을 많이 담고 있다. 이러한 성격으로 말미암아 작가는 이 소설에 객관적 관찰자의 시점을 사용하고 있지만 가끔 무의식적인 작가의 육성으로 사건을 설명하거나 요약해 나가는 변칙을 노정시키고 있다.

채영신이 박동혁을 찾아 한곡리에 도착한 것은 마치 오랜 가뭄 끝에 단비가 내렸을 때다. 이때의 감격은 작가에 의해서 다음과 같이 감동적으로 묘사되어 있다.

> 「비 맞고 찾아오는 벗에게」라는 조운의 시조 두 장을 가만히 읊었으리라.

다분히 작가의 고조된 육성을 느끼게 하는 이러한 감격적인 묘사는 채영신이 주재소에 다녀오는 부분에서도 여전히 계속된다.

> ……영신과 주재소 주임 사이에 주 받은 대화나 그 밖의 이야기 는 기록하지 않는다. 그러나 호출한 요령만 따져 말하면 ……

소설가에서 일반적으로 요구되는 겸허한 관찰자로서의 객관적인 묘사의 자세가 심훈에게 이처럼 불투명한 것은 그가 계몽의식을 강조한 데서 연유한 것이라고 보겠다. 이 같은 그의 태도는 작품의 인물설정에서도 두드러지게 나타난다.

『상록수』가 쓰일 무렵 이 나라의 농촌은 무지와 빈곤 속에 극도로 피폐되어 있었다. 이러한 극한상황 속에서 문맹 퇴치와 빈곤 타파에 그 목표를 둔 이른바 〈브·나로드〉 운동이 한창 성행하게 되었다. 이러한 운동의 영향을 받은 것으로 믿어지는 『상록수』를 통해 작가는 농촌의 빈곤과 무지와 원인을, 가진 자의 횡포와 없는 자의 고통으로 대립시켜 시대적 사회적 맥락에서 천착하고 있다.

> "홀로 되신 우리 어머니는 육십 노인이 딸 하나 공부시키느라고 입때 생선 광주리를 이고 댕기세요. 올 여름엔 더위를 잡숫고 길바닥에 쓰러지신 걸 동네사람들이 업어다가 눕혀 드렸어요. 그렇건만 약 한 첩 변변히……"

이것은 영신이 어머니의 생활상을 직접 그녀의 입을 통해서 서술한 대목이다. 이와 같은 상황은 가진 자의 향락적인 생활과 대조되어 제시되고 있다. 한곡리의 강기천과 청석골의 한낭청은 이 가난한 농민들을 착취하는 지주요, 고리대금업자인 동시에 권력과 결탁하여 농민들을 괴롭히는 사악한 인물, 그리고 방탕 속에 사는 인물로 묘사되고 있다.

> 깍지동처럼 뚱뚱해서 두 볼의 군살이 혹처럼 너덜너덜하는 한낭청 에게 버드나무 회초리 같은 계집들이 착착 부닐면서 아양을 떠는 것도 한 구경거리다.
>
> 이윽고 풍류 소리와 헌화하는 소리 와 웃음소리 가 일어난다. 술 주전자를 들고 혹은 진안주 마른안주를 나르는 사내 하인과 계집 하인이 안 중문으로 풀방구리에 쥐 드나들 듯 하는 동안에 주객이 함께 술이 취하였다.
>
> 계집이라면 회를 치려고 드는 기천은 그 주막 갈보의 소위 나지미상(단골)이었다.

이처럼 가진 자의 방탕한 생활을 작가는 작중인물을 통해서나 작가 자신의 육성으로 비판하고 있다.

가진 자를 그렇게 사악하고 방탕한 인물로 설정한 반면 이와는 대조적으로 그들의 착취에 시달리는 가난하고 무지한 농민들은 한결 같이 선량하게 묘사되어 있다. 그들 가난한 소작 농민들은 오로지 자연에 매달려 살며 '독버섯'에 비유되는 가진 자의 착취에도 묵묵히 순응해 살아가는 각박하고 여유 없는 인간으로 등장한다. 그러나 그들에게도 의분과 항거가 있다. 다만 그들의 감정을 솔직히 표현하지 못하고 순응하는 것은 그들의 밥줄이 오로지 가진 자의 손에 매달려 있기 때문이다. 그러기에 그들이 일단 급박한 상황에 처하게 되면 무섭도록 분노를 터뜨리는 것이다.

> "너 요놈의 새끼, 네 놈의 집 머슴살이 삼 년에 사경도 다 못 찾아 먹고 네게 얻어맞고서 쫓겨난 내다. 어디 너 좀 견디어 봐라." 하고 마른 정강이를 장작개비로 패고 발딱 자빠뜨려 놓고는 발뒤꿈치로 가슴을 사뭇 짓밟았다.

이것은 강기천이 술집 단골 기생인 옥화를 찾아 갔다가 마침 옥화와의 정사에 빠져 있는 용준이와 마주치게 되어 봉변을 당하는 장면이다. 심훈의 이 같은 가진 자와 없는 자 곧 선과 악의 대립적 인물 설정 방법은 프로문학의 그것과 일치한다. 그러나 그 주제나 〈브·나로드〉 운동을 끌어들여 문학화한 점, 그리고 작품 전체의 분위기 등으로 보아 『흙』과 더불어 자매편이라고 지칭할 만하다.

이 두 작품은 배경과 주제를 다 같이 농촌에 두고 있음으로써 농촌의 문제와 상황, 또 그 구원의 사명감을 모티브로 삼고 있지만 『상록수』에서는 그것이 『흙』에서 보다 더 심각하게 파헤쳐졌다고 볼 수 있다. 그것은 심훈이 농촌에서 농민 생활과 농촌 현실을 직접 체험하고 썼기 때문에 그만큼 춘원보다 농촌 사정에 대한 이해가 깊었음을 말해 주는 것이다.

그러나 이 작품은 주인공들이 농촌에서의 삶의 뿌리를 깊이 박을 수 없는 허약성을 내포하고 있다. 그들이 벌이는 사업 목록이란 마을 조기회의 조직과 금주, 금연으로의 지출 억제, 이용조합 결성, 그리고 마을회관 건립과 야학 개설 등 지엽적인 문제가 고작이다. 따라서 거기에는 그들 농민이 당면하고 있는 시급한 문제, 즉 배고픔을 해결할 구체적인 방안이 제시되어 있지 않다. 이들의 크나큰 이 상에 비하여 결국 현실적인 성과는 미약했다. 그러기에 작가가 야심적인 인물로 묘사하고자 한 박동혁은 도식적인 흙의 찬미자일지언정 실천자는 아니었다.

> 한 줌 흙도 움켜주고

놓치지 말아라
이 목숨 끊지도록
북돋우며 나가세

이러한 박동혁의 인간상에서보다 차라리 독자들은 헌신적인 농촌 봉사 끝에 끝내는 과로로 목숨을 바친 채영신의 희생적인 이미지에 더욱 깊은 연민과 애정의 여운을 간직하게 된다.

이렇게 볼 때『상록수』가 오래도록 독자들에게 강력히 던져 주는 진폭은 농민문학으로써가 아니라 다른 곳에서 그 원인을 찾아야 한다.

그의 작품에서 느끼는 매력은 첫째, 문장에서다. 그의 문장은 부드럽고 평범하리만큼 대중적이며 세련미가 있어 독자들을 끌어들이는 독특한 힘을 지니고 있다. 뿐만 아니라 그는 구성 면에서 남다른 탁월한 솜씨를 보여 준다. 그 속에는 치밀한 영화의 장면을 방불케 하는 사건의 전개. 그리고 동혁을 중심으로 하는 스토리와 영신을 중심으로 하는 두 가지의 스토리를 병행시키는 복합적 플롯을 사용하여 양자를 농촌 계몽이라는 하나의 주제 밑에 유기적으로 통일시킨 점이 그것이다.

그러나 이 작품에서 독자들이 매력을 느끼고 오래도록 그 여운을 간직하게 되는 핵심적 요인은 채영신의 불굴의 의지와 희생양적인 이미지와 함께 동혁과의 동지애적인 승화된 사랑에서 찾아야 할 것이다. 그녀의 농촌에 대한 헌신적인 봉사적 노력은 개인주의에 대한 반항이며 민족과 농민을 위한 일념에서 비롯된 것이다. 그러기에 그녀는 사랑과 조국애의 딜레마에서 고민한다. 그러나 어머니에 대한 사랑, 이성에 대한 사랑과 조국애의 갈등으로 고통스러워하면서도 그녀는 항시 조국애에 불타 민중을 향해 일어설 것을 결심하는 것이다. 그녀의 어머니를 지극히 사랑하면서도 조국애가 더 숭고한 것임을 깨닫고 있다. 그러기에 그녀와 어머니와의 다음 대화,

「나는 물론 어머니 한 분의 발 노릇만을 할 수가 없다우. 알아들으시겠수? 어머니 한 분한텐 불효하지만, 내 딴엔 수천 수만이나 되는 장래의 어머니들을 위하여 일을 하려고 이 한몸을 바쳤으니까요.」

에서도 개인주의를 극복하고 민족과 조국에 헌신하고자 하는 불타는 조국애가 엿보인다.

그녀의 결혼관 역시 조국애를 기저로 하고 있다. 부모가 어릴 때 정해 준 정근과의 파혼도 이

같은 이유에 기인한다.

> 「첫째 돈을 모아서 저 한 사람의 생활 안정이나 꾀하려는 정근씨의 이기주의가 싫어요.」
>
> (중략)
>
> 「그건 퍽 영리하고도 아주 현실적인 사상인 건 모르지만요, 제 목구멍이나 금전밖에 모르는 호인이나 유태 사람은 되고 싶지 않아요! 저라는 개인 이외에 사회도 있고 민족도 있으니까.」

개인주의적인 애정은 추한 것이며 자신의 인생을 포기하는 것이라 생각한 영신은 동혁과의 결혼을 자의로 언약한다. 그것은 동혁과의 동지애적인 사랑만이 자신과 조국을 구원하는 길이라고 확신하고 있기 때문이다. 이러한 조국애의 낭만적 열정은 이 작품 전체에 흐르고 있다.

〈브·나로드〉 운동의 성격 자체가 가지는 사상적인 격정과 함께 고양된 계몽주의에 대한 작가의 의도는 사실주의적인 방법의 현실 분석보다는 낭만적 격정으로 둔화되어 있는 것이 사실이다. 이 같은 낭만주의적인 열정은 동혁과 영신의 순결한 사랑을 통해서 그 정점을 이룬다. 특히 '해당화 필 때'의 장에서 그들의 사랑에 대한 묘사는 거의 시적인 아름다움을 보이고 있다. 그러나 여기서 시적이라고 말하는 것은 사랑의 장면 묘사를 가리키는 것이지, 주인공의 사랑의 본질 자체를 말하는 것이 아니다. 채영신의 애정관은 시적 서정성과는 거리가 먼, 오히려 의지적 표현으로 추출된다.

일반적으로 사랑은 본질적인 면에서 에고의 욕구라고 볼 수 있다. 그런데 그녀에게 있어 사랑은—그것이 남녀 간의 이성적·본능적인 것이라 하더라도—오히려 초 에고의 의지적 결합을 의미하고 있다. 적어도 그녀의 관점에 따르자면 개인적인 사랑과 조국애적 사랑이 병립될 수 없다. 이 점에서 우리는 채영신의 사랑은 민족적 사랑과 본능적 사랑의 조화스러운 일치·승화에서 그 참된 가치를 발견하려는 것으로 해석할 수 있다. 이러한 면은 마치 『뿌리 뽑힌 사람들』에서 보여주는 바레스의 민족주의적 사랑의 절대화를 연상시켜 주기도 한다. 채영신의 사랑이 앞서 말한 대로 비록 감정과 의지의 결합체라 하더라도 그러나 작가에 의해 묘사되는 사랑의 장면은 30년대 어느 소설에 비해서도 뒤떨어지지 않는 감미로운 서정성을 드러내고 있다. 이것이 바로 심훈의 작가적 기량이라고 할 수 있을 것이며, 이로 인하여 많은 독자들은 채영신의 강인한 의지보다도 희생적 여성의 이미지를 더 강하게 받는지도 모른다.

작가는 동혁과 영신이 사랑을 언약하는 장면을 달이 밝은 바닷가를 배경으로 묘사하고 있다.

> 달은 등 뒤의 산마루를 타고 넘으려 하고 바람은 영신의 옷을 가벼이 날리는데 어느덧 밀물은 두 사람의 눈앞까지 밀려들어와 날름날름 모랫바닥을 핥는다.

순결한 사랑의 열정은 바다와 아름다운 조화를 이룬다. 두 남녀는 바다의 어둠을 통하여 육감적인 사랑에 사로잡힌다. 자연적 배경인 바다는 단순한 행위로써의 배경이 아니라 사건의 의미와 연결되는 중요성을 지닌다. 따라서 바다는 사랑의 조화를 상징하는 동시에 인간 내면의 육감적인 욕구를 상징한다.

> …… 지새려는 봄 밤, 잠 깊이 든 바다의 얼굴을 휩쓰는 쌀쌀한 바람이 쏴—하고 또 쏴—하고 타는 듯한 두 사람의 가슴에 벅차게 안긴다.

이처럼 '해당화 필 때'의 장에서 바다는 육감적 사랑의 결합을 짙게 암시하고 있는 것이다.『상록수』는 이러한 남녀의 로맨틱한 사랑과 계몽주의적 요소가 병렬적으로 구성되어 독자들의 감동을 얻고 있는 것이다. 더구나 그 같은 로맨틱한 사랑은 천사적인 여주인공이 고독하게 죽음으로써 순교자적인 이미지를 극화시키고 있다.

따라서『상록수』는 그 작품 자체가 지니고 있는 주제의식의 과잉과 시점의 불투명에도 불구하고 그리고 인물 설정의 도식성에도 불구하고 이러한 병렬적인 구성을 통하여 희생양적인 천사적 이미지를 극화시킨 데 대중의 열광적인 사랑을 받은 것이다.

3

앞에서 살펴본 대로 심훈의『상록수』는 문학적 성패와도 별도로 참된 농민문학으로서는 그 이론에 비추어 볼 때 여러 가지 부정적 측면을 내포하고 있다.

일반적으로 농민문학이란 작가가 설정한 배경이 단순히 농촌이란 사실만으로 결정지어지는 것이 아니다. 우선 그 소재 면에서 미개하고 몽매하면서도 농민 가운데 생산적인 건강성, 우둔하면서도 강한 의욕과 때로는 야성적인 표현이 있어야 한다. 또한 거기에는 농민의 고유한 풍속, 이색의 신앙, 경작 노동에 수반하는 거대한 자연과의 원시적이면서 자유롭고 활달한 교섭 등이 선택되어야 한다. 그 위에 농민의 문제를 얼마나 냉혹하게 다루었는가 하는 주제의식과 농민적인 전형 창조, 농촌을 파악하는 작가의 예리한 눈, 그리고 도시와의 관련 아래 얼마만한 시대적 의미를 갖고 있느냐 등의 종합적인 조건에 부합될 때 진정한 농민문학의 가치를 부여하게 되는 것이다.

『상록수』의 경우 『흙』과 마찬가지로 행복한 가정을 포기하더라도 지식인은 농촌으로 돌아가 그들을 위하여 순교적 정신으로 헌신해야 된다는 것이 작가의 테마다. 그러기에 여기에는 농민을 깨우쳐야 한다는 계몽적인 의지만 강조되었을 뿐 농민들의 온갖 근본적인 문제를 파헤치는 데는 부족했다.

주인공 박동혁과 채영신은 농촌 출신이기는 하지만 고등교육을 받은 인텔리들이다. 작품에서의 그들의 행위는 농민으로서가 아니라 도시 지식인으로 군림하는 자세를 보이고 있다. 그렇기에 고향에 돌아온 지식인에 비친 농촌은 무지와 가난에 찌든 처참한 세계로 드러나며 여기에 작자의 계몽적 의도가 작중인물을 통하여 교설에 여념이 없도록 만들어 놓고 있다. 그러나 농민들이 무지하고 가난하다면 그들에게 배움을 주고 협동조합을 만들어 주고 마을회관을 만들어 주는 것만이 그들을 돕는 최선의 방법은 아니다. 문제는 왜 그들이 그토록 무지하게 되었으며 왜 그토록 가난하며 왜 그토록 체념의식에 빠져 있는가? 이것을 밝히는 데서부터 농민에 대한 바른 이해가 성립되고 해결의 방법도 설 수 있을 것이다.

결국 이 작품 속에는 농촌계몽과 부흥의 크나큰 의지가 설계되어 있지만 그 결과는 주인공들의 시혜적施惠的인 군림의 자세로 끝나고 있다. 이런 점에서 볼 때 『상록수』는 『흙』과 동궤에 속하는 계몽소설이라고 할 수 있으므로, 굳이 농민이라는 말을 사용한다면 '농민계몽소설'이라고 말하는 것이 더 적절할지 모른다. 아니면 농민소설이라기보다는 편의상 농촌을 배경으로 설정하여 작가의 사회사상을 피력하고 있는 '농촌소설이라고 말할 수 있을 것이다. 이것이 이 『상록수』가 지닌 농민문학의 한계성인 것이다.

이 작품이 이러한 농민문학적 한계성에도 불구하고 대중적 인기를 얻었던 것은 희생양적인 채영신의 봉사정신과 사랑 그리고 그녀의 고독한 죽음이 독자들에게 전해 주는 동정적인 구성 양식에 있다. 특히 천사적인 이미지를 지닌 채영신의 그 죽음이 대중의 동정적 공감대를 형성하여 오래도록 여운을 남기고 있는 것이다.

비록 프로문학적 이데올로기와 계몽주의적 교설의 과잉으로 인물의 문학적 묘사에는 실패하였음에도 불구하고, 채영신이 갖는 평면적 인물의 묘사에도 불구하고, 이 『상록수』가 대중의 사랑을 받게 된 것은 바로 채영신의 희생양적인 이미지에 있다고 보아야 할 것이다.

결론적으로 이 『상록수』는 건강하고 야성적인 농촌을 배경으로 한 사랑의 이야기로서 일제 통치하에 이슈를 찾지 못했던 암울한 상태에서 당시의 지성인들이 갖는 막연한 동경의 한 모습이 소설 양식으로 구체화한 것, 다시 말하면 30년대 인텔리의 향수의 구현으로 표현함이 적절할 것이다.

심훈沈熏의 『상록수』 고考

구수경

서론序論

본고는 심훈沈熏의 『상록수』의 심층분석을 통하여 1930년대 농촌계몽활동이 갖는 역사적 의미와 작가가 추구한 지향점을 구명하는 데 그 목표를 둔다.

심훈沈熏(1901~1936)은 본명이 대섭大燮으로 시·소설·영화·연극 등 다양한 방면에 관심을 기울였던 예술인이다. 경성제일고보 4년이었던 3·1운동 때에는 만세운동에 참가해 5개월간 투옥되기도 했었으며 소설을 쓰기 이전에는 영화에 심취하여 자신이 직접 원작·각색·감독까지 한 영화 〈먼동이 틀 때까지〉(1927)를 제작하기도 하였다. 소설을 처음 발표한 것은 1926년 동아일보에 연재한 영화소설 『탈춤』이라 할 수 있으며 1930년에는 조선일보에 장편 『동방의 애인』과 『불사조』를 연재했으나 일제의 검열에 걸려 게재정지 처분을 받고 중단 하였다. 그 후 1932년 선친의 땅인 충남 당진에 내려가 창작에만 몰두하여 『영원의 미소』 1933), 『직녀성』(1934), 『상록수』(1935)를 썼으며, 1936년 『상록수』 출판 문제로 한성도서주식회사 2층에 기거하다가 장티푸스를 얻어 급서하였다.

따라서 심훈沈熏의 마지막 소설 작품인 이 『상록수』는 1935년 '동아일보 창간 15주년 기념장편소설 현상모집'에서 당선된 작품으로, 동아일보가 1931년 7월부터 벌여 온 브나로드-민중 속으로-운동을 그 제재로 하고 있다. 그런 연유로 『상록수』는 브나로드 운동을 소재로 하여 동아일보에 3년 앞서 연재되었던 이광수의 농촌계몽소설 『흙』과 빈번히 동일한 지평 위에서 평가되어왔다. 예컨대 백철이 『신문학사조사新文學思潮史』에서 "『흙』과 『상록수』는 이 브나로드 운동을 주제로 한 두 개의 우수한 작품이었다."[1]라고 쓰고 있는

1) 백 철, 『신문학사조사新文學思潮史』, 신구문화사, 1986, 395쪽.

점이나 이재선이 『한국 현대소설사』에서 "브나로드 운동과 결부된 『흙』이나 『상록수』와 같은 작품은 농민의 생활을 제시하는 것보다는 농민교화와 민중계몽이란 민족적인 교화운동과 밀접하게 관련된 것이기 때문에 엄격한 의미에서 농민소설이라고 할 수는 없다."[2] 라는 각 문학사文學史에서의 진술이 그것이다.

이와 같이 동일한 지평 위에서 『흙』과 『상록수』를 논의하는 경향은 70년대부터 새롭게 대두된 농민문학에 관한 여러 평자의 글에서도 여전히 나타나고 있다. 1970년대의 농민문학 논의는, 현대문학은 대부분 도시 중심적인 소재로 기울어지고 따라서 농촌은 작가의 관심으로부터 소외되었으며 그럼에도 불구하고 농촌이 지닌 사회적 문제는 여전히 심각하다는 현실 인식에서 출발하고 있는데 우선 '농민문학'을 공간적·소재적 차원의 용어인 '농촌문학'과 엄격히 구분하고 있다는 점에서 그들의 기본 태도를 분명히 표명하고 있다. 요컨대 염무웅[3], 신경림[4], 최원식[5], 김명인[6] 등은 진정한 농민문학이란 "구체적인 역사현실 속에서 토지라는 생산 수단에 근거하여 노동하고 생산하며 그러한 노동과 생산의 과정을 포괄하는 생산관계, 나아가 전체 사회의 여러 관계의 틀 속에서 자기를 실현해 나가는 움직이는 인간으로서의 농민 혹은 농민계급이 작품구조의 중심에 주체로서 등장하는 문학"[7]이며 따라서 『흙』, 『상록수』 등의 농촌계몽소설은 농촌의 현실을 농민의 눈이 아닌 지식인의 눈으로 바라보고 있고 "일본 제국주의의 식민지 농촌 수탈이나 자본주의 경제체제가 그 속성으로 지닌 취약성 또는 한국 농업이 처해 있는 역사적인 생산조건 따위에 대한 통찰이 없다"[8]는 이유로 농민문학에서 제외시키고 있다.

그런데 이상의 진술들은 다음과 같은 문제를 내포하고 있다. 첫째, 위의 진술들은 1930년대에 다양한 방향에서 일어났던 농촌활동의 정신사적 배경을 하나로 도식화하여 이끌어낸 이론이라 할 수 있으며 따라서 농촌계몽에 대한 지나치게 부당한 평가가 내려지고 있다는 사실이다. 둘째, 농촌계몽소설에 대해 이러한 부당한 평가는 또한 특정 작품의

---

2) 이재선, 『한국 현대소설사』, 홍성사, 1984, 353쪽.

3) 염무웅, 「농촌현실과 오늘의 문학」, 『농민문학론』, 온누리, 1983, 15~33쪽.

4) 신경림, 「농촌현실과 농민문학」, 위의 책, 48~74쪽.

5) 최원식, 「농민문학론을 위하여」, 『'한국문학의 현단계Ⅲ』, 창작과 비평사, 1984, 46~81쪽.

6) 김명인, 「민족문학과 농민문학」, 『'한국문학의 현단계Ⅳ』, 창작과 비평사, 1985, 203~242쪽.

7) 위의 책, 208쪽.

8) 신경림 편編, 앞의 책, 49쪽.

분석결과를 가지고 그 외의 모든 농촌계몽소설에 적용시키려는 기존 연구가들의 불성실한 연구태도에 기인하고 있다는 점이다. 예컨대 농촌계몽소설에 대한 평가에서 보여지는 일반적인 양상은 이광수의 『흙』의 분석에서 나타난 결과를 논거로 제시한 뒤 심훈의 『상록수』도 동일한 특성을 보인다고 구체적인 고찰도 없이 결론을 내리는 경향이 많다는 것이다. 이것은 『흙』에 의해 추상된 농촌계몽소설에 대한 평가를 『상록수』나 그 외의 다른 농촌소설에 그대로 적용시킴으로써 각 작품의 개별성이나 작가의 고유한 세계인식 능력을 도외시한 무책임한 연구 태도일 뿐만 아니라 농촌계몽소설에 대한 올바른 평가를 저해한 주요인이었다고 할 수 있다.

이런 점에서 사학자史學者인 홍이섭이 심훈 문학을 논하는 글에서 『상록수』를 "이광수의 『흙』과 함께 농촌계몽소설로 들고 있으나 각기 각자의 경험과 구도 발상에 있어 어긋남이 있다. 이광수는 시대의 풍조를 따른 한 작품이고 심훈은 같은 시기의 비슷한 소재를 다루었으나 의식에 있어서는 구분되어야 할 것이다."[9]하고 언급하고 있는 것은 그 시사하는 바가 크다. 요컨대 그에 이르러 『상록수』가 『흙』의 그늘에서 벗어나 단일작품으로서의 존재의미를 지니기 시작했다고 할 수 있으며, 구중서가 "『상록수』는 『흙』에 비해 관념적 도덕주의를 내포하지 않았고 농촌의 비극적 현실과 농민의 자조의식을 구체적으로 실감있게 다룬 점에서 다르며"[10]라고 진술했을 때 어느 정도 『흙』의 아류 작품이란 평가에서 극복하고 있다고 할 수 있다.

이에 본고도 농촌계몽소설, 『흙』의 아류 작품이라는 기존의 선입관을 불식하고 순수한 개별 작품으로서 『상록수』의 문학적 가치를 진단해 보고자 한다. 특히 당시에 농촌계몽활동과 함께 일어난 농촌에 대한 관심의 성격을 고찰하고, 작가 심훈이 『상록수』의 주 스토리인 농촌계몽활동을 통해 추구했던 농촌의 참다운 모습과 지식인의 진정한 역할은 어떠한 것이었는가를 구명하는 데 그 초점을 맞추게 될 것이다.

농촌에 대한 관심의 다양화

1930년대는 정치·경제·문화 등 다양한 방향에서 농촌에 대한 관심이 고조된 시기이다.

9) 홍이섭, 「30년대초의 농촌과 심훈 문학」, 『창작과 비평 제7권』 제3호, 1972, 584쪽.
10) 구중서, 『한국 농민문학의 흐름』, 신경림 편編, 앞의 책, 109쪽.

이는 일제강점의 상황이 지속되면서 일제 식민지 침탈의 가장 본질적인 피해자는 한국의 총 인구 2100만 명 중 94.4%를 차지하고 있던 농민들임을 당시의 지식인들과 가해자인 일제 지배층들이 조금씩 자각하기 시작한 데서 그 이유를 찾아볼 수 있다.

농촌·농민에 대한 관심은 크게 세 가지 방향으로 나누어 생각할 수 있다. 첫째, 프로문학에서 활발하게 전개된 농민문학에 관한 논쟁이다. 이것은 크게 안함광과 백철 사이의 농민문학 논쟁으로 나타나고 있다. 즉 안함광이 농민문학을 프롤레타리아 문학의 하위 범주로 인식하여 농민들에게 '프롤레타리아트의 헤게모니'[11]의 적극적 주입을 강조한 데 반하여 백철은 '농민문학은 프로문학과 동맹의 문학'[12]이며 어디까지나 빈농의 문학으로써 농민의 혁명적 이데올로기를 내용으로 하는 문학이어야 함을 주장함으로써 같은 카프(KAPF)계열의 작가이면서도 농민문학에 대한 상이한 관점을 보이고 있다. 이들의 논쟁에서 주목할 사실은, 특히 백철의 경우 농민은 농지를 소유한 소小소유자로서 자본주의 산업사회 이후에 생겨난 노동자, 즉 진정한 프롤레타리아트-무산자-와는 사회계층적 특성을 달리한다는 점, 그리고 그 투쟁 목표도 프롤레타리아가 자본주의에 대한 적극적 부정에 있다면 농민은 토지를 경작하는 사람에게 토지를 분배해 줄 것을 요구함으로써 '부르주아 민주주의적 투쟁'[13]의 성격을 띤다는 것을 인식하고 있는 점 등은 대단히 정확한 지적이라 하겠다.

둘째, 1932년 새로 취임한 우가키字垣 총독에 의하여 주창된 농촌진흥운동이다. 1932년 산미증식운동이 세계 농업공황의 타격을 입은 일본 내 지주들의 반대에 부딪히자 조선총독부는 한국의 농업 정책에 일대 혁신을 벌이게 된다. 요컨대 파탄에 이른 단작형 농업을 다작형 농업으로 전환시키고 조선농촌의 피폐상을 피상적으로나마 구제하려는 위장 술책으로 '농촌진흥農村振興-자력갱생自力更生'이란 정책을 내세운 것이다. 우가키 총독의 지휘 아래 1932년부터 시작된 이 운동의 골자는 농촌경제의 갱생을 도모한다는 것으로 ①물질에 기울지 말고 형식에 흐르지 말며, 정신을 작흥作興하여 자각·분발에 중점을 둔다. ②각면各面에 해마다 한·두 부락씩 모범 부락을 선정하여 집중적으로 지도한다. ③부족한

11) 안함광, "농민문학에 대한 일고찰一考察", 《조선일보》, 1931.8.13.

12) 백 철, "농민문학 문제農民文學問題", 《조선일보》, 1931.10.16.

13) 위의 글, 1931.10.10.

식량의 충실을 도모하는 데 계획목표를 두고 현금수지가 맞도록 하여 부채를 청산한다. ④총독부의 물질적 보조는 농민의 자각 정도에 따라 할 것이나, 그것은 농민의 의뢰심을 조장하므로 될 수 있는 한 피한다[14]는 것이었다. 총독부의 이러한 농촌진흥정책은 조선 농민이 처한 현실적인 조건을 외면한 채 농촌의 궁핍 원인을 농민의 무지無知 탓으로 돌림으로써 그것이 단지 책임회피를 위한 위장 정책임을 드러내고 있다. 그런데 여기서 더욱 심각한 문제는 조선의 많은 지식인들이 이 정책에 동조하여 각 농촌으로 계몽 강연회를 순회하면서 조선의 식민지화에 목표를 둔 정신·문화적 계몽에 참여하였다는 사실이다.

셋째, 조선일보·동아일보의 두 일간지에 의해 전개되었던 학생계몽활동이 그것이다. 1930년을 전후하여 조선의 대부분을 차지하는 농촌현실의 궁핍화 현상에 관심을 갖기 시작한 학생들은 신문사의 후원 아래 농촌계몽활동을 활발하게 벌이게 된다. 그것이 조선어학회의 전적 '한글' 운동 성과에 뒤이어 일어난 1929년 조선일보의 문맹퇴치文盲退治운동과 동아일보가 1931년 7월부터 벌인 브나로드 운동이다.[15] 이 두 운동은 1935년 일제 경무국에 의해 모두 금압당하게 되지만 학생들이 직접 농촌에 뛰어들어 농민들에게 실질적인 도움을 제공하고자 했던 실천적 운동이라는 점에서 그 반향과 파급효과가 대단히 컸다고 할 수 있다.

「상록수」에 나타난 농촌계몽활동의 전개양상

1. 관제계몽파와 민족계몽파의 대립

『상록수』는 농촌 및 농민에 대한 관심이 표면화되던 시대적 배경 위에서 농촌을 개발하고 농민을 계도하려는 목적으로 농촌으로 뛰어든 학생들의 계몽활동을 그 내용으로 하고 있는 작품이다. 특히 이 작품은 작가 심훈沈熏이 1932년 충남 당진군 송악면 부곡리로 낙향하여 농촌생활과 농촌현실을 직접 체험하면서 창작하였다는 점, 그리고 실제로 최용신이라는 자가 농촌계몽활동에 종사하는 중에 과로로 병을 얻어 요절했다는 신문기사에서 받은 감동과 심훈의 조카 심재영이 벌이던 농촌활동을 지켜보면서 『상록수』의 두 주인공 채영신과 박동혁을 창조하고 있다는 점에서 당시의 농촌활동에 대한 작가-당대 지식인의 한

14) 홍문표, 『한국 현대문학 논쟁의 비평사적 연구』, 양문각, 1980, 367쪽.

15) 김윤식· 김현, 『한국문학사』, 민음사, 1984, 176쪽 참조.

사람으로서-의 시각을 살펴보는 데 알맞은 텍스트라 할 수 있다.

앞서 상술한 바와 같이 1930년대 초의 농촌계몽활동은 조선 총독부에 의해 식민지 통치의 일환으로 전개된 관제官製 농촌계몽과 반일反日의 민족의식 고취를 위하여 학생들에 의해 전개된 민족계몽운동으로 구분하여 생각할 수 있다. 여기서 『상록수』는 민족의식을 고취하기 위한 학생농촌활동의 실천과정을 다루고 있는데, 작가는 당시 농촌계몽활동이 갖는 이러한 이중적二重的인 성격을 철저히 인식하고 있었음이 작품 도처에서 발견된다. 그것은 특히 신문사가 주최한 '계몽운동대원 간친회'의 광경을 자세히 서술하고 있는 작품의 서두에서 첨예하게 나타나고 있다. 예컨대 박동혁·채영신을 중심으로 한 학생 측과 신문사의 직원인 사회자 사이에 벌어진 미묘한 마찰이 그것이다.

> "우리는 남에게 뒤떨어진 것을 탄식만 할 것이 아니라, 높직이 앉아서 민중을 관찰하거나 연구의 대상으로 삼으려 하는 태도를 단연히 버리고, 그네들이 즉 우리 조선사람이 제 힘으로써 다시 살아나기 위한 그 기초공사를 해야겠읍니다. 오늘 저녁 이 자리에 모인 바로 여러분의 손으로 시작해야겠읍니다. 물질로 즉 경제적으로는 일조일석에 부활하기가 어렵겠지만 무엇보다도 먼저 모든 것을 지배하고 온갖 행동의 원동력이 되는 정신, 요샛말로 '이데올로기'를 통일하기 위하여 전력을 기울여야 하겠읍니다."[16] ……동혁(연구자 주註)

> "현재의 정세로 보아서 어느 시기까지는 계몽운동과 사상운동을 절대로 혼동해서는 아니됩니다. 계몽운동은 계몽운동에 그칠 따름이지 부질없이 혼동해 가지고 공연한 데까지 폐해를 끼칠 까닭은 털끝 만큼도 없읍니다."[17] ……사회자(연구자 주註)

즉 동혁이, 학생의 농촌계몽활동은 글자를 가르치는 데 그쳐서는 안 되며 농민들에게 희망의 정신을 열어주어야 함을 주장하는 데 대하여 사회자는 학생계몽활동이

---

16) 『심훈문학전집沈薰文學全集』 vol.I, 탐구당, 1966, 144쪽. 이하 『전집全集』으로 약칭함.

17) 위의 책, 145쪽.

문자보급활동에 한정되어야 함을 강조하고 있는 것이다. 이것은 퍽 아이러니한 현상으로, 학생계몽활동이 신문사의 후원 아래 전개되고 있음에도 불구하고 후원하는 신문사 측과 직접 실천하고 있는 학생들 사이에 계몽활동을 바라보는 시각이 상이하게 나타나고 있다. 실제로 당시 〈동아일보 주최 제2회 브나로드 총결산〉이라는 글을 보면 당시 신문사들이 농촌계몽활동에 대하여 얼마나 조심스럽고 피상적으로 이해하고 있는가를 알 수 있다.

> 브나로드 계몽대원을 출동시킬 때에는 천 번이나 일러 보내는 말은 이것이다. 조곰이라도 사상적·정치적·경제적 또는 어떤 주의적 색채나 선전은 일언일구도 섞지 말고 오직 이 운동은 순전히 글 모르고 숫자 모르는 것을 깨치는 것으로만을 유일唯一의 목적으로 삼으라고 한다.……학생 브나로드 계몽운동은 단순히 학생들의 하휴夏休를 이용하야 글 배울 기회가 없는 불쌍한 동생들에게 글의 씨를 뿌리는 운동에 지나지 않는다.[18]

요컨대 신문사가 벌인 농촌계몽활동은 무지한 농민에게 글을 가르쳐준다는 단순한 취지에서 시작하고 있으며 이것은 조선 총독부의 '농촌진흥정책'의 발상과 동궤에 속한다. 그러나 계몽활동에 직접 참가하여 농촌의 현실을 목격하고 농민들의 비참한 삶을 접하게 된 학생들은 농촌의 문제가 단순히 문맹퇴치로써 해결될 수 없음을 인식하지 않을 수 없었던 것이다. 일제의 정치권력과 동맹하여 농민들의 실질적 지배자이자 고리대금업자로 변한 지주계급의 지나친 횡포, 점점 늘어만 가는 빚, 그리고 자작농에서 소작농으로 지위가 하락된 대다수 농민들이 갖고 있는 절망적 세계관 등 농촌이 안고 있는 문제는 정신적·경제적으로 대단히 심각한 양상을 띠고 있었던 것이다. 따라서 농촌계몽활동에 참가했던 학생들은 진정으로 농민을 살리는 길이 무엇일까를 생각하게 되었으며 그와 함께 우리들의 적이 일제뿐만 아니라 우리 자신들 내부에도 도사리고 있음을 인식하기 시작한 것이다.

그 첫 대상이 단순한 계몽운동만을 권장하는 앞서 언급한 신문사였다면 두번째는

18) 「동아일보 주최 제2회 브나로드 총결산」, 《신동아》, 1932.11., 8~9쪽.

'부르주아적 계몽파'라고 부를 수 있는 백현경에 대한 비판이다. 요컨대 자신은 호화 문화주택에서 사치스런 생활을 영위하면서 한편으로 농촌문제를 위한 간담회를 열고 농촌강연회를 다니면서 농민의 구제자인 양 거들먹거리는 이중인격적인 지도자들에 대해 비판하고 있는 것이다.

> "취미요? 시골 경치에 취미를 붙인다는 것과 농민들과 똑같은 생활을 해가면서 우리의 감각까지 그네들과 같아진다는 것과는 딴 판이 아닐는지요? 값비싼 향수나 장미꽃의 향기를 맡아오던 후각이, 거름구덩이 속에서 두엄 썩는 냄새가 밥잦히는 냄새처럼 구수하게 맡아지게까지 돼야만, 비로소 지도자로서의 자격이 생길 줄 알아요."[19]

백현경을 향한 동혁의 이러한 진술은 당시 농민문제에 대하여 말로만 걱정하고 떠들며 관념적인 이론만 떠벌리던 사람들에 대한 반박으로써, 농민과의 일체감이 결여된 채 농민을 단지 자신들의 계몽의 대상으로 간주하는 태도를 가지고는 결코 농촌의 비참한 현실을 구제할 수 없음을 인식시키고 있다.

끝으로 작가는 조선 인구의 대부분을 차지하는 농민들의 궁핍한 삶 및 토지제도의 불균형을 야기시킨 것이 사실상 일제이며 당시도 여전히 그들에 의해 농민들이 많은 어려움과 압박을 당하며 살고 있음을 고발하고 있다. 요컨대 '농촌진흥정책'이라는 위장술책 하에 농촌운동을 권장하는 척하면서 실제로는 농민을 엄격히 통제하고 감시하고 있는 우가키의 조선총독부 산하의 관제계몽파에 대한 비판으로써, 이것은 작품에서 문장의 톤의 변화라는 문학적 장치를 통해 우회적으로 이루어지고 있다.

> 강제나 또는 일종의 유행으로 하는 농촌운동과, 우리 스스로 깨닫고 자발적으로 해야만 할 농촌운동을 구별해 가면서, 그 성질을 밝히고 또는 한걸음 더 나아가서 남녀를 물론하고 뜻이 같은 사람끼리 단결할 필요와 언제나 서로

---

19) 『전집全集』 vol.1, 159쪽.

> 연락을 취하자는 부탁을 하였다. 그 이야기의 내용은 자세히 기록하지 않으나……[20]

> 영신과 주재소 주임 사이에 주고 받은 대화나 그밖의 이야기는 기록하지 않는다.[21]

> …그날부터 일주일 동안이나 영신은 경찰서 유치장 마루방에서 새우잠을 잤다. 본서까지 끌려가서 구류를 당하던 경과며, 그 까닭은 오직 독자의 상상에 맡길 뿐이다.[22]

이와 같이 스토리 내용에 대하여 모든 것을 알 수 있는 전지적 화자의 시점으로 전개되는 작품에서 화자가 특정 내용은 자신이 일부러 기록하지 않음을 독자에게 말하고 있다는 것은 아주 독특한 효과를 낳는다. 그것은 아무 언급없이 그 내용을 기록하지 않는 것과는 전혀 반대의 의미를 주기 때문이다. 예컨대 작가는 위와 같은 진술 없이도 본인이 의도하기만 하면 특정 내용에 대한 정보를 주지 않고도 적당히 스토리를 전개시킬 수 있다. 그런데 작품에서 작가는 굳이 어떤 내용은 기록하지 않는다는 사실을 독자에게 밝히고 있으며 그 밝히지 못하는 내용이 모두 일제의 정책 내지 행정관리와 관련된 내용들이라는 공통점을 갖고 있다. 일찍이 『동방의 애인』과 『불사조』에서 일제의 검열에 의해 연재를 중단당했던 경험이 있는 심훈沈熏은 검열에 걸릴 만한 내용을 자세히 서술하지 않음으로써 검열에 통과할 수 있는 길을 마련하고 있다. 그러나 그는 검열이 두려워 작가적 양심–작가의식–이 소멸된 생명 없는 작품을 쓸 수는 없었다. 이러한 이중적 고민을 해결하기 위하여 선택된 기법이 바로 위와 같은 '스토리 외적外的 목소리의 극화'였던 것이다. 문학작품이란 독자의 독서체험을 통한 해석 작업에 의하여 하나의 완결된 구조를 이룬다고 할 때, 심훈沈熏은 자신이 기록하지 못한 내용은 독자의 상상력에 의하여 채워지기를 기대했던 것이다. 즉 검열의 두려움을 항시

---

20) 『전집全集』 vol.1, 198쪽.

21) 위의 책, 224쪽.

22) 위의 책, 239쪽.

의식하며 작품을 써야 하는 작가의 구속된 상상력보다 상상의 자유가 허용되어 있는 독자가 더욱 생동감 있게 기록하지 못한 상황을 그릴 수 있을 것이라는 점을 자각한 서술 기법이라 할 수 있다. 또한 이것은 일제 강점하의 작가로서 자신이 얼마나 창작 과정에서 제약을 받고 있는가를 독자에게 암묵적으로 알려 주는 효과까지 낳고 있다고 할 수 있다.

이상 살펴본 바와 같이 심훈沈熏은 이 작품을 통하여 허위의 농촌계몽운동(관제계몽파)과 진정한 농촌계몽운동(민족계몽파)을 분명하게 구별하고 있다. 요컨대 관제계몽파의 농촌운동은 신문사라는 언론, 백현경으로 대표되는 부르주아 인텔리, 그리고 행정당국인 일제의 조선총독부 등에 의해 광범위하게 전개되었으나 농촌현실에 대한 철저한 인식도, 농민에 대한 순수한 애정 및 현실 개혁의지도 결여하고 있었기 때문에 올바른 성과를 낳을 수 없었음을 지적하고 있다.

2. 민족계몽활동의 이원적二元的 전개

이 작품은 신문사가 주최한 '계몽운동 대원 간친회'에서 알게 된 남·여학생 박동혁과 채영신이 뜻을 함께 하여 학업을 중단하고 각각 한곡리와 청석골이라는 농촌으로 내려가 벌이게 되는 계몽활동이 그 핵심 내용을 이루고 있다. 즉 그들은 농촌계몽활동에 대해 동일한 생각을 가지고 있음을 발견하고 동지로서 그리고 이성으로서 서로 사랑하게 되지만, 성으로써의 사랑보다는 일의 동지로서 서로 격려하고 의지하며 자신들이 내려간 농촌에서의 활동에 전념하는 모습을 그리고 있다. 그렇기 때문에 『상록수』는 남녀의 사랑의 갈등이 플롯의 뼈대를 이루거나 통속적 흥미가 주가 되고 있지 않으며 오히려 서로 같은 길을 걷고 있는 사람들 사이에서 찾을 수 있는 진실한 동지애와 각각 자신들이 속해 있는 농촌 사람들과의 대립·갈등이 더 많은 내용으로 다루어지고 있다.

이런 점에서 『상록수』와 이광수의 『흙』은 농촌계몽소설이라는 동일 범주 안에 속해 있긴 하지만 그 구조발상 자체부터 대단히 상이한 국면을 보여 준다. 김윤식이 지적하였듯이 『흙』은 '현저히 도시적인 소설'이며 『흙』의 소설적 흥미는 허숭 쪽도, 삼각형의 한 쪽 변의 시골 처녀 유순 쪽도 아니며, 압도적으로 부잣집 딸이며 성욕에 휩싸여 있는 윤정선에 있을 것이다. 그렇다면 『흙』이야말로 사이비似而非 계몽소설[23]이라는 점을 인정한다면, 『상록수』는 이와는 달리 농촌계몽활동을 탄압하는 일제와의 대결 및 농촌문제의 근본적인 해결의 모색을 그 핵심 스토리로 삼고 있는 진정한 의미의 계몽소설인 것이다.

그런데 여기서 주목할 사실은 민족계몽파라고 할 수 있는 두 인물 채영신과 박동혁을 설정하여 그들 각각의 농촌활동 양상을 이원적二元的으로 그리고 있는 것이 이 작품의 중심 플롯이라면, 작가는 또다시 이 두 사람의 농촌활동의 대비를 통해 진정한 농촌계몽활동의 모습은 어떠해야 하는가의 문제를 여전히 천착하고 있다는 점이다. 즉 채영신과 박동혁은 계몽활동이 단순히 글자를 가르치는 데 그치는 것이 아니라 농민에게 용기를 심어주고 또 농민과 일체가 되어 그들의 문제를 풀어나가야 하는 것임을 똑같이 인식하고 있는 인물들이다. 그러나 농촌활동에 대한 올바른 인식을 가졌다고 해서 농촌계몽 활동가로서의 모든 자질이 갖추어진 것은 아니다. 그들이 실제로 농촌에 뛰어들어 행하는 실천과정이 얼마나 바람직하고 성공적인가에 따라 농민들에게 실질적인 도움을 줄 수 있는가, 없는가가 결정되기 때문이다. 여기서 작가는 채영신과 박동혁의 실제적인 농촌활동을 대비시킴으로써 이론과 실제가 서로 부합하는 올바른 농촌계몽활동의 방향을 규명하고 있다. 이것은 스토리의 진행과 함께 농촌활동이 본격적으로 전개되고 있는 청석골과 한곡리의 변모 양상을 검토해 봄으로써 확인할 수 있다. 이에 대표적인 몇 가지 항목을 들어 대비해 보면 다음과 같다.

		청석골(영신)	한곡리(동혁)
①	농촌과의 인연	기독교 청년연합회 농촌 사업부 특파격으로 내려감	고향으로 내려가 거기서 살고자 함
②	계몽노래	찬송가·찬미가	애향가
③	활동내용	문자보급운동, 부인친목회 조직	농우회조직, 공동답경작, 야학, 이용조합 이발조합 운영
④	그들의 역할	교장, 소사, 보모, 지도자, 전도사, 의사	농우회회원
⑤	회관 설립비용 및 설립과정	기부금에 의존 : 영신 혼자서 작업함	공동답, 이용조합, 이발조합의 이익금 : 회원들의 협심하에 적은 비용으로 완성

23) 김윤식·김현, 앞의 책, 176쪽.

⑥	지주와의 대립	기부금 걷는 문제 : 실패 → 유치장	농우회원의 빚 청산 : 성공
⑦	의식의 변화	과로로 병 얻음 → 죽음	경제적 자활운동의 중요성 인식

이상의 대비분석에서 알 수 있듯이 영신은 기독교에 바탕을 둔 민족계몽파이다. 물론 그녀는 여자기독연합회의 총무로 있으면서 농촌에 대한 피상적인 관심만을 보이고 있는 백현경과는 구별되는 인물로 농촌문제에 대해 진정으로 고민하고 따라서 직접 농촌활동에 뛰어들고 있다. 그러나 그녀를 지배하고 있는 정신은 민족의식 고취라는 조선인으로서의 사명보다는 불쌍한 사람에게 향한 기독교적 박애주의라 할 수 있다. 그래서 그녀는 종종 "나는 하나님이 이 동리에 특파하신 사도다!"[24]라는 신앙적 선민의식에 젖어 있으며 그러한 의식은 몸과 마음을 돌보지 않고 수퍼우먼처럼 다양한 역할을 모두 감당하며 마을 사람들을 위해 봉사하는 희생정신으로 나타난다.

결국 그녀의 농촌활동은 종교적 희생정신·봉사정신이라는 관념론에 바탕을 둔 것이지 농촌의 현실 및 문제에 대한 분명한 해결의지를 갖고 시작한 것이 아니었으며 따라서 그 실천과정에서 많은 시행착오를 보이고 있다. 예컨대 그녀의 계몽활동이 농민의 최대 과제는 무지無知에서의 해방이란 인식 하에 마을 어린이와 부녀자들의 문자보급운동에 한정되고 있는 점, 학원 설립에 있어 그 비용을 자체 내에서 해결할 방안을 강구하지 않고 지주들의 기부금에 의존하려고 하는 점, 그리고 농촌활동이 마을사람들과의 유기적인 상호협조에 의하여 이루어지는 것이 아니라 자신의 희생적 활동에 그친 점 등이 그것이다.

결국 채영신의 농촌계몽활동은 농민에 대한 연민과 숭고한 희생정신으로 독자에게 깊은 감동을 불러일으키고는 있지만 농촌의 문제 및 계몽활동에 대한 철저한 인식이 없이 종교적 희생정신에 기초하여 관념적으로 해결하려고 하였다는 점에서 그 한계를 드러내고 있다고 하겠다. 따라서 그녀의 과로에 의한 죽음도 그 개인에게 있어서는 숭고한 희생정신의 표현이라 할 수 있지만 농촌활동의 실천이라는 측면에서 바라본다면 궁극적으로 실패의 또 다른 모습이라고 할 수 있다.

반면에 동혁의 농촌계몽활동은 철저한 리얼리스트로서의 모습을 보여 준다. 먼저 그가

24) 『전집全集』 vol. I, 221쪽.

다른 곳이 아닌 고향으로 내려가 피폐한 농촌을 살려보겠다고 결심한 것은 타자지향적 삶을 추구하는 지식인의 영웅주의와는 구별된다고 할 수 있다. 바로 그 자신이 농촌의 한 일원이 되는 것이며 농촌의 문제는 곧 자신의 문제이기 때문이다. 이런 점에서 그는 농민과 훨씬 밀착된 관계를 맺고 있으며 농촌현실에 대한 인식 및 그 해결방안에 있어서도 보다 구체적이고 실질적인 모습을 보여 준다. 우선 동혁은 자신의 역할에 대하여 지나친 자만이나 선구자의식을 갖고 있지 않다. 즉 마을 청년 12명으로 조직된 농우회의 한 일원으로서의 자격만을 내세울 뿐이다. 물론 활동과정에서 그가 지도자의 역할을 하고 있는 것은 사실이지만 그가 궁극적으로 추구하는 것은 자신의 회생에 의한 농촌의 변화가 아니라 농촌 주민 모두의 힘과 단결에 의하여 이룩된 농촌의 발전인 것이다.

> "여러분은 이 말 한 마디만 머리 속에 깊이깊이 새겨 두십시오. '여러 사람이 한 맘 한 뜻으로 그 힘을 한 곳에 모으기만 하면, 어떠한 일이든지 이루어질 수 있다'는 것을……우리는 여름내 땀을 흘린 그 값으로 이 신념 하나를 얻었읍니다."[25)]

그래서 그는 공동답을 경작하고 이용조합·이발조합을 운영하여 마을 사람들이 함께 쓸 수 있는 공동기금을 조성한다. 그리고 이와 같이 힘을 합쳐 일을 한다면 무슨 일이든지 극복할 수 있다는 것을 공동기금에 의한 회관 설립과, 지주 겸 고리대금업자인 강기천에게 진 빚을 모두 청산시켜 줌으로써 농민들에게 확인시키고 있다.

동혁은 여기에 그치지 않고 일제의 식민정책의 일환인 '농촌진흥정책'에 협조하고 있는 브나로드 운동의 맹점을 날카롭게 투시하고 있으며 따라서 농촌활동은 단순한 문맹퇴치·문화운동에서 벗어나 경제적 자활운동으로 전환되어야 한다는 각성을 보이고 있다.

> "이때까지 우리가 한 일은 강습소를 짓고 글을 가르친다든지, 무슨 회를 조직해서 단체의 훈련을 시킨다든지 하는, 일테면 문화적인 사업에만 열중했지만,

25) 위의 책, 250쪽.

앞으로는 실제 생활 방면에 치중해서 생산을 하기 위한 일을 해 볼 작정이예요.…”[26]

결국 농촌이 가난한 이유가 지주 즉 고리대금업자의 횡포, 장릿뼈를 놓아 먹는 악습, 지주의 소작권의 잦은 이동 등에 있음을 인식한 뒤, 그에 대한 해결을 지주·농민 모두에게 촉구하고 있으며 “이만한 근본책을 실행하지 못하면 ‘농촌진흥’이니 ‘자력갱생’이니 하는 것은 모두 헛문서에 지나지”[27] 않음을 역설하고 있다.

이런 점에서 동혁은 농촌문제를 정확하게 통찰하고 있는 당대 지식인의 참모습을 보이고 있다. 또 그 실천방안도 표면적인 문화운동에서 실질적인 방향을 제시해 보임으로써 농촌 활동에 대한 올바른 시각을 지닌 지식인의 모습을 보여 준다. 특히 이 작품의 결말이 영신의 죽음에서 끝나지 않고, 계몽활동에 성공한 모범촌들을 돌아보며 보다 적극적이고 광범위한 농촌활동에 앞장서겠다는 동혁의 각오로 끝을 맺고 있는 점은 작가가 이 작품에서 궁극적으로 제시하고자 하는 긍정적 인물과 농촌활동의 참모습이 어떤 것인가를 암시해 준다. 요컨대 작가 심훈沈熏은 농촌계몽활동이 시대적 유행, 기독교적 희생정신에 의해 단순히 계몽적인 문화사업을 벌이는 데 그쳐서는 안 되며 농민의 시각으로 농촌의 현실을 직시하며 가장 심각한 농촌문제가 무엇인가를 찾아내어 농민에게 그 극복의 방향을 제시할 수 있어야 됨을 역설하고 있는 것이다.

그리고 시류에 좌우되지 않은 작가의 이러한 통찰력 있는 현실 인식은 그가 프로문화단체인 염군사와 카프의 일원[28]이었으면서도 예술성의 밑받침 없이 생경한 실천논리만을 내세우는 프로문학의 맹점을 파악하고 있었던 점,[29] 그리고 당시 민족주의 문학작가들이 ‘눈 뜨고는 차마 볼 수 없는 모든 현상은 전연 돌보지 않고 몇 세기씩 기어올라가서’[30] 진부한 테마를 가지고 역사소설이나 쓰는 비겁한 현실도피에 대하여 비판하고 있는 점 등 카프와 민족주의 유열을 동시에 비판할 수 있는 객관적이고 독자적인 시각을 유지할 수 있었던 데서 나올 수 있었다고 하겠다.

26) 위의 책, 302쪽.

27) 위의 책, 337쪽.

28) 김윤식, 『한국근대문예비평사연구』, 일지사, 1985, 32쪽.

29) 심훈, 「1932년의 문단전망—프로문학에의 직언直言」, 『全集(전집)』 vol. 3, 566~567쪽 참조.

30) 위의 책, 566쪽.

결론結論

이상 고찰해 본 바와 같이 심훈沈熏의 『상록수』는 당시에 전개되던 다양한 방향의 농촌계몽활동에 대한 관심과 그 실천과정에서의 문제점을 인식하고 그 올바른 방향을 제시하고 있는 작품이라 할 수 있다. 요컨대 조선총독부에 의해 주창되고 부르조아 인텔리에 의해 선동된 관제계몽파의 '농촌진흥운동'의 근본적인 위장정책뿐만 아니라 같은 민족계몽파 중에서도 기독교계 농촌계몽이 갖고 있던 허약한 현실 인식 및 농민과 유리된 채 선구자적 희생정신에 의해 주도되는 비현실적인 농촌계몽활동에 대해서도 작가는 비판적으로 바라보고 있다.

결국 작가가 바라는 진정한 농촌계몽활동은 문자보급, 문화사업 전개가 아니라 농민에게 가장 절실한 문제인 경제적 빈곤의 타파에 목표를 두어야 한다는 것이다. 따라서 농촌계몽활동에 나서는 지식인은 농민들이 점점 심각해져 가는 경제난을 어떻게 하면 극복할 수 있는지 농민들에게 스스로 지도하는 데 중점을 두어야 함을 강조하고 있다. 바로 이러한 참다운 농촌계몽활동과 올바른 농촌계몽대원의 모습으로써 작가는 동혁을 내세우고 있다. 따라서 동혁은 농촌계몽소설에 대한 기존의 부정적 평가의 이유가 되던 현실 인식이 결여된 인물형에 속하기보다는 오히려 진정한 농민문학이 요구하는 인물형이라 할 수 있다. 요컨대 농촌의 현실을 지식인으로서의 시각이 아닌 농민의 시각에서 바라보고자 할 뿐만 아니라 "일본 제국주의의 식민지 농촌 수탈이나 자본주의 경제체제가 그 속성으로 지닌 취약성 또는 한국 농업이 처해 있는 역사적인 생산조건에 대한"[31] 통찰을 통해 농촌의 근본문제인 경제적 빈곤의 해결을 그 제일의 목표로 인식하고 있기 때문이다.

이런 점에서 이광수의 『흙』의 아류로써 『상록수』를 부정적으로 재단해온 기존의 평가들은 작품의 심층 분석이 없이 내려진 결론으로서 재고될 여지가 있으며, 일제의 '농촌진흥정책'과 모든 농촌계몽활동을 동일화시킴으로써 내려졌던 농촌계몽활동에 대한 지나친 부정적 견해도 재고되어야 하리라 본다.

결론적으로 심훈沈熏의 『상록수』는 올바른 농촌계몽활동의 방향과 지도자상을 제시하고 있는 작품으로 이는 작가의 철저한 현실 인식의 결과에서 나온 것이라 하겠다.

31) 신경림 編, 앞의 책, 49쪽.

참고문헌

1. 김용성·우한용編, 『한국 근대작가 연구』, 삼지원, 1985.

2. 김윤식·김현, 『한국문학사』, 민음사, 1984.

3. 김윤식, 『한국 근대문예 비평사 연구』, 일지사, 1985.

4. 김치수, 「농촌소설은 가능한가」, 『知性(지성)』, 창간호, 1971.

5. 백낙청·염무웅編, 『한국문학의 현단계 Ⅲ』, 창작과비평사, 1984.

   ―――, 한국문학의 현단계 Ⅳ, 창작과 비평사, 1985.

6. 백 철, “농민문학 문제農民文學問題”, 「조선일보」, 1931.

   ―――, 『신문학사조사新文學思潮史』, 신구문화사, 19期.

7. 송백헌, 「농민소설」, 황패강 外 3人編, 『한국문학 연구 입문』, 지식산업사, 1982 .

8. 신경림編, 『농민문학론』, 온누리, 197ㅣ.

9. 안함광, “농민문학 문제에 대한 일고찰一考察)”, 「조선일보」, 1931.

10. 유양선, 「심훈론沈黑論」, 『관악어문연구 제5집』, 서울대 국어국문학과, 1980.

11. 이성환李晟煥, 「신년문단新年文壇을 향向하야 농민문학農民文學을 일으키라」, 『조선문12단』 제4호, 1925.

13. 이재선, 『한국 현대소설사』, 홍성사, 1984.

14. 임화, 「농민農民과 문학文學」, 『문장文章』 제9호, 1939.

15. 전광용 外, 『한국 현대소설사』, 민음사, 1984.

16. 조남현, 『한국 현대소설 연구』, 민음사, 1987.

17. 조진기, 『한국 현대소설 연구』, 학문사, 1984.

18. 최원식·임형택編, 『한국근대문학사론』, 한길사, 1982.

19. 홍문표, 『한국 현대문학 논쟁의 비평사적 연구』, 양문각, 1980.

20. 홍이섭, 「30년대초年代初의 농촌農村과 심훈 문학沈熏文學」, 『창작과 비평』 제7권 제3호, 1972.

『상록수』의 '통속성'과 영화적 구성원리

김종욱

머리말

심훈(1901~1936)은 짧은 생애 동안 문학계, 언론계, 영화계 등 문화계 전반에서 활동한 인물이다. 심훈의 문학적 출발은 사회주의 문화운동조직이었던 '염군사'에서 비롯한다. 염군사가 문학운동사에 있어서 매우 중요한 위치를 점유하고 있다는 것은 주지의 사실이지만, 심훈은 문학운동보다는 영화운동에, 그리고 문화운동보다는 언론운동에 보다 많은 관심을 기울임으로써 문단으로부터 일정한 거리를 갖게 된다. 심훈은 1930년 장편 『동방의 애인』을 연재하면서 문학에 다시 관심을 갖게 되는데, 이 시기는 사회주의와 혁명적 민족주의 세력 간의 협동전선이었던 신간회가 내부분열로 무력화되기 시작했던 시기였다. 심훈에게 정신적·사상적인 영향을 끼친 여운형과 홍명희가 중심이 되었던 신간회가 해체되자, 심훈은 『동방의 애인』과 『불사조』 등을 쓰면서 자신의 이념을 펼쳐 보이고자 한 것이다. 하지만 심훈의 대부분의 장편소설은 검열이라는 외적 제약과 작가적 역량의 부족으로 말미암아 완결되지 못한다. 따라서 심훈의 문학적 역량은 전작 장편인 『상록수』에 집중된다고 할 수 있다.

심훈 문학에 대한 연구는 유병석 교수[1]의 실증적인 성과 이래 『상록수』를 중심으로 이루어져 왔다. 심훈의 대표작이라고 할 수 있는 『상록수』의 농민소설적 특성을 검토하고

1) 유병석, 「심훈 연구」, 서울대 석사, 1964.

그 작가적·문학사적 의미를 추적하고 있는 것이다.[2] 한편 홍이섭 교수의 연구[3]에서 미완 장편소설인 『동방의 애인』과 『불사조』에 대한 주의가 요청된 이래 이들 작품에 대한 검토가 시작되었는데, 조남현 교수의 『직녀성』에 대한 분석[4]은 모범적인 작품분석의 예라 할 수 있다. 최근에 최원식 교수[5]가 심훈의 문학적 행적에 대한 조사를 통해 심훈 문학에 대한 새로운 관심을 촉구한 이래 서사적 원리[6]나 작품의 미적 이상[7]에 대한 분석을 통해 『상록수』의 문학사적 위치를 재조명해 보려는 시도가 이루어지고 있다.

심훈의 대표작인 『상록수』에 대한 평가는 농민문학의 선구적인 작품이라는 긍정적인 평가[8]와 주인공의 시혜적인 자세로 말미암아 계몽적인 차원으로 떨어지고 말았다는 부정적인 평가[9]로 대별된다. 전자는 시대적 상황성을 중요시하고 있는데, 심훈 문학이 비록 예술적 형상화에 실패했다고 하더라도 그에 못지않게 작품 속에 투영된 고뇌의 깊이와 그러한 고뇌를 상정한 작가적 성실성에 주목해야 한다는 견해[10]로 이어진다. 이에 대하여 후자는 『상록수』를 "다만 정물처럼 장치된 농민의 초상화 정도를 제시하는 데 그친 작품"[11]으로 평가하면서, 농민계몽의 의지가 낭만적 형태를 띠고 있다는 점을 문제삼고 있다. 심훈 문학에 대한 부정적인 평가와 관련하여 특히 주목되는 바는 임화의 견해이다. 임화는 1930년대 후반의 소설적 과제를 "성격과 환경의 통일"로 정식화하면서 심훈을 김말봉에 선행하는 통속작가로 규정짓는다.

---

2) 김붕구, 「심훈」, 『작가와 사회』, 일조각, 1982 : 중판.
송백헌, 「농민소설의 전개」, 『농민문학론』, 온누리, 1983.
유양선, 「심훈론」, 《관악어문연구》, 5, 1980.
윤병로, 「식민지 현실과 자유주의자와의 만남」, 《동양문학》, 1988. 8.
이주형, 「1930년대 한국 장편소설 연구」, 서울대 박사, 1981.
전광용, 「'상록수' 고」, 『한국근대문학사론』, 한길사, 1982.
전영태, 「진보주의적 정열과 계몽주의적 이성」, 《현대문학》, 1986. 6.
3) 홍이섭, 「1930년대 초의 농촌과 심훈 문학」, 《창작과 비평》, 1972. 가을.
4) 조남현, 「'직녀성'의 갈등구조」,《한국문학》, 1987. 6.
5) 최원식, 「심훈 연구 서설」, 『한국대문학사의 쟁점』, 창작과비평사, 1990.
6) 신헌재, 「30년대 로망스의 소설기법」, 『한국현대장편소설연구』, 삼지원, 1989.
7) 유문선, 「나로드니키의 로망스」, 《문학정신》, 1991. 7·8.
8) 전광용, 앞의 글, 537~551쪽 참조.
9) 송백헌, 앞의 글, 83쪽.
10) 유양선, 앞의 글, 68쪽.
11) 정한숙, 「농민소설의 변용과정」, 『고려대 아세아문제연구』, 1972, 11쪽.

중앙일보에 실린 소설 두 편과 동아일보에 당선된 『상록수』는 김말봉 씨에 선행하여 예술소설의 불행을 통속소설의 발전의 계기로 전화시킨 일인자다. 심씨의 인기라는 것은 전혀 이런 곳에서 유래한 것이며 다른 작가들이 신문소설에서 이 작가들과 어깨를 겨눌 수가 없이 된 것도 이 때문이고, 그이들이 일조一朝에 유명해진 비밀도 다 같이 이곳에 있었다.[12)]

이러한 임화의 지적은 지나치다는 인상을 지울 수 없지만, 그의 평가는 『상록수』의 문학사적 의미를 되돌아보게 한다. 즉 임화는 1930년대 후반에 발생한 통속소설을 성격과 환경의 비정상적 통일, 곧 "통속적 방법에 의한 모순의 해결"로 규정하면서 심훈 문학을 통속소설로의 중간계기로 설정하고 있는 것이다.[13)] 임화가 통속성의 범주에 관해서 명확히 규정짓고 있지 못하지만, 그가 말하는 "모순의 통속적 해결"이라는 명제는 통속성의 미학적 특징을 규정하려는 노력의 일단을 보여주고 있다. 여기에서 통속소설의 범주를 '통속적'이라는 한정사로 규정짓고자 하는 시도는 논리적인 악순환에 불과하다고 할 수 있다. 그러나 '통속적'의 의미를 소설 속의 갈등관계를 구체적으로 해결하지 못하고 있다는 의미(곧 소설적 갈등의 추상적·관념적 해결이라는 의미)로 이해할 때, 임화의 규정은 긍정적인 의미를 얻을 수 있을 것이다.

본고는 임화와 문제의식에 바탕하여 『상록수』의 '통속적 성격'을 면밀히 검토하고자 한다. 『상록수』가 올바르게 문학사에 자리잡기 위해서는 기존의 과중평가와 함께 그것의 한계가 정확하게 지적되어야 할 필요가 있다. 이를 위해서 세계관적 기반으로서의 '노동'과 서사적 구성원리로서의 '만남'의 의미를 살필 것이다. 『상록수』가 계몽소설로서의 성격을 띠고 있다는 것은 쉽게 인정되는 바이지만, 그것이 대중적 호응을 받을 수 있었던 것은 그 같은 이념적 내용에 있다기보다는 작품 내적 형식상의 속성에서 기인하는 바가 크다고 보여지기 때문이다. 참고로 이 작품의 텍스트로는 『심훈 문학전집』(탐구당, 1966)이 사용되었음을 밝혀둔다.

---

12) 임화, 「통속소설론」, 『문학의 논리』, 학예사, 1940, 399쪽.

13) 유문선은 『상록수』를 브나로드 운동 = 민족주의라는 등식 속에서 파악한 기존의 연구를 비판하면서 이 작품의 세계관적 기반이 18세기 말의 러시아 인민주의에 있음을 밝힌다(유문선, 앞의 글, 111쪽). 이와 함께 『상록수』가 계몽소설이라기보다는 애정소설적 전통과 맞닿아 있다고 지적하고 있거니와, 유문선의 문제의식은 임화의 그것과 상당부분 닮아 있다.

만남과 영화적 구성원리

『상록수』가 임화의 지적처럼 서사적 갈등을 추상적으로 해결하고 있음에도 불구하고 당대의 독자들에게 큰 반향을 얻었다는 사실은 작품 내적 구성원리의 차원에서 접근될 필요가 있다. 『상록수』는 독자들의 정서에 쉽게 접근할 수 있는 독특한 소설적 원리를 포함하고 있다. 『상록수』는 장면 중심의 소설이다. 장면과 장면, 특히 두 주인공 박동혁과 채영신의 만남과 헤어짐이라는 양극단 속에서 소설은 전개된다. 『상록수』는 2년 여의 시간에 걸쳐 이루어진 박동혁과 채영신의 만남을 통해서 소설을 전개하고 있다. 그들의 만남은 다섯 차례이다.

가) xx일보 주최 학생계몽운동대 위로 다과회

나) 백현경의 집에서 이루어진 농촌운동자 간담회

다) 한곡리

라) 청석학원 낙성식

마) 경찰서

소설의 플롯을 축조하는 가장 오래된 방법 중의 하나인 만남의 모티프를 사용해서 작가는 두 주인공의 운명의 위기와 분기점을 표현하고 있다. 다)와 마)는 박동혁과 채영신에게 있어 인생의 위기에 해당한다. 다)에서 채영신이 한곡리를 찾아가는 것은 박동혁과의 만남을 통해 자신의 육체적 위기와 그에 따른 계몽이념의 쇠퇴를 극복하기 위한 것이다. 마)에서 박동혁은 박동화관 청년회관 방화사건에 연루되어 피검됨으로써 육체적 구속뿐만 아니라 농촌계몽운동의 존립기반 자체가 위기상황에 몰려 있었다. 이러한 육체적·이념적 위기는 상대방을 만남으로써 해결된다. 인생의 위기가 닥칠 때마다 두 사람은 어떠한 역경을 무릅쓰고라도 만나야만 했으며, 두 사람은 만나게 된다. 같은 시각에 같은 장소에 있었음(만남)은 두 주인공에게는 일생일대의 사건이었던 셈이다.

사랑에 대한 관심은 초기에서부터 지속되어 온 심훈 소설의 특징이다. 『동방의 애인』에서 비롯하여 『영원의 미소』에 이르기까지 심훈 소설에서는 두 개의 사랑이라는 기본 축에 의해서 전개된다.[14] 초기 소설에서부터 지속되어 온 사랑의 대비구조는 『상록수』에 이르러서는 전혀 다른 양상을 띤다. 『상록수』에서는 사랑의 대비란 애초부터 존재하지 않는다. 유일한 경우라고 할 수 있는 것이 채영신과 김정근과의 약혼관계이지만, 작품 전체 속에서 하나의 에피소드로 치부할 수 있을 정도로 미미하다. 두 사랑의 대비관계가 빠지고 나면서 작품의 구성은 두 남녀의 만남과 이별로 변화한다. 두 사람의 만남에서 비롯하여 채영신의 죽음에 이르는 플롯 발전에 있어서 두 남녀의 사랑은 어떠한 붕괴 가능성도 갖지 않는다. 이 만남과 헤어짐의 반복 속에서 두 사람 사이의 관계는 동지적 관계에서 연인관계로 발전·심화되어 간다. 이것은 청춘남녀가 만나 사랑에 빠져 온갖 고난을 이겨내고 마침내 결합한다는 애정소설[15]의 구조와 유사한 일면을 가지고 있다. 『상록수』가 여타의 애정소설과 구별되는 것은 연인들간의 시험이 존재하지 않는다는 점이다.

소설 속에서 주로 다루어지고 있는 것은 박동혁과 채영신의 만남이지만, 보다 중요한 의미를 담고 있는 것은 헤어짐의 시간이다. 왜냐하면 헤어짐은 만남을 예비하는 것이기 때문이다. 다시 말하면 헤어져 있는 동안 두 남녀는 서로 간의 만남을 정신적·사상적으로 준비하고 있다. 이 헤어짐의 시간이 없다면 두 사람의 만남은 작위적인 것이 될 수밖에 없을 터이다. 따라서 만남의 시간을 의미 있게 하는 헤어짐의 시간이 소설의 핵심적인 문제라고 할 것이다. 헤어져 있는 시간 동안에 이루어지는 주인공들의 삶 중에서 작가의 관심을 끄는

14) 여기에 대해서는 좀더 자세한 논의가 필요할 것으로 보인다. 『동방의 애인』에서는 박진–영숙–조상호의 삼각관계 속에서 박진의 사상적 편력이 드러난다. 박진–영숙과 조상호–영숙의 관계는 상호대비되어 나타난다. 박진은 끊임없이 사랑을 쟁취하기 위해 노력한다. 사랑의 쟁취는 박진의 영웅성을 보강한다. 영숙의 사랑을 쟁취함으로써 박진은 이념적으로 뿐만 아니라 인간적으로도 조상호보다 우위에 설 수 있었던 것이다. 『동방의 애인』의 기본축을 이루는 '사랑의 이중주'는 『불사조』와 『영원의 미소』에서도 반복되고 있다. 주인공들의 사상적 편력, 혹은 정신적 성장 과정은 낭만적 사랑이라는 통과의례를 거치면서 더욱 견고해진다. 『불사조』에서의 덕순–홍룡과 정희–김계훈의 사랑, 『영원의 미소』에서의 최계숙–김수영과 최계숙–조경호의 사랑, 『직녀성』에서의 박세철–윤봉희와 윤봉환–이인숙의 사랑은 철저히 대비적인 관계에 있다. 전자의 사랑은 계급해방을 목표로 하는 전위적인 운동에 참여하는 인물들의 사랑으로 낭만적인 열정에 의해 이루어지는 연애관계이다. 이에 비해 후자는 지배계급의 위선에 가득 찬 거짓된 사랑이며, 대체로(『영원의 미소』는 예외적인 경우이지만) 중매를 통해 이루어진 결혼관계이다. 작가는 이 두 사랑의 대비를 통해 각 계급이 보여 주는 사랑의 차별성을 부각시키고, 아울러 봉건적 결혼관계에 대한 비판의식을 드러낸다. 봉건적인 결혼이란 자신의 계급에 걸맞는 경우에 이루어지는 것이기 때문에 정략적인 성격을 띠며, 남녀간의 평등한 협력관계를 배제한다. 심훈에 의한다면 진정한 의미에서의 사랑이란 봉건적인 가족관계 속에서의 남녀의 결합이 아니라 자아의 발견을 위한 열정 속에서 이루어지는 것이다. 연인들은 운동 속에서 진정한 이상형을 만나 건잡을 수 없는 낭만적인 열정에 휩싸이게 되고 사랑을 쟁취함으로 그들의 인간적인 우월성은 보다 확고해진다. 그리고 사랑의 쟁취는 그 자체로 끝나지 않고 그들의 운동에의 열정을 강화한다. 이처럼 두 개의 사랑이 빚어내는 긴장감에 의해 소설들이 이루어지고 있는 셈이다.

15) 한국문학에 나타난 애정소설의 다양한 양상은 박일용, 「조선 후기 애정소설의 서술시각과 서사세계」, 서울대 박사, 1988 참조.

것은 다)와 라) 사이의 한곡리와 청석골에서의 농촌계몽운동이다. 이 부분에 대한 묘사를 제외하고는 소설 속에서 두 주인공의 삶은 깊이 있게 천착되지 않는다. 만남은 그 자체로서 의미를 지니며 만남의 과정은 존재하지 않는다. 농촌봉사활동을 결심한 두 남녀가 자신들의 목표를 향해서 끊임없이 노력하는 과정이 펼쳐진다. 『상록수』가 농촌계몽 소설로 규정될 수 있었던 것도 이 점 때문이다. 두 사람의 만남은 주인공들의 의지에 의한 것이기 때문에, 현실적 추동력을 내포하지 않고 있다. 따라서 작가는 두 사람의 만남을 새로운 방법으로 동기화한다.

『상록수』에서 박동혁과 채영신의 만남은 낭만적인 분위기를 통해 동기화된다. 『상록수』에서 낭만적인 분위기를 고조하는 방법으로 차용한 것은 두 가지이다. 하나는 문체론적인 방법이며, 다른 하나는 배경음악을 통한 분위기 형성이다. 실천적인 농촌운동가로서의 만남이며, 연인관계로의 발전을 보여 주는 '해당화 필 때'라는 장은 이 점에서 시사적이다. 이 장은 소설 『상록수』에서 가장 아름다운 문장들로 구성되어 있는데, 그것은 작가가 냉철한 시선을 포기하고 감정이입적인 문장들로 서술하고 있음에서 확인된다. 다음의 두 예문에 나타난 문체론적 차이를 살펴보자.

> 가) 가을 학기가 되자 XX일보사에서 주최하는 학생계몽운동에 참가하였던 대원들이 돌아왔다. 오늘 저녁은 각처에서 모여든 대원들을 위로하는 다과회가 그 신문사 누상에서 열린 것이다.
>
> 오륙백 명이나 수용할 수 있는 대강당에는 전조선의 방방곡곡으로 흩어져서 한여름 동안 땀을 흘려 가며 활동한 남녀대원들로 빈틈없이 들어찼다.
>
> 폭양에 그을은 그들의 시꺼먼 얼굴! 큰 박덩이만큼씩한 전등이 드문드문하게 달린 천정에서 내려비치는 불빛이 휘황할수록, 흰 벽을 등지고 앉은 그네들의 얼굴은 한층 검어 보인다. (139쪽)

> 나) 달은 둥뒤의 산마루를 타고 넘으려 하고, 바람은 영신의 옷깃을 가벼이 날리는데, 어느덧 밀물은 두 사람의 눈앞까지 밀려 들어와, 날름날름 모래바닥을 핥는다.
>
> "……."

"……"

굴껍데기로 하얗게 더께가 앉은 바위에, 찰싹찰싹 부딪치는 파도소리뿐……. 온 누리는 '아담'과 '이브'가 사랑을 속삭이던, 태고 적의 삼림 속 같은 적막에 잠겨 있다. 그러나 두 사람의 형체 없는 영혼만은 무언 중에도 가만히 교통한다. 똑같은 고민과 오뇌의 다리를 놓고서……. (209쪽)

가)는 『상록수』의 첫 부분이며, 나)는 '해당화 필 때'의 일부분이다. 가)부분은 박동혁과 채영신의 첫 만남이 이루어지는 XX일보사 주최 다과회에 대한 묘사이다. 주체를 부각시키기 위해 배경을 묘사하는 절제된 고현이 돋보인다. 하지만 두 사람이 동지 관계에서 연인 관계로 발전하는 대목을 묘사하고 있는 나)부분은 작가의 감정이 무분별하게 삼투되어 있음을 확인할 수 있다. 주체와 대상은 전도되어 있다. '달'과 '바람'과 같은 자연물이 의인화되어 주체가 된다. 가)에서 보이는 절제된 묘사를 따른다면 '영신의 옷깃은 바람에 가벼이 날리고'로 표현되어야 할 것이 나)에서는 '바람은 영신의 옷깃을 가벼이 날리는데'로 표현된 것은 좋은 예이다. 의인화된 대상은 주체의 심리적 상태를 포함한다. 이러한 문체론적인 특성은 대체로 두 연인들의 만남을 묘사한 부분에서 쉽게 확인할 수 있다. 감정에 호소하는 문체는 서술적인 효과를 감소시킨다. 단어, 예컨대 '형체 없는' 등과 같은 관형어는 독자적인 의미론적 내포를 갖지 않는다. 관형어는 시적 분위기를 형성하기 위해 차용된 것에 불과하다. 서술되는 이야기의 필연성에 의해 단어가 선택된 것이 아니라 감정적인 분위기에 어울리는 단어들이 사용됨으로써 서술된 인물과 독자 사이에는 거리감이 상실된다. 이러한 인물과 독자의 동일시 현상은 작가가 의도했건 의도하지 않았건 간에 감정의 지속적인 증대와 축적의 과정 속에서 독자들의 이성적인 사고와 판단을 방해한다. 거리감(혹은 균형감각)을 갖고 대상들을 바라보지 못함으로써 독자들로 하여금 명료한 의식을 얻을 수 없게 하는 것이다.

이러한 문체론적인 특성은 음악, 특히 세레나데와 결합하면서 낭만적인 분위기를 더욱 고조시킨다. 채영신의 입에서 흘러나오는 세레나데는 주인공들의 만남이 필연적인가에 대한 의문을 가라앉혀 준다. 실제적인 음성으로 구현되지 않고 있다고 할지라도 세레나데는 그것 자체에 의해 낭만적인 분위기를 발생시키고 있다. 이 점은 심훈이 영화에 심취했다는 점, 그리고 작가 자신에 의해 소설이 시나리오로 각색되었다는 사실과 무관하지 않다.

이는 『상록수』가 쓰여지는 과정에서 이미 영화적인 기법들을 염두에 두고 있었다는 사실을 반증하는 것이다. 영화에서 전달 수단의 하나로서 사용되는 음악은 한 음 한 음이 분절적으로 인식되는 음악이 아니라 관객의 본능적인 움직임에 따른 음악의 흐름이다. 그것은 대체로 구조적 리듬의 창조와 정서적 반응의 자극이라는 기능을 담당한다. 소설 『상록수』에서 음악적 배경은 앞서 말한 대로 정서적 반응의 자극이라는 기능에 특히 집중된다. 구체적으로는 감추기 효과와 예시 효과가 그것이다. 음악은 갑작스러운 분위기의 변화와 예상치 못했던 행위의 발생, 예컨대 나)에서 채영신과 박동혁의 관계가 동지관계에서 약혼관계로 질적인 변화를 이루는 사건에 앞서 독자들로 하여금 정서적 준비를 갖추도록 함으로써 충격효과를 감소시키는 것이다. 이처럼 장면 중심의 소설인 『상록수』에서 시간적 흐름의 단절과 사건의 급진전을 메워 주는 장치로서 음악이 사용되고 있는 것이다.

『상록수』에서 음악적 배경은 인물들의 성격을 명료화하는 것이 아니라 배경으로 단일화시킨다. 음악의 비서술적 기능은 작품 내적 취약성을 보강하는 역할을 수행하는 것이다. 다시 말하면 음악은 형상성을 결여하고 있으므로 로맨틱한 성질에 의해 내적 의미의 황폐함에 다채로움을 채색하고 공허한 시간을 장식하는 역할을 수행하는 것이다.[16] 장면 중심의 소설인 『상록수』에서는 시간적 흐름의 단절을 메워 줄 수 있는 장치로서 음악을 사용하고 있는 것이다. 서술상의 미진함을 보충하려는 이러한 시도는 세레나데뿐만 아니라 여러 유사한 장치들을 가지고 있다. 예컨대 「애향가」라든가 나팔소리, 그리고 작품 속에 삽입된 조운의 시도 마찬가지 역할을 담당하고 있다.

'해당화 필 때'라는 장에서 사용된 세레나데가 낭만적인 분위기를 고조하는 역할을 담당하고 있지만, 소설 전체적으로 볼 때에도 『상록수』에서는 장면과 장면 사이의 시간적인 단절을 음악이 메워 준다. 작품의 전체적인 주조를 형성하고 있는 행진곡은 그 대표적인 예이다. 소설 도입부에서 사용되고 있는 '쌍두취 행진곡'은 이 작품의 전체 구조와 일치한다. 쌍두취란 박동혁과 채영신을 일컬음이며, 행진곡이란 목표를 향해 끊임없이 전진해 나가는

16) 이와 관련하여 『상록수』에서 서사적 사건들을 동기화하는 데 사용된 음악에 대한 아도르노의 지적은 매우 의미심장한 것이다. 아도르노에 따르면 음악은 형상성을 결여하고 있기 때문에 때때로 반이성적인 정신의 원천이 된다. 음악의 수용기관인 귀는 수동적이다. 귀는 처음부터 열려 있어서 어떤 자극에 선택적으로 반응하기보다는 수동적인 수용상태에서 항상 노출되어 있다. 청각은 노동을 수행함으로써 일어나는 다른 감각들의 끊임없는 긴장관계와는 무관하며, 오히려 비합리주의적 환상을 조장한다. 청각적 수동상태는 노동의 반대어이다.(Theodor W. Adorno, 『음악사회학입문』, 삼호출판사, 20쪽.)

두 주인공들의 삶을 표상한다. 전체적인 서사구조로 볼 때, 주인공에 대응하는 반대자들의 활동 양상이 나타나지 않고 있다는 것도 행진곡과 유사하다. 『상록수』에서는 갈등의 계기를 내포하는 적대자가 존재하지 않음으로 인해 서사적 긴장은 상황과 인물들 간의 갈등, 혹은 인물 내면의 욕망의 갈등으로 나타난다. 하지만 주인공과 상황 간의 갈등이란 기실 관념적이다. 왜냐하면 상황의 구체성이 확보되지 않은 상태에서 인물과 상황이 긴장 관계를 획득한다는 것은 거의 불가능하기 때문이다. 이에 따라 주인공은 자의적이고 주관적인 신념을 자유롭게 펼쳐 보일 수 있게 된다. 행진곡의 "활발하면서 장쾌한 멜로디(139쪽)는 민중의 생활을 개선시키고자 하는 두 주인공의 정열이라는 『상록수』의 이념을 가장 잘 대변하는 문학적 장치였던 셈이다.

채영신의 죽음과 노동의 의미

『상록수』의 서사적 골격을 형성하고 있는 것은 앞서 지적한 것처럼 박동혁과 채영신의 만남이다. 남녀주인공은 첫번째 만남을 통해 상대방에 대한 사랑의 열정에 휩싸인다. 플롯 발전은 여기에서 출발하여 채영신의 죽음에서 종결된다. 주인공들의 인생을 추동시키는 힘은 상대방의 사랑을 쟁취하기 위한 욕망이다. 상대방과 결합하고자 하는 욕망이 추동력이 되어 두 사람은 농촌봉사활동가로서의 삶을 영위한다. 사랑의 시작과 결말이라는 두 지점 사이에는 객관적이고 일상적인 시간이 개입할 여지가 없다.[17] 동혁은 영신을 통해서 자신의 삶의 목표를 볼 수 있었으며, 영신 또한 동혁을 통해서만 세상을 볼 수 있었던 것이다. 여기에서 두 사람의 사랑은 사적인 동시에 공적인 성격을 띠게 된다. 애정은 두 개인 사이의 낭만적 열정에 기초한 것일 뿐만 아니라 이념적 문제와도 연결되는 고리인 셈이다.

『상록수』에서 연인들 간의 장벽은 사회적·계급적 차이에서가 아니라, 이념적 차이에서 기인한다. 박동혁과 채영신은 '브나로드 운동'에 정신적 거점을 두고 있는 것처럼 보인다. 동아일보사 주최의 브나로드 운동은 일제 총독부가 주도하는 '자력갱생운동'과 사회주의자들의 '사상운동'에 맞서 있다. 하지만 실제 행동에 있어서는 문맹퇴치에 매달리는 채영신과 사상계몽으로 나아가고자 하는 박동혁 사이에 내부적인 갈등이 노출된다.

17) 이 점은 채영신이 운동가로서의 삶과 애정의 문제 속에서 갈등하고 있었다는 것과는 다른 차원의 문제이다. 왜냐하면 농촌봉사활동을 수행함으로써만 두 사람은 만날 수 있었고, 그것이 완수된 이후 두 사람은 결혼하기로 약속했던 까닭이다.

박동혁과 채영신 사이의 내부적인 논쟁의 핵심은 두 가지로 요약될 수 있다. 하나는 농촌운동의 방법을 둘러싼 논쟁이고, 또 다른 하나는 종교문제를 둘러싼 논쟁이다.

박동혁의 활동이 브나로드 운동을 기본이념으로 하고 있다면 채영신의 활동은 중앙기독청년회 중심의 종교적 농촌계몽운동이다.[18] 박동혁은 자신의 이념에 따라 기독교도들의 실천행위 부족을 비판한다. "동혁은 인류와 종교의 역사적 관계를 모르는 것도 아니요, 편협한 유물론자처럼 덮어놓고 종교를 아편과 같이 생각하지는 않으면서도, 근래에 예수교회가 부패한 것과, 교역자나 교인들이 더 떨어질 나위 없이 타락한 그 실례를 들어 맹렬히 공격하는 것이다."(299쪽) 농촌에서의 반종교운동의 필요성에 대해서는 인정하면서 그것을 적극적인 실천에는 망설이고 있는 것이 박동혁의 처지이다. 이 자기모순의 형국에서 채영신과 박동혁 사이의 종교적 갈등은 무화된다. 오직 농촌에서 활동하고 있다는 단 하나의 기준에 의해서 인물 간의 갈등은 해소되고 있다. 자기 희생의 순결한 이미지 앞에서 인간적이고 세속적인 갈등은 자리잡을 수 없다.

갈등의 또 다른 형태인 농촌계몽운동의 방법을 둘러싼 논쟁은『상록수』의 이념적 지향을 드러내는 것이다.『상록수』가 농촌계몽을 목표로 한 브나로드 운동을 자신의 이념적 지향으로 삼고 있다는 사실은 많은 연구자들에 의해 지적된 바 있다. 농촌계몽이라는 목표에 도달하기 위한 방법은 이 소설이 쓰여진 목적인 동시에 작가의 이상이다.

> 지금부터 육칠십 년 전 노서아의 청년들이 부르짖던 브나로드(민중 속으로라는 말)를 지금 와서야 우리가 입내 내듯 하는 것은 말할 수 없이 슬프고 부끄러운 일입니다. 그렇지만 우리는 남에게 뒤떨어진 것을 탄식만 할 게 아니라 높직이 앉아서 민중을 관찰하거나 연구의 대상으로 삼으려 하는 태도를 완연히 벗어버리고, 그네들이 즉, 우리 조선 사람이 제 힘으로써 다시 살아나기 위한 그 기초공사를 해야겠습니다.(9쪽)

여기에서 박동혁이 비판하고 있는 태도, 앉아서 민중을 관찰하거나 연구의 대상으로

18) 중앙기독청년회가 국제위원회(실질적으로는 미국선교부)의 지원 아래 1926년부터 전개한 농촌운동이다. 그들은 농촌에서의 문맹퇴치뿐만 아니라 농민의 상식과 기술에 관해서도 강습한 것으로 알려져 있다. 1935년 무렵 '브나로드 운동'과 함께 금지당한다.

삼으려는 태도란 백현경과 같은 인물들을 지칭함이다. 백현경은 덴마크 사찰을 다녀온 이후 강연 등을 통해서 농촌운동을 주장하고 있다. 하지만 백현경의 주장은 '우리의 살 길은 오직 농촌을 붙드는 데 있다'라는 식의 관념적인 탁상공론이다. 박동혁은 백현경의 주선으로 모인 농촌계몽운동가들의 회의에서 그에 대한 비판적인 입장을 천명한다. 백현경과 같이 "남의 등뒤에 숨어서 명령"(158쪽)하는 것이 아니라 농촌으로 들어가 농민들과 함께 생활하면서 지도해야 한다는 것이다. 그러나 농촌운동가 백현경의 지도를 받고 있는 존재(이러한 영향관계는 작품 전체 속에서 변화하지 않는다)인 채영신에 대한 비판은 무디어진다. 비판의 화살은 백현경에게로만 향한다. 왜냐하면 채영신과 박동혁은 사랑하는 사이이기 때문이며, 채영신은 농촌으로 내려가서 구체적인 실천 활동을 벌이고 있기 때문이다.

박동혁과 채영신을 둘러싸고 벌어지는 논쟁은 이처럼 두 사람의 연인 관계를 파괴하리만치 심각하게 벌어지지 않는다. 오히려 논쟁은 두 사람 사이의 이해理解를 심화시키는 방향으로 진행된다. 두 사람은 논쟁의 과정을 통해서 상대방에 대한 이해와 신뢰를 확인하고 사랑하게 된다. 소설 『상록수』는 두 사람 사이의 이념적 차이를 사랑이라는 이름 아래 용해시킨다. 하지만 채영신은 일본유학 길에 올랐다가 죽음을 맞게 된다. 채영신은 자신의 목표였던 청석학원을 건립함으로써 문맹퇴치의 기초를 닦은 이후에 청석골을 떠난다. 그것은 그녀가 추구하는 농촌계몽 운동이 매우 한정된 것이었음을 잘 보여 준다. 채영신은 자신의 활동을 가장 아름답게 부각시킨 청석골을 떠남으로써 순교자적 자세를 포기한다. 그리고 채영신에게서 종교적인 순결성이 제거되는 순간 채영신은 한 세속적인 인간으로서 죽음을 맞이하게 된 것이다. 농촌계몽이라는 동일한 이념적 기반 위에 서 있음에도 불구하고 채영신이 죽음에까지 이르게 된 이유는 박동혁의 삶과 대비되었을 때 분명해진다. 박동혁은 농촌계몽운동을 수행하면서 농민들과 함께 실제 노동과정에 참여한다. 박동혁은 노동과정에 지속적으로 참여함으로써 육체적인 건강성을 획득함과 동시에 계몽운동의 이념을 더욱 확고히 할 수 있었다. 이에 비해 채영신의 농촌계몽운동은 교육적인 차원에만 한정된 것이기 때문에 그녀는 농민들과 함께 노동과정에 참여하지 않는다. 채영신은 청석골 학원을 건립하는 과정에서만 노동에 참여한다. 채영신의 노동은 학원 건립이라는 목표 아래에서 일회적으로 이루어지고 있을 뿐이다. 이것은 박동혁이 노동을 통해서 성숙해지는 과정과는 구별된다. 그것은 문맹퇴치에만 매달리는 농촌계몽이 더 이상 의미를 가질 수 없다는 작가의 통찰력에서 기인하는 바가 크다. 심훈은 종교적 농촌계몽운동의 한계를 분명히 드러내는 동시에 자신의 이념적 지향으로서 박동혁의 농촌계몽운동을 제시하고 있는 것이다.

이와 관련하여 『상록수』의 인물 묘사에 나타난 초점화 방식은 시사적이다. 『상록수』는 3인칭 전지적 작가시점을 취하고 있지만, 채영신과 박동혁, 그리고 그 주위에 있는 인물들을 향해 작가의 시선이 집중되어 있다. 이같은 초점화에 있어서의 가장 중요한 기준이 되는 것은 '노동'이다. 노동은 작가가 소설 속의 인물을 성격화함에 있어서 가치판단의 기준으로 삼고 있는 핵심적인 기제이다.[19] 강기만과 백현경의 현대식으로 꾸며 놓은 풍경에 대한 작가의 노골적인 거부감은 도회적 삶에 대한 거부이며, 노동하지 않는 인간에 대한 비판이다.

> 눈앞에서 소머리를 돌리던 칠룡이가 종아리에서 커다란 거머리를 잡아떼더니,
> "이 경찰 놈 벌써버텀 붙어 당기나?"
> 하고 논두덕에다 힘껏 매어 붙인다. 굵다란 지렁이가 기어 올라가는 듯 힘줄이 불뚝불뚝 솟은 종아리에서 검붉은 피가 줄줄이 흘러내린다. 영신은 씻지도 않고 내버려두는 그 피를 바라보다가, 서울 백 선생이 말쑥한 양장에 비단 양말을 씻고, 학교 실습장으로 나돌아다니던 것을 연상하였다. 파리라도 낙성을 할 듯이 매끈하던 그 종아리와, 거머리에게 빨려 논물을 씨벌겋게 물들이는 칠룡의 종아리…….(184쪽)

노동하지 않는 인간에 대한 비판은 백현경과 함께 강기만의 형상에서 가장 분명하게 나타난다. 그들의 주거 공간은 잘 꾸며져 있음에도 불구하고 작가에 의해 희화화된 형태로 묘사된다. 노동은 만약 그것이 없다면 사회적, 심리적 균형을 완전히 파괴해 버리는

19) 육체노동에 대한 예찬은 소설 『영원의 미소』에서 본격화되기 시작한다. 『영원의 미소』는 심훈의 작품 세계에 있어서 『동방의 애인』, 『불사조』 등의 작품과 분명히 구별되는 전환기적인 역할을 담당하고 있다. 도회적 삶에 대한 비판과 노동하는 대중의 건강성에 대한 발견을 통해서 작가는 자신의 창작세계를 근본적으로 변화시킨다. 일제 식민지 통치하에서 일어나고 있는 농촌경제의 파탄과 농민들의 비참한 생활을 극복하기 위한 지식인들의 헌신적인 노력을 촉구하고 있다는 점에서 『영원의 미소』와 『상록수』는 사상적인 연결점을 갖고 있다. 그런데, 『영원의 미소』에서 주인공 김수영이 낙향하여 보게 되는 농민들의 비참한 생활은 관찰자적 시야를 통해서 가능한 것이다. 이는 『고향』의 김희준과 비견되는 바이지만, 김수영은 김희준과는 달리 농민들의 실제 생활로부터 유리되어 있다. 부재지주 조경호의 방탕한 생활과 대비됨으로써 김수영이 추구하는 농촌계몽운동의 정신적·도덕적인 순수성이 강조되고 있을 뿐이다.

방향으로 작용했을 에너지들을 정화시키는 작용을 담당하고 있다. 강기천의 퇴폐적인 행동은 노동과정으로부터 벗어나 있는 데에 궁극적인 원인이 있다. 자연과의 상호과정을 갖지 못하는 인물들은 건강함을 상실당하고, 기생적인 면모를 보여 주는 것이다. 강기만은 노동하지 않는 까닭에 자신의 한계를 벗어날 수 없다. 이에 비해 박동혁은 실제 노동에 참가함으로써 농민들의 생활과 정서에 밀착할 수 있게 된다. "책상물림들이 상일의 잔뼈가 굵은 사람들처럼 그 세찬 일을 진종일 하구두 배겨낼 만큼 되려면 첨엔 코피를 푹푹 쏟아야지요."(184쪽)라는 박동혁의 주장은 이를 잘 보여 준다. 이처럼 박동혁은 노동을 통해 육체적·이념적 건강성을 획득하고 유지할 수 있었던 것이다.

그러나 박동혁이 지향하고 있는 의식의 실체는 불명료하다. 박동혁은 농민들에게 문맹퇴치보다는 사상계몽이 우선되어야 한다고 주장한다. 그의 활동은 공동답경작에서 시작되어, 농우회의 조직으로 나아간다. 그러나 '정신적으로 예비하는 과정'으로서 설정된 이러한 농촌계몽운동이란 일종의 준비론인 셈이어서 적대자를 향한 실제적인 대립을 은폐하고 있다. 강기천이라고 하는 농민들의 착취자가 존재함에도 불구하고 그의 생활은 작품 속에서 추적되지 않는다. 강기천의 삶에 대한 소박한 이해나 형상화는 풍자의 형태를 띠고 있어서 인물들 상호간의 현실적 관계를 빈약하게 한다. 노동의 도덕성과 무위도식의 비도덕성이라는 도식은 윤리적인 기준에 의한 것이라 할 것이다. 따라서 노동성과물을 둘러싸고 벌어지는 사회적 대립이 지주-소작인 관계를 통해서 추적되지 않는다. 더욱이 노동은 자연력과의 상호과정, 곧 육체노동으로 한정된다. 육체노동은 정신노동과 대립하고, 자연력과의 상호과정을 차단당한 도시적 생활은 비판된다.[20] 육체노동은 그 자체로서 가쁨을 가져오는 것이며, 인간을 전일적으로 완성시킬 수 있는 유일한 방법인 셈이다.

지주적 삶을 극복하고자 하는 박동혁의 변혁의지가 불명료함으로써 『상록수』에서는 지주-소작인 간의 대립과 갈등이라는 현실적 긴장이 약화된다. "어떠한 수단과 방법을 써서라도 우리 민중에게 우선 희망의 정신과 용기를 길러 주기 위해 노력하는 것"(10쪽)을

20) 심훈의 다음과 같은 자기비판은 이 점을 잘 보여 준다. "도회는 과연 나의 반생에 무엇을 끼쳐두었는가! 술과 실연과 환경에 대한 환멸과 생에 대한 권태와 그리고 회색의 인생관을 주었을 뿐만 아니라 나이 어린 로맨티스트에게 일찍이 세기말적 기분을 길러 주고, 의지가 굳지 못한 희뚝희뚝하는 예술청년으로 하여금 찰라적 향락주의에 침윤케 하고, 활사회活社會에 무용의 장물長物이요, 실인생實人生의 부유층蜉蝣層인 창백한 인텔리의 낙인을 찍어서 행려병자와 같이 아스팔트 바닥에다가 내어버리려 들지 않았는가."(심훈, 「필경사잡기」, 『심훈전집』 3, 탐구당, 1966, 505쪽)

최대의 과제로 삼고 있는 박동혁과 채영신에게 있어 변혁의 과제를 제기한다는 것은 의미 없는 일이다. 그들에게 있어서는 목표를 향한 전진의 개념보다는 목표를 상실한 과정만이 존재할 뿐이다.[21] 박동혁의 실제 활동에는 이러한 혐의가 뚜렷이 드러난다. 일제의 농촌진흥정책에 편승해서 농촌진흥회의 회장이 되고 싶어하는 강기천의 속물성을 이용해서 농민들의 빚을 갚게 만든 사실은 박동혁이 기반하고 있는 '한곡리'의 생활상의 문제를 가장 잘 반영하고 있다고 할 수 있다. 그러나 지배당국과 밀착되어 있는 강기천을 농우회 회장으로 용인해 주는 대목은 참다운 투쟁으로 나아가지 못하는 이 소설의 근본적인 한계이다. 박동혁과 강기천의 화해는 대립되는 두 세계 간의 투쟁을 배제한 것이며, 사회적으로 강요되는 지배적 규범들과의 싸움에서 패배하였음을 인정하는 것이다. 강기천과 같은 경제적 세력들의 우월성은 당대의 사회체계의 근본적인 변화 가능성을 민중들의 삶에 확산시키는 데 실패한다. 채영신의 죽음 역시 왜곡된 현실과의 대결 속에 패배한 것이 아니라 개인적인 욕망을 구현하기 위한 과정에서 다다르게 된 필연적인 결과이다. 따라서 그의 죽음은 사회적이라기보다는 개인적인 죽음이다. 채영신의 죽음 이후 박동혁의 새로운 결심은 그들의 실패를 자인하는 것이며, 채영신의 개인적인 비극을 사회적으로 확산시키고자 하는 작가적 노력의 소산이다. 하지만 그것은 채영신의 죽음이 개인적인 비극이었음을 확인시켜 줄 뿐이다.

맺음말

심훈의 『상록수』는 지금까지 문학연구자들의 많은 관심을 끌어 왔다. 그리고 상당부분 긍정적인 평가를 얻어 왔다. 하지만 이상에서 살펴본 바에 따르면 『상록수』의 문학적 의미는 매우 제한적인 것으로 드러났다. 1930년대 초반 식민지 조선에서 이루어진 많은 문학적 성과와 관련지어 볼 때, 『상록수』의 문학사적 위치는 더욱 분명해진다. 『상록수』는 당대의 농민적 삶을 올바른 방향으로 변혁시키고자 하는 문제 의식 아래 쓰여진 소설임에도 불구하고 작가의 사상적 제약성에 의해 진정한 소설적 형상화에까지는 이르지 못하게 된다. 작가의 미적 이상의 근본적 한계는 노동에 대한 추상적 이해에서 비롯한다. 작가는

---

21) 이 점에서 박동화의 행동이 훨씬 더 문제적일 수 있다. 형인 박동혁만큼 배우지는 못했을망정 체제의 모순에 근본적으로 대항하고자 하는 박동화의 형상은 초기 심훈 소설에 나타난 박진, 강홍룡의 형상과 상통하는 바가 있다 할 것이다.

노동을 당대의 사회적 삶의 과정 속에서 파악하지 못하고 추상적이고 윤리적인 기준으로만 이해하고 있을 뿐이다. 노동이 육체노동과 동일시되면서 노동과 비노동이 대립하고 있을 뿐만 아니라 육체노동과 정신노동이 대립하고 있다. 육체노동과 정신노동의 대립은 역사적인 것이다. 육체노동과 정신노동의 분화는 자본주의 사회에 들어서면서 본격화된 사회적 현상이며, 그것의 구체적 현상형태가 도시와 농촌의 분화이다. 이러한 노동의 역사성이 사상되면서『상록수』는 역사적 방향성으로부터 멀어진다.

노동이 인간해방의 계기로 작용하기 위해서는, 첫째 고립된 한 개인의 노동으로서가 아니라 집단적인 노동으로 수행되어야 하고, 둘째 사회적 관계를 맺고 있는 착취계급의 비노동과 대립해야 하며, 셋째 노동으로서 의식되고 파악되어야 한다.[22] 이러한 노동과정을 통해서 잠재적으로 각 개인들의 집단적 결속이 가능해지면, 자신의 해방을 향한 도정에 오를 수 있게 된다. 이 점에서『상록수』는 공동경작을 통한 농민대중의 집단화 가능성을 모색하고 있으며, 지주계급의 비노동과 대립되는 농민계급의 노동을 부각시켰다는 점에서 강한 민중지향성을 띠고 있다고 할 수 있다. 그러나 착취계급의 비노동과 정신노동이 혼동됨으로써 사고의 혼란을 가져온다. 노동은 자연과 인간의 상호과정으로만 이해되고 있을 뿐, 노동생산물을 둘러싸고 벌어지는 각 계급들 간의 사회적인 관계는 깊이 있게 천착되지 않는다.

현실을 변화시키는 추동력은 자본주의의 성장이다.『고향』에서 원터가 자본주의 문명의 끊임없는 위협 아래 놓여 있었다는 사실과 비교해 볼 때에도『상록수』의 한곡리와 청석골은 당대의 사회적 변화과정으로부터 일탈되어 있음을 쉽게 알 수 있다. 더 이상 농촌공동체의 인간적 유대감이 유지될 수 없는 시대에 농촌공동체에서 새로운 가능성을 엿보는 것은 박동혁의 한계이자, 작가 자신의 한계이다. 점차 고도화되는 도시와 농촌 간의 분화, 도시의 점진적 우세화 등으로 말미암아 행동장소가 점점 더 도시, 특히 현대적 도시로 집중되는 필연적인 현상을 앞에 두고 박동혁은 이에 눈감고 있는 것이다. 심훈의 노동에의 관심은 세계관에 있어서의 중대한 변화를 유도하였음에도 불구하고 조선 사회의 변화와 접목되지 못함으로써 완결된 세계를 형상화하는 데 그친다. 박동혁과 채영신이 살아가는 공간이

22) K. Kosik,『구체성의 변증법』,박정호 역, 거름, 1985, 187쪽

완결적인 세계였고, 그들은 강한 민중연대성을 지녔음에도 불구하고 관념적인 성격을 띠게 되는 것이다.

더욱이 육체노동의 적극성을 인정하고 있음에도 불구하고 그들이 적극적인 변혁의지를 사상한 채 수동적인 농민상을 답습하고 있음은 이 소설의 또 다른 한계이다. 여기에 이르면 『동방의 애인』이 기반하고 있던 세계변혁에 대한 믿음과 지식인으로서의 건강한 선도성이 방향감각을 상실하기에 이른다. 『영원의 미소』에서 서병식, 최계숙은 자신의 투쟁에 대한 확고한 믿음도 갖지 못하고 있으며, 미래지향성도 갖지 못하고 있다. 대립항들의 모순이라는 사고를 포기한 순간 『상록수』의 세계는 단일성의 관념으로 충만하게 된다. 이 단일성의 세계는 『동방의 애인』이 갖고 있던 단일성의 세계와 정반대되는 성격을 띤다. 전자는 지식인의 세계변혁에 대한 믿음에서 출발하는 것으로서 민중적 힘을 향한 혁명적 호소력이 내포되어 있었다. 이에 비해 후자는 그것의 지식인으로서의 선도성의 포기와 대중으로의 삼투로 특징지어진다. 이러한 작품의 내적 모순은 이중적인 문체로 현현하고 있음은 앞서 지적한 바이다. 따라서 『상록수』는 노동을 통한 민중의 건강성 발견이라는 일정 정도의 진보성을 가지고 있음에도 불구하고 그것은 항상 한정적인 의미에서 이해되어야 할 것이다.

『상록수常綠樹』 연구

조남현

『상록수常綠樹』의 출생과정

심훈沈熏의 장편소설 『상록수』는 동아일보에 1935년 9월 10일부터 1936년 2월 15일까지 127회 동안 연재되었다. 이미 작품이 탈고된 후 연재된 것이기에 주제도 분명하고 문장도 안정되며 구성도 탄탄한 것으로 평가될 수 있었다. 다만 93회, 94회, 95회, 96회 순으로 연재되어야 할 것이 누구의 실수로 그리된 것인지 95회, 93회, 94회, 96회 순으로 실려 있는 것이 눈에 띈다. 내용 자체가 뒤바뀐 것이 아니고 번호가 잘못 매겨진 것이다.

잘 알려진 바와 같이 『상록수』는 출생 과정이 독특한 작품이다. 작품 『상록수』는 신문 연재소설이기는 하나 심사를 거쳐 당선작으로 뽑힌 것이며, 작가 심훈은 신인이 아니라 이미 『탈춤』, 『영원의 미소』 등과 같은 여러 편의 장편소설을 써 낸 엄연한 기성작가였다. 동아일보는 1935년 3월에 앞으로 4월 1일자로 창간 15주년을 맞는 것을 기념하기 위해 상금 5백원을 걸고 장편소설을 공모하였다. 그리고는 "조선朝鮮의 농어農漁 산촌山村을 배경背景으로 하여 조선朝鮮의 독자적獨自的 색채色彩와 정조淸調를 가미加味할 것", "인물 중에는 한 사람 쯤은 조선청년朝鮮靑年으로서의 명랑明朗하고 진취적進取的성격을 설정할 것", "신문소설新聞小說이니만치 사건事件은 흥미興味있게 전개展開시켜 도회인都會人 농어農漁 산촌인山村人을 물론하고 다 열독熱讀하도록 할 것"[1] 등의 조건을 내걸었다. 여기서 동아일보사는 장편소설 공모 의도를 '조선朝鮮의 농어農漁 산촌山村 문화文化에의 기여寄與'와 같이 추상적으로 밝히고 있을 뿐, 농촌운동이니 브나로드니 하는 말은 쓰지 않고 있다. 1935년 8월 13일자 동아일보에서는 심훈 씨의 『상록수』를 당선작으로 선정한 그 심사 과정을 구체적으로 밝히면서 장편소설을

1) 《동아일보》, 1935. 3.20.

공모하는 취지와 응모자가 유의해야 할 사항을 다시 한 번 소개하였다.

동아일보사는 농촌소설이나 농민소설을 희망했을 뿐 구체적으로 농촌계몽소설이나 농민교화소설을 원했던 것은 아니다. 『상록수』의 연재를 예고하는 날짜의 신문에서도 농촌계몽소설과 같은 용어는 쓰지 않았다. 신문에서는 "게재되는 동안에 남녀 주인공의 씩씩함을 배워 "나도 일하리라"고 팔을 걷고 나설 이땅의 젊은이가 수만히 있을 줄 압니다. 그 뿐입니까, 여기에 눈물이 있고 웃음이 있고 사랑이 있으니 독자 여러분은 각각 구하는 대로 이 소설에서 얻을 것입니다"라고 독자반응의 방향과 수준을 예시하였다. 심훈은 자신과 동아일보사와의 각별한 인연을 털어 놓으면서 『영원의 미소』의 후편을 쓰려고 했던 참에 "사社에서 주문注文한 모든 조건이 작자가 생각하여 오던 바와 우연히 부합符合됨에 용기를 얻어 그 공약公約을 이행履行할 기회機會를 얻게 되었습니다"라고 했고 "빈약하나마 머리를 짜내기에는 가장 괴악한 늦은 봄철에 한 50일 동안을 주야겸행晝夜兼行으로 펜을 날려 기한期限과 횟수回數와 또는 그 밖의 모든 구속을 받으면서 써 낸 것입니다"라고 밝혔다.[2] 이 소설의 마지막 연재분의 끝 부분에는 "1935년 6월 26에 탈고한 것"이라는 부기가 있다. 6월 26일까지 50일 정도 쓴 것이 라면 그는 5월 초께 집필을 시작한 것이 된다.

심훈은 1932년에 충청남도 당진군 송악면 부곡리로 낙향한 이래 『영원의 미소』(조선중앙일보, 1933.7.10.~1934.1.10.), 『직녀성』(조선중앙일보, 1934.3.24.~1935.2.26)과 『상록수』 등을 탈고했다. 그는 이 무렵에 낙향 이전의 자신의 삶을 '어줍지 않은 사회봉사, 입에 발린 자기희생, 어떠한 주의에의 노예'와 같이 파악하고 있었다. 『영원의 미소』, 『직녀성』, 『상록수』는 남녀 주인공들이 경성을 떠나 '다른 사람들을 위한 삶의 개척'을 표방하면서 농촌으로 들어 가는 것을 긍정적으로 묘사하고 있다. 경성에서의 과거 생활에 대한 반성은 그를 농촌으로 돌아가게 만들었고 귀향모티프와 계몽모티프를 필수 모티프로 한 소설을 쓰게끔 만들었다. 그는 20년대 말과 30년대 초에 걸쳐 「조선은 술을 먹인다고」(1929), 「필경筆耕」(1930), 「토막생각」(1932) 등의 시를 써 내었는데 이들 작품들에 서 심훈이 현실을 비판하거나 자조하는 태도를 찾을 수 있다. 그는 「조선은 술을 먹인다고」에서 "카페의 의자를 부수고 술잔을 깨뜨리는 사나이가/피를 아끼지 않은 조선의 테러리스트요/

2) 《동아일보》, 1935. 8.27.

파출소 문 앞에 오줌을 깔기는 주정꾼이/ 이땅의 가장 험악한 반역아란 말이냐?"고 자조적인 표현을 아끼지 않은 다음, 「토막생각」에서는 "전등 끊어 가던 날 밤 촛불 밑에서/ 나어린 아내 눈물지며 하는 말/ '시골 가 삽시다. 두더지처럼 흙이나 파먹게요'"와 같이 막다른 골목에 다다른 심정을 털어 놓았다.

> 잘 알려진 바와 같이 심훈은 비록 카프 측으로부터 소외 당하기는 하였지만 「그날이 오면」을 비롯한 몇 편의 시와 연재 중단 조치를 당하고 만 『동방의 애인』, 『불사조』 등의 소설, 그리고 기미만세 가담, 염군焰群 가맹加盟, 철필구락부鐵筆俱樂部 사건事件 연루 등의 경력에서 잘 입증되고 있는 바와 같이 일면 래디칼리스트요 인노베이터에 해당된다.[3]

심훈은 1920년대 후기에서 1930년대 초기에 걸쳐 급진주의적 지식인으로서, 작가로서 또한 가장으로서 실패를 거듭하였고 바로 이 거듭되는 패배감과 좌절감이 마침내 그를 시골 구석으로 밀어 넣게 된 것이다. 『상록수』 연재가 끝나고 나서 한 달 후에 동아일보에 발표된 「필경사잡기筆耕舍雜記」의 제 6회 '조선의 영웅'에서 심훈은 행동컴플렉스나 실천컴플렉스에서 헤어나지 못하고 있음을 드러낸다. 말 뿐인 영웅보다는 '실제로 일을 하는 소영웅'을 진정한 영웅으로 보고 있는 이 글을 통해 작가가 박동혁이나 채영신과 같은 인물을 설정한 동기를 알게 된다.

> 백百 가지 천千 가지 골치 아픈 이론理論보다도 한 가지나마 실행實行하는 사람을 숭앙崇仰하고 싶다. 살살 입살발림만 하고 턱밑의 먼지만 톨톨 털고 앉는 백명百名의 이론가理論家, 천명千名의 예술가藝術家보다도 우리에게는 단 한 사람의 농촌農村 청년靑年이 소중所重하다. 시래기죽을 먹고 겨우내 '가갸거겨'를 가르치는 것을 천직天職이나 의무義務로 녁이는 순진純眞한 계몽운동자啓蒙運動者는 '히틀러', '뭇소리니'만 못지 안흔 조선朝鮮의 영웅英雄이다[4]

3) 졸저, 『한국소설과 갈등』, 문학과 비평사, 1990, 204쪽.

4) 《동아일보》, 1936.3.18.

단 한 사람의 실천적인 농촌청년이 소중하다는 생각은 『영원의 미소』, 『직녀성』, 『상록수』의 창작으로 이어지게 된 것이다. 심훈은 특정 이데올로기를 주입시키기 위해 소설을 쓰려고 한 것은 아니었다. 심훈 자신이 "소생小生은 경파硬派, 연파軟派, 또는 억지프로派, 난삽파難澁派의 작품은 질기지 안코"[5]라고 말하고 있는 것처럼 소설을 자립성이 강한 서술 양식으로 보았다.

『상록수』의 정신사적 배경

1931년 3월에 일본에서 일어 난 무혈 쿠데타의 주역 우가키 가즈시게宇垣一成가 같은 해 6월 17일에 조선총독으로 취임하면서 일선융화를 강화하기 위하여 그 일환으로 농촌진흥정책을 펼쳤다.

> 진흥운동의 특질은 다음과 같은 세 가지를 들 수 있다. 첫째로는 진흥운동의 슬로건을 춘궁기 퇴치, 차금借金퇴치, 차금예방의 세 가지에 두고 있다. 우선 자신이 말한 바와 같이 내선융화 실현을 위해서는 농민의 구제가 선결되어야 한다고 생각했다. 이것을 실현하기 위해서는, 당시 농촌에 가장 보편적으로 보여지는 춘궁기와 차금을 퇴치하는 것이라고 생각하였다. 둘째로는 운동의 대상을 개개의 농가에 두고 있다는 점이다. 셋째로는 진흥운동이 물심일여의 운동으로서 전개되었다는 점이다.[6]

『상록수』는 총독부에 의한 농촌진흥책의 내용과 일치하는 운동을 전개한 흔적을 보여준다. 박동혁이 세운 공의 하나로 강기천으로부터 차금퇴치와 차금예방을 얻어 낸 것을 들 수 있다. 한곡리에서든 청석동에서든 물질운동이나 경제운동은 아직은 계획의 단계에 있는 것일 뿐 현실화 되지는 않았다. 이에 비해 마음의 운동이나 정신개조는 어지간히 이루어진 셈이다.

심훈이 『상록수』를 통해 효과적으로 귀농운동과 농촌계몽운동을 제기하기는 했지만,

---

5) 《문예공론文藝公論》, 1929.5, 77쪽.

6) 미야타 세쓰코宮田節子, 「일제 하 한국에서의 농촌진흥운동」, 『한국근대민족운동사』, 안병직 외, 돌베개, 1980, 195쪽.

그렇다고 심훈을 이러한 운동의 선구자로 보기는 어렵다. 이미 1920년대 후반기부터 우리 사회에서도 잡지 간행, 대중연설 등의 여러 방법을 통해 농촌운동이 고취되었다. 이미 1920년대 후기부터 우리 소설사는 귀농 모티프와 계몽 모티프를 중심적인 것으로 취한 작품들을 여러 편 보여 주고 있다. 《조선농민》(1926), 《농촌》(1926), 《농민생활》(1929) 등의 여러 농민잡지가 간행되었스며 조선일보는 1929년 3월 창간 9주년 기념사업으로 '농촌생활개선운동'을 펼쳤고 동아일보는 1931년에서 1934년까지 '학생 하기 브나로드 운동'을 전개하였다.

1931년에 김일대金一大는 《동광東光》에 발표한 「천도교 농민운동의 이론과 실제」를 통해 당시 조선 농민운동의 계통을 다음과 같이 정리했다.[7)]

一. 당국當局의 식민정책殖民政策에 의依한 세농민구제細農民救濟事業

二. 기독교基督教 포교布教 정책政策에 의依한 농촌진흥사업農村振興事業

三. 사회주의社會主義 실현정책實現政策에 의依한 계급완쟁운동階級關爭連動

四. 사회파괴정책社會破壞政策에 의依한 무정부주의無政府主義運動

五. 지상천국건설정책地上天國建設政策에 의依한 조선농민사朝鮮農民社 활동活動

위에서 다섯 번째의 계열에 속해 있었던 김일대는 농촌사업 중 가장 급하고 긴요한 것은 협동조합운동이며 그 다음이 식자운동識字運動 그리고 그 다음이 소작운동이라고 하였다. 『상록수』에서는 채영신에 의해 1번과 2번의 사업이 주도되고 박동혁에 의해 1번과 3번의 운동이 펼쳐진 것으로 서술되고 있다. 《동광》지에서는 1931년 4월호에 생산증식, 생활개선, 협동조합운동, 식자운동, 소작운동 중 어느 것이 최긴급무인가 하는 설문과 그에 대한 여러 사람들의 답을 소개해 놓았다.[8)] 『상록수』는 남녀 주인공이 식자운동을 중심으로 하여 생활개선, 협동조합운동 그리고 소작운동을 부분적으로나마 시도하고 있음을 보여 준다. 박동혁이 악덕 지주이며 고리대금업자인 강기천으로부터 항복을 받아내었다는 것은 바로

7) 《동광東光》, 1931.4., 42쪽.

8) 졸저, 『한국현대소설연구』, 민음사, 1987, 164~165쪽.

각 종교나 단체를 대표하여 조만식. 김기전, 조두서, 이주윤, 함상훈. 한장경. 노동규 등이 설문에 답하였다.

소작운동을 실천에 옮긴 것이라고 할 수 있다.

마명馬鳴[9]은 「조선농촌의 진흥책」에서 김일대보다는 구체적이며 분산적인 농촌운동 방법의 갈래를 제시하였다.

> 一, 각지에서 맹렬히 이러나는 문맹퇴치운동文盲退治運動(야학운동夜學運動) 같은 것은 그 전에도 없지는 않았지만 이 기간에 더욱이 울흥蔚興함을 보게 되엿나니 이에 이것을 영합하기 위하야 신문사에서는 뿌나로드 운동을 계획하게 되고
> 一, 여기저기서 계획하는 모범촌식模範村式 농촌개량운동農村改良運動
> 一, 농민을 중심으로 한 소비조합운동消費組合運動[10]

『상록수』에서 문맹퇴치운동이 중심사업이 되고 있음은 두말 할 것 없다. 소비조합운동도 부분적으로 실시되었다고 할 수 있거니와, '모범촌식 농촌개량운동'은 동혁이 영신 사후에 주도할 앞으로의 운동계획에 포함되어 있다. 박동혁은 영신의 장례를 치루고 나서 고향으로 돌아오는 길에 몇 군데 모범촌을 들러 구경하고 깊은 감화를 받는다. 그는 모범촌의 지도분자들과 토론하고 경제운동의 필요성을 역설하면서 앞으로는 농촌운동을 통일시켜 보겠다는 야심을 다지게 된다.

이어 마명馬鳴은 문맹퇴치운동의 당위성을 역설하면서도 그 운동이 갖는 한계를 지적하기도 하였다.

> 문맹퇴치운동文盲退治運動은 왜 이러나게 되는가 그것은 길수록 무지無知로부터 오는 비애悲哀와 통고痛苦를 심절深切히 늣기는 농민대중農民大衆의 강렬한 욕구에 의하야 이러나게 되는 것이니 하로하로 유예猶豫를 하여서는 아니 될 급절急切한 운동임은 말할 것도 업다. 그러나 이 운동은 흔히 소지주小地主의 자제子弟나 또는 농촌의 유문자有聞者를 그 주요분자主要分子로 하는 일이 만으며 그것으로 이

---

9) 임영태 편. 『식민지시대植民地時代 한국사회韓國社會와 운동運動』, 사계절, 1985의 부록에서 정자공鄭字供 또는 정자경鄭字鏡의 필명인 것으로 밝혀지고 있다.

10) 《혜성彗星》. 1932.1, 5쪽.

> 운동은 아즉 소뿌르파의 소일消日거리적 사업과 가튼 감이 업지 아니하야 지식적 지갈知渴허덕거리는 대중의 욕구를 충분히 채워 주지 못함은 말할 것도 업다.[11]

『상록수』는 문맹퇴치운동을 '소뿌르파의 소일거리적 사업'과 같이 부정적으로 보고 있는 것과는 정반대의 인식을 보이고 있다. 그런데 작품이 뒷부분으로 가면서 박동혁과 채영신은 정도의 차이는 있지만 문맹퇴치운동으로서는 농촌운동이 한계가 있음을 공감하는 대로 나아 가고 있다. 이러한 자기 반성이나 비판을 보여 줌으로써 『상록수』는 열린 소설로 다가가게 된다. 영신이 바라고 동혁이 다짐하고 있는 것처럼 동혁은 농촌운동가로서 영신이 미처 하지 못한 일까지 다 할 계획을 갖게 된다.

「최용신崔容信 양孃 전기傳記」와 『상록수』 비교

1935년 5월 1일자로 발행된 《중앙中央》에 여류 시인 노천명盧天命이 「샘골의 천사天使 최용신崔容信 양孃의 반생半生」이라는 제목 아래 3페이지 분량의 글을 써 놓았다. 실존인물 최용신은 『상록수』의 주인공 채영신蔡永信의 모델임에 틀림없다. 이 최용신 양의 전기에서 비록 불완전하기는 하지만 박동혁의 모델도 밝혀지고 있다. 최용신 양의 약혼자 K가 바로 박동혁의 모델이라고 할 수 있다. 물론 최용신과 채영신 사이의 거리에 비한다면 최용신의 약혼자 K군과 『상록수』의 주인공 박동혁朴東赫 사이의 거리가 훨씬 더 벌어져 있다. 최용신의 약혼자 K의 행동, 즉 최용신을 사랑하는 것과 최용신과 농촌운동의 동지가 되기로 약속하는 것만을 재현한 결과가 박동혁이라고 할 수 있다.

심훈은 노천명의 글을 보고 난 바로 직후인 5월 초에 『상록수』를 쓰기 시작한 것으로 되어 있다. 따라서 노천명이 작성한 최용신 양 전기와 『상록수』를 구체적으로 비교하는 것은 『상록수』의 정확한 해석과 자리매김을 위한 선결작업이 된다.

최용신은 1935년 1월 23일에 23살의 나이로 세상을 떠났는데 그녀가 사망한 곳은 청춘을 다 바쳐 일하던 수원 근처의 반월면半月面 천곡리泉谷里(샘골)였다. 그녀는 본래 원산 태생으로 고향에서 루씨여자樓氏女子고등보통학교를 졸업하고 서울에 올라와 신학교를 다녔다. 신학교

---

11) 같은 책.

재학 중에 하기방학 때면 농촌에 가 봉사활동을 하고 돌아 왔다. 신학교를 졸업하자 '경성여자기독교京城女子基督教 청년연합회青年聯合會'의 파견을 받아 가지고 1931년 봄에 경기도 수원군 샘골이라는 곳으로 발길을 옮기게 되었다. 『상록수』에서는 청석동青石洞으로 이름이 바뀌어져 있다.

> 처음에 그가 여기를 드러섯슬 때에는 우선 천곡리泉谷里 교회당教會堂을 빌려 가지고 밤에는 번가라 가며 농촌부녀農村婦女들과 청년들을 모아 놓고 가리키고 낮이면은 어린이들을 가리킬 때 배움에 목말라 여기에 모이는 여러 아동의 수효가 백여 명에 달하고 보니 경찰警察 당국當局에서는 팔십명八十名 더 수용收容해서는 안된다는 제재制裁가 잇게 되자 부득불 그 중에서 80명 만을 남기고는 밖으로 내보내야만 할 피치 못할 사정인데 이 말을 듯는 아이들은 제각금 안 나가겠다고 선생님 선생님 하며 최 양의 앞으로 닥아 앉이니 이중에서 누구를 내보내고 누구를 둘 것이냐? 그는 여기서 뜨거운 눈물을 몰래 몰래 씨서가며 억일 수 업슨 명령이매 할수없이 팔십명만 남기고는 밖으로 내보내게 되니 아이들 역시 울며울며 문밖으로는 나갓스나 이 집을 떠나지 못하고 담장으로 들 넹겨다 보며 이제부터는 매일같이 이 담장에 매달려 넹겨다 보며 공부들을 하게되엿다. 이 정경을 보는 최양崔孃은 어떠케든지 해서 저 아이들을 다 수용할 건물을 건물을 지어야겟다는 불같은 충동을 받게 되자 그는 농한기農閑期를 이용하여 양잠養蠶을 하고 양계養鷄 기타 농가에서 할 수 있는 부업副業을 해가지고 돈을 좀 맨드러서 집을 짓게 되엿스니 여름달 밝은 때를 이용하야 그는 아이들과 꼇을 들고 강까로 나가서 모래와 자갯돌들을 날러다가 자기自己 손으로 손수 흙을 캐며 반죽을 해서 농민들과 갓치 천곡학술泉谷學術 강습소講習所를 짓게 되엿든 것이다.[12]

위의 내용은 『상록수』에서는 제45회(1935.11.3)부터 49회(1935.11.8)까지에 걸쳐 그대로

12) 《중앙中央》, 1935.5. 57쪽.

재현되고 있다. 『상록수』에서는 이야기의 길이가 늘어 나고 구체적으로 묘사된 것이 다르다. 『상록수』에서 채영신은 아이들이 130명이나 몰려 그렇지 않아도 기금 모아 건물을 새로 지어 교회로부터 나갈 계획이었다. 그녀는 주재소로부터 '아동을 80명 이상 받지 말라', '기부금 강제로 걷지 말라'는 명령을 받게 된다. 영신은 금 그어 놓고 늦게 오는 아이들을 내보내었으나 담장 밖으로 쫓겨 난 아이들은 울타리에 매달려 창 너머 칠판을 보며 계속 공부하는 모습을 보인다. 영신은 건물 지을 기금을 모으러 여기저기 정신없이 돌아 다닌다. 바로 이 과정에서 그녀는 건강을 잃게 된 것이다.

노천명이 "최 양은 밤이나 낮이나 나를 헤아리지 않고 오로지 농민들을 위해 일하고 …… 논에 드러가 모를 내는 일까지 다 햇다고 한다. 그뿐 아니라 그는 이 샘골의 의사도 되고 때로는 목사 재판장 서기 노릇을 다 겸햇섯다고 한다"와 같이 기술한 것은 『상록수』에서 그대로 재현되고 있다. 『상록수』에서는 채영신이 농부들과 똑같이 육체노동을 한 것으로는 그려져 있지는 않지만 마을 사람들은 그녀를 절대 신뢰하여 어디라도 아프면 찾아오고 심지어는 부부 싸움을 한 사람들도 시비를 가려 달라고 올 정도였다. 마을 사람들이 채영신을 의사로도 기대하고 판사로도 기대하고 있는 모습이 잘 그려지고 있다. 노천명이 지면 관계상 추상적으로 기술한 데 비해 심훈은 디테일을 갖추어 구체적으로 묘사하였다. 노천명이 뼈를 제시한 것에다가 심훈은 살과 피를 부여하여 하나의 생명있는 이야기를 만들어 낸 것이라고 할 수 있다.

> 최 양崔孃은 여기서 좀더 배워 가지고 와서 그들에게 더 풍부한 것을 주겟다는 마음에서 그는바로 작년昨年 봄에 고베神戶신학교神學校로 공부를 더 하러 떠나게 되엿섯다. 그러나 의외意外에도 각기병脚氣病에 걸려 가지고 더 풍부한 양식을 준비하러 갓든 그는 건강만을 해쳐 가지고 작년 가을에 다시 조선을 나오게 되엿슬때 병든 다리를 끌고 제일 먼저 찾어 간 곳은 정情든 샘골이었다.[13]

『상록수』에서는 제 110회(1936.1.24)에서 113회(1936.1.28)까지에 걸쳐 채영신이 일본에

13) 같은 책. 58쪽.

신학을 공부하러 갔다가 재미도 없고 병도 재발하여 다시 돌아오는 과정이 그려져 있다. 이 소설에서 그녀가 일본으로 신학을 공부하러 간다는 것은 당시의 기독교계가 조선의 현실을 똑바로 보지 못하였음을 암시하는 것이 되며 채영신이 병이 재발하여 자칫 맞을지도 모르는 비극적 결말을 향한 복선이 되기도 하지만, 실제로 『상록수』에서는 그리 큰 비중을 차지하고 있지 않다.

최용신 전기에서는 “용신이 샘골에 와서 일한지 4년이 지나 천곡리 일대의 인심이나 생활에 큰 향상이 있게 되자 근방에 있는 야목리野牧里의 청년들이 몰려 와 자기동네 좀 지도해 달라고 하였다. 그런데 이때 마침 경성연합회에서 그동안 30원 씩 대 주던 것도 돈이 없어 못 대준다고 하던 참이었다. 야목리를 돌 보아 주는 조건으로 수원고농학생 유지희에서 한 달에 10원씩 대주기로 하여 최용신은 샘골의 사업을 계속 해 나가기 위해 건강이 안 좋은 데도 일을 맡기로 하였다”는 것으로 되어 있으나 『상록수』에서는 이러한 사건을 찾아 볼 수 없다.

노천명은 최용신 양이 많은 사람들의 애타는 기도와 간호에도 불구하고 일곱 가지 유언을 남기고 죽어 가는 것을 서술한 다음 곧바로 이어 최용신과 약혼자 K군과의 이야기를 들려 주었다. 최 양이 원산에서 학교를 다닐 때에 원산의 명사십리를 배경으로 하여 동향인 남자와 사랑을 나누며 장래를 굳게 약속하였다. “그들은 오직 이 땅의 일꾼! 우리는 농촌農村을 개척開技하자는 거룩한 사업事業의 동지同志로써 굿게 그 마음과 마음의 악수가 잇섯든” 약혼자는 최 양이 일본에 와 있을 때 만나 결혼하자고 조르기도 했으나 “어듸까지 이지적이며 대중만을 생각하랴는” 최 양은 이를 거절한다. 최 양이 위독하다는 전보를 받은 약혼자는 일본에서 금방 나오지를 못하고 겨우 노비를 변통해서 귀국했으나 이미 최 양은 관 속으로 들어가 버린 다음이었다. 그는 “용신아! 네게는 여자들이 다 갓는 그 허영심이 웨 좀 더 없엇드란 말이냐!”며 통곡하다가 까무라치기도 했다고 한다. 『상록수』의 122회에서는 감옥에서 막 나와 영신의 사망소식을 늦게 접한 동혁이 도착하여 「전기」에서의 K와는 달리 울음을 참으면서 “왜 당신은 다른 여자들처럼 일허는 것 밖에 허영심이 없엇드란 말요?”한다. 노천명의 기술을 박동혁이 복사했다고 해도 과언이 아니다. 전기에서의 약혼자가 보여 준 행위는 그대로 옮겨졌으나 K에서 박동혁으로 이름이 달라졌고 이론가 K에서 실천가 박동혁으로 농촌운동의 기본정신이 달라졌다. 전기에서의 약혼자는 농촌운동에 뜻을 품고 있을 뿐 계속 공부하고 있는 유학생의 신분이다. 최용신을 도와 준 것도 없고 같이 일한 적도 없다.

> (가) 그러고 평소平素에 최 양崔孃이 만지든 물품物品들은 저마다 갓다두고 "우리 최 선생 본듯키 두고 보겟다"고 하며 제각금 울며 빼서가서 나중에는 그의 요닛 벼개닛 신발까지도 눈물 바든 치마 자락에 싸가지고들 부모상父母喪이나 당한 것처럼 비통悲痛에 싸여서 끝일줄을 몰랏다고 하니 지상地上의 천사天使가 아니고 무엇이엿스랴.[14]

> (나) 빈소 방에는 어느 틈에 책상 하나만 남기고 영신이가 쓰든 물건이라고는 불한당 거처 간듯이 하나도 남지 안엇다. 영신의 손때가 묻은 손풍금은 원재가 가저 가고 바람차고 눈 뿌리는 밤이면 저를 품어 주던 짜켓은 금분의 차지인데 부인네들은 요이불 벼개 허다 못해 구두 구무신까지 다투어가며 짝짝이로 치맛자락에 싸가지고 갓다. 그만 물건이 탐이 난 것이 아니라 "우리 선생님 보듯이 두구두구 볼테다"하고 서루 빼앗기까지 한 것이 엇다.[15]

(가)는 「최용신 양 반생」의 일부이며 (나)는 『상록수』의 한 부분이다. 『상록수』가 「전기」를 그대로 베꼈다고 해도 지나친 말은 아니다. 『상록수』에서 여러 번 보이는 감동적인 장면은 「전기」에서 취해 온 것이 많다. 최용신이 그녀의 유언대로 천곡 강습소가 마주 보이는 곳에 묻힌 것과 마찬가지로 채영신도 역시 유언대로 청석학원이 마주 보이는 곳에 묻혀 있다.

갈등 양상

『상록수』에는 인물들 사이의 각종 갈등관계가 펼쳐져 있다. 영신은 영신대로 동혁은 동혁대로 어려운 여건에서 자신의 신념을 실천에 옮겼던 것이기에 주위 사람들의 반대나 냉대도 적지 않게 받았다. 물론 두 사람 다 지지자의 숫자가 반대자보다는 많기는 하다. 『상록수』에는 영신-백현경, 영신-김정근, 영신-엄마, 영신-동혁. 영신-동네 부자. 영신-

14) 같은 책, 59쪽.

15) 《동아일보》, 1936.2.6.

주재소, 동혁-강기천, 동혁-건배, 동혁-동화. 동혁-영신 등과 같은 여러 갈등 관계가 있다. 영신이나 동혁은 자기 내부에서 갈등을 많이 겪는 공통점을 지니기도 한다. 건배나 동화도 동혁에게는 기본적으로 협조하면서도 갈등을 느꼈다.

가령, 영신은 한곡리의 백사장에서 혼자 있을 때에 "하느님, 일과 사랑과 두 가지 중에 한가지를 택해 주시옵소서. 저의 족속의 불행을 건지기 위해서 이 한 몸을 바치겠다고, 당신께 맹서한 저로서는. 지금 두 가지 길을 함께 밟을 수가 없는 처지에 부닥쳐습니다. 오오 그러나 하느님 저는 그 두 가지 중에 어느 한 가지를 버릴 수도 없읍니다"[16]와 같이 내 보였던 내적 갈등을 이 소설에서 자주 보여 주고 있다. 영신은 "연애를 하는데 소모허는 정력이나 결혼생활을 허느라구 또는 개인의 향락을 위해서 허비되는 시간을 왼통 우리 사업에다 바치구싶다"는 생각이었다. 그녀는 일에도 가까이 가고 싶고 사랑에게도 근접하고 싶어하기는 하나 일에의 인력을 더 크게 느끼는 것이었다. 동혁은 "그러케 굳은 결심을 허구 실지로 일을 해 나가는 사람끼리 한 뭉둥이루 뭉쳐서 힘을 합허면 갑절이나 되는 효과를 얻지 안켓세요"[17]라고 말하고 있는 것처럼 일에의 접근과 사랑에의 인력을 합쳐 보자는 입장이다. 결국 두 사람은 3년 동안은 결혼 이야기를 하지 않기로 약속한다. 영신은 한곡리를 다녀와서는 어머니와 김정근에게 파혼을 알리는 편지를 보낸다. 영신은 어머니와 짜고 자기를 고향으로 불러 들인 김정근을 만난 자리에서 "돈을 모아서 저 한 사람의 생활안정이나 꾀하려는 정근씨의 이기주의利己主義가 싫다"고 하면서 오히려 농촌이나 어촌에 돌아 가서 계몽활동을 하라는 충고를 아끼지 않는다. 그리고 개인 이외에 사회도 있고 민족도 있는 법이라고 충고한다.

영신과 동혁 사이의 또 하나의 갈등은 기독교를 둘러싸고 벌어지는 가벼운 설전에서 확인할 수 있다. 영신이 입원한 병실에서 동혁은 서슴치 않고 기독교 교역자나 신자들을 매도한다. "권세에 아첨을 허다 못해 무릎을 꿇구 물질과 타협을 허다 못해 돈 잇는 놈의 주구가 되는 그런 놈들 앞에 내 머리를 숙이란 말슴요?"하는 동혁의 말에 루터 같은 종교 개혁가가 나와야 조선의 예수교는 망하지 않을 것이라고 응수하면서도 영신은 기독교에 대한 믿음에 회의를 표시하지 않는다.

---

16) 《동아일보》, 1935.10.23.

17) 《동아일보》, 1935.10.29.

『상록수』에서는 비록 일시적이기는 하지만 동혁과 건배 사이의 갈등을 주목할 필요가 있다. 건배는 어느 사립하교 교원으로 있었다가 xx사건에 앞잡이 노릇한 혐의로 이태 동안 감옥살이 하고 나와 만주로 시베리아로 방황하다가 논마지기를 다 팔아 먹고 만다. 그는 동혁이가 한곡리에 오기 훨씬 전에 와서 야학을 개설했고 동혁과 협조해 가며 일을 한다. 냉수 먹으면서 이를 쑤시고 다녀도 궁한 소리는 절대로 하지 않았던 건배도 마침내는 "원수의 구복 때문에 지조를 팔고 만다". 강기천을 농우회 회원으로 가입시키는 데 앞장서는 댓가로 군청 서기로 취직하게 된 것이다. 건배는 떠나가기 바로 전날에 찾아 온 동혁에게 변명도 늘어 놓고 사과하기도 하였지만 굶고 사는 생활을 더 이상 할 수 없음을 분명히 한다.

박동혁에게서 건배를 빼앗아 간 강기천은 강도사의 큰 아들이며 강기만의 형으로 한곡리의 최고 실력자이다. 강도사는 경무국 경부을 지내 인물로 나라가 한참 망해 들어가는 판에 부자들이나 장사치를 툭하면 도둑으로 몰아 온갖 고문을 해서 허위자백을 받아 낸 후에 돈을 긁어 모아 한곡리에 땅을 사 두었고 나중에 내려와 살면서 돈놀이를 해서 한곡리에서 제일 가는 부자가 된다.

『상록수』에서는 동혁과 강기천과의 갈등과 대립이 중심사건의 하나가 되고 있다. 큰 아들 기천은 면협의원이요 금융조합 감사요 학교비평의원이면서 여기에다 한곡리 진흥회회장 자리마저 노렸다. 기천이는 "대를 물려 가면서 고리대금과 장리벼로 동리 백성의 고혈을 빨아서 치부를 하엿고" 아버지를 닮아 호색한의 행동을 보였다. 동네 사람들은 기천의 얼굴만 보면 "무슨 노리내가 나는 즘생처럼 얼굴을 돌리고 슬금슬금 피한다." 그의 동생 강기만은 M대학 정경과에 재학 중 졸업논문 쓰다가 신경쇠약이 걸려서 국내로 나왔다. 그리고는 늘 유의유식하고 다니다가 더러는 농우회 짓는 데 도움을 주기는 했으나 나중에는 형의 돈을 훔쳐가지고 서울로 달아 났다.

건배가 떠나가 버리자 박동혁은 그동안 청년들이 공동으로 모은 돈을 갖고 부채 문제를 담판짓기 위해 강기천을 찾아 간다. 평소에 동혁을 싫어 하면서도 그 앞에서는 주눅이 들어 있었던 기천에게 박동혁은 꾀를 내어 술을 많이 먹여 취하게 만든 다음, 반대파의 험악한 분위기를 슬며시 전달한 다음에, 마을 농민들의 빚을 탕감해 달라고 하였다. 몇 년 동안 피땀 흘려 모은 돈이 얼추 본전은 되니 이것만 받고 차용증서를 없애 달라는 부탁이었다. 처음에는 고개를 흔들던 기천은 마침내 동혁의 요구를 받아들이고 만다. 동혁은 차용증서를 태워 버릴 수 있었다.

새로 지은 농우회 회관에서 마을 진흥회 회장 선거가 있었는데 이 자리에서 기천이 회장이 되었고 동혁은 부회장 겸 서기가 되었다. 동혁은 취임사에서 자력갱생론과 개혁론을 연설한다. 그는 한곡리 사람들이 열심히 일하는데도 가난을 벗어 나지 못하는 이유로 우선 '고리대금업자'를 들었다. 이어 동혁은 주재소 주임, 금융조합 이사 등의 유력자들이 모여 앉은 자리에서 "강기천씨는 이번에 진흥회장이 되신 기념으로 여러분의 채권까지도 모조리 포기허실 줄 믿는다"는 말로 못박는 고도의 방법을 썼다. 강기천은 진흥회장이라는 자리를 이용하여 "취리와 장리를 놓는데 편의를 얻고", "위엄을 부려 재산을 늘리는 간접적 효과를 얻어 보려든 계획"이었지만 결국 박동혁의 수에 밀리고 만 것이었다. 그러면서 박동혁은 당시의 농촌 현실의 정곡을 찌르는 연설을 계속한다.

> 아무리 농사를 개량한대도 지주와 반타작을 해가지고는 도저히 생계를 세울 수가 없지 안 습니까? '농지령'이라는 것이 생겨서 함부로 소작권을 이동허지 못허게는 됐지만, 지금같어 서는 지주들이 얼마든지 역용逆用을 헐수가 있게 된것입니다. 우리 도내만 해도 '농지령'이 실시된 뒤에. 소작쟁의小作爭議의 건수가 불과 오개월 동안에 천여 건이나 되는 것을 보아, 짐작헐 수가 있지 안습니까. 그러니까 지주나 소작인이 함께 살려면 적어도 한 십년 동 안은 소작권을 이동시키지 말고, 금년에 받은 석수로 따저서 도지로 내 맡길것 같으면. 누구나 제 수입을 위해서 나농懶農을 헐 사람이 없을집니다. 이만헌 근본책을 실행치 못하면 농촌진흥이니 자력갱생이니 허는 것은 모두 헛문서에 지나지 못합니다![18]

박동혁 아니 심훈은 당시의 농촌 현실을 정확하게 짚는 가운데 문제점들을 지적하고 그에 대한 적절한 해결책을 제시하기도 한다. 여기에다 박동혁은 반상구별의 낡은 관습을 없애야 하고 관혼상제의 비용을 절약하여야 한다는 주장을 덧붙였다.

---

18) 《동아일보》, 1936.1.18.

박동혁과 채영신 비교

『상록수』에서 박동혁과 채영신은 사랑하는 사이이면서 농촌운동의 동지이기는 하지만 농촌운동 방법의 면에서는 여러 가지 차이점을 보인다. '심훈의 진보주의적 정열과 계몽주의적 이성이 잘 조화된 인물이 박동혁이고 채영신'[19]이라는 지적처럼 기본정신의 면에서는 두사람은 일치하지만 이 기본 정신을 구체화하는 태도나 방법의 면에서는 여러 가지 차이를 드러내고 있다. 이러한 차이점은 이 소설의 첫 장면인 학생계몽운동대원 위로다과회에서부터 나타나고 있다. 박동혁보다 늦게 발언권을 얻은 채영신이 박동혁의 '민중 속으로 뛰어 들어야 한다'는 주장에 전적으로 동감을 표시하였지만 계몽운동과 사상운동의 연계같은 문제에 대해서는 뚜렷한 반응을 보이지 않았다. 박동혁이 "물질로 즉 경제적으로는 일조일석에 부활하기가 어렵겠지만, 무엇보다도 먼저 모든 것을 지배하고, 온갖 행동의 원동력이 되는 정신! 요샛말로 '이데올로기'를 통일하기 위해서 전력을 기우려야 하겟습니다!"고 하였다. "우리 민중에게 희망의 정신과 용기를 길러 주기 위해서 헌신적으로 노력하는 것"을 제창하자 사회자는 "사상운동과 계몽운동을 혼동해서는 안 된다"고 주의를 준다.[20] 한마디로, 영신은 사상운동 같은 것은 생각하지 않은 입장이다.

동혁과 영신은 여자기독교연합회 총무로 있는 백현경 선생 집으로 초대되어 가서 저녁을 먹는데 동혁은 백현경의 면전에서 모임의 성격과 장소가 어울리지 않는다고 쏘아 붙인다. 동혁은 그집을 나와 영신과 나란히 걸어 가면서 "허지만 농촌운동일수록 무엇버덤 실천이 제일일줄 알어요. 피리를 부는 사람 따루 잇구 춤을 추는 사람이 따루 잇든 시대는 벌서 지냇스니까요. 우리는 피리를 불면서 동시에 춤을 추어야 합니다."[21]고 하였다. 이러한 실천 중심주의나 실천과 이론의 병합주의를 채영신이 모를 리도 없을 뿐더러 반대하는 것도 아니다. 다만 백현경에 대한 태도에 있어서 채영신은 박동혁과 거리를 두고 있으며 당시로서는 그럴 수밖에 없었다. 박동혁은 기본적으로 기독교 신자들을 불신하는 입장에 있었다.

---

19) 전영태田英泰, 진보주의적進步主義的 정열과 계몽주의적啓蒙主義的 이성, 『한국근대작가연구』, 김용성 우한용 공편, 삼지원, 1985, 331쪽.

20) 《동아일보》, 1935.9.13.

21) 《동아일보》, 1935.9.22.

"참 영신씨는 크리스찬(예수교 신자)이시지요?"

"전 어려서 버텀 믿어 왓어요. 왜 동혁씨는 요새 유행하는 맑스주의자서요?"

"글쎄요…… 그건 차차 두구 보시면 알겟지요. 아무튼 신념信念을 굿게 허기 위해서나 봉사奉仕의 정신을 갖기 위해서는 신앙생활을 허는 것두 조켓지요. 그러치만 자본주의 에 아첨을 허는, 그따위 타락헌 종교는 믿구 싶지 안허요"[22]

『상록수』의 이후의 부분에서 박동혁이 마르크시스트로서의 행동을 보이고 의식을 표출하는 것은 찾을 수 없다. 다만 앞장에서 지적한 바와 같이 지주이자 고리대금업자이자 면협위원인 기천에게 찾아 가 부채 탕감의 결과를 얻어 오는 것은 어느 정도 마르크시스트로로서의 면모를 보인 것이라고 할 수 있다. 이처럼 채영신이 기독교 계통의 농촌진흥 사업책에 그 정신의 바탕을 두었던 것에 반해, 박동혁은 심훈의 동반자 작가적 성격에서 유추할 수 있는 것처럼 또 마르크스주의자임을 부정하지는 않은 데서 알 수 있는 바와 같이 계급투쟁운동을 핵으로 한 사회주의 농촌운동 방법에 어느 정도 동조한 것이라고 할 수 있다.

동혁이가 자기 고향에 내려 갔던 것과는 달리 영신은 농촌 계몽운동하러 갔던 청석골로 간다. 농촌운동하기 위해 고향에 간 것과 타동에 간 것은 분명한 차이를 드러 낸다. 박동혁은 자기의 부모로부터 기본적으로 신뢰를 받고 있는 데 비해 영신은 노골적으로 배척받은 것은 아니지만 동리 사람들의 큰 도움과 적극적 지지는 받지 못했다. 박동혁은 여러 명의 진정한 동지를 얻을 수 있었지만 영신의 앞에는 주로 계몽대상자들이 있었다. 뿐만 아니라 채영신의 홀로 된 어머니는 딸을 공부 시키느라 생선 광주리를 이고 다니면서 장사를 하였는데 어머니는 어려서 약혼한 사이인 김정근과 딸이 결혼을 하여 잘 살기를 바란다. 영신의 어머니는 딸이 하는 일에 자연 반대하는 입장일 수 밖에 없었다.

한곡리로 돌아 간 후 박동혁이 한 일은 농우회관 완성, 공동답 설치, 부인근로회 조직, 고리 대금업자 강기천에 대한 저항과 설득, 진흥회 운영, 반상타파론 계몽 등으로 되어 있다. 이에 반해 채영신이 청석골에 가서 한 일들 중, 가장 뚜렷한 것은 강습소 운영과 청석학원 건립이다. 채영신은 청석골에서 판사, 의사라는 소리를 들을 정도로 온갖 일을 하고 온갖

---

22) 《동아일보》, 1935.9.25.

문제를 해결하기는 하였지만 가시적인 사업은 박동혁만큼은 하지 못하였다. 나중에 채영신도 협조자들을 얻었지만 동지의 수준까지 나아간 것은 아니다.

채영신이 주재소로부터의 경고, 강습소 건물 건축비 모금, 발병 등의 과정에서 드러나고 있는 것처럼 식자운동을 중심으로 하였던데 반해 박동혁은 영신이 앓아 누었을 때 간병하면서 서로 토론하고 또 건배가 자기를 배반하고 떠나간 것을 계기로 해서 식자운동이니 단체훈련이니 하는 것을 중심으로 한 문화적 측면에서의 계몽운동을 반성하게 된다.

> "입때까지 우리가 헌 일은 강습소를 짓고 글을 가르친다든지, 무슨 회를 조직해서 단체의 훈련을 시킨다든지 하는. 일테면 문화적인 사업에만 열중햇지만, 앞으로는 실제 생활면에 치중해서 생산을 하기 위한 일을 해 볼 작정이예요. 언제는 그런 생각을 못헌건 아니지만, 외면치레가 아니고 내부적內部的인 문제를 생각허구 또 실행해야 될 줄루 생각해요."
>
> "참 그래요. 무엇보다두 생활이 잇구서 그 다음에 문화사업이구 계몽운동이구 잇을 것 가태요."
>
> 영신이도 매우 동감인 뜻을 보인다.[23)]

동혁은 건배가 지긋지긋한 가난을 이기지 못하고 기천의 품으로 가 버렸다는 이야기를 듣고는 먹고 사는 것이 가장 선결되어야 할 과제임을 절감하게 된다. 그는 확실하게 '표면적表面的인 문화운동文化運動에서 실질적實質的인 경제운동經濟運動으로—'라는 슬로건을 마음 속으로나마 내걸게 된 것이다. 박동혁은 "이제까지 단체를 조직하고 글을 가르치고, 회관을 번듯하게 지으려고 한 것은 요컨대 메마른 땅에다가 암모니아나 과린산석회過機酸石灰 같은 화학비료化學肥科를 주어 농작물이 그저 엉부렁하게 자라는 것을 보려는 성급한 수단이 아니엇든가"[24)]하고 반성하게 된다. 영신은 바로 동혁이 반성하는 대상인 단체 조직, 식자운동, 회관건립 등의 수준에 머물고 만 것이다. 청석학원이 건립되고 난 다음, 영신은

---

23) 《동아일보》, 1935.12.22.

24) 《동아일보》, 1935.12.27.

슬로건을 써서 벽에 붙여 놓았는데 여기에서도 경제투쟁이나 정치투쟁을 암시한 것 정도도 찾을 수 없다. 동혁이 제기한 고리 금지, 부채 탕감, 소작권 이동 금지, 반상타파 등의 자력갱생론은 마르크시스트였기에 가능했고, 동생을 포함한 동네 청년들의 협조가 있었기에 가능했고, 자기 고향이었기에 가능했을 것이다. 보기에 따라서 『상록수』는 '계급의식과 일제에 대한 반항의식을 분명하게 내 보인 것'[25]으로 해석할 수 있다.

영신은 맹장수술하고 병원에 오래 있다가 퇴원한 후 아픔과 쓸쓸함과 서글픔과 싸우면서 그 동안의 자기 생활에 대해 일말의 회의를 갖게 된다. 그녀는 하느님보다는 사람을, 종교보다는 과학을 믿고 싶다고 하기도 하였다.

이외에도 박동혁과 채영신은 몇 가지 점에서 차이를 보이고 있다. 박동혁이 수단과 목적을 분리하여 때로는 적대자인 강기천과 타협하기도 하고 과격파인 동생을 만류하기도 하는데 비해, 채영신은 한낭청의 회갑잔치에 가서 일장 연설을 하고 일주일 동안 구류 살고 나온 데서 잘 알 수 있는 것처럼 수단과 목적을 동일시하는 면도 있다. 결국, 동혁은 영웅적 면모를 지향한데 반해 영신은 희생적 인물로 귀결된 것이라고 할 수 있다. 동혁이 자기확충을 목표로 한 것이라면 영신은 자기희생의 비극적 결말을 보이고 말았다.

25) 전광용全光鏞, 「심훈沈熏과 '상록수常綠樹'」, 『한국현대문학논지韓國現代文學論致』, 민음사, 1986, 111쪽.

심훈의 『직녀성織女星』에서의 인물의 전형성과 역사적 전망의 문제

최희연

머리말

심훈은 불과 약 10년 동안의 문필 활동 기간 중에 미완성 작품 『동방의 애인』, 『불사조』를 포함해서 『영원의 미소』, 『직녀성』, 『상록수』 등 총 5편의 장편소설을 창작하였다. 단편으로는 「황공黃空의 최후最後」, 「여우 목도리」의 두 편이 있을 뿐이다. 이렇듯 심훈은 30년대에 염상섭과 더불어 가장 많은 장편을 발표한 작가 중 하나이며 그가 장편소설에 주력하였다는 것은 당대 현실을 총체적으로 형상화하려고 노력했다는 것을 의미한다. 그는 장편이라는 장르를 통해 당시 식민지 상황 속에서의 모순과 참상을 노출시키고 동시에 그에 대한 대응 방식과 지향점까지 제시하려 하였다. 『상록수』에서 보이는 대로 심훈은 1930년대의 왜곡된 사회 현실을 구체적이고 사실적으로 반영하였으며 아울러 이것을 극복하고자 하는 의지도 함께 제시해 준 작가이다.

심훈의 소설뿐 아니라 그의 수필, 평론 등을 읽어보면 그가 일관되게 집착했던 사상은 사회주의 이데올로기였던 것 같다. 그는 심대섭이라는 본명으로 1925년에 발족한 '조선 프로레타리아 예술동맹'에 가담하였다. 『동방의 애인』과 같은 초기 작품은 사회주의 이데올로기가 문면文面에 노골적으로 드러나 있다. 동방의 애인이란 바로 적극적인 사회주의 운동을 하는 행동파 지식인을 지칭하는 것이다. 반면 나중의 작품으로 갈수록 이데올로기가 내밀화되는데 이것은 당시 검열 등 현실적 상황의 제약뿐 아니라 소설 형상화에 대한 그의 인식이 심화되었기 때문이라 생각한다.[1)]

1) 이주형, 「1930년대 한국장편소설 연구」, 서울대 박사학위 논문, 1984, 57~59쪽 참조.

그의 전 작품을 통해서 되풀이 되는 주제는 이 사회주의 이데올로기를 바탕으로 한 현실의 변혁으로서 미래지향적이고 행동적 인물을 통해서 구체적이고 실천적으로 나타내려 했고 이를 통해 사회적 변동의 힘과 발전의 과정으로 보이려 하였다. 그의 작품의 주인공은 거의 개인적인 사랑과 집단적 이념을 공유한 남녀 한 쌍으로써 사랑의 힘은 현실개혁의 원동력이 되기도 한다. 이것은 그의 소설이 대부분 신문 연재소설로써 독자들의 흥미 유발을 위한 대중성과 관계되는 것으로 심훈은 통속성과 경향성이 적절히 조화된 작품을 쓰려 했던 것 같다.

그러나 심훈 작품들 간의 구성, 주제, 인물의 유사성은 그의 문학의 폭이 그다지 넓지 못함을 말해준다. 이것은 심훈의 문학이 스테레오 타이프화된 상투성을 지니고 있으며 독자의 작품 수용에 있어서도 상투적 반응을 나타낼 수밖에 없다는 것을 의미한다.

본고에서 작품 『직녀성』을 연구 대상으로 한 것은, 위와 같은 한계를 지니고 있으면서도 심훈의 작품 가운데 비교적 장편소설로서의 내적 형식을 잘 갖춘 작품이라 판단되었기 때문이다. 장편소설은 인물과 환경의 상호작용의 방식에 의해 그 성격이 결정되며 이 둘의 갈등을 통해 사회적 통합의 원리, 즉 총체성을 보여주는 데 그 의의가 있는 것이다. 또한 작품의 인물이 전형적인 상황 속에서 전형적인 성격을 여실히 나타낼 때 미래의 역사적 방향들이 그에 알맞은 예술적 표현을 획득하게 된다. 루카치는 전망의 개념으로 이것을 설명하는 데 어떤 주어진 역사적 과정의 주된 동향을 가리키는 것이야말로 예술작품의 중요한 의의라 하였다.[2]

『직녀성』은 작품의 제목이 상징해 주듯이 한 여주인공의 수난과 극복의 과정을 다룬 작품이지만 이 주인공뿐 아니라 다른 인물들의 형상화를 통해서 당시대의 여러 계층의 속성과 그 갈등을 반영하며 이러한 과정을 통해서 사회 발전의 지향점까지 제시해 주고 있다. 따라서 이 글에서는 『직녀성』에서 등장인물들이 갖는 전형성의 양상이 소설 공간을 어떠한 모습으로 규정짓는가 하는 문제와 작가가 현실의 객관적 형상화를 통해서 드러내고자 한 역사적 전망의 문제에 관해 고찰해보려 한다.

---

2) 마모우드 에바디안, 『리얼리즘의 예술철학적 기초』 / 스테판 코올 저著, 『리얼리즘의 역사歷史와 이론理論』, 여균동 편역編譯, 한밭출판사, 1982, 292~332쪽 참조.

인물의 전형성 문제

소설에서 전망 혹은 역사적 방향성에 대한 시각의 문제는 곧바로 인물의 전형성의 문제와 연결된다. 인물은 현실의 모순과 갈등을 전체와의 연관 속에서 드러내야만 한다. 즉 부분 혹은 개인이면서도 전체와의 관련 속에 파악되며 전체를 드러낼 수 있는 전형典型으로 나타내져야 하는 것이다. 루카치는 전형에 대한 개념 규정을 "전형적으로 개인적인 것에 내재한 사회적으로 필수적인 것"이라 하여 곧 전인全人이 예술작품과 문학적 형상화에 제시되어야 한다고 했다. 그럼으로써 실천적 힘을 가질 수 있다는 것이다.[3]

『직녀성』은 1934년 조선중앙일보에 연재된 작품으로 1930년에 발표된 『불사조』의 개작이라고도 할 수 있다. 앞서 말했듯이 이 작품은 여러 계층의 생활상과 가치관을 보여주는 다양한 인물들이 등장하는데 이들은 소설의 인물의 전형성의 문제에 얼마나 적합하게 부응하고 문학적 형상화에 있어서 성공을 거두었는지 주요 인물을 통해 살펴보기로 한다.

1) 주인공 이인숙

심훈의 첫째 부인을 모델로 했다고 하는데 이 여인은 정형적인 봉건적 여성상에서 자아와 사회에 눈을 뜨는 새로운 인간으로 상승하는 인물이다. 퇴락한 양반의 딸로 태어나 당시의 권세가인 윤자작의 집안으로 출가하여 남편의 외도와 집안의 가족 구조로 수난을 겪어 가는데 그녀의 시집살이 과정은 봉건시대 양반 여인의 생활모습을 그대로 보이고 있다. 자신의 체험과 복순의 가르침에 의해 조혼제도의 불합리성을 깨달아 가며 유교적 전통윤리를 부정하는 데까지 이른다. 자기의식화의 과정은 대체로 연애와 결혼문제로부터 비롯되는데 이는 신소설뿐만 아니라 춘원의 계몽소설 등 당시의 많은 작품에서 다루던 문제이기도 하다. 심훈 역시 『직녀성』뿐만 아니라 『탈춤』을 비롯한 거의 모든 작품에서 전통적인 가족제도와 조혼제도로 인해 희생되는 여성의 문제를 제기하고 있으며 남성지배사회의 윤리를 비판하고 있다.

작품에서 형상화된 이인숙의 모습은 새로운 학문을 일찍 접하지 못하였으나 일곱 살에

---

3) 차봉희, 「루카치의 반영이론」, 차봉히 편저編著, 『루카치의 변증-유물론적문학 이론』, 한마당 글집 27, 1987, 87쪽, 인용.

이미 천자千字를 떼고 동몽선습을 읽을 만큼 총명한 여인으로 그려져 있다. 또 그녀는 막내며느리인데도 불구하고 집안의 온갖 살림을 도맡아하며 시조모의 병구원을 책임질 만큼 성실하며 인내심 있는 성격의 소유자이다. 이러한 발전 가능성이 있는 인물을 주인공으로 내세운 것은 소설의 주제를 별 무리 없이 형상화하는 요인이 되고 있다. 그러나 남편 봉환과의 애정 갈등을 축으로 해서 이어지는 줄거리의 전개는 장황한 디테일의 묘사와 느슨한 짜임으로 인해 작품이 멜로 드라마화 하고 있다. 다시 말해서 지나친 사건 중심의 구성 때문에 주인공이 선진적인 의식을 획득하는 자각의 과정이 강하게 부각되지 못하고 흥미 있는 줄거리 중심의 오락소설로 떨어질 위험성을 갖고 있는 것이다.

이러한 한계점에도 불구하고 작품에서 보이는 인숙의 발전과정은 변증법적으로 설명될 수 있다. 주인공의 의식화의 과정은 자기부정에서 비롯된다. 집안의 봉건적 관습과 개인주의의 그 속에 속박되어 있는 자신을 발견함으로써 결국 구시대의 유교적 관습이나 사상과 개인주의 및 자기 자신까지 부정하게 되는 것이다. 그녀는 남편의 사랑으로부터 소외되고 자식까지 잃자 절망하여 자살을 기도한다. 그러나 이것이 미수로 끝나자 그녀는 자신이 부정했던 것들을 새로운 형태로 자기 속에 살아 있는 모순을 발견한다. 전통적 가치관과 개인주의에서 탈피하여 그녀는 남을 위한 봉사에서 진실된 삶의 가치와 행복을 구하고자 한다.

> "이번에는 참 정말 남을 위해서 자발적으로 적으나마 쓸모가 없으나마 이 몸 하나를 희생으로 바치자. 힘은 미약하고 아무 것도 아는 것은 없으나마 한 사람의 남편이나 자녀를 위하기 보다 더 큰 행복을 위해 알몸뚱이 하나를 던지는 것이 얼마나 거룩하랴. 그 얼마나 신성하랴"[4]

즉 자기 반성으로서의 부정이 더 높은 단계로 지양되어 좀더 확실한 의식의 상태로 나아간다. 여기서 모순이 해결되며 자기 존재의 의의를 찾는 것이다.[5]

정신사적으로도 기존 가치체계와 새로운 사상이 부딪치는 과도기적 상황을 배경으로 개인의 발전과정은 곧 역사의 전환적 발전을 암시한다. 주인공의 전형성은 이러한 사회적

---

4) 심훈, 「직녀성」, 『심훈 문학전집 2』(앞으로 전집 2라고 표기), 탐구당, 1967, 510쪽.

5) 이주형, 앞의 논문, 69~74쪽, 참조.

역사적 현실과의 관련 하에 이해될 수 있는 것이다.

2) 이경직

봉건사회의 붕괴와 새로운 사상의 유입이라는 과도기적 상황에서 나타나는 희생물의 전형이다. 신학문에는 근처도 가보지 못하고 새로운 풍조와는 담을 쌓고 지냈던 그에게 일본 유학생 보영과의 만남은 삶의 전환점을 만드는 계기가 된다.

> "다같은 청년으로서 누구는 민족을 위하여 몸을 바쳐가며 일을 하고 사회에 나서서 명예 있는 사업을 하는데. 그래 나 혼자 멀쩡한 사리를 동여매고 앉아서 요모양 요꼴로 늙어 죽어야 옳단 말이냐" 하며 새로운 문명에 대한 동경과 구름이라도 움켜잡을 듯한 의기와 나서기만 하면 무슨 사업이든지 이루어질 듯한 허영심이 상투장이 청년 하나를 충동해서 제 고향과 부모 처자를 일조일석에 헌 신짝과 같이 버리게 한 것이다.[6]

그리하여 돈을 훔쳐 상해로 달아나 민족을 위해 활동하겠다던 큰 포부는 눈앞의 현실 앞에 좌절하고 만다. 늘 작품에서나 현실에서 성취 의욕이 좌절된 남자들의 경우, 주색잡기로 인해 도덕적 타락과 경제적 몰락을 초래하고 가정까지 잃는 비극적 상황이 흔히 보이듯이 이경직 역시 자신과 가정을 잃게 된다. 이 인물은 뚜렷한 저항의식을 지닌 세철, 복순과 대비되는 인물로써 소설 공간에서 그가 갖는 의의는 극적 사건의 전개에 한 몫을 담당하는 것이라기보다는 이상만을 좇아 결국에는 타락되는 인물의 전형으로서 역시 시대의 한 단면을 보여주는 데 있다 하겠다. 작가는 이러한 인물을 형상화하는 데 있어서 앞서 인용한 글에서 나타나듯이 미리 인물의 의식이나 행위를 판단하여 주관적으로 서술해 놓고 있는데 작가의 지나친 개입이나 드러냄은 가치판단에 대한 독자의 몫을 빼앗아 버리고 소설의 미적 구조에 있어서도 거리 균형을 상실하고 있는 것이다.

6) 『전집 2』, 35쪽, 인용.

3) 봉희

주인공 이인숙의 시누이로서 주인공처럼 봉건적 질서에서 탈피하여 자아와 사회적 자각에 이르는 가치 성취의 인물이다. 그러나 그녀의 발전은 인숙보다는 훨씬 능동적인 과정으로 이루어진다. 수난과 억압의 과정 속에서 이루어지는 것이 아니라 그녀가 속해 있는 계층 내부의 모순과 불합리의 갈등 속에서 스스로 자각하고 의식화하는 것이다. 봉희는 당시 귀족계급의 딸로 태어나지만 무산계급에 속해 있는 세철과 사랑을 나누고 결혼까지 한다. 봉희가 새로운 인간으로 탄생되는 자기 변용의 힘은 사랑으로부터 생겨난다. 세철과의 자유연애를 통해 관념적인 현실 인식에서 구체적이며 실천적인 현실의 개혁의지를 굳히게 된다. 남녀 간의 개인적인 사랑을 사회적 참여로 나라와 민족의 운영 속에 승화[7]시키는 것은 『직녀성』뿐만이 아니라 『동방의 애인』, 『영원의 미소』, 『상록수』 등 심훈의 전 작품을 통해 되풀이되는 주제이기도 하다.

> "사랑이라는 것이 아무리 그 본질은 신성한 것이라도 두 남녀 끼리만 독차지를 하는 가장 이기적이요, 배타적인 연애가 돼선 못 쓸줄 알아요. 우리 둘이서만 달콤한 연애의 꿈을 꾸고 지낼 수 있도록 이 조선의 현실이란 편안하지가 못하니까요. 사랑은 어느 때를 만나면 화산처럼 폭발하여 의분에 타는 시뻘건 분노의 불길을 분화구처럼 뿜어내게 해야만 해요."[8]

사랑은 의를 위해서 붉은 피로 역사를 물들인다고 한 세철의 말은 바로 작가의식을 그대로 대변한다. 김현은 이에 대해 "사회에 대한 인간의 승리"이면서도 인간 내부의 육감적인 소리에 사회참여라는 졸렌의 외피를 입힌 것의 한계점을 지적하고 있다.[9]

이렇듯 사랑의 사회성이나 저항성을 강조하면서도 작가는 봉희의 연애 심리의 묘사를 통해 작품의 흥미를 더해주고 연애지상주의적인 색채까지 보여주고 있다.

봉희는 자유연애를 통해서 봉건제도에 반항할 뿐 아니라 계급의 융화를 이루어

---

7) 윤병로, 「심훈론-계몽의 선구자」, 『현대작가론』, 삼우사, 1975, 93쪽, 참조.

8) 『전집 2』, 320쪽, 인용.

9) 김현, 「위선과 패배의 인간상 – '흙'과 '상록수'를 중심으로」, 《세대 17호》, 1964.

이상사회를 건설할 수 있는 실천적 인물로 형상화되어 있는 것이다.

4) 봉환

도덕적 가치의식을 잃어버린 타락한 인간의 전형이다. 그는 예술가로서의 재능은 소유하고 있지만 조강지처를 버리고 오입만을 일삼는 쾌락 지향형의 인물로서 미성숙한 인물이라 할 수 있다. 자신은 끊임없는 애정행각을 벌이면서도 아내의 존재가 성가시자 간통의 혐의마저 뒤집어씌우며 강제로 이혼을 요구한다. 더욱이 갓난아기인 아들의 죽음을 알리는 소식을 듣자 그는 내심 기뻐하기까지 한다.

> "(고것 때문에 고놈의 건 괜히 생겨나서 성화를 받혀)하고 처치하기 곤란한 고민의 씨가 되던 차에 그놈의 가시가 형적도 없이 뽑히고 나니 여간 시원하지 않았다.(인제 제가 들고 나설 것이 없겠지) 하니 잠시라도 인숙이와 육체적 접촉이 있었던 증거품까지 소멸이 된 것이 이혼을 하거나 앞으로 자유로이 연애를 하려는 저의 평생의 사업을 위하여 얼마나 다행인지 몰랐다."[10]

그는 가장 기본적인 사회규범인 가족 질서를 깨뜨리고 천륜을 부정하면서도 죄의식이 없는 파렴치한 인간이다. 이기적이고 무책임하며 성적으로 도착적인 상태의 인물을 통해서 당시대 사회적인 도덕이 타락됨을 읽게 해준다. 특히 일본 여인 사요코와의 애정행각은 식민지시대 청년 지식인의 열등감과 관련 있는 윤리의식을 나타낸다. 당시 많은 일본 유학생들이 본국에 본처를 남겨 두고도 일본 여인과의 사랑을 나누는 경우가 흔히 있었는데 이는 조혼제도의 불합리성이 그 원인이기도 하지만 심리적으로는 개화된 새것에 대한 열등감의 보상 행위라는 측면을 간과해서는 안 될 것이다.

한편 화가인 봉환을 소비적이고 퇴폐적인 쾌락만을 추구하는 부정적 인물로 묘사하고 있는 것은 『불사조』에서 음악가 계훈의 경우와 거의 흡사하다. 계훈 역시 부르주아 출신으로 아내와 자식을 버리는 호색가로 등장하고 있으며 이들 모두 경제적 육체적으로

10) 『전집 2』, 497쪽, 인용.

파산하고 만다. 심훈은 「조선의 영웅」이라는 수필에서 "물 위에 기름처럼 떠돌아다니는 예술가의 무리는 실사회實社會에 있어서 한군데도 쓸모가 없는 부유층浮遊層에 속한다. 너무나 고답적이요, 비생산적이어서 몹시 거추장스러운 존재"[11]라고 말하고 있는데 이는 식민지 현실의 세계를 극복하는 데 무능력한 예술에 대한 반성이기도 하다.[12]

『직녀성』에서 이러한 것은 복순의 말을 빌려 더욱 강조되고 있다.

> "지금의 조선의 형편으로는 그따위 예술가라는 종류의 인간이 조금도 필요치 않으니까요. 그건 다 놀고먹을 수 있는 계급의 자녀들이 일종의 향락을 하려는 것에 불과하다구 보아요. 그 따위 예술가들이 천 명 만 명 쏟아져 들어와두 조선의 실사회에는 조금도 유익할 것이 없을뿐더러 직접 간접으로 없는 사람의 등골을 뽑아 먹는 기생충이 될 뿐이지요."[13]

작가의 예술가에 대한 비판 태도는 작중인물을 부정적으로 풍자한 것을 넘어서서 희화화까지 하고 있다. 봉환이나 계훈을 성도착증 환자처럼 묘사해 놓는다든지 성병에 걸린 것 등의 이야기가 그것이다. 그러나 이것은 인물과 사회와의 관계를 객관적이고 냉정하게 생각하는 진지성이 결여되어 있는 것으로 보인다. 작가는 도덕적 타락자인 인물의 의식구조와 행위양식을 환경론에 의거해서 깊이 밝혀내야 했을 것이다. 작가는 인물의 개인적인 경험이 당시대 삶의 객관적인 문제와 불가분의 관계가 있다는 것을 인식하면서도 봉환의 경우에 있어서 그것을 드러내지 못하고 있다.

5) 세철, 복순

이들은 작가의 마스크 혹은 대변인물이라 할 수 있다. 작품에서 이들은 무산계급 출신으로 사회주의적 이데올로기를 바탕으로 현실을 변혁시키고자 하는 이념지향형의 인물로써 인숙과 봉희의 정신적 지도자로 등장하고 있다. 자신들이 속한 집단이나

11) "조선의 영웅", 『전집 3』, 495쪽, 인용.

12) 전영태, "진보주의적 정열과 계몽주의적 이성", 『한국근대 작가연구』, 삼지원, 1985, 317쪽, 참조.

13) 『전집 2』, 172쪽, 인용.

사회구조를 변혁시켜 모순이나 갈등을 해소시키려는 인물형으로, 헤겔의 용어를 빌린다면 "세계사적 개인"이라 할 수 있다. 이는 유지적 개인과는 달리 그 자신의 특수한 목적 속에 세계정신의 의지인 실체적인 것을 포함하는 인물이다. 그러므로 상이한 방향과 경향의 복합체로써 민족의 역사에 있어서 중대한 이행과정을 나타내는 중차대한 경향을 구현하는 인물이다.[14)]

비록 세철, 복순은 사회적 모순에 대한 인식이 그들의 가정적인 불행이나 성취 동기의 좌절 등 개인적인 것에서 발단되었음에도 불구하고 개인과 사회를 하나의 전체구조 속에 통합시켜 관찰하며 개혁의 이상을 실현하려 한다. 『직녀성』의 작품의 표면 구조로 볼 때 이들은 주변인물에 지나지 않지만 이면적으로는 작품의 주제를 가장 강하게 부각시키는 인물이다.

이상과 행동을 같이 하는 진보적인 지식인상과 하층민 속에서 일어나는 사회변혁의 새로운 힘을 보여주는 것은 심훈 문학의 내용상의 주된 특징이라 할 수 있다. 『동방의 애인』의 과격한 공산주의자 박진과 동렬, 그리고 『불사조』의 급진적 투쟁론자인 홍룡과 덕순, 교육과 농촌계몽을 부르짖는 『상록수』의 동혁과 영신, 또한 이 작품의 점진적 개혁론자인 세철, 복순은 모두 작가가 만들어 낸 이상형으로써 시대정신의 대변인이다. 특이한 것은 후기의 작품으로 갈수록 그 인물들이 온건주의자로 설정되며 이상의 실천 과정도 훨씬 구체적이며 현실적이라는 것이다. 이것은 작가의 사상의 성숙과 현실 인식의 심화에 기인한다고 하겠다.

『직녀성』에서 이들은 가장 의식화된 이념형의 인물로 설정되어 있다. 그러나 작품에 형상화된 인물의 모습은 너무나 감상화된 한계점을 보인다. 가난하면서도 당당해 보이고 거무스름한 피부에 시커먼 굵은 눈썹, 어깨가 벌어지고 팔다리가 굵은 건장한 체격의 남성적인 모습은 『직녀성』의 세철뿐 아니라 『상록수』의 동혁 등 늘 작가가 의지적인 남주인공을 묘사할 때 즐겨 쓰는 상투적인 표현이다. 이러한 세철의 외모뿐 아니라 현실을 개혁하기 위해서는 강인한 용기나 정열, 건강이 필요하다는 그의 논리는 너무나 단순하고 감상적이기까지 하다. 이들에게 있어서 사회주의 이데올로기는 마치 신앙처럼 받아들여지고

14) 아모우드 에바디안, 앞의 책, 295면 참조.

있다. 봉건적 유교 이념을 부정하면서 역시 또다른 환상적 이념 속에 현실을 꿰어 맞추려 하는 것이다.

그밖의 인물들, 윤자작과 그의 부인, 조모, 주인공의 동서들, 또한 봉환의 친구 등 역시 부정적인 인물형으로써 당시 봉건적 귀족계급의 도덕적 윤리관의 붕괴를 보여주고 있다. 이처럼 『직녀성』의 여러 등장인물들의 의식과 행위 양식은 환경과 분리시켜 생각할 수 없는 사회적 성격을 지니며 따라서 이 작품은 당시 과도기적 시대의 한 단면을 총체적으로 형상화하고 있는 것이다.

역사적 전망의 양상

여기서 전망이란 작품에서 제시되는 미래에의 목표 설정을 의미한다. 이것은 형상화된 여러 인물들을 통해 객관적으로 드러나는 것이다. 따라서 이 전망의 문제는 추상적이고 관념적인 것이 아니라 구체적인 현실과의 연관성에서 제시되어야 한다. 작가는 『직녀성』에서 윤자작 일가의 도덕적 경제적 파산 과정을 그림으로써 봉건귀족계급의 붕괴 과정을 보여주고 있다. 부르주아 계급에 대한 부정의식과 봉건적 윤리에 대한 비판과 새로운 사회변혁으로써 이상사회를 건설하고자 하는 작가의 비전이 제시되는데 심훈은 그것을 구체적으로 계급의 융합과 화해를 통해 이루고자 한 것 같다. 『불사조』에서는 계층이나 혹은 계급의 대립, 갈등이 표면화되어 있는 반면 이 작품에서는 귀족의 딸인 봉희가 무산계급 출신인 세철과 사랑을 나누고 결혼까지 하며 또한 윤자작의 부인은 종의 딸인 복순을 보호해 준다. 그리고 복순이 주인공 인숙과 봉희와 우의를 나누는데 작품의 결말에서 이것은 더욱 확실해지고 있다.

> "복순은 이 사람 저 사람의 얼굴을 무엇이 묻기나 한 것처럼 번차례로 쳐다보더니 참 각 계급의 인물들이 골고루 한 집에 모였구료 xx가의 아들에, 귀족의 따님에, 인숙씨 같은 양반의 며느님이 없나 하고 그 건순이 긴 두툼한 입술을 씰룩거리며 호걸웃음을 웃는다.
>
> 사실로 이 집안의 같은 지붕 아래서 한솥의 밥을 먹게 된 식구들은 각인 각색이언만 한 마음과 같은 주의로 뭉쳐진 것이 여러 사람에게 새삼스러이 인식되었다. 상전도 없고 종도 없고 부자도 없고 가난한 사람도 없다. 오직의

> 옛날의 도덕과 전통과 또한 그러한 관념까지도 깨끗이 벗어버린 오직 발가벗은 사람과 사람끼리 남녀의 구별조차 없이 똑같은 목적을 가지고 한 몸뚱이로 뭉쳤을 것뿐이다."[15]

심훈은 이러한 이상사회의 건설이 현실의 변증법적 발전을 통해 이루어진다고 믿었던 것으로 보인다. 인숙과 봉희의 자각의 과정은 역사의 발전 과정에 대한 작가의 전망을 집약시켜 나타낸다. 이들이 새로운 인간으로 변화하는 과정은 정반합의 변증법적 발전이라 할 수 있다.

또한 여기서 정신적 지도자로 등장하고 있는 세철과 복순의 모습에서 사회구조의 모순을 파악하고 적극적이고 실천적인 개혁의지가 있는 문제적 인물의 가능성을 발견할 수 있다. 문제적 인물이란 타락한 사회에서 진정한 가치를 구하는 적극적 인물로 올바른 전망을 제시하는 데 가장 핵심적 인물을 말한다. 그러나 이들의 감상적이고 단순한 사고논리는 추상적이고 관념적인 전망밖에 제시하지 못한다. 그들이 파악한 현실은 경직된 사회주의 이데올로기에 의해 계급타파의 당위성만을 강조할 뿐이다. 따라서 당시 왜곡된 근대화 과정을 이루게 하는 일제의 식민지 상황에 대한 비판이나 저항이 전혀 나타나 있지 않다. 식민지 상황이란 정치적 경제적 구속뿐 아니라 당시 한국인의 문화나 정신까지 구속하는 것으로서 가장 근본적으로 해방되어야 할 존재 상황이었다. 이러한 역사적 현실을 도외시한 채 단순히 사회를 이원적 계급구조로 파악하고 그 모순과 불합리를 계급타파에 의해 제거할 수 있다는 논리는 현실과 괴리된 추상적인 것일 수밖에 없다. 이 작품에서는 유산계급에 대한 비판에서도 일제의 자본주의적 수탈체제를 암시조차 하고 있지 않다.

작품에서 다행인 것은 작가의 사상을 전달하기 위해 설정된 인물인 세철, 복순이 주인공으로 등장하고 있지 않다는 점이다. 이들이 작품의 중심에 놓였다면 작가의 관념적이며 계몽적인 의도가 그대로 노출되어 단선적인 목적 지향의 작품이 되었을 것이다. 반면에 봉건적 가치관에서 새로운 사상으로 변화하는 인물을 주인공으로 하여 그의 수난과 발전의 과정을 형상화함으로써 당시 사회의 여러 국면을 다양하게 보여 줄 수 있었던

---

15) 『전집 2』, 531면 인용.

것이다. 이렇듯 이 작품에서는 그 배경이 되고 있는 시대의 사회적 모습이 구체적 현실성을 띠고 묘사되었음에도 불구하고 편협한 이데올로기적 관념성으로 인한 유토피아적 전망만을 제시하고 있는 것이다.

맺음말

이상에서 『직녀성』을 대상으로 장편소설의 내적 형식을 이루는 인물의 전형성과 전망의 양상에 관해 살펴보았다. 왜냐하면 이 작품의 성격이 거의 등장인물의 의식과 행위 양식에 의해 규정되어 있으며 또 사회주의 이데올로기를 근간으로 한 현실 변혁의 주제를 다루고 있는 만큼 이에 대한 고찰은 작품 연구에 있어서 가장 근본적인 것이라 생각되었기 때문이다.

작가는 상승적 인물로써 두 인물을 내세우고 있는데 하나는 억압과 수난의 과정에서 기존의 가치체계를 부정하고 자아와 사회에 대해 새롭게 자각하고 인식하는 인물이다. 그의 변모 과정은 사회와 유기적 관계를 맺고 있어 현실을 반영하는 동시에 작가가 생각하는 역사의 전환적 발전을 암시하기도 한다. 또 다른 상승적 인물은 외부적인 압력에 의해서가 아니라 자신이 속해 있는 계층 내의 모순과 불합리를 깨닫고 갈등 속에 스스로 자각하는 인물이다. 작가는 이 인물을 통해 계층의 붕괴와 변혁의 새로운 힘이 이미 내부에서 비롯되고 있음을 말해준다.

또한 작품의 타락한 인물도 사회적 배경과의 관련 하에 설명하지 않을 수 없다. 봉건적 질서의 붕괴와 새로운 양상의 유입이라는 과도기적 상황에서 이상만을 좇아 방황하다 경제적 몰락과 도덕적 타락을 하게 되는 비극적 희생물이 등장하며 봉건적 귀족계급의 이기적이고 도덕적으로 피폐한 모습을 보여주는 인물도 형상화되어 있다.

그리고 작가의 마스크라 할 수 있는 인물들이 등장해서 작품의 이면구조에서 중추적인 역할을 담당하고 있는데 이들은 이념지향형의 인물로 작가의 비전을 그대로 노출시키고 있다.

『직녀성』의 인물들의 경험과 특성은 개인적인 것이면서도 사회적이며 역사적인 것이다. 부분이면서도 전체를 드러내주어 파악하게 하는 데서 인물의 전형성을 획득하고 있다 하겠다. 작가는 장편소설이라는 양식을 통해서 현실의 구체적 총체성을 담을 수 있고 역사적 전망을 제시해 줄 수 있다고 나름대로 파악한 것 같다. 『직녀성』에서 보이는 현실의 묘사는 통속적임에도 불구하고 전형적 정황을 창조하는 데는 비교적 성공하고 있다. 그러나 제시되는 현실의 해결방안과 역사적 전망의 양상은 편협한 사회주의 이데올로기에 의거한 단순논리로 관념적이고 추상적일 뿐이다. 이것은 후의 『상록수』에 이르러 현실적이고 구체적으로 극복되고 있다.

참고문헌

1. 『심훈 문학전집沈熏文學全集』, 탐구당, 1967.
2. 구인환, 『한국 근대소설 연구』, 삼영사, 1978.
3. 권영민, 『한국 근대문학과 시대정신』, 문예출판사, 1983.
4. 김용성·우환용 공편, 『한국 현대작가 연구』, 삼지원, 1985.
5. 김윤식, 『한국 근대문학 사상사』, 한길사, 1984.
6. 김 현, 『문학과 사회』, 일조각, 1981.
7. 이재선, 「한국 현대소설사 혼성신서」, 1986.
8. 전형기, 『한국 근대소설의 인물유형』, 인문당, 1983.
9. 스테판 코올 저, 여균동 편역, 『리얼리즘의 역사歷史와 이론理論』, 한밭출판사, 1982.
10. 차봉희 편저, 『루카치의 변증-유물론적 문학이론』 한마당, 1987.
11. 김 현, 「위선과 패배의 인간상-'흙'과 '상록수'를 중심으로」, 《세대 17호》, 1964.
12. 유병석, 「소설에 투영된 작가의 체험」, 강원대 연구논문집 4집, 강원대, 1970.
13. 윤병로, 「심훈과 그의 문학」, 성균 16호, 성균관대, 1962.
14. 이주형, 「1930년대年代 한국장편소설 연구」, 서울대 박사학위 논문, 1984.

심훈의 리얼리즘 문학 연구
– 『직녀성』과 『상록수』를 중심으로

오현주

들어가는 말

해방 이후에 이루어진 민족문학사 연구는 아직 과학성을 담보한 역사 서술에 이르지는 못한 실정이다. 특히 일제시대 문학사연구의 경우, 연구 초기에는 이데올로기적 한계 때문에 주로 우익진영의 문인만을 중심으로 문학사 서술이 이루어졌고, 1980년대를 전후하여서는 소장학자들에 의해 초기적 연구경향에 대한 비판과 극복이 모색되면서 반대급부로 주로 좌익문인들을 중심으로 한 연구가 한 시기의 연구경향을 대표하게 되었다. 따라서 민족문학적 전망 속에서 민족문학사의 전체상을 올바르게 정립해야 한다는 과제는 아직 보다 진전된 연구를 기다려야 하는 실정이다.

사정이 이렇게 된 데는 우리 사회가 이데올로기적 제약 때문에 식민지 시대와 해방직후까지 이룩해 내었던 문학이론적 성과를 분단 고착화 이후 계승하지 못했다는 사실에서 일차적인 원인을 찾을 수 있을 것이다. 아울러 이와 연결되는 문제로 과학성을 담보한 문학사 연구방법과 문학사관이 제대로 정립되어 있지 못했기 때문에 그나마 지금까지 축적된 연구성과들도 새로운 관점과 방법론으로 재검토해야 할 필요성도 있다. 본고에서 검토하고자 하는 심훈의 문학 역시 이같은 맥락 속에 위치해 있다.

심훈의 경우 그의 개인사[1]와 더불어 주로 『상록수』에 국한되어 연구 성과가 나와 있다. 그러나 그의 문학이 민족문학사 속에서 차지하는 위치나 의의가 주로 1930년대

---

1) 심훈의 경우 그의 개인사는 비교적 자세하게 이루어져 있는 바 유병석, 「심훈연구」, 서울대 석사논문, 1964 / 신경림 편저, 『그날이 오면 그날이 오면은』, 지문사, 1992가 대표적이다.

전개되었던 브나로드 운동과 관련되어 규명되고 있기 때문에 그의 작품이 미학적 측면에서 예술작품으로서 거둔 성과와 한계 등이 과학적으로 해명되지 못하고 있다. 다시 말해 심훈의 문학이 민족문학사 속에서 어떤 위치를 차지하는가에 대한 역사적 평가가 올바른 민족문학사적 관점 속에서 제대로 규명되지 못하고 있을 뿐만 아니라 그의 작품이 리얼리즘 문학으로서 거둔 미적인 성취와 한계 또한 제대로 해명되고 있지 못하고 있는 것이다.

따라서 필자는 1930년대 민족문학사에 대한 역사적 전망 속에서 심훈 문학의 의의를 규명하고자 한다. 이를 위해 그의 대표작으로 판단되는 장편 『직녀성』(1934)과 『상록수』(1935)를 중심으로 이들 작품이 거둔 리얼리즘적 성과와 한계를 면밀하게 검토해보고자 한다.

심훈의 예술관

어느 한 작가의 작품에 대한 연구는 이를테면 작가의 전기적 생애와 작품 간의 관련, 작품이 생산된 시대적 배경과 작품과의 연관, 작품 자체의 의미분석 등이 일반적인 접근방법으로 활용된다. 소위 초기적 연구 방법론이라고 할 만한 역사주의 비평방법이나 작품 자체의 특질을 해명하는 데 초점을 맞춘 형식주의 비평방법이 이에 해당하는 대표적인 예가 될 것이다. 그러나 문학작품에 대한 접근방법은 지금까지 매우 다양하게 제시되어 왔다. 이는 작품 자체가 지닌 다양성에서 비롯된 것일 수도 있고 작품을 비평하는 비평가의 미적 견해의 다양성 때문이기도 하다. 달리 말한다면 이와 같이 다양한 접근방법이 존재하는 것은 작품에 대한 규격화되고 고정적인 연구방법은 있을 수 없다는 것을 반증하는 것이다. 적어도 문학사에서 살아남은 작가의 작품이라면 그 시대의 보편적 특질과 더불어 작가 고유의 창작적 개성이 담겨 있을 수밖에 없다. 그러므로 작품이 갖는 예술작품으로서의 보편적인 특성과 더불어 고유성이 해명되어야 하며 이때 각각의 작품이 갖는 고유성은 작품 속에서 다양한 방식으로 드러난다. 이에 따라 한 작가의 작품에 대한 접근방법은 그 작품이 갖는 고유한 특성에 의해 그 작품에 고유한 것으로서 개별 작품에 따라 달라질 수밖에 없는데 심훈의 작품 역시 이런 점에서 예외일 수는 없다.

본고에서 그의 작품을 분석하기에 앞서 그의 예술관을 먼저 살펴보려는 것은 바로 이 같은 이유에서이다. 심훈의 작품은 리얼리즘 문학으로서 일정하게 성과를 거두고 있는데 이때 그 성과는 당시 대표적인 카프 작가의 리얼리즘적 성취와 비교해 보아 일정하게 차별성을 갖고 있을 뿐 아니라 한계 역시 그의 작품마다 동일한 양상을 띠면서 나타나고 있다. 그런데 이는 심훈이 지닌 독특한 예술관과 밀접한 관련이 있는 것으로 보인다. 따라서 심훈 작품의 성과와 한계는 끊임없이 작품 창작과정에서 개입하는 그의 예술관과의 관련성 속에서 해명될 필요가 있다.

그러나 그의 예술관에 대한 조명은 단지 그의 작품이 지닌 고유한 창작적 특질만을 설명하기 위한 것은 아니다. 이는 다른 한편으로 볼 때 모든 예술작품이 예술가의 창조적 개성을 매개로 표현되는 것이라 할 때 작품과 필연적으로 연관—직접적이든 간접적이든 간에—을 맺을 수밖에 없는 예술가의 세계관, 개성 등이 함께 작품 해석과 평가에서 한 측면으로 살펴질 수밖에 없기 때문이기도 하다. 이때 작품 속에 개입하는 작가의 예술적 개성은 그것이 의식적이건 무의식적이건 간에 작품을 통해 표출될 때 사회적인 것으로 드러나는 바, 이는 작가가 살고 있던 시대의 사회적 조건에 의해 규정받는 것이기 때문이다. 결국 작품과 작가의 예술적 개성 간의 관련 문제는 복합적인 문제인 것이다.

이 같은 차원에서 심훈의 예술관은 꼼꼼하게 검토될 필요가 있다. 물론 그가 다양한 분야—영화, 시, 소설, 시나리오 등—에 손을 대기는 했지만 자신의 문학관 내지 예술관에 대해서는 체계적으로 밝히지 않았다. 그러나 그의 작품이 일관된 사상적 바탕과 예술관에 지배되고 있는 특성을 보이기 때문에, 그리고 이것이 때로는 작품에서 하나의 장애로 작용하기도 하기 때문에 면밀한 검토가 요구된다.[2)]

심훈의 예술관을 살펴볼 수 있는 대표적인 글로는 「문예작품의 영화화 문제」(『별건곤』, 1928. 5), 「우리민중은 어떠한 영화를 요구하는가」(『중외일보』, 1928. 7. 11~27), 「무딘 연장과 녹이 슬은 무기—언어와 문장에 관한 우감偶感」, 「1932년의 문단전망—프로문학에 직언」(『동아일보』, 1932. 1. 15~16.) 등이 있다. 이런 일련의 글을 통해 드러나는 그의 예술관의 특징은 일관되게 '예술을 대중에게로'이며 그를 위한 방법으로서 '리얼리즘 문학의 창작'이라고 요약할 수 있다. 그는 먼저 영화에 예술적 정열을 쏟으면서 이에 따라 영화를 매개로 자신의 예술관을 밝히고 있다. 보다 자세히 살펴보면 그는 우선 영화와 문학이

---

2) 본고에서 그의 개인적 생애보다 예술관을 중시한 것은 작가의 일상적 삶의 경험이 문학 작품에 관여하지 않기 때문이 아니라 예술관이 보다 중심적인 비중을 차지하기 때 문이며 아울러 생활방식, 사고방식을 바탕으로 형성된 그의 예술적 개성이 삶의 경험이나 사고방식 등을 예술적 개성에 매개된 형태로 드러낼 수밖에 없기 때문이다.

본질적으로 다른 예술장르라는 점을 인식하는 데서 출발한다. 특히 영화를 줄거리만 갖고 왈가왈부하는 데서 떠나 영화 자체가 지닌 장르적 특수성에 주목할 것을 주장하면서 영화가 지닌 특성을 다음과 같이 지적한다. 문학이 읽는 것인 반면 영화는 보는 것이어서 "영화의 생명은 시각에 호소하는 동작의 묘사로부터 해방될 수 없는 것"이라고 한다. 아울러 영화는 극장르이기 때문에 소설과는 달리 "스토리가 단순해야"한다고 주장한다. 이때 단순한 줄거리란 그에 따르면 줄거리 자체의 단순성을 의미하는 것이라기 보다는 훌륭한 이야기를 단순한 방법으로 전달하여 누구나 다 이해할 수 있도록 설명해야 한다는 의미라고 한다.[3]

이상과 같은 심훈의 견해를 정리해 보면 일단 그는 영화의 고유성에 주목하면서 다른 예술장르에 비해 장르적 특수성으로 단순한 줄거리를 강조한 것으로 보아 영화를 대중과 보다 친숙할 수 있는 속성을 지닌 예술로 이해하고 있었음을 알 수 있다. 이같은 그의 견해가 보다 발전된 논리를 갖추어 발표된 글이 바로 「우리 민중은 어떠한 영화를 요구하는가」이다. 원래 이 글은 그가 원작, 각색, 감독을 맡았던 영화인 〈먼동이 틀 때〉가 상영되자 이 영화에 대해 한설야가 「영화예술에 관한 관견」(『중외일보』, 1928. 7. 1~ 7. 9)이란 글을 발표하여 이 작품을 계급의식이 결여된 대중추수적인 영화라고 비판한 것을 반박하여 쓴 글이다. 그는 한설야의 비판과 요구가 부분적으로 정당함에도 불구하고 우리의 영화 현실과 너무도 동떨어진 공론空論이라는 사실에 불만을 품고 조선의 영화 현실을 일깨우는 동시에 자신이 평소에 지녔던 영화에 대한 견해를 피력한다.[4]

심훈은 먼저 "현 단계에 처해서 영화가 참다운 의의와 가치가 있는 영화가 되려면 물론 프롤레타리아 영화가 아니면 안 될 것"이라고 전제하면서 이는 무엇보다도 프롤레타리아가 지닌 역사적 위치와 의의와 더불어 "모든 예술분야 중(계급투쟁의—필자 삽입) 가장 강대한 무기의 소질을 가지고 있"다는 점에서 당연한 것이라고 한다. 그런데 문제는 이런 논의들이 조선의 현실에는 맞지 않는다는 데 심각성이 있다고 한다. 다시 말해 카프에서 주장하는 바인 "**을 선동하는 작품, 순정 맑스파의 영화를 제작하지 않았다고" 비판하는 것은 지독한 검열제도 하에서 실천할 가능성이 없는 공론에 불과하다는 것이다. 그리고 이 같은 공론을 주장하는 것은 조선의 영화가 당면한 구체적 현실, 객관적 조건을 제대로 파악하지

3) 「문예작품의 영화화 문제」, 『심훈전집』 3권, 탐구당, 525~526쪽.

4) 심훈은 한설야의 글에 대한 반박 이후 임화의 재비판이 있었음에도 불구하고 더 이상 반론을 제기하지 않고 있다.

못한 소치라고 비난하면서 먼저 자신이 파악한 조선의 영화 현실을 구체적으로 제시한다.

그에 따르면 조선의 영화가 어떠해야 바람직한 것인지에 대한 상像을 갖고 있음에도 불구하고 지리멸렬할 수밖에 없는 이유가 네 가지 정도 있다고 한다. 먼저 첫 번째 이유는 지독한 검열제도 때문인데 영화가 지닌 잠재적 가능성—대중적 호소력, 파급력—이 문학에 비해 훨씬 크기 때문에 빚어진 결과라 한다. 그 예로 강江과 산山조차도 영화 제목에 넣을 수 없어 〈두만강을 건너서〉가 〈사랑을 찾아서〉로 둔갑을 했다거나 자신의 작품이 원래는 〈어둠에서 어둠으로〉라는 제목이었는데 좋지 못한 암시를 준다고 하여 〈먼동이 틀 때〉로 개제되었음을 밝히고 있다. 두 번째 이유는 돈 문제인데 영화가 자본주의 사회의 산물로서 많은 돈이 요구되는 예술이라 할 때 적어도 조선이 당면한 현실은 영화에 많은 돈을 투자할 만큼 여유롭지 못하다는 것이다. 다시 말해 다른 사회의 제반 분야가 낙후된 형편에서 영화만 유독 거기서 벗어날 수 있는 현실적 가능성을 찾기란 불가능하다는 것이다. 세 번째 이유는 영화계에 전문적 지식과 능력을 갖춘 인물이 적다는 것이고, 네 번째는 영화를 제작하는 영화인들이 극심한 생활문제에 시달리고 있어 먹고 살기 위해서는 손해를 보지 않을 영화를 만들어야 하고 따라서 대중의 비위나 맞추는 영화를 만들 수밖에 없다는 것이다.

이상과 같은 현실적 조건 속에서 좋은 영화가 나오기란 기대하기 어려우며 결국 좋은 영화를 만들려면 그러한 환경을 먼저 뜯어 고쳐야 가능할 것이라고까지 말하고 있다.

그러나 그렇다고 그가 당시 실제로 실천에 곧바로 옮길 수 없는, 객관적 상황의 변혁을 타개책으로 내세우는 그런 절망론에만 빠져 있었던 것은 아니다. 그러한 조건 속에서도 나름대로 대안을 제시하고 있는데 먼저 그는 이를 위해 민중이 어떠한 영화를 요구하는가를 알 필요가 있다고 한다. 그에 따르면 실제로 당시 영화를 관람하는 관객층은 주로 유식계급, 학생층, 유한계급 등 소부르주아층인데 그들이 영화를 보는 이유는 주로 오락과 위안을 얻기 위해서라고 진단한다. 그러므로 오락과 위안을 주는 영화를 만드는 것은 현실적인 요구를 지닌 영화를 만드는 것이라고 한다. 이에 따라 심훈은 영화를 주의主義의 선전도구로 이용하려는 생각을 버리고 우선 완전히 대중의 위로품으로서 제작하자고 한다. 이때 제재는 단지 풍교상風敎上 해독을 끼치지 않을 정도로 재미있는 것에서부터 대중에게 교화하는 작용이나 그들의 취미를 향상시키는 것을 선택하되 현실 생활 가운데서 통절히 느끼며 "누구나 체험하고 있는 문제 중에서 힌트를 얻어서 작품의 제재로 삼아야 할 것"이라고 한다. 아울러 "부르주아지의 생활에서 온갖 흑막을 들추고 가진 죄악을 폭로시켜 대중에게 관조의 힘을 갖게 하고 그들로 하여금 대상에게 증오감과 투쟁 의식을 고무시키는 간접적 효과를 나타나게 하는 것이 신흥예술의 본령이요, 또한 사명"이라는 것이다.

이상에서 살펴본 바에 따라 심훈의 예술관을 따져보면 굳이 그가 개인적으로 김기진과 친한 사이였음을 감안하지 않더라도 김기진의 대중화론과 그의 견해가 일정하게 맥이 닿아 있음을 발견할 수 있다. 다시 말해 김기진이 현하의 극도로 재미없는 정세에서 검열제도를 뚫을 수 있는 작품을 창작하여야 하며 이를 위해 연장으로서의 문학이 정도를 수그리고 아울러 내용적으로도 통속적인 요소를 가미하여 대중에게 다가가도록 해야함을 주장[5] 했을 때 그가 보여준 예술관과 공통점이 발견되는 것이다.

예술이 어떠해야 하는가 하는 문제는 시대를 초월하여 보편적인 예술의 속성에 의해 규정되는 측면도 있지만 그 예술이 존재하고 있는 사회적 조건에 의해서도 제약된다. 이렇게 볼 때 김기진이나 심훈의 예술관은 오히려 후자 쪽에 보다 많은 영향을 받고 성립된 것이라고 할 수 있다. 짧은 신문학의 역사 속에서 서구가 오랜 시기동안 경험했던 문학사적 과정을 단기일에 밟는 과정에서 프로문학이 초기적 미숙성으로 이론적 심화와 풍부성을 갖추지 못했을 뿐만 아니라 당시 사회적 조건 자체가 프롤레타리아 계급의 성장이 충분히 이루어져 있지 못한 상황이어서 진정한 의미의 프로문학의 성립과 이를 토대로 하는 이론이 마련되기 어려운 실정이었다. 게다가 우리나라의 성숙되지 못한 문학적 상황 자체가 문학으로 하여금 작가의 세계관과 상관없이 일정하게 사회적 기능을 담당할 것을 요구하는 것이었다. 따라서 초기 계몽문학 뿐만 아니라 1920년대 신경향파 문학이나 프로문학 역시 문학의 계도적 역할, 사회적 효용성과는 무관할 수 없는 것이었다. 특히 문학이 이데올로기적 형식으로서 인간의 의식 문제와 관련을 갖는 것이기 때문에 인간의 의식이 충분히 근대적 의식으로 깨어있지 못할 경우 문학은 일정하게 의식을 개혁, 선도하는 역할을 담당하게 된다. 이것이 바로 예술의 선전 선동적 기능이며 예술의 인식적 기능과 더불어 사회적 소통 속에서 예술의 중요한 기능 중 하나다. 이렇게 볼 때 심훈의 예술관은 사회적 조건과 밀접한 연관을 지닌 속에서 나온 것이었으며 한마디로 말해 신흥예술의 본령이

5) 김기진, 「변증적 사실주의」, 『동아일보』, 1929. 2. 25~3. 7.

대중의 투쟁의식을 고무시키는 것에 있으며 이를 위해 대중이 쉽게 친근할 수 있는 통속적 재제에 쉬운 표현을 주장하고 있다는 점에서 기본적으로 예술이 대중의 의식을 계도하는 선전 선동적인 기능을 담당하고 있는 것으로 보았다고 할 수 있다.

예술이 선전 선동적인 기능을 갖는다고 본 점에 있어서 심훈의 예술관은 당시 카프의 예술관과 닿아 있는 것이었다. 그렇다면 그로 하여금 카프와 결별하여 그들의 예술관과 대립할 수밖에 없도록 한 점은 무엇인가?

심훈은 예술의 본래적 역할을 사회적인 것에서 찾았으며 이에 따라 대중이 쉽게 친숙해질 수 있는 내용을 표현할 것을 강조해왔다. 이때 카프의 논자들과 대조하여 두드러지는 점은 높은 계급의식, 목적의식성 등을 예술 속에 구현함으로써, 혹은 노동자, 농민의 투쟁을 그림으로써 계급의식을 고취시키는 역할을 담당해야 한다는 카프 쪽의 입장과는 달리 현하의 대중이 카프가 주장하는 바를 수용하기에는 아직 의식에 있어 봉건적 미몽으로부터 깨어나지 못했기 때문에 이러한 대중에게 고도의 목적의식을 주입하는 것은 올바르지 못한 일일 뿐만 아니라 현실과도 어긋나는 일이라고 본 점이다. 실제로 당시 김기진이 프로문학의 대중화를 내세우며 검열의 문제, 대중소설의 창작, 단편서사시의 창작을 주장했을 때 지닌 문제의식은 바로 프로문학이 대중과 친근해질 수 없는, 문학 예술적으로도 생경한 구호에 가까운 것이었다는 데 있었다. 심훈의 문제의식[6] 또한 대중적인 예술의 문제에 초점이 놓여 있어 카프 쪽의 입장과 일정하게 차별성을 지니지 않을 수 없었다. 대중은 아직 봉건적 테두리 내에서 신음하는데 이때 문학이 해야 할 일은 바로 그들을 계도하는 것이며 만일 프롤레타리아 계급의식을 주입할 경우 아무런 실천적 의의를 갖지 못한다고 심훈은 파악했던 것이다. 대중이 이해하고 감동하여 감흥을 받을 수 있는 예술이란 실제로 프롤레타리아 예술이기보다는 오히려 대중에게 "부르주아지의 온갖 흑막을 들춰내고 갖은 죄악을 폭로"하여 대중의 투쟁의식을 고취시킴으로써 간접적인(방점은 필자) 효과를 얻고자 한 그의 의도 속에서 읽을 수 있듯이 부르주아 예술의 한계 속에서나마 부르주아 사회의 모순과 한계를 폭로하는 것이 현 단계에서 실천적 의의가 있을 것이라고 보았다고 할 수 있다. 왜냐하면 심훈이 부르주아 사회의 흑막 폭로를 주장하는 것이 프롤레타리아적

6) 어쩌면 이런 입장이 그로 하여금 카프와 결별하도록 만든 원인이었을지도 모른다.

관점에서 이루어진 것이라 해석하기 어려울 뿐 아니라 그가 말하는 부르주아 사회의 흑막을 폭로하는 것이 곧바로 프로문학의 창작을 의미한다고 보기 어렵다. 게다가 심훈은 예술의 선전 선동적 기능을 실제 작품 속에서는 계몽의 차원에서 실천하고 있다. 그러므로 프로예술이 선전 선동을 통하여 계급의식을 고취하고 이를 통해 독자 대중으로 하여금 실천으로까지 이끌어 내려 한 것과 심훈의 예술관은 일정하게 차별성을 갖는다. 심훈의 경우 그가 선전 선동적 기능을 중시한 것은 그가 인식한 당대 사회의 낙후성과 관련을 지니는 것이며 이에 따라 작품에서는 선전선동의 의미가 계몽과 동일한 의미로 드러나기 때문이라 할 수 있다. 그리고 이때 계몽의 중심도 근대적 각성에 있는 것이지 계급의식의 각성에 있는 것은 아니기 때문이다.

물론 그가 대중이 쉽게 이해할 수 있는 쉬운 내용과 통속적인 소재—즉 연애문제—를 말했을 때[7]에도 결코 김기진처럼 춘향전이나 심청전 류의 고전소설적인 소설 수준으로의 후퇴 가능성을[8] 말하지는 않았다. 어디까지나 당시 현실에서 쉽게 친근해 질 수 있는 주제를 통해 실현하고자 했다. 따라서 그의 전 작품들은 시대적 문제를 주제로 하여 그를 반영한 것들이다. 그러나 그럼에도 불구하고 독자대중의 의식이 아직 봉건적인 수준에 머물러 있다고 보았기 때문에 결국 고도의 부르주아 시민 문학예술로서가 아니라 애정 문제와 같은 소재를 작품화하여 대중과 친근하게 하고 이를 바탕으로 전근대적 의식을 각성시키고자 했던 것이다.

이러한 그의 생각이 그대로 실천에 옮겨져 창작된 것이 바로 일련의 장편소설들이며 이들 작품 중 『직녀성』이나 『상록수』는 김기진이 주장한 대중소설[9]로서의 가능성을 보여준 작품이다. 삼각애정 문제와 계급적 문제가 결합된 통속적인 소설이라고 규정할 수 있는 『직녀성』 이전의 그의 초기 소설들은 모두 심훈의 이 같은 예술관이 실천에 옮겨진 소설들인

7) 「우리민중은 어떠한 영화를 요구하는가」

8) 김기진, 「문예시대관 단편」, 『조선일보』 1928. 11. 9~11. 20.

9) 김기진이 말한 대중소설의 개념은 "대중(노동자, 농민을 지시함-필자주)의 향락적 요구에 응하면서도…… 그들로 하여금 세계사의 현단계의 주인공의 임무를 다하도록 끌어올리고 결정하게 하는 작용을 하는 소설"(「대중소설론」, 『동아일보』 1929. 4. 15)인데 심훈의 소설이 그에 입각해서 창작된 것인지에 대해서는 확언하기 어렵지만 분명한 점은 당시 카프 작가의 어느 작품들 보다 쉽고 통속적이며 평이하게 쓰여진 것 은 사실이다.

것이다.[10)]

이상과 같은 견해는 심훈이 필연적으로 장르 선택 문제에 있어 영화를 택하도록 하였다. 영화가 현대사회에 존재하는 대중적 예술이며 선전 선동적 기능이 그 어떤 예술보다도 크고 대중적 파급력이나 효과 면에서 현대 기계문명의 이점을 최대로 활용하는 예술이라는 점과 아울러 대중과 가장 친숙하고, 상대적으로 다른 예술장르와 비교하여 선지식을 별로 요구하지 않는 예술이라는 점을 고려해 볼 때 그 자신의 예술관을 실현시킬 만한 예술이란 바로 영화일 수밖에 없는 것이다. 그러나 그가 이미 자신의 글 속에서도 피력했듯이 당시 조선의 현실은 영화 제작이 여러모로 어려운 상황이었다. 따라서 심훈은 영화를 만들어 보려는 노력보다 소설창작에 몰두하게 되는데 그가 1920년대 영화를 만들면서 지녔던 예술관이 그대로 소설 창작 속에 지속되고 있어 흥미롭다.

심훈이 소설창작에 몰두했던 시기의 문학관을 단편적이나마 살펴보자. 대표적인 글인 「1932년의 문단 전망—프로문학에 직언」을 통해 구체적으로 살펴보면 그는 우선 당시 존재하는 문학을 민족주의 문학, 시조, 프로문학, 극문학, 소년문학, 신문소설 등으로 구분하면서 프로문학에 보다 많은 관심과 비판을 보인다.

먼저 민족주의 문학의 경우 그는 “눈 앞에 당하고 있는 좀더 생생한 사실과 인물을 그려서 대중의 가슴에 실감과 감격을 아울러 못박아 줄만한 제재를 골라서 기교껏 표현할 것”을 권하면서 “좀더 엄숙한 리얼리즘에 입각할 것”을 요구한다. 이는 그가 보기에 당시의 민족주의문학이 현실도피적으로 과거에서만 소재를 취한 은둔적, 비투쟁적인 문학이었고 따라서 리얼리즘 문학이라기보다는 신비적 문학에 가까웠기 때문이다. 한편 프로문학의 경우 이제는 본격적인 작품행동을 개시할 만한 시기에 이르렀다고 전제하면서 프로문학은 원래 대중적으로 영합될 소질을 처음부터 갖고 있는 문학이지만 현재 조선의 프로문학은 몇 가지 문제점을 지니고 있다고 하는데 첫째는 카프라는 동일 진영 내에 이론이 통일되어 있지 않다는 것이고, 둘째는 대외적으로 새로운 동지를 포섭해 들일 아량이 적으며 셋째는 투쟁의 대상이 주로 몇 개인이나 선입견으로 본 인물에 국한되어 있는 혐의가 없지 않으므로 이론보다 감정이 앞서 인신공격을 다반사로 여기는 버릇이 있는가 하면, 넷째로 대부분의

10) 이 점과 관련하여 이주형의 경우 심훈의 장편소설들을 통속적 경향소설로 분류하고 있다. 『1930년대 장편소설 연구』, 서울대 박사논문, 1988.

프로작가들이 작가로서 귀중한 체험이 적다는 것이다. 특히 네 번째 문제점과 관련하여 프로작가들은 무산대중의 실제생활 및 감정과 너무도 거리가 먼 것 같다면서 무산대중의 "생활을 같이 하고 같은 감정으로 움직이고 같은 분위기를 호흡한 연후에야 비로소 흙냄새, 땀냄새가 코를 찌르는 진정한 프로 작품을 생산할 수 있"으며 "그런 작품이어야만 무산대중에게 감격을 주고 아지프로의 위대한 효력을 발휘할 것"이라고 주장하고 있다.

이상과 같이 문학과 관련한 심훈의 견해를 정리해 보면 그는 현실에서 소재나 제재를 취해 대중에게 실감을 줄 만한 리얼리즘 문학을 창조하는 것을 중요한 문학의 과제로 여기면서 생생하고 실감나는 작품이야말로 무산대중에게 감화를 끼치고 선전 선동적 기능을 발휘할 수 있으며, 이를 가능하게 하는 것으로 작가의 생활적 실천을 문제시하고 있음을 알 수 있다.

이제 이 시기에 이르면 범박한 수준이기는 하지만 심훈의 문학관 속에는 리얼리즘의 문제가 중심적인 문제로 자리잡고 있음을 알 수 있다. 그가 민족주의 문학과 프로문학을 항목을 달리하여 서술하고 있기는 하지만 실제 비판 내용에서 볼 때 둘 사이의 원칙적 차별성, 즉 작품의 이념 내용의 차이를 전제한 비판이라기보다는 현상적으로 드러나는 두 문학의 차이점들에 대한 비판이며 따라서 비판의 내용도 결국 리얼리즘과 관련된 문제로 귀결되고 있다. 따라서 심훈에게 있어 당시에 창작해야 하는 문학은 프로문학이냐 부르주아문학이냐가 중요한 것이 아니었다. 문학이 현실에 대해 투쟁적이어야 하는 것은 민족주의 문학이나 프로문학이나 그에게는 동일하다. 중요한 것은 보다 "생생한 사실과 인물"을 그리고 "대중의 가슴에 실감"을 줄 수 있는 문학, 그를 통해 대중을 아지프로할 수 있는 문학이 현 단계에 요청되는 문학이고 바로 그런 문학이 리얼리즘 문학이며 이는 무엇보다도 작가의 생활적 실천이 담보될 때 가능하다는 것이다. 그런데 우리는 여기서 그의 견해가 영화에서나 문학에서 변함없이 지속되고 있음을 확인할 수 있는 동시에 몇 가지 문제점 또한 지적해 볼 수 있다. 특히 심훈의 경우 자신의 예술관을 작품 창작과정에서 그대로 유지하면서 작품 속에 관철시키고 있는 경향이 뚜렷하게 나타나고 있어 예술관 속에 드러난 한계가 작품의 한계로 그대로 이어질 수도 있기 때문에 이는 중요한 문제라 할 수 있다.

심훈은 예술의 가장 중요한 기능으로 선전 선동적(범박하게는 계몽적인 기능) 기능을 강조하였다. 그런데 그것은 리얼리즘 문학을 통해 가능하다고 한다. 이와 같을 때 리얼리즘 문학의 본령이 현실의 반영을 통한 진리충실성을 구현하는 데 있다고 할 때 반영이 단지 수동적 기능만 담당하는 것이 아니라 반영주체의 능동적 역할 역시 중요하며 그 결과 작품은 다양한 사회적 기능을 담당하게 되는 데 있다. 이때 리얼리즘 문학에서 예술의 본질적 기능이란 바로 현실의 반영을 통해 현실을 인식케 해주며 이를 통해 독자로 하여금 일정한 태도 변화, 혹은 실천까지도 가능하게 해주는 것이다. 따라서 리얼리즘 문학은 창조원리 속에서 현실과의 능동적 연관을 가질 뿐만 아니라 그것이 소통되는 과정에서 독자들과 능동적인 연관을 맺으며 이것이 보다 극대화되어 드러난 것이 사회주의 리얼리즘 문학이라고 할 수 있을 것이다. 이와 같다고 할 때 작가가 작품을 통해 일정하게 의식을 각성시키고자 하는 의도를 계몽적 차원에서 드러내는 것과 현실에서 소재를 취해 실감이 나는 작품을 쓰는 것이 원리적으로 어떻게 가능한 것인지에 대한 인식없이 리얼리즘 문제를 주장 하고 있는 심훈의 견해는 따라서 리얼리즘의 제원리의 해명 속에서 이루어진 것이라 하기 어렵다.[11]

그런데 문제는 예술의 인식 실천적 기능이 리얼리즘 문학을 통해 이루어진다고 할 때 그런 속에서 한 작가가 지닌 창작적 개성을 형성하는 것은 의식적인 요소와 무의식적인 요소로 이루어져 있다고 할 수 있다. 다시 말해 작가가 작품 속에서 드러내는 특질이란 작가가 뚜렷하게 내세우는 윤리적 확신이나 신념, 종교적 견해, 이데올로기 등 뿐만 아니라 그 작가의 직관이나 재능 등도 간접적인 방식으로 창조과정에 연관을 맺는다. 따라서 작가의 의식적인 세계관이 작품 속에서 그대로 이어지지 않고 심지어는 모순되기까지 하는 것도 바로 의식적인 것과 무의식적인 것이 각각 직접 또는 간접적으로 작품의 창작과정에 관여하기 때문인 것이다. 이렇게 볼 때 심훈이 그의 리얼리즘 문학관에서 작가의 생활적 실천을 중요시하여 이를 리얼리즘 문학의 핵심적 요소로 본 것, 다시 말해 작가의 산체험이 바탕이 될 때 실감나고 생생한 작품, 대중을 아지프로 할 수 있는 작품이 가능하다는 그의 견해는 작품의 제작과정에서 지나치게 의식적인 요소만을 강조한 결과 나온 것이다.

그런데 문제는 예술의 인식 실천적 기능이 리얼리즘 문학을 통해 이루어진다고 할 때 그 속에서 작가가 지닌 창작적 개성을 형성하는 데 기여하는 의식적인 요소인 세계관이나

11) 당시 문학이론사적 수준에서 그에게 리얼리즘 체계 속에서 이러한 예술의 기능을 설명할 것을 바라는 것은 현실적으로 무리한 요구이다.

예술관 등은 창작과정 속에서 작품에 직접적으로 드러나기보다는 그가 지닌 다른 무의식적인 요소들—개인사적 배경, 당대 문학적 관습 등—과 변증법적인 상호작용을 통해 이면에 스며드는 것이다. 따라서 리얼리즘 문학을 창작할 것을 주장하면서 작가의 생활적 실천을 중요시하는 심훈의 견해는 작품창작에서 지나치게 의식적인 요소만을 강조한 결과 나온 것이다. 작가의 실천은 생활적 실천뿐만 아니라 예술적 실천 역시 생활적 실천의 일부를 이루는 것이며 이는 또한 리얼리즘 문학일 때 생활적 실천의 의의가 큰 것이다. 이렇게 볼 때 결국 심훈은 리얼리즘 문학의 창작을 체험의 형상화, 이를 통한 실감나는 묘사 등의 수준에서 소부르주아 작가의 한계를 극복하는 방안으로 제시하였으며 이는 궁극적으로 작가의 생활적 실천에 의해 가능하다고 이해했음을 알 수 있다.

특히 생활적 실천과 관련하여 중요한 것은 생활적 실천이 소부르주아 작가의 부르주아적 한계를 극복하게 해주는 동시에 리얼리즘 문학의 창작을 가능케 하는 것이라고 한 심훈의 주장은 필연적으로 작품창작에서 의식적인 요소—세계관, 이데올로기, 사회적 의식 등—를 창작의 중심적 요소로 삼을 수밖에 없음을 말해주는 것이다. 따라서 심훈의 생활적 실천론을 중심으로 한 리얼리즘관은 작품 속에서 예술의 선전선동적 기능—더 낮게는 계몽적 수준에서—이 중심적 기능임을 인식한 그의 예술관과 필연적으로 이어지는 것이라 할 수 있을 것이다. 작가의 의식적인 세계관을 작품 속에 표현하는 것을 예술의 본질적 기능으로 이해하는 것으로 필연적으로 나아가기 때문이다.[12)]

이상을 통해 볼 때 심훈의 문학 예술관은 한마디로 말해 예술의 선전 선동적 기능을 중심적 기능으로 파악하여 계몽적 문학을 창작하는 것을 중시하는 데로 나아갔다고 할 수 있다. 이는 당시 시대적 조건이 예술의 사회적 역할을 중시하는 풍토였음을 생각해 볼 때 사회적 조건에 의해 규정된 것이기도 했다. 다른 한편으로는 예술이 계몽적 역할을 수행하면서도 예술이 되기 위해 리얼리즘을 중요시했으며, 리얼리즘을 다분히 실감을 통한 흥미 유발을 가능케하는 창작원리 혹은 대중이 쉽게 이해할 수 있는 창작 원리의 수준에서 이해하고 있었다고 할 수 있다.

12) 이 점과 관련하여 심훈이 작품을 명확하게 작가 자신의 세계관을 표현하는 그릇의 수준으로 이해한 것은 아니지만 작품을 일정하게 작가가 말하려는 바를 표현하여 대중을 계몽 교화하는 수단으로 이해한 도구적 효용론적 문학관에 서 있었다고 할 수 있기 때문에 이 같은 평가를 면하기 어렵다.

『직녀성』(1934)과 『상록수』(1935)

심훈은 영화제작이 현실적으로 불가능해지자 소설창작에 매달리게 된다. 따라서 1930년대에 접어들면서 일련의 장편소설들을 발표하였는데 『동방의 애인』(1930), 『불사조』(1930), 『영원의 미소』(1933), 『직녀성』(1934), 『상록수』(1935) 등이 그것이다. 그가 영화에서 소설로 관심이 옮겨간 것은 현실적 제약이 작용하기도 했지만 그의 전 작품이 신문에 연재되었다는 데서도 알 수 있듯이 신문연재 장편소설이 영화가 지닌 대중성과 파급력을 어느 정도 가능케 해줄 수 있는 장르라는 점과도 연관성을 지닌다고 할 수 있을 것이다.[13] 뿐만 아니라 그는 자신의 작품 창작 속에서 일관되게 자신의 예술관을 관철시키려고 하고 있어 장편소설 속에서도 그의 예술관의 지속을 읽을 수 있다. 그러나 초창기 세 작품의 경우 통속적 주제와 리얼리즘적 성취가 작품 속에서 상호 모순되어 작품이 통속소설의 수준에 떨어지고 말았다면 『직녀성』에 이르면 그러한 통속적 소재들이 앞의 소설들과는 달리 편의적으로 선택되던 것이 지양되면서 리얼리즘적 성취면에서도 일정하게 성과를 거두고 있다. 한걸음 더 나아가 『상록수』에 이르면 사회적인 문제가 중심적인 내용을 이루면서 심훈의 소설 중 가장 진보적인 세계관을 담고 있을 뿐만 아니라 문학사적으로도 중요하게 평가할 만한 성과를 거두게 된다.

이제 보다 구체적인 분석을 통해 심훈이 문학작품을 통해 이룩한 성과를 살펴보도록 하자.

먼저 『직녀성』의 경우 기존의 연구에서 별로 주목받지 못했던 작품이라고 할 수 있다. 『상록수』를 제외한 나머지 작품들을 모두 동일하게 취급하여 『직녀성』 또한 통속성이 강한 작품으로 치부해버리는 경향이 있었다. 그러나 실제로 작품을 꼼꼼하게 분석해 보면 우선 소재적으로도 통속적이라고 보기 어려울 뿐만 아니라 리얼리즘 문학으로서 일정하게 성과를 거두고 있다.

작가는 『직녀성』을 통해 한 봉건 귀족 집안의 몰락 과정을 그리면서 봉건적 모순을 타파할 것을 주장하고 있다. 그는 이를 위해 세 명의 여인을 중심으로 이들의 관계 속에서 인간의 삶이 어떻게 변화하고 발전하는가를 구체적으로 제시한다. 물론 이 작품에서 주인공은

13) 물론 당시까지만 해도 장편소설이 신문에 연재되지 않고 막바로 단행본으로 출판되기는 현실적으로 어려운 실정이었다.

인숙이다. 인숙이는 전형적으로 봉건적 교육을 받은 양반가문의 딸로서 봉건귀족의 집으로 시집을 가 전근대적 가족제도의 질곡에 희생되는 인간으로 그려진다. 따라서 이 작품은 한 인간의 삶의 여정이 중심적 플롯을 이룬다. 그런데 이 같은 해석은 작품을 주인공 인숙에만 초점을 두었기 때문에 가능한 것이다. 그러나 이 작품은 단지 주인공의 삶의 여정만을 쫓아갈 경우 작품의 진정한 의미와 성과를 읽어내기 어려워진다. 인숙의 삶이 작품의 처음과 끝을 잇는 중심 축이기는 하지만 작가는 이를 통해 주인공과 다양한 인간들의 삶과의 연관 속에서 당대인의 삶을 보여주려고 하기 때문이다. 다시 말해 한 여인의 삶을 중심으로 엮어지는 다양한 인간상들의 삶을 통해 당시까지 강력하게 잔존해 있던 봉건적 제관계를 타파하고 근대적인 각성을 바탕으로 한 새로운 삶을 제시하려 하고 있기 때문이다. 따라서 이 작품에서 주된 갈등은 봉건적인 요소와 근대적인 요소간의 갈등, 다시 말해 낡은 것과 새로운 것 간의 갈등으로 드러나며 갈등의 구체적 내용은 계급적 대립의 성격보다는 가정 내적인 모순의 형태로 제시된다.

작가는 인숙이라는 여자를 주인공으로 설정하여 그녀를 불행으로 이끌어 가는 제반 봉건적 요소—남편의 방탕함, 조혼의 폐습, 봉건적 대가족 제도의 굴레 등—가 결국은 타파되어야 할 것임을 그리고 있다. 그러나 작가는 단지 한 개인의 불행한 삶만을 제시함으로써 우회적으로 제반 봉건적 요소가 타파되어야 할 것임을 보이고 있지 않다. 이보다는 인숙과 대비되는 다른 두 여성인물의 설정을 통해 인숙의 삶과 대조시킴으로써 인숙의 삶이 결국 어떠한 방향으로 나아가야 할 것인가를 제시해 보인다. 여기서 새롭게 설정된 인물이 복순과 봉희이다.

복순은 종의 딸이다. 그녀 역시 사회적 제도의 희생양이었다. 그러나 복순은 그러한 불행 속에서도 자신의 운명을 스스로 개척하여 자신의 삶을 주체적으로 살아갈 뿐만 아니라 사회주의 운동에도 헌신적인 자세로 가담한 인물이다. 작가는 모든 면—외모, 신분, 가정상황, 현실적 조건—에서 인숙과는 대조되는 인물을 내세움으로써 대조적인 두 여성의 삶을 대비시킨다. 이를 통해 작가는 겉보기에 풍족하고 편안해 보이는 인숙의 삶이 실제로는 비주체적이고 억압적인 삶이며 이는 반드시 청산되어야 함을 복순의 삶과 대조 속에서 뚜렷하게 부각시킨 것이다.

한편 인숙의 삶은 자신과 동일한 신분적 처지에 있는 시누이 봉희의 삶과도 대비된다. 인숙은 자신의 인생을 스스로 개척하는 인물이 아니라 봉건적 윤리에 젖어 부모에게 무조건적으로 복종하는 삶을 사는 인물이다. 반면에 봉희는 봉건 대귀족의 딸이기는 하지만 근대적 교육의 혜택을 받았을 뿐만 아니라 인숙에 비해 상대적으로 주체적인 의식을 지닌 인물이다. 따라서 인숙과 비슷한 계급적 처지에 있는 인물이지만 봉희는 결국 고학생인 세철과 만나 그와 결혼을 결행함으로써 자신의 존재기반을 박차고 나와 새로운 삶을 살게 된다. 따라서 이미 시대가 근대적인 사회로 이행하고 있는데도 기득권을 유지하기에 급급한 윤자작 집안의 며느리로서 인숙의 삶은 필연적으로 그 집안의 몰락과 더불어 불행한 처지로 떨어질 수밖에 없는 것이다. 이처럼 작가는 인숙—복순, 인숙—봉희의 삶을 대조시킴으로써 봉건적 삶을 그대로 유지하는 인숙의 삶이 비극적으로 이끌려 갈 수밖에 없음을 뚜렷하게 제시한다. 아울러 이 세 사람의 각기 다른 삶의 방식을 제시함으로써 당시 존재 가능한 세 가지 종류의 여성의 삶을 그렸다고 할 수 있을 것이다.

그런데 여기서 인숙과 주변인물들의 관계들이 전형성을 띠게 되는 것은 그들의 삶이 예외적 개인의 특별한 삶으로서 그려지지 않고 당대 사회의 인간 군상들의 삶을 축도적으로 보여주기 때문이다. 윤자작네 집안의 부와 권력은 단지 기득권의 유지 차원에서만 이루어진 것은 아니다. 직접적으로 드러내고 있지는 않지만 자작이라는 귀족의 칭호에서 알 수 있듯이 일정하게 일제와의 결탁이 이루어진 속에서 가능한 것이었으며 이는 당시 봉권 대귀족들이 걷는 일반적인 길이기도 했다. 그러나 윤자작집 사람들은 철저하게 봉건적 세계관에 얽매여 시대가 변화했음에도 불구하고 여전히 옛날과 다름없는 생활을 유지하고 있다. 이 점은 인숙의 친정집도 마찬가지다. 합방을 전후하여 낙향한 채 세상과 인연을 끊고 사는 이한림의 집안 역시 시대적 흐름에 역행하는 것일 수밖에 없다. 따라서 자식들의 현실적 무능력과 방탕함은 이미 그들의 존재방식 속에서 필연적인 것일 수밖에 없는 것이다. 작가는 이 작품을 통해 인숙의 친정집과 시집으로 대표되는 두 봉건 가문의 몰락을 그림으로써 비록 외양적으로 드러나는 삶의 방식이 다르다 할지라도 근대로의 이행과정에서 시대에 적절하게 부응하여 변화하지 못한 기득권층의 필연적인 몰락을 보여주고자 한 것이다. 따라서 이 속에서 한 개인의 운명 역시 시대적 흐름과 궤를 같이 하는 것일 수밖에 없는 것이다. 따라서 인숙의 비극적 삶은 봉건적 삶을 사는 여성의 시대적 전형일 수 있다. 결국 이 작품은 한 개인의 개인사를 통해 봉건계급이 몰락하고 부르주아 계급이 상승하던 시대의 전형적인 삶의 반영인 것이다. 여기서 인숙이 전형으로서 전형화되는 방식은 개별적인 인간의 비극적 삶이 새로운 것과 낡은 것의 대결에서 낡은 것의 필연적 몰락으로 일반화되어 드러나기 때문이다. 봉건적인 제반 관계와 요소는 한 개인에게 불행을 가져오는 것일 뿐만 아니라 필연적으로 소멸할 수밖에 없는 것이다. 따라서 그러한 몰락의 길을 걷지 않으려면 근대적 자각에 따른 새로운 삶을 모색할 수밖에 없다. 이에 따라 봉희는 행복한 삶을 찾을 수 있었고 인숙 역시 자신을 얽어매던 제반 봉건적 관계를 모두 끊음으로써 자신의 주체적인 삶을 꾸릴 수 있게 된다. 결국 봉건귀족의 운명과 통일적으로 그려진 인숙의 인물 형상화는 『직녀성』에서 전형성을 지닌 인물로 그려지게 된 것이다.

한편 이미 앞에서도 지적했듯이 인숙의 삶이 다른 두 여성의 삶과 대조 속에서 형상화되고 있는데 이때 대조의 원리 속에서 인물들이 살아있는 인물로서 작품의 풍부함을 보여주고 있어 흥미롭다. 이 작품에서 개별적인 인물들은 그 자체로서 충분히 개성적으로 그려지고 있다. 성격적으로도 인간이 지닌 양면성과 모순성이 한 인물의 개성으로서 통일적으로 그려지고 있어 인물이 전형으로서 살아있는 인물이 되도록 만든다. 여기서 인물들이 살아있는 인물로 생생하게 형상화될 수 있게 만드는 힘은 바로 인물과 인물들 간의 상호관계성인 바 작가는 인물과 인물들 간의 관계에 상호 영향을 주면서 발전해가는 관계로 그리고 있다. 신분적, 경제적으로 우위에 있는 인숙은 복순을 우습게 생각하기도 하지만 다른 한편으로는 부러워도 한다. 그러면서 점차 복순의 삶과 자신의 삶을 대비하면서 어떠한 삶이 진정한 삶인가를 자각해 나간다. 이것도 많은 우여곡절과 시련을 거치면서 어렵게 획득해 나가는 것으로 그려진다. 그만큼 봉건적 인습에 젖어 있는 인숙의 의식이 근대적 자각에 이르는 것이 지난한 것임을 보여주고 있는 것이다. 반면에 복순의 경우 자신이 객관적으로는 어려운 처지에 있지만 자신의 삶이 인숙의 삶보다 훨씬 나은 삶이라고 자부한다. 그러나 다른 한편으로는 인숙을 내심 부러워하기도 한다. 이처럼 상호 모순적인 감정 속에서 서로 여성으로서의 동일한 처지와 심정을 이해하고 영향을 주고 받으면서 인숙은 서서히 복순에 의해 자각해 나가는 것이다. 따라서 작품 속에서는 끊임없이 인물의 감정과 생각이 모순과 변화를 거듭한다. 그러나 그 속에서 인물의 풍부함이 갖춰지고 세부는 세부대로 살아있으면서 인물의 전형화에 기여하는 것이다.

하지만 작품 속에서 모든 인물이 살아있는 전형으로 형상화되지는 못했다. 특히 작가가 긍정적 시각으로 그리려고 하는 세철의 경우 사회주의적 지향성을 지닌 사상운동을 하는 지식인 청년으로 설정하고 봉희로 하여금 자신의 존재기반을 박차고 나오게 만든 인물이다. 그러나 세철의 형상화는 여성 인물들의 삶의 방향에 커다란 영향을 주는 인물임에도 불구하고 그 자체로서 개성적으로 충분히 살아있는 인물이 되지 못하고 있다. 따라서 세철이 결혼과 더불어 생활인으로 돌아가 봉희와 더불어 평범한 삶을 꾸리게 되는 과정이 설득력 있게 제시되지 못한다. 자신의 신념을 쉽사리 단념하고 그 속에서 별로 크게 갈등하지 않는 죽은 인물로 그려지고 있는 것이다. 따라서 결국 작품 말미에 모두 함께 어떤 어촌마을에 가서 공동체적인 이상적 삶을 추구하는 것으로 그려지고 이 과정에서 세철이 보여준 자신의 소시민적 삶에 대한 회의 역시 추상적으로 드러나고 있다. 왜냐하면 인숙, 복순, 봉희, 세철이 궁극적으로 지향한 공동체적인 사회는 비현실적인 것일 뿐만 아니라 그 이전에 복순과 세철이 신념을 갖고 가담했던 사상운동의 필연적 귀결도 아니기 때문이다. 실제로 그들의 삶은 당시 있었던 사상운동과는 아무런 관련이 없는 것이다. 아울러 그러한 추상적 이상주의적 삶에 대한 지향은 시대적 과제에 대해 아무런 구체적 대안이 될 수는 없는 것이다. 이는 단지 작가의 유토피아적인 지향 속에서 나온 것이며 작가의 계몽주의적 작품 창작 경향과도 연관을 지닌 것이다. 원래 계몽이란 보편적 현실로서 그려지는 것이 존재의 세계가 아니라 있어야 할 당위의 세계이기 때문에 작가의 세계 인식의 직접적 표출이라고 할 수밖에 없는 이 작품에서의 비현실적인 무리한 결말은 작품의 리얼리즘적 성취를 방해하고 만다. 이는 궁극적으로는 작가의식의 한계로 비록 심훈이 사회주의자들과 친분관계에 있기는 했지만 근본적으로는 민족주의자였고 뿐만 아니라 시대의 문제를 과학적으로 분석하고 인식하는 데 일정하게 한계를 지니고 있었음을 말해준다고 할 수 있다.

아울러 이런 작가의식의 한계는 이 작품에서 봉건적인 갈등을 끝내 계급적 원칙 속에서 보지 못하게 만들고 만다. 따라서 봉건적인 제반 요소는 윤리적이고 인습적인 차원에서 다루어질 뿐 그것이 지닌 계급적 본질이 무엇인가에까지는 도달하지 못하고 있는 것이다. 이 같은 심훈의 한계는 『상록수』에도 그대로 이어져 현상적인 문제 속에 은폐되어 있는 계급적인 대립을 끝내 읽어내지 못하고 있다.

이상과 같이 볼 때 『직녀성』은 작가가 현실의 논리에 따라 인물과 인물의 다양한 관계 속에서 인물이 전형성을 획득하고 있음에도 불구하고 작가의 세계관, 이데올로기를 작품 속에서 무리하게 관철시키려 함으로써 결말에 이르면 작품의 내적 통일성이 깨지면서 추상적 낙관주의에 빠지고 말았다고 할 수 있다. 이 같은 문제점은 『상록수』에 이르면 일정하게 극복되고 있는데 『상록수』는 이런 측면에서 볼 때 내용상 별개의 작품이기는 하지만 『직녀성』이 지닌 한계의 극복인 동시에 심훈이 지닌 창작적 개성—계몽주의적 결말—의 계승이기도 한 작품이다.

이제 『상록수』에 이르면 작가의 관심은 적극적으로 사회적인 문제로 돌려진다. 『상록수』는 잘 알려져 있듯이 브나로드 운동의 일환으로 동아일보에서 장편소설을 현상공모 했을 때 당선된 작품이다. 그가 이 작품을 쓸 무렵 실제로 농촌에 기거하면서 농민들의 삶과 농촌의 문제점들을 직접적으로 보고 들을 수 있었기 때문에 이 작품에서 드러난 농촌문제나 농민운동의 양상은 심훈의 농촌문제에 대한 문제의식을 단적으로 잘 보여준다. 이 작품 역시 심훈의 창작적 특질이라 할 수 있는 계몽적 내용을 지니고 있는 작품이기는 하지만 주인공이라 할 수 있는 채영신과 박동혁을 통해 지식인이 주도하는 농민운동의 두 가지 양상을 제시하면서 이를 통해 당면한 농민문제의 올바른 해결을 모색하고 있어 의의를 지닌다.

『상록수』는 우선 지식인들의 시혜의식과 시대의 유행처럼 일어난 그릇된 농민운동을 비판하는 데서 출발하고 있다. 명망성을 추구하는 데서 나온 입으로만 하는 백현경식의 시혜적이고 허식적인 농민운동은 박동혁에 의해 신랄하게 비판되고 채영신과의 만남은 이 같은 시혜적 명망가적 공명심에서 우러나온 농민운동의 극복을 지향하는 가운데 이루어진다. 그런데 이 작품에서 보면 외면적으로 박동혁과 채영신이 의기투합하여 각각 한곡리와 청석골에서 농민운동을 벌여나간 것으로 보이지만 그들이 실제로 진행한 운동방식이나 성격은 서로 다른 것이라 할 수 있다. 따라서 채영신과 박동혁이 각각 벌인 농민운동은 당시 존재한 두 가지 형태의 농민운동의 양상을 제시해 보인 것이라 할 수 있으며 여기서 작가는 어느것이 올바른 농민운동의 길인가를 제시하고자 했음을 알 수 있다.

박동혁의 경우 마을 청년을 중심으로 정신통일을 강조하며 의식의 개혁을 주된 목표로 삼는 반면에 채영신은 기독교 청년 연합회 농촌사업부의 특파원 격으로 청석골로 내려가 종교와 결합된 농민운동을 전개한다. 따라서 박동혁의 농민운동이 철저하게 농민적 삶을 바탕으로 하는 공동체적 운동에 가깝다면 채영신의 운동방식은 농촌에서 농민과 함께 살기는 하지만 실제적인 측면에서는 농민의 삶과 일정하게 분리되어 있는 셈이다. 그 결과 이 두 사람이 주도하는 농민운동은 각기 다르게 전개될 수밖에 없는 것이다. 이때 작가의 농민운동관을 대변하는 인물은 박동혁이라 할 수 있다. 왜냐하면 심훈은 이 작품에서 채영신이 종교를 등에 업고 농민운동을 헌신적으로 벌인 점에 대해서는 일정하게 긍정적인 시각으로 보고 있기는 하지만 다른 한편으로는 비판적 거리를 취하고 있기 때문이다. 영신이 주로 전개한 문자보급운동이 결코 농민문제를 근본적으로 해결할 대안이 될 수 없음은 명백한 일이다. 작가 또한 이 점을 놓치지 않고 있다. 그러나 작가는 동시에 영신이 자신을 죽음으로까지 몰고 가면서 한글강습소를 짓는 데 매달리게 만든 주요한 원인이 단순히 농민운동에 대한 헌신성에만 있는 것이 아니라 겉으로 드러나는 운동의 성과에 지나치게 집착하고 동혁에게 경쟁의식을 지닌 채영신의 허영심의 발로이기도 한 점을 지적하고 있기 때문이다. 이를 통해 작가는 농민들의 삶과 괴리된 지식인 농민운동의 한계를 제시하면서 박동혁에 의해 이러한 한계가 극복되는 것으로 제시하고자 하였다. 다만 작가가 영신의 운동 방식에 있어서 긍정적으로 평가하는 것은 영신의 농민운동이 백현경과는 달리 실천성을 확보하고 있다는 점에 있다. 따라서 박동혁에 의해 제시된 농민운동은 작가의식의 최대치와 한계를 보여주는 것이다.

박동혁은 마을에 청년회를 조직하여 청년들을 중심으로 일을 꾸려간다. 박동혁이 백현경을 비판한 데서 알 수 있듯이 그는 농촌문제 해결에 있어 무엇보다도 실천적인 운동과 결합되지 않은 운동을 거부하는 데서 출발하고 있다. 그리고 바로 이 점에서 백현경의 후원을 입은 채영신과 박동혁이 의기투합할 수 있었다. 그러나 현장에서 실천하는 농민운동의 방향이 애초에는 정신적인 것을 강조하는 데서 출발한 것이었다. 따라서 박동혁은 농촌문제의 근본은 정신의 통일이라면서 정신이 모든 행동의 원동력임을 강조하고 민중에게 “희망의 정신과 용기를 길러주기 위해서 노력하는 것이” 계몽대원의 사명이라고 주장한다. 다시 말해 농민운동이 바로 의식개혁운동에서 비롯되는 것이라고 보았던 것이다. 그리고 이를 구체적으로 실천한 것이 마을 청년을 중심으로 한 농우회의 조직이었고 공동경작의 논을 얻어 농우회관을 지을 기금을 마련하고 이를 그들 스스로의 힘으로 건립한 것이었다. 그리고 농민들의 정신적 통일을 위해 아침마다 모여 체조를 하고 금주·금연운동을 하는 것이다. 그런데 이 같은 운동방식은 곧 한계에 부딪히고 만다. 왜냐하면 금주·금연운동, 정신통일, 마을회관의 건립으로 농민문제가 근본적으로 해결될 수 없기 때문이다. 따라서 작가는 박동혁의 생각이 구체적인 실천운동을 벌여나가는 속에서 현실과 부딪히면서 바뀌게 됨을 보여준다. 이런 가운데 작가는 올바른 농민운동의 방향을 설득력있게 제기해 보이고자 한 것이다. 따라서 동혁이 애초에 지녔던 농민운동의 방향이 현실에 의해 좌절되면서 일정하게 노선을 수정하게 되는 과정은 매우 설득력있게 제시된다.

그런데 이는 다른 한편으로 작가의식의 한계 또한 명백하게 보여주고 있다. 여기서 박동혁이 주도하는 한곡리에서의 농민운동이 좌절하게 되는 근본 원인은 지주 강기천의 훼방과 일제에 의해서다. 아무리 정신통일을 주장한다고 해도 극도의 경제적 궁핍을 겪고 있는 농민에게 현실적으로 당면한 궁핍의 문제를 해결하지 않는 한, 그리고 궁핍을 가져온 근본 원인을 치유하지 않는 한 갈등은 그대로 존재하는 것이다. 이 작품에서 농우회가 깨어지고 가장 절친한 동지가 농우회를 배반한 것 역시 경제적인 데 원인이 있었고 이를 교활하게 활용한 인물이 바로 지주 강기천이다. 아울러 박동혁이 억울하게 옥살이를 하게 되는 과정에서 바로 일제와 지주가 결탁해 있음을 보여준다. 따라서 심훈은 박동혁이 경제적인 궁핍을 해결하는 것을 최우선적 과제로 삼는 것으로 노선을 수정케 한다.

이후 박동혁은 농민이 진 부채를 갚아나가는 데 전력투구하게 된다. 그런데 이같은 문제의식과 해결방향은 이미 『직녀성』에서 그 단초가 보였듯이 문제의 본질을 파악하지 못한 근시안적인 것이다. 당시 농민들의 경제적 궁핍상을 해결하는 것은 지주과 소작관계라는 계급적 대립과 이를 온존 강화시키는 일제의 식민지 지배정책과 뗄 수 없는 관계에 놓인 문제이다. 그런데 『상록수』에서는 비록 동혁이 지주에 대해 적대의식을 지니고 있기는 하지만 계급적 대립의식으로까지는 확대되지 못하였다. 아울러 농민운동이 현실적으로 좌절할 수밖에 없었던 근본 원인인 지주 소작관계의 계급적 대립이 지양되지 않는 한 그것이 근본적으로 해결될 수 없는 문제라는 점을 간과하고 말았다. 이는 문제의 근본원인을 계급적인 시각에서 보지 못한 데서 나온 필연적 귀결이며 결국 박동혁에 의해 주도되는 농민운동이 계몽운동의 테두리에서 벗어나지 못하는 한계가 명백히 될 수밖에 없게 된다. 헌신적인 농민운동 지도자가 처음에는 정신통일을, 나중에는 농민의 경제적 자립을 위해 일하는 것은 지식인이 주도하는 농민운동의 한 방법일 수는 있지만 그를 통해 농촌문제의 본질을 제시해 보일 수는 없다. 따라서 이 작품에서 농민운동이 운동의 주체세력과 반동세력 간의 심각한 대립을 중심으로 그려지기보다는 그 자체로서 운동의 전개과정이 그려진다. 아울러 작품은 운동하는 주체의 건강성과 현실적 의의가 드러나기는 하지만 농촌문제가 시대의 본질적인 모순으로 심각하게 제시되고 있다고는 보기 어려운 것이다. 따라서 작품을 통해 궁극적으로 드러나는 것은 농촌문제의 구체적 실상이라기보다는 지식인이 주도하는 농민운동의 구체적 방법인 것이다.

이는 그가 농민운동을 구체적으로 형상화하는 속에서도 드러난다. 이 작품에서 사건은 주로 농민운동을 전개해 가는 주체세력에 초점이 맞춰지면서 그들이 구체적으로 해나가는 농촌사업을 중심적인 서사의 대상으로 삼고 있다. 따라서 문제는 농민문제 해결에서 본질적인 것이며 필연적으로 부딪힐 수밖에 없는 지주와의 갈등이나 지주와의 갈등 형식을 빈 일제와의 대립 갈등이 묘사가 주는 핍진성과 극적인 효과를 발휘하는 속에서 형상화되지 못하고 있다는 것이다. 다시 말해 작가는 작품에서 갈등의 중심이 되는 지주와의 대결을 서사의 주된 대상으로서 구체적인 형상화를 못하고 마는 것이다. 이는 심훈이 농촌문제의 본질을 계급적 대립에서 파악하지 못한 결과 비롯된 것이며, 따라서 작품 속에서 지주와의 대결은 그 대결 자체가 심각한 성격을 띠는 것으로 드러나기보다는 일과적인 하나의 사건에 불과한 것으로 그려지고 만다. 이는 작가가 단지 사건의 요약적 서술을 통해서만 설명하고 말기 때문이기도 한데 사건이 사건의 전개과정에 따라 극적으로 제시되지 않은 채 서술자의 개입에 의해 간단한 요약적 제시로 처리되면서 이 작품은 결국 지주와의 심각한 대립이라는 사건의 본질은 은폐되는 것이다. 따라서 이 작품은 채영신과 박동혁이 농촌에서 농민을 위해 얼마나 헌신적으로 일했는가를 형상화한 데 그치고 말았다고도 할 수 있다.

이상과 같은 농민운동에 대한 심훈의 형상화는 곧 작품의 리얼리즘적 성취에서도 한계로 작용하게 된다. 물론 작품 속에서 농민운동의 노선이 구체적 현실과 부딪히는 가운데 수정이 이루어지고 나름의 설득력을 지니고 있는 것은 사실이지만 문제는 그것이 얼마나 시대의 본질적인 문제를 반영하고 있는가하는 측면에서 볼 때 『상록수』가 당시 농촌운동의 전형적인 반영으로서 작품 속에 형상화되었다고 보기는 어렵기 때문이다. 뿐만 아니라 작품 속에서 박동혁과 채영신은 전형으로 살아 있다고 하기 보다는 다분히 추상성을 띠고 있다고 할 수 있다. 특히 박동혁의 경우 더욱 그러한데 박동혁의 인물형상화 원리는 살아있는 개성적 인물의 형상화라고 하기보다는 사회주의 리얼리즘에 있어 긍정적 인물에 가깝다. 물론 그가 사회주의적 의식을 지닌 인물은 아니지만 현실에서 지치지 않고 끊임없이 맞서 싸워나가는 인물로만 그려진 것은 오히려 작품 속에서 인물을 살아있게 하기보다는 죽은 인물에 가깝게 하고 있다. 작가의식의 철저한 대변자이기는 하지만 지칠 줄 모르고 좌절하지 않으면서 끝까지 자기가 세운 목표를 향해 나가는 박동혁의 모습은 개인적 허영심과 헌신성 속에서 갈등하기도 하는 채영신에 비해 죽어 있는 것이다. 모순적인 감정과 성격의 통일로서 인물이 내적·외적으로 상호 충돌하는 가운데 인물이 전형으로서 살아있을 수 있게 된다고 할 때 박동혁은 당대 현실을 충실하게 반영하고 있는 시대적 전형이라고 하기도 어려운 것이다.

이는 또한 농촌문제를 추상적이고 낙관적으로 이끌고 가는 이 작품의 귀결과도 관련을 지닌다. 이 작품은 이미 앞에서도 지적했듯이 지주와의 대결보다는 지식인의 농민운동 자체가 중심적인 서술의 대상이 되고 있다. 그런데 문제는 이것이 문제의 본질을 정확하게 인식하지 못한 결과 비롯된 것이며 이 같은 문제에 대한 추상적 인식은 필연적으로 박동혁이 농민의 부채를 탕감하고 갚는 과정이나 채영신의 죽음 이후에 각오를 다지는 데 있어서도 다분히 안이하게 처리되는 결과를 초래하고 만다. 작가는 박동혁에 의해 계속적으로 농민운동이 새롭게 전개될 수 있을 것이라는 낙관적 전망을 보이기는 하지만 이것이 구체적인 현실에 대한 인식에서 비롯된 것이 아니기 때문에 작품에서 보인 낙관성은 결국 추상적 수준의 것이 될 수밖에 없는 것이다.

이상에서 살펴본 바에 따르면 『상록수』는 작가의 사회적 실천에 대한 관심 속에서 농민운동의 문제를 본격적으로 다룬 작품이라 할 수 있다.

그러나 작가가 끝내 계몽주의적 관점에서 벗어나지 못함으로써 농민의 문제를 농민적 시각에서 다루지 않고 지식인이 주도하는 농민운동의 관점에서 다룰 수밖에 없게 되고 이는 필연적으로 문제가 지닌 본질적인 부분을 작품 속에서 형상화하는 데 실패하게 만들었다고 할 수 있다. 아울러 『직녀성』에서 보여준 인물의 전형적인 형상화의 수준에까지 인물의 형상화도 이르지 못하였는데 이는 오히려 『상록수』의 전개과정이 처음부터 끝까지 철저하게 작가의식이 그대로 관철되면서 현실의 올바른 반영이 저해되었기 때문이라고 할 수 있을 것이다.

맺음말

위에서 살펴본 바에 따르면 『직녀성』과 『상록수』는 작가의 예술관 계몽주의적 예술관—의 발로인 동시에 창작적 개성을 보여준 대표작이라 할 수 있을 것이다. 문학 혹은 예술이 대중을 계몽하고 교화하는 데 일정한 역할을 담당해야 한다고 믿었던 심훈은 현실의 원리에 충실하기 보다는 오히려 그러한 계몽적 예술관으로 말미암아 진정한 의미의 리얼리즘 작품의 창작으로 나아가지 못하고 말았다. 따라서 이 두 작품은 모두 작가가 지닌 계몽주의적 세계관을 그대로 보여주고 있으며 현실에 대한 낙관론적 추상적 인식이 작품의 귀결에 그대로 이어져 작품이 추상적 낙관주의에 머무르도록 만들고 말았다고 할 수 있을 것이다. 그러나 심훈의 장편소설은 1930년대 민족문학사에서 민족주의 문학 계열의 작품으로서 일정하게 진보적 의미를 담고 있어 새롭게 평가될 필요가 있다. 이는 동시에 그가 리얼리즘 문학 창작에의 노력과 민족주의 사상의 작품 내적 구현을 통해 이룬 결과라 할 때 1930년대 민족문학사에 대한 새로운 조망 속에서 심훈의 문학은 재평가될 필요가 있는 것이다.

심훈의 『직녀성』織女星 고考
– 그 드라마적 특성을 중심으로

송지현

머리말

소설은 서사체의 여러 양식 중 가장 발전된 장르라고 할 수 있다. 하지만 소설이라는 명칭은 그것이 생겨난 이래로 각 시대에 알맞는 특성 속에서 끊임없이 혼합, 변모된 의미를 띠어 왔다. 고정된 본질을 갖지 않고 혼합된 종류의 유동적 영역인 '불완전한 복합체'[1]의 성격이 강한 것이다. 그래서 소설이 때로는 '허구적 산문'[2] 전체를 지칭하기도 하고 '역사적 서사'와 허구적 서사'의 결합물[3]을 의미하기도 하며, 있는 것과 있어야 할 것을 '작품 외적 화자의 개입에 의한 자아와 세계의 대결'[4]로 그려 보인 장르를 의미하기도 한다. 소설을 어떻게 정의하든지 간에 소설은 그 고정된 명칭에 비해 매우 유동적이고 혼합적인 특성을 지니며 끊임없이 변모하는 것이 사실이다. 또 상대적으로 동시대의 다른 장르의 영향을 받아 자신의 정체성을 획득하기까지 한다. 리얼리즘에 있어서 영화가 소설을 능가할 때 소설은 오히려 환상적인 경향을 띠게 되는 반면, 영화가 환상적인 것을 떠맡을 때는 소설이 오히려 사실적인 보고와 범죄 전기적 성격으로 치우친다고 볼 수 있다. 그래서 '(사실주의적인)소설의 죽음'[5]이 이야기되는 이 시대에도 여전히 '소설이란 무엇인가' 하는 물음은 우리 곁을 서성거리고 있다.

---

1) Wallace Martin, 『Recent Theories of Narrative』, 김문현 譯, 『소설이론의 역사』, 현대소설사, 1992, 50쪽.

2) Northrop Frye, 『Anatomy of Criticism』, 임철규 譯, 『비평의 해부』, 한길사, 1982: 그는 허구적인 산문이 노블, 로망스, 해부, 고백의 4가지 '일차적인 유형이 결합한 것으로 보았다.

3) Robert Scholes and Robert Kellogg, 『The Nature of Narrative』, New York : Oxford Univ. Press, 1966.

4) 조동일, 『한국소설의 이론』, 지식산업사, 1988, 99~104쪽.

5) John Barth, "The Literature of Exhaustion", 김성곤 편, 『소설의 죽음과 포스트모더니즘』, 도서출판 글, 1992.

소설을 일단 '불완전한 복합체'라고 본다면 우리 문학사에 있어서도 같은 명칭으로 불리는 소설들이 서로 다른 특성을 지닐 수 있음을 생각해 볼 수 있다. 예를 들면 작가와 독자의 상상력과 감상력에 지대한 영향을 미친, TV나 VTR 등의 영상매체의 출현과 보급, 그리고 영화기술의 발달 등이 소설에 영향을 미치기 전과 후의 차이를 소설연구에도 적용시켜 볼 필요가 있는 것이다. 당대의 작품을 분석. 평가할 때 작품을 그 시대의 것으로 최대한 원형 복원하는 것이 해석의 한 방식이 되기도 하지만, 당대 작품의 새로운 의미를 추적 해내기 위해 현재적 시각을 적용함으로써 새로운 해석을 가할 수도 있기 때문이다.

우리 근대문학사는 거의 시와 소설의 창작에 몰두해 왔다. 드물게도 채만식과 심훈같은 작가가 그 외의 장르에까지 동시적인 관심을 두었는데. 전자는 소설과 희곡에 그리고 후자는 시, 소설, 시나리오에 두루 관심을 두었다. 한 작가가 여러 장르의 작품을 창작한 경우 그것은 아무 생각없이 이루어진 것이기도 하지만 자신도 모르는 내적 필연성의 요구에 부응한 것이기도 하다.

본고에서는 『상록수』로 널리 알려진 심훈의 장편 『직녀성』이 지닌 드라마적 특성을 분석 고찰하고자 한다. 그동안 형식상의 취약점으로 흔히 지적되어 온 느슨한 진행과 굴곡없는 세부 묘사가 그럴만한 당위성을 지니며 그 당위성 이 현재의 드라마에서 볼 수 있는 '드라마적 특성'과 관련되어 있음을 논증해 보이고자 하는 것이다. 이를 통해 1930년대 신문연재소설과 현재의 일일연속극과의 형식적 유사성을 살펴보고, 매체의 전이를 통해 당대 작품의 현대적 재생을 기대하는 것이 이 논문의 숨은 의도이다.

심훈의 생애와 활동

『상록수』의 작가로 기억되는 심훈은 36세의 나이에 뜻하지 않는 질병으로 세상을 등진 다재다능한 예술인이었다. 1901년 10월 23일 지금의 서울시 관악구 노량진동 (당시의 행정지명은 경기도 시흥군 북면 노량진리였음)에서 전통적인 양반 가문의 3남1녀 중 막내로 태어난 그의 본명은 대섭大燮이었다. 그는 여유있는 지주 생활을 하던 부친과 우섭, 명섭 두 형의 물질적·정신적 영향 아래 귀여움을 독차지하며 성장했다. 큰 형 심우섭은 매일신보 기자와 경성방송국 과장을 역임했고 춘원과 절친했지만 열 살 이상의 나이 차이로 그다지 친밀감을 느끼지 못했고, 둘째 형 명섭과는 함께 장난을 하며 자란 사이로 그는 해방후 심훈의 유고遺稿를 모아 『그날이 오면』이라는 시문집을 발간했고 일제의 검열로 연재가 중단된 소설 『불사조』를 자신이 완성하기도 했다.

심훈은 3·1운동으로 6개월간 옥고를 치른 것을 비롯, 그후 중국 지강之江대학에 입학, 북경과 상해 등지를 유랑하며 신채호, 여운형, 이회영 등에게 정신적 감화를 받기도 하였고, 짧은 생애 동안 민족의 계몽과 그를 위한 실천을 위해 고심하였다. 특히 거듭 반복된 기자직에의 취직과 사임, 검열로 인한 연재소설의 중단 등은 이같은 그의 정신적 지향점을 잘 드러내 준다.

1926년 《동아일보》에 영화소설 『탈춤』[6]을 연재한 이후 주로 영화에 주력한 그를 두고 KAPF 계열 작가군에서는 동조와 비판이 엇갈렸는데 이는 특히 그가 일본에서 6개월간의 영화수업을 마치고 귀국하여 원작·각색·감독하여 제작한 영화 『먼동이 틀 때』가 나운규의 『아리랑』에 맞먹는 흥행 성과를 거두었을 때 극명하게 드러났다. 그에게 혹독한 비판을 가한 한설야와 임화[7]는 '계급의식이 결여된 대중의 기호에 영합한 영화'라고 하며 그의 '반동적 소시민성'을 지적하기까지 했다. 이에 대해 심훈은 「우리 민중은 어떠한 예술을 요구하는가」라는 글을 통해, 영화는 마땅히 계급의식을 표현하고 대중의 계몽, 선동에 이바지해야 하지만 어디까지나 영상예술이며 대중에게 흥미있게 보여져야 한다는 것을 강조하였다. 그의 이같은 주장은 김기진이 펼쳤던 '대중문예론'에 접맥된 것인데, 실제로 심훈과 김기진은 절친한 관계를 유지했었다.[8]

대중지향적 예술인이었던 그에게 영화는 참으로 매력적인 영역이었지만 엄청난 제작비와 기계 설비, 과학적 도구에 대한 요구를 수용하기 어려운 실정이었고 상업적 이윤만을 추구하는 제작자들과 일제의 검열 강화는 심훈을 영화에서 한발 물러서게 하였다. 더구나 계속되는 가난과 실직, 시집 『그날이 오면』의 출간 좌절과 서울 생활에 대한 염증, 한편으로는 장편 연재소설 『영원의 미소』의 성공은 그를 영화에서 글쓰기로 돌아서게 했고 무엇보다도 고향을 찾아 은둔케 했다.

---

6) 이는 심훈이 개척한 새로운 소설형식으로 영화화를 목적으로 한 소설을 말한다. 『탈춤』은 혜경과 일영, 준상의 삼각관계를 통해 타락한 도시의 정경과 돈의 탈을 쓴 인간들의 모습을 고발하고 있다. 하지만 이 작품은 한 해 전에 그가 이수일역을 맡았던 영화 『장한몽』의 주조를 크게 벗어나지 못하였다.

7) 당시 카프에서 주도권을 장악하고 있었던 한설야는 《중외일보》에 만년설이라는 익명으로 "영화예술에 대한 관견"을 무려 9회에 걸쳐 발표하였고, 역시 당대의 탁월한 이론가였던 임화는 "조선영화가 가진 반동적 소시민성"이라는 글로 심훈을 비난하였다.

8) 김기진은 심훈과 특별한 교분이 있었던 것 같다. 그의 재혼에 들러리를 서기도 하고, 그가 사망했을 때는 장지까지 따라가는 등, 마지막까지 보살펴 주었다 한다.

그의 소설 중 완성된 것은 『영원의 미소』와 『직녀성』, 그리고 『상록수』인데 충남 당진으로 낙향한 이후 1933년부터 1936년에 걸친 3년 동안이 본격적인 창작활동의 시기였다. 『직녀성』을 통해 대중적 인기와 안정된 거처를 확보함으로써 『상록수』에 이를 수 있었다고 여겨진다. 하지만 『상록수』가 동아일보 창간 15주년 기념 현상모집에 당선된 후 받은 상금[9]으로 다소의 여유가 생기자 그가 생각한 것은 『상록수』의 영화화였다. 시나리오 작가인 이익李翼과 공동 각색을 하고 캐스팅과 스텝 선정까지 완료한 그가 감독을 맡기로 한 숙원을 이루지 못한 채 뜻하지 않은 열병으로 세상을 등지게 된 것은 그를 알고 있던 모든 이들에게 충격이었다.

이같은 그의 생애와 활동을 통해 우리는 그가 소설가이며 시인이기도 했지만, 그보다는 '본질적으로 극적인 세계관을 신봉한 대중지향적인 예술인이고자 했다'[10]이는 것을 알 수 있다. 그의 소설 속에는 항상 영화라는 또다른 장르가 병존하고 있었던 것이다.

신문연재소설의 드라마적 특성

1930년대 우리 문학사는 장편소설이 우세했었는데 이는 대부분 신문연재를 통해 발표되었다. 심훈 역시 중단된 소설 뿐만 아니라 완성된 3편의 소설도 조선중앙일보와 동아일보에 연재된 신문소설인 점이 특징적이다. 하지만 그는 대단한 열정을 지닌 속필가여서 대개는 신문연재 한 달 이전에 전편全篇을 완성하곤 했다. 알려진 바로는 원고지 1,500장에 달하는 『상록수』를 55일만에 완성했고, 그 분량의 2배에 달하는 『직녀성』(《조선중앙일보》, 1934.3.24.~35.2.26.) 역시 거의 한 달만에 완성을 했으니 3,000장을 한 달에 쓴 셈이다. 그래서 일주일분 혹은 매일 원고를 쓰며 독자의 반응을 살피고 인기에 영합하려는 통속성과는 다소 거리가 먼 그의 창작 스타일을 알 수 있지만, 그럼에도 불구하고 늘상 대중을 의식하며 지향하는 문학관을 지닌 까닭에 그의 작품은 사상성과 흥미를 동시에 추구하는 특징을 지녔다. 특히 『직녀성』의 경우 전통적인 구식여성의 결혼 생활과 파경, 재생을 자연스럽고 사실적으로 묘사함으로써 일반 독자들에게 상당한 관심을 불러 일으켰다.

9) 상금은 500원이었는데. 이것은 당시 소 한 마리 값이 60원이었다 하니 상당한 거액이었음을 알 수 있다.

10) 전영태, 「진보주의적 정열과 계몽주의적 이성」, 『한국근대작가연구』, 삼지원, 1987, 321쪽.

신문소설은 세계적으로 보면 1836년 프랑스의 《세기》지에 발표된 스페인 소설 '트르메스의 라자릴로'가 효시이다.[11] 우리나라는 일본의 영향을 받았는데, 1875년 평가명회입신문에서 실제 사건의 취재 이면을 소설화한 '암전인岩田八 십팔十八의 이야기'가 일본 최초의 신문소설이었다. 우리나라에서는 1898년 한성순보에 '요화'라는 무서명 소설이 실린 것이 시초가 되었다. 초창기 신문연재소설은 대개 기자가 쓴 무서명의 소설이 많았고 친일적인 색채를 띠거나 개화사상을 전파하는 경우가 많아 예술적 가치보다는 공리성이 우세했다.[12] 이에 비해 1930년대 신문연재소설은 초창기의 무서명, 친일적 목적소설의 특성을 탈피하고 예술성과 대중성이 조화를 이루었다 볼 수 있으며, 신문 발행 부수의 미비[13]로 상업성이 그다지 강하지 못했다.

하지만 그 형식 면에 있어서는 일정한 특성을 지니는데 이는 마치 현재의 일일연속극과 같은 특성으로 생각해 볼 수 있다.

먼저 대중성을 들 수 있다. 사회적, 역사적으로 비중있는 주제를 다룰지라도 이것이 남녀의 연애나 가정생활 등 당대의 풍속도와 어우러져 흥미를 유발하며 쉽게 수용될 수 있어야 하는 점이다. 둘째로는 플롯의 단순성을 생각해 볼 수 있는데, 1, 2회분을 놓친 이후에도 스토리 추적이 가능해야 독자들이 흥미를 잃지 않으므로 너무 복잡한 구성이나 인물의 배치는 적합치 않다[14]는 점이다. 셋째는 플롯의 유연성이다. 연재소설이나 일일연속극의 플롯은 그 분량과 시간에 맞게 적절하게 조절될 수 있어야 한다. 그러기 위해서는 플롯을 연장하거나 축약시켜도 큰 하자가 없는 유연성이 필요한 것이다. 넷째는 일정한 흥미를 유지하기 위해 매일 1개의 작은 정점을 제시해 궁금증을 유발하며 독자로 하여금 다음 회를 기다리게 하는 점이다. 특히 주말에는 비교적 큰 정 점을 제시해 '크리프 행거'(cliff hanger)[15]가 재현되기까지 한다.

특히 TV 드라마인 경우 전 가족의 감상에 적합한 건전하고 윤리적인 주제를 다루면서도

11) 이후 많은 장편들이 신문에 연재되었는데, 발자크나 조르쥬 상드 등은 신문을 작품발표 지면으로 즐겨 활용했으며, 토마스 하디의 『테스』, 톨스토이의 『부활』, 『전쟁과 평화』 등도 신문에 연재된 소설들이다. : 한용환, 『소설의 이론』, 문학아카데미, 1990, 272쪽.

12) 오인문, 「신문연재소설의 변천」, 『한국의 대중문화』, 나남, 1987.

13) 동아일보 창간 당시의 발행부수는 1만부였다.

14) S. 필드 저, 윤상협 역, 『드라마 연구』, 한일출판사, 1971.

15) 독자나 관객의 호기심을 유발하기 위해 주인공을 절벽에 매달리게 한 채 그 회분을 마감하여 내버려 두는 것을 말한다.

시청자들을 빨리 사로잡아야 하는 이중부담이 있는데[16], 물론 시각적 행동이나 팬터마임을 잘 활용해야 하는, 소설과는 전혀 다른 특징이 있기는 하지만 깊이가 있는 주제를 가볍고 단순하게 다루어야 하는 점에 있어서는 유사하다. 그래서 특별히 교훈적이거나 허구성이 강한 신문연재소설이 아니고 그 스토리가 일상적 공간 내에서 전개되는 풍속적인 성격이 강한 작품일수록 이와 같은 드라마적 특성은 더욱 강하게 드러난다.

『직녀성織女星』의 드라마적 특성

심훈의 소설에 대해 많은 연구자들은 작품간의 유사성을 지적하였다. 특히 『불사조』와 『직녀성』이, 그리고 『영원의 미소』와 『상록수』가 유사해 비슷한 구조와 인물, 주제를 찾을 수 있다[17]는 것이다. 즉, 통속성과 경향성을 적절 히 조화하여 그의 작품의 주인공인 한 쌍의 연인은 대개 개인적인 사랑과 집단적 이념을 공유한 사랑의 힘을 현실개혁의 원동력으로 승화시키는 것을 볼 수 있다.[18]

하지만 『직녀성』은 이와 다른 주제를 지니고 있다고 생각된다. 박복순과 박세철과 같은 '주의자'가 등장하며 그들이 이인숙과 윤봉희를 돕거나 부부가 되어 사회를 위한 실천운동에 투신케 하는 것은 사실이지만 그것을 이 작품의 주제로 보기는 어렵다. 그보다는 조혼早婚이라는 봉건적 폐습에 억눌린 한 구식 여성의 인생과 고난, 역경의 극복을 보이는 작품으로 보아야 할 것이다. 이혼한 경험이 있는 심훈이 구식여성이지만 총명하고 적극적이었던 그의 첫 부인 '이해영'을 모델로 하여 쓴 작품인 것이 분명한 바에야 더욱 그렇다. 그래서 이 작품은 심훈의 자전적 소설에 가까워 '가족이라는 개인적인 울타리를 뛰어넘을 수 없었기에 인물을 객관화·사회화하지 못한'[19] 한계를 드러냈다고 지적되기까지 하였다.

16) 이는 영화가 hot media인데 비해 드라마는 cool media여서 소극적이고 무성의한 관객을 사로잡아 일상생활 중에서도 가족과 함께 감상할 수 있도록 붙잡아야 하기 때문이다. : 신봉승 『TV 드라마·시나리오 작법作法』, 고려원, 1981.

17) 유병석, 「심훈의 작품세계」, 『한국현대소설사연구』, 민음사, 1984, 288쪽.

18) 최희연, 「심훈의 「직녀성織女星」에서의 인물의 전형성과 역사적 전망의 문제」, 『연세어문학』, 21집, 연세대 국문과, 1988. 12, 184쪽.

19) 전영태, 앞의 글, 329쪽.

1. 등장인물

근대 이후 서사양식의 주인공은 대개 '문제적 개인'으로 설정이 되는데 그 구현 방식에 따라 소설과 극이 구분될 수 있다. 소설에서는 작품 중의 부주인공에 해당하는 평범한 인물이 시대상의 중심을 이루며 줄거리를 전개시키는[20] 경향이 우세하다. 즉, 성격이 비교적 뚜렷하지 않거나 확고한 태도와 정열이 부족해 적대되는 두 진영에 함께 접촉점을 가진 '중도적 인물'을 내세워 사건과 결부시킨다.[21] 그래서 소설에서는 인물 자체의 강렬한 성격보다는 외부 세계의 재현이나 사회적 변화의 제시가 두드러진 경우가 많다. 이에 비해 극에서는 인물이 훨씬 강하게 부각된다. 인물의 성격과 행위가 보다 중요한 의미를 띠고 전면에 드러나는 것이다.

『직녀성』은 방대한 분량의 장편이고 많은 인물이 등장하지만 실상은 몇 가지 갈등 양상을 보여주는 전형적 인물들로 집약할 수 있다. 이들은 대개 인숙과 봉환, 세철과 봉희, 복순, 그리고 이한림과 윤자작, 그의 아들들, 동경유학생과 그 외의 여자들이다. 이 중 '직녀성'이라는 별명의 주인공이자 작품의 줄거리 전체를 이끌어가는 사람은 전통적인 한국여성인 '인숙'이다. 구식여성으로서는 보기 드물게 적극적이고 진취적인 '인숙'의 성격이 뚜렷하게 형상화됨으로써 이 작품은 '전진적(progressive) 모티프'가 우월하다.[22] 그래서 풍속소설의 요소를 한편으로 지니면서도 드라마적 특성을 보이고 있는 것이다.

『직녀성』의 중요 등장인물은 다음과 같다.

(1) 이인숙 : 봉건적 여성상에서 자아와 사회에 눈을 뜨는 새로운 인간으로 상승하는 인물이다. 우국지사로 한말에 과천으로 낙향한 이한림의 막내딸로 태어나 열살 때 여덟살 된 윤봉환과 결혼한다. 시증조모까지 모신 양반집 셋째 며느리로 깍듯한 예의범절과 뛰어난

---

20) 김윤식, 「소설 형식과 극 형식」, 『한국근대소설사연구』, 을유문화사 1986, 366~369쪽.

21) 전자는 『탁류』의 '초봉'을, 후자는 『삼대』의 '조덕기'를 생각할 수 있다.

22) 괴테에 의하면, 소설 혹은 극에 각각 적용되는 모티프는 (1)줄거리를 촉진하는 전진적(progressive) 모티프 (2)줄거리를 그 목적에서 멀어지게 하는 후퇴적(retrogressive) 모티프 (3)진행을 지연시키거나 그 과정을 길게 하는 요인인 억압적 모티프(retardative)로 나눌 수 있다. 이 중 (1)은 극에서만, (2)는 소설에서만, (3)은 극과 소설에 함께 도움이 된다고 보았다.: 괴테, "서사시와 극시", 『European Theories of the Drama』, Barrett, H. Clark,ed, Crown Publishers, 1959, 337쪽. 재인용임.

재주로 귀여움을 받으며 집안일을 도맡아 하지만, 남편의 외도와 시가의 오해로 인해 온갖 괴로움을 겪고 아들까지 잃는 고통을 당한 후 이혼을 승낙하고 한적한 시골 유치원의 보모로 나서게 된다.

그런데 이 작품의 매력은 인숙의 성격묘사에 있다. 대체로 눈물과 한숨속에서 체념하며 일생을 보내는 전통적인 여인상과는 달리 그녀는 자신의 상황 내에서 늘상 현명하고 지혜롭게 대처하는 다부진 여성이다. 이는 철 없는 어린 남편의 행동을 우습게 생각하면서도 나름대로 내조를 해내는 점이나 시누이인 봉희가 학교에서 돌아오면 그와 한문을 겨루거나 공부를 배우는 점, 일본 유학을 원해 졸라대는 남편을 위해 아무도 몰래 여비를 마련해주는 대신 자신을 여학교에 입학시켜 주도록 시부모님께 편지를 올리도록 한 점 등에서 드러난다. 그래서 결혼생활의 위기가 거듭될수록 그는 더욱 강인한 인물로 서게 되며 마침내 자연스럽게 독립된 삶을 찾게 되는 것이다. 이는 인물의 성격에 대한 별다른 묘사나 뚜렷한 전환의 계기도 없이 어떤 사건을 맞아 돌연히 '주의자'로 변모하거나 사회운동에 가담하는 등장인물을 내세우는 여타의 작품들과는 비교가 될 만한 장점이다.

(2) 윤봉환 : 쾌락지향형의 미성숙한 인물이다. 귀족의 막내아들답게 의지가 박약하고 예술가적인 방탕함을 지녔다. 어릴 적부터 온갖 장난을 하며 인숙에게 의지하다가 아내의 도움으로 일본 유학길에 오른 후부터는 신여성과의 거듭되는 애정행각을 벌인다. 성병을 부인에게 옮기고 자신의 아들까지도 부인하는 파렴치한으로 결국 아무런 생산적인 활동도 영위하지 못한 채 가난과 실의에 빠지게 된다.

(3) 박세철 : 만주에서 순국한 독립운동가의 아들로 계급의식이 철저한 프롤레타리아의 전형이다. 건강한 신체와 굽히지 않는 의지, 단호한 신념 등을 소유한 반항적이고 의연한 인물로 온갖 반대를 무시한 채 봉환의 동생 봉희와 결혼하며 한편으로 인숙을 돕는다. 꿋꿋하지만 경직되지 않고 유연함과 능청스러움을 지닌 그는 자신들이 속한 집단이나 사회구조를 변혁시켜 모순이나 갈등을 해소하려는 '세계사적 개인'이며 작가의 마스크 혹은 대변인물이라 할 수 있지만,[23] 강한 개성의 소유자로 그려지고 있다.

(4) 박복순 : 여종의 몸에서 사생아로 출생하여 윤자작 부인의 동정을 받고 자랐으나

23) 최회연, 앞의 글, 192~193쪽. : 그는 세철과 복순을 동일하게 다루었다.

봉건적 양반제도 타파를 주장하며 사상운동에도 참여하는 강인한 의지의 여성이다. 인숙의 고통을 이해하며 그에게 자립정신과 자주의지를 북돋아 준다.

(5) 윤봉희 : 귀족가의 막내딸로 곱게 자랐지만, 세철을 통해 새로운 세계관을 접하게 된다. 수난과 억압의 경험을 통하지 않고 사랑을 통해 자각하고 의식화되는 인물이다. 아버지의 정혼을 물리치고 세철과의 결혼을 강행하여 가난한 생활을 견딘다. 인숙과는 동무처럼 지내며 서로 위로한다.

(6) 이경직 : 인숙의 친정 오빠. 신문물에 대한 동경으로 상해까지 다녀왔으나 허황한 꿈만을 좇을 뿐 아무런 현실적 성과도 이루지 못한 채 일생을 허비한다. 봉건사회의 붕괴와 신문명의 유입이라는 과도기적 상황의 희생자로 볼 수 있다.

2. 갈등의 양상과 전개

『직녀성』은 두 가지의 주된 갈등을 중심으로 이야기가 전개된다. 이는 신·구의 대립과 빈·부 사이의 갈등이라 할 수 있는데, 전자는 인숙과 봉환의 관계에서 생겨나는 부부간의 갈등과 윤자작이나 이한림으로 대표되는 봉건적 구세대와 신문명을 받아들이기 시작한 그의 아들들 사이의 세대간의 갈등으로 표출된다. 이에 비해 후자는 귀족가인 윤자작의 집안 식솔들과 세철, 복순과의 간접적인 대결로 다루어져 있다.

1930년대 장편소설 중 많은 작품들이 취급한 제재였던 신·구의 대립이 이 작품에서는 신문명의 세대에 비해 전통고수의 세대를 옹호하는 쪽으로 기울고 있어 주목할 만하다. 즉, 채만식이나 염상섭 등이 가문과 체면을 중시하는 봉건적 구세대와 허황된 명예나 금광, 미두에 가산을 탕진하는 신세대를 동시에 비판적으로 보여준 데 비해 심훈은 봉건적 구세대에 대한 비판을 보류하고 있음을 볼 수 있다. 이는 구식여성인 인숙에 대해 이례적으로 긍정적인 형상화를 이루고 있는 점이나 윤자작이나 이한림의 인격 파탄, 도덕적 붕괴를 그리지 않고 있는 점에서 확인된다. 윤자작가의 파산은 신문사 사업을 한다는 미명 아래 전답을 잡혀 기생 첩에게 바치거나 자동차, 요리집 등에 재산을 탕진 하는 큰아들 용환과 집안에 압류가 들어올 지경에 있는데도 일본 모델을 데리고 귀국해 방탕한 생활을 하는 막내아들 봉환에게 대부분의 원인이 있다. 또한 이한림의 죽음은 신문명과 넓은 세상을 동경하여 거액의 돈을 빼내서 상해 등지로 유랑하다가 돌아와 첩 살림을 하고 거액의 빚을 지는 아들 이경직의 행동에서 온 충격 때문이었다.

심훈이 이처럼 오히려 구세대를 옹호함은 귀향하여 시작한 필경사 생활 중에 서울에서의 화려하고 굴곡이 많았던 자신의 생활, 영화배우에서 감독, 기자 생활을 통해 익혔던 신문물로부터 거리를 확보할 기회와 여유를 얻었고 유행사조에 휩쓸렸던 자신을 되돌아보며 우리 것, 옛날의 것에 눈뜨게 된 때문이라고 이해된다.[24]

빈·부 사이의 갈등은 직접적인 사건보다는 세철과 복순의 마음속에 자리한 비판의식과 복수심에서 드러난다. 그들은 타락한 양반자제들이나 몰락귀족과 직접적인 대결을 보이지는 않지만 인숙과 봉희에게 정신적인 영향을 미치고 애정을 통해 그들과 '동지적 관계'를 정립하여 무산계급을 위한 실천운동에 가담하게 한다. 직접적인 충돌과 대립보다는 화해와 융합의 결말을 보인 것이다. 이는 미완의 장편 『동방의 애인』과 『불사조』가 남긴 아픔과 좌절의 결과이기도 하고 '주장'과 '실천' 사이에서 끊임없이 고민하던 작가의 귀착지이기도 하다. 빈·부의 갈등을 신·구의 갈등 속에 포함시켜 사상성보다는 풍속성을 강하게 부각시킴으로써 대중성을 획득하게 된 것이다. 이로 인해 대중과의 거리가 한층 좁혀졌고 『상록수』의 탄생이 가능해졌다 하겠다.

그런데 이같은 갈등의 전개에 있어서 『직녀성』은 생략, 비약, 전환 등의 묘를 살리지 못해 템포가 처지는 작품[25]이이라는 인상을 면하기 어렵다. 이 작품은 한 여성의 수난과 억압, 그로 인한 '자기 부정'을 통한 의식화와 각성의 과정을 상당히 자연스럽게 전개하고 있음에도 불구하고, 인물과 사건의 설정 그리고 작중인물의 성격과 행위를 묘사하는데 있어 경중輕重이나 심천深淺을 효과적으로 가려내지 못한 한계를 드러내고 있는 것이다. 이는 드라마에 비해서 소설이 지닌 특성을 작가가 잘 활용하지 못한 경우인데, 『직녀성』에서 작가는 자신의 주제를 드러내기 위한 집중화나 생략의 기법을 거의 활용하지 못하고 있다. 즉, '말하기'(telling)의 효과적 활용을 통한 제시나 생략의 묘를 발휘하지 못하고 '보여주기'(showing)의 나열에 머문 것이다.

하지만 이같은 특성은 『직녀성』이 갖는 드라마적 특성의 일부인 플롯의 단순성과 유연성으로 생각해 볼 수 있다. 느슨한 템포와 비약없는 묘사는 중간 중간 생략해도 전체 스토리에 하자가 없을 정도의 유연성을 발휘할 수 있으며, 몇 회분을 놓친 독자에게도 쉽게

---

24) 신경림 편저, 「심훈의 생애와 문학」, 『그날이 오면 그날이 오며는』, 지문사, 1982, 75~76쪽.

25) 조남현, 「심훈의 '직녀성織女星'에 보인 갈등상」, 『한국소설과 갈등』, 문학과비평사. 1988, 212쪽.

수용될 수 있는 장점을 발휘하기도 한다. 이는 그가 소설보다는 초기 영화에 익숙해 영화의 영상을 버리지 못한 까닭이며 그 영상은 현재의 TV 드라마와 관련되었다고 생각된다. 즉, '읽는 희곡'(lesedrama)처럼, '읽는 시나리오'[26]로서의 가능성을 배제하지 않았던 것 이다. 특히 매회 분 드러나는 '크리프 행거' 의 재현은 그 드라마적 특성을 더욱 확인케 한다.

3. 공간 배경

『직녀성』의 이야기는 다음과 같이 전개된다.

1. 각시놀음 – 2. 인형의 결혼 : 이한림의 과천집, 통혼과 결혼

3. 노리개와 같이– 4. 임종 : 윤자작집(시집살이), 시증조모의 시중, 친정 부친 임종

5. 싹트는 사랑– 6. 유혹 : 탈상. 봉환과 도화, 복순의 등장 –– 위기1 : 친정행

7. 정조 – 8. 원앙의 꿈 : 시증조모 사망. 합방 3년. 봉환의 그림 입선

9. 은하를 건너서 : 봉환 도일, 인숙 여학교 입학

10. 망명가의 아들 : 시가에 빚독촉, 세철의 출현, 장발의 구애

11. 혼선 –12. 인간지옥 –13. 끊어진 오작교 : 봉환의 전보, 송금요구, 귀향 (봉환과 사요꼬), 세철의 연하장, 봉희의 시

–– 위기2 : 결혼에 대한 회의, 복순의 독립적 삶 권고

14. 약혼 – 15. 반역의 깃발 : 봉희의 정혼, 항거, 세철과의 약혼, 세철 피검, 봉회 졸업, 윤자작 병, 가세 몰락

16. 희망 : 택일, 세철 면회, 장발의 편지분실, 부부관계

17. 편지의 풍파 : 시가의 오해, 인숙 근친. 복순 출옥. 인숙 입원

18. 봄은 왔건만 –19. 신혼여행 : 세철의 방문, 구혼, 본가 의절. 세철과 봉회 결혼

20. 조그만 생명 –21. 장중의 보옥 : 인숙의 친정살이, 임신확인, 졸업, 득남, 봉환의 연애(강보배), 봉회의 신혼집

22. 이혼 : 봉환의 방문, 이혼 청구, 시가에 무고 해명, 일남 위독

23. 잃어진 진주 : 일남 사망, 자살 기도

26) '읽는 시나리오'의 경우. 이미 존재하는 영화를 이야기로 쓴 영화소설이거나 혹은 영화가 이미 존재하고 그것을 후술한다고 상상하며 쓴 소설을 말한다. : 김천혜, 『소설구조의 이론』, 문학과 지성사. 1990, 278~279쪽.

--위기3 : 일남의 사망과 인숙의 자살 기도

24. 비극 이후 : 허의사외 4인의 야유회. 봉환의 위기(사기죄), 이혼 승낙

25. 백의의 성모 : 시골유치원, 봉희, 세철, 복순, 인숙의 시댁 완전 파산, 봉환의 후회

--재생 : 독립된 삶 시작

이상에서 알 수 있는 바와 같이 『직녀성』은 주로 인숙의 친정과 시가를 배경으로 한 사건들로 이루어져 있으며 특히 봉환의 일본유학 장면 외에는 거의 윤자작의 집 내부와 인숙의 학교, 친정, 세철의 하숙, 신혼방 등으로 그 공간 배경이 한정되어 있다. 이같은 특성은 심리나 의식의 묘사를 통해 사건을 이끌거나 방대한 공간 배경을 요하는 작품보다 그 이야기를 다른 매체로 전이하기 쉬운 점이 된다.[27] 즉, 인숙의 친정과 시가를 오가기는 하지만 윤자작 집이 주된 공간배경이 되며 도일한 봉환의 생활을 보이기 위한 일본 풍경과 인숙의 학교, 그 외에는 세철의 하숙방과 집 어귀의 골목길, 인숙의 출산과 병을 치료하는 병원, 봉환이 근무하는 학교, 시골 유치원 등이 이 작품을 드라마화할 때 필요한 공간배경이다. 방대한 분량에 비해 그 배경이 방만하지 않고 거의 일상적인 공간이어서 큰 무리가 없음을 알 수 있다.

또한 인숙의 공간과 봉희의 공간이 계속적으로 교차됨으로써 명암이 대비되고, 고난과 억압의 어두운 분위기를 활기차고 밝은 분위기에 교직시켜 전체적인 분위기를 지루하지 않게 이끈다. 장발을 비롯한 유학생들이 형성하는 공간도 당시의 풍속을 보임으로써 현재적 흥미를 유발하기에 충분하다. 봉환의 공간이 점점 협소해지는 것도 전통적인 '악인의 몰락'을 보이는 흥미거리이다. 이처럼 『직녀성』은 한 여성의 수난과 역경의 극복을 이데올로기 문제, 당대의 풍속도와 자연스럽게 조화시켜 보이고 있다.

맺음말

영화소설 『탈춤』으로 창작을 시작했던 심훈은 『상록수』의 시나리오 각색으로 그 문학활동을 마감했다. 하지만 지금까지의 연구는 대부분 그를 농촌계몽소설 『상록수』의

27) 한용환, 앞의 책, 103~105쪽.

작가로 한정시키는 경향이 있었다. 그래서 그의 작품 전반에 나타나는 경향성과 사상적 지향 등을 검토하며 계몽정신과 애국심이 투철한 점을 거듭 지적하곤 했다.

하지만 이상에서 살펴본 바와 같이 그의 완성된 3편 중의 한 작품인『직녀성』의 경우 여러 면에서 드라마적 특성이 드러나고 있음을 알 수 있었다. 1930년대 우리 영화와 소설을 생각할 때, 이 작품은 영화보다는 소설적이고 소설이면서도 영화적인 요소를 지닌 중간적인 특성을 지녔다. 이를 '드라마적 특성'으로 지적해 본 것이다. 서사 양식의 여러 표현 매체들이 제 각각 현저한 발달을 보이는 현재의 소설장르와 이러한 매체들이 등장하기 이전의 소설장르에는 동일한 명칭 아래 이질적인 특성들이 내포되어 있을 가능성이 높다. 특히 1930년대 신문연재소설의 경우 지금과 같은 대중은 아니지만 독자들에게 현재의 드라마와 유사한 기능을 하며 수용되었으리라 생각되는데 그같은 특성이 작품 내의 형식적 특성으로 자리함을 알 수 있었다. 평생 영화가 머리속에서 떠나지 않았던 심훈의『직녀성』이 지닌 형식적 취약점이 일일연속극이 일반적으로 지녀야 하는 특성들로 수렴됨은 우연한 일이 아닌 것이다. 문학작품을 작가와 독자 사이의 의사소통 수단으로 볼 때 그 텍스트는 독자들의 사회적 문화적 변화에 따라 끊임없이 살아 움직이며 새롭게 구축되는 무한한 생명력을 지닌다 하겠다.

참고문헌

1. 김천혜, 『소설구조의 이론』, 문학과 지성사, 1990.
2. 한용환, 『소설의 이론』, 문학아카데미, 1990.
3. Chatman, Seymour,'Story and Discourse '• Narrative Structure i Fiction and Film, 한용환譯, 『이야기와 담론 – 영화와 소설의 서사구조』, 고려원, 1990.
4. Frye, Northrop, 『Anatomy of Criticism』, 임철규 譯 『비평의 해부』, 한길사, 1982.
5. Martin, Wallace, 『Recent Theories of Narrative』, 김문현 譯, 『소설이론의 역사』, 현대소설사, 1992.
6. Scholes, Robert and Robert Kellogg, 『The Nature of Narrative』, New York : Oxford Uni. Press, 1966.
7. 김우종, 「신문소설과 상업주의」, 『한국의 대중문화』, 나남. 1987.
8. 김윤식, 「소설 형식과 극 형식」, 『한국근대소설사연구』, 을문화사, 1986.
   ―――, 『상록수』를 위한 5개의 주석」, 『작가와 내면풍경』, 동서문학사, 1991.
9. 박종휘, 「심훈소설 연구」, 서울대 대학원 석사학위논문, 1987.7.
10. 신경림 편저. 「심훈의 생애와 문학」, 『그날이 오면 그날이 오며는』, 지문사, 1982
11. 신봉승, 『TV 드라마·시나리오 작법作法』, 고려원. 1981.
12. 오인문, 「신문연재소설의 변천」, 『한국의 대중문화』, 나남, 1987.
13. 유병석, 「소설에 투영된 작가의 체험」, 『강원대 연구논문집 4집』, 1970.
   ―――, 「심훈의 작품세계」, 『한국현대소설사연구』, 민음사, 1984.
   ―――, 「심훈론」, 『현대작가론』, 형설출판사, 1979.
14. 전광용, 「'상록수常綠樹' 고考」, 『한국근대문학사론』, 한길사. 1982.
15. 전영태, 「진보주의적 정열과 계몽주의적 이성」, 『한국근대작가 연구』, 삼지원, 1987.
16. 조남현. 「심훈의 '직녀성織女星'에 보인 갈등상」, 『한국소설과 갈등』, 문학과비평사. 1988.
17. 최희연, 「심훈의 '직녀성織女星'에서의 인물의 전형성과 역사적 전망의 문제」, 『연세어문학 21집』, 연세대 국문과, 1988.
   ―――, 「심훈소설연구」, 연세대 대학원 박사학위논문, 1990.
18. 하유상 편, 『텔레비·라디오 드라마 작법作法』, 성문각, 1979.

19. 한양숙, 「심훈연구-작가의식을 중심으로」, 계명대 대학원 석사학위논문, 1986.
20. 한점돌, 「심훈의 시와 소설을 통해 본 작가의식의 변모과정」, 『국어교육 41호』, 1982.
21. S. 필드, 윤상협 역, 『드라마 연구』, 한일출판사. 1971.

작품세계 - 시

심훈 시詩의 연구研究

김이상

서론

모든 예술이 마찬가지겠지만, 문학 작품이 인간의 삶을 떠나서 창작될 수 없다는 사실을 인정한다면, 문학을 논하는 자리에서 인간이 형성시킨 사회를 도외시 할 수는 없을 것이다. 그런데, 어느 시대, 어느 지역을 막론하고 인간 사회에서는 나름대로의 차별적差別的 모순矛盾이 존재하게 마련이다. 이러한 차별적 모순이 존재하는 한. 그리고 그 모순 때문에 불의가 날뛰고 정의가 무참히 짓밟히는 한, 인간의 이에 대응하는 반항反抗은 끝까지 지속되리라 생각된다.[1)]

인류의 역사를 돌이켜 보면, 무수한 사회의 모순과 불의가 인간의 저항에 의해서 바로 잡혀진 예들은 얼마든지 찾을 수 있다. 그래서 T. W. Wilson도, 자유의 역사는 저항의 역사이며, 자유의 역사는 정부 권력의 증대가 아니라 제한의 역사라고 설파했다.

이러한 사회의 모순에 대한 저항은, 여러 분야에서 여러 형태로 나타날 수 있다. 그러나 문학 작품이라는 특정한 분야를 통해서 나타나는 반항의 형태는 크게 둘로 나눌 수 있다.[2)]

첫째, 인간의 인간 자체의 내면에 대한 반항

둘째, 인간의 외부에서 오는 것에 대한 반항이다.

전자는, 인간 자신이 숙명적으로 지니고 있는 모순이나 부조리에 대한 반항이고, 후자는 인간이 권력이나 불법기구不法機構 등 외부로부터의 사회적인 모순에서 오는 것에 대한 반항이다.

---

1) 최일수, 「반항적反抗的 문학文學」, 『현대공학 통권』 76호, 210쪽.
"저항이 의식적이고 구체적인 형태라고 한다면, 반항은 그 형태의 원형이 되고, 또 일반적으로 행위의 세계를 말하는 넓은 의미의 개념이기도 하다"라고 하여 저항을 반항의 구체적 형태로 규정하고 있다.

2) 앞의 글, 214쪽.

우리의 문학 작품에 나타나는 저항은, 대체로 인간 자체의 내면에 대한 저항보다는 외부와의 모순에서 오는 저항이 주류를 이루고 있는 느낌이다.

그런데 우리 문학사를 개관해 보면, 저항문학이라는 명칭을 사용할 수 있는 시기가 언제 즈음일까 하는 것이 관심의 대상이 아닐 수 없다. 그리고 문학에서 논의하고자 하는 '저항'이라는 표현이, 그 자체가 지닌 특징으로서 개인주의적인 요소, 즉 개인의 이익을 얻기 위해서 존재한다는 생각은 희박하다. 아무래도 저항적 문학은 집단이나 사회를 배경으로 출발하게 되는 것이다. 이런 측면에서 본다면, 우리의 저항적 문학도 조선 중기 이후의 서민 의식이 싹트게 됨으로써 불완전하나마 문학 작품 속에 저항적 요소를 가질 수 있었던 것이 아닌가 생각된다.

최일수崔一秀도 앞의 글에서, 우리의 역사적 전개 과정으로 본다면 마땅히 반항할 상황이 수두룩했는데도, 복종이 최대의 미덕이란 관습이 사회를 지배했으므로, 이렇다 할 반항의 면모를 보인 것이 없다고 주장하고 있다. 특히 새 국가의 건설에 따른 정변, 병란, 민란 등을 겪는 동안에 정의로운 저항은 끊임없이 전개되었으나, 그러한 저항의 정신을 문학으로 승화시킨 작품(특히 시 분야에서)은 찾아보기 힘들다.

그러나 20세기에 가까워지면서 일본이 본격적으로 우리의 주권에 간섭을 하기 시작하자, 많은 열사, 지사들이 일본에 저항하는 노래를 부르기 시작했으나[3], 이들의 노래는 주로 한시로 남겨졌으며, 본격적인 시인으로서의 작품은 희소한 편이다.

1919년 《창조》를 통해 발표한 주요한의 「불노리」를 시작으로 근대시가 출발하긴 하지만, 일제 식민지라는 문학적 환경이 우리시의 창작·발전에 많은 장애 요인이 되었음은 의심의 여지가 없다. 특히 우리의 작가들은 서구의 지식인들처럼 철저한 resistance 문학 운동을 벌일 만한 조직, 이념, 문학적 기반 등도 가지지 못했으므로, 일제에 정면으로 도전하는 지하 문학 운동보다는 정상적인 문학 활동을 통해 항일抗日 감정을 노래하고자 했다. 일제 36년간 우리 민족이 겪은 탄압에 비해, 항일 저항시가 질적으로나 양적으로 왜소한 모습을 보이는 이유가 여기에 있는 것이 아닐까 생각한다.

그러나 36년이란 치욕의 기간도 엄연한 우리 역사의 한 매듭이고, 또 불행하게도 이

3) 이 무렵의 항일 저항시로는 『신동한편申東漢編』, 『항일민족시집抗日民族詩集』, 『서문당문고瑞文堂文庫』 193 참조.

무렵에 우리의 근대시가 출발·성장한 시기였으므로, 이 시기의 시의 연구는 우리의 시사詩史를 바르게 정리하고 근대시를 이해하는 데 중요한 작업이라 생각된다.

본고에서 살피고자 하는 심훈의 시에 대한 관심도 이런 측면에서 이해되어야 할 것이다.

본 론

1 . 심훈 문학의 개관

심훈(본명本名은 심대섭沈大燮)은 1901년 9월 12일 서울 노량진에서 태어나, 1936년 9월 16일 36세를 일기로 타계한 당시의 대표적인 조선 지식청년의 한 사람이었다.

연보에 의하면,[4] 심훈은 소설가, 시인, 극작가 겸 영화감독[5], 기자[6] 등 다양한 재능을 발휘했으면서도 실제 생활은 매우 불우한 일생을 살다 간 분이었다.[7]

심훈이 언제부터 시를 쓰기 시작했는지는 확실하지 않으나, 시집 『그날이 오면』에 따르면, 1919년 12월에 쓴 「북경의 걸인」이 최초의 작품으로 나타나 있다. 그는 1919 년 경성고등보통학교 4학년 재학 중 3·1운동에 가담하였다가 투옥되었으며, 4개월간의 옥고를 치르고 집행 유예로 출옥하여 북경北京 등지로 망명 겸 유학을 떠나게 된다. 자유를 잃고 고국을 떠난 울적한 심회가 「북경의 걸인」을 쓰게 된 동기가 되었으리라 생각되며, 일종의 망명 문학의 성격을 띠고 있다.[8] 1923년 귀국 후의 문학활동을 간추리면 다음과 같다.

1923 : 신극연구단체 '극문회劇文會'조직 활동

1924 : 장편번안소설 『미인의 한美人의 恨』(동아일보 연재)

---

4) 심훈의 연보는 상보詳譜가 제공되지 못하고 있으나, 본고에서 참고한 연보로서는 다음과 같다.
·『한국현대 문학 전집 6』, 삼성출판사. 1978.
·『한국 문학 대사전』, 광조출판사. 1980.
·시집 『그날이 오면』
·홍효민, 「상록수와 심훈과」, 『현대문학』 통권97.

5) 『탈춤』(최초의 영화 소설 : 1926년 동아일보 연재).
『먼동이 틀 때』(원작, 각색, 감독 : 1927)
『상록수』의 영화화(일제의 탄압으로 좌절 1936)

6) 동아일보, 조선일보, 중앙일보 기자.

7) 그의 수필 「적장세심기赤掌洗心記」에 가난한 생활을 적나라하게 묘사.

8) 동류同類의 작품으로 「고루鼓樓의 삼경三更」, 「심야과황하深夜過黃河」, 「상해上海의 밤」 등.

1930 : 소설 『동방의 애인』, 『불사조不死鳥』(조선일보 연재 중 검열로 중단)

1933 : 장편 『영원의 미소永遠의 微笑』(조선 중앙일보 연재)

1934 : 〃 『직녀성織女星』(〃)

1935 : 장편 『상록수常綠樹』(동아일보 창간 15주년 공모 당선 작품)

1936 : 단편 「황공의 최후黃公의 最後」(신동아)

심훈의 절필은 1936년 8월에 쓴 「오오 조선의 남아여」[9] 이다.

2. 시집 『그날이 오면』

심훈의 유일한 시집인 『그날이 오면』은 1949년 한성도서주식회사漢城圖書株式會社에서 출간했다. 일종의 유고집과 같은 성격을 띠고 있다, 시집詩集 출간을 주선한 그의 중형仲兄 설송雪松씨에 의하면, 『그날이 오면』에 실려 있는 시가詩歌 작품은, 1932년 제1시집으로 발간하기 위해 왜정倭政에 검열을 신청했으나, 시고詩稿의 반 이상이 삭제의 적인赤印이 찍혀 뜻을 이루지 못하고 말았다는 것이다.[10] 비록, 일제 치하에서 출간되어 독자들의 가슴을 적셔줄 수 있는 기회는 놓쳤지만, 그의 시집이 출판됨으로써, 소설가가 아닌 시인으로서의 독특한 심훈의 모습을 살필 수 있게 된 것은 여간 다행한 일이 아니다.

시집의 목차를 간추리면 다음과 같다.

· 발간사–중형 설송仲兄 雪松

· 머리말씀–1932년, 심훈沈熏

· 어머님께–감옥에서 어머님께 올린 편지글

· 시편

서시序詩 : 밤

봄의 서곡序曲 : 봄의 서곡 외 12편

그날이 오면 : 그날이 오면 외 7편

짝 잃은 기러기 : 짝 잃은 기러기 외 12편

9) 이 시는 1396년 8월 10일 베를린 올림픽에서 손기정, 남성훈 선수의 우승의 소식을 듣고 신문호의 위에다 쓴 즉흥시

10) 시집 「그날이 오면」, 1쪽.

태양太陽의 임종臨終 : 태양太陽의 임종臨終 외 7편

거국편去國篇 : 잘있거라 나의 서울이여 외 6편

· 항주유기抗州遊記 : 평호추월平湖秋月 외 13편.

· 수필 : 조선朝鮮의 영웅英雄 외 4편

· 절필絕筆 : 오오 조선朝鮮의 남아男兒여 !

3. 현실과 시

비록 뜻을 이루지는 못했지만, 심훈은 1932년에 그가 지금까지 쓴 시를 모아서 시집 『그날이 오면』의 출판을 시도했다는 것은 앞에서 밝힌 바 있다. 그 때 그가 쓴 시집의 '머리말씀' 허두에 다음과 같은 구절이 있다.

> 나는 쓰기를 위해서 시詩를 써 본 적이 없읍니다. 더구나 시인이 되려는 생각도 해보지 아니하였읍니다. 다만 닫다가 미칠듯이 파도波濤치는 정열情熱에 마음이 부다끼면 죄수罪囚가 손톱 끝으로 감방監房의 벽壁을 긁어 낙서落書하듯 한 것이 그럭저럭 근백수近百首나 되기에 한곳에 묶어 보다가 이 보잘것없는 시가집이 이루어진 것입니다.
>
> 시가에 관한 이론이나 예투例套의 겸사謙辭는 늘어놓지 않습니다마는 막상 책상머리에 어중이떠중이 모인 것들을 쓰다듬어 보자니 이목耳目이 반듯한 놈은 거의 한 수首도 없었읍니다. 그러나 병신病身자식이기 때문에 참아버리기 어렵고 솔직한 내 마음의 결정인지라 지구知舊에게 하소연이나 해 보고 싶은 서글픈 충동으로 누더기를 기워서 조각보를 만들어 본 것입니다.[11)]

시인 스스로가 자기 작품에 만족하는 경우가 쉬울까마는, 심훈도 이목耳目이 반듯한 시가 한 수首도 없다고 불만을 토로한다. 그러나 그의 작품들은 수인囚人이 감방 벽에 인고忍苦를 낙서하듯 솔직한 내 마음의 결정이기 때문에 지구知舊에게 내보이고 싶다는 그의 하소연은

11) 『그날이 오면』, 5쪽.

심훈 시의 성격을 읽어 내는 데 커다란 길잡이가 될 것이다. 그가 살고 있는 현실이 절박하면 할수록 시詩란 낙서는 처절하고 운명적일 수밖에 없는 것이다.

내가 음악가가 된다면/ 가느다란 줄이나 뜯는
제금가提琴家는 아니되려오/ Highte 까지나 목청을 끌어 올리는
카루소 같은 성악가가 되거나/ 쏼랴핀 만치나 우렁찬 빼스로

내 설움과 우리의 설음을 버무려
목구멍에 피를 끓이며 영탄 노래를 부르고 싶소.

장자腸子 끝이 묻어나도록 성량聲量껏 내뽑다가
설음이 복받쳐 몸둘 곳이 없으면
몇 만萬 청중 앞에서 거꾸러져도 좋겠고

내가 화가畵家가 된다면/ 피아드리처럼 고리삭고
미레에처럼 유한悠閑한 그림은 마음이 간지러워서 못 그리겠소
몽통하고 굵다란 선이 살아서/ 구름속 용龍 같이 꿈틀거리고
반·고호의 필력筆刀을 빌어/ 나와 내 친구의 얼굴을 그리고 싶소
(제4연 생략)
무엇이 되든지 내 생명의 한토막을
짧고 굵다랗게 태워버리고 싶소

– 「생명生命의 한 토막」 –

우리가 이 시를 읽어 가면, 심훈의 시가 어떤 목소리로 독자 앞에 나타나리라는 것은 쉽게 짐작할 수가 있다. 가느다란 줄이나 뜯는 제금가가 아니라, 피아드리처럼 고리삭은 화폭에 매달리는 화가가 아니라, 음악가가 되든 화가가 되든 내 생명 한 토막을 짧고 굵게 태워버릴 수 있는 삶을 살고 싶다는 심훈의 절규에서도 그의 시인으로서의 자세를 엿볼 수 있다. 30년대를 전후한 식민지 시대의 참담함이, 활동적인 심훈에게는 견딜 수 없는 고역이었을

것이다. 특히 이 시가 쓰인 1932년은 조선일보를 사직하고 경성방송국 문예담당직에서도 사상 불온으로 물러난 이듬해였고, 시집 출간도 좌절된 최악의 시기였다고 할 수 있다. 이러한 상황임에도 그는 현실에 야합하거나, 미화된 현실을 완강히 거부하고, 설움에 찬 현실을 목청껏 외치고 싶은 것이다.

너에게 무엇을 주랴/ 맥脈이 각각刻刻으로 끊어지고
마지막 숨을 가쁘게 드리모는/ 사랑하는 너에게 무엇을 주랴

눈물도 소매를 쥐어짜도록 흘려 보았다.
한숨도 땅이 꺼지도록 쉬어 보았다.
그래도 네 숨소리는 더욱 가늘어만 가고
시방은 신음하는 소리도 들리지 않는다.

눈물도 한숨도 소용이 없다./ 경經읽거나 무꾸리하는 것과 다름이 없다.
손끝 맺고 들여다보고만 있을 수도 없는 노릇이다.
너에게 딸린 생명生命이 하나요 둘도 아닌 것을……

오직 한 가지 길이 남았을 뿐이다./ 손가락을 깨물어 따근한 피를
그 입속에 방울방울 떨어뜨리자/
우리는 반드시 소생蘇生할 것을 굳게 믿는다.
마지막으로 붉은 정성을 다하여
산 제물祭物로 우리의 몸을 너에게 바칠 뿐이다.

-「너에게 무엇을 주랴」-

이 시의 눈물과 한숨은 나라를 잃은 피지배 민족이 겪어야 하는 인고忍苦의 표상이다. 그러나 아무리 진실된 눈물과 한숨이라도 시시각각 끊어져 가는 맥脈을 지속시킬 수는 없는 것이다. 거기에는 소생의 피가 필요한 것이다. 그 한 방울의 피를 바치기 위해서 내 몸을 제물로 바치겠다는 시인의 자세야말로 행동과 시의 결합이라는 정열을 엿볼 수 있다. 그는

현실을 직시할 줄 알았고, 질식해 가는 현실을 회복시키기 위한 몸부림이, 시인의 목소리로 울려 나오고 있는 것이다.

사랑하는 벗이여
슬픔빛 감추기란 매 맞기보다도 어렵습니다.
온갖 설움을 꿀꺽 꿀꺽 참아 넘기고
낮에는 히히 허허 실없는 체하건만
쥐죽은 듯한 깊은 밤은 사나이의 통곡장이외다.

사랑하는 그대여
조상에게 그저 받은 뼈와 살이어늘
남은 것이라고는 벌거벗은 알몸 뿐이어늘
그것이 아까와 놈들 앞에 절하고 무릎을 끓는 나는 샤록보다도 더 인색한 놈이외다.
쌀 삶은 것 먹을 줄 아니 그 이름이 사람이외다.

놈들 앞에 절하고 무릎 끓어야 하는 피지배 민족의 비애, 목숨을 부지하기 위하여 온갖 설움을 참아 가며 넘겨야하는 자신(우리들)의 모습이, 이름만의 사람에 불과하다는 그의 외침은, 새날을 기약하며 와신상담하는 그의 신념과도 연결될 수 있을 것이다.(이 문제는 다음 장에서 언급되겠지만)

이상에서 간단히 살펴 본 바와 같이, 심훈의 가슴 속에는 항상 나라 잃은 울분이 가득 차 있고, 그 울분을 끓이다 넘쳐서 토해내는 것이 그의 시詩인 것이다, 아무리 수양이 되고, 체계적인 이론을 무장하고 있다 해도 마음의 샘에서 넘쳐나는 목소리는 거칠어서 다듬어지기가 어려울 것이다. 그러나 그렇게 울려 나온 목소리는 가식이나 꾸밈을 멀리한 진실한 마음의 표현임은 의심할 여지가 없을 것이다. 즉, 시인의 거짓 없는 목소리가 현실과 결부됨으로써, 독자들은 피안의 문학 세계가 아닌 공감의 문학 세계를 발견할 수 있는 것이다.

4. 심훈 시의 저항성

위에서 살펴 본 '현실과 시'는 문학의 사회적 역할, 현실 생활과의 관계를 중시하는 사회·윤리 비평의 관점에서, 심훈의 시에 접근해 본 것이다. 사회·윤리적인 비평에서도 문학 작품의 기교와 형식은 기왕에 '주어 진 것', '으레 있는 것'으로 간주되는 경향이 있다. 즉, 작가의 특성은 형식이나 기교에 의해서가 아니라, 사상적 내용에 의해서 조성된다는 것이다.[12] 식민지 치하의 현실을 직시할 수 있었던 심훈은, 그의 시작詩作에 있어서 두 가지 명확한 태도를 고수하고 있다.

첫째는, 우리가 처한 현실을 바로 보고 숨김없이 표현한 점.

둘째는, 미래의 보장이 전혀 보이지 않는 상황에서도, 민족 해방이란 역사의식을 잃지 않고 표현한 점.

이러한 태도의 명확함이, 굴절 없는 저항시를 쓸 수 있었던 원동력이 되었으리라는 것은 의심의 여지가 없다.

(1) 직설적인 표현의 시

입술을 깨물고 유언遺言 한마디 아니한 그대의 심사心思를
뉘라서 모르리까 어느 가슴엔들 새겨지지 않았으리까
설마 그대의 노모약처老母弱妻를 길바닥에 나앉게야 하오리까
사랑하던 벗이 한걸음 앞서거니 든든은 하오마는
삼십三十 평생을 숨도 크게 못 쉬도록 청춘靑春을 말려 죽인
살뜰한 이놈의 현실에 치가 떨릴 뿐이외다.

–「곡서해哭曙海」 5, 6연 –

그러나 파랗고 빨간 잉크는 정맥靜脈과 동맥動脈의 피
최후의 일상一滴까지 종이 위에 그 피를 뿌릴 뿐이다.

12) 이상섭, 『문학 연구의 방법』, 탐구당, 1980. 128쪽.

비바람이 험궂다고 역사歷史의 바퀴가 역전逆轉할 것인가
마지막 심판날을 기약하는 우리의 정성이 굽힐 것인가
동지여 우리는 퇴각을 모르는 전위의 투사다.

박탈剝奪, 아사餓死, 음독飮毒, 자살自殺의 경과보고가 우리의 밥벌이냐
아연활동俄然活動, 검거檢擧, 송국送局, 판결언도判決言渡, 오년五年, 십년十年의
스코어를 적은 것이 허구한 날의 직책이란 말이냐
창槍끝 같이 철필鐵筆촉을 베려 모든 암흑면을 파헤치자
샅샅이 파헤쳐 온갖 죄악罪惡을 백주白晝에 폭로하자

-「필경筆耕」 2. 3연-

심훈의 시에는 망설임이 없다. 서해曙海의 죽음을 슬퍼하면서도 삼십 평생을 숨도 한 번 크게 쉬지 못하고 청춘을 말려 버린 식민지하의 비극이, 사자死者의 얼굴 위에나 시인 자신의 마음에 짙게 깔려 있는 것이다.

신문기자로서의 양심이, 현실의 암흑면을 샅샅이 파헤쳐 죄악을 백주에 폭로해야 한다는 책임의식을 갖게 할 수도 있다. 그러나 그런 책임의식을 한 편의 시로써, 그것도 가장 강한 목소리로 외칠 수 있었다는 점에서 우리는 굽힐 줄 모르는 저항성을 발견하게 된다.

해마다 봄마다 새 주인主人은
인정전仁政殿 벚꽃 그늘에 잔치를 베풀고
이화梨花의 휘장은 낡은 수레에 붙어
티끌만 날리는 폐허를 굴러 다녀도
일후日後란 뉘 있어 길이 설어나 하랴마는……

오오 쫓겨 가는 무리여
쓰러져버린 한날 우상 앞에 무릎을 꿇지 말라!
덧없는 인생 죽고야 마는 것이 우리의 숙명宿命이어니
한 사람의 돌아오지 못함을 굳이 설어하지 말라

그러나 오오 그러나
철천에 한을 품은 청상의 설움이로되
이웃집 제단조차 무너져 하소연할 곳 없으니
목매쳐 울고져하나 눈물마져 말라 붙은
억한抑寒한 가슴을 이 한날에 두드리며 울자!
이마로 흙을 비비며 눈으로 피를 뿜으며—

– 「통곡痛哭 속에서」 6. 7. 8연 –

아아 조선은, 마음 약弱한 젊은 사람에게 술을 먹인다.
뜻이 굳지 못한 청춘靑春더러 골을 녹이려 한다.
생재목生材木에 알콜을 끼얹어 태워버리려 한다.

– 「조선은 술을 먹인다」 5연 –

궂은비 줄줄이 내리는 황혼의 거리를 우리들은 동지同志의 관棺을 메고 나간다.
만장輓章도 명족銘旗도 세우지 못하고
수의襚依조차 못입힌 시체屍體를 어깨에 얹고
엊그제 떼메어 내오던 옥문獄門을 지나
철벅철벅 말없이 무학재를 넘는다.

– 「만가輓歌」 1연 –

일제 식민지하의 문학 작품의 발표는, 검열이라는 가혹한 장벽을 넘지 않으면 안 되었다. 만해와 같은 혁명가로서의 정열도 「님의 침묵」과 같은 온건하고 느슨한 정조情調의 시를 쓰게 한 이유는, 아마도 발표 과정에서의 검열을 의식했기 때문이라는 주장을[13] 상기한다면, 검열의 장벽이 얼마나 두꺼웠는가를 알 수 있다.

그럼에도 불구하고, 심훈의 시에서는 도전적이고 직설적인 표현이 조금도 수그러지지

13) 이명재, 「한용운 문학 연구」, 「한용운 사상 연구」, 민족사, 1980, 171~172쪽.

않는다. 물론 심훈이 KAPF의 전신인 염군사陷群社에 가담하여 신경향파新傾向派 문학활동[14]을 하긴 했지만, 이후 민족주의적인 문학 쪽으로 전환하였다.[15]

그런데 KAPF가 벌인 지나친 사회운동과 현실경도는 공산주의와 맥을 이음으로 빛을 잃은 데 비해서(문학적으로), 심훈의 현실경도는 항일에 바탕을 두고 있다는 점에서 더욱 빛나는 것이다.

새로 바뀐 인정전 주인이 벚꽃잔치를 베푸는, 피를 토할 것 같은 현실에의 절규, 젊은이의 골을 녹일 것처럼 술을 권하는 조선의 현실, 육사에 가까운 주검을 메지 않을 수 없는 현실에의 분노는, 검열의 의식보다는 보다 적극적인 문학 투쟁의 모습이라 볼 수 있다.

(2) 해방에의 확신감

심훈의 시가 우리의 현대시사現代詩史에서 차지할 수 있는 비중은, 일제에 대한 저항적인 요소가 매우 두드러지기 때문이다. 김용직은 일제 치하의 시를 그 정신적인 경향에 따라 다음 세 가지로 분류했다.

① 다만, 우리말로 이루어진 작품들—표현 매체가 우리말로 되어 있을 뿐, 민족의식이나 항일 저항의 측면이 드러나지 않는 작품

② 그 형태와 구조에서 독특한 지성, 상상력의 개입이 확인되는 작품들

③ 그 구조가 분석되는 경우, 그 의미 내용의 기조가 항일 저항 쪽에 놓이고 있는 작품들[16]

물론 ①, ②에 해당하는 작품들도, 일제의 식민 정책의 궁극적 목표가 민족의 언어와 정신을 말살한 우리 민족의 완전한 노예화에 있었다면, 항일抗日에 일조一助했다고 볼 수는 있다. 그러나 진정한 의미에 있어서의 저항시는 ③의 유형에 속한 시들이었다. 왜냐하면 일제의 민족말살 정책에 대항하여 종족의 생명을 보전하는 길은 반일저항反日抵抗의 방법밖에는 없었기 때문이다.

심훈의 시에 나타난 반일저항성反日抵抗性은 앞에서도 상당히 논의되었다. 그리고 그의 시집

---

14) 조병화 공, 『한국 현대 문학사』, 유림사, 1981, 81쪽.
　홍효민, 『상록수와 심훈』, 269쪽.

15) 조병화, 앞의 책, 30쪽.

16) 김용직, 『한국 현대시 연구』, 일지사, 1974, 369쪽.

「그날이 오면」을 읽는 독자라면 대번에 그의 강력한 항일抗日의식을 발견할 수 있을 것이다.

그런데 심훈의 철저한 반일저항反日抵抗의 본 바탕이 무엇일까 하는 것은 항일抗日의 성격을 파악하는 데도 도움이 될 것이다. 필자는, 심훈이 끝내 일제와 타협하지 않고 숨을 거둔 그의 생활 자체가 저항시를 쓸 수 있었던 바탕이 되었음을 틀림없다고 보지만, 한걸음 나아가서 그의 민족 해방에 대한 확고한 신념이 용기를 잃지 않고 저항시를 쓴 원인이라고 보고 싶다.

그날이 오면 그날이 오면/ 삼각산三角山이 일어나 더덩실 춤이라도 추고
한강漢江물이 뒤집혀 용솟음 칠 그날이
이 목숨이 끊이기 전에 와 주기만 하량이면
나는 밤하늘에 날으는 까마귀와 같이
종로鐘路의 人聲인경을 머리로 드리 받아 올리오리다.
두개골은 깨어져 산산조각이 나도
기뻐서 죽사오매 오히려 무슨 한이 남으오리까

그날이 와서 오오 그날이 와서
육조六曹앞 넓은 길을 울며 뛰며 딩굴어도
그래도 넘치는 기쁨에 가슴이 미어질 듯 하거든
드는 칼로 이몸의 가죽이라도 벗겨서
커다란 북鼓을 만들어 들쳐메고는
여러분의 행렬에 앞장을 서오리다.
우렁찬 그 소리를 한번이라도 듣기만 하면
그 자리에 꺼꾸러져도 눈을 감겠소이다.

– 「그날이 오면」 –

이 작품은 1930년 3월 1일에 쓴 시이다. 그를 영광스럽게도 감옥으로 보냈던 3·1운동을 머릿속에 그리면서, 해방의 그 날을 애태우며 기다리고 있다. 현대시를 논하는 자리에서

심훈이 등장한다면 으레 그의 대표작으로 인용되는 시이기도 하다.

김용직 교수도 육사陸史 시詩의 저항성을 밝히는 글에서, 「그날이 오면」이란 작품은 민족 해방을 열망한 저항시로써 손색이 없다[17]고 밝힌 적이 있다. 특히, 옥스포드 대학의 시학 교수였던 C.M.Bowra는 「그날이 오면」을 논하는 자리에서, 그가 예견하는 것은 한국의 해방이며 국토와 주민 모두가 쇠사슬에서 풀려나는 일이다. 그는 이것을 계급과 배경의 여하에 불구하고 모든 동포가 이해할 수 있는 이미지로 형성한다. ……그는 자기 자신을 주체主體로 쓰고 있지만, 그 영감의 연원은 오랫동안 기다려 온, 무자비한 압제로부터의 해방이 멀지 않았다는 인식에 있다[18]는 견해를 밝힌 바 있다. 세계 저항시抵抗詩를 논하는 자리에서 한국시의 유일한 예시 작품으로 선택되었다는 것은, 그의 강렬한 저항성과 미래에 대한 확신의 결과가 아니었던가 한다.

또, 한국의 대표적인 항일抗日 시인으로 평가되는 육사陸史가 노래한 '다시 천고千古 뒤에/ 백마白馬 타고 오는 초인超人이 있어' 라는 구절과 심훈의 '한강물이 뒤집혀 용솟음칠 그날이/ 이 목숨이 끊어지기 전에 와 주기만 하량이면' 라는 구절을 비교해 봐도, 심훈의 해방에의 열망이 얼마나 절실했는가를 짐작할 수 있다.

바가지 쪽 걸어지고 집 떠난 형제
거칠은 벌판에 강냉이 이삭을 줍는 자매姉妹여
부디 부디 백골이나마 이 흙속에 돌아와 묻히소서
오오 바라다볼수록 아름다운 나의 강산이여

– 「나의 江山이여」 마지막 연 –

그대와 나, 개미 떼처럼/ 한데 뭉쳐 꾸준하게 부지런하게
땀을 흘리며 폐허를 지키고/ 또 굽히지 말고 싸우며 나가자
우리의 역사는 눈물에 미끄러져/ 뒷걸음치지 않으리니

– 「봄의 서곡序曲」 2연 끝 부분 –

17) 김용직, 앞의 책, 375쪽.

18) Bowra, 『poet ry and politics』, 김남일 역, 전예원, 1983, 154~156쪽 참조.

사랑하는 젊은 벗이여
그대의 눈에 미지근한 눈물을 걷우라!
그대의 가슴을 헤치고 헛된 탄식의 뿌리를 뽑아 버려라
저 늙은 거지도 기를 써고 찾아 왔거늘

그 봄도, 우리의 봄도, 눈앞에 오고야 말 것을
아아, 어찌하여 그대들은 믿지 않는가?

－「거리의 봄」 마지막 연 －

북간도 벌판을 헤매던 자매姉妹가, 이 땅에 묻히기 위해서는 나라가 해방되어야 할 것이다. 또 땀 흘려 폐허를 지키면 결코 역사가 뒷걸음치지 않으리라는 신념도, 눈앞에 오고야 말 봄도, 일제의 쇠사슬에서 벗어나는 해방의 그 날을 노래하고 있는 것이다.

이처럼 심훈은 잃었던 조국을 언젠가는 되찾을 수 있다는 확고한 신념이 있었기 때문에, 줄기찬 저항의 노래를 부를 수 있었을 것이다.

5 .「추야장秋夜長」의 시적詩的 성공成功

심훈의 시가 확고한 주제와 진실, 그리고 당시의 상황으로써는 보기 드문 저항성을 지녔으면서도, 한용운, 윤동주, 이육사와 같은 다른 저항 시인들에 비해, 덜 언급되고 제대로의 평가를 받지 못하는 이유는 무엇일까? 정도의 차이는 있겠지만, 그들은 일제시대를 살아가면서 투철한 민족정신을 지니고 있었고, 또 나라 잃은 민족의 설움을 시로 하소연 해 보려는 점에서도 공통점을 지니고 있었다. 그런데도 위의 세 시인에 대한 관심은 이제 절정에 이르렀다고 볼 수 있는 데 비해, 심훈 시에 있어서는 지극히 단편적인 언급에 불과한 것이 현실이다. 물론 이러한 현상에는 몇 가지 이유를 예견해 볼 수 있다.

① 비록 일시적이긴 하지만, 심훈이 사회주의 문학에 관심을 가지고 '염군사焰群社' 등에 가담함으로써 민족주의 문학과 대립된 점.

② 시집 『그날이 오면』이 일제 검열의 횡포로 1932년에 간행되지 못하다가 1949년에야 햇빛을 보게 된 점.

③ 문학사적으로 소설 『상록수』의 위명威名에 가려 시인으로서 소홀히 취급된 점.

④ 심훈 시의 대부분이 30년대를 전후해서 창작되었는데, 그 무렵 한국 시의 세련된

미학적 수준에서 볼 때 너무 정열적이고 거칠다는 점 등 여러 가지로 생각해 볼 수 있을 것이다.

①의 이유는, 그의 사회주의적인 작품의 경향을 반일저항反日抵抗의 방향方向으로 정착시킨다면(마땅히 그래야 하겠지만), 오히려 심훈 시의 장점이 될 수 있으며(앞에서도 언급했지만, 그는 신경향파에서 민족주의 문학으로 전향했음), ②, ③은 심훈 시에 관심을 가진 많은 후학들이 등장함으로써 해결될 수 있을 것이다. 그러나 ④의 문제만은 심훈 시가 극복해야 할 가장 큰 고민의 하나일 수 있다.

가장 수긍할 만한 보편적인 시론에서는, 시의 내용과 형식은 불가분의 한 덩어리로써, 가장 조화를 이룰 때 좋은 시가 된다는 것이다.[19] 그런데 내용 쪽에 치우치면 시가 거칠어지고, 형식 쪽에 기울어지면 껍데기만 치장한 시가 되리라는 것은 자명한 사실이다. 이런 측면에서 본다면, 심훈 시는 내용에 치중한 시 쪽에 속한다고 할 수 있다. 그렇다면 심훈은 시의 형식면에 등한시한 것일까? 그래서 그는 시인으로서 마땅한 평가를 받을 수 없는 것일까? 이런 의문에 부정적 대답을 제공하기 위해서, 그가 1932년에 쓴 「추야장秋夜長」이란 시를 분석해 보고자 한다.

귀뜨라미는 문지방을 쪼아내고
뭇버레 덩달아 밤을 써는데
눈감고 책상冊床 머리에 앉아으려면
내마음 가볍고 무거운 생각에
깊이 모를 바다 속으로 가라앉는다
백百길 천千길 한정없이 가라앉는다.

그 물속에서 가만히 눈을 뜨면
작은 걱정은 송사리 떼처럼 모여들어

---

19) 최재서, 『문학 원론』, 신원도서信元圖書, 1963, 379~381쪽 참조.

머리를 마주 모았다가는 흩어지고
큰 근심은 낙지발 같은 흡반吸盤으로
온 몸을 칭칭 감고 떨어질 줄 모른다.
나는 그 근심을 떼치려고 몸을 뒤튼다.

그럴때마다 내 눈앞에 반짝 띠이는 것이 있다.
그것은 불꽃같이 새빨간 산호珊瑚다
파아란 해초海草속에서 불이 붙는 산호珊瑚가지는
내 가슴에 둘도 없는 귀여운 패물佩物이다.
가지마다 새로운 정열을 부채질하는
꺼지지 않는 사랑의 조그만 표상表象이다.

바다속은 캄캄하고 차디찬 물결이 흘러도
그 산호珊瑚 가지만 움켜 쥐고 놓지지 않으면
무서울 것이 없다 괴로울 것이 없다.
불타는 사랑과 뜨거운 정열로
이몸을 태우는 동안에는 온갖 세상 근심이
고기밥이 된다. 거품처럼 흩어지고 만다.

귀뜨라미야 밤을 세워 가며 울거나 말거나
바람이야 삭장귀에 목을 매달거나 말거나
나는 잠자코 내 가슴의 보배를 어루만진다.
밝을 줄 모르는 가울 밤, 깊이 모르는 바다 속에서
눈을 감고 그 산호珊瑚 가지를 어루만진다.

– 「추야장秋夜長」전문全文 –

전장前章에서도 살핀 바와 같이 심훈의 시에는 즉흥적인 감정이 노출된다. 감정을 곱게 삭이지 않고 표현하게 되면, 시적 리듬(호흡)이 거칠어지고 생경한 시어가 나열되기 쉽다.

그래서 그런 시류들은 경우에 따라서 시적 감각이나 기교가 부족한, 즉 예술로서는 성공하지 못한 작품으로 평가되기 쉽다. 그러나 우리는 시를 그렇게 단순하게 평가해서는 안 될 것이다. 오히려 시의 내용과 형식이 불가분의 덩어리라는 것을 인정한다면, 외쳐야 될 내용은 외쳐대는 형식을 취하고, 꾸며야 할 내용은 곰살맞게 꾸며야 할 것이고, 늘어놓아야 할 내용은 늘어놓아야 내용과 형식이 일치되는 시가 될 수 있을 것이다. 한 작가가 무엇을 말하고 있는가에 따라 형식과 기교는 저절로 결정된다. 즉, 사상의 종류, 질, 적용 범위 등에 따라 작가의 기초 수련 사항인 형식과 기교가 거기 어울리게 마련이라고 보는, 사회윤리주의 비평가들의 주장에 귀를 기울일 필요가 있다.[20)]

나라 잃은 설움이 북받쳐 주먹을 부르쥐고 시를 쓰는 시인이 비단 같은 시어를 찾아내고, 함축적인 표현을 찾기에 힘을 쏟는다면 그의 시는 싱싱한 풋김치와 같은 살아 움직이는 시가 아니라, 숨죽은 묵은 김치와 같은 시가 되고 말 것이다.

Realist들에게는, 미학은 꾸준히 감소하게 마련이고 형식의 문제보다 긴급한 내용의 문제 때문에 말소당한다[21)]는 리얼리즘 문학론이 심훈 시의 연구에는 크게 작용되어야 할 것이다.

그래서 심훈 시의 평가는 너무 시적 기교에 초점을 맞추어서는 안 되리라 생각된다. 그렇다고 심훈이 시인으로서 형식면을 소홀히 했다는 것은 아니다. 앞서 인용한 「추야장秋夜長」을 분석함으로써 그러한 편견에서 벗어날 수 있을 것이다.

1연의 1, 2행의 표현은 어느 기교파 시인의 표현에도 뒤지지 않는다. 가을벌레들의 활발한 밤 활동이 눈에 보이듯 선하다. 마음이 깊은 바닷속으로 가라앉는다는 것은 사색의 침전이다. 현실에서 떠나고 싶어 눈을 감았지만, 환상의 세계는 오히려 현실보다 더 악착스럽다. 결국 현실의 괴로움을 끊어버릴 수 없는 자신을 발견하고 있는 것이 2연이다.(2연의 '송사리 떼처럼' 하는 직유는, 관용적 표현으로 처리할 수도 있겠지만, 바닷물 속에서 눈을 뜨고 있는 상태라면 '멸치 떼처럼'과 같은 바닷고기를 보조관념으로 사용했더라면 낙지발과 호응이 될 수 있었을 것이다.)

2연에서 사면초가四面楚歌에 놓인 괴로움을 시인은 의연히 극복할 길을 찾아낸다. 그것이 3연의 산호珊瑚의 발견發見이다. 3연의 은유는 시를 한결 돋보이게 하면서도 힘을 제공해

20) 이상섭, 『문학 연구 방법』, 128쪽.

21) Damian Grant, 『Realiam』, 김종운金種云 역, 서울대출판부, 1979, 36~37쪽 참조.

주는 원천이다. 산호는 시인이 지닌 정열이다. 이 정열은 현실을 극복해 나가려는 시인의 의지이며 힘이다. 이러한 의지가 현실의 괴로움을 떨쳐버릴 수 있는 힘이 되는 것이다. 어떤 상황하에서도 현실을 극복하고 빨간 산호珊瑚를 어루만지겠다는 4, 5연이야말로 시인의 굽힐 줄 모르는 신념을 확인할 수 있는 부분이다.

「추야장秋夜長」의 배경은 일제하의 암담한 현실임엔 틀림없다. 그러나 그 암담한 현실을 직설적으로 표현하지 않은 것이, 심훈의 다른 저항시와 구별되는 점이다. 바닷속의 환상의 세계를 설정하고, 그 환상의 세계 속에서 만나는 온갖 세상 근심을 그의 의지로 극복해 나가려 한다. 이 시에 쓰인 적절한 비유와 감정의 다스림에서, 심훈이 그저 외쳐대는 시만 쓴 시인이 아니라는 사실을 알게 된다.

결 론

오늘날 현대문학의 연구 분야 중에서 작가론이 차지하는 비중은 매우 크다. 그것은 작가론과 작품론이 문학 연구의 핵심이 되고 있기 때문이다.

그런데 과연 작가론을 위한 작가 선정에는 문제가 없는 것인지에 대해서는 의문을 느낀다. 지금까지의 작가론은, 문학사적 정리에 결정적 역할을 한 작가들, 또는 연구할 수 있는 자료를 풍부히 가진 작가들에 치우친 감이 없지 않다. 이러한 경향은 시인 쪽에서도 마찬가지다, 마땅히 작품과 문학적 업적이 총체적으로 정리되어야 할 시인임에도 소외당하는 경우가 있다. 바로 그런 시인 중의 한 사람이 심훈이 아닐까 생각된다.

그래서 필자는, 우선 심훈의 유작 시집인 『그날이 오면』을 대상으로 그의 시를 살펴본 것이다. 물론 본고의 연구 태도는 매우 산만하고 개괄적인 것이었다. 그리고 저항 시인으로서의 모습만을 강조한 아쉬움이 없는 것은 아니다. 참다운 시의 연구는, 시가 지닐 수 있는 시의 모든 요소들이 구체적으로 정리되고, 그러한 요소들이 어떻게 조화 있게 결합되어 있는지를 밝히는 것이라고 생각한다. 심훈 시에 대한 이러한 작업은 다음으로 미루기로 하고, 우선 본고에서 다루어진 내용을 간추려 보면 다음과 같다.

1) 심훈은 문학 장르 전반에 걸쳐 작품을 남긴 다재다능한 작가였다.

2) 그의 유고시집 『그날이 오면』은 일제하인 1932년에는 빛을 보지 못했으나, 해방이 된 1949년에 발간되었다. 총 65편의 시가 정리됨으로써 심훈의 시인으로서의 면모를 역력히

살필 수 있다.

3) 심훈의 시는 철저하게 현실적이었다. 그의 작품은 피안의 세계를 동경하는 낭만적 시가 아니라, 살아가는 현실에 뿌리를 굳게 내린 사실적 시였다.

4) 심훈 시에 흐르는 줄기찬 반일저항[反日抵抗]의식은 망설임이 없는 직설적인 표현과, 조국 광복에 대한 확실한 신념이 바탕이 되었기 때문에 더욱 친근하고 절실하다.

5) 따라서, 심훈은 일제하의 저항시를 논하는 자리에서는 마땅히 대표적인 시인으로 평가받아야 할 것이다.

참고문헌

1. 심훈, 『그날이 오면』, 한성도서, 1949. (영인본)
2. 김용직, 『한국 현대시 연구』, 일지사, 1976.
3. 신동한 편, 『항일 민족시집』, 서문당, 1975.
4. 이명재, 『한용운 문학연구』, 민족사, 1980.
5. 이상섭, 『문학 연구의 방법』, 탐구당, 1980.
6. 임종국, 『친일 문학론』, 평화출판사, 1966.
7. 조병화, 『한국 현대 문학사』, 유림사, 1981.
8. 『현대문학現代文學』통권 76호·97호, 『한국현대문학전집 6』, 삼성출판사, 1978.
9. C. M. Bowra, 『poetry and politics』, 김남일 역, 전예원, 1983.
10. Damian Grant, 『Realism』, 김종운 역, 서울대출판사, 1979.
11. J. D. Wilkinson, 『The Intellectual Resistance in Europe』, 이인호李仁浩 공共역, 문학과 지성사, 1984.

심훈의 「그날이 오면」
– 이 시에 충만한 항일민족 정신의 소유所由 고攷

노재찬

머리말

그날이 오면, 그 날이 오며는
삼각산이 일어나 더덩실 춤이라도 추고,
한강 물이 뒤집혀 용솟음 칠 그 날이,
이 목숨이 끊기기 전에 와 주기만 하량이면,
나는 밤하늘에 날으는 까마귀와 같이
종로의 인경人磬을 머리로 들이받아 울리오리다.
두개골頭蓋骨은 깨어져 산산조각이 나도
기뻐서 죽사오매 오히려 무슨 한限이 남으오리까.

그 날이 와서 오오 그 날이 와서
육조六曹 앞 넓은 길을 울며 뛰며 뒹굴어도
그래도 넘치는 기쁨에 가슴이 미어질 듯하거든
드는 칼로 이 몸의 가죽이라도 벗겨서
커다란 북을 만들어 들쳐 메고는
여러분의 행렬行列에 앞장을 서오리다,
우렁찬 그 소리를 한 번이라도 듣기만 하면
그 자리에 거꾸러져도 눈을 감겠소이다.

1930년에 발표된 심훈의 이 시가 항일민족시로서 인구人口에 회자膾炙되는 것은 이 시 속에 담긴 민족의 자유에 대한 열망이 당시의 겨레의 가슴 속에 충만돼 있는, 일제의 압제로 인한 분만과 울적된 감정에 명확한 표현을 부여했다는 것은 물론이거니와, 민족의 자유를 위해서는 자기 자신을 근원적으로 부정하는 사생취의捨生取義의 정신에 말미암은 것이라 하겠다.

한편 이와 같은 기원冀願과 그 정신이 그의 거개의 작품에 미만彌漫돼 있음을 생각할 때, 이 시는 그것의 위축疑縮된 표현이라 하겠으며, 심훈 문학의 본령本領이 도한 여기에 있다고 보아지는 것이다. 본고는 이런 견지에서 이 시에 있어서의 조국 광복에 대한 그의 「들끓는 염원念願」[2] 또는 갈망渴望과 사생취의捨生取義의 정신이 소유연所由然을 그의 전 작품에 관련해서 살펴보고자 하는 것이다.

조국 광복祖國光復의 갈망渴望

심훈의 시 「그날이 오면」의 발상은 이 시가 발표되기 훨씬 이전으로 소급된다.

> 서대문西大門 감옥監獄 높은 담 위에 태극기太極旗가 펄펄 날릴 때 굳센 팔다리로 옥문獄門을 깨뜨리고 환호와 만세의 부르짖음으로 열광熱狂하여 뛰는 군중群衆— 에웨싸인 것을 꼭 믿고 생각하고……오— 상제上帝여 그의 원망 속히 이루어 주소서![3]

이것은 1920년 1월 17일의 일기 속에 있는 글이지만, 1927년 8월 《별건곤別乾坤》에 발표된

1) 「시」, 『전집』1, 53~54쪽.

ㄱ)전집은 탐구당探求堂의 '심훈 문학전집'을, 『상록수』만은 민중서관 간행의 '한국문학전집韓國文學全集 17권'을 가리킴.

ㄴ)인용문引用文 가운데 '……'은 죄다 필자에 의함.

2) 김용직金溶稷, 『한국현대시연구』, 일조각, 1974, 376쪽.

3) '일기日記', 『전집』 3, 586쪽.

수필 「남가일몽南柯一夢」에는 그의 「그날이 오면」과 같은 민족의 자유의 기원冀願을 꿈의 환상幻想으로 나타내고 있다.

> ……그리하여서 우리에게도 아주 자유로운 날이 왔습니다. 이 날이란 이 날은 두메 구석이나 산골 궁벽한 마을가지 방방곡곡坊坊曲曲이 봉화烽火가 하늘을 그슬릴 듯이 오르고 백성들의 환호歡呼하는 소리에 산신령山神靈까지도 기쁨에 겨워 사시나무 떨 듯합니다.
>
> 서울 장안長安에는 집집마다 오래간만에 새로운 깃발을 추녀 위에 펄펄 날리고 수만數萬의 어린이들은 울긋불긋하게 새 옷을 갈아입고 기행렬旗行列·제등행렬提燈行列을 하느라고 큰 길은 온통 꽃밭을 이루었습니다.
>
> 할아버지와 할머니는 고생苦生스러웠던 옛날을 조상弔喪하는 마지막 눈물이 주름살 잡힌 얼굴에 어리었고 새파란 젊은이들은 백주에 부끄러운 줄 모르고 사랑하는 사람을 하나씩 끌고 나와 제각기 얼싸안고는 길바닥에서 무도회舞蹈會를 열었습니다. 세로 뛰고—가로 뛰고— 큰 바다로 벗어져 나온 생선生鮮처럼 뜁니다. 뜁니다.[4)]

그러면 그는 왜 이토록 민족의 자유를 갈구했을까.

이에 대한 해답은 그의 「1932년의 문단전망文壇前望」이라는 글 가운데, 다음과 같은 「민족주의民族主義 문학」 진영에 대한 제언提言에서 찾을 수 있게 된다. 그것은 이 속의 "눈 뜨고는 차마 볼 수 없는 모든 현상現像"이란 말이 저간의 사정을 집약하고 있다고 생각되기 때문이다.

> 엄연한 현실을 그대로 방불彷佛케 할 자유가 없는 고애苦哀이야 동정同情 못하는 바는 아닙니다. 그러나 그렇다고 눈 뜨고는 차마 볼 수 없는 모든 현상現像은 전연全然 돌보지 않고 몇 세기世紀씩 기어 올라가서 진부陳腐한 '테마'에 매달리는

4) '남가일몽南柯一夢', 「수필」, 『전집』 3, 520–521쪽.

> 구차苟且한 수단을 상습적常習的으로 쓸 필요는 없을 것입니다. 그것은 너무나 비겁卑怯한 현실도피現實逃避인 까닭입니다.[5)]

그러면 그가 말하는 "눈 뜨고는 차마 볼 수 없는 모든 현상現像"이란 무엇인가.

첫째로 들 수 있는 것은 농촌의 피폐상에 대한 그의 인식이다. 『직녀성』에서는 작중인물의 입을 통해 구체적 내용이 설명되고 있는데, 여기서도 "차마 보고만 있을 수가 없었다"는 표현이 눈에 띈다. 그러나 표면 운동은 할 수 없게 되었어도 그 단체에 소속된 그 지방에 하나밖에 없는 교육기관이 문을 닫게 되어 근 이백이나 되는 무산아동들이 거리로 방황하게 되는 것을 차마 보고만 있을 수가 없었던 것이다.[6)]

『상록수』에서도 농촌의 실상을 "참말 그네들의 사는 형편이 말씀이 아니어요."라 하고 있다.

> 내가 농촌의 태생이면서도 여러 해 나와 있다가, 직접 농촌 속으로 들어가 보니까, 참말 그네들의 사는 형편이 말씀이 아니어요. 신문이나 잡지에서 떠드는 것보다 몇곱절 비참하거든요.[7)]

그런데 농촌의 궁핍상을 농가자녀의 취학 문제로써 대변하고 있음은 이 『상록수』에서도 마찬가지다. 그것은 농촌의 현실이 상상 이상으로 궁지에 있다는 실정을, 아래와 같이, 고작 농촌에 있어 취학한 아동은 소수이고, 악화일로로 내닫는 핍박한 현실에서는 그들 가운데도 중퇴자가 속출하고 있다는 것으로써 알리어 줄 분, 그 이상의 긴박한 정황情況을 찾을 수 없다는 뜻이다.

월사금 육십 전을 못 내고 몇 달씩 밀려오다가, 보통학교에서 쫓겨 난 아이들이 그날도 두 명이나 식전에 책보를 들고, 그 학교의 모자표를 붙인 채 왔다.[8)]

그러나 농촌에 있어 그가 말하는 "눈 뜨고는 차마 볼 수 없는" 정경을, 『영원의

---

5) 「평론」, 『전집』 3, 565~566쪽.

6) 『직녀성』, 『전집』 2, 525쪽.

7) 『상록수』, 25쪽.

8) 상게서上揭書, 79쪽.

미소』에서는 다음과 같이 리얼하게 나타내고 있는 것이다.

물은 지금 한창 써는 중이라, 짙은 회색 빛으로 바다의 뱃바닥이 드러났는데 우박 맞은 잿더미처럼 게구멍이 숭숭 뚫렸다. 그 바닥에 희뜩희뜩 보이는 것은 바위틈의 굴을 쪼아 내고 갯바닥을 수셔서 낙지를 잡아내는 수건 슨 여인네들이었다.

여인네들은 물만 서면 바다로 달려 나가서 그 차디 찬 진흙을 맨발로 수시다가 들어온다. 한 나절이나 추위에 부들부들 떨고서 잡는 낙지나 굴 같은 것은, 자기네가 저녁 반찬을 해 먹는 것이 아니라 쪽떨어진 바가지에 반도 못찬 것을 마을로 들고 돌아와서는 안참봉댁이니 권주사네니 하는 밥술이나 먹는 집으로 가자고 한다. 잘해야 돈 한 냥(십전) 쯤하고 바꾸거나 그러지도 못하면 보리나 좁쌀을 그 바가지에다가 구걸을 해가지고 가는 것이다.

날은 어스레해졌다. 바람이 불기 시작한다. 바닷가에서 일을 하는 사람들이 걸친 옷이 몸에 붙어 있지 않으리 만큼 세차게 분다. 그런데도 일꾼들은 말끔 발을 벗고 바지를 사추리까지 걷어 올렸다. 그 차디찬 갯바닥에 아랫도리를 잠그며 삽으로 괭이로 차디차진 흙덩이를 파올리면, 바소쿠리를 짊어진 일꾼들은 그 흙을 그 허리가 휘도록 져다가 원둑 밑에다 붓는다. 짐은 무거운데 수렁 같은 개흙바닭은 한 다리를 빼내면 한 발이 빠지고 바진 발을 배내려면 빼낸 발이 또다시 빠져 들어간다. 그네들은 굵다란 지렁이 같이 힘줄이 일어선 모가지를 자라목처럼 늘이고 지척지척 가다가는 짐을 부린다. 그러면

"요게 모야? 요렇게 조곰씩 일이하면 무슨 돈이 주나"

하고 원둑 위에서 호령이 내린다.

아침 해가 돋기 전부터 어둑해서 사람의 얼굴을 분간하지 못할 때가지 그들은 일을 한다. 정남의 아버지처럼 잔입으로 나오는 사람도 건성드뭇하다. 점심을 가지고 나온 사람도 조밥이나 수숫덩이가 꾸드러진 것을 먹고 찬 물을 마시고는 이내 일을 시작한다. 그러면 나중에는 몸뚱이가 남의 살같이 뻣뻣해지고 눈이 달린다. 황혼 대도 지나서 집구석이라고 찾아들면 잘해야 시래기죽 한 사발이나, 나깨범벅 한 덩이가 기다리고 있는 것이다. 그렇지도 못하면 정남의 집과 같은

광경을 보는 수밖에 없다.

그런데 그네들이 진종일 몸을 판 삯은 얼마나 되는가? 겨우 삼십 전이다! 그 삼십 전도 날마다 또박또박 받는 것이 아니다. 원둑막이 하는 주인에게 지난해 이른 겨울부터 돈도 취해다 쓰고 양식도 장리長利로 꾸어다 먹었기 때문에 그 품삯으로 메구어 나가는 사람이 거지반이라는 것을 수영은 지난밤에도 동지들에게서 들었었다.

그러니 그네들은 백통전 한 푼도 만져 보지 못하고 보리쌀 한 됫박도 팔아가지고 들어가지 못하는 것은 두 말 할 것도 없다.

수영이는 한 눈도 팔지 않고 앉아서 그네들의 일하는 것을 바라다보았다. 그것은 농촌이 피폐하다든가, 몰락되었다든가 하는 말로는 도저히 형용할 수 없는 참혹한 정경이었다. 동정을 한다든지 눈물이 난다든지 하는 것도 어느 정도까지의 이야기였다.[9]

이와 같이 여기에서는 농촌의 극심한 피폐상을 여실히 보여주고 있거니와, 다음과 같은 경우에는 이 극한의 빈궁에서 초래되는 불행에까지 그의 생각이 미치고 있음을 알게 하는 것이다.

술도 담배도 안 먹고 부지런하기로 이름이 난 수만이언만 춘궁이 들자, 연명할 것이 없으니까 몇 백리 밖으로 모군을 서러 떠났다. 한 번 떠난 뒤는 잘 갔다는 소식조차 없었다. 원체 기성명을 못하는 무식한 사람이지만, 살았는지 죽었는지 기별조차 없는데, 그 집에다 덜컥 불을 내어 놓았다. 알뜰살뜰히 모은 세간을 하나도 건지지 못하고 소지를 올린 것이다. 불이 난 까닭도 말하자면 갓난네집이 구차한 탓이었다. 돼지우리 같으나마 평화하고 단란하던 갓난네 집에 불을 지른 방화범은 가난(貧)이었다.[10]

9) 「영원의 미소」, 『전집』 3, 197~198쪽.
10) 상게서上揭書, 285쪽.

또는 고토故土에서 농토를 잃고, 따라서 생계生計를 잃어버린 동포가 아무런 기약도 없이 일본으로 건너가는데 연락선 안에서의 초라한 그들 행색에 그가 상심함은 말할 것도 없겠거니와, 그 속에서도 주린 어린이가 남이 먹다 버린 도시락을 핥는 광경은 그로서 '눈 뜨고는 차마 볼 수 없는 현상'이 아닐 수 없었을 것이다.

> 간판 위에 섰자니 시름에 겨워
> 선실船室로 내려가니 '만연도항漫然渡航' 백의군白衣郡이다.
> 발가락을 억지로 째어 다비를 꿰고
> 상투 자른 자리에 벙거지를 뒤집어 쓴 골
> 먹다가 버린 벤또밥을 엉금엉금 기어 다니며
> 강아지처럼 핥아먹는 어린 것들!
>
> — 현해탄玄海灘 — 11)

"눈 뜨고는 차마 볼 수 없는 모든 현상現像"이란, 그 현상이 '모든 것일진대, 이것은 농촌이나 실향민에게만 한정되는 것이 아님 물론이다. 다음과 같은 시에서 심훈은 무엇 때문에 어린 나이로 상중喪中에 있게 되었으며, 그들한테 봄을 빼앗고, 행복을 빼앗은 자가 누구인가를 묻고 있다.

> 검은 댕기드린 소녀여
> 눈송이 같이 소복素服입은 소년이여
> 그 무엇이 너희의 작은 가슴을
> 안타깝게도 설움에 떨게 하더냐
> 그 뉘라서 저다지도 뜨거운 눈물을
> 어여쁜 너희의 두 눈으로 짜내라 하더냐?

11) 「시」, 『전집』 1, 112쪽.

가지마다 신록新綠의 아지랑이가 피어오르고
종달새 시내를 다르는 즐거운 봄날에
어찌하여 너희는 벌써 기쁨의 노래를 잊어버렸는가?
천진한 너희의 행복마저 차마 어떤 사람이 빼앗아 가던가?

—「통곡痛哭 속에서」—[12)]

유위有爲의 인재人材들의 수난受難에 대해서도 그는 차마 보고만 있을 수가 없어 분개하는 것이다. 이때의 분개는 일제가 애국지사들—여기서는 심훈의 고구故舊들—에 가한 포학무도에 대하여 그가 일으키는 반응이다.

이게 자네의 얼굴인가?
여보게 박군朴君 이게 정말 자네의 얼굴인가?
알코홀병에 담거논 죽은 사람의 얼굴처럼
마르다 못해 해면海綿같이 부풀어오른 두 뺨
두개골頭蓋骨이 드러나도록 바싹 말라 버린 머리털
아아 이것이 과연 자네의 얼굴이던가?

쇠사슬에 네 몸이 얽히기 전까지도
사나이다운 검붉은 육색肉色에
양미간兩眉間에는 가까이 못 할 위엄이 떠돌았고
침묵에 잠긴 입은 한 번 벌리면
사람을 끌어들이는 매력이 있었더니라.

4년 동안이나 같은 책상에서
벤또 반찬을 다투던 한사람의 박朴은

12) 「시」, 『전집』 1, 54쪽.

교수대絞首臺 곁에서 목숨을 생生으로 말리고 있고
C사에 마주 앉아 붓을 잡을 때
황소처럼 튼튼하던 한 사람의 박朴은
모진 매에 창자가 퉤어져 까마귀 밥이 되었거니.

이제 또 한 사람의 박朴은
음습한 비바람이 스며드는 상해의 깊은 밤
어느 지하실에서 함께 주먹을 부르쥐던 이 박군朴君은
눈을 뜬 채 등골을 뽑히고 나서
산송장이 되어 옥문獄門을 나섰구나.

박朴아 박군朴君아 XX아!
사랑하는 네 아내가 너의 잔해殘骸를 안았다
아직도 목숨이 붙어 있는 동지同志들이 네 손을 잡는다
모로 흩긴 저 눈동자
오! 나는 너의 표정을 읽을 수 있다.

오냐 박군朴君아
눈은 눈을 빼어서 갚고
이는 이를 뽑아서 갚아주마!
너와 같이 모든 X를 잊을 때까지
우리들의 심장心臟의 고동鼓動이 끊칠 때까지.

－「박군朴君의 얼굴」[13] －

이 「박군의 얼굴」이란 시의 모티브는 그의 「몽유병자夢遊病者의 일기(병상잡기)－어느 날

13) 상게서上揭書, 60~62쪽.

일기日記에서-」란 수필에 나타난다.

오후午後 여섯 시 - 석간夕刊이 왔다.

사회면社會面을 펴들었다.……송학선에게 사형死刑 언도言渡!……○○사건으로 서울에 이감移監되는 R군의 자동차自動車 위에 수갑 차고 앉은 사진寫眞, 그 해쓱한 얼굴에 떠도는 기막힌 미소微笑……별안간 전신의 피가 머릿속으로 끓어오른다. 두통이 심해서 터질 것 같다. 조금 있다가 팔봉八峰 형이 와서, 우리와 한 자리에서 일을 하던 P군이 붙잡혀 간 지 불과不過 수 일에 소 같이 튼튼하던 사람이 다 죽게 되어서 입원入院을 하였다는 소식을 전傳한다. 위복염胃腹炎으로 수술手術을 하였다 하나 ○가 지키고 서서 수술手術한 자리는 절대로 보지를 못하게 하는데 말도 못하고 송장이 다 되어 늘어져 있는 그 모양은 차마 볼 수 없더라고 눈물이 글썽글썽해진다. 나는 입술을 악물었다.[14]

다음의 시도 심훈의 생활주변에서 이러한 '눈 뜨고는 차마 볼 수 없는 현상'이 눈에 띄는 것은 비일비재非一非再했음을 말해 주는 것이라 하겠다.

옥중에서 처자 잃고
길거리로 미쳐난 머리 긴 친구
밤마다 백화점 기웃거리며 휘파람 부네

-「토막 생각」[15], 『생활시生活詩』 -

요컨대 그가 말하는 '눈 드고는 차마 볼 수 없는 모든 현상現像'이란 농촌의 참담한 생활상과 애국자의 수난이다.

그런데 전자의 경우, 농촌의 참상은 한국 농촌 본래의 모습이 아님을 강조하고 있다는 것에 유의해야 할 것이다.

뒷동산에 솔잎 다서 송편을 찌고

14) 「수필」, 『전집』 3, 516쪽.

15) 「시」, 『전집』 1, 100쪽.

아랫목에 신청주新淸酒 익어선 밥풀이 동동
내 고향의 추석도 그 옛날엔 풍성했다네
비렁뱅이도 한가위엔 배를 두드렸다네

—「가배절嘉俳節」[16] —

여기서는 농촌의 궁핍이 일제의 가혹한 한국 농촌수탈정책의 결과임을 암시하고 있는데 비하여, 『상록수』에서는 이에 대한 언급을 회피하고 있지마는, 그의 말 못하는 심경을 격화소양隔靴搔癢이라 함에서 그것은 자명의 이치로 되는 것이라 하겠다.

줄잡아 말씀하면 우리 '한곡리'가 무엇 때문에 이렇게 가난한가! 손톱 발톱을 달려가며 죽도록 일을 해도, 우리의 살림살이가 왜 이다지 구차한가? 여러분은 그 까닭이 어디 있는 줄 아십니까?
그 까닭은 여러 가지가 있습니다. 그러나 가장 큰 까닭은, 이 자리에서 말씀하기가 거북한 사정이 있어서, 저부터도 가려운 데를 버선 등 위로 긁는 것 같은 느낌이 없지 않습니다마는,[17]

그리고 여기서 주목되는 것은 유리곤고流離困苦 속에 있는 동포에 대해서, 그의 마음이 그들과는 따뜻한 사랑으로 결부돼 있다는 점이다.

바가지 쪽 걸머지고 집 떠난 형제,
거치른 벌판에 강냉이 이삭을 줍는 자매여,
부디부디 백골白骨이나마 이 흙 속에 돌아와 묻히소서,
오오 바라다볼수록 아름다운 나의 강산이여!

—「나의 강산江山이여」[18] —

16) 상게서上揭書, 78쪽.
17) 『상록수』, 174쪽.
18) 「시」, 『전집』 1, 38쪽.

후자의 경우 애국지사들의 수난은, 일제 폭력의 난무와 그들 침략자들이 이 땅에서 주인 행세를 하는 것을 용납하지 않았거나 그들의 행폭行暴를 규탄했으며, 피검되어서도 모진 고문에 견디어 끝가지 자기네의 소신을 굽히지 않았다는 점, 곧 겨레에 대한 배신자가 되기를 거부했다는 것에 말미암았음을 알게 하는 것이다. 여기서도 주목되는 것은 다음과 같이 옥소를 치르고 있는 노老 혁명가革命家에 대한 그의 애경愛敬이다.

> 날이 몹시도 춥습니다.
> 방 속에서 떠다 놓은 숭늉이 얼구요,
> 오늘 밤엔 영하零下로도 이십도二十度나 된답니다.
> 선생님께서는 그 속에서 오죽이나 추우시리까?
> 얼음장같이 차디찬 마루방 위에
> 담뇨 자락으로 노쇠老衰한 몸을 두르신
> 선생님의 그 모양을 뵈옵는 듯합니다.
>
> —「선생님 생각」[19] —

이렇듯 실향민과 옥중 지사 등에 대한 그의 애정愛情과 애경愛敬은 일제 치하에서 겪는 민족적 피해가 그로 하여금 동포라는 전체성에 눈드게 하여 동포애同胞愛에 이르고 있다는 것을 알게 하는 것이며, 다음은 그가 이러한 동포애로써 잔학한 일제와 강경히 적대하고 있음을 말하는 것이라 하겠다.

> 바라면 바라다볼수록
> 천리 만리 생각이 아득하여
> 구름장을 타고 같이 떠도는 내 마음은,
> 애달프고 심란스럽기 비길 데 없소이다.
> 오늘도 만주 벌에서는 몇 천 명이나 우리 동포가

19) 상게서上揭書, 89쪽.

놈들에게 쫓겨나 모딘 악형惡刑까지 당하고
몇 십 명씩 묶여서 총을 맞고 거구러졌다는 소식!

— 「풀밭에 누워서」[20] —

이상과 같이 심훈에 있어 '눈 뜨고는 차마 볼 수 없는 모든 현상現像'이란 민족적 수난의 모든 것을 가리킴이라 할 것이다. 그리하여 그는 그런 상황을 강요한 일제와 적대하고 있는 것인데, 특히 그런 처지에 놓인 동포에 대한 사랑이야말로 적에 대한 저항의 원소가 되는 것이며, 그가 그의 시 「그날이 오면」에 있어 그토록 민족의 자유를 갈구한 이유가 된다 할 것이다.

사생취의捨生取義

1) 민족民族과의 일체감一體感

「그날이 오면」에 있어 민족의 자유를 위해 자기 자신을 근원적으로 부정하는 정신은 사생취의捨生取義하지 않을 수 없다. 그것은 생生과 의義가 불하양립不下兩立일 때 생生을 버리고 의義를 취하는 것이기 때문이다. 이것은 『맹자孟子』의 다음과 같은 말과 부합符合이 된다.

生亦我所欲也, 義亦我所欲也, 二者不可得兼, 捨生而取義[21]

심훈의 이 사생취의捨生取義의 정신은 그가 1991년 3·1운동에 참여하여 투옥됐을 때, 영어의 몸으로 「어머님께 올린 글월」에서 그 연원을 찾을 수 있게 된다.

어머님!

어머니께서는 조금도 저를 위하여 근심치 마십시오. 지금 조선에는 우리 어머님 같으신 어머니가 몇 천분이요 도 몇 만분이나 계시지 않습니까? 그리고 어머님께서도 이 땅에 이슬을 받고 자라나신 공로 많고 소중한 따님의

---

20) 상게서上揭書, 76쪽.

21) 「고자告子」, 『맹자孟子』.

> 한 분이기고 저는 어머님보다도 더 크신 어머님을 위하여 한 몸을 바치려는 영광스러운 이 땅의 사나이외다[22)]

여기서 사생취의捨生取義정신이 대의멸친大義滅親으로 나타났으며, 이 정신은 1935년의 『상록수』에서도 작중인물인 '채영신'의 입을 통하여 되풀이되고 있는 셈이다.

> 나는 물론 어머니가 낳아서 길러 주신 어머니의 딸이지만 어머니 한 분의 딸 노릇만을 할 수가 없다우. 알아들으시겠우? 어머니 한 분한텐 불효하지만, 내 단엔 수천 수만이나 되는 장래의 어머니들을 위하여 일을 하려고 이 한 몸 바쳤으니까요[23)]

심훈의 이러한 사생취의捨生取義의 정신에서 타기할 대상은 무엇보다도 민족을 외면하고 사리사욕에 급급하며, 개인적 향락의 추구밖에는 염두에 없는 자일 것이다.

> 여러분, 이 아이들이 도대체 누구의 자손입니까? 눈에 눈물이 있고 가죽 속에 붉은 피가 도는 사람이면, 그 술이 차마 목구멍으로 넘어갑니까? 기생이나 광대를 불러서 세월 가는 줄도 모르고 놀아도, 이 가슴이—양심이 아프지 않습니까?[24)]

그리고 불의不義에 의한 축재蓄財도 용납될 수 없음이 그에게는 당연한 이치로 되는 것이라 하겠다.

> 김장관이 일가친척에게까지 구리귀신이라는 소리를 들으면서 자기 재산에 손을 대기는커녕 도장판 하나를 얻어 몇 해 동안 소경도장을 찍느라고 근 십만 원이나 되는 돈을 XX을 낡는 운동에 들이밀고, 영감을 마친 뒤에는 그 지위를 부지하느라고 벼슬아치들의 밑을 씻겨 준 것밖에는 뭉텅이 돈을 써 본 적이

22) 「시」, 『전집』 1, 21쪽.
23) 『상록수』, 21쪽.
24) 상게서上揭書, 91쪽.

> 없었다. 가만히 손끝 맺고 앉았어도 연년히 적어도 수백석지기씩 불었고 은행에 정기예금을 한 돈은 그 이자만 따지더라도 수 만원이 넘으면 넘었다.[25]

> 워낙 기천이가 대를 물려 가면서 고리대금과 장리 벼로, 동리 백성의 고혈을 빨아서 치부를 하였고—주독 간이 부어서 누운 강도사는, 지금도 제 버릇을 놓지 못한다. 당장 망나니의 칼에 목이 베지려고 업혀 가는 도둑놈이, 포도군사의 은동곳을 이빨로 뽑더라는 격으로, 여전히 크게는 못해도 방물장수나 어리장수에게 몇 원씩 내주고 오푼 변으로 갉아 모아서는 기직자리 밑에다가 갈고 눕는 것이 마지막 남은 취미다.[26]

심훈이 이와 같이 악덕 부유층의 축재과정을 폭로하는 것은 고사姑捨하고, 그의 아래와 같은 인식은 편협 내지는 과격함을 면치 못하는 것이라 하겠다.

> 사실 남의 고혈을 착취하지 않고서 돈을 몬다는 건 얄미운 자기변호에 지나지 못하는 줄 알아요.[27]

그리고 그의 이러한 관념과 아울러 그가 다음과 같이 자칭 프롤레타리아라고 한다고 해서 그것이 곧 계급 투쟁의 논리와 유관한 것은 아니다.

> 나는 알몸뚱이로 땅에 떨어졌다. 남루襤褸의 한 조각도 몸에 걸치지 못하고 논 한 뙈기도 팔자八字에 타고 나오질 못하였다.
> 아침부터 저녁가지 헐떡거리고 돌아다녀도 나 한 몸의 생활生活을 지탱 못한다. 그러니 내게도 무산자無産者 '프롤레타리아'라는 관사冠詞가 붙을 것이다.[28]

25) 「불사조」, 『전집』 3, 432쪽.
26) 『상록수』, 102쪽.
27) 상게서上揭書, 122쪽.
28) 「수필」, 『전집』 3, 507쪽.

심훈은 지주의 존재를 인정하고, 지주와 소작인의 공존의 방안을 제시하고 있는 것이다.

> 우리 도내만 해도 '농지령'이 실시된 뒤에 소장쟁의의 건수가 불과 오개월 동안에, 천여 건이나 되는 것을 보아, 짐작할 수가 있지 않습니까? 그러니까 지주나 소작인이 함께 살려면, 적어도 한 십년 동안은 소작권을 이동시키지 말고, 금년에 받은 석수를 따져서 도지로 내맡길 것 같으면, 누구나 제 수입을 위해서 나농懶農을 할 사람이 없을 겝니다.[29)]

또는 경영주나 자본가의 이윤추구도 부정적으로 생각하지 않고 있다는 것도 주시해야 할 것이다.

> 조선영화朝鮮映畫의 봉절封切과 재상영으로 적어도 일년 후면 프로그램의 태반殆半을 점령占領할 수가 있을 것이니 경영자經營者와 관중觀衆이 아울러 적지 않은 이익을 볼 것이다.[30)]

그리고 심훈은 '계급'이란 용어를 자주 쓰고 있는데, 그럴 때도 자기 자신이 또렷한 계급의식을 가진 것은 아니다. 그가 계급이라고 할 때 그것은 다양하다. 계급은 지식의 유무에 따라 일컫기도 한다.

> 지식계급이 어느 시대에든지 무식하고 어리석은 민중들을 끌고 나가고, 그들을……하는 역할役割까지 하는게지만 지금 조선의 지식 분자 같어서야 무슨 일을 하겠나?[31)]

또는 봉건적 잔재인 반상班常의 의식으로 쓰이는 말이기도 하다.

---

29) 『상록수』, 176쪽.

30) '영화단편어映畫斷片語', 「평론」, 『전집』 3, 38쪽.

31) 「영원의 미소」, 『전집』 3, 200쪽.

> 한편으로는 인숙이가 몸가지는 거나 긴 치마를 잘잘 끌고 다니며 나이가 갑절이나 되는 아랫사람들에게 다라지게 '해라'를 하거나 반말로 분별을 하는 것을 보고는
>
> "흥, 너도 양반의 딸이로구나. 귀족의 집 며느리로구나"
>
> 하고 일종의 적개심敵愾心과 같은 감정으로—즉 계급의식의 색안경을 쓰고 인숙을 흘겨보았다.[32]

혹은 그 개념이 모호하여 종잡을 수 없을 때도 있다.

> 정근씨가 지금 같은 개인주의個人主義를 버리고 어느 기회에든지 농촌이 아니면 어촌이나 산촌으로 돌아가서, 동족이나 같은 계급을 위한 일을 해 주셔요! 우리 같은 청년남녀가 아니면 뉘 손으로 그네들을 구원해 냅니까?[33]

그에게는 마르크시스트 어떤 계급 가운데의 일부에 지나지 않는다.

> 내가 수회數回를 걸쳐서 말한 요지要旨를 한 입으로 줄여 말하면 먼저 환경을 뜯어 고치기 전에는 한 계급階級이(그 중에 일부一部인 마키스트가) 요구하는 영화映畫는 절대로 제작製作할 수 없다는 것을 단언斷言함에 있는 것이다.[34]

그런데 그가 사용하고 있는 계급이란 말 가운데 주목되는 것은 피지배계급이란 뜻에서 우리 민족을 가리키고 있다는 점이다.

> 우리는 보다 더 크고 싶고 변함이 없는 사랑 가운데 살아야 하겠습니다. 그러려면 우리 민족과 같은 계급에 처한 남녀노소가 사랑에 겨워 껴안고 몸부림칠

32) 『직녀성』, 『전집』 2, 120쪽.

33) 『상록수』, 123쪽.

34) '우리 민중民衆은 어떠한 영화映畫를 요구하는가—를 논論하여 「만년설군萬年雪君」에게—', 「평론」, 『전집』 3, 536쪽.

> 만한 새로운 공통된 애인을 발견치 않고는 견디지 못할 것입니다.[35]

이는 그의 문필 활동이 민족에의 봉사에 있다는 것을 알게 하는 것이거니와 그가 문학을 지망한 당초의 목적과 일치하는 것이다.

> 오! 나는 이제 굳게 결심하다. 나는 분투하여 문학文學에 음악音樂을 겸하여 배우리라.……우리 부부夫婦는 거친 동산에 봄바람이 되며 깊이 잠든 동포의 심령을 깨우치리라.[36]

이상에서 말할 수 있는 것은 어쨌든 그가 민족에 대한 향념이 유별했다는 데 귀착된다 할 것이다. 그는 민족적 긍지가 높았으며, 민족의 장래에 대한 기대와 신뢰감 속에 살았었다. 다음과 같은 글들은 이것의 증좌이다.

> 아름다운 이 강산에 태어나서 아득한 옛날로부터 남부끄럽지 않은 문명한 살림살이 누리어 오던 우리 배달민족이언만[37]

> 우리도 손발이 있고 다른 나라 사람보다도 더 재주 있는 머리를 가졌으니까 지금부터라도 열심히 만들어 내고 자꾸 해 보면 안 될 것이 있겠습니까?[38]

> 우리는 다른 민족보다 초등超等히 풍부한 예술적 소질을 가지고 있는 것이다.[39]

> 상제上帝가 우리 조선朝鮮을 택하여 동양東洋의 추요지樞要地에 둠은 쇠패衰敗한 동양의 영계靈界를 우리가 우리민족이 지도치 않으면 안 되게 함이라. 그러므로 우리는

---

35) 「작자(동방東方의 애인愛人)의 말」, 『전집』 2, 537쪽. ()속은 필자.

36) 「일기日記」, 『전집』 3, 612쪽.

37) 「평론」, 상게서上揭書, 543쪽.

38) 상게서上揭書, 544쪽.

39) 상게서上揭書, 551쪽.

> 열패劣敗한 민족民族이라 자승自乘할 것이 아니요, 능히 온 세계의 가장 행복한 지위에 있다 하는 그의 열변 있는 말에 대단히 흥분되며 격려되었다. 진실로 웅변가다.[40)]

심훈의 민족에 대한 향념은 민족의 자유 쟁취의 일념으로 굳어져 있다. 3·1운동이 민족의 자유를 위한 결사적 투쟁이라 보는 것은 그의 이러한 생각에 말미암은 것이라 하겠다.

> 우리 민족의 자유를 사死와 바꾸려 한 지 이미 1년의 성상星霜을 보냈으니 더욱이 생각남은 해외에서 고통을 받으며 의지가지없는 동포의 생각이다.[41)]

이러하므로 민족의 자유를 위하여 싸워야 한다는 의식은 한결 같다.

> 첫째, 돈을 만들어야겠다. 그러려면 우리 손으로 돈이 만들어질 세상부터 만들어 놓아야 할 것이다. 판국版局을 뒤집어 놔야 한다. 그러려면 우리는 어떠한 수단手段과 방법方法으로 이 현실과 싸워야 할 것인가?…[42)]

그리하여 민족의 자유를 위한 투쟁의식이 해이해졌을 때, 그의 양심적 가책을 느끼게 되는 것이다.

> 특수한 환경에 처한 우리들의 장래를 생각하면 ○○에 나서야 할 한 분자分子로서 유한悠閑하게 영화映畫 같은 것을 찍고 있을 때가 아니라는 의식意識이 몹시도 양심에 가책을 준다.[43)]

서상敍上과 같은 그의 정신적 자세에서는 혁명투사로 자처하는 무리들의 허구성을 멸심함은 물론 그들에 대한 증오감까지 일으키게 된다.

---

40) 「일기」, 상게서上揭書, 607쪽.

41) 상게서上揭書, 608쪽.

42) '영화단편어映畫斷片語', 「평론」, 상게서上揭書, 559쪽.

43) '영화한국映畫韓國', 상게서上揭書, 530쪽.

이름이 좋아서 '한울타리'요, 행세行世하기 편해서 '프롤레타리아'다.

자기의 의식衣食은 부모父母의 등골로 대신하며 사탕놀음, 친구 추렴적으로 입부리 붓끝만을 놀리되 홍모鴻毛만큼도 자괴自愧할 줄 모르는 철면피鐵面皮의 이론가理論家를 본다. 낮에는 그 놈들의 주구走狗 내지는 방조역幇助役 노릇을 터놓고 하면서, 밤이면 숨박꼭질을 하듯이 운동을 논란論難하고 투사鬪士로서 자처自處하는 사람을 눈앞에 보면 증오憎惡의 념念까지 일으켜 진다.[44]

마찬가지로 '브나로드' 같은 애국운동도 미족을 위한 분골쇄신의 실천이 수반되지 않을 때, 그에게는 그것이 공허한 잠꼬대로밖에 들리지 않을 분더러 주창자에 대한 비소까지도 서슴지 않게 되는 것이다.

"신문 잡지에는 밤낮 '브나로드'니 '농촌으로 돌아가라'느니 하구 더들지 않나? 그렇지만 공부한 똑똑한 사람은 어디 하나나 농촌으로 돌아오던가? 눈을 씻구 봐도 그림자도 구경할 수가 없네그려. 그게 다 인젠 할 소리가 없으니까 헛방구를 뀌는 거지 뭔가?"……

"저희들은 편하게 의자나 타구 앉아서 월급이나 타 먹구 양복대기나 빼찔르구서 소위 행세를 하러 다닌단 말일세. 무슨 지도잔체 하구 입버릇으루 애꿎은 농촌을 찾는 게지. 우리가 피땀을 흘리며 농사를 지어다 바치는 외씨 같은 이밥만 먹구 누웠으니깐 두루 인젠 염치가 없어서 그 따위 잠꼬대를 하는 거란 말야."[45]

또한 그의 민족과 사회를 위하는 척도에서는 예술가란 부유층蜉蝣層에 불과한 것으로 인식되기도 하는 것이다.

물 위에 기름처럼 떠돌아다니는 예술가의 무리는 실사회에 있어서 한 군데도 쓸모가 없는 부유층蜉蝣層에 속한다. 너무나 고답적高踏的이요 비생산적非生産的이어서

44) 「수필」, 상게서上揭書, 508쪽.
45) 「영원의 미소」, 상게서上揭書, 163쪽.

몹시 거치장스러운 존재다. 시학視學의 어느 한 모퉁이에서 호의好意로 바라본다면 세속의 누累를 떨어 버리고 오색五色 구름을 타고서 고왕독맥孤往獨驀하려는 기개氣槪가 부러울 것도 같으나 그 실은 단 하루도 입에 거미줄을 치고는 살지 못하는 유약한 인간이다.[46]

말하자면 「그날이 오면」에 있어서의 사생취의捨生取義의 정신은, 이상과 같은 그의 간절한 민족에의 향념에서 우러나온 것이라 하겠는데, 이러한 민족에의 향념은 마침내 민족과의 일체감에 이르게 된다. 이 민족과의 일체감의 웅변이 그의 절책絕策이라 하겠다.

그대들의 첩보捷報를 전하는 호외號外 뒷등에
붓을 달리는 이 손은 형용 못할 감격에 떨린다!
이역異域의 하늘 아래서 그대들의 심장心臟 속에 용솟음치던 피가
이천삼백만의 한 사람인 내 혈관 속을 달리기 때문이다. [47]

2) 인간적人間的 성실성誠實性

누가 무어라든지 용단성 있게 싸워 나가야만, 비로소 우리의 앞길에 광명이 비칠 것입니다![48]

이 만만滿滿한 투지는, 싸우는 자유 이외에 자유가 없다는 그의 심적 자세와 민족의 자유를 위해서는 기꺼이 일신을 바치겠다는 사생취의捨生取義의 정신의 소치所致일 것이나, 이러한 투지가 그의 명확한 역사의식에서 양양되고 있음을 알게 되는 것은, 그가 시 「필경筆耕」에서 조국의 광복이 역사적 필연으로 보고 있기 때문이다.

46) '조선朝鮮의 영웅英雄', 「수필」, 상게서上揭書, 495쪽.
47) '오오, 조선朝鮮의 남아男兒여!—(백림伯林마라톤에 우승優勝한 손孫, 남南 양군兩君에게)—', 「시」, 『전집』, 135쪽.
48) 『상록수』, 174쪽.

그러나 파랗고 빨간 잉크는 정맥과 동맥의 피
최후의 한 방울까지 종이 위에 그 피를 뿌릴 뿐이다.
비바람이 험궂다고 역사의 바퀴가 역전逆轉할 것인가.
마지막 심판날을 기약하는 우리의 정성이 굽힐 것인가,
동지同志여, 우리는 퇴각退却을 모르는 전위前衛의 투사다.[49)]

또는 다음과 같이, 그것이 그에게는 자연의 이치로서의 당위성으로 인식되어, 신념화 되고 있는 것도 그것의 증참證參이 될 것이다.

지난 겨울 눈밭에서 얼어 죽은 줄 알았던 늙은 거지가
쓰레기통 곁에 살아 앉았네.
허리를 펴면 먼 산을 바라보는 저 눈초리!
우묵하게 들어간 그 눈동자 속에도
봄이 비취는구나 봄빛이 떠도는구나!
원망스러워도 정든 고토故土에 찾아드는 봄을
한 번이라도 저 눈으로 더 보고 싶어서
무쇠도 얼어붙은. 그 추운 겨울에 이빨을 악 물고 살아 왔구나
죽지만 않으면 팔다리 뻗어 볼 시절이 올 것을
점占쳐 아는 늙은 거지여 그대는 이 땅의 선지자先知者로다.
사랑하는 젊은 벗이여,
그대의 눈에 미지근한 눈물을 거두라!
그대의 가슴을 헤치고 헛된 탄식의 뿌리를 뽑아 버리라!
저 늙은 거지도 기를 쓰고 살아 왔거늘
그 봄도 우리의 봄도, 눈앞에 오고야 말 것을
아아. 어찌하여 그대들은 믿지 않는가?

49) 「시」, 『전집』 1, 48~49쪽.

—「거리의 봄」[50] —

이와 관련해서 현진건의『술 권하는 사회』를 생각할 때, 주인공의 자포자기는 이러한 역사의식의 결여에 그 유래가 있다고 해야 할 것이다.

> 흥, 또 못 알아듣는군, 묻는 내가 그르지, 마누라야 그런 말을 알 수 있겠소. 내가 설명해 드리지. 자세히 들어요, 내게 술을 권하는 것은 화증도 아니고 '하이칼라'도 아니요. 이 사회란 것이 내게 술을 권한다오. 알았소? 팔자가 좋으니 조선에 태어났지, 딴 나라에 났더면 술이나 얻어먹을 수 있나.[51]

이『술 권하는 사회』에 있어서의 자포자기와 절망의 자세와는 대조적으로, 심훈의 시「조선은 술을 먹인다」는 술을 먹는 것이 심약한 자의 소행이라 하여 그것을 비통悲痛하고 있기 때문이다.

> 조선은 마음 약한 젊은 사람에게 술을 먹인다.
> 입을 어기고 독한 술잔을 들이붓는다.
> 그네들의 마음은 화장터의 새벽과 같이 쓸쓸하고
> 그네들의 생활은 해수욕장海水浴場의 가을처럼 공허空虛하여
> 그 마음 그 생활에서 순간이라도 떠나고자 술을 마신다.
> 아편阿片 대신으로 알콜을 삼킨다.
> 가는 곳마다 양조장釀造場이요 골목마다 색주가色酒家다
> 카페의 의자椅子를 부수고 술잔을 깨뜨리는 사나이가
> 피를 아끼지 않는 조선의 테러리스트요.
> 파출소派出所 문 앞에 오줌을 깔기는 주정꾼이
> 이 땅의 가장 용감한 반역아反逆兒란 말이냐?

50) 상게서上揭書, 30~31쪽.

51) 현진건,「술 권하는 사회」,『한국단편소설전집韓國短篇小說全集 제1권』, 백수사白水社, 1958, 266쪽.

그렇다면 전간목電桿木을 붙잡고 통곡하는 친구는
이 바닥의 비분悲憤을 독차지한 지사로구나.
아아 조선은, 마음 약한 젊은 사람에게 술을 먹인다.
뜻이 굳지 못한 청춘들의 골腦을 녹이려 한다.
산재목生材木에 알콜을 끼얹어 태워 버리려 한다.

－「조선은 술을 먹인다」[52] －

심훈에 있어 투쟁의 궁극의 목표인 조국 광복은 투철한 역사의식과 굳은 신념에 보태어 민족의 합심육력合心戮力이 불가결의 요소가 된다.

그대와 나, 개미 떼처럼
한데 뭉쳐 꾸준하게 부지런하게
땀을 흘리며 폐허를 지키고
또 굽히지 말고 싸우며 나아가자!
우리의 역사는 눈물에 미끄러져
뒷걸음치지 않으리니……

－「봄의 서곡序曲」[53] －

민족적 대동단결大同團結에 의한 투쟁이라야 조국 광복을 기약할 수 있다는 소신所信도 그의 「감옥에서 어머님께 올린 글월」에 그 근원이 있다.

어머님!

우리가 천 번 만 번 기도를 올리기로서니 굳게 닫힌 옥문이 저절로 열려질 리는 없겠지요. 우리가 아무리 목을 놓고 울며 부르짖어도, 크나 큰 소원이 하루아침에 이루어질 리도 없겠지요. 그러나 마음을 합하는 것처럼 큰 힘은 없습니다. 한데

52) 「시」, 『전집』 1, 63～64쪽.
53) 상게서上揭書, 28쪽.

뭉쳐 행동을 같이 하는 것처럼 무서운 것은 없습니다. 우리들은 언제나 그 힘을 믿고 있습니다.

생사를 같이 할 것을 누구나 맹세하고 있으니까요……. 그러기에 나이 어린 저까지도 이러한 고초를 그다지 괴로워하며 하소연해 본 적이 없습니다.

–「감옥에서 어머님께 올린 글월」[54] –

이와 같은 그의 조국 광복에 대한 신념과 투지 및 그것의 성취를 위한 민족적 단결의 필요성의 역설에서 생각한다면, 그가 다음과 같이 우리 민족의 결합으로써의, 단결심의 결여를 강렬한 어조로 지적함은, 오히려 그것이 그의 민족에 대한 향념의 알뜰함을 말해 주는 것으로 이해가 된다 하겠다.

조석朝夕으로 만나고 사이좋게 지내던 아래 웃 동리가 합하기만 하면 반드시 시비是非가 나고, 시비 끝에는 싸움으로 끝을 마친다. 그것은 유식有識 무식無識 간間에 두세 사람만 모여도 자그락거리고 합심단결合心團結이 되지 못하는 조선 놈의 본색이라 씨알머리가 밉기도 하려니와,[55]

또한 그가 『상록수』에서 작중인물의 입을 통해 단결의 효능을 말함에 있어서도 서상敍上과 같은 견지見地에 서면 비록 우리 민족한테는 단결심의 부족이라는 그의 기본적 인식과 단결이란, 작업에 있어 능률의 향상과 노동의 희열을 초래한다는 설명이 있기는 하지만 단결의 진의眞意는 그 이상의 것이라 하지 않을 수 없는 것이다.

무엇버텀두 우리헌텐 단결력이 부족허니까요. 제가끔 뿔뿔이 헤져셔 눈앞에 뵈는 조그만 이익을 위해서 다투는 것버텀은, 그렇게 팔다리를 따루따루 놀리질 말구서, 너나할 것 없이 한 몸뚱이로 딴딴히 뭉쳐서, 그 뭉친 덩어리가 큼직허게 움직이는 것이 얼마나 위력이 있다는 것과, 모든 일에 능률이 올라가는 것과 또는

54) 상계서上揭書, 20쪽.

55) '이월二月 초初하룻날', 「수필」, 『전집』 3, 496쪽.

땀을 흘리면서두 유쾌하게 일을 헐 수 있다는 것을 실지루 체험을 해서, 그 이치를 자연히 터득허두룩 훈련을 시키려는 데에 있죠.[56]

그런데 「감옥에서 어머님께 올린 글월」 속에서 그가 말하는 겨레의 크나큰 소원인 조국 광복이 일조일석에 이루어질 수 없다는 견지에서는, 그것을 위한 전도의 투쟁에는 허다한 난관이 상정되는 것이다.

이에 다음과 같은 것은 그것을 극복하기 위한 그의 좌우명座右銘이라 해도 좋을 것이다.

> '항상 굳은 자신과 성산成算을 가지고 최후의 순간까지 온갖 지혜와 갖은 능력을 다해서 살아 나아갈 길을 열려고 노력한다'라고 한 '맥도날드'란 사람의 말이 조선의 청년인 나로서의 인생철학人生哲學이구요.[57]

이러하여 심훈의 많은 시 중에서, 조국 광복을 위한 투쟁은, 최후의 순간까지 노래하는 까닭을 알 수 있게 되는 것이다.

굽히지 말고 싸우며 나아가자![58]
우리들의 심장心臟의 고동鼓動이 끊칠 때까지[59]
이대로 죽으면 죽었지 가지 않겠소.
빈 손 들고 터벌터벌 그 고개는 넘지 않겠소.
그 산과 그 들이 내닫듯이 반기고
우리 집 디딤돌에 내 신을 다시 벗기 전엔
목을 매어 끌어도 내 고향엔 가지 않겠소.

— 「고향은 그리워도[60]」 —

56) 『상록수』, 42쪽.
57) 상게서上揭書, 144쪽.
58) '봄의 서곡序曲'에서, 「시」, 『전집』 1, 28쪽.
59) 상게서上揭書, 62쪽.
60) 상게서上揭書, 80쪽.

이러한 처지에서는 어떠한 간난신고艱難辛苦에서도 절망絶望은 없는 법이다. 그래서 그는 동포에게 절망하지 말자고 호소하기에 이른다.

> (이상 20행 생략) 그러나 형제兄弟여! 절망하지 말자! 우리가 절망하는 것은 자멸의 짐독鴆毒을 제 손으로 마시는 것과 같으니 그저 끈기 있게 줄기차게만 끌고 나가자!
>
> 없는 것을 창조하는 곳에 예술가藝術家의 천직天職과 법열法悅이 있고, 못하게 방해하는 것을 굳이 대들어서 끝까지 싸워 보는 곳에 장부丈夫의 심술과 의기意氣가 있는 것이다.[61]

최후의 순간까지 소신을 굽히지 않으며, 절망함이 없이 싸워나가는 것은 불요불굴不撓不屈의 정신이다. 『상록수』는 심훈에 있어 이 불요불굴의 정신의 상징이 된다. 『상록수』 속의 '애향가愛鄉歌'의 제2절이나, 회관 앞마당에 심은 상록수들, 그리고 주인공 '박동혁'이 영어에서 풀려 고향인 '한곡리'에 돌아왔을 때, 그를 맞이하는 그 나무들의 싱싱한 자태에 대한 감격적 표현 등이 저간의 사정을 말해 주는 것이다.

> 우리들은 가난하고
> 힘은 아직 약하나
> 송백松柏 같이 청청하고
> 바위처럼 버티네![62]
>
> 회관 앞마당이 턱 어울리도록, 두 길 세 길이나 되는 나무가 섰다. 전나무, 향나무, 사철나무(동청冬靑) 같은 겨울 가도 잎사귀가 떨어지지 않는 교목喬木[63]
>
> 동혁이가 동리 어구를 들어서자 맨 먼저 눈에 띄우는 것은, 불그스름하게

61) '영화독어映畫獨語–'절망絶望하지 말라', 「평론」, 『전집』 3, 530쪽.
62) 『상록수』, 39쪽.
63) 상게서上揭書, 99~100쪽.

> 물들은 저녁 하늘을 배경 삼고, 언덕 위에 우뚝우뚝 서 있는 전나무와 소나무와 향나무들이었다. 회관이 낙성되던 날, 그 기쁨을 영원히 기념하기 위해서, 회원들과 함께 파다 심은 상록수常綠樹들이 키돋움을 하며 동혁을 반기는 듯.
> "오오, 너희들은 기나긴 겨울에 그 눈바람을 맞고도 싱싱하구나! 저렇게 시퍼렇구나!"[64]

불요불굴不撓不屈의 정신은 그 원동력이 사생취의捨生取義이기 때문에 여기에는 희생정신이 따르기 마련이다. 심훈이 『영원의 미소』에서 '수영'으로 하여금 불 속으로 뛰어들어 일신의 위험을 무릅쓰고 어린애를 구출하게 한 것이, 이러한 희생정신의 발로라는 교훈적 의미로 보아 무방할 것은 이와 같은 이유에서다.

> 수영이처럼 어린애 하나의 조그만 생명을 구하려고 활활 타는 불 속으로 뛰어드는 사람은 보기는커녕 듣지도 못하였다. 그것은 상상도 하기 어려운 일이었다. 더군다나 자기하고는 아무 상관도 없고, 한 번 보지도 못하였을 이웃집 어린애 하나를 건지는 데 전신의 피를 끓이고 사랑하는 사람이 한사코 붙잡는데도 불구하고 불 속으로 뛰어 들어가는 그 용맹한 자태! 그 대담스러운 행동! 자기가 안고 나온 어린 것이 죽지 않을 줄 알고야 비로소 빙긋이 웃는 그 너그러운 마음![65]

희생정신을 『상록수』에 있어서는 '채영신'으로 하여금 구두로 내세우기도 한다.

> 나는 '그리스도가 인류를 위해서 십자가에 피를 흘리신 그 정열과, 희생적인 봉사의 정열을 대앙하고 본받으려는 것뿐이니까요.[66]

64) 상게서上揭書, 211쪽.
65) 「영원의 미소」, 『전집』 3, 284쪽.
66) 『상록수』, 144쪽.

그리고 농촌사업에 있어 마침내 그를 희생시키기에 이른 것은, 이상과 같은 논구論究에 비추어 보면, 그의 사생취의捨生取義의 정신에 강조强調에 그 연유가 있다고 보아지는 것이다.

> 여러분! 이 채영신 양은 연약한 여자의 몸으로 농촌의 개발과 무산 아동의 교육을 위해서, 너무나 과도히 일을 하다가, 둘도 없는 생명을 바쳤습니다. 즉 오늘 이 마당에 모인 여러분을 위해서 죽은 것입니다.[67]

사생취의捨生取義의 정신에는 도한 인간적인 성실성誠實性이 요구된다. 심훈은 수요壽夭에 관계없이 참된 삶을 산 사람만이 추앙의 대상이 된다는 인생관을 피력하고 있다.

> 사람의 수명壽命이 길다고 해서 귀한 것은 아니니 약관弱冠을 못 면免하였더라도 보람 있고 가치價值 있게 산 사람이 공적功績과 영예榮譽를 후세後世에까지 남기는 것이다.[68]

여기서 주목되는 것은 그가 인생을 '허무虛無'와 '무상無常'으로 보고 있다는 점이다. 이것은 그가 1926년 동아일보에 연재한 『탈춤』이란 영화소설에서부터 나타내고 있는 인생관이다.

> 이놈의 세상에는 처음부터 사랑보다도 미움보다도 다만 한 술의 밥이 귀중할 따름이다!……그 밖에 모든 것은 허무虛無다![69]

그 후에도 이 '무상감無常感' 내지는 '허무감虛無感'은 그의 뇌리에서 떠나지 않고 있다.

> 나는 뱃전에 턱을 괴고 앉아서 부유蜉蝣와 같은 인생의 운명을 생각하였다. 까닭 모르고 살아가는 내 몸에도 조만간 닥쳐올 죽음의 허무虛無를 미리다가

67) 상게서上揭書, 204쪽.

68) '토월회土月會에 일언一言함–1929년의 연극평演劇評', 「평론」, 『전집』 3, 571쪽.

69) 「탈춤」, 『전집』 1, 425~426쪽.

탄식嘆息하였다.[70)]

『상록수』에서는 채영신의 죽음에서 박동혁으로 하여금 무상감과 허무감을 보다 심각하게 표출시키고 있다.

> 마음이 가라앉는 대로, 사람의 생명이 하염없음과, 인생의 무상함을 새삼스러이 느꼈다.
> (그만 죽을 걸, 그다지도 애를 썼구나!)
> 하니, 세상만사가 다 허무하고,……
> 오직 덕기를 위해서, 씨를 퍼뜨리기 위해서, 땀을 흘리고 피를 흘리고, 서로 쥐어뜯고 싸우고 잡아먹지를 못해서 앙앙거리고, 발버둥질을 치다가, 끝판에는 한 삼태기의 흙을 뒤집어쓰는 것이, 인생의 본연의 자태일까.[71)]

이렇듯 그가 인생에서 허무와 무상을 느끼고 있다고 해서 염세관이 그를 지배하거나 체념諦念에 빠지고 있는 것은 아니다. 곧 그것이 그의 '부정적 인생관 내지 감상'[72)]으로 볼 수 없다는 것이다. 오히려 그의 그러한 인식은 그가 인생의 참 모습을 통찰하고 있다는 것에 지나지 않는다는 것이 된다. 왜냐하면 그는《문예공론》창간호의 설문-'내가 좋아하는 작품, 작가, 영화, 배우'-에서 다음과 같은 그의 응답이 이를 증명해 준다고 할 것이다.

> (七) 노자老子(한문漢文의 조예造詣가 없어서 문장文章을 읽기에 힘이 드나, 개탄적慨嘆的인 허무감虛無感보다는 엄숙嚴肅한 인생의 전폭全幅을 볼 수 있는 점으로)[73)]

70) '칠월七月의 바다', 「수필」, 『전집』 3, 500쪽.

71) 『상록수』, 205쪽.

72) 김붕구, 『작가作家와 사회社會』, 일조각, 1982, 365~367쪽.

부정적否定的 인생관人生觀 내지 감상感想

첫째, 가식假飾(탈)과 허무虛無, 허망虛妄, 그의 영화소설 한 편은 제목부터가 『탈춤』이다……목매달려 죽기 전에 그가 짝사랑하던 여인에게 보낸 유시遺詩는 인생의 고독과 허무虛無와 체념念에 의한 초탈超脫의 극치를 표현한 것이리라……그것은 작자 자신의 성향性向에서 오는 듯, 배를 타고 낙도落島를 찾는 기행수필도 그런 심회心懷를 토로하고 있다..……

73) 「평론」, 『전집』 3, 572쪽.

이것은 그가 인생의 본연의 자태로서의 허무 내지는 무상을 인식하고 있다는 것에 불과한 것이다. 왜냐하면 『상록수』에서 '채영신'의 죽음 앞에서 '박동혁'이 인생의 무상과 허무를 실감하고는 그러하기 때문에 인생을 참되게 살아야 한다는 인식에 도달하고 있기 때문이다.

> 그렇지만 채영신이가 죽은 것과 같이, 박동혁이가 살아 있는 것도 사실이다. 정신병자가 아닌 다음에야, 누구나 부인할 수 없는 엄연한 현실이다. 그러니 우리가 생명이 있는 동안은 값이 있게 살아보자! 산 보람이 있게 살아보자![74]

이러한 인생의 허무와 무상의 인식, 그리고 그서의 극복이 심훈의 인간적인 성실성誠實性에 말미암은 것이라 한다면, 이 인간적인 성실성이 그의 사생취의捨生取義의 정신으로 제고提高된 것이라 보아도 좋을 것이다.

맺음말

심훈의 「그날이 오면」은 널리 인구에 회자되고 있는 항일민족 시다. 이 시에서의 일제에 대한 저항은 민족을 위한 자유의 갈구이며, 그것을 위해서는 자기 자신을 근원적으로 부정하고 있음은 사생취의捨生取義 정신이라 할 것이다. 이러한 그의 항일민족 정신이 그의 거개의 작품에 미만彌漫되어 있음을 주목한다면, 이 「그날이 오면」은 그의 이와 같은 정신의 응축된 표현이며, 심훈 문학의 본령本領이 또한 여기에 있다고 보아지는 것이다.

그러면 그는 왜 그토록 민족의 자유를 기원冀願했을까. 그는 우리 동포가 참담한 지경에 있다고 하는데, 이때의 동포란, 첫째로는 도탄에서 헤매고 있는 농민을 가리킨다. 그가 농촌의 피폐상에 상심하는 것은, 이러한 한국 농촌의 참상이 그 본래의 모습이 아니라 일제의 가혹한 수탈 정책이 빚어낸 결과라 보고 있기 때문이다.

다음은 애국지사들의 수난이다. 그들의 수난은 그들이 일제의 행폭行暴을 규탄하였으며, 이 땅에서 행하는 침략자들의 주인 노릇을 그들이 결코 용납하지 않았음에 말미암은 것이라고 하고 있는 것이다.

74) 『상록수』, 206쪽.

이에 곤고困苦 속에 있는 이들 동포에 대하여, 심훈은 따뜻한 동포애로써 이들을 그런 지경에 몰아넣은 일제와 강경히 적대하고 있는 것인데, 이때의 이 동포애야말로 그의 일제에 대한 저항의 원소가 되는 것이며, 따라서 그것이 그가 그토록 민족의 자유를 갈구하는 소이所以임을 알게 하는 것이다. 또한 이런 동포애는 사생취의捨生取義의 정신의 원동력이 되며, 민족을 위한 봉사의 정열로 치솟게 된다. 이와 같은 처지에서 그는 민족을 외면하고 사리사욕에 급급한 이기주의자나, 민족을 위하는 체하는 위선자와 투사연하는 자에 대한 증오와 지탄이 있게 되는 것이며, 한편 그는 배달민족이란 긍지가 높아지고 민족에 대한 향념이 간절하게 되어 마침내는 민족과의 일체감에 이르는 것이다.

이리하여 이 민족과의 일체감은 그로 하여금 조국 광복을 위한 투지로 불타오르는 것인데, 그는 투쟁의 궁극의 목표인 조국 광복은, 올바로 역사의식과 굳은 신념으로써 모두가 합심육력하며, 어떤 난관에 부딪히더라도 끈기 있게 싸워 나가야만 최후의 승리를 얻는 것임을 강조한다.

최후의 순간까지 소신을 굽히지 않고 싸워 나가는 것은 불요불굴不撓不屈의 정신이라 하겠고, 이 정신의 상징이 『상록수』가 될 것이다. 그리고 이런 투쟁에서 요구되는 희생인 사생취의捨生取義는 그의 인간적인 성실성의 제고提高라고 하겠는데, 그것은 그가 인생의 허무와 무상을 느끼면서도 그것을 극복하고 있다는 것에서 말할 수 있게 되는 것이다. 곧, 그는 인생이 무상이요 허무하기 때문에, 그것을 개탄하는 것이 아니라, 살아 있는 동안은 값이 있게, 산 보람이 있게 살아보자는 것이다. 이와 같은 그의 허무와 무상의 극복에 유의하지 않으면, 그에 있어 이 허무와 무상은 그것이 단순한 체념諦念이나 초탈超脫로 인식되어 그의 투지의 진면목眞面目을 간과看過하게 될 것이다.

이상과 같이 동포애에 의한 민족의 자유를 갈망함과 민족의 자유를 위한 투쟁에 있어서의 사생취의捨生取義의 정신은 심훈의 거개의 작품에 미만되고 있음과 아울러 그의 문필 활동이 민족에의 봉사란 점을 감고勘考한다면, 이 「그날이 오면」이야말로 그의 항일민족정신의 응축된 표현이며, 심훈 문학의 본령이 또한 여기에 있다고 함을 주저할 수 없게 되는 것이다.

심훈 시 연구沈熏 詩 所究(1)

진영일

머리말

우리 문학사에서 심훈은 일반적으로 소설가나 영화인으로 더 알려져 있다. 이는 심훈이 문학의 장르에 구애당하지 않고 창작활동을 했기 때문이다. 심훈이 시인으로 세간에 알려지기 시작한 것은 1949년 심명섭 씨에 의해 시집『그날이 오면』이 발간되고 부터였다. 한데 기이奇異하게도 심훈은 많은 연구가들로부터 주목을 받지 못하였을 뿐만 아니라 연구가 거의 이루어지지 않은 상태였으며 시집이 나온 지 35년이 지나서야 두 편의 논문이 나왔다.[1)] 이 두 편의 논문은 심훈 시 연구에 중요한 디딤돌로서 의미를 가진다. 한데 이 두 편의 논문은 시 창작 시기나 심훈의 연보의 오류를 지적하지 않는 등 많은 미진한 부분을 남기고 있다. 어떤 연구가의 글에는 심한 비약마저 있다.[2)] 그 외에도 몇 단문의 감상에 가까운 글들이 있으나 이러한 글들은 분별없이 시를 다루어 심훈의 시세계를 오도하기까지 한다. 이러한 모든 연구는 심훈 문학의 성격과 심훈의 성향을 무시한 점과 시를 현실과 밀착시켜 생각해보지 않았다는 데 연유한다. 심훈 시는 크게 두 가지 성격으로 볼 수 있다. 심훈의 시는 리얼리즘 성향의 시와 비리얼리즘 성향의 시로 구별된다. 그러나 이러한 구분점이 확연한 것은 아니며, 또한 혼용된 시도 있다. 이러한 면에서 볼 때, 심훈 시의 그 특성은

---

1) 최동경崔東鏡,「심훈沈熏 시詩의 전개展開와 시대적時代的 상황狀況의 인식認識」,『식민지시대의 문학연구』, 시인사, 1985.
김재홍,「沈熏」,『한국현대시인연구』, 일지사, 1986.

2) 김윤식의『황홀경의 사상』, 홍성사. 1984, 110쪽에는 시詩「조선의 자매姉妹여–홍供, 김金 두 여성女性의 연사戀死를 보고–」를 독립운동을 하다가 죽은 두 여성의 참상을 그린 것이라고 하나, 이는 잘못되어 지적한다.《신여성》1931. 5월호와 6월호에는 각각 이 사건을 다루고 있는데, 당시의 결혼문제, 현실 비관 등으로 인한 정사사건으로 다루고 있다. 이 시詩는 1931년 4월 8일 오후 4시 45분 영등포역에서 오류동편으로 2km가량 떨어진 경인선 레일에서 몸을 던져 자살한 사건을 시화詩化한 것이다. 자살한 사람의 이름은 홍옥임供玉姙, 김용주金龍株다. 기사명은 '청춘淸春 두 여성女性의 철도자살사건鐵道自殺事件과 그 비판批判', '피를 노철路鐵에 홑닐진댄–홍供, 김金 양양兩孃의 연사戀死를 보고–' 다.

다양한 것이다. 본고에서 살펴보고자 하는 것은 당대와 밀착된 현실 인식을 살펴보는 데 그 주안점을 둘 것이다.

C.M.Bowra는 「Poetry and Politics」에서 심훈의 시詩 「그날이 오면」을 다룬 바 있는데, 심훈 시는 정치시 내지는 상황시로서 탁월한 성과를 이룩하고 있다고 지적하였다. 심훈 시는 현실을 표현하는 데 있어 현실을 내용 속에 실제로 담고 있다. 이러한 까닭에 심훈 시를 현실과 당대 상황을 연결지어 해석하는 것은 필연적인 것이다. 이러한 관련들을 풀지 않고는 심훈 시의 올바른 이해란 있을 수 없다. 심훈은 당대에 일어난 사건들을 시로 표현하였고, 시 속에 자신의 혼을 불어넣은 작가다. 심훈이 어떠한 마음으로 시를 창작한 것인가는 그 의 시詩에 잘 드러난다.

> 우리의 붓끝은 날마다 흰 종이 위를 갈耕며 나간다.
> 한자루의 붓 그것은 우리의 쟁기요, 유일한 연장이다.
> 거칠은 산기슭에 한 이랑의 화전을 일려면
> 돌부리와 나무 등걸에 호미 끝이 부러지듯이
> 아아 우리의 꿋꿋한 붓대가 몇번이나 꺾이었던고?
> (2행 줄임)
> 비바람이 험궂다고 역사의 바퀴가 역전逆轉것인가.
> 마지막 심판審判날을 기약期約하는 우리의 정성精誠이 굽힐 것인가
> 동지同志여 우리는 퇴각을 모르는 전위前衛의 투사鬪士다.
> (중간 줄임)
> 창槍끝 같이 철필鐵筆촉을 베려 모든 암흑면을 파헤치자
> 샅샅이 파헤쳐 온갖 죄악罪惡을 자서自書에 폭로暴露하자.

– 「절필絕筆」 1~2 연[3] –

위의 시에서도 드러나듯 심훈의 시는 현실을 폭로하고 고발하면서도 개성화되어

3) 심훈, 『그날이 오면』, 한성도서주식회사, 1953, 이하 시詩 인용은 이 책을 인용함.

있고 개괄화되어 문학적 창조성을 결여하지 않으면서도 당대의 문제를 놓치지 않는다.[4] 이러한 점이 심훈 문학의 장점이며 우리 시문학사詩文學史에서 심훈 시의 새로운 자리매김이 이루어져야 하는 이유다. 필자는 심훈이 시인으로서 우리 문학사에 중요한 자리를 담당하고 있다고 생각하며, 이러한 의미에서 심훈 시를 평가하고자 한다.

본고는 '심훈 연보와 시詩 창작 시기 검토', '망명지문학으로서의 의미', '사실적 경향과 현실 인식'으로 구분하여 살펴보고자 한다.

심훈 연보와 시 창작 시기 검토

필자는 심훈의 시에 관심을 가지면서 기존의 심훈 문학 연구 및 심훈 연구를 살펴보았다. 이러한 가운데 글마다 초기 연보와 창작 시기의 차이를 발견하였다. 이 장에서 필자는 연보와 아울러 시의 창작 시기의 문제점들을 살펴 보고자 한다.

전집에 실린 일기를 보면 심훈은 학생시절부터 문학 지망생이었다. 이러한 문학적 취향을 가진 점 외에도 당시 현실에 대한 인식도 남달라 '경성고등보통학교' 재학 시 수학 백지 시험을 제출하여 유급을 당한 바 있으며, 3·1항쟁 시에는 주동 학생으로 검거를 당한다. 당시의 상황을 윤극영은 다음과 같이 회고를 한다.

> 3. 1운동은 왔다. 그 때 우리는 3학년생이었다. 삼보는 나보다 두살이 위였지만 그 때의 평균연령으로 보아 훨씬 어린 편이었다. 그러나 머리 굵은 학생들 이상으로 사전에 이 독립운동을 알고 접선을 하였던 것 같다.
>
> "극영아! 며칠 안 가서 우리들 앞에 커다란 일이 터져 나올 꺼야 너는 아직 모르겠지만!"
>
> 소식이 캄캄했던 나에게 던져준 삼보의 3. 1운동의 예고가 그 음성과 더불어 지금도 귀에 쟁쟁하다. 확실히 삼보는 이 민족운동의 학생 간부로 한 몫들었던 것이다.
>
> 아니나 다를까 1919년 3월 학생들이 '대한독립만세'를 외치며 교문을 돌파

---

4) 개성화와 개괄화의 문제는 장공양蔣孔陽, 『형상形象과 전형典型』, 김일평 역, 사계절, 1987, 1장 참조.

> 안국동 네거리를 석권하였을 때 멀리 내 눈에 뜨인 것은 진두지휘단의 일원이었던 삼보의 모습이었다.[5)]

이 사건으로 심훈은 3월 5일 검거를 당하고. 6개월 가량 옥살이를 하게 된다.[6)] 옥살이의 기간도 4개월 설과, 6개월 설과, 1년 설이 있으나, 옥중서한의 말미에 날짜가 '1919년 8월 29'로 되었는 것으로 보아 4개월 설은 타당성이 없다. 또한 일기 중 '3월의 감상'에서 "5일도 내가 그 무서운 고초를 6개월 동안이나 하게 될 양으로 안동 별궁 앞 해명여관에서 잡히던 날"이라고 기록되어 있다. 또한 1920년 1월 3일부터 같은 해 6월 1일까지의 일기가 남아 있어 1년 설은 타당성이 없다. 이상의 사실들을 보아도 6개월이 타당한 듯하다.

심훈의 시연보와 함께 중국으로 간 시기에 대한 문제점이 있는데, 이 부분도 살펴보자. 먼저 일반적으로 심훈이 중국에 간 시기를 1919년으로 인정하고 있다. 왜 이 시기를 심훈이 중국으로 간 시기로 단정하는지 근거를 밝히지 않았지만, 필자는 두 가지 점에서 이러한 견해가 있지 않았나 생각한다. 심훈의 시집에 1919년 12월 작으로 표기된 「북경의 걸인」과 「고루의 삼경」, 그리고 1920년 2월 작으로 되어 있는 「심야과황하」, 같은 해 11월 작作으로 되어 있는 「상해의 밤」을 그 근거로 삼은 듯하다. 또한 「단제와 우당」이란 글에서 "기미년 겨울 옥고를 치르고 난 나는 어색한 청복으로 변장을 하고 봉천을 거쳐 북경으로 탈주를 하였다"는 것에서 근거를 가지고 단정을 한 듯하다. 그러나 앞에서도 언급한 바와 같이 1920년 1월 3일부터 같은 해 6월 1일까지의 일기가 남아 있어 당시의 심훈의 주변을 잘 알 수 있다. 이로 보아 심훈이 중국으로 간 시기는 1920년 겨울이라 1921년 봄이 타당하다. 먼저 봉천으로 간 후 이어 12월 초에 북경에 도착을 하게 된다. 이 시기에 단제와 우당을 만나고 「북경의 걸인」과 「고루의 삼경」이 쓰여진다. 1921년 2월 말 경에 북경을 떠나는데 밤에 황하를 건너며 쓴 시가 「심야과황하深夜過黃河」다. 이러한 심훈의 중국에서의 경로는 그의 수필 『무전여행기』에 잘 드러난다. 이러한 점들로 보아 심훈이 중국에서 창작한 시들 중 4편은 그 시기가 1년씩 앞당겨진 것을 알 수 있다. 따라서 다음의 시詩들은 창작 시기가 수정되어야 할 것이다.

---

5) 심훈, 『심훈문학전집 2』, 탐구당. 1966, 635~636쪽.

6) 심훈, 『심훈문학전집 3』, 탐구당. 1966, 608쪽/정세현, 『항일학생운동사』, 일지사, 1978, 113쪽.

즉, 「북경의 거리」는 1919. 12월에서 1920. 12월로

「고루의 삼경」은 1919. 12. 9일에서 1920. 12. 9일로

「심야과황하」는 1920. 2월에서 1921. 2월로

「상해의 밤」은 1920. 11월에서 1921. 11월로 고쳐져야 한다.

위의 시와는 달리 시 창작 시기가 1년 앞당겨진 시가 한 편 보인다. 시詩 「현해탄」은 1926년 2월 작作으로 기록되어 있는데, 이 시의 내용과 심훈의 행적을 보면 이 시의 창작 시기가 오기誤記임을 알 수 있다.

먼저 이 시詩의 1연을 살펴 보면 김우진과 윤심덕의 동반자살을 다루고 있는데, 이 시기는 1926년 8월 1일이다.[7] 이와는 달리 심훈이 1926년 2월은 기자직을 그만두게 되는 시기이며 심훈이 일본으로 연극 공부를 위하여 떠난 시기가 1927년 2월인 것과, 서울을 떠나며 일본에서 창작한 일련의 시를 보면 시 「현해탄」의 창작 시기는 1927년 2월임이 더욱 분명하다.

그리고 심훈의 시 중 시집이나 전집에 누락된 시가 있다. 《학등學燈》 창간호에 발표한 「가을밤」이다.

이상에서 심훈의 시 창작 시기및 연보와 발굴되지 않은 작품을 언급하였다.

망명지문학으로서의 의미

망명문학亡命文學이라고 하면 정치적인 이유로 자국自國에서는 문학활동을 할 수 없이 외국外國으로 가 이루어진 문학을 이른다. 일제하에서 많은 문학 중에서 망명문학은 여러가지 의미를 가지는데, 단순히 위에서 칭하는 자국에서 문학활동을 할 수 없는 이유만이 아니라 자국自國에서 여하간의 이유로 살기가 어려워 국외로 가서 거기서 이루어진 문학을 총칭總稱하는 것으로 보아야 할 것이다.

심훈이 중국으로 간 것은 두 가지 의미로 생각 된다. 망명亡命의 의미意味와 유학留學의 의미意味로 요약要約된다. 여기서 망명은 정치적인 의미를 가지며, 유학은 심훈이 학생시절부터 그토록 원한 문학에 대한 열망熱望이라고 하겠다. 이 두 세계는 심훈에게 죽을 때가지 갈등을

7) 전예원, 『김우진전집』, 연보참조.
유민영, 『한국현대희곡사』, 홍성사, 1982, 151~154쪽.

일으키는 두 개의 축으로 작용한다. 심훈의 중국행은 이 두 가지의 의미 중 어느 하나라고 말하기는 어렵다. 심훈이 봉천을 거쳐 북경北京에 도착한 시기는 1920년 12월이었다. 북경에 도착하여 걸인을 만나, 이를 소재로 시詩「북경의 걸인」을 쓰게 된다.

나에게 무엇을 비는가?
푸른옷 입은 이방離邦의 걸인乞人이여
숨도 크게 못쉬고 쫓겨오는 내 행색行色을 보라
선불 맞은 어린 짐승이 광야曠野를 헤매는 꼴 같지 않으냐.
정양문正陽門 문루門樓 위에 아침 햇발을 받아
펄펄 날리는 옥색기玉色旗를 치어다보라.
네 몸은 비록 헐벗고 굶주렸어도 저 깃발 그늘에서 자라나지 않았는가?
거리거리 병영兵營의 유량한 나팔喇叭소리!
내 평생엔 한번도 못들어 보던 소리로구나
고동胡同속에서 채상菜商의 웨치는 굵다란 목청
너희는 마음껏 소리 질러보고 살아 왔구나.
(1연 줄임)
때 묻은 너의 남루藍樓와 바꾸어 준다면
눈물에 젖은 단거리 주의周衣라도 벗어 주지 않으랴
마디마디 사모친 원한을 나누어 준다면
살아라도 저며서 길바닥에 뿌려 주지 않으랴
오오 푸른옷 입은 북국北國의 걸인乞人이여!

–「북경의 걸인」–

고동胡同은 골목, 1919. 12

이 시는 앞에서 지적한 바 같이 1920년 12월 작으로, 심훈이 북경에 도착하면서 걸인을 소재로 지은 시詩다. 이 시에 나타나는 민족적 패배감과 망명객으로서 일제에 대한 증오는 심훈의 지난 행적과 밀착되어 있다. 화자에게 무엇인가 비는 걸인과 화자의 현실이 교차되면서 무엇이 진정으로 중요한 것인가를 말하며 이를 찾기 위하여 어떤 일이라도 불사하겠다는 화자의 심적 각오를 잘 드러내는 시詩다. 1연을 보면 위축된 자신의 행색을 보라고 하면서 선불 맞은 어린 짐승이 광야를 헤매는 꼴 같지 않으냐고 한다. 이는 심훈이 3·1운동 후의 감옥생활과 일제의 요주의要注意 인물人物로 감시를 받다가 국외로 탈출한 자신의 내적 심경을 극명히 시화詩化한 것이다. 변장을 하여 '숨도 크게 못쉬고 쫓겨오는 내 행색'에서 쫓기는 자의 불안과 공포, 그리고 어디에도 안주할 곳 없는 화자의 현실을 반영하고 있다. 2연을 보면, 1연의 걸인의 현실과 안주할 곳 없는 화자의 현실을 반영하고 있다. 2연을 보면, 1연이 걸인의 현실과 화자의 현실의 차이점을 지적한다. 비록 걸인의 현실은 궁핍窮乏하지만 그에게는 활개를 치며 살 수 있는 조국이 있으나, 화자에게는 이러한 조국이 없음을 암암리 말하고 있는 것이다. 곧 어떠한 것도 조국이 있은 다음에 의미를 가질 수 있음을 나타내고 있다. 4연을 보면 이는 단순히 굶주림에나 한정限定되는 것이 아니라, 또 다른 의미를 함유하고 있음을 알 수 있다. 자신의 군대를 가지고 있으며, 그들의 보호 속에서 '굵다란 목청'으로 '마음껏 소리질러보고 살아' 보고 싶은 것을 채상을 통해 표출하고 있다. 이러한 의미들은 일차적으로 개인적인 것이지만, 이차적으로 민족적인 문제로 접맥되는 것이다. 따라서 조국에 남아있는 동포들의 현실을 암시하는 것이 된다. 이 시의 마지막 연은 화자의 의도와 내적 증오와 심경이 궁극적으로 치닫는 귀결점이라 할 것이다. 단순히 형식은 주고받기식으로 짜여 있지만, 내용은 역사적 현실과 밀착되어 있다. 이 시를 내용마저 주고받기식으로 해석한다는 것은 시를 극히 사실의 전달이라는 의미 축소를 범하는 것이다. 이 연은 일제에 대한 적개심과 증오를 육체의 마조히즘인 것과 연결시킴으로서 우리문학에서 보기 어려운 긴장과 시적詩的 효과效果를 획득獲得하고 있다. 이러한 과정에서 나타나는 증오와 적개심은 화자의 조국 상실의 아픔과 연결되고, 다시 민족적 질곡의 현장을 간접적으로 시사하는 것이다. 이 시詩에서 나타나는 패배감이나 불안은 결코 이러한 의식을 유지하는 것이 아니라 이러한 현실을 극복하려는 의지와 연결된다. 따라서 화자의 의식은 좌절하지 않으며 현실을 현실로 받아들이면서 한편으로는 일제에 대한 복수와 아울러 조국의 회복의지를 강조하고 있는 것이다. 이 같은 화자의 현실이 어디에서 연유하는 것인지 확연히 깨닫지 않고서는 위와 같은 시詩가 나오지 않을 것이다. 이 시는 화자의 역사적 책임감이 확실히 드러나며 그 지향점과 각오를 동시에 표출하였다.

이러한 일제에 대한 증오는 그 나아가는 곳이 어디인가를 시詩 「상해上海의 밤」에 분명히 드러난다. 시의 일부분을 보자.

집 떠난 젊은이들은 노주老酒을 기울여
건잡을 수 없은 鄕愁향수에 한숨이 길고
취醉하고 취醉하여 뼛속까지 취醉하여서는
팔을 뽑아 장검長劍내두르다가
채관菜館 쏘파에 쓰러지며 통곡痛哭을 하네.

어제도 오늘도 산란散亂한 혁명革命의 꿈자리!
용솟음치는 붉은 피 뿌릴 곳을 찾는
「까오리」 망령객亡命客의 심사를 뉘라서 알고
영희원影戱院의 산데리아만 눈물에 젖네.

－「상해의 밤」, 4~5연 －

위의 시詩에서 집떠난 젊은이는 '까오리 망명객'으로 조선의 망명객을 이르는 것이다. 이들은 3.1운동 후 조국의 암담한 미래에 대한 심적 고통을 느끼며 국외에서 살고 있다. 이러한 현실은 심훈의 자화상이라 봄직하다. 3.1운동을 전후한 시기의 이상주의적인 세계관들은 이 운동의 무참한 실패로 말미암아 다양한 양상으로 나타나는데, 그 중 하나는 조국의 해방이란 문제에서 의문을 품게 된 것이다. 따라서 당대 지식인의 분위기는 허무적이고 패배적이고 이상을 상실한 분위기를 낳게 된다. 이는 본질적으로 현실에 대한 부정적인 시각이며 나아가 저항운동을 약화시키는 오류를 범할 수도 있는 것이다. 시詩 「상해上海의 밤」에는 조국의 상실감 혹은 조국의 장래에 대한 부정적 판단에서 오는 좌절감에 허득이는 젊은 망명객들이 등장 한다. 이들은 노주老酒 기울이며 스스로 주체할 수 없는 향수에 젖는다. 그러나 자신들이 발견한 조국에 대한 것은 자신들의 한계와 조국의 암담한 현실을 어쩔 수 없는 것으로 느낀다. 이렇게 '한숨' 만을 쉬다가 술은 자꾸만 취하게 된다. 이들 망명객들은 "팔을 뽑아 장검長劍인듯 내두르다가/ 채관菜第 쏘파에 쓰러지며 통곡痛器"을 한다. 이러한 내용은 일제에 대한 증오와 복수를 그 내면에 담고 있으면서도 자신들의 한계限界와 조국의 현실에 대한 부정적 인식에서 나오는 것이다. 여기서 나오는 행위가 '통곡痛哭'이다. 이러한 망명객의 지향점이 무엇인가가 5연에서 잘 드러나는데 이를 살펴보자. 4연에서 보이는 저항적인 자세는 '혁명革命'으로 연결된다. 이러한 투쟁을 하고자 하는 기다림이 어제도 오늘도 계속되는 것을 잘 보여준다. 이들은 "용솟음치는 붉은 피 뿌릴 곳을 찾는/ 까오리 망명객亡命客"으로 현실이 비록 어둡고 산란하지만 때를 기다린다. 이러한 능력의 한계와 현실 극복이란 어려운 상황에서 망명객들은 고통당하고 괴로워 한다. 이 시에서 보이는 '눈물'. '술', '향수'에서 느껴지는 나약함은 '붉은 피 뿌릴 곳'을 찾지 못하는 현실에 대한 고통을 대변하는 것이나 다름 아니다. 당시 일제가 지배하는 조선에서, 침략자이며 지배자인 일제에서 저항하는 것은 단순한 용기나 호기, 영웅심만으로 되는 것은 아니었다. 이들에게는 끈질긴 인내와 현실을 정확히 바라보는 안목과 아울러 계책이 필요한 것이었다. 이러한 관점에서 볼 때, 심훈의 시詩에서 드러나는 고통스런 몸부림을 낭만성이니, 나약함이니 하는 문제와는 다른 것임을 알 수 있다. 심훈이 이룩한 망명지 문학은 고국의 상실에 대한 자학과 비탄이 보이지만, 이는 위에서 언급한 바와 같이 부정적인 시각에서 조명되어서는 안 되는 것이다. 그의 시에서는 불굴의 투쟁 정신이 거세되어 있지 않고, 조국에 대한 사랑과 역사적 책임감이 항상 면면히 흐르고 있음을 볼수 있다.

언급한 시詩외에 망명지 문학으로 생각되는 여러 편의 시詩가 있다. 그 중 많은 양의 시詩들은 애상적이고 감상적인 시詩들이 있으나 이러한 시詩들도 당시 망명지문학의 한 흐름이었음 감안한다면 그러한 흐름의 발생은 당대의 시대사나 정신사와 밀착되어 형성된 것을 알 수 있다. 이러한 경향은 3·1운동 후의 국내외적으로 겪는 저항의 딜레마와 관련된 것으로 생각된다.

사실적 경향과 현실 인식

'리얼리즘' 예술은 보통 현실의 정확한 반영(혹은 예술적 유사물) 으로서 특정지워 진다.[8] 그러나 여기서 정확한 반영이란 문학적 형상화를 그러치지 않는다는 의미에 한정하는 말이다. 따라서 문학은 현실을 반영하더라도 객관적 현실을 참되게 그려야 하며, 현실폭로란 단순한 기능에 국한되어서는 안 된다. '리얼리즘'이란 용어의 애매성은 일찍이 지적되어 온 바이나 이는 일반적으로 서사장르나 극장르를 중심으로 사용된 것이다. 이 용어가 시에 있어서 사용될 때 많은 문제점을 가지고 있음은 지적되어 왔다.

8) G. 프리들렌제르 저, 『Poetika Russkove Real』, 이항재李恒在 역, 열린책들, 1986.

시에 있어서의 리얼리즘이란 미묘한 문제인 것이다. 시에서 어느 정도 이상의 사실성을 요구하는 것 자체가 무리일 터이며, 이러한 문제성이 개진되기 위하여서는 시 분야에서 두드러진 성과를 포용할 수 있는 리얼리즘론이 필요하다. 결국 당대 현실의 사실적 묘사 그 자체보다도 현실에 대한 정당한 인식과 정당한 실천적 관심이라는 다소 애매한 기준이 적용되게 마련이다.[9)]

이같이 시에 있어서의 리얼리즘이란 애매하고도 난삽한 문제인 것이다. 위에서 인용된 모든 점들을 충족할 만한 이론理論이 형성된다는 것은 용이한 일이 아닐 것이다. 그러나 이러한 문제들은 세 가지 점에서 충족되어야 리얼리즘 시학으로서 가능성을 획득할 수 있는 것이다. 앞의 인용된 글에서 지적한 것처럼 '현실에 대한 정당한 인식'과 아울러 '실천적 관심'이란 문제는 리얼리즘에서 중요한 것임이 분명하다. 그러나 내용과 형식의 분리는 이러한 경우 치명적인 문제점으로 등장하며 나아가 리얼리즘이란 이 애매한 양식을 더욱 미궁迷宮으로 빠지게 할 우려마저 있는 것이다. 앞에서 지적한 바와 같이 현실의 사실적 묘사描寫는 르포르타주로 머물러서는 안된다. 이러한 관계를 명쾌히 하기 위해서는 어떤 기준이 설정되지 않으면 안 된다. 시에서 –여기서는 서정적 시문학을 이름– 리얼리즘적인 시와 비리얼리즘적인 시의 구분을 할 기준은 시에 있어서의 객관적인 기준을 제시하기 때문에 어떤 기준이 없이 리얼리즘 시란 명칭을 획득하는 것은 허울은 쓴 것일 수 밖에 없는 것이다. 프르들렌제르의『Poetika Russkovo Realiza』에서 언급한 기준은 불확실하게 이해하기 쉬운 시에 있어서의 리얼리즘에 중요한 기준점을 제시한다. 현실의 실제적인 액센트들의 재액센트화, 현실 현상들의 규모와 비율의 변경, 현실의 어떤 관련과 관계의 강조의 제기다. 이상의 기준들은 앞의 말들의 포괄하는 것으로 리얼리즘 시에 대한 헛도는 기준에 결정적인 역할을 수행할 것이다. 이에 덧붙여 중요한 점은 리얼리즘에서 어떤 형상을 창조하는 과정에서 비사실적이고 추상적인 상징으로 만들어서는 안 된다. 왜냐하면 이러한 추상화推想化 내지 상징화象微化는 형상形象의 유일한 원천인 현실과 유리流離되기 때문이다.

이상의 관점에서 우리의 근대시문학사近代詩文學史를 볼 때, 이에 적합한 시詩를 발견하기는 어렵다. 특히 문학이 분단되어 다양한 문학연구文學研究이루어지지 않은 시점에서 본다면 더욱

9) 백낙청,「리얼리즘에 관하여」,『한국문학의 현단계 I』, 창작과비평사, 1982, 316쪽.

리얼리즘 시는 찾기 어렵다. 이러한 의미에서 심훈의 시는 당시대의 뛰어난 리얼리즘시이다. 심훈이 이러한 경향의 시를 쓴 것은 문학에 대한 그의 열망도 작용하였지만 민족적 현실에 대한 아픔과 절심함, 아울러 이러한 현실을 기록하고자 하는 역사적 책임감이 함께 하였을 것이다. 그 자신의 글쓰기에 대한 자신의 글을 보자.

> 나는 쓰기를 위해서 시를 써 본적이 없읍니다. 더구나 시인이 되려고 생각도 해보지 않았읍니다. 다만 닫다가 미칠듯이 파도치는 정열에 마음이 부다끼면 죄수가 손톱 끝으로 감방의 벽을 긁어 낙서하듯 한 것이 그럭저럭 근 백 수나 되기에 한 곳에 묶어 보다가 이 보잘것 없는 시집이 이루어진 것입니다.[10]

이같은 심훈의 술회는 그의 시詩가 시대현실과 혼신渾身의 산물産物임을 보여준다. 이러한 심훈 시의 바탕은 일제에 대한 불같은 증오와 적개심, 그리고 현실을 폭로하고자 하는 저항정신과 연결된다. 심훈의 리얼리즘 시를 보면, 진솔한 감정과 힘찬 목소리에서 우러나는 단순성과 현실과의 긴밀함이 감명을 불러 일으킨다. 심훈의 리얼리즘 시는 당시의 현실이나 사건을 주로 소재로 택하고 있으며, 이는 민족사의 중요한 국면을 재액센트화한 것이다. 따라서 조선이 감옥화된 자리에 서서 이처럼 절창을 부른 점은 심훈의 작가의식 규명과 함께 학사의 제자리찾기란 문제에서도 중요한 의미를 획득하는 것이다.

이러한 이상의 관점을 기본으로 하여 '사실적 경향과 현실 인식'이란 이 장에서는 '투사들에 대한 탄압과 저항의식의 시적 형상화', '유이민의 시적 형상화'란 장으로 나누어 살펴보고자 한다.

1. 투사鬪士들에 대한 탄압彈壓과 저항의식抵抗意識의 시적詩的 형상화形象化

3·1운동 후 일제의 우회적인 기만정책欺瞞政策과 함께 투사들에 대한 탄압彈壓도 간악奸惡해졌다. 20년대 초반의 사회주의자들의 급성장은 일본에서는 물론 조선 내에서도 문제로 대두되었다. 당시 사회주의자들은 사회운동조직 속으로 파고들기 시작했고 아울러

10) 앞의 시집, 5면의 '머리말씀'.

그들의 역할은 점점 팽창하기 시작했다. 이들의 활동은 당시 저항운동의 의미에서도 지대한 공헌을 하게 된다. 급기야 1925년 5월 7일 일제는 치안 유지법 시행령을 발표한다. 이 법은 일본내에서 보다 조선내에서 저항적인 인사들에 대한 악법惡法으로 그 위력을 발휘하였다. 그러나 일제는 강력한 법을 실시하면 조직이 지하로 잠적하게 되고 이러한 현상이 나타나면 해방운동집단의 색출色出과 파악把握이 더욱 어려워지게 되고 따라서 조선의 지배를 더욱 어렵게 하리란 판단 아래 이 법은 무정부주의의 과격사상에만 적용되며 비록 공산주의나 무정부주의라 할지라도 단순한 선전이나 유포는 벌罰하지 않으며, 선동에만 적용한다는 것이다.[11] 그러나 현실적으로 조선의 일제 법관들은 법률을 법률대로 적용하는 것이 아니기 때문에 어떤 인물에게든 구실을 붙여서라도 쉽게 투옥할 수 있는 제반 여건을 갖추는 것이었다. 이러한 현실에서 이 법은 조선 내에서 악법 중 악법이었다.

이러한 상황 하에서 투사들에 대한 탄압은 강화되기 시작하였고 이러한 현실을 문학적으로 형상화하는 작품이 나타나는 것은 당연한 것임에도 불구하고 당시의 문학에서 이러한 경향의 작품이 흔치 않다. 특히 시詩에서 이러한 경향은 더욱 짙어 당시의 여타 시인들의 시에서 극히 적은 양을 차지하고 있다. 이러한 관점에서 심훈 시는 더욱 중요한 의미를 가진다. 심훈의 연보를 보면 그가 남다른 저항의식의 소유자임을 알 수 있다. 이러한 의식은 그의 시에서도 다양한 양상으로 나타나지만 투사들에 대한 탄압과 저항의식을 시적으로 형상화한 작품에서 더욱 뚜렷이 드러난다. 극한적인 여러 조건들 속에서 이러한 시를 창작하고 나아가 시집으로 묶어 발간하고자 한 점에서 시인의 의식을 잘 읽을 수 있다.

심훈이 투사들에 대한 탄압과 저항의식을 다룬 시들이 창작된 시기는 1920년대 후반기다. 이 시기는 항일운동이 재정비되던 시기였고, 심훈으로서는 심훈의 독특한 문학관을 형성하고 나아가 창작을 하던 시기였다. 이 시기의 그의 문학을 살펴보면 치열한 저항성을 가진 작품이 주류를 이루었다. 이러한 작품들은 단순히 저항적인 행위나 투사의 의식을 묘사하는 것이 아니라 당대의 투사들을 통하여 일제의 지배 하에서의 삶의 처절함이나 의지를 보여주고 있다. 또한 정확한 현실에 대한 인식과 더불어 투사들에 대한 탄압과 투사들의 저항의식을 생생하게 표출한다. 이러한 탄압은 특수한 투사들에 한정되는 것이

11) 김준엽金俊燁, 김창순金昌順, 『한국공산주의운동사韓國共産主義運動史 2』, 청계연구소, 1988, 9장/ 리차드. H. 미첼, 『일제의 사상통제』, 일지사. 1기期2, 2장 참조.

아니며, 강점기하의 조선의 현실로 확산되어 있다는 것을 암암리에 드러낸다. 이러한 점들을 살펴 볼 때 심훈의 일련의 시들은 강점기 하의 저항문학으로서도 중요한 의미를 가진다.

본 장에서 나오는 투사들은 일제에 투쟁을 하다가 죽임을 당하거나 옥사를 한 인물, 혹은 이들과 운명공동체로서 살아가는 인물들이 등장한다. 그 시를 보면 「만가輓歌」, 「박군의 얼굴」, 「R씨의 초상肖像」 등이다. 「만가輪歌」를 보면 죽음을 애도하는 전통의식과 관련되면서 그 말하는 의미는 단순하지 않다. 시를 보면

> 궂은 비 줄줄이 내리는 황혼黃昏거리를
> 우리들은 동지同志의 관棺을 메고 나간다.
> 만장輪章도 명정銘旋 세우지 못하고
> 수의조차 못 입힌 시체屍體어께에 얹고
> 엊그제 데메어 내오던 옥문獄門을 지나
> 철벅철벅 말없이 무학재를 넘는다.
>
> 비는 퍼붓듯 쏟아지고 날은 더욱 저물어
> 가등街燈은 귀화鬼火같이 껌벅이는데
> 동지同志들은 옷을 벗어 관棺위에 덮는다.
> 평생平生을 헐벗던 알몸이 추울상 싶어
> 얇다란 널조각에 비가 새들지나 않을까하여
> 단거리 옷을 벗어 겹겹이 덮어준다.
> (육행 생략)
> 동지同志들은 여전如前히 입술을 깨물고
> 고개를 숙인채 저벅저벅 걸어간다.
> 친척親戚도 애인愛人도 따르는 이 없어도
> 저승길까지 지긋지긋 미행이 붙어서
> 조가弔歌도 부르지 못하는 산 송장들은
> 관格을 메고 철벅철벅 무학재를 넘는다.

–「만가輓歌」–

1929.9

위의 시를 보면 옥사獄死인물의 장례葬禮를 소재로 하고 있다. 옥獄에서 죽임을 당한 후 어제 옥문을 나와서 오늘 장례행렬이 시작되고 있다. 장례행렬의 시간적 배경은 궂은 비 줄줄이 내리는 황혼黃昏녘이다. 이러한 시간적 배경은 몇 가지 의미를 담고 있다. 위 시의 내용으로 보아 일제의 감시에 의한 것이며, 이는 탄압받는 민족의 현실을 상징하는 것이다. 죽은 사람이 항일투사라 한낮에는 일제의 저지가 있었기에 황혼녘에 장례를 치르는 것이다. 저녁에 운구를 하는데도 미행이 붙는 것을 보면 쉽게 이해가 간다. "만장도 명정도 세우지 못하고/수의조차 못입힌 시체"를 동지들이 혹은 그의 가족들이 얼마나 열악한 삶의 현실 속에서도 치열한 삶을 살아가고 있는가를 쉽게 짐작케 한다. 시인은 '만장도 명정'도 세우지 못한 것을 노래하는데, 이는 궁핍과도 연결되지만 일제의 탄압의 강도를 가늠케 하는 것으로 이해가 가능하다. 만장과 명정은 사람들에게 잘 드러나며 같은 민족으로써 이러한 현실을 보면 민중들의 감정을 북돋게 할까 하여 시간을 정해주고 만장과 명정을 세우지 못하게 한 것임을 짐작케 한다. 이러한 제약을 투사들과 민중을 격리시켜 동질감을 느끼게하는 상황을 차단하자는 의미로 해석된다. 황혼녘에 출발한 행렬은 옥문을 지나게 되는데 이러한 점은 우리의 의식儀式이기도 하지만, 동지들에게는 일제의 잔악한 죽임과 탄압에 대한 분노의 되새김질이다. '철벅철벅 무학재'를 넘는 행위에서 발의 무게와 함께 질퍽한 땅을 느끼게 하는데, 이는 암울하게 누르는 시대상황을 상징함과 아울러 역사적 책임감의 무게를 느끼는 의식儀式이라고 볼 수 있다. 2연은 일제의 압제와 당대의 분위기를 짙게 깔면서 동지들 간의 따스한 인간애를 보여준다. 1연에서 줄줄이 내리던 궂은 비는 2연에서 '퍼붓듯 쏟아지고' 날은 저물어 간다. 이같이 현실이 혹독할수록 동지애同志愛는 강해진다. 2연에 나타나는 동지들 간의 사랑과 우애는 민족에 대한 사랑과 연결되며 한편으로는 이러한 현실을 강제한 일제에 대한 저항의 결속이다. 이러한 의미는 3연에 극명히 드러난다.

"동지들은 여전히 입술을 깨물고/ 고개를 숙인 채 걸인간다." 비록 자신들을 '조가도 부르지 못하는 산송장'이라고 표현하고 있지만. 죽은 이에 대한 조의의 뜻으로 우선 현실적으로 참는 것이며 또한 그 속에는 침묵의 다짐과 결의가 있는 것이다. 산송장이라

하여 자신들을 비난하고 있지만 이는 죽임을 당한 이만큼 저항을 하지 못한 자책과 각오가 어우러져 표현된 것이다. 2연 6행이 검열에 삭제를 당해 내용을 알 수 없으나, 시의 어느 부분보다 일제의 잔혹함과 투사에 대한 탄압과 저항의식을 극명히 표현한 것임을 미루어 짐작케 한다. 이 시외에 '박군朴君의 얼굴'도 투사들의 삶을 다루고 있는 시詩다. 이 시는 경성제일고보 동창이며 동아일보에 같이 근무한 친구인 박헌영의 투옥과 그의 저항의지를 시화詩化한 것으로 생각된다.

이게 자네의 얼굴인가?
여보게 박군朴君 이게 정말 자네의 얼굴인가?
알콜병에 담거논 죽은 사람의 얼굴처럼
말르다 못해 해면海綿같이 부풀어 오른 두 뺨
두개골頭蓋骨드러나도록 바싹 말라버린 머리털
아아 이것이 과연果然자네의 얼굴이던가?

쇠사슬에 네 몸이 얽히기 전前까지도
사나이다운 검붉은 육색肉色에
양兩 미간眉間에는 가까이 못할 위엄威嚴이 떠돌았고
침묵沈默에 잠긴 입은 한번 벌이면
사람을 끌어다리는 매력魅力이 있었더니라.

사년四年동안이나 같이 책상에서
벤또 반찬을 다투던 한사람의 박朴은
교수대絞首臺에서 목숨을 생生을 말리고 있고
C社에 마주 앉아 붓을 잡을 때
황소처럼 튼튼하던 한 사람의 박朴은
모진 매에 장자腸子가 꿔어져 까마귀밥이 되었거니.
이제 또 한사람의 박朴은
음습陰濕한 비바람이 스며드는 상해上海의 깊은 밤

어느 지하실地下室에서 함께 주먹을 부르쥐던 이 박군朴君은
눈을 뜬 채 등골을 뽑히고 나서
산송장이 되어 옥문獄門을 나섰구나.

박朴아 박군朴君아 XX아
사랑하는 네 아내가 너의 잔해殘骸를 안았다.
아직도 목숨이 붙어있는 동지同志들이 네 손을 잡는다.
잇발을 앙물고 하늘을 저주咀呪하듯
모로 흘긴 저 눈동자
오! 나는 너의 표정表情을 읽을 수 있다.

오냐 박군朴君아
눈은 눈을 빼어서 갚고
이는 이를 뽑아서 갚아주마!
너와 같이 모든 X을 잊을 때까지
우리들의 심장心臟의 고동鼓動이 끊질 때까지

– 「박군朴君의 얼굴」 –

1927년 12월 작품으로 명시되어 있는 시 「박군朴君의 얼굴」은 당시 투사들의 탄압을 다룬 시詩다. 이 시는 당대의 여타의 문인들의 작품과 같은 소재를 다루고 있을지라도 그 근저의 의식은 남다른 점이 많다. 소설을 예로 들면, 그 내용이 동지들이 서로 파벌을 이루거나 대립, 변절에 촛점을 맞추는 경우가 대부분이다. 그러나 심훈의 시에서 등장하는 투사들은 죽임을 당하거나 폐인이 되는 인물로 다루고 있다. 한편 동지들 간의 관계나 투사를 바라보는 시선도 동정을 느끼거나 애상적 분위기에 젖어들지 않고 일제에 대한 증오와 아울러 저항의지의 강열성을 담고 있다. 위에 인용된 시 「박군의 얼굴」에서도 이러한 심훈의 세계관이 잘 드러난다.

이 시에는 3명의 박군이 등장한다. 이들의 공통점은 일제에 의해 옥살이를 하는 점이다. 이러한 옥살이의 참혹함을 3명의 박군을 등장시켜 그 다양한 모습으로 조감하였다. 3명의

박군이 처했던 현실을 보면,

①교수대 곁에서 생으로 목숨을 말리는 박군,

②모진 매에 창자가 꿰어져 까마귀 밥이 되었을 박군,

③산송장이 되어 옥문을 나서는 박군

을 다룬다. 여기에 등장한 '박군'이란 의미는 일제에 저항하다가 옥살이를 하는 투사들의 현실이며, 나아가 박해와 폭압 속에서 질식하여가는 우리 민족의 현실이다. 이 시는 형식에서도 특이한 점이 보이는데, 산송장이 되어 나오는 「박군의 얼굴」을 주된 줄거리로 진행하면서 4연에서는 2명의 박군을 등장시킨다. 다시 말하면 3의 박군을 주된 줄거리로 진행하면서 1의 박군과 2의 박군을 삽입시켜 3의 박군이 산송장이 된 경위를 암암리 알 수 있게 하는 형식을 취하고 있다. 이 시에 등장하던 박군은 모두 건장하고 일상적으로 우리가 만나는 사람들인데 옥살이를 하는 도중에 죽임을 당하거나 폐인이 된다.

이는 일제의 잔학한 고문과 모진 매에 연유한 것임을 이 시는 말한다. 이 시의 주된 줄거리를 형성하는 3의 박군을 보면 사나이다운 건 장함과 양미간에는 위엄이 떠돌고 꾹 다문 입은 열면 사람을 끌어당기는 매력의 소유자인 박군은 옥살이를 하면서 '알콜기에 담가논 죽은 사람'의 얼굴처럼 '마르다 못해 해면 같이 부풀어 오른 두 뺨'과 '두개골이 드러나도록 바싹 말라 버린 머리털'을 하고 있다. 이 모습을 등장시키어 일제의 잔혹함을 극명히 보여 준다.

3의 박군은 실제 인물인 박헌영을 다룬 것으로 생각된다. 앞에서 밝힌 것처럼, 박헌영과 심훈은 경성제일고보의 동창생이며, 같은 시기에 중국에 가 있게 된다. 다시 귀국하여서도 동아일보 기자로 같이 근무를 한다. 박헌영은 당시 상해에서 1년간 공부를 한다. 이 시기는 심훈도 지강과 상해에 있던 시기다. 박헌영은 신의주 사건으로 검거되나, 현재의 자료로서는 박헌영의 석방 시기는 알 수 없으며 심훈의 시로 보아서 28년 12월 경이 아닌가 한다. 일제는 투사들을 검거하여 혼(등골)을 뽑아 산송장을 만든다.

이 시에서는 5연까지 투사들의 탄압을 다루고 6연에서는 투사들의 저항이 결코 동떨어진 남의 일이 아니라 '지금', '여기'의 일임을 시적으로 형상화했다. 잔해를 안은 한 여인을 통해 당대의 고통과 절망과 한을 여실히 형상화하는데, 이는 강점기 하의 조선인의 아픔을 대변하는 것이다. 일제의 폭압 속에서 그 양상은 다르지만 이산과 아사, 궁핍 등으로 겪는 고통은 결코 우연이 아님을 알 수 있다. 물론 투사의 아내가 겪는 고통은 좀 더 구체적

대상을 가지는 것이다. 이러한 아픔과 고통을 같이 인식하고 실천적인 행위의 제시와 연결되는 동지들의 분위기와 말에서 잘 드러난다.

동지들은 "이빨을 악물고 하늘을 저주하듯/ 모로흘긴 저 눈 동자"를 보며, 산송장이 된 박군의 뜻을 읽는다. 이는 화자의 독백 에서 드러난다. "눈은 눈을 빼어서 갚고/ 이는 이를 뽑아서 갚아주마!" 하는 이 대목에서 심훈이 가진 저항의 방향성을 잘 드러낸다. 심훈이 일기에 기록한 글에서 "우리에게는 한 가지 길 밖에 없는 것이다. 두개골이 산산조각이 날 때까지 들부딪혀볼 뿐이다".[12]

이 같은 현실 인식은 지극히 온당한 시각이며 저항만이 일제에 항거하는 최선책임을 강조하는 것이다. 이 시는 저항이 '너와같이 모든 X을 잊을 때까지' 그리고 '우리들의 심장의 고동이 끊일 때까지' 계속될 것임을 다짐한다. 이 시에서 나타나는 아내의 고통과 동지들의 한, 그리고 가족애家族愛나 동지애同志愛는 소집단의 차원에서 해석될 것이 아니라 민족적 차원에서 해석되어야 할 것이다.

시 「R씨의 초상肖像」도 투사의 탄압과 저항의지를 담은 시다. 시의 부분을 보면

> 물결 거칠은 황포탄黃浦灘에서 생선生鮮 같이 날뛰던 당신이
> 고랑을 차고 삼년三年 동안이나 그믈을 뜨다니 될뻔이나 한 일입니까
> 물푸레나무처럼 꿋꿋하고 물오른 버들만치나 싱싱하던 당신이
> 때아닌 서리를 맞아 가랑잎이 다 될줄 누가 알았으리까
> (2행 줄임)
> 오오 그러나 눈만은 샛별인듯 전前과 같이 빛나고 있읍니다.
> 불똥이 떨어져도 꿈쩍도 아니하던 저 눈만은 살았소이다.
>
> – 「R씨의 초상」 3~4연 –

이 시도 항일투사의 옥살이를 다룬다. 앞의 시에서도 잘 드러나지만 일제의 폭압이 이 시에도 잘 드러난다. 물결 거칠은 황포탄에서 생선 같이 날뛰던 사람은 3년 간의 옥살이로

12) 『전집 3』, 515쪽.

'가랑잎'이 된다. 그러나 그의 저항의지는 눈을 통하여 잘 표현되는데 그 눈은 '샛별' 같고, '불똥이 떨어져도 꿈쩍도' 아니할 것이라 했다. 심훈은 투사의 눈을 통해 처참하게 서리를 맞고도 조금도 변하지 않는 투사의 저항의지를 '눈'을 통하여 표출시켰다.

일제가 지배하는 당시대에서 저항은 군인 같은 용기만으로 어려우며 수인과 같은 인내를 가져야 한다. 저항은 순간적으로 일어나는 것이 아니며, 한 시대에 대한 끊임없이 반성과 양심의 점검에서 나올 수 있는 것이다. 모든 서정시가 인간들의 생활이 불러 일으킨 감정과 사상을 표현하고, 외적 현실이 끼친 영향을 표현한다는 점에서 이러한 감정이나 사상은 개인적인 것에 한정되는 것이 아니라 집단적 성격을 가지고 있는 것이다. 심훈은 당대의 현실을 직시하고 이를 근거로 당대에 밀착된 시를 썼다. 본 장에서 밝혀진 바와 같이 심훈의 시는 당대의 현상을 개인적으로 수렴하여 이를 개성화시키고 개괄화하여 당대의 현실로 확산시킴으로써 그 가치를 획득한다. 이러한 시인의 세계관을 일부 조명함은 그의 작가 의식은 물론 그 세계관을 통하여 우리 민족의 정신사적 측면에서도 그 의의를 더할 수 있다고 생각된다.

2. 유이민流移民의 시적詩的 형상화形象化

일제의 간악한 토지조사사업이란 명목의 토지약탈은 우리 민족의 경제에 심각한 타격을 주었고, 나아가 일본자본가들의 조선 진출은 우리 농민에게 열악한 삶을 강요하였다. 이러한 가운데 일제는 간도에 이상적인 옥토가 널려 있다고 거짓 선전함으로써 이민移民을 조장助長하였다. 그러나 이러한 이민의 근본적인 점은 조선 내의 삶의 조건들이 상상想像하기 어려울 만큼 빈사상태瀕死狀態에 있었다는 점에서 유이민은 가속화加速化되었다. 심훈의 시는 이러한 현실과 유이민의 삶, 그들이 어떻게 처참한 죽음을 당하는가하는 문제까지도 시화詩化시키고 있다.

시 「잘 있거라 나의 서울이여」는 당대의 조선인들이 조국을 떠나는 의미를 다루었으며, 아울러 이민을 가지 않으면 안되는 현실을 극명히 표현한다.

> 성벽城壁토막이 나고 문루門樓는 헐려
> 「해태」조차 주인主人 잃은 궁전宮殿을 지키지 못하며
> 반半 천년千年이나 네 품속에서 자라난 백성들은

산山으로 기어오르고 두더지처럼 토막土幕 속을 파고들거니
이제 젊은 사람까지 등을 밀려 너를 버리고 가는구나!

－「잘 있거라 나의 서울이여」 2연 －

이 연에서 시인은 조국의 해체 혹은 조국의 상실을 그리고, 조국의 해체에 이어 민족의 해체를 다룬다. 민족을 외적外敵으로부터 지켜주는 성벽城壁과 문루門樓는 토막이 나고 헐리고, 궁전宮殿의 수호신守護神인 해태조차도 적을 방어하지 못하여 500년이나 나라의 품속에 자라난 백성들은 드디어 이산離散하고 이주移住이른다. 여기서 조선 500년은 봉건적인 의식의 산물이라기보다 우리 민족의 구심점인 '조국'의 대용어代用語로 이해하여야 할 것이다. 따라서 단일민족인 우리에게 '궁전'은 주권과 연결되며 이를 지키지 못한다는 것은 조국의 상실을 의미하며 그 자리에 일제가 자리한다는 의미인 것이다. 이처럼 일제에 자리를 빼앗긴 우리 민족은 해체하기에 이른다. 일부는 산山으로 기어올라 화전민火田民이 되고, 한편에서는 '두더지처럼 토막속에 파고' 들어 토막민土幕民이 된다. 이같은 열악한 현실은 젊은이들까지 등을 밀어 조국을 등진 채 국외로 살 길을 찾아 떠난다고 하여 유이민流移民배경을 극명히 보여준다. 이러한 현실은 일제의 조선농민정책의 열악함을 극적劇的으로 보여준다. 당시 일제식민지 지배당국의 화전개간정책火田開墾政策은 전날 조선의 그것보다도 훨씬 조직적이고 엄격하였는데도 불구하고 일제시대에 들어와서 화전민의 수가 증가하고 있는 원인은 좁게는 일제의 식민지농업정책의 열악함이며, 넓게는 그 지배정책 자체의 성격과 관련된다. 당시의 신문에는 이러한 일제의 정책을 생생하게 보여주는 기사記事들이 곳곳에서 보인다.

초목의 뿌리나 잎새로 연명하는 사람이 얼마나 되는가 '보풀' 을 먹는 사람이 23,062호에 112,362명을 비롯하여 소나무 껍질, 머름, 칡뿌리 등 30여 종으로 살아가는 사람이 약 17만호에 71만 3천명인즉 총인구의 6할이다.[13]

춘궁을 당하여 초근목피까지 먹어버리고 먹을 것이 없어서 뒷산에서 나는 흰진흙(백점토白粘土)을 파서 거기다 좁쌀가루를 넣어 떡을 만들어 먹는다.[14]

13) 《동아일보》, 1924년 10월 12일자.
14) 《동아일보》, 1927년 6월 8일자.

이러한 농촌의 궁핍은 농민이 급속도로 농촌을 떠나게 만들고 토막민이나 화전민, 혹은 유이민을 형성하게 되었다. 화전민들은 다시 일제의 소작생활을 하게 되고 이것도 산림정책이라는 구호아래 화전마저 잃고는 국외로 떠나게 된다. 토막민들은 당시 걸인의 생활을 하면서 물조차 제대로 먹지 못하는 참혹한 지경을 당하였다. 토막민들은 산상山上에서 집을 짓고 살며 음료수를 구하기가 금보다 어렵고 토굴 속에서 긴 목숨을 끊을 수 없어 하루 한 끼로 겨우 연명을 하는 동포가 본정에만 40여 호가 된다고 하며, 하루 한 끼를 변변히 못하는 가련한 인생을 사는 그 수가 5000에 달한다는 현실은 우리 민족에게 유랑流浪과 걸식乞食 혹은 또 다른 삶을 향하여 떠나가게 되는 유이민을 낳게 했다. 심훈은 시 「현해탄玄海灘」에서 도일노동자度日勞動者들의 참담한 모습과 심리를 시화詩化하였다.

> 갑판甲板섰자니 시름이 겨워
> 선실船室로 내려가니 「만연도항漫然渡航」의 백의군白衣軍이다.
> 발가락을 억지로 째어 다비를 꾀고
> 상투 잘른 자리에 벙거지를 뒤집어 쓴 꼴
> 먹다가 버린 벤또밥을 엉금엉금 기어다니며
> 강아지처럼 핥아 먹는 어린것들!
>
> -「현해탄玄海灘」 3연 -

이 시는 심훈이 일본으로 가던 중 현해탄을 건너며 지은 것이다. 현해탄이란 우리에게 많은 의미를 가지고 있다. 서양문명의 통로로써, 문학의 유입 길로써, 혹은 도일노동자渡日勞動者들에겐 보다 나은 삶을 향한 길목으로써 등 많은 의미가 있다. 심훈은 연극 공부를 위하여 떠나는 것으로 보인다. 심훈이 현해탄에서 보고 느낀 것들은 국내에서와 같은 처절한 장면을 본다. 그들은 도일노동자渡日勞動者의 무리들을 보는 것이다. 시에 '만연도항漫然渡航'의 '백의군白衣軍'이란 도일渡日하는 우리 노동자를 말하는 것이다. "조선인

노동자勞動者'가 최근 500명씩 일본으로 도거하고 있도다."[15] 이러한 기사記事에서 보이듯 도일노동자의 문제는 심각한 지경이었다. 그러나 국내의 상황은 더욱 어두워 떠나지 않을 수 없는 지경의 사람들이 떠나게 되는 것이다. 시 「현해탄」은 앞에서 지적한 바와 같이 1927년 2월에 쓰인 작품이다. 심훈이 도일渡日한 시기는 도일금지제渡日禁止制가 이루어지던 시기임에도 불구하고 도일하는 조선인들은 줄을 이었다. 이 시기에 발표된 '도일渡日 노동자勞動者 문제問題'(조선일보. 1927. 3. 15)를 보면 현실을 조금이나마 알 수 있다.

조선朝鮮을 떠나서 동東으로 일본日本으로 가고, 북北으로 간도지방間島地方으로 가는 조선朝鮮 노동자勞動者의 떼를 우리는 매일每日 보다시피 한다. 그들은 대개大概는 농촌農村에서 그 생활生活의 근거根據를 잃고 구사九死에 일생一生을 얻고자 하여 고토故土를 떠나가는 이들이니 그의 처참悽慘한 생활生活은 사람으로 하여금 단장斷腸생각을 하지 아니하게 할 수 없다. 매일每日의 신문지新聞紙는 그에 관關한 기사記事로 충만滿한 것을 볼 수 있다.

(중략)

2월 중月中의 통계統計를 보면 도일渡日 허가許可를 받아서 도일渡日한 노동자勞動者가 1만 6천 7백 79명에 달達하고, 도일渡日 저지祖止를 당當한 노동자勞動者가 1만 8천 8백 94명에 달達하였으니, 부산釜山을 경유經由하여 日本으로 가려고 하는 노동자勞動者가 총계總計 3만 5천여 명에 달達하게 되었다. 2월月이 노동자勞動者의 이동移動을 많이 보는 달이라고 하겠다마는 1개월個月의 도일渡日 명망자命望者가 3만 5천여 명의 다수多數에 달하였다는것은 참으로 조선朝鮮의 노동문제勞動問題에 대하여 신중愼重히 고려考慮하지 아니하면 아니될 중대重大한 시기時機에 제회際會있는 것을 우리에게 알리는 것이다.[16]

심훈이 일본으로 간 시기인 1927년 2월에 도일渡日한 노동자만 1만 7천에 달하는 것으로 보아 심훈 또한 이러한 도일노동자들을 많이 보았을 것으로 짐작할 수 있다. 그러나 노동자들의 도일은 여러 면에서 심각하였는데, 그중 한국인에 대한 탄압은 한국인을 이중으로 고통스럽게 하는 것이었다. 관동대진재 이후 일본은 한국인노동자에 대한 간악한

15) 《조선일보》, 1925년 2월 20일자.
16) 《조선일보》, 1927년 3월 15일자.

모함과 처벌, 그리고 일본의 경제공황을 한국 노동자들의 도일 때문이라고 선전하여 한국인의 노동 조건은 심각한 지경이었다. 이러한 가운데 동아일보 이상혁 기자에 알려진 조선인 노동자 100여 명 학살사건 등이 알려지고 이러한 가운데도 도일노동자들의 수는 증가 추세였다. 이러한 도일은 많은 문제점으로 등장하는데, 당시의 신문 지상에서 도일 문제를 다룬 많은 글들을 볼 수 있다.[17)]

이같이 일본에서의 노동 조건이나 인권이 처참하게 유린되고 있음에도 불구하고 도일을 하는 것은 한국에서의 임금이 일본에서의 임금보다 못하다는 데 그 근본적인 이유가 있다. 이러한 현실은 당시의 소설에서도 상당히 다루어져 강점기 하에서 우리 민족의 삶이 얼마나 심각한 것인가를 반증하는 것이다.

시詩를 보면 일본에서 한국인의 삶을 도일노동자勞動者들은 익히 알고 있는 것을 알 수 있다. 그들은 일본인 흉내를 내느라 '발가락을 억지로 째어 다비를 꾀고/ 상투를 자른 머리에 벙거지를 뒤집어 쓴 꼴'을 하고 있다. 이는 일본인과 조선인의 차별대우를 잘 알고 있다는 것을 의미하며, 가혹한 대우와 모멸찬 불이익을 조금이라도 면해 보고자 하는 처참한 심리와 현실을 보여준다. 또한 그들의 아이들은 강아지처럼 선실을 기어 다니며 먹다가 버린 일본인의 벤또밥을 핥아 먹는 참혹한 현실을 그린다. 이러한 도일노동자의 현실을 다루는가 하면, 간도지방의 유이민의 참상을 다룬 기원형식의 시詩가 있다.

> 바가지 쪽 걸머지고 집 떠난 형제兄弟,
> 거칠은 들판에 강냉이 이삭을 줍는 자매姉妹여,
> 부디부디 백골白骨이나마 이 흙속에 돌아와 묻히소서.
> 오오 바라다볼수록 아름다운 나의 강산이여!
>
> – 「나의 강산이여」 마지막 연 –

바가지 쪽을 걸머지고 북방으로 떠난 동포들은 그들이 하는 일이란 거칠은 들판에 강냉이 이삭을 줍은 일이다. 당시 이들은 희망을 가지고 북방으로 떠나지만 거기서도 기다리는

17) 도일 문제는 당시 심각한 지경에 처한 것으로 일제하 전 기간을 통하여 일어나고 이와 관련된 많은 글들이 신문이나 잡지의 기사나 소설로, 혹은 소논문으로 발표된다.

것은 열악한 현실이다. 만주의 기독교 목사인 쿠크는 한국 이주민의 실상을 처절하게 묘사하고 있다. '만주에 오는 한국인은 겨울날 영하 40도의 혹한 속에서 떼를 지어 산비탈을 기어오르고, 다달아서는 암석이 많은 산전을 개간하여 토지와 악전고투를 하며, 거기서도 초근목피로 연명을 하고 기아로 죽고 청년도 동사를 하며 중국인 토지의 소작으로 삶을 유지한다고 한다.[18] 그들은 죽어도 고향에 묻히지 못하는 경우가 흔하여 화자는 기원의 형식으로 백골이나마 돌아와 묻히기를 기원한다. 이러한 북방이민의 현실은 조국의 아름다운 풍경과 대비對比하면서 유이민의 아픔과 민족의 처참함을 노래하고 있다.

한편 1920년대 말, 1930년 초 당시의 일제는 전례없이 폭압을 강화하여 발톱까지 무장하고 있었다.[19] 당시 항일투사들은 만주지역에서 무장활동을 하여 일제에게는 대륙침략은 물론 국내통치에도 많은 장애요인이었다. 이들은 주로 항일 빨치산으로 재만조선인의 후원을 입어 활동을 하고 있었다. 일제는 저항조직을 분쇄하기위해 비민匪民 분리정책分離政策이란 미명美名 아래 많은 조선인들이 학살을 당하였다.[20] 재만조선인이란 이유만으로 흔히 죽임을 당하게 되는데 이를 시적詩的으로 형상화形象化한 작품이 「풀밭에 누워서」다. 참상을 다룬 부분을 뽑아서 보면

> 오늘도 만주滿洲 벌에서는 몇 천명千名이나
> 우리 동포同胞가 놈들에게 쪼겨나 모진 악형惡刑까지 당하고
> 몇 십명十名씩 묶여서 총銃맞고 거꾸러졌다는 소식消息!
>
> 거짓말이외다, 아무리 생각을 하여도 거짓말 같사외다.
> 고국故國하늘은 저다지도 맑고 푸르고 무심無心하거늘
> 같은 하늘 밑에서 그런 비극悲劇이 있었을 것 같지는 않소이다.
>
> 안땅에서 고생한는 사람들은 상팔자지요.

18) 고승제高承濟, 『한국이민사연구韓國移民史研究』, 장문각章文閣, 1973, 92~3쪽.

19) 남현우 엮음, 『항일무장투쟁사』, 대동, 1988, 120쪽.

20) 강재언, 『일제하 40년사』, 풀빛, 1984, 138쪽.

철창 속에서라도 이 맑은 공기空氣를 呼吸호흡하고
이 명랑明朗한 햇발을 죄어 볼 수나 있지 않습니까?
논 두렁에 버티고 선 허자비처럼
찢어진 옷 걸치고 남의 농사農事에 손톱 발톱 달리다가
풍년豊年 든 벌판에서 총銃을 맞고 그 흙에 피를 흘리다니…

미쳐날듯이 심란한 마음 걷잡을 길 없어서
다시금 우러르니 높고 맑고 새파란 가을 하늘이외다.
분憤한 생각 내뿜으면 저 하늘이 새빨갛게 물이 들듯하외다.

–「풀밭에 누워서」–

당시의 혹독한 일제의 검열로 인하여 극히 온건한 투로 기사화한 것을 보면

금번 간도 토벌로 인하여 간도에서 공산촌을 건설하였다는 부락에다 방화하고, 여러가지 방법으로 치안을 위하여 근본적으로 소탕한 까닭으로 토벌군에게 처치된 공산당원호 대략 2만 5천명이라 한다. 이로 말미암아 간도에서 거처할 수 없어 각지로 20세 전후의 사람들은 각각 피난하였으므로 방금 파종기를 당하고서도 간도 일대의 농가에서는 속수무책 그날그날을 우려하는 중이라고 한다.[21]

위의 인용에서 본 바와 같이 치안유지의 미명美名 아래 간도 유이민이 학살된 것을 알 수 있다. 위의 기사에서 암암리 학살대상자가 농민임을 시사하고 있다. 심훈은 이러한 처참한 현실을 보고 노래한다. '거짓말이외다, 아무리 생각하여도 거짓말 같사외다.'라고 부르짖는다. 결코 있을 수 없는 일이, 믿을 수 없을 만큼 참혹한 일이 일어나고 있음을 강조하고 있다. 모진 악형을 당하고 몇 십명씩 묶어서 총을 맞고 거꾸러지고 이는 다름 아닌 일제의 잔학행위인 것이다. 이들은 '논두렁에 버티고 선/허자비처럼 찢어진' 옷을 입고, 남의 농사를

21) 《조선일보》, 1932년 5월 25일자.

짓느라 손톱은 물론 발톱까지도 다 닳아빠지고 드디어 총을 맞고 죽는 참상을 조국의 맑은 하늘을 대비시켜 잔인무도한 일제의 행위를 시화詩化하고 있다. 시인은 안땅(조국)을 철창 속으로 파악한다. 그러나 여기서는 맑은 공기를 호흡할 수도 있고, 명랑한 햇발을 쬐어 볼 수도 있지만, 만주벌에서는 쫓겨나고 악형을 당하고 죽임을 당하는 처지에 이른다. 이러한 진실은 하늘이 알아 분한 생각을 내뿜으면 하늘이 새빨갛게 물들 것 같다고 한다.

심훈이 우리 민족이 처한 현실과 당대의 열악한 탄압 사건을 시화한 것은 그가 얼마나 현실의 문제에 관심을 가지고 또한 치열한 세계관을 가졌는가를 알게 한다. 그의 현실을 다룬 시들은 당대의 핵심적인 문제의 요체를 다루고 있으며 이를 재강조화하였다는 점 또한 심훈 시의 특징이다. 심훈은 유이민이 생긴 현실, 이들이 어떻게 살아가고 드디어 유이민이 되어 만주에서 학살당하는 실로 말로 표현하기 어려운 조선인의 질곡의 현장을 시화하였다. 이러한 테마를 다루면서 인간의 삶의 권리나 일상적 행복 가장 단순한 생존권마저 어떻게 학살당하는가를 극명히 표출한다.

맺음말

오늘의 문학연구가 편중된 연구에서 벗어나 비워진 문학공간의 제자리 찾기를 지향하고 있다. 근래 작가들의 해금과 함께 문학연구가 활발해지는 현상을 보이나, 애초에 주목을 받지 못하고 오늘까지 소외된 작가들에 대한 연구는 이루어지지 않고 있다. 이러한 의미에서 본다면 심훈 시 연구는 의미를 더한다. 심훈이 시작을 한 시기를 보면 20년대 초반에서 36년 세상을 떠나기까지 꾸준한 시작을 하였다. 심훈의 시는 20년대 문학으로 상당히 앞선 시인이었다. 그의 정신적 근저는 현실과 밀착되어 치열한 의식을 유지한 작가다. 그는 당대의 사건이나 현상을 개인적 의식으로부터 출발은 하지만 항상 사회라는 영역으로 확산시키기 때문에 개별의식이 포괄적인 세계관과의 관련성을 선명히 보여주는 시인이다. 따라서 심훈의 시는 관련된 사회적 사실을 선행적으로 찾아내는 작업도 필요한 것이며, 나아가 시를 의미의 세계라는 거시적 맥락에서 이해함으로써 연관된 사회의 제양상을 포착하게 되고 작가의 세계관 또한 드러낼 수 있다. 심훈의 시는 이러한 관점에서 볼 때, 황현, 만해, 육사와 정신적 궤를 같이 한다.

본고에서 심훈 연보와 일부의 시를 중심으로 그의 대사회적 인식을 중심으로 시를 살펴보았다. 이러한 시를 살펴본 바 결론은 그의 시는 항일민족문학으로서 의의를 가지고, 그의 창작 방법에선 현실을 작품 속에 담는 것이 주목된다. 한편 20년대 리얼리즘 시인으로써 그 가치를 들 수 있으며, 이와 관련하여 당대의 딱딱한 의식이나 사고에 얽매이지 않고 내용에 따라 자유스러운 형식을 창조하고 시의 내적 구조와 현실의 구조를 최대한 접근시키고자 노력한 시인이다.

그러나 심훈이 시에서 이러한 시만이 있는 것은 아니며, 당시 문단의 성향과 유사한 시들도 보이고, 다분히 감상적이거나 낭만적인 시들도 있다. 어떤 시들은 전통적으로 시작詩作되어 온 일부 시조의 전통과 연결되어 있다. 이러한 시들에 대한 연구는 계속 이루어져야 할 것으로 보이며, 이러한 시들에 대한 연구평가가 이루어진 다음에야 심훈 시에 대한 종합적 평가가 온당하게 이루어지리라 믿어진다.

객혈轉血처럼 쏟아낸 저항抵抗의 노래

— 심훈沈熏의 작가적作家的 모랄과 고뇌苦惱에 관關하여

김 선

심훈沈熏과 최서해崔曙海의 교우交友에 관關하여

서해曙海는 호이고 이름은 학송鶴松이며 심훈과는 동갑이다.

1901년 함경복도 성진成津 출생인데 1931년 7월 9일 지병인 위장병이 악화, 과다한 출혈 후 32세의 나이로 요절하였다, 그는 독특하고 풍부한 체험을 바탕으로 30여 편의 문제작을 발표하였다.

빈곤한 환경 속에서 어려서부터 무수한 고생과 쓰라림을 겪은 사람이었다.

1920년대 전후의 우리 민족이 겪었던 수난, 그 가운데서도 가장 저급한 계층의 암담하고 비참한 생활상을 가장 사실적이고 박진감 있게 그려낸, '빈곤문학'을 개척한 대표적인 작가이다. 소설을 크게 구분지어서 경험과 상상의 조화에서 얻어지는 산물이라고 보자면 서해의 작품은 거의가 머슴살이, 중, 인부, 아편장이…… 온갖 세상의 만고풍상을 겪은 체험에서 얻어진 것이다.

> 학생출신의 소설가小說家만 있고 그들이 그 뒤 견문見聞한 '암담한 사회'라야 학식이라는 렌즈를 통하여 본 사회에 지나지 못하겠으므로, 역시 철저한 최저계급最低階級의 생활을 그리기에는 부족한 조선의 소설단小說壇에 있이서 최저생활자最低生活者 출신의 유일이던 서해曙海를 잃었다는 것은 무엇에 비기지 못할 큰 손실이었다. 그렇지 않아도 작가가 부족한 조선에서, 서해曙海는 그다지 일찌기 죽었나?
>
> —「소설가小說家로서의 서해曙海」 중에서—

서해가 간 지 1년 후(1933년) 김동인金東仁의 서해에 대한 추모의 뜻이 담긴 단평短評인데 서해에 대한 면모를 알려주는 바 있다.

서해의 빈곤이 얼마나 극심했는가를 더듬어보기 위해 다음의 글을 보기로 하자.

> 이를 사흘 굶은 적도 한두 번이 아니었다. 한 번은 이틀이나 굶고 일자리를 찾다가 집으로 들어가보니 부엌 앞에서 아내가(아내는 이 때에 아이를 배어서 배가 남산만하였다) 무엇을 먹다가 깜짝 놀란다 그리고 손에 쥐었던 것을 얼른 아궁이에 집어 넣는다.
>
> ……
>
> ……
>
> 아내는 아무런 말없이 어색하게 머리를 숙이고 앉아 씩씩하다가 밖으로 나간다. 그 얼굴은 좀 붉었다. 아내가 나간 뒤에 나는 아내가 먹다 던진 것을 찾으려고 아궁이를 뒤지었다. 싸늘하게 식은 재를 뒤져내니 벌건 것이 눈에 띄었다.
>
> 나는 그것을 집었다. 그것은 귤 껍질이었다. 거기에는 베어먹은 잇자국이 났다. 귤 껍질을 쥔 나의 손은 떨리고 잇자국을 보는 내 눈에는 눈물이 괴었다.
>
> –「탈출기脫出記」 중에서–

얼마나 배가 고팠으면 귤 껍질을 먹었겠으며 그것을 바라본 '나'의 심정은 어떠했을까…….

본고에서는 서해에 대해 더 이상 할애할 지면이 없음이 아쉽다.(이점에 관해서 별도로 다룰 예정이다.)

극과 극은 서로 상통한다는 말이 있다. 심훈과 최서해는 성장 과정이나 출신성분이 아주 대조적이지만 의기가 투합되고 뜻이 서로 맞았던지 절친한 교우관계를 맺었었다. 두 사람은 자신이 갖추지 못한 점을 상대에게서 찾고 보완했는데 무엇보다도 모든 것을 초월하여 이념이 같은 동지였다.

> 온종일 줄줄이 내리는 비는
> 그대가 못다 흘리고 간 눈몰 같구려
> 인왕산仁王山 등성이에 날만들면

이 비도 게련만.

어린 것들은 어른의 무릎을 토끼처럼 뛰어다니며

'울 아버지 죽었다'고 자랑삼아 재잘대네
모질구려, 조것들을 남기고 눈이 감아집디까?
손수 내 어린 것의 약藥을 지어다 주던 그대여
어린 것은 나아서 요람搖籃 우에 벙글벙글 웃는데
꼭 한 번 와 보마더니 언제나 와 주시려오?

그 유머러스한 웃음은 어디 가서 웃으며
그 사기邪氣 없는 표정은 어느 얼굴에서 찾더란 말이요?
사람을 반기는 그대의 손은 유난히도 더웠습니다.
사랑하던 벗이 한 걸음 앞서거니
든든은 하오마는
30 평생을 숨도 크게 못 쉬도록 청춘을 말려죽인
살뜰한 이놈의 현실에 치齒가 떨릴 뿐이외다.

–「곡서해哭曙海」(1932.7.10.)–

서해가 별세한 다음날 심훈이 지은 조시弔詩이다. 서해가 가신 다음날은 비가 왔던 모양이다.

아버지가 죽었는데도 죽음이 무엇인지도 모르고 '울 아버지 죽었다'고 자랑스럽게 재잘대면서 뛰노는 서해의 어린 것들을 바라보는 심훈에게는 남다르게 만감이 교차했을 것이다.

죽을 때까지 가난의 명에를 벗어나지 못했던 서해의 처지에서 심훈의 아이를 위하여 약을 지어 주었다고 하니 얼마나 절친했는가를 짐작하게 해준다. 참새 한 마리 값에 해당한다는 두 렙돈(구리 주화 중에서 가장 작은 것으로써 가치가 제일 낮은 화폐의 단위)을 연보궤에 넣은 어느 과부(마가복음 12:41~44 참조)의 정성 만큼이나 심훈은 약을 지어 준 그 일이

고맙고 감격스러웠던 모양이다.

"30 평생을 숨도 크게 못쉬도록 청춘을 말려죽인/살뜰한 이놈의 현실에 치가 떨릴 뿐이외다." 시에 있어서 역설적 의미, 상층적인 이미지나 개념을 병치시켜 독특한 효율성을 얻어내는 경우가 없는 것은 아니다. 그러나 인용한 구절 중에서 '살뜰한 이놈의 현실'은 문맥 속에 감추어진 전체적인 의미에서 파악하자면 어색하고 부적합하다.

지엽적이긴 하지만 심훈의 시에는 토씨와 문법이 어색하게 사용되는 경우가 더러 눈에 뜨인 "애달픈 심란스럽기 비길 데 없소이다" (풀밭에 누워)에서도 '애달픈'과 '심란스럽기'라는 단어가 연결되려면 그 사이에 부호나 다른 단어가 들어가거나 토씨가 바뀌어야 하는 것도 하나의 예라고 하겠다.

심훈은 서해의 작품 『홍염紅焰』을 영화로 만드려고 시도한 바 있다. 서해의 작품 가운데서 『홍염』을 택하려 했던 심훈의 간단한 평을 보자면 이러하다.

> 『갈등葛藤』은 극적劇的 갈등이 없고, 『저류低流』는 영화로써의 조건이 맞지않고 『호외시대號外時代』는 너무 복잡해서 손을 대기가 어렵다.
>
> 오직 『홍염』 한 편이 그중의 백미白眉요 영화화 하기에 모든 조건이 구비되어 있다.

『홍염』이란 소설은 일제의 식민지에 대한 수탈에서 빚어진, 경제적 피해를 당한 이농자離農者들이 저마다 쫓겨가듯이 복간도나 요동, 블라디보스톡 등으로 뿔뿔이 흩어져 갔는데 그 가운데 간도 쪽으로 이주해 간 우리 동포들의 생활을 테마로 다룬 작품이다.

『홍염』 가운데 주인공의 한 사람인 '홍서방'은 이 땅에서 살 길이 막혀 간도로 이주했던 사람이다.

남의 소작을 붙이고 살아가는데 흉년을 맞아서 중국인에게 장리빚을 지게된다. 제때에 빚을 갚지 못하자 샤일록처럼 지독한 냉혈한인 중국인 '인가'에게 모진 닦달을 당하고 매까지 맞는다. 결국 그 중국인은 빚을 구실로 삼아 큰서방의 17세 난 딸 '응례'를 강제로 뺏어간다.

응례 어머니는 딸을 잃은 충격을 받고 병을 앓다가 숨져 가는데 문서방은 죽어가는 아내를 위해서 한 번만 모녀틀 상면시켜 달라고 '인가'에게 간청하고 애원했으나 끝내 거절당한다.

결국 응례 어머니는 한을 품은 채 죽어간다. 문서방은 도끼를 차고 밤에 '인가'의 집에

침입하여 불을 지르고 도끼로 '인가'를 살해한 후 딸을 포옹하는 장면, 불길이 계속 타고 있는 것으로 끝난다. '인가'가 문서방네 집을 찾아와 행패를 부리는 대목만 보기로 한다.

> 인가의 억세인 손이 문서방을 잡았다. 문서방은 가만히 받았다. 정신이 아찔하였다.
>
> '에구, 장구재(주인)… 흑흑… 장구재… 제발 살려줍소! 제발 살려주시면 뼈를 팔아서라도 갚겠읍니다. 장구재 제발!'
>
> ……
>
> '인가'의 주먹은 문서방의 귓벽을 울렸다. '아이구!'
>
> 문서방은 땅에 쓰러졌다.
>
> '엑 에구… 응응응… 에구 장구재! 제발, 제제…… 흑 제발 살려줍소 응'
>
> '이 상느므 샛지(상놈의 자식)… 니디 도포(아내) 워디(내가) 가져가!' 하고 인가는 손이야 발이 야 비는 문서방의 아내의 손목을 잡아 끌었다.
>
> –『홍염』 중에서–

인가를 도끼로 문서방이 살해하는 장면 등은 『아리랑』에서 영진이나 낫으로 살해하는 장면과 비슷하며 이밖에도 비슷한 의식이 밑바탕에 서로 흐르고 있다. 심훈은 일제에 대한 반항감, 유산층과 무산층에 대한 계급의식…… 등을 서해의 『홍염』에서 강하게 느꼈던 것으로 보인다. 그러나 영화로 만들지는 못했다. 당시의 여건에서는 여러모로 장애물과 제약이 따랐기 때문이었다.

> 1.
>
> 실국민失國民의 생활生活에 관關하여
>
> a 내 조국에서는
>
> 굶주림에 지쳐 죽어들 가고
>
> 옷가지 하나 없이 내 쫓김을 당하는데
>
> 지렁이들은 하나님의 음식을

배불리 먹고 있는 이것은 무엇인가

b 황금의 들판은

경작자들에게 다만

쓰디쓴 추억밖에는 가져다 주는 게 없는데

저 풍성한 수확은 횡령자의

곡물 창고로만 쌓여지는 이것은

무엇인가

c 옛부터 있어온 샘물들은

시멘트로 막아져

샘물의 원류를 잃어버리는데

그들은 창조주를 향하여

'도대체 당신은 누구신가요' 울부짖는 이것은

무엇인가.

d 올리브와 편도나무는 재목으토 되어

여관 입구를 장식하고 목각 인형이 되고

껍질 벗긴 목재는 응접실과 술집을 빛내주고

관광객의 기념품으로

세계의 구석구석까지 옮겨가는데

나의 눈에 띄는 것이라고는

말라빠진 죽정이나 누런 이파리 뿐인 이것은

무엇인가.

e 우주의 공간을

인공위성이 날아다니는데

f 거리에는

한 명의 거지, 굴러다니는 모자 한 개.
가을 노래 하나라면, 이것은
무엇인가
불어라 東風동풍이여
불어라 동풍이여
우리의 뿌리는 아직 살아 있다.

2.
개나리 울타리에 꽃 피던 뒷동산은
허리가 잘려 文化住宅문화주택이 서고
祠堂사당 헐린 자리엔 神社신사가 들이 앉았다나,
전하는 말만 들어도 기가 막히는데
내 발로 걸어가서 눈꼴이 틀려 어찌 보겠소?

1은 전자에도 인용한 바 있는 사메 알-카셈의 「모국母國」이란 시인데 역시 박태순의 역으로 보았다.

a 정작주인은 굶주려 죽어가는데 엉뚱한 것들(지렁이)이 배불리 먹는 부조리함에 대하여 '이것은 무엇인가' 이렇게 항변하는데 끝 부분의 f를 제외하고 연이 끝나는 부분마다 일관되게 나타나고 있다.

b 황금들판을 경작 하느라고 온갖 피땀을 쏟았던 사람에게는 정장 '쓰디쓴 추억'밖에 남겨진 것이 없는데 횡령하고 착취하는 자들에게 수확이 돌아가는 데 대한 분노가 담겨 있다.

c 침략자들에 의해 옛부터 있어온 모든 것들이 훼손되고, 그들의 필요에 따라서 비위에 맞게 변조되는 것에 대해 '창조주를 향하여' 울부짖으며 원망하는 뜻이 서려 있다.

d 그들에게 필요하거나 값어치를 지닌 것이면 마구 수탈하여 다른 곳으로 반출하고 시인의 눈에 아프게 파고드는 '말라빠진 죽정이나 누런 이파리' (알짜만 뽑아가고 쓸모없는 것들)만 남겨지는 피폐하고 참담함에 대해 울분을 토로한다,

e 당하는 쪽의 비극은 너무나 처참하고 절실한데 비해 '다른 나라 사람들'에게 있어서는

마치 재미 있는 '웃음거리'가 되고 사람이나 모든 것들이 싸구려로 마구잡이식으로 매매되는 데 대해 분노를 터뜨린다.

f 마음껏 자유롭게 넓은 우주공간을 날으는 인공위성과 비참한 거지의 처지를 대비시켜 조군의 비극적인 현실을 아파한다. 시인 나름대로의 조국의 앞날에 대한 염원을 나타내면서 '우리들의 뿌리' 가장 근본적인 것들은 죽지 않고 살아 있다는 데서 불꽃처럼 타오르는 의지를 보여준다,

2. 심훈의 「고향故鄕이 그리워도」 가운데서 2연을 인용했는데 1의 c와 상당히 유사한 면을 담고 있다. 특히나 사당祠堂 헐린 자리에 신사神社가 들어앉은 데 대한 분노는 극에 달하고 있는데 일제 당국자들이 그들의 입장에서 보자면 '대역 불경죄'에 해당한다고 몰아붙일만한 불온성(?)이 엿보이는 구절이다.

「모국」이란 시의 ① '우리의 뿌리는 아직 살아 있다'는 구절은 심훈의 시, 「토막생각」에서도 찾아볼 수가 있다.

① 날마다 불러가는 아내의 배
낳는 날부터 돈 들것 꼽아보다가
손가락 못 편채 잠이들었네.

② 뱃속에 꼬물거리는 조그만 생명
「네 대代에나 기를 펴고 잘 살아라!」
한 마디 축복 밖에 선사할 게 없구나.

③ '아버지' 소리를 내 어찌 들으리
나이 삼 십에 해논 것 없고
물려 줄 것이라곤 센징鮮人밖에 없구나.

④ 급사給仕의 봉투 속이 부럽던 월급날도 다시는 안 올상 싶다
그나마도 실직하고 스므닷셋날.

⑤ 전등 끊어 가던 날 밤 촛불 밑에서
나 어린 아내 눈물지며 하는 말
'시골 가 삽시다, 두더지처럼 흙이나 파 먹게요'

⑥ 오관五官으로 스며드는 봄
가을 바람인듯 몸서리 쳐진다
조선 팔도 어느 구석에 봄이 왔느냐.

⑦ 불꺼진 화로 헤집어
담배 꼬트리를 찾아내듯이
식어버린 정열을 더듬어 보는 봄저녁.

⑧ 옥중에서 처자 잃고
길거리로 미쳐난 머리 긴 친구
밤마다 백화점 기웃거리며 휘파람 부네

⑨ 그만하면 신경도 죽었으련만
알뜰한 신문만 펴들면
불끈불끈 주먹이 쥐어지네

⑩ 몇 백 년이나 목이 구멍 뚫린 고목古木에도
가지마다 파릇파릇 새엄이 돋네
뿌리마저 썩지 않은 줄이야 파보지 않은들 모르리.

'생활시生活詩'라는 부제가 달려 있는 이 시는 '뿌리마저 썩지 않은 줄이야 파보지 않으면 모르리'라는 끝 연과 '우리의 뿌리는 아직 살아있다'는 팔레스티나 시인의 시와 일맥 상통하는 바 있음을 본다.

「토막생각」이라는 제목처럼 일상 속에서 겪고 느꼈던 토막진 생각, 그 단상들과 사회

전반의 전체적인 문제와 연결지워 파악하면서 근본적인 현실의 모순에 대하여 울분을 드러낸다.

① 날마다 불러가는 아내의 배, 거기에 비례하여 돈이 필요한데 대한 걱정거리도 아울러 늘어난다.

② 아직 바깥 세상을 전연 모르 어린 생명에게 '네 대代에나 기를 펴고 잘 살아라'에서 보듯이 현재는 기도 펼 수 없고 못사는 것임을 나타낸다.

③ 물려 줄 것이라곤 센징鮮人 밖에 없구나.

윗줄로 나라 잃은 국민으로서 온갖 탄압에 시달리며 비참한 정경에 처했지마는 가학자에 대한 비굴한 아첨이나 굴종, 컴플렉스를 지니지 않고 나름대로의 민족적인 주체성을 지켜가려는 숨은 의지를 보여준다.

④ '급사의 봉투 속이 부러울' 만큼 적은 봉급생활에 얽매었던 때가 현재의 실직 상태에서는 절실하게 그립기도 하지만 그조차 기대할 수 없는 생활의 암담함을 담고 있다

⑤ 전기세 조차 내지 못해 전기조차 끊어졌음을 나타낸다.

⑥ 현상적現狀的인 봄은 왔을지라도 우리 민족 전체가 학수고대 하는 마음의 봄은 오지 않았다는 시인의 심사는 다음의 글에서 어떤 주석을 붙일 필요도 없이 구체적으로 나타난다.

> 양지 바른 책상머리에 정좌靜坐, 수년 전 출판하려다가 붉은 도장 투성이가 되어 나온 시집을 몇 군데 뒤적이는데 「토막생각」이란 제목 아래에 이런 귀절이 튀어나왔다.
>
> "오관으로 스며드는 봄 가을 바람인듯 몸서리 쳐진다. 조선 팔도 어느 곳에 봄이 왔느냐" 그렇다. 3천리 어느 구석에 봄이 왔는지 모른다. 사시四時 장철 심동深冬과 같이 춥고 침울한 구석에서 헐벗은 몸이 짓눌려만 지내는 우리 족속은, 봄을 잃은지가 이미 오래다.
>
> -「봄은 어느 곳에?」-

⑦ 누구나 주인공과 같은 처지를 당하면 미치기도 하겠는데 사회의 부정적인 단면을

그려낸다.

⑨ 동병상련의 아픔을 절감하는 시인은 실신한 사람으로부터 '선술 한 잔 내라'는 청을 받고 마음은 동하지만 주머니가 비었기에 붉고 푸른 불빛에 싸인 카페를 돌아다 본다.

⑩, ④ 가운데 나오는 실직에 관해서 말할 필요가 있겠다.

1927년 일제는 그들의 식민 통치에 필요한 JODK라는 호출 부호의 〈경성 방송국〉을 설립하였다. 아전인수 격의 편파적이고 왜곡된 보도로써 자기네들의 목적을 수행하는 기구로 삼자는 것이었다. 거기에 심훈이 프로듀서로 입사했다는 그 자체가 애당초 아이러니를 느끼게 하는데 그 나름대로의 속셈은 따로 있었다.

방송을 통하여 민족의식을 고취시키려는 것이었는데 불과 물처럼 서로 성분이 안 맞는 그곳에서 계속 남자면 그들의 비위를 맞추지 않는 한 쫓겨날 수밖에 없다는 것은 명약관화한 기정사실이나 다름없었다. 그는 결국 삼개월을 넘기지 못했다. 일본 황태자를 전하라고 호칭하기를 회피했기 때문이었다.

그는 실직이 되었어도 주눅이 들거나 위축되지 않고 오히려 주위에 자랑처럼 여겼다고 한다. 심훈은 자신의 저항적 기질로 인하여 옥살이도 하였고 여러차례 수난을 겪기도 했었다.

방송국을 쫓겨난 후의 생활을 담은 것이 바로 「토막생각」이라고 한다.

"그만하면 신경神經도 죽었으련만/알뜰한 신문만 펴들면/불끈불끈 주먹이 쥐어지네" 이러한 구절에서도 그의 저항적 기질이 얼마나 골수에 맺힌 것인가를 짐작하게 해준다.

「토막생각」은 예술적인 성공도나 질적인 가치보다도 작가의식을 탐조하는 데 있어서 많은 의미를 확대시키는 텍스트적인 요소를 제공한다.

「풀밭에 누워서」, 「만가輓歌」 등의 시도 언급할 비중이 크지만 필자가 이미 어느 원고에서 언급했기에 중복성을 피하고자 본고에서도 젖혀두겠다.

> 이놈의 현실에서 서투른 붓을 놀려 호구하려는 것도 애당초에 망령된 생각이거니와 빈약한 머릿속을 박박 긁고, 때로는 피를 쥐어짜듯 해서 창작한 것이 겨우 담뱃값밖에 아니 될 때 책상이고 잉크병이고 으지끈 바수어 비리고 싶다. 그러면서도 청빈한 문사의 자존심을 가지려는 염겨가 개뿔보기도 부끄러운 때가 있다.

'반소식 음수 곡굉이침지 낙역재기중飯蔬食 飮水 曲肱而枕之 樂亦在其中'이라고 한 천 년 전 顔淵안연의 얼굴을 보고 싶다.

－「적권세심기赤拳洗心記」中에서 －

'7원짜리 셋방 속에서 어린 것과 지지고 볶고 그나마 몇 달씩 방세를 못내서 툭하면 축출 명령을 받아가며' 마음에도 없는 직장에 매달렸던 서울생활도 가난했지만 당진군 송악면으로 낙향한 후에도 역시 가난은 불치병처럼 따라다녔음을 토로하고 있다.

지금도 크게 나아진 것은 없지만 심훈이 문필을 업으로 삼았던 당시는 창작의 자유는 물론이고 경제적으로나 모든 면에서 어려움과 제약이 너무나 많았다. 문사가 가난하다는 것은 세계적으로 예나 지금이나 공통 사항이라고 하겠다. 숱한 예술의 천재와 준재들이 가난에 허덕였고 견디다 못해 자살하기도 했다. '예술가가 자기의 예술작품을 가지고 가면 필요한 물품을 주는 예술창고는 없을까?' 베토벤은 이렇게 탄식했다.

슈베르트는 '배고픔은 참을 수 있어도 새로운 악상이 떠오를 때마다 이것을 옮겨 적을 오선지가 없는 것은 참으로 고통스럽다'고 자신의 형님에게 편지를 쓰는 것을 몰래 어깨 너머로 지켜보던 친구 '슈파운'을 울게한 적이 있다. 일일이 예를 듣자면 한이 없겠지만 세계 최대의 부강국인 아메리카의 국민시인이라고 불리우던 로버트 프로스트도 시 한 편이 토마토 한 개의 값어치도 못되는 사실에 대하여 한탄하는 글을 쓰기도 했었다.

「적권세심기赤拳洗心記」는 엿을 사달라고 졸라대는 아이에게 돈 1전 없어 사주지 못하자 자꾸 울 졸라대자 홧김에 아이의 머리틀 쥐어박고 난 다음의 심정을 그려낸 것이다.

친일파가 아닌 다음에야 당시의 의식 문사들이라면 대부분 공증共症처럼 겪어야 했던 것이 특히나 가난이었다.

실국민失國民의 비가悲歌

① 달밤에 현해탄玄海灘을 건너며
갑판 위에서 바다를 내려다 보니
몇 해전 이 바다 어복魚復에 생목숨을 던진
청춘 남녀의 얼굴이 환등幻燈같이 떠오른다.
값비싼 오뇌에 백랍같이 창백한 인테리이 얼굴

허영에 찌들은 여류 예술가의 풀어 해친 머릿털
서로 얼싸안고 물 우에서 소용돌이를 한다.

② 바다 우에 바람이 일고 물결은 거칠어진다.
우국지사憂國之士의 한숨은 저
바람에 몇 번이나 비에 섞여 스치고
그들의 불타는 가슴 속에서 졸아붙은 눈물은
몇 번이나 비에 섞여 이 바다 우에 뿌렸던가
그 동안에 얼마나 수많은 물건너 사람들은
인생도처유청산人生到處有靑山을 부르며
새땅으로 건너왔던가.

③ 갑판 우에 섰자니 시름이 겨워
선실船室로 내려가니 만연도항漫然渡航의 백의군白衣群이다
발가탁을 억지로 째어 다비를 괴고
상투 자른 자리에 벙거지를 뒤집어 쓴 꼴
먹다가 버린 '벤또'밥을 엉금엉금 기어다니며
강아지처럼 핥아먹는 어린 것들

④ 동포同胞의 꼴을 똑바로 볼 수 없어
다시금 갑판 우로 뛰어올라서
물 속에 시선視線을 박고 맥없이 섰자니
달빛에 명경明鏡 같은 현해탄 우에
조선朝鮮의 얼굴이 떠오른다
눈 둘 곳 없이 마음 붙일 곳 없이
이숙도록 하늘의 별 수數 세노라.

– 「현해탄玄海灘」 (1923.2) –

① 〈사死의 찬미讚美〉라는 노래의 주인공 윤심덕尹心悳과 김우진金祐鎭에 대한 환시幻視 현상을 그리고 있다. 그들이 죽은 것은 1925년이라고 항간에 알려져 있는데 심훈의 「현해탄」은 1926년 2월로 표기되어 있다.(그들의 정사가 사실이 아니라는 설도 있음)

제 삼행에서 '몇 해전 이 바다……'라고 했는데 두 사람에 대한 정사의 연대에 오차가 있다고 본다.

심훈이 착각했거나 일반적으로 잘못 알려졌거나 두 가지 중에 하나일 것인데 본문의 내용과는 별다른 영향력이 없다고 보아 그냥 넘어가기로 한다.

'값비싼 오뇌와 백랍같이 창백한 인테리 얼굴'은 김우진을 가리키고 '허영에 찌들은 여류 예술가'는 곧 윤심덕이다. 김우진에게는 다소 동정적(값비싼 오뇌?), 윤심덕에겐 부정적(허영에 찌들은)으로 본 것 같다.

이것을 바라보는 사람들의 시각에 따라서 다르게 받아들여질 소지가 있다.

② 현해탄 물결에서 수많은 우국지사의 눈물, 바람결에서 한숨을 연상한다.

그리고 약탈을 획책하고 음모와 술수로서 치부하려는 검은 야욕을 품은 무리들이 이 땅으로 건너오는 모습을 아울러 떠올리고 있다.

③ 이 땅에서 도저히 살 수 없게 된, 뿌리 뽑힌 채 일본으로 건너간 무산자들, 또는 일제에 강제로 끌려갔던 백의白衣의 무리들, 그들은 일본에서 드난살이로 유랑하면서 멸시를 당하다가 끝내는 거기에서도 살 자리를 마련하지 못하고 겨우 귀국하는 배에 올라타고 되돌아오는 정경을 그려낸다.

"발가락을 억지로 째어 '다비'를 꾀고 상투 자른 자리에 벙거지를 뒤집어 쓴 꼴"로 어울리지도 않는 차림새(한국인도 일본인도 아닌 꼴)에서 흡사 포로당한 자들이 되돌아오는 모습들을 보는 듯하다. 그것은 우리 고유의 전통성과 본질성이 일제의 침략의 영향을 받아 기형적으로 변조된 참상이라고 하겠다.

배부른 자들이 "먹다가 버린 '벤또'(도시락)밥을 엉금엉금 기어다니며/강아지처럼 핥아먹는 어린 것들!"의 모습에서 동족으로서의 연민의 정을 느끼고 충격을 받기도 한다.

우리의 속담에 '배 주고 배 속을 빌어서 먹는다'는 말이 있다.

임진왜란 당시에 구원병이란 명분으로 이 땅에 진입했던 명나라 군사들, 그들의 만행이 얼마나 극심했던지 함부로 온갖 민폐를 끼치고 가축들도 마구 멋대로 도살하여 자기들만 포식했는데 굶주려 죽어가는 우리의 백성들은 그들이 먹다가 버린 뼈다귀를 서로 주워

먹으려고 다투기도 했다고 한다. 이 모두가 나라에 힘이 약한 탓이라고 하겠다.

④ 시인은 눈앞에 전개되는 눈물겨운 꼴을 바로 볼 수가 없어 다시금 갑판으로 올라간다. 달빛에 반사되는 현해탄 물결에서 조선의 전체적인 얼굴을 연상하면서 시름에 겨워하는 마음을 드러낸다. 마치 파노라마처럼 겹쳐지는 여러 모습을 클로즈업시킨다.

나에게 무엇을 비는가?
푸른옷 입은 인방隣邦의 걸인乞人이여
숨도 크게 못쉬고 쫓겨오는 내 행색行色을 보라
선불맞은 어린 짐승이 광야를 헤메는 꼴 같지 않으냐.
정양문正陽門 문루門樓 우에 햇살을 받아
펄펄 날리는 오색기五色旗를 치어다 보라
네 몸은 비록 헐벗고 굶주렸어도
저 깃발 그늘에서 자라나지 않았는가?

거리거리 병영兵營의 유량한 나팔喇叭소리!
호동胡同 속에서 채상菜商의 굵다란 목청
너희는 마음껏 소리 질러보고 살아왔구나

저깃발은 바랬어도 대중화大中華의 자랑이 남고
너희 동족同族은 늙었어도 '잠든 사자'의 위엄을 떨치거니
저다지도 허리를 굽혀 구구히 무엇을 비는고
천 년이나 만 년이나 따로 살아온 백성이어늘—
때묻은 너의 남루와 바꾸어 준다면
눈물에 젖은 단거리 주의周衣라도 벗어주지 않으랴.
마디마디 사모친 원한을 나눠 준다면
오오 푸른 옷 입은 북국의 걸인이여!

—「북국의 걸인」(1919.12)—

원주原註 : 호동이胡同二 골목

위의 시에는 "세기말歲己末 맹동孟冬에 초췌한 행색行色로 정양문正陽門 차창에 내리니 걸언乞焉의 떼 에워싸며 한 분分의 동패銅牌를 빌거늘 황포차상黃包車上에서 수행數行을 읊다"라는 시작 메모가 제목 밑에 붙어 있다.

기미년 만세사건 때 중학교 4학년(당시 19세)의 나이로 남대문 앞에서 가담하여 3월 5일 경성 헌병대(당시 계엄령 선포 중)에 체포되어 투옥되었다가 당년 7월 형 집행으로 풀려났으나 퇴학, 그 이후 중국으로 유랑길에 나섰을 때 쓴 작품이다. 침략자들의 무단정치에 신음하면서 기를 못펴고 살아가는 조선인, 그들 가운데 하나인 자신은 남루한 옷차림에 얻어먹는 거지의 처지라도 그들에게 부여된 자유가 부럽다고 한다. 서로 바꿀 수만 있다면 기꺼이 "눈물에 젖은 단거리 주의周在라도" 벗어줄 것이며 "마디마디 사무친 원한을 나눠 준다면/살이라도 저며서 길바닥에 뿌려"줄 용의가 있다는 데서도 「그날이 오면」에 나타나는 동질성의 의식을 도출하게 된다. 거리에서 마음껏 소리치는 채소장사의 처지를 부러워 하는 데서 얼마나 절실하게 조국의 독립과 자유를 갈망하는가를 짐작하게 한다.

1919년 시인 김억金億이 태서문예신보泰西文藝新報에 번역하여 소개한 투르게네프의 산문시散文詩, "나는 거리를 걸었다…… 늙고 힘없는 비렁뱅이가 나의 소매를 이끈다…… 그는 붉고 푸르른 손을 내 앞에 내민다…… 어찌할 줄 모르고 나는 이 더럽고 떠는 손을 잡았다…… 용서해 주게나 형제여, 나는 아무것도 가진 것이 없다"는 내용의 시에서 느끼게 되는 비슷한 감명을 자아낸다.

우중충한 농당弄堂[1] 속으로
훈둔[2]장사 모여들어 딱딱이 칠 때면
두 어깨 웅숭그린 년놈의 떠드는 세상
집집마다 마작판 두드리는 소리에
아편에 취한 듯 상해上海의 밤은 깊어가네.
발벗은 소녀, 눈먼 늙은이를 이끌며

1) 농당弄堂……세貰주는 집.
2) 훈둔…… 조그만 만두 같은 것을 빚어넣은 탕湯.

구슬픈 호궁에 맞춰 부르는 맹강녀孟姜女의 노래
애처럽구나 객창에 그 소리 창자를 끊네.

사마로四馬路 오마로五馬路
골목 골목엔
'이래양듸' '량쾌양듸' 인육人肉의 저자
침의寢衣바람으로 숨바꼭질하는 '야아지'[3]있의 콧잔등이엔
매독海毒이 우글우글 악취惡臭를 풍기네.

집 떠난 젊은이들은 노주老酒잔을 기울여
건잡을 길 없는 향수鄕愁에 한숨이 길고
취하고 취하여 뼛속까지 취하여서는
취하고 취하여 뼛속까지 취하여서는
팔을 뽑아 장검長劍인 못 내두르다가
채관菜館 소파에 쓰러지며 통곡을 하네.

어제도 오늘도 산란한 혁명의 꿈자리
용솟음치는 붉은 피 뿌릴 곳을 찾는
'까오리' 망명객의 심사를 뉘라서 알고
영희원影戲院의 '산데리아'만
눈물에 젖네.

-「상해上海의 밤」(1920, 11)-

1986년인 지금으로부터 65년 전의 밤풍경의 일면을 스케치하고 있다. 교통수단이 마차에서 자동자 또는 비행기로 바꾸어지긴 했지만 사람들이 내왕하는 교통의 중심지에는

---

3) 야아지…… 야의野寢, 매소부중賣笑婦中에도 저급低級한 종류種類.

숙박업에 따르는 매음 행위가 음성적으로 또는 노골적으로 독버섯처럼 기생하는 것은 지금까지 어느 곳에서나 근본적으로 달라진 것은 없다.

사람의 몸을 값으로 흥정하는 '인육人肉의 저자' 그 부정적인 면을 내면에 깔면서 조국의 독립에 관한 뜻을 지니고 집을 떠나 타국을 유랑하는 젊은이의 치미는 울분과 혈기방장함을 참지 못해 술을 마시며 비분강개하다가 채소를 파는 곳의 소파에 쓰러져 피빛 처절한 통곡을 쏟아내는 모습, 그것은 서인 자신의 일면을 객관적으로 그린 자화상이기도 하다.

'까오리'(고려인) 망명객으로서의 온갖 만감이 급일어나는 심사를 뉘라서 알겠느냐는 데서 유랑민으로서의 서러운 객고客苦를 엿보게 한다. 연대적으로 7년이란 차이가 나지만 다음의 시에서도 망명객의 비장한 심사에 대해 이해하는 데 도움이 되리라 본다.

음습한 비바람이 스며드는 상해上海의 깊은 밤
어느 지하실에서 함께 주먹을 부르쥐던 이 박군은
눈을 뜬채 등골을 뽑히고 나서
산송장이 되어 옥문獄門을 나섰구나.
박朴아! 박군아 ××아!
아직도 목숨이 붙어 있는 동지同志들이 네 손을 잡는다
이빨을 앙물고 하늘은 저주咀呪하듯
모로 흘긴 저 눈동자
오! 나는 너의 표정表情을 읽을 수 있다.
오냐 박군아
눈은 눈을 빼어서 갚고
이는 이를 뽑아서 갚아주마!
너와같이 모든 ×을 잊을 때까지
우리들의 심장의 고동이 끊길 때까지

–「박군朴君의 얼굴, (1927.12.2.)」–

우국의 뜻을 지닌 젊은이들이 이국땅에서 유랑할 때의 결의가 어떠했는가, 실천적인 과업을 완수하려고 나섰다가 일제에 체포되어 온갖 형고를 치른 후 산송장이 되어

옥문獄門을 나선 박朴이란 주인공을 통하여 동지로서의 분노를 표출하면서 적개심을 불태운다,

> 그대들의 첩보捷報를 전하는 호외號外 뒷등에
> 붓을 달리는 이 손은 형용 못할 감격感激에 떨린다!
> 이역異域의 하늘 아래서 그대들의 심장 속에 용솟음 치던 피가
> 2천 3백만의 한 사람인 내 혈관血管 속을 달리기 때문이다.
>
> '이겼다'는 소리를 들어보지 못한 우리의 고막鼓膜은
> 깊은 밤 전승戰勝의 방울 소리에 찢어질 듯.
> 침울한 어둠 속에 짓눌렸던 고토苦土의 하늘로
> 올림픽 거화炬火를 켜든 것처럼 화닥닥 밝으려 하는구나!
>
> 오늘밤 그대들은 꿈 속에서 조국祖國의 전승을 전하고자
> '마라톤' 험한 길을 달리다가 절명絶命한
> '아테네'의 병사兵士를 만나 보리라
>
> 그보다도 더 용감하였던 선조들의 정령精靈이 가호加護하였음에
> 두 용사 서로 껴안고 느껴느껴 울었으리라.
> 오오, 나는 웨치고 싶다! 마이크를 쥐고
> 전세계의 인류를 향해서 웨치고 싶다.
> '인제도 인제도 너희들은 우리를 약한 족속이라고 부를 터이냐!'
> –백림伯林 마라톤에 우승優勝한 손孫, 남南 우군兩軍에게
>
> –「오오 조선朝鮮의 남아男兒여!」–

1936년 8월 10일, 베를린 마라톤 대회(올림픽)에서 손기정孫基禎 선수가 당당하게 1위, 남승룡南昇龍 선수가 3위를 차지하였다. 그러나 우리의 주권을 빼앗은 일본의 국기를 달고 뛰어야만 했었다. 동아일보는 이들의 장거를 2회에 걸쳐 호외를 발행하였다. 그 호외의

뒤에 쓴 것으로서 심훈의 마지막 절필絶筆이 되고 말았다. 혈기방장하고 열정적이며 일종의 감격벽感激癖이 있는 심훈, 당시 그의 흥분한 감정이 생생하게 전달된다.

당시 우리 선수들이 우승한 것을 보도하는 과정에서 '일장기 말소 사건'이 빚어지고 결국 동아일보는 279일이라는 최장기간을 정간당하였다. 그러나 오늘에 와서 민족지라고 자부할 수 있는 확고한 계기가 되기도 한 셈이다. 이 사건에 연루되어 8명의 기자가 구금되었다가 서약서를 제출하고 풀려났고 이기용李吉用, 신낙균申樂均, 서영호徐永浩 기자들이 해고당하였다. 「조선朝鮮의 남아男兒여!」는 작품 자체의 가치보다도 심훈의 절필이라는 점과 당시 사회상에 더한 우리 민족의 감정적인 표현을 대변한다는 뜻에서 예문으로 삼았다.

느낌표 및 일반적으로 부호가 자주 남발되고 격정적이며 기교의 미숙성이 지적받을 사항이지만 독자와의 공감대 형성 및 전달 면에서는 성공했다고 할 수 있겠다.

군말을 겸한 마무리

시인의 기질이나 성향을 뚜렷하고 명확하게 가려내기는 어려우나 인스퍼레이션에 의해 자연 발생적인 충동과 열정으로 시를 쓰거나 지적인 바탕에서 의도적으로 제작하거나 크게 두 가지 유형으로 나누어 보자면 심훈은 전자에 속하는 편이다.

> 나는 쓰기 위해서 시詩를 써 본 적이 없습니다. 더구나 시인이 되려는 생각도 해보지 아니하였습니다. 다만 닫다가 미칠 듯이 파도치는 정열情熱에 마음이 부대끼던 한 것이 그럭저럭 근 백수百首나 되기에 한 곳에 묶어보다가 이 보잘 것 없는 시가집詩歌集이 이루어진 것입니다.

심훈 스스로가 시집 서두에서 밝힌 것처럼 우리가 살펴본 인상도 거기에서 크게 벗어나지 않는다는 결론에 이른다. 윌리엄 워즈워스(Willim Wordsworth)는 그의 「서정적抒情的 서론序論」에서 시는 '율동하는 감정이 자연스럽게 넘치는 흐름'(The Spontaneous over of powerful feeling)이라고 했으며 바이런(Byron, George Gordon, 1788—1824)은 '나의 정열은 성난 바다와 같다' (Mine was like the ragingflood)라고 읊은 바 있는데 심훈은 이러한 성향에 속한다. 그것은 시인 자신의 선천성 때문이기도 하지만 식민지 세대라는 특수한 영향이 크게 작용했던 것으로 보인다.

그는 철저한 레지스탕스 기질을 지녔으면서도 좀더 실천적인 면에서 적극적이지 못한 자신의 행동에 회의적이었고 현실과 이상에 대한 갈등 때문에 심히 남모르게 괴로워 했던 것이다. 톨스토이는 「예술이란 무엇이냐?」를 논하는 글에서 그 나름대로의 정의를 다음과 같이 내린 바 있다.

> "예술은 쾌락의 수단으로 생각하는 것을 버리고 인간생활의 일신조一信條로 생각하지 않으면 안된다. 이리하여 예술은 사람과 사람을 맺는 하나의 수단이라고 인정하여야 된다"

저마다 예술관은 다를 수 있으며 어떤 주장이란 것은 아무에게나 절대적인 공감을 얻을 수는 없으며 톨스토이의 말도 예외는 아니다. 그러나 심훈은 자기의 시대를 살면서 톨스토이의 주장과 비슷한 작가의식을 지녔던 것으로 보인다.

정의감이 강했던 그로써 번번히 자신의 글들이 검열에 걸려들고 모든 일에 제약을 받고 눈꼴 틀리고 아니꼬운 일을 수없이 보고 겪으며 기를 못펴고 살자니 오죽이나 속으로 분통이 끓어올랐을 것인가. 그는 장티푸스에 걸려 급작스럽게 세상을 떠났다고 알려졌는데 그 내면에는 남모르게 깊어진 홧병도 있었으며 그것도 그를 일찍 죽음으로 몰아간 하나의 원인으로 작용하지 않았을까? 이러한 추측조차 들게 한다.

그가 가신지도 어언 반세기, 이제 심훈에 관해서도 다각도로 연구가 나오고 좀더 활발히 논의가 있어야 되겠다. 필자가 본고에서 아쉽게 생각하는 것은 그의 대표 격인 소설 『상록수』에 대해서 언급하지 못한 점이다. 분량이 너무 많기에 별도로 다루려고 뒤로 미루었을 뿐이다.

참고문헌

1. 심훈沈熏, 『직녀성織女星』, 한성도서주식회사漢城圖書株式會社, 1949.
2. 백승구白香九, 「심훈沈熏의 연보年譜를 재고再考한다」, 신평고교新平高校, 1981.
3. 심훈沈熏, 『영원永遠의 미소微笑』, 삼중당三中堂, 한국대표문학전집韓國代表文學全集, 1S75.
4. 심훈沈熏, 『상록수常綠樹』, 한국문학전집 17권, 민중서관民衆書館, 1965.
5. 최민지崔民之 · 김민주金民珠, 『일제하민족언론사론日帝下民族言論史論』, 명서각明書閣, 1978.
6. 백철白鐵, 『문학개론文學概論』 신구문화사新丘文化社, 1977.
7. 《실천문학》 제1권, 1980.
8. 유종경柳宗鏡, 『현대문제평론現代問題評論 23인선』, 한진출판사韓振出版社, 1979.
9. ARIST0TLE/HORCE, 『ON THE ART OF POSTRY』, 천병희 역千丙照 譯, 문예출판사, 1973.
10. D 스테퍼드 클라아크, 『정신분석精神分析의 이해理解』, 이일철 역李一撤 譯, 정음사, 1981.
11. 박재삼朴在森 외역外譯, 『톨스토이 인생론전집人生論全集』, 대호출판사昊浩出版社, 1981.
12. 『학국문학전집韓國文學全集』 전10권, 정문당正文堂, 1980.
13. 윤봉길尹奉吉 유시遺詩, 성공문화사成功文化社, 1976년.
14. 신경림申庚林 편저編著, 『그날이 오면』, 지문사知文社, I982.
15. 유정기柳正基 감수監修, 『합본合本 사서삼경四書三經』, 동아도서東亞圖書, 1380.

논문 출처

곽 근, 「한국 항일문학 연구 : 심훈 소설을 중심으로」, 『동국어문논집』 7권, 동국대학교 인문과학대학 국어국문학과, 1997.

구수경, 「심훈의 『상록수』고」, 『어문연구』 19권, 어문연구학회, 1989.

김 선, 「객혈처럼 쏟아낸 저항의 노래」, 『비평문학』 5권, 한국비평문학회, 1991.

김영선, 「심훈 장편소설 연구」, 『국어교육논지』 16권, 대구교육대학 국어교육과, 1990.

김이상, 「심훈 시의 연구」, 『어문학교육』 7권, 부산교육학회, 1984.

김종욱, 「상록수의 '통속성'과 영화적 구성원리」, 『외국문학』 34권, 열음사, 1993.

노재찬, 「심훈의「그날이 오면」: 이 시에 충만한 항일민족 정신의 소유 고」, 『교사교육연구』 11권, 부산대학교 사범대학, 1985.

류병석, 「심훈의 생애 연구」, 『국어교육』 14권, 한국어교육학회(한국국어교육연구학회), 1968.

송백헌, 「심훈의 『상록수』 : 희생양의 이미지」, 『언어·문학연구』 5권, 언어문학연구회, 1985.

송지현, 「현대문학 : 심훈의 『직녀성』 고-그 드라마적 특성을 중심으로, 『한국언어문학』 31권, 한국언어문학회, 1993.

신춘자, 「심훈의 기독교소설 연구」, 『동중앙아시아연구(한몽경상연구)』 4권, 한몽경상학회, 1999.

오현주, 「특집 : 1930년대 문학연구 ; 심훈의 리얼리즘 문학 연구 – 『직녀성』과 『상록수』를 중심으로」, 『현대문학의 연구』 4권, 한국문학연구학회, 1993.

유양선, 「심훈론 : 작가의식의 성장과정을 중심으로」, 『관악어문연구』 5권, 서울대학교 인문대학 국어국문학과, 1980.

이두성, 「심훈의 『상록수』를 중심으로 한 계몽주의문학 연구」, 『명지어문학』 9권, 명지어문학회, 1977.

조남현, 「상록수 연구」, 『인문논총』 35권, 서울대학교 인문학연구소, 1977.

진영일, 「심훈 시 연구 (1)」, 『동국어문논집』 3권, 동국대학교 인문과학대학 국어국문학과, 1989.

최희연, 「심훈의 『직녀성』에서의 인물의 전형성과 역사적 전망의 문제」, 『연세어문학』 21권, 연세대학교 국어국문학과, 1988.

한은경, 「식민지 시대의 작가적 대응 : 심훈의 작가의식을 중심으로」, 『대전어문학』 4권, 대전대학교 국어국문학회, 1978.

한점돌, 「심훈의 시와 소설을 통해 본 작가의식의 변모과정」, 『국어교육』 41권, 한국어교육학회(한국국어교육연구학회), 1982.

심훈 문학 연구 총서 1

심훈 문학 세계

2016년 9월 2일 펴냄

펴낸이 김재범
펴낸곳 ㈜아시아

지은이 구수경 외
기획·엮음 심훈문학연구소
편집 이근욱, 최지애, 박정원, 김형욱, 윤단비
스크립트 김은정
관리 강초민
디자인 디자인아프리카

출판등록 2006년 1월 27일
등록번호 제406-2006-000004호
주소 서울시 동작구 서달로 161-1 3층(흑석동 100-16)
전화 02-821-5055
팩스 02-821-5057
홈페이지 www.bookasia.org
이메일 bookasia@hanmail.net

ISBN 979-11-5662-273-4

* 값은 뒤표지에 있습니다.